레싱Gotthold Ep   ─ㅓㅏ와 희곡론

유로서적

레싱 Gotthold Ephraim Lessing. 드라마와 희곡론

초판 인쇄 : 2003년 03월 20일
초판 발행 : 2003년 03월 25일

지은이 : 윤도중
펴낸이 : 배정민
Publishing Director : 오은정
편집 디자인 : 수연
펴낸곳 : 유로서적

출판 등록일 : 2002년 8월 24일 제 10-2439호
주소 : 서울시 마포구 합정동 364-27번지 대주빌딩 202호
TEL · 02-3142-1411   FAX · 02-3142-5962
E-mail : bookeuro@bookeuro.com
ISBN : 89-953550-5-0 03850

레싱Gotthold Ephraim Lessing. 드라마와 희곡론

윤도중 지음

머리말

「G.E. 레싱의 희극에 있어서의 반전기법(反轉技法)」이란 논문으로 학위를 받은 지 벌써 20년이 다 되어간다. 그때 시간에 쫓기고 또 공부도 부족해서 연구주제를 제한할 수밖에 없었다. 그것이 늘 마음에 걸려서 언젠가는 레싱에 관한 종합적인 연구서나 평전을 쓸 계획을 마음속에 품고 있었다. 대학 강단에 서기 시작해서부터 지금까지 나름대로 강의와 번역 그리고 연구논문을 통해 레싱을 소개하는 데 힘을 쏟는다고는 해왔으나, 이렇다 할 성과를 올리지 못해서 참으로 부끄럽다. 무엇보다도 재능과 노력이 부족한 탓이리라.

레싱은 독일 문학에서 괴테와 쉴러에 버금가는 고전으로 평가되는 작가이고, 문학평론과 이론 분야에서도 큰 업적을 남겼다. 희곡의 이론과 창작에서 이룬 빼어난 업적으로 인해 그는 독일 근대 희곡의 아버지로 불린다. 그가 완성한 희곡작품은 희극 8편과 비극 3편 그리고 장르상 비극과 희극의 중간에 위치하는 『현자 나탄』 등이다. 이 12편 가운데 별로 문제될 것이 없는 초기 희극 4편을 제외한 나머지 8편의 종합적인 분석과 평가가 이 책의 내용이다. 레싱은 국내에 거의 알려지지 않은 작가이다. 그의 주요 작품들은 번역 출판되었으나, 희곡이 홀대받고 있는 독서시장의 사정을 고려할 때 널리 읽히지 않은 것으로 판단된다. 그리고 그의 초기 희극들은 독문학 전공자들에게도 생소한 것이 현실이다. 이런 사정을 감안해서 연구서로서는 이례적으로 작품을 다루기에 앞서 줄거리를 간략하게 소개한다. 그리고 레싱의 생애와 본서에서 다룰 수 없는 다른 작품과 글을 간략하게나마 소개하는 장을 서두에 싣고, 2장에서는 분석대상작품들의 이해를 돕기 위해 레싱의 비극과 희극에 관한 견해를 정리해놓았다.

레싱의 문학도 중요하지만, 더욱 매력적인 것은 철저한 비판정신이 아닐까 싶다. 레싱은 어떤 권위나 견해도 맹목적으로 추종하지 않고 이성으로 검증하며, 그 검증 결과 옳지 않은 것으로 판명된 것에 대해서는 주저 없이 반대 의견을 개진했다. 그는 시류에 역행하는 것도 서슴지 않았고, 개인적으로 불이익을 당하는 것에도 개의치 않았다. 그 결과 그의 일생은 논쟁으로 점철되었다고 해도 과언이 아니다. 필자가 레싱을 국내에 소개하려는 것은 이런 올곧은 지식인의 비판정신이 비판과 토론이 없는 우리 사회에 좋은 본보기가 될 것이라는 믿음 때문이다. 레싱의 희곡작품들을 통해서도 그의 비판정신을 충분히 엿볼 수 있겠다고 판단되어, 부족하지만 지금까지의 연구결과를 바탕으로 이 책을 내놓는다. 레싱의 생애를 비교적 소상히 소개한 것은 그의 비판정신을 단편적으로나마 알리기 위해서이다.

이미 발표한 논문들을 보완하고 수정하는 작업은 불가피했다. 그동안 새로운 연구결과들이 국내외에서 많이 발표되었고, 이것들을 어떤 형태로든 반영하지 않을 수 없었기 때문이다. 이 작업도 결코 녹녹치 않다는 것을 알았다. 그리고 이전에 발표한 글을 검토하면서 허점이 많다는 사실을 발견하고 얼굴이 붉어질 때가 많았다. 쓰는 사람의 눈에는 보이지 않는 결점도 다른 사람들의 눈에는 잘 보인다는 것에 생각이 미칠 때 오싹함을 느끼기도 했다. 쓸 때에는 나름대로 최선을 다한다고 했는데도 이렇게 허술하다면, 지금 펴내는 이 책도 독자들의 눈에 어떻게 보일까? 이것을 생각하면 글을 쓸 용기가 사라진다. 그러나 레싱의 비판정신을 배우겠다는 사람이 비판을 두려워해서야 말이 안 된다고 판단해 용기를 냈음을 고백한다.

1993년 1월

| 차례 |

머리말 | 05

일러두기 | 12

I. 생애와 평가 | 14

    1. 생애 | 14

    2. 평가 | 24

II. 희곡론 | 30

  II- 1 비극론 | 33

    1. 비극의 목적: 인간의 도덕적 교화 | 33

    2. 비극이 불러일으키는 감정 | 36

    2.1. 경탄에서 동정심으로 | 36

    2.2. 동정심 - 사회적 미덕의 토대 | 41

    2.3. 두려움 | 45

    3. 정화(Katharsis) | 50

    4. 주인공 | 54

    5. 자연의 모방(Mimesis) | 65

    5.1. 개연성을 통한 환상극 | 65

    5.2. 미메시스의 형이상학적 의미 | 68

    6. 아리스토텔레스 비극론과의 관계 | 71

  II- 2 희극론 | 75

    부설(附說): 고체트의 희극론 | 76

    1. 희극 - 현실의 거울 | 79

    2. 비웃음에서 인간적 이해의 웃음으로 | 82

III. 희극 | 90

  III- 1 『젊은 학자』 | 96

    - 줄거리 | 96

    1. 지식인 풍자 | 97

   2. 젊은 학자 다미스 | **101**

   3. 다미스와 대비되는 인물들 | **111**

   4. 자전적 요소 | **115**

   5. 언어와 대화 | **119**

   6. 결어 | **124**

Ⅲ- 2 『유대인들』 | **126**

   - 줄거리 | **126**

   1. 집필 동기와 유대인들의 상황 | **127**

   2. 제목 | **131**

   3. 반유대 선입견 | **134**

   4. 여행자 | **139**

   5. 극복되지 않는 선입견 | **144**

   6. 열린 결말 | **149**

Ⅲ- 3 『자유신앙주의자』 | **155**

   - 줄거리 | **155**

   1. 자유신앙주의(Freidenkertum, freethinking) | **156**

   2. 제목 | **159**

   3. 요한 - 마르틴 | **163**

   4. 아드라스트 - 테오판 | **167**

   5. 짝 바꾸기 | **177**

   6. 양자긍정의 관용과 전형희극의 극복 | **180**

Ⅲ- 4 『민나 폰 바른헬름, 일명 병사의 행운』 | **185**

   - 줄거리 | **185**

   1. 『민나 폰 바른헬름』에 대한 찬사
     그리고 해석상의 문제 | **188**

   2. 폰 텔하임 소령 | **192**

2.1. 텔하임 - 유스트 | 205

2.2. 텔하임 - 베르너 | 208

3. 민나 폰 바른헬름 | 213

4. 텔하임과 민나의 갈등
  - 상이한 혼인관의 충돌 | 218

4.1. 민나의 속임수 연극(Intrige) | 226

5. 고귀한 인간성의 표출 | 233

6. 계몽주의 희극의 극복 | 237

IV. 비극 | 242

IV- 1 『사라 삼프존 아가씨』 | 242

  - 줄거리 | 242

1. 가족제도와 혼인 관습의 변화 | 243

2. 사라의 이중의 갈등 | 252

3. 사라 - 아버지 | 256

4. 사라 - 멜레폰트 | 265

5. 사라 - 마부트 | 272

6. 사라의 죽음 | 278

IV- 2 『필로타스』 | 284

  - 줄거리 | 284

1. 시대 배경 | 285

2. 필로타스 | 288

3. 아리데우스 | 307

4. 영웅비극의 극복 | 313

IV- 3 『에밀리아 갈로티』 | 317

  - 줄거리 | 317

1. 소재, 생성사 | 318

2. 귀족계급과 시민계급 - 대립적인 두 집단 | 323

2.1. 궁정사회 | 326

2.1.1. 헤토레 곤차가 | 326

2.1.2. 마리넬리 | 334

2.1.3. 오르시나 | 337

2.2. 아피아니 | 340

2.3. 시민계급 - 갈로티 일가 | 344

2.3.1. 클라우디아 갈로티 | 345

2.3.2. 오도아르도 갈로티 | 347

2.3.3. 에밀리아 갈로티 | 352

3. 감정의 지배 | 361

4. 시민적 도덕 교육과
   절대주의 체제에 대한 비판 | 365

V. 『현자 나탄』 | 374

   - 줄거리 | 374

   1. 생성 배경 | 376

   2. 계몽주의의 관용사상 | 383

   3. 반지비유설화(Ringparabel) | 386

   4. 나탄 | 400

   5. 종교적 독선에 물든 기독교인 | 411

   6. 인류가족 | 418

   7. 관용과 박애를 통한 이상향의 실현 | 423

   레싱 연보 | 428

   참고문헌 | 432

1. 레싱의 인용문

레싱의 글을 수없이 인용할 수밖에 없기 때문에 일일이 각주로 처리하는 것이 번거로워서 인용문 뒤에 바로 병기한다. ( ) 안의 로마숫자는 참고문헌목록 맨 처음에 나오는 전집의 권수를 그리고 아라비아숫자는 쪽수를 가리킨다. 『비극에 관한 서신교환』 이외에 레싱이 주고받은 편지는 참고문헌목록의 두 번째 전집에서 인용한다(예: B 11/1, 123). B는 이 전집의 편집자 W. Barner의 약자이고, 11/1은 권수 그리고 123은 쪽수를 가리킨다.

2. 고유명사 포기

인명, 지명 등 독일어 발음을 정확하게 한글로 표기하기는 아주 어려운 일이다. 한글로마자표기법을 따르는 것이 가장 간편한 방법이겠으나, 현행 로마자표기법은 독일어 발음을 제대로 반영하지 못하는 약점을 가지고 있다. 그래서 표기법에 따른 표기가 실제 발음과 분명한 차이를 보이는 경우가 없지 않다. 예컨대 Schiller, Göttingen은 표기법에 따르면 실러, 괴팅겐으로 적어야 하지만 실제 발음은 쉴러, 괴팅엔에 가깝다. 이런 경우 표기법에 따르지 않고 가능한 한 독일어 발음에 가깝게 표기한다.

3. 부호

다음과 같은 부호를 사용한다.

『 』: 단행본, 소설, 희곡.

「 」: 시, 비교적 짧은 글, 미완성작품, 논문, 신문, 잡지.

생애와 평가

I. 생애와 평가

1. 생애

고트홀트 에프라임 레싱은 1729년 1월 22일 작센 지방의 소도시 카멘 츠에서 가난한 루터교 목사 요한 고트프리트 레싱(1693 - 1770)과 부인 유스티나 살로메 펠러(처녀명, 1703 - 1777)의 열두 자녀 중 셋째이자 큰아들로 태어난다. 부친은 목회 활동 이외에 저술과 번역활동을 하였 으며, 아들의 교육에 정성을 기울여서 아들이 학교에 들어가기 전에 이 미 독서 습관과 영어를 가르친 듯하다. 고향의 라틴어학교를 마친 레싱 은 마이센 소재 성아프라 제후학교에 들어간다. 그는 왕성한 지식욕으 로 열심히 공부해서 6년 과정을 5년만에 마친다. 이 기숙학교에서 그는 무엇보다도 고전에 관한 교양과 더불어 신학, 자연과학, 논리학의 토대 를 쌓고 변증법적 토론술을 익힌다. 이 시기에 그의 문학적 시도가 최 초로 이루어지긴 하나, 그는 아직 작가가 되겠다는 소명을 뚜렷하게 느 끼지 못한다. 그가 제일 좋아한 과목은 수학이다.

1746년 9월 그는 아버지의 소망에 따라 라이프치히 대학 신학부에 입학한다. 그러나 그는 전공과목에 흥미를 느끼지 못하고 주로 문학 강 의를 듣는다. 1748년 4월 의학부로 옮기고 나서도 이것은 바뀌지 않는 다. 하지만 그는 전기 계몽주의 문학을 이끌었던 고췌트 교수의 강의는 수강하지 않은 듯하다. 마이센의 학창시절이 독서와 공부를 통해 지식을 쌓는 시기였다면, 라이프치히 대학 시절은 실생활과 인간과의 교제를 통해 다방면의 경험과 교양을 쌓고 취미와 직업으로서 글쓰기에 점점 경도되는 시기였다.

라이프치히 생활은 그의 생애에 많은 영향을 끼쳤다. 그 당시 라이프치히는 독일에서 경제적, 문화적으로 가장 번창한 도시였다. 고췌트의 활동무대도 바로 이곳이었다. 그 당시 독일에는 궁정극장을 제외하면 상설극장이 없었고, 유랑극단에 의한 질이 떨어지는 연극이 고작이었다. 그런데 라이프치히에서는 그 사정이 조금 나은 편이었다. 노이버 부인이 운영하던 극단이 상주하다시피 하여 문학에 굶주린 젊은 대학생들에게 오아시스의 역할을 하였다. 레싱을 연극계에 안내한 사람은 고향이 같은 친척 밀리우스였다. 레싱은 나중에 극작가가 된 크리스티안 펠릭스 바이세 등 친구들과 함께 노이버 극단의 공연을 열심히 관람하고 단원들과 교류하면서 많은 것을 배우고 자극을 받았다.

이 시기에 레싱은 처음으로 문학작품들을 발표한다. 시인, 극작가, 언론인 등으로 다양한 활동을 했으며, 고향 카멘츠 사람들 사이에 위험한 자유신앙주의자란 평판이 있던 밀리우스가 레싱의 몇몇 아나크레온풍 시와 우화들 그리고 희극 『다몬, 일명 진정한 우정』(1747) 등을 자신이 발행하던 잡지들에 실어주었다. 그리고 1748년 1월 그의 희극 『젊은 학자』가 노이버 극단에 의해 공연되어 갈채를 받는다. 레싱은 "독일의 몰리에르"(B 11/1, 24)가 되겠다는 야심을 품고 희극 창작에 푹 빠져 닥치는 대로 희극을 만든다. 그리하여 수많은 작품 구상 가운데 1750년까지 고대 로마 시대의 희극작가 플라우투스의 번안인 『보물』(1750)을 포함해 모두 7편이 완성된다.

『다몬, 일명 진정한 우정』은 레싱의 희극 가운데 유일하게 감동희극 계열에 속하는 작품이다. 『젊은 학자』 그리고 1748년에 생성된 『여성혐오자』와 『노처녀』는 작센 희극의 주류를 이루는 전형희극, 조소희극이다. 그리고 1749년에 쓰여진 『유대인들』과 『자유신앙주의자』는 단순한 희극이 아니라, 선입견이라는 문제를 다루고 있는 문제극이다. 이 초기희극들은 1749년에 별도로 출간된 『노처녀』를 제외하고 『레싱 문집』을 통해 발표된다. 『다몬』은 『노처녀』와 함께 이 『문집』에서 제외된다. 레싱의 초기희극들은 그의 걸작희극 『민나 폰 바른헬름, 일명 병사의 행운』에 비해 수준이 떨어지는 것이 사실이지만, 동시대의 다른 희극들에 비해서는 우수하다는 평가가 일반적이다. 레싱은 이 극단의 동갑내기 여배우 크리스티아네 프리데리케 로렌츠와 사랑에 빠지기도 한다. 얼마 뒤 이 극단이 파산한다. 그 여파로 몇몇 단원들을 위해 빚보증을 서준 레싱은 곤경에 빠져 도주 할 수밖에 없는 처지에 다다른다.

레싱은 잠시 비텐베르크 대학 의학부에서 공부하다가 1748년 11월 베를린에 정착한다. 이제 그는 가난한 부모에게 경제적으로 더 이상 의지하지 않고 자립하려고 한다. 이번에도 뮐리우스가 그에게 자립할 기회를 마련해준다. 그보다 먼저 이곳으로 이주해 「베를리니쉐 프리빌레기어텐 차이퉁」(베를린 특권신문)의 편집을 맡고 있던 그가 레싱에게 서평을 발표할 기회를 준 것이다. 그리하여 레싱은 이를테면 문화계의 일당노동자가 되어 문학뿐만 아니라 거의 모든 학문분야의 저술에 대한 평론을 신문과 잡지에 기고하는 한편, 신문의 편집도 잠시 맡는다. 그는 독일에서 다른 직업을 갖지 않고 글쓰기를 생업으로 하는 최초의 자유문필가가 된다. 이 서평 활동을 통해 레싱은 기지가 번뜩이는 어조, 원칙의 중시, 분별을 통한 이해, 평범한 것에 대한 가차없는 거부, 권위로 간주되는 것에 대한 비판적 태도 등 평론가로서 대성할 토대를 마련한다.

그는 냉철한 시선으로 당시 문단의 흐름 전체를 조망하면서 문학,

예술, 미학에 관한 새로운 개념의 형성에 참여한다. 그리고 또 과거의 인물들에 대한 왜곡된 평가를 시정하여 그들의 명예 회복을 목표하는 수많은 글, 즉 『구제』도 이 시기에 시작된다. 루터에 의해 박해를 받은 시몬 렘니우스의 명예 회복을 위한 6개의 「편지」를 필두로 『호라티우스의 구제』가 뒤따른다. 후자의 계기가 된 것은 목사이면서 시를 쓰는 랑에의 호라티우스 번역(1752)이다. 레싱은 『구제』 이외에 이 번역의 졸렬함을 통렬하게 비판하는 글을 쓴다. 『라우블링엔의 목사 사무엘 고트홀트 랑에 씨를 위한 지침서』는 레싱이 1차 베를린 시절에 쓴 평론 가운데 문체적으로나 내용적으로나 가장 탁월한 것으로 꼽힌다. "독일의 호라티우스"라 찬양되던 랑에는 이 글을 통해 "호박(琥珀)에 박힌 벌레처럼" 불멸이 되었다(하이네). 이밖에도 레싱은 1750년에 뮐리우스와 공동으로 독일 최초의 연극잡지 「연극의 역사와 진흥」을 창간한다. 그리고 그는 1754년부터 59년까지 거의 혼자 힘으로 「연극총서」라는 잡지를 발행한다.

뮐리우스가 죽은(1754년) 뒤 레싱은 프리드리히 니콜라이, 칼 빌헬름 람러, 독일 최초의 유대 지식인 모세스 멘델스존 등과 교류하기 시작한다. 그는 멘델스존의 도움을 받아 「형이상학자 포우프!」라는 논문을 쓴다. 그는 1753년부터 1755년까지 6부로 된 『레싱 문집』을 출간한다. 독일 최초의 시민비극작품 『사라 삼프존 아가씨』가 포함되어 있는 이 『문집』은 다양하고 열병에 걸린 듯한 문학 활동의 첫 시기를 마무리 짓는 것이다. 1755년 10월 프로이센의 수도 베를린을 떠날 때 레싱은 이미 존경받는 평론가로서 두려움의 대상으로 성장한다. 그는 1752년 비텐베르크 대학에서 석사학위를 받는다.

거처를 라이프치히로 옮긴 레싱은 1756년 5월 부유한 상인 빙클러의 안내자로 유럽 여행길에 오르나 7년전쟁의 발발로 중도에서 돌아온

다. 그는 1757년 초에 라이프치히를 점령한 프로이센군의 소령이자 시
인인 에발트 폰 클라이스트를 알게 되어 친한 친구가 된다. 이 시기에
생성된 가장 중요한 글은 멘델스존, 니콜라이와 주고받은 비극에 관한
서신이다. 여기에서 레싱은 "동정심"을 비극의 핵심정서라고 주장하는
등 비극이론의 토대를 마련하고, 그것은 나중에『함부르크 연극평』으
로 이어진다. 1758년 5월 클라이스트는 전장으로 떠나고, 레싱은 다시
베를린으로 이주한다. 그는 글라임의 전쟁시들을 엮어『보병의 노래』
(1758)를 간행한다. 그는 또 독일어사전 편찬을 위한 준비작업에도 착
수한다. 이 작업은 70년대 초까지 계속되나 결실을 맺지는 못한다. 그
의 수많은 희곡 구상 가운데 완성된 것은 단막비극『필로타스』(1759)
뿐이다. 그리고 미완성 상태로 발표된 유일한 작품은「파우스트 박사」
이다. 남아 있는 것이 아주 단편적이라 전체적인 윤곽을 그리기는 어려
우나, 민담처럼 파우스트의 영혼이 악마의 수중에 떨어지지 않고, 괴테
의 작품에서처럼 구원되는 방향전환이 이루어지는 것이 두드러진 특
징이다.

　그는 1759년 우화에 관한 논문과 함께『우화집』을 발간한다. 그리
고 동년 1월부터 멘델스존, 니콜라이와 함께 최신 문학에 관한 평론을
담은 잡지「최신 문학에 관한 편지(약칭 문학 편지)」를 발간한다. 이 잡
지는 1765년 7월까지 발행되었으나, 레싱은 처음 2년 동안만 주도적으
로 참여하고 그 후 손을 뗀다. 이 잡지를 통해 파당을 만들려는 니콜라
이의 속셈을 간파했기 때문이다. 이 잡지를 창간한 레싱의 의도는 기존
의 것을 가차없이 비판함으로써 새로운 독일 문학의 토대를 마련하는
것이다. 그리하여 고췌트, 보드머, 비란트를 위시한 수많은 동시대 문
인, 작가들에 대한 부정적인 평가와 비판이 주류를 이룬다. 1760년 레
싱은 디드로의 희곡이론에 관한 글과 희곡 2편을 번역해『디드로의 드

라마』라는 제목으로 출간한다.

레싱은 1760년 소리 소문 없이 베를린을 떠나 프로이센군의 장군이며 브레슬라우 점령군 사령관인 타우엔치엔의 비서가 된다. 난생 처음 경제적으로 여유를 얻은 그는 6천 권 이상의 서적을 사들인다. 그러나 그는 곧(1767년부터 70년까지) 이 방대한 장서를 다시 팔아야 할 처지가 된다. 레싱은 1764년 여름 심한 병에 걸리는데, 이것을 인생의 분수령으로 간주해 이제 "어른이 되기 시작 한다"고 느낀다(8월 5일 람러에게 쓴 편지, B 11/1, 415). 그해 말 레싱은 비서직을 사직하고 이듬해 5월 다시 베를린으로 돌아간다. 이 시기에 주요 작품 2개가 생성되는데, 『라오코온』과 걸작희극 『민나 폰 바른헬름, 일명 병사의 행운』이 그것이다. 『라오코온』 1부는 1766년에 발간되고, 『민나』는 그보다 1년 뒤에 나온다.

『라오코온』은 부제 "미술과 문학의 경계에 관해서"가 말해주듯 미술, 조형예술과 문학의 차이를 규명하는 예술이론서로, 인접분야를 각각의 특성에 따라 명확히 구분하여 이해와 인식을 증진시키는 레싱의 뛰어난 장점이 돋보이는 글이다. 레싱은 그리스 신화에 등장하는 트로이의 사제 라오코온을 다룬 작자미상의 조각품과(현재 바티칸에 있음) 베르길리우스의 서사시 『아이네이스』를 비교한다. 미술의 수단은 색채이고 공간에서의 형태이므로, 물체의 병렬이 미술의 본령이다. 이와는 달리 문학의 본령은 시간의 흐름이다. 다시 말해 사건의 나열식 묘사가 아니라, 사건의 결과를 연속되는 행위로써 표현하는 예술이 문학이라고 레싱은 정의한다. 『라오코온』은 당시에 만연되던 문학의 서술 풍조를 비판하면서 문학의 본질로 행동(Handlung)을 내세운다. 『라오코온』에 담긴 견해가 전부 레싱의 독창은 물론 아니다. 그는 동시대의 예술이론가, 저술가들이 이미 밝힌 견해들을 논리적인 순서에 따라 종합·

정리하였다. 레싱의 언어가 유연하고 명확하며, 또 그가 고대 저술가들의 전거를 풍부히 인용하고 있는 점은 그의 논조에 설득력을 더해 준다. 레싱은 대상 그 자체로부터, 소재와 수단의 독특성으로부터 원리를 도출하고, 이런 논리전개 방식이 그 당시 지배적이던 추상적인 연역에 의한 논리전개 그리고 그렇게 해서 얻어진 법칙체계를 타파하여, 다음 세대인 질풍노도 시대의 천재를 중심개념으로 하는 미학이론의 길을 열어준다. 바로 여기에 『라오코온』의 가치가 있다 하겠다.

　레싱이 다시 베를린으로 돌아와서 적당한 자리를 얻으려는 노력은 번번이 수포로 돌아가다가 1766년 말에야 비로소 새로운 가능성이 보인다. 함부르크 사업가 12명이 힘을 합쳐 1766년 10월 24일에 국민극장을 설립하고 레싱을 초빙하려고 한 것이다. 레싱은 애초의 계획과는 달리 전속극작가로서가 아니라, 그의 희망에 따라 상임평론가로서 초빙된다. 함부르크 국민극장은 1767년 4월 22일 개관한다. 그는 1767년 4월 함부르크로 이주하고, 5월 8일에 벌써 『함부르크 연극평』 1편이 나온다. 많은 사람들이 착각하고 있으나, 『함부르크 연극평』은 희곡이나 연극의 이론서가 아니다. 레싱은 함부르크 국민극장의 무대에 올려진 모든 작품의 분석은 물론 배우들의 연기도 비평의 대상으로 삼아 일주일에 두 편씩 연극평을 쓴다. 1769년 3월 26일까지 계속된 이 평론이 『함부르크 연극평』이다. 그러나 얼마 지나지 않아 비평의 대상이 되는 입장의 배우들과 비평하는 평론가 사이에 마찰이 생겨난다. 그래서 레싱은 연기에 대한 비평과 연기술에 대한 탐구를 전면 중단한다. 그 대신 그는 희곡, 특히 비극의 본질에 대한 탐구에 힘을 기울여서 『함부르크 연극평』 후반부에는 비극에 관한 이론이 많은 비중을 차지하게 된다.

　레싱은 해적판에 대처하기 위해 보데와 공동 출자하여 『함부르크 연극평』의 인쇄 및 배포를 담당할 인쇄소를 차린다. 그럼에도 불구하고 『연극평』은 해적판 때문에 두 번이나 중단된다. 그리고 국민극장이 개관한지 채 2년도 못되어 문을 닫자(1769년 3월 3일), 이 사업 역시 실패로 끝난다. 하지만 이 인쇄소에서 레싱의 고고학에 관한 글 두 종, 즉 당시 대단한 명성을 누리던 할레 대학 클로츠 교수(1738 - 1771)를 통렬하게 비판해서 침묵시킨 『고대문물에 관한 편지』 1, 2부(1768-9) 그리고 「고대인들은 죽음을 어떻게 형상화 했는가」(1769)가 발간된다. 함부르크에 체류하는 동안 레싱은 앞으로 그의 생애와 활동에 크게 영향을 미칠 사람들과 인연을 맺는다. 레싱은 상인 쾨니히 일가, 김나지움교사 라이마루스 일가 등과 가깝게 교류하고, 괴체 목사와 면식을 갖는다. 쾨니히의 아내는 후에 레싱의 부인이 된다. 그리고 레싱은 나중에 기독교의 도그마를 부정하는 라이마루스의 유고를 출판한다. 이것이 도화선이 되어 그와 정통 루터교 사이에 신학논쟁이 전개되는데, 괴체가 교회의 대변인으로 나선다.

함부르크 국민극장과 인쇄소의 실패로 또다시 경제난에 봉착한 레싱은 에버트 교수가 이미 1769년 10월에 주선해준 볼펜뷔텔 도서관장 자리를 여러 가지 고려 사항에도 불구하고 물리칠 수 없는 형편이다. 볼펜뷔텔 도서관은 브라운슈바이크를 다스리는 제후에 속한 유서 깊은 도서관이다. 레싱은 1770년 5월 함부르크를 떠나 볼펜뷔텔로 이주한다. 그러나 600 탈러에 불과한 연봉은 그의 경제난을 해결해주지 못한다. 더욱이 사람들과 어울리기 좋아하는 레싱은 말동무를 찾기 어려운 이 외진 소도시에서 외로움을 느낀다. 이 시기에 그가 쓴 편지들은 신랄한 어조로 불만을 토로한다. 다른 자리를 얻으려고 여러 번 시도하나, 모두 무위로 돌아가고 만다. 이런 상황에서 친지들과 문인들의 방문 그리고 여행이 그의 외로움을 달래준다. 빈에 여행할 때 마리아 테레지아 여제와 요셉 2세가 그를 정중하게 접견하고, 그를 기리기 위해 『에밀리아 갈로티』가 공연되기도 한다. 그리고 그는 한 브라운슈바이크 공자와 함께 이탈리아를 여행한다. 그밖에 그는 볼펜뷔텔에서 새로 친구들을 사귀는데, 판사시보 칼 빌헬름 예루살렘이 그 가운데 하나이다. 이 사람은 괴테의 소설 『젊은 베르터의 고뇌』의 주인공 베르터의 모델이다. 1771년 레싱은 1769년 말에 남편과 사별한 에파 쾨니히와 약혼한다. 그러나 경제적인 어려움 등으로 바로 결혼하지 못한다. 그는 마침내 1776년에 결혼하나, 1년 후 하루밖에 살지 못한 아들을 낳고 부인이 산욕으로 숨져, 남들처럼 한번 행복을 맛보기를 간절히 바라던 이 꿋꿋한 남자를 절망시킨다. 레싱은 이 충격에서 벗어나지 못한다.

레싱은 1757년에 이미 『에밀리아 갈로티』의 집필을 시작했으며, 함부르크 시절에도 잠시 손을 댔다. 그러다가 그는 1771-72년 사이의 겨울에 집중적인 작업을 통해 마침내 이 작품을 완성한다. 이 비극은 1772년 3월 22일 브라운슈바이크 공작부인의 생일을 축하하기 위해 최초로 공연된다.

볼펜뷔텔 도서관장으로 부임한 레싱은 소장 도서와 필사본들을 보존·관리하는 데 그치지 않고, 조사하여 가치 있는 것을 발굴·공개하는 것이 도서관장의 소임으로 생각한다. 1773년 그는 이 목적을 위해 「역사와 문헌. 볼펜뷔텔 공작 도서관의 귀중본」이라는 부정기잡지를 창간하고 1781년까지 6호가 발행된다. 레싱은 이 잡지에 1768년에 죽은 라이마루스의 미공개 유고 『신의 이성적 숭배자들을 위한 변론』을 나누어 공개한다. 「이신론자(理神論者)들의 관용에 관해서. 무명씨의 단편(斷篇)」이 「역사와 문헌」 3호(1774)에 실리고, 이 잡지의 4호(1777)는 단편 5개와 「편집자의 반론」만으로 채워진다. 그리고 레싱은 이듬해 별도로 「예수와 제자들의 목적에 관해서」라는 단편을 출간한다.

　합리주의적인 이신론의 입장에서 성경을 비판하고, 계시 개념을 위시해서 기독교 교리 전반을 부정하는 라이마루스의 글을 공개하면서 레싱이 의도하던 바는 필자의 입장을 지지하는 것이 아니라, 기독교 교리의 옹호자와 신학에 관해 논쟁을 유발하는 것이다. 그런 논쟁이 신앙뿐만 아니라 이성의 발전에 유익할 것으로 레싱은 보았던 것이다. 라이마루스의 유고가 공개된 뒤 1777년에 논쟁이 불붙기 시작한다. 맨 먼저 반론을 제기하고 나선 사람은 허노퍼시의 여학교 교장 요한 다니엘 슈만이다. 그의 반론을 레싱은 「성령과 권능의 증거에 관해서」 그리고 「사도 요한의 유언」이란 글로써 가볍게 물리친다. 그리고 두 번째 적수인 볼펜뷔텔 교구 감독 요한 하인리히 레스의 공격도 레싱은 유명한 글 「제2답변」(1778)으로 물리친다. 그 후 함부르크 시절에 레싱과 면식이 있던 괴체 주임목사가 기독교계의 대변자로 나선다. 괴체는 "무명씨"의 단편을 공개한 것을 격렬하게 비난할 뿐만 아니라, 레싱에 대해서도 공격을 감행한다. 이에 맞서서 레싱은 1778년에 「비유설화. 한 작은 부탁 그리고 경우에 따라 거절로 볼 수 있는 글과 함께」, 「자명한 이치」, 11편의 『반(反) 괴체』, 「아주 불필요한 질문에 대한 답변」과 이것의 「제1호」 등 수많은 반박문을 발표한다. 레싱 자신의 입장은 라이마루스의 각 단편에 붙인 「편집자의 반론」에서 드러나는 바와 같이, 라이마루스의 입장뿐만 아니라 괴체가 대변한, 신·구약의 언어 영감설(靈感說)을 고수하는 정통 루터교의 교리와도 상당한 거리가 있다.

　논쟁이 점점 가열되자 교회측은 레싱의 고용주인 브라운슈바이크 공작을 움직여서 1772년에 레싱에게 부여된 검열면제조치를 철회하게 만든다. 이로써 레싱은 손발이 묶이게 된다. 그러나 그는 결코 포기하지 않고 논쟁을 계속할 다른 방법을 모색한다. 이것이 1779년에 출간된 『현자 나탄』의 생성배경이다. 독일 계몽주의 시대의 박애와 관용 사상을 잘 표현하고 있는 레싱의 마지막 희곡은 그의 전 작품 가운데 가장 칭송되는 작품이다.

사상적으로 『현자 나탄』과 깊은 연관성이 있으며, 레싱의 종교철학 내지 역사철학이 담겨 있는 중요한 만년의 글 두 종이 있다. 레싱은 1771년 함부르크에서 프리메이슨회에 가입했으나 곧 실망을 느꼈다. 그래서 그는 보편적인 인간애와 선(善)의 지배를 목표하는 프리메이슨 운동의 본질을 규명하려고 한다. 그 결실이 5편의 『에른스트와 팔크. 프리메이슨회원을 위한 대화』(1778, 1780)이다. 「인류의 교육」(1780)은 짧은 글이지만, 인류는 끊임없이 발전해서 선이기 때문에 선을 행하는, 구약과 신약 시대인 제1, 제2 복음기 다음의 영원한 제3 복음기에 도달하게 된다는 계몽주의자 레싱의 종교철학이 담겨 있어서 신학계에서도 아주 중요시되는 글이다.

레싱은 1781년 2월 15일 브라운슈바이크에서 눈을 감는다.

2. 평가

칸트는 계몽주의를 "인간이 자초한 미성숙 상태에서 벗어나려는" 운동이라고 정의하면서, "용기를 내어 네 자신의 오성을 사용하라"[1]는 구호를 제창하였다. 이 구호에 가장 충실했던 사람 가운데 하나가 레싱이 아닌가 생각된다. 그는 독일 계몽주의 시대에 문학평론가, 이론가, 작가로서 또 언론인으로서 문화 전반에 걸쳐 혁혁한 공을 세웠으며, 독일 문학이 낙후성을 극복하고 세계문학의 정상권으로 도약하는 준비과정

---

1) Kant: Beantwortung der Frage: Was ist Aufklärung?. In: Was ist Aufklärung? Thesen und Definitionen, hrsg. v. Ehrhard Bahr. Stuttgart(Reclam) 1984, 9쪽.

에서 결정적인 역할을 담당하였다. 그는 독일 최초의 자유 문필가, 시민비극의 창조자, 전제군주제와 정통 루터교의 비판자, 시민계급의 선구자, 관용과 지혜의 화신 나탄의 창조자, 독일 근대 희곡의 아버지 등으로 칭송되고 있다.

계몽주의자 레싱은 이성에 의한 검증이 인식에 도달하기 위한 필수적인 과정이라는 신념을 가지고 있다. 그는 이성의 검증을 거치지 않고는 그 어떤 것도 믿지 않을 뿐만 아니라, 그 검증에 영향을 줄 만한 일체의 요소도 배제하려는 노력을 기울인다. 그리하여 그는 그 누구에게도 예속되지 않고 자유를 지키고, 그 대가로 경제적 어려움을 감수한다. 뿐만 아니라 레싱은 이성의 검증을 거쳐 옳은 것으로 판명된 것은, 그것이 지배적인 견해와 일치하든 상충되든 간에 그리고 또 그것으로 인해 불이익을 당할지라도, 주저하지 않고 일반에게 공개한다. 그는 이성적 검증의 객관성을 보장하기 위해 공개토론의 형태로 그 검증이 이루어져야 한다고 생각한다. 그의 저술활동은 모두 이 공개토론을 촉발하거나, 또는 진행중인 토론을 계속 유지시키기 위한 목적을 가지고 있다.

레싱은 그 시대에 지배적인 견해에 무비판적으로 동조하지 않고, 오히려 일반적 흐름에 역행하는 방향으로 사고를 전개하는 용기를 지닌다. 그리하여 그는 비록 생성 당시에는 옳은 것이었지만, 시간이 흐르면서 새롭게 검증되지 않은 채 그대로 전해져 내려온 결과 이제 변화된 상황에서 편견이 되어버린 견해를 타파하는 외로운 작업을 끊임없이 전개한다. 선입관, 편견이야말로 레싱이 가장 경계했던 것 중의 하나이다.

레싱은 독자에게 사고의 결과를 제시해 주지 않고, 어떤 결론에 도달하기까지의 사고 과정을 보여줌으로써 독자들이 함께 사고하도록 유도한다. 그의 산문에서 자주 보이는 대화체는 독자를 사고 과정에 끌어들이기 위한 수단이다. 이 때문에 그는 소크라테스와 비교되기도 한다. 잘 알려진 바와 같이 소크라테스는 제자들에게 지식을 전수하는 대신, 적절한 질문을 통해 그들 스스로 인식에 도달하도록 이끄는 교수법을 사용하였으며, 이것을 우리는 산파술(産婆術)이라고 부른다.

레싱은 어떤 역사적 사건이나 인물을 고찰할 때 항상 자신의 관점에서가 아니라, 그것의 전제조건에서 출발하여 파악하려고 한다. 그리고 그는 어떤 사상(事象)의 겉껍질인 문자가 아니라, 알맹이인 정신을 파악하는 것이 진정한 인식이라고 믿는다. 그리하여 레싱은 핵심으로 뚫고 들어가 정신을 파악하지 못한 채 문자 주위를 맴도는, 얄팍한 지식을 뽐내는 현학자, 사이비 지식인, 문필가 등을 통렬하게 비판한다.

이러한 레싱의 성격에 가장 어울리는 활동분야는 비평, 평론일 것이다. 독일에서 문학평론의 기초를 다진 사람이 바로 레싱이다. 독일의 예술평론, 문학평론은 1720년대에 인접국들로부터 도입되고 나서 아주 빠른 속도로 전파되어 중요성을 얻게 되었다. 시민의식의 계발과 촉진을 목표로 하는 계몽주의자들은 이제 막 뿌리를 내리려고 하던 예술평론을 매체로 하여 그들의 주장과 사상을 발표하였다. 그러던 중 1740년대에 이르러 고췌트와 그의 추종자들로 구성된 라이프치히파 그리고 보드머, 브라이팅어를 중심으로 한 스위스파 사이에 이성의 한계를 벗어나는 신비적인 요소가 문학에서 허용되느냐 하는 문제를 놓고 논쟁이 벌어졌다. 그 논쟁이 정확한 논거와 주장에 의해서 전개되지 않고, 심한 경우 인신공격으로 변질되어서 문학평론은 일시적으로 침체에 빠졌다. 바로 이 시기에 레싱이 20대의 약관으로 두각을 나타내기 시작해서 독일 문단을 혁신하는 데 결정적인 역할을 하였다. 그는 당시 독일 문단에서 절대적인 영향력을 행사하며 군림하던 고췌트와 그의 추종자들뿐만 아니라, 스위스파에게도 정면도전을 서슴지 않고 감행하였으며, 마침내 이 두 파를 침묵시키기에 이르렀다. 레싱은 1750년대에 자유분방하고 날카로운 지성, 신선하고 명확한 사고, 빈틈없는 논증 그리고 고전에 대한 해박한 지식을 바탕으로 독자들을 매료시키면서 평론계를 평정하였으며, 누구나 두려워하는 평론가가 되었다.

신진 평론가로서 레싱의 새롭고 미래지향적인 점은 법칙을 보는 시각에 있다. 그는 문학과 예술의 법칙을 선험적으로 주어진 것이라 생각하지 않고, 예술작품들의 관찰을 통해 귀납적으로 얻어진 것으로 본다. 물론 이것은 새로운 견해가 아니다. 그런데 이 법칙을 실제로 적용하는 데에서 입장이 갈라진다. 고췌트와 스위스파가 이렇게 해서 얻은 법칙을 절대적인 것으로 간주하고, 작가가 창작할 때 꼭 준수해야 한다고 강요한 반면, 레싱은 그 법칙을 문예창작의 외적 법칙이 아니라 내적 법칙이라고 파악한다. 따라서 그는 문학작품을 평가할 때 그 작품이 외적 법칙들, 예컨대 희곡에서의 삼일치 법칙을 잘 지켰느냐를 따지는 대신, 그 작품의 문학적 질, 다시 말해 그 작품이 설정한 목표에 도달했는가를 기준으로 삼는다. 이리하여 고췌트가 희곡의 절대적 법칙 중의 하나로 내세웠던 삼일치 법칙은 레싱 이후에는 그 이전과 같은 구속력을 갖지 못하게 되었다.

평론가 레싱의 날카로운 공격을 제일 많이 받은 사람은 고췌트이다. 제17 「문학 편지」에서 레싱은 고췌트의 독일 연극의 혁신에 기여한 공로를 전면 부정할 뿐만 아니라, 고췌트가 독일 연극을 옳지 못한 방향으로 이끌었다고 비판한다. 고췌트는 낙후된 독일 연극의 수준을 끌어올리기 위해 프랑스 고전주의를 모범으로 삼아야 한다고 주장하였다. 이에 반해 레싱은 게르만 민족인 독일인의 취향이 로만족인 프랑스인의 그것과는 다르기 때문에, 독일 연극은 프랑스 극작가가 아니라 영국 작가 셰익스피어를 모범으로 삼아야 한다고 주장하였다. 이리하며 독일 연극의 궤도수정이 이루어지게 되었다.

레싱의 고췌트에 대한 신랄한 비판은 지나친 감이 없지 않다. 그 이
유는 레싱이 고췌트가 쌓아올린 토대 위에서 활동을 시작했다는 역사
적 사실에서 찾아야 할 것이다. 아마도 레싱은 고췌트를 이미 자기 몫
을 다한 낡은 권위로 생각해서 그의 영향력을 신속히 없애는 것이 독
일 연극의 발전에 도움이 된다고 믿었던 것 같다. 위에 언급한 독일 연
극의 궤도수정, 혁신이 레싱의 가장 뛰어난 업적이다.

평론가 레싱은 뮐리우스와 공동으로 편집 · 출판한 독일 최초의 연
극잡지 「연극의 역사와 진흥」에서 자신의 가능성을 시험해 보고, 「문학
편지」를 통해 독특한 표현양식을 발견하며, 『함부르크 연극평』에서 완
숙에 도달한다. 평론가로서 빼어난 업적을 남긴 레싱의 활동을 딜타이
는 "생산적 비평"[2]이라고 표현하였다.

레싱은 『함부르크 연극평』 마지막 편에서 "나는 배우도 아니고 작
가도 아니다"고 말한 다음 자신의 창작 방식에 대해 언급한다. 직관과
영감에 의해 창작하는 천재와는 달리 모든 것을 심사숙고하고 앞뒤를
재며, 여태까지 읽었던 것을 모두 머릿속에 떠올려야 작품을 쓸 수 있
었다는 것이다(IV, 694-5). 레싱은 당대의 어느 작가나 지성인보다 인문
주의 전통에 충실했고 또 탄탄한 학문적 토대를 갖추었다. 이런 바탕
위에서 그의 글쓰기는 이루어진다. 모범이 되는 작품들에 대한 연구와
분석을 통해 그것들보다 나은 작품을 만들어보겠다는 의욕이 그를 자
극한 것이다[3]. 다시 말해 그의 비평활동은 그에게 부족한 천재성을 보
충해 주는 역할을 한다.

---

2) Wilhelm Dilthey: Ästhetische Theorie und schöpferische Kritik. In: Gotthold Ephraim Lessing (Wege
   der Forschung), hrsg. v. Gerhard und Sibylle Bauer. Darmstadt 1968, 48쪽.
3) Wilfried Barner: Lessing zwischen Bürgerlichkeit und Gelehrsamkeit. In: Bürger und Bürgerlichkeit im
   Zeitalter der Aufklärung. Wolfenbütteler Studien VII, hrsg. v. Rudolf Vierhaus. Heidelberg 1981, 178쪽
   참조.

희곡론

II. 희곡론

레싱이 독일 근대 희곡의 아버지라고 불리는 것은 그가 희곡의 창작 뿐만 아니라 이론 면에서 이룩한 빼어난 업적에 근거한다. 주지하는 바와 같이 그는 『사라 삼프존 아가씨』로 시민비극(Bürgerliches Trauerspiel)이란 새로운 장르를 독일에 도입하여 정착시켰으며, 독일 최초의 걸작희극으로 평가되는 『민나 폰 바른헬름』을 위시하여 『에밀리아 갈로티』, 『현자 나탄』 등을 남겼다. 이 세 작품은 지금도 독일의 여러 극장에서 꾸준히 상연되고 있다. 레싱은 현재까지 살아서 무대에 올려지는 가장 오래된 독일 작가이다. 이론 면에서 그는 아리스토텔레스의 『시학』을 모체로 하고, 거기에 동시대 또는 그보다 앞선 이론가들의 다양한 견해들을 수용하여 독일 시민계급을 위한 비극론을 정립했는바, 그의 이론은 유럽 사실주의 연극의 기초가 되었다. 아리스토텔레스에서 시작하여 브레히트로 이어지는 희곡이론사의 중간지점에 고봉으로 위치하는 레싱의 희곡론을 아는 것은 독일 희곡이론사의 흐름을 이해하는 데 반드시 필요하다.

고췌트와는 달리 레싱은 체계적인 문학론을 내놓지 않았다. 그러나 그는 다른 계몽주의자들과 마찬가지로 개개 장르의 본질을 파악함으로써 문학의 이해에 도달하려는 노력을 기울였다. 그 결실로 우화에 관한 『논문』과 경구시(Epigramm)에 관한 『단상』이 남아 있다. 레싱이

가장 많은 관심을 기울였던 장르는 두말할 나위 없이 희곡이다. 그의
희곡에 관한 견해들은 시간적으로 상당한 거리가 있는 여러 글에 산
재되어 있다. 그래서 모순 되는 부분이 없지 않다. 희곡에 관한 글 가운
데 가장 중요한 것은 『비극에 관한 서신교환』과 『함부르크 연극평』이
다. 전자는 레싱이 1756년부터 57년까지 친구 멘델스존, 니콜라이와
비극에 관해 주고받은 서신이다. 그러니까 편지를 통해 이루어진 비극
에 관한 토론이다. 이 서신들에서 골격이 잡혀가는 레싱의 비극에 관
한 기본적인 견해들은 더욱 발전되고 성숙되어 『함부르크 연극평』에
나타난다.

레싱 스스로 95편에서 밝히고 있듯이 『함부르크 연극평』은 체계적
인 희곡 내지 연극의 이론서가 아니다. 1767년 4월 22일 개관한 함부
르크 국민극장의 상임평론가로 초빙된 레싱은 독일 연극을 총체적으
로 개혁하려는 목적을 가지고 그 극장에서 상연되는 모든 작품의 분
석에서부터 공연, 배우들의 연기까지 모든 것을 논평의 대상으로 삼아
일주일에 두 번 연극평을 썼으며, 그것을 묶은 것이 『함부르크 연극
평』이다. 따라서 이것을 "희곡론"[1] 또는 "연극론"[2]으로 번역하는 것은
적절치 못하다.

비평을 하는 입장의 평론가와 비평을 당하는 입장의 배우들 사이
에 긴장관계가 조성될 것임은 불을 보듯 뻔한 일이었다. 시간이 얼마
지나지 않아 실제로 불화가 야기되었다. 그리하여 레싱은 25편부터 연
기에 대한 비평을 전면 중단한다. 그 대신 그는 희곡, 특히 비극의 본질
에 대한 탐구에 힘을 기울인다. 이것은 배우들의 연기술까지 포함해서

1) 이창복: 렛싱의 함부르크 희곡론 연구. 한국외국어대학교 논문집 제17집(1984).
2) 김수용: 레씽의 극 이론과 독일 시민 비극. 인문과학(연세대학교 인문과학연구소) 제62집(1989).

독일 연극을 총체적으로 개혁하려는 원대한 계획이 희곡의 개혁으로 축소됨을 뜻한다. 그리하여 『함부르크 연극평』 후반부에는(특히 74편에서 83편까지) 비극론이 많은 비중을 차지하고 있다. 레싱이 희곡, 비극에 관해 발표한 여러 글을 종합해서 그의 비극론과 희극론을 정리해본다.

II-1 비극론

1. 비극의 목적: 인간의 도덕적 교화

조형예술과 문학의 차이를 규명한 『라오코온』의 서문(IV, 9)에서 레싱
은 예술품을 수용하는 세 가지 태도를 구분하고 있다. 그는 예술품으
로부터 받은 "영향"에 따라 그것이 마음에 들거나 또는 안 든다고 판
단하는 사람을 "애호가", 그 "영향"의 원인을 파고 들어가서 "보편적
인 법칙들"을 찾아내는 사람을 "철학자", 그리고 그러한 "보편적인 법
칙들"을 개개 작품에 적용해서 그 가치를 검증하는 사람을 "예술평론
가"라고 부른다.

　여기에서 우리가 알 수 있는 것은 레싱이 예술 내지 문학을 논할
때, 그것이 수용자에게 주는 영향에서 출발한다는 사실이다. 그의 희
곡론을 영향미학(Wirkungsästhetik)이라고 부르는 이유는 이 때문이다.
그의 희곡에 관한 모든 논의는 "희곡은 무슨 작용을 할 수 있는가, 그
작용을 하기 위해서 희곡은 어떻게 구성되어야 하는가?"[1]라는 질문에
서 시작된다. 그리고 또 그는 아리스토텔레스의 비극론을 이러한 각도
에서 이해한다. "아리스토텔레스의 법칙들은 모두 비극의 영향을 극
대화하기 위해 계산된 것들이다"(IV, 607).

　비극의 본질을 파악하기 위해 비극이 수용자에게 주는 영향에서
출발하는 방법은 아리스토텔레스로부터 계몽주의 시대 그리고 그 이

---

1) Karl Eibl: 본서에서 주로 사용한 레싱 전집 4권 해설 812쪽.

후까지 이어지는 보편적인 현상이다. 비극이 관객, 독자에게 주는 영
향의 구체적 내용은 시대와 문학사조에 따라 당연히 다르다. 그러면
이 문제에 대한 레싱의 입장은 어떤 것인가? 레싱은 「세네카의 이름으
로 알려진 라틴어 비극들에 관해서」란 비극에 관한 최초의 글에서 비
극은 우리의 "강렬한 감정"을 자극하는 것이라고 말한다(IV, 80). 그리
고 이 견해는 그의 비극론에 관한 모든 글에서 일관되게 발견된다. 비
극은 일차적으로 관객의 감정에 호소해서 "강렬한 감정"을 자극하고,
차가운 피를 끓어오르게 만들어야 한다는 것이다. 레싱은 비극을 긍정
적으로 평할 때는 "피를 뜨겁게 하는", "마음을 움직이게 하는" 등등의
형용사를 쓰고, 부정적으로 평할 때는 "차가운"(IV, 605)이란 형용사를
쓰며, "비극작가의 용서할 수 없는 유일한 잘못은 [...] 우리를 뜨겁게
하지 않는 것이다"(IV, 306)라고 말한다.

　비극이 관객의 강렬한 감정을 자극하는 것이라면, 강렬한 감정의
자극은 비극의 목적인가, 아니면 수단인가? 1756년 8월 31일자 편지
에서 강렬한 감정의 자극이 비극의 목적이라는 순수 예술적인 견해를
피력한(IV, 156) 니콜라이와는 달리 레싱은 문학의 궁극적인 목표는
인간의 도덕적 교화라는 계몽주의적 입장을 고수한다. 주지하는 바와
같이 전기 계몽주의 문학을 주도한 고췌트도 교화를 문학의 목적으로
본다. 이것을 단적으로 보여주는 것은 그의 플롯에 관한 이론
(Fabellehre)이다. 그는 주저 『비판적 문학시론』(1930)에서 "도덕적 교
훈"이 플롯의 알맹이를 이룬다고 말하며[2], 이 "도덕적 교훈"의 개연성
과 신빙성을 높이기 위해, 그리고 이것의 명확하고 인상적인 전달을
위해 법칙체계를 세운다. 일찍이 민족국가를 건설한 영국이나 프랑스

2) Johann Christoph Gottsched: Ausgewählte Werke, hrsg. v. Joachim und Brigitte Birke, Bd. 6
(Versuch einer critischen Dichtkunst). Berlin/New York 1973, 215쪽.

와는 달리 독일은 수많은 작은 나라들로 분열되어 있었다. 이런 상황에서 독일 계몽주의자들의 교양 이념에는 민주적인 민족국가 건설이라는 정치적인 의지가 내포되어 있다. 예술은 민족 이념의 정립과 이이념의 구현을 담당해야 할 사람들의 정신적 성숙에 기여해야 하며, 이것은 교육을 통해 이루어진다는 것이 그들의 공통적인 생각이다. 문학, 연극도 당연히 이 교육에 동참해야 한다. 고췌트와 레싱은 적대적인 관계였으나 지향하는 목표는 같다. 그들이 각각 추진한 연극 개혁은 결국 이 교육 목표를 위한 것이다[3]. 따라서 감정의 자극은 비극의 목적이 아니라 교화를 위한 수단이다. 인간의 교화라는 목표를 실현하는 구체적인 방법론에서 레싱은 고췌트와 많은 차이점을 보이지만, 그 목표 자체는 너무나 당연한 것이라 새삼스럽게 논의할 필요조차 없다고 간주한다. "문학의 모든 장르는 우리를 교화해야 한다. 이것을 새삼스럽게 증명해야 한다면 한심한 일이다. 이것을 의심하는 문인들이 있다면, 더욱 한심한 일이다"(IV, 591).

편지를 통해 비극에 관해 토론한 세 친구는 고췌트의 합리주의적인 문학론에 반대하고 독자의 감정에 영향을 주는 것이 비극의 목표라고 생각하는 데에서 공통점을 보인다. 그러나 니콜라이와 멘델스존은 비극에 의해 자극되는 감정에 도덕적인 가치를 부여하지 않는 데 반해, 레싱은 예술과 도덕의 분리에 반대하면서 다각도로 감정의 자극이 인간의 도덕성을 향상시킴을 증명하려고 시도한다. 인간의 도덕성은 지각 능력, 감수성에 근거한다는 감성주의적 인간관을 레싱이 가지고 있기 때문이다. 따라서 비극이 인간을 도덕적으로 교화하려면 감수

---

3) Klaus Göbel: Gotthold Ephraim Lessing. *Emilia Galotti*. Oldenbourg Interpretationen Bd. 21. München 1988, 49-50쪽 참조.

성을 향상시켜야 한다[4].

희곡, 비극의 목표가 인간의 도덕적 교화이며, 교화는 인식의 증진이 아니라 지각 능력의 향상을 통해 이루어진다는 명제는 레싱 비극론의 2대 전제 가운데 하나이다. 시민계급을 비극의 관객으로 상정하고 있다는 것이 나머지 한 전제이다. 앞으로 다시 자세히 논의되겠지만, 레싱이 "우리"라고 표현한 비극의 관객은 시민계급에 속하는 평범한 사람들이다. 레싱은 이 두 전제하에서 비극론을 전개한다. 이제 비극이 감정의 환기를 통해 어떻게 평범한 인간을 도덕적으로 개선하는지 살펴보자. 그러기 위해서는 먼저 비극에 의해 일깨워지는 강렬한 감정이 무엇인지 고찰해야 한다.

2. 비극이 불러일으키는 감정

2. 1. 경탄에서 동정심으로

아리스토텔레스는 『시학』 6장에서 비극은 "동정심과 두려움을 통해 바로 그런 강렬한 감정들을 정화하는"[5] 것이라고 정의한다. 비극에 의해 자극되는 격정은 eleos와 phobos라는 설명이다. eleos는 지금까지 일관되게 동정심, 연민(Mitleid)으로 번역되는데 비해, 뒤에 다시 언급하겠지만 phobos는 전율, 경악(Schrecken), 공포, 두려움(Furcht) 등 강도에 있어 차이가 있는 감정으로 번역되는 바, 레싱 시대까지는 경악

---

4) Günter Saße: Die aufgeklärte Familie. Untersuchungen zur Genese, Funktion und Realitätsbezogenheit des familialen Wertsystems im Drama der Aufklärung. Tübingen 1988, 143-4쪽 참조.

5) Aristoteles: Poetik, übersetzt v. Olof Gigon. Stuttgart 1976, 30쪽.

으로 이해되어 왔고, 17세기에는 이 두 개념 가운데 경악이 더 중요한
것으로 인식되었다. 그리고 거기에 기독교 순교자를 주인공으로 하는
비극의 효과를 논의하는 과정에서 코르네이유를 위시한 프랑스 고전
주의자들에 의해 경탄(Bewunderung)이 제3의 정서로 추가되었다[6]. 니
콜라이와 멘델스존 역시 비극에 의해 자극되는 강렬한 감정으로 동정
심, 두려움, 경탄 등을 꼽는다. 멘델스존은 레싱에게 쓴 1756년 11월 23
일자 편지에서 경탄을 "덕목의 어머니"(IV, 168)라고 부르면서 경탄을
비극의 중심 정서로 내세운다. 멘델스존의 견해를 요약하면 다음과 같
다. 위대한 주인공이 엄청난 불행을 만나 괴로워하면서도 그 불행을
의연히 견뎌내는 것을 보여줌으로써 관객으로 하여금 경탄하게 만들
어 주인공을 모범으로 삼아야겠다는 생각을 가지도록 하여 관객의 교
화를 꾀하는 것이 비극이라는 것이다.

그러나 레싱은 니콜라이, 멘델스존과 견해를 달리한다. 경탄은 비
범함에서 발생하는 정서이다. 보통을 훌쩍 뛰어넘는 위대한 행위나 아
름다움을 보고 우리는 경탄한다. 그러므로 경탄은 비범함을 알아차리
는 인식 능력을 전제한다. 그리고 경탄이 우리에게 교훈적인 영향을
주기 위해서는 위대한 인물을 모범으로 삼아야겠다는 이성적 자각을
거쳐야 한다. 이 때문에 레싱은 경탄에 유보적인 태도를 취한다.

> 보편적 의미의 경탄은 희귀한 완전함에 대해 느끼는 특별한 희열입니다. 경
> 탄은 본받으려는 열의를 통해 인간을 개선하지요. 그러나 본받으려는 열망
> 은 내가 본받으려고 하는 완전함에 대한 뚜렷한 인식을 전제합니다. 헌데 이
> 런 인식 능력을 가지고 있는 사람들이 얼마나 되겠습니까? (IV, 175)

6) Peter Szondi: Die Theorie des Bürgerlichen Trauerspiels im 18. Jahrhundert. Frankfurt a. M. 1979,
28쪽; K. Eibl: 같은 글 833쪽 참조.

레싱이 경탄을 비극의 핵심 정서로서 거부하는 이유는 이것만은
아니다. 비극의 주인공이 불행에 빠지지만, 자신의 비극적 운명을 "흔
들림 없는 확고한 태도, 오불관언의 의연함, 움츠러들지 않는 용기, 위
험과 죽음을 영웅적으로 무시하는 태도"(IV, 172)로써 받아들일 때 관
객은 경탄한다. 그러나 이런 초인적인 능력은 평범한 인간인 관객의
마음을 움직일 수 없다고 레싱은 생각한다. 관객이 주인공과 일체감을
느낄 수 없기 때문이다. 경탄은 초인적인 능력을 소유한 무대 위의 주
인공과 객석의 평범한 관객 사이의 간격을 전제하는 정서이므로, 그
간격을 없애는 데에 주안점을 두는 레싱의 비극 개념에는 맞지 않는
다. 레싱이 그 대안으로 찾아낸 것이 인간과 인간을 가깝게 하는 동정
심이다. 레싱의 동정심은 기독교의 이웃 사랑과 같은 윤리적 개념이
아니라, 이 단어의 원 뜻 그대로 이웃의 고통을 내 것인 양 아파하는
(mit-leiden) 극도로 고양된 감정이다[7]. 그리고 동정심은 무대 위의 등
장인물들이 아니라 관객의 마음속에서 일어난다.

경탄할만한 주인공이 추구하는 윤리적 가치에 대한 성찰이 있어야
만 경탄은 도덕적으로 개선하는 데 반해, 동정심은 이미 도덕적 효과
를 내포하고 있다. 경탄이 틀린 예에서 점화되어 공허한 정서가 되지
않기 위해서는 항상 이성의 중재가 필요하다. 그러나 동정심은 애초부
터 도덕적 성격을 가지고 있는 정서라고 레싱은 생각한다. "동정심은
[...] 직접 개선해줍니다. 우리 스스로 무슨 기여를 하지 않아도 개선해
주지요. 똑똑한 사람뿐만 아니라 멍청이도 개선해줍니다"(IV, 161). 그
리고 경탄은 일정한 거리를 전제한다. 주인공이 극한상황에서도 흔들
림 없는 의연한 모습을 보일 때, 관객은 경탄하고 그런 의연함을 배우

---

7) 이 때문에 필자는 Mitleid를 연민이 아니라 동정심으로 번역하는 것이 적절하다고 판단한다.

게 된다. 이와는 달리 관객이 마음속으로 무대 사건에 동참할 때 동정
심은 생긴다. 니콜라이와 멘델스존은 동정심과 경탄을 보완적인 정서
로 보는 데 반해, 레싱은 상반되는 정서로 본다. 영웅비극의 주인공은
관객이 동상처럼 우러러보고 경탄할 완벽한 모범이지 동일시할 대상
은 아니다. 그리고 완전무결한 인물만이 경탄을 불러일으킨다. 그러나
완전무결한 인물은 아리스토텔레스의 hamartia(결함)에 위배된다[8]. 이
런 이유로 레싱은 경탄을 동정심으로 대치한다.

레싱의 생각이 경탄보다 동정심에 기운다는 사실은 이미 「톰슨의
비극전집 서문」(1756)에 나타난다. 여기에서 레싱은 비극이 의도하는
바는 "오로지 동정심 그리고 느끼는 인간성의 눈물"(IV, 144)이라고 말
한다. 동정심은 따뜻한 인간의 원초적인 정서이며, 이것을 움직이게 하
는 것이 비극이라는 것이다. 그리고 이 생각은 『비극에 관한 서신교환』
에서 확고하게 굳어진다. 레싱은 관객의 어떤 감정이 비극에 의해 일
깨워지느냐 하는 관점에서 관객의 마음속에 직접 발생하는 감정, 그리
고 등장인물들이 먼저 갖고 그 이후에 관객에게 전달되는 감정을 나
누어 전자를 일차적 감정, 후자를 이차적 감정이라고 부른다. 이러한
구분을 통해 레싱은 비극이 자극하는 핵심적인 감정은 동정심이라는
인식에 도달해서 자기 나름의 비극론을 정립하는 바탕을 마련한다[9].

나는 내 처음 편지들 가운데 하나에서 이미 비극은 원래 *동정심* 이외의 어
떤 강렬한 감정도 우리 마음속에서 움직이게 하지 않는다고 말했습니다. 왜
냐하면 이 감정은 연기하는 등장인물들이 느끼는 것이 아니기 때문입니다.

8) Peter-André Alt: Tragödie der Aufklärung. Eine Einführung. Tübingen/Basel 1994, 139-40쪽 참조.
9) Wilfried Barner, Gunter rimm, Helmuth Kiesel, Martin Kramer: Lessing. Epoche - Werk - Wirkung, 4.
Aufl. München 1981, 165쪽; Max Kommerell: Lessing und Aristoteles. Untersuchung über die Theorie
der Tragödie. Frankfurt a. M. 1970, 90-1쪽 참조.

그리고 우리가 동정심을 느끼는 것은 단순히 등장인물들이 그 감정을 갖기 때문이 아닙니다. 동정심은 대상들이 우리에게 주는 영향으로부터 우리의 마음속에서 자연발생적으로 생겨나는 것입니다. 동정심은 *이차적인*, 전달된 정서가 아닙니다(IV, 204).

멘델스존이 비극의 핵심 정서로 생각하는 경탄은 이제 레싱에 의해 비극의 주목적인 동정심을 움직이게 하는 보조수단으로 평가절하된다. 동정심의 발동은 그 대상의 완전함 없이는 불가능하고, 인간적 완전함은 경탄을 불러일으키기 때문이다(IV, 186). 그런데 경탄이 도가 지나치면, 다시 말해 주인공의 완전함이 지나치면, 우리의 동정심은 역으로 식는다. 초인적인 주인공과 평범한 인간인 우리 사이의 간격을 의식하게 되기 때문이다. 이런 이유에서 레싱은 경탄을 "없어도 그만인 것이 되어버린 동정심"(IV, 162), 또는 "동정심의 휴지점"(IV, 186), 즉 동정심의 끝이라고 말한다.

경탄이 동정심의 끝이라면, 경악(Schrecken)은 동정심의 시작이다. 우리가 호감을 갖는 모범적인 주인공이 갑자기 불행에 빠지는 것을 보고 우리는 놀라며, 이 놀라움으로 인해 우리의 동정심은 움직이게 된다. 우리의 동정심을 놀라게 하여 움직이게 하는 것이 바로 경악이라고 레싱은 말한다(IV, 162). 이렇게 레싱은 그때까지 비극의 중심 개념으로 간주되던 경악과 경탄을 동정심 안에 수용하고 있다[10]. 뒤에 다시 언급하겠지만 레싱은 『함부르크 연극평』에서 경악을 두려움으로 약화시키고, 동정심과 함께 비극의 본질적인 목적인 카타르시스를 보장하는 중요한 개념으로 격상시킨다[11].

---

10) W. Barner u. a.: 같은 책 165쪽 참조.
11) Albert Meier: Dramaturgie der Bewunderung. Untersuchungen zur politisch- klassizistischen
   Tragödie des 18. Jahrhunderts. Frankfurt a. M. 1993, 282쪽 참조.

비극의 핵심 정서가 경탄이 아니라 동정심이라는 인식에 도달한 레싱은 경탄을 근간으로 하는 비극에 비판적인 태도를 취한다. 그의 순교자극에 대한 비판은 기독교에 대한 거부감에서가 아니라, 순교자와 범인(凡人) 사이에 존재하는 간격에서 유래한다[12]. 레싱은 『함부르크 연극평』 2편에서 다음과 같이 의문을 제기하고, 순교자극을 무대에 올리지 않는 것이 좋겠다는 결론을 내린다.

> 진정한 기독교인의 성품은 전적으로 비연극적이지 않은가? 기독교인의 본
> 질적인 특성인 말없는 의연함, 변하지 않는 온유함은 강렬한 감정을 통해 강
> 렬한 감정을 정화하려는 비극의 속성과 모순 되지 않는가? (IV, 240)

2.2. 동정심 – 사회적 미덕의 토대

레싱이 비극에 의해 야기되는 정서들을 일차적인 것과 이차적인 것으로 나누어, 일차적 정서인 동정심이 비극의 목표라는 인식에 도달하는 것을 앞에서 살펴보았다. 그의 비극론은 실로 인간과 인간을 가깝게 하는 정서인 동정심에서 출발한다. 그의 비극에 관한 논의 전체가 이것을 세부적으로 설명하는 것이며, 관객이 주인공에게 동정심을 느낄 수 있는 여러 심리적, 기술적 조건에 초점이 맞추어져 있다고 해도 과언이 아니다. 그러면 동정심이 레싱의 비극론의 핵심을 이루고 있는 이유는 무엇일까? 이것은 비극의 장르적 특성, 특히 동정심의 도덕적 기능에 대한 레싱의 독특한 견해에 대한 물음이다.

---

12) Benno von Wiese: Die deutsche Tragödie von Lessing bis Hebbel. Hamburg 1973, 27쪽 참조.

멘델스존은 동정심을 "어떤 대상에 대한 애정 그리고 그 대상의 불행에 대한 상심이 혼합된 복합감정"(IV, 577)이라고 정의한다. 레싱은 이 정의를 그대로 받아들여서 한 인간의 장점과 불행이 균형을 이룰 때 우리의 동정심이 일어난다고 말한다(IV, 192). 우리는 모범적이고 뛰어난 사람을 경탄한다. 그리고 경탄할 만한 사람이 불행에 빠지는 것을 볼 때 우리의 마음은 아프다. 이 경탄과 심적 고통이 혼합된 감정이 동정심이며, 바로 이것이 비극의 핵심 정서라고 레싱은 말한다. 따라서 진정한 작가는 "주인공의 완전함과 불행을 감동적으로 결합해서 보여주어야"(IV, 187) 한다.

인간은 불완전한 존재로서 혼자 살지 못하고 더불어 살아야 한다. 불완전한 사회적 동물인 인간에게 가장 중요한 덕목은 동정심이라고 레싱은 생각한다.

> *동정심이 가장 많은 사람이 가장 좋은 사람이며, 모든 사회적 미덕을 행하고 모든 종류의 아량을 베풀 성향이 가장 많은 사람입니다. 그러므로 우리로 하여금 동정심을 갖게 하는 자는 우리를 더 착하고 덕성 있게 만드는 것입니다. 그리고 앞의 것을 행하는 비극은 뒤의 것 역시 행합니다. 아니면 뒤의 것을 행하기 위해 앞의 것을 행하는 것이지요 (IV, 163).*

니콜라이에게 쓴 편지에서 따온 이 인용문은 레싱이 동정심을 비극의 핵심 정서로 내세운 이유와 동정심을 통한 도덕적 교화 의도를 잘 알려준다. 동정심은 이웃의 고통과 불행을 외면하지 않고 자기 것인 양 아파하는 따뜻한 감정이다. 동정심은 고통 속에서 괴로워하는 이웃을 도와주는 "사회적 미덕"과 "아량"의 출발점이다. 따라서 동정심을 느끼는 것 자체만으로도 인간은 착하고 인간다워진다. 이렇게 중

요한 덕목인 동정심을 훈련해서 인간을 도덕적으로 교화하는 기능을
레싱은 비극에 부여한다. 비극을 통해 관객, 즉 독일 시민계급을 교화
하려는 그의 계몽 의도가 여기에서 드러난다. 같은 편지에서 그는 아
래와 같이 단정적으로 말한다.

> 비극은 동정심을 느끼는 우리의 능력을 확대해야 됩니다. 비극은 단순히 이
> 런 저런 불행한 사람에 대해 동정심을 느끼도록 가르칠 것이 아니라, 우리의
> 감수성을 훨씬 더 예민하게 만들어서, 불행한 사람이 어느 때이건 또 어떤
> 모습이건 간에 우리의 마음을 움직이고 또 사로잡도록 해야 합니다.
> (IV, 163)

레싱의 동정심은 인간애에서 우러나오는 자선이 아니라 관객의 심
리 성향을 뜻한다. 그러니까 불행한 이웃의 현실을 자기 것으로 받아
들이고, 이웃의 입장이 되어 느끼고 행동하는 능력을 의미한다. 여기
에서 동인은 사회 규범이나 종교의 계율이 아니라, 우리가 일체감을
느끼는 불행한 이웃의 인간적인 한계이다. 이런 능력의 훈련을 레싱은
비극의 목적으로 본다. 그는 멘델스존에게 쓴 편지에서 이렇게 말한
다. "비극은 동정심을 총체적으로 훈련시켜야지, 우리에게 이런 경우
또는 저런 경우에 동정심을 가지라고 규정해주는 것은 아닙니다"(IV,
189). 이런 동정심의 훈련, 확대를 통해 인간의 도덕성이 향상되고, 인
간은 보다 착하고 인간다워지며, 사람과 사람 사이의 간격은 좁아지는
것으로 레싱은 생각한다[13]. 따라서 비극의 좋고 나쁨은 환기되는 동정
심의 강도에 의해 판가름난다. "비극은 할 수 있는 한 많은 동정심을
불러일으켜야 합니다"(IV, 164).

---

13) M. Kommerell: 같은 책 91쪽 참조.

레싱은 동정심을 인간성의 토대로 생각하는 한편, 동정심의 훈련에 가장 적합한 장르는 비극이라고 믿는다. 이미 지나간 과거의 재앙 또는 미래에 닥쳐올 재난은 우리의 동정심을 강하게 불러일으키지 못한다. 그리고 그런 이야기를 그저 듣는 것만으로는 부족하다. 지금 우리 눈앞에서 일어나는 재난만이 우리의 동정심을 활발히 움직이게 한다. 지나간 일을 들려주는 문학형식은 서사문학이고, 어떤 사건을 관객 앞에서 펼쳐 보이는 문학형식은 희곡이다. 따라서 희곡이 동정심을 불러일으키기에 가장 적합한 장르라고 레싱은 아리스토텔레스의 권위를 빌어 주장한다(IV, 589-90). 그리하여 레싱은 비극을 "동정심을 불러일으키는" 문학, "동정할 만한 사건의 모방"(IV, 588)이라고 정의한다. 그리고 그는 『함부르크 연극평』 80편에서 다시 한번 강조한다. "희곡은 동정심과 두려움을 자극하는 유일한 형식이다. 최소한 다른 어떤 형식에서도 그 정서들이 그렇게 고도로 자극될 수 없다고 말할 수 있다." (IV, 601) 그러므로 김수용의 지적처럼 동정심은 "비극의 목표이자 본질"이다[14].

레싱은 관객의 도덕적 교화를 위한 기술적 측면에서도 동정심이 경탄에 비해 강점을 가진다고 본다. 앞에서 이미 언급한 바와 같이 보기 드물게 훌륭하고 위대한 인물을 발견할 때 우리는 경탄한다. 그리고 그러한 인물을 본받으려고 한다. 그런데 여기에는 본받고자 하는 사람의 탁월함과 위대함에 대한 분명한 인식이 전제된다. 다시 말해 경탄의 도덕적 감화는 지적인 인식을 요구하는데, 누구나 이 요구를 충족시킬 수 없다는 것이다. "이에 반해 동정심은 직접 개선합니다. 우리

---

14) 김수용: 레싱의 극 이론과 독일 시민 비극. 인문과학(연세대학교 인문과학연구소) 제62집 (1989) 98쪽.

자신이 어떤 기여를 하지 않더라도 개선하지요. 지성을 갖춘 사람이나 바보를 막론하고 개선합니다"(IV, 175). 동정심은 원초적인 정서이기 때문에 계기가 주어지기만 하면, 이성의 작용 없이도 우리 마음속에서 자동적으로 움직인다는 것이다.

레싱은 동정심을 비극의 중심 정서로 내세워 감정적 호소에 의한 비극의 영향을 설명하고, 또 거기에 계몽적 교화 기능을 부여하여 문예 부흥기부터 지배적이던 도덕주의에 감성주의적 관점을 접합시키고 있다[15]. 비제가 지적한 바와 같이 레싱은 동정심을 일깨우고 훈련하여 우리 관객을 인간답게 만들며, 우리에게 인간 존재의 숨겨진 근거를 보여줌으로써 우리 자신이 먼저 착한 인간이 되라는, 다시 말해 부족하고 유한한 존재이긴 하지만, 항상 남을 동정하고 도와줄 마음 자세를 갖추고 있는 착한 인간이 될 것을 촉구하는 도덕적 임무를 비극에 부과한다[16].

2.3. 두려움

이미 언급했듯이 아리스토텔레스의 eleos는 일반적으로 동정심 또는 연민으로, 그리고 phobos는 경악(Schrecken) 또는 이보다 강도가 약한 두려움(Furcht)으로 번역된다. 레싱은 Mitleid(en)을 일관성 있게 사용한 반면, phobos에 대한 용어로 때로는 경악을, 때로는 두려움을 혼용한다. 니콜라이에게 보낸 1757년 4월 2일자 편지에서 레싱은 아리스

---

15) Manfred Fuhrmann: Die Rezeption der aristotelischen Tragödienpeotik in Deutschland. In: Handbuch des deutschen Dramas, hrsg. v. Walter Hinck. Düsseldorf 1980, 101쪽 참조.
16) B. v. Wiese: 같은 책 28쪽 참조.

토텔레스가 phobos를 "눈앞에 닥친 재앙에 대한 불안감"(IV, 209)으로 설명하기 때문에 경악보다는 두려움이 더 적절한 번역이라고 주장한다. 그러나 그는 이후에 다시 경악이란 용어를 사용한다.

그러다가 레싱은 『함부르크 연극평』 74편 - 여기서부터 그의 비극론이 집중적으로 개진되기 시작 한다 - 에서 바이세의 비극 『리처드 3세』를 평하면서 이렇게 말한다.

> 이해할 수 없는 악행에 대한 놀라움, 우리의 개념을 초월하는 사악한 행위들에 대한 전율, [...] 기쁜 마음으로 자행되는 의도적인 만행을 목격할 때 우리를 엄습하는 전율이 경악이라면, 그것은 비극과 무관할 뿐만 아니라 비극작가들이 피해야 할 정서이다 (IV, 574-5).

아리스토텔레스의 phobos는 비극 주인공을 엄습하는 재앙이 우리 자신에게도 찾아올 수 있다는 관객의 느낌으로, "우리 눈앞에 닥친 재앙에 대한 불안감"(IV, 591)이며, 이에 합당한 단어는 경악이 아니라 두려움이라는 주장이다. 따라서 레싱은 지금까지 "사람들이 아리스토텔레스를 잘못 이해하고 또 잘못 번역했다"(IV, 578)고 말한다.

아리스토텔레스는 『시학』 13장에서 동정심과 두려움의 발생 조건에 대해 다음과 같이 말한다. "동정심은 그럴 만한 잘못이 없는 자가 부당하게 불행에 빠질 경우에만 생긴다. 두려움은 그 자가 관객과 비슷한 사람일 경우에 발생한다"[17]. 이것을 근거로 레싱은 두려움 그리고 두려움과 동정심의 관계를 설명한다(IV, 580-1). 불행을 당한 주인공의 고통을 함께 하기 위해서는 그 불행, 그 고통이 우리 자신에게도 찾아올 수 있다는 가능성을 우리가 느껴야 한다는 것이다. 그러므로 철

---

17) Aristoteles: 같은 책 40쪽.

저한 악인과 완전무결한 사람은 비극의 주인공으로는 부적당하다. 왜냐하면 전자에게는 불행한 일이 하나 더 첨가되거나 안 되거나 별 의미가 없으며, 후자는 불행이 자신에게 찾아올 가능성을 전혀 염두에 두지 않기 때문이다. 다른 한편 절망의 구렁텅이 속에서 허덕이고 있는 사람과 더할 수 없는 행복 속에서 살고 있는 사람은 비극의 관객으로 부적당하다. 절망에 빠져 허덕이는 사람은 남을 동정할 경황이 없으며, 행복에 겨워 오만한 사람은 일반적으로 남의 아픔을 이해하지 못하므로 남을 동정하지 않기 때문이다. 우리 인간은 모두 불완전하다. 우리의 이웃이 인간적인 결함에 의해 불행한 처지에 빠지는 것을 보고 또 그가 겪는 시련이 지나치게 가혹하다는 것을 느낄 때 우리의 동정심은 움직인다. 그리고 그 시련이 우리 자신한테도 찾아올 수 있다는 가능성이 첨가될 경우, 우리의 동정심은 강하게 움직인다. 이런 강렬한 동정심이 바로 비극이 목표하는 정서라고 레싱은 말한다. 따라서 비극작가는 주인공의 불행이 나한테도 닥쳐올 수 있다고 관객이 느끼는 가능성을 증대시켜 개연성(Wahrscheinlichkeit)으로 끌어올려야 한다.

그러기 위해서는 관객이, 우리가 주인공의 입장이었더라도 그와 같이 생각하고 행동 했겠구나 라는 생각을 가지도록 비극작가는 주인공을 그려야 한다. 주인공은 사고와 감정, 의식과 정서, 기질과 성향, 윤리와 도덕 등 모든 면에서 우리와 같아야 한다. 한마디로 말해 "우리와 같은"(IV, 580-1) 사람이어야 한다. 이와 같은 동류의식, 일체감으로부터 우리는 우리의 운명이 주인공의 그것과 같아질 수 있다는, 주인공의 불행이 언제라도 우리 자신에게도 찾아올 수 있다는 것을 느끼고 인식하게 된다. 이것이 바로 두려움이다. 그러므로 관객과 비극 주인공 사이의 일체감은 두려움의 전제조건이 된다. 레싱의 해석에 따르

면 아리스토텔레스의

두려움은 다른 사람 눈앞에 닥친 재앙이 그 사람을 염려하는 우리 마음속에
서 불러일으키는 두려움이 절대로 아니다. 그것은 우리가 고통을 당하고 있
는 인물과 비슷하다는 사실로부터 솟아나는, 우리 자신을 염려하는 두려움
이다. 우리가 보고 있는 그 인물을 엄습한 재난이 우리 자신에게도 찾아올
수 있다는 두려움이다. 우리 자신이 동정 받는 대상 자체가 될 수 있다는 두
려움이다. 한마디로 말해 이 두려움은 우리 자신에 대한 동정심이다
(IV, 578-9).

어떤 사람이 불행한 일을 당해 괴로워하는 것을 목격하면 우리는
측은함과 동정심을 느끼기 마련이다. 그 강도는 우리와 그 사람 사이
의 친소관계에 비례한다. 그 불행한 자가 우리 자신인 경우에 그 강도
는 극에 달한다. 그리고 그 자가 모든 점에서 우리와 같은 사람인 경우
에도 그 강도는 높아질 수밖에 없다. 우리 자신이 언제 어느 때 그 사
람처럼 불행한 처지에 빠지게 될지 모르기 때문이다. 비극주인공과 관
객의 관계도 이와 마찬가지이다. 관객은 비극주인공의 불행과 고통에
대해 동정심을 느낀다. 그리고 관객이 연극의 환상 속에서 주인공 자
리에 자기 자신을 갖다놓을 경우, 동정심은 극대화된다. 그것은 더 이
상 남에 대한 동정심이 아니라, "우리 자신에 대한 동정심이다." 이것
이 바로 레싱이 말하는 두려움이다. 관객은 처음에 주인공이 불쌍해서
가슴 아파한다. 그러다가 두려움을 느끼기 시작하면서부터는 자기 자
신을 동정해서 눈물을 흘리게 된다. 두려움은 그러므로 막연하고 소극
적인 동정심을 구체적이고 적극적인 것으로 강화시켜준다. 레싱은 이
것을 동정심의 성숙화라고 표현한다. "이 두려움은 말하자면 동정심
을 성숙으로 이끄는 것이다"(IV, 581). 두려움을 "동정심의 보다 높은

형태"라고 말하는 학자도 있다[18]. 따라서 레싱이 말하는 두려움은 동 정심 속에 포함되어 있으며, 우리의 두려움을 자극하지 않고서는 우리 의 동정심을 움직일 수 없다(IV, 581).

두려움이 동정심 속에 포함되는 것이라면, 아리스토텔레스가 굳이 비 극은 동정심과 두려움을 불러일으키는 것이라고 정의한 이유는 무엇 일까? 이 의문에 대한 해답을 레싱은 『함부르크 연극평』 76편에서 다 음과 같이 얻고 있다. 아리스토텔레스는 남의 불행, 고통을 보고 그 아 픔을 함께 하는 마음씨가 모든 인간에게 내재한다고 믿는다. 우리가 아끼고 사랑하는 사람이 고통을 당할 때는 물론이고, 우리가 경멸하는 악인이라도 막상 자초한 벌을 받아 파멸하는 것을 보면, 우리의 인간 애는 움직이기 마련이다. 이러한 인간애를 아리스토텔레스는 "박애" (IV, 585)라고 부른다. 이 박애도 동정심에 포함되는 것은 물론이다. 그 런데 이 박애에 우리 자신에게도 그 불행이 언제든지 닥쳐올 수 있다 는 느낌에서 배태되는 두려움이 첨가되어야 비로소 아리스토텔레스 가 말하는 동정심이 된다고 레싱은 해석한다. 박애가 강화되어 동정심 이 된다는 것이다. 박애가 "불씨"라면, 동정심은 활활 타오르는 "불꽃" (IV, 585)이다. "불씨"를 "불꽃"으로 만드는 역할을 담당하는 것이 두 려움이기 때문에, 동정심과 두려움을 구분하여 별개의 이름을 붙인 아 리스토텔레스는 잘못이 없다는 것이 레싱의 해석이다.

박애는 보편적이지만 구체성과 실천력이 결여된 느슨한 정서이다. 두려움은 이런 박애를 강렬한 정서인 동정심으로 "성숙시키는" 기능 을 담당한다. 그뿐만 아니라 두려움은 관객이 극장 안에서 느꼈다가 비극이 끝나 극장 밖으로 나옴과 동시에 사라지기 마련인 동정심을 지속적이고 적극적인 감정으로, 한 걸음 더 나아가 일상생활에서 실천

---

18) Heinz Geiger, Hermann Haarmann: Aspekte des Dramas. Opladen 1979, 35쪽.

하는 덕성으로 강화하고 승화시키는 작용을 한다는 것이 레싱의 견해
이다.

> 비극이 끝나는 즉시 우리의 동정심도 끝난다. 그리고 우리가 느꼈던 모든 감
> 정들 가운데 남는 것은 개연적인 두려움, 우리가 마음속으로 함께 아파한 재
> 난을 보고 우리 자신이 염려되어 갖게 되는 두려움뿐이다. 우리는 이것을 가
> 지고 간다. 그래서 이 두려움은 동정심의 한 요소로서 동정심의 정화에 도움
> 을 주는 것 같이 이제 지속적인 강렬한 감정으로서 스스로의 정화를 도와주
> 기도 한다 (IV, 587-8).

보편적이지만 막연한 감정인 박애를 강렬한 감정인 동정심으로 성
숙시키고, 또 동정심을 느끼는 정서에서 실천하는 덕성으로 승화시키
는, 다시 말해 인간의 도덕적 교화를 담당하도록 만드는 것이 두려움
이다. 이 과정을 레싱은 동정심의 정화라고 말한다.

3. 정화 (Katharsis)

비극이 우리의 동정심과 두려움을 불러일으키는 목적은 그러한 정서
들을 정화, 순화하는 데 있다고 아리스토텔레스는 말한다. 이 비극의
정의를 레싱은 다음과 같이 해석한다. "비극은 우리의 동정심과 두려
움을 불러일으킨다. 단지 이들 그리고 이들과 유사한 정서들을 [...] 정
화하기 위해서"(IV, 591).

비극에 의해 정화될 대상은 관객의 동정심과 두려움 그리고 이것
과 유사한 정서들이라고 레싱은 말한다. 이로써 그는 관객은 경악과

동정심을 수단으로 하여 극중에 표현된 정서들로부터 순화된다는 코르네이유의 아리스토텔레스 해석을 거부한다. 코르네이유의 해석이 옳다면, 레싱이 비극에서 가장 중요하다고 내세우는 정서인 동정심과 두려움은 정화 대상에서 제외되고 만다. 왜냐하면 그것들은 비극 안에서 표현되지 않고, 관객의 마음속에서 야기되는 정서이기 때문이다. 코르네이유는 모든 정서가 다 정화의 대상이 된다고 생각한 반면, 레싱은 동정심과 두려움 그리고 이들과 유사한 정서들만이 정화되어야 한다고 말한다.

이것만이 이 양자의 차이는 아니다. 보다 근본적인 차이점은 크라머가 지적한 바와 같이 정화가 어떠한 방식으로 일어나느냐 하는 데에 있다[19]. 코르네이유의 정화는 지적인 경로를 통해 일어난다고 레싱은 말한다. 주인공의 불행에 대한 동정심은 관객으로 하여금 그러한 불행이 그 자신에게도 닥칠지 모른다는 두려움을 갖게 한다. 이에 근거하여 그러한 불행한 결과를 방지하기 위해서는 그 원인을 제거해야 된다는 이성적 인식에 도달하게 된다. 다시 말해 관객은 주인공이 불행에 빠지는 원인은 그의 강렬한 감정에 있다고 인식하고, 그에 따라 자기 자신의 열정을 "정화하고 억제하며 개선하고 심지어 근절하려고"(IV, 592) 노력하게 된다는 것이다.

코르네이유의 정화가 동정심과 경악을 수단으로 하여 지적 경로를 밟아 일어나는데 반해, 레싱의 정화는 감성의 세계에서 일어난다. 그리고 이미 언급했듯이 동정심과 두려움은 정화의 수단이 아니라 대상이다. 다시 말해 레싱이 의미하는 정화는 동정심 그리고 그와 같은 정서들, 예컨대 박애와 인간애 등등을 일깨우고 훈련하여 확대하는 것이

---

19) W. Barner u. a.: 같은 책 190-1쪽 참조.

다. 그리고 이것은 이성과는 관계없이 감성의 세계에서 일어난다. 착하지만 인간으로서 어쩔 수 없는 결함을 지닌 주인공이 그 결함과는 비교할 수 없는 엄청난 재난을 당하는 것을 보고 우리의 동정심은 환기되며, 거기에 그 주인공의 불행이 우리 자신에게도 닥칠 수 있다는 가능성에서 기인하는 두려움이 첨가되면, 이성의 노력 없이도 우리의 동정심은 훈련, 확대된다는 것이다.

비극이 동정심을 일깨우는 것이므로 동정심을 느끼는 관객의 능력은 비극을 통해 연마된다. 어떤 일을 반복적으로 하면, 우리는 그 일에 익숙해지고 숙련된다. 우리가 비극을 통해 동정심을 느끼는 횟수가 많으면 많을수록, 그리고 동정심의 농도가 진하면 진할수록 우리의 동정심은 민감해지고 활성화된다. 다시 말해 점점 더 쉽게 동정심을 느끼게 된다. 이것을 레싱은 "동정심의 숙련"(IV, 190)이라고 말한다. 이렇게 숙련된 동정심은 앞에서 설명한 바와 같이 두려움에 의해 강렬한 감정으로 성숙된다. 성숙된 동정심은 더 이상 소극적인 감정이 아니라 적극적인 감정이다. 막연하고 추상적인 감정이 숙련과 성숙화의 과정을 거쳐 구체적이고 실천적인 의지와 능력으로 변화되며, 이것이 카타르시스라고 레싱은 주장한다. 그는 『함부르크 연극평』 78편에서 비극의 정화를 동정심과 두려움 그리고 이와 비슷한 "정서들을 덕행의 능력으로 바꾸어놓는 것"(IV, 595)이라고 정의한다. 다시 말해 비극을 통해 우리의 동정심과 두려움이 훈련되고 연마되어 우리는 남의 불행에 민감하게 반응하며, 심정적으로 뿐만 아니라 실천적으로 불행 속에서 괴로워하는 이웃에게 동정을 베풀게 된다는 것이다. 비극을 통해 관객의 동정심을 훈련해서 이웃의 아픔을 함께 아파하고 나아가 도움을 주는 덕성이 풍부한 착한 사람으로 교화하려는 것이 레싱의 의도이다.

동정심과 두려움이 너무 많은 사람도 있고 또 지나치게 적은 사람

도 있다. "따라서 비극이 우리의 동정심을 덕행의 능력으로 바꾸어놓
으려면, 이 동정심의 양극 상태로부터 우리를 순화할 능력이 있어야
한다. 이것은 공포심의 경우도 마찬가지이다"(IV, 595). 비극의 정서는
이성을 거치지 않고 직접 관객의 도덕성에 영향을 미치며, 그 영향이
목표하는 바는 능동적인 사회적 덕목이라는 쿠르티우스의 견해를[20]
받아들인 레싱은 동정심과 두려움이 지나치게 많은 상태와 지나치게
적은 상태 사이에 중용을 유지시켜주는 기능으로 정화를 이해한다. 지
나치게 많은 경우에는 순화시키고, 지나치게 적은 경우에는 강화시켜
야 한다는 것이다. 이 카타르시스 개념은 『관한 서신교환』에서 레싱이
피력한 견해, 즉 동정심이 많은 사람이 가장 좋은 사람이고, 따라서 비
극은 동정심을 가급적 많이 일깨워야 한다는 견해와 모순된다. 레싱은
처음에 도덕성이 오로지 동정심에 근거한다고 생각한다. 이 견해에 멘
델스존은 이의를 제기한다. "이성의 통제를 받지 않으면 동정심도 우
리를 악덕으로 이끌 수 있습니다"(IV, 182).

> 현대 동정하는 능력조차도 [...] 항상 좋은 작용만 하는 것은 아니라는 사실
> 은 도덕적인 감수성에 관한 나의 견해로부터 밝혀집니다. 도덕적인 감수성
> 은 판단력의 도움 없으면 우리의 감정을 그저 유약하게 만들고, 또 우리로
> 하여금 보다 큰 욕망을 가지고 진정한 재화뿐만 아니라 외견상의 재화를 쫓
> 게 합니다 (IV, 198-9).

이 이의를 받아들여 레싱은 견해를 수정한다. 어떤 감정이던지 너
무 강렬해지면 감상으로 흘러 활동력을 떨어뜨릴 위험이 있다. 예컨대

---

20) M. Fuhrmann: 같은 글 102쪽 참조.

슬픔이 너무 크면, 우리는 그것에 압도당해서 눈물을 흘릴 뿐 아무 일도 못하게 된다. 동정심도 마찬가지이다. 지나치게 편집적인 동정심은 절망감 내지 무력감으로 변질될 위험이 있다. 그래서 레싱은 "동정심이 가장 많은 사람이 가장 좋은 사람"(IV, 163)이라는 생각을 버리고, 적절한 수준의 동정심이 바람직하다는 견해를 취한다. 그리고 동정심을 적절한 수준으로 유지시켜 지속적인 덕행의 능력으로 변화시키는 것이 카타르시스라고 주장한다[21]. 카타르시스는 인간이 개인적으로나 사회적으로 흔들림 없이 침착하게 적절한 행동을 취할 수 있도록 조종한다. 이런 인간은 성숙한 인간이다. 레싱이 궁극적으로 목표하는 바는 극장에서 비극을 통해 훈련되고 연마된 동정심을 관객이 실제 생활에서, 이웃과 어울려 사는 일상생활 속에서 실천하게 만드는 것이다. 레싱이 생각하는 비극의 교훈성은 인간과 인간을 가깝게 해주는 동정심을 일깨우고 훈련시켜서 실천적인 덕행의 능력으로 변화시키는 데에, 다시 말해 인간의 도덕성을 증진시키는 데에 있다[22].

4. 주인공

이미 누차 언급한 바와 같이 레싱은 동정심과 이의 "보다 높은 형태"인 두려움을 비극의 목적이자 본질로 보기 때문에 모든 논의가 이 정서들의 환기에 초점이 맞추어져 있다. 등장인물, 주인공에 대한 논의도 예외가 아니다. 관객의 동정심과 두려움을 일깨우고 또 카타르시스

21) A. Meier: 같은 책 282-3쪽 참조.
22) W. Barner u. a.: 같은 책 191쪽 참조.

를 통한 관객의 도덕적 교화라는 비극의 목적을 효과적으로 달성하기 위해서 주인공은 어떤 사람이어야 하는가? 주인공에 대한 논의는 바로 이 문제로 모아진다. 앞에서 이미 설명한 바와 같이 이 문제에 대해 레싱이 찾아낸 해답은 우리가 동질감, 일체감, 동류의식을 느낄 수 있는 사람, 간단히 말해 "우리와 같은"(IV, 580-1) 사람이다. 주인공과 관객 사이의 일체감은 비극의 목적 달성을 위한 절대적인 조건이다. 레싱은 여러 각도에서 "우리와 같은" 사람의 구체적인 성격을 설명한다. 그리고 비극의 계몽 목적을 달성하기 위해 작가가 주인공을 어떻게 묘사해야 하는지에 대한 기술적인 측면도 주인공과 관련한 논의에서 큰 비중을 차지하고 있다.

그러면 "우리와 같은" 사람은 구체적으로 어떤 사람인가? 그의 인간적, 사회적 자질과 특성을 레싱은 어떻게 규정하고 있는가? 레싱은 『함부르크 연극평』 14편에서 아래와 같이 말한다.

> 제후나 영웅의 이름은 희곡작품에 화려함과 위엄은 줄 수 있으나 감동에는 아무런 도움도 주지 않는다. 처지가 우리와 가장 가까운 사람들의 불행이 당연히 우리 마음 가장 깊숙이 파고들 수밖에 없다 (IV, 294).

우리의 마음을 움직일 수 있는 사람은 제후나 영웅 등 지위가 높고 능력이 뛰어나서 국가, 사회에서 중요한 역할을 담당하고 대중의 존경을 받는 사람이 아니라, "처지가 우리와 가장 가까운 사람"이라는 말이다. 레싱은 이어서 프랑스 시민비극 이론가 마르몽텔의 말을 빌어 "우리와 같은" 사람, 즉 "우리"는 "친구, 아버지, 애인, 남편, 아들, 어머니, 총체적으로 인간"이라고 설명한다.

우리 마음을 움직이고 감동시키기 위해서 칭호가 필요하다고 생각한다면, 자연을 잘못 아는 것이고 [...] 인간의 마음에 부당한 짓을 하는 것이다. 친구, 아버지, 애인, 남편, 아들, 어머니, 그리고 총체적으로 인간이라는 성스러운 이름들, 이 이름들은 그 어떤 것보다 장엄하며 항상 그리고 영원히 권리를 주장한다 (IV, 294-5).

"친구, 아버지, 애인, 남편, 아들, 어머니"는 인간의 가장 원초적인 모습이다. 남편과 아내, 부모와 자식, 친구와 친구, 애인과 애인의 관계는 혈연이나 정으로 맺어진 관계이다. 여기에는 타산적인 계산이 비집고 들어올 틈이 없다. 그리고 칭호나 사회적 지위 같은 인위적인 장식, 껍질은 물론 허세 같은 가식은 아무런 의미도 없다. 왕이나 왕비가 우리의 관심을 끌고 동정심을 느끼게 하는 것은 그들이 왕, 왕비이기 이전에 아버지이고 어머니이며 또 남편이고 아내이기 때문이라고 레싱은 말한다. 그러므로 우리의 마음을 움직이기 위해서는 왕이라는 인위적인 껍질을 벗어 던지고 인간 본연의 모습으로 돌아와야 한다는 것이다. 이런 예는 앞으로 『필로타스』를 분석하면서 보게 될 것이다. 우리의 동정심을 움직이는 것은 어떤 사람의 사회적 신분계급이나 직책이 아니라 그의 인간적인 가치이다. 따라서 사회적 신분계급과 지위는 비극에서는 아무 쓸모없는 개념이다. 그리하여 레싱은 『함부르크 연극평』 80편에서 우리가 비극에서 들어야 하는 것은 인간 본연의 목소리라고 말한다. 레싱에 따르면 비극의 주인공은 신분계급이 높은 사람이나 어떤 특정 계급을 대표하는 사람이 아니라, 모든 인위적인 껍질을 벗어 던진 자연 그대로의 인간이다. 그의 유일한 자격은 순수한 도덕성과 따뜻한 인간성이다.

"친구, 아버지, 애인, 남편, 아들, 어머니"는 사회에서 어떤 역할을

담당하는 공인이 아니라 사적인 인간이다. 그리고 이들이 삶을 영위하
는 공간은 국가나 사회 같은 공적인 영역이 아니라 사적인 영역, 즉 가
정이다. 왕, 제후, 재상, 장군 등은 공인이다. 공인은 맡은 임무에 충실
하기 위해서 또는 자신의 지위를 유지하거나 이해관계를 관철시키기
위해서 냉철하게 정치적으로 계산하지 않으면 안 된다. 때로는 권모술
수를 부리기도 한다. 개인적인 감정과 인간적인 배려는 경우에 따라
공인에게 사치이고 치명적인 약점이 될 수 있다. 왕이나 재상은 공인
으로서 정치의 논리, 권력의 논리에 따라야 하고 경우에 따라 가까운
사람, 심지어 자식이나 부모까지도 비정하게 제물로 희생시킬 수 있
다. 왕과 왕자 사이의 권력투쟁은 인류 역사에서 드문 일이 아니다. 비
정한 정치의 세계에서는 누구든지 인간을 목적이 아닌 수단으로 본다.
그러나 아버지와 어머니, 아들과 딸, 남편과 아내, 친구, 애인은 사적인
존재이다. 이들은 수단이 아니라 목적이다. 이들 사이에는 따뜻한 정
이 흐르지 권력의 논리가 지배하지 않는다. 레싱이 비극의 주인공으로
요구하는 인물은 공인이 아니라 인간 본연의 모습을 지닌, 훼손되지
않은 인간성을 간직한 사적인 인간이다. 레싱은 이런 인간을 "착한 사
람"이라고 부른다. "착한 사람"은 비극주인공의 본질이다. 레싱은 마
르몽텔의 말을 빌어 이런 "착한 사람"의 불행은 어떤 영웅호걸의 불운
보다 "감동적이고 도덕적"이라고, "한마디로 말해 비극적"(이상 IV,
295)이라고 주장한다[23].

『함부르크 연극평』 83편에서 레싱은 아리스토텔레스를 등에 업고
서 주인공이 갖추어야 할 요건으로 "훌륭한 도덕성"을 강조한다. 이는
관객과 주인공의 일체감을 위한 것이다. 관객이 주인공의 불행을 동정

---

23) 김수용: 같은 글 109-10쪽 참조.

하고 그것을 자기 것인 양 아파할 뿐만 아니라, 그런 불행이 자신에게도 닥칠지 모른다는 두려움을 느끼기 위해서는 관객이 주인공과 자신을 동일시하는 것이 필요하다. 주인공이 느끼고 생각하고 행동하는 바가 나와 다를 것이 없다고 관객이 느껴야 되는 것이다. 그러기 위해서는 주인공이 모범적인 "착한 사람"이어야 한다. 왜냐하면 부도덕하거나 악독한 사람의 불행은 우리의 동정심을 불러일으키지 못하기 때문이다. 비인간성과 부도덕성에 대해 인간성과 도덕성을 대변하는 착하고 모범적인 주인공을 통해 시민계급으로 이루어진 관객을 교화하고, 그들의 도덕적 우월성을 인식시켜 시민계급의 자의식을 고취하려는 계몽주의자 레싱의 의도를 우리는 여기에서 엿볼 수 있다[24].

위에서 살펴본 바와 같이 "착한 사람"은 주인공의 인간적 자질을 가리킨다. 이제 "착한 사람"의 사회적 성격을 살펴보자. 18세기 중엽 독일에서 공인이 아니라 사인으로서 가정을 주된 생활공간으로 하며, 보편적인 도덕성과 따뜻한 인간성을 추구하는 "착한 사람"은 어느 계층에 속할까? 그것은 바로 시민계급이다. 레싱이 묵시적으로 상정한 연극의 관객은 시민계급이다. 주인공의 사회적 성격은 시민계급으로 규정된다. 따라서 레싱이 말하는 "우리와 같은 사람"은 시민이다. 시민계급은 지배계급인 왕 그리고 귀족과 성직자 다음의 제3계급으로, 수공업이나 상업을 생업으로 하는 평민이다. 지배계급인 왕, 제후, 귀족 대신 피지배계급인 평민이 비극의 주인공이 되어야 한다는 레싱의 주장은 유럽 연극사에서 커다란 분수령을 이루는 일대사건이다. 왜냐하면 이 주장은 아리스토텔레스로부터 꾸준히 이어져온 영웅비극 전통과의 단절을 의미하는 동시에 영웅비극의 존립근거의 하나로서 그 당

---

24) H. Geiger, H. Haarmann: 같은 책 39쪽 참조.

시까지 엄격하게 준수되던, 신분제한규정(Ständeklausel)이라 일컬어
지는 법칙을 파기하는 것이기 때문이다. 이것은 비극과 희극을 등장인
물의 신분계급에 따라 구분하는, 즉 비극에는 신, 왕, 영웅 등등 신분이
높은 사람들이 등장하는 반면, 희극은 평민의 장르라는 법칙이다. 김
수용이 지적한 바와 같이 신분제한규정 뒤에는 "비극의 주인공은 위
대한 영웅이어야 한다는 연극적, 미학적 고찰, 그리고 위대한 사람은
필히 귀족출신이어야 한다는 신분사회의 일반적 통념"[25]이 자리하고
있다. 레싱은 이 법칙을 정면으로 거부하면서 비극의 주인공은 시민계
급인 관객과 사고와 감정이 같은 동류이어야 한다고 주장한다. 이로써
시민계급이 비극에 진출할 이론적 근거가 마련된다. 이는 당시의 문화
선진국인 영국이나 프랑스보다는 늦었지만 자의식에 눈뜨기 시작한
독일 시민계급의 문화적 성장과 맥을 같이하고 있다. 그리고 레싱은
이론적으로 뿐만 아니라 실제 창작에서도 『사라 삼프존 아가씨』로써
시민비극이란 새로운 장르를 독일에 도입하고 정착시킨다. 축적한 부
를 바탕으로 하여 자의식에 눈뜨기 시작한 독일 시민계급은 정치 분
야로의 진출이 제도적으로 아예 봉쇄되어 있었기 때문에 우선은 문화
분야에서 보다 많은 발언권과 참여권을 주장한다. 이러한 욕구의 구체
적인 결정(結晶)이 시민비극이며, 이의 창시자인 레싱은 시민계급의
대변자라 하겠다.

레싱이 시민비극을 도입했다고 해서 시민계급만이 비극의 주인공
이 되어야 한다고 주장한 것은 아니다. 주인공의 신분계급에 관한 레
싱의 명시적인 언급은 없다. 그는 비극의 주인공이 시민계급인 관객과
동류이어야 한다고 주장함으로써 시민계급도 왕이나 귀족과 같이 주

---

25) 김수용: 같은 글 108쪽.

인공이 될 수 있는 길을 열어놓은 것이다. 레싱의 시민비극『사라 삼프존 아가씨』와『에밀리아 갈로티』에는 귀족이 등장한다. 사라는 윌리엄 삼프존 경의 딸이고, 갈로티 가족은 상공업에 종사하는 도시 시민이 아니라 지방귀족(Landadel)에 가까우며, 에밀리아의 약혼자는 귀족이다. 그러나 이들은 권력을 지향하는 귀족적인 삶이 아니라 개인적인 행복을 추구하는 다정다감한(zärtlich) 삶을 산다. 그들의 가치관과 도덕관은 귀족적이지 않고 시민적이다.

18세기 중·후반기에 독일 시민계급은 정치가 이루어지는 공적인 영역과 사생활의 영역을 분리하여, 전자는 권모술수가 횡행하는 부자연스럽고 부도덕한 세계라 간주한 반면, 후자는 인간미와 따뜻한 감정이 교류되는 자연스럽고 도덕적인 세계로 보았다. 정치 분야로의 진출이 불가능했던 사회체제 안에서 시민계급은 학계, 문화계로 진출하여 저술 등의 활동을 통해 다정다감과 도덕성으로 대표되는 그들의 가치관, 윤리관을 인간 모두의 공통적인 이상이라고 내세우는 한편, 그들의 사적인 생활영역인 가정을 그 이상을 실천하는 장(場)으로 생각하였다. 이제 인간의 가치를 결정하는 것은 출신계급이 아니라, 도덕성과 인간미라고 간주된다. 도덕성과 인간미는 어떤 특정 계급과는 무관함으로 이것들은 왕, 귀족 등 지배계급뿐만 아니라 어떤 계급에서도, 즉 시민계급에서도 찾아 볼 수 있다. 그리고 이러한 인간적 장점을 갖춘 사람은 신분계급과는 무관하게 비극의 주인공이 될 수 있는 것이다. 레싱이 사용한 "시민적"이란 형용사는 "보편적으로 인간적"이라는 의미를 갖는다[26]. 그래서 뵐펠은 이 "인간성"을 레싱 희곡의 토대로 보고 있다[27]. 바로크 비극과 프랑스 고전주의 비극은 정치가 이루어

---

26) W. Barner u. a.: 같은 책 164쪽 참조
27) Kurt Wölfel: Moralische Anstalt. Zur Dramaturgie von Gottsched bis Lessing. In: Reinhold Grimm (Hrsg.): Deutsche Dramentheorie I. Wiesbaden 1980, 90쪽 참조.

지는 궁정을 무대로 하여 불행과 고난을 의연하게 감내하는 주인공의 영웅적이고 스토아적인 태도를 보여주는 데 반해, 시민비극은 가정을 무대로 하여 다정다감한 등장인물들의 내적인 삶의 모습을 보여준다.

"착한 사람"의 속성은 순수한 도덕성과 따뜻한 인간성이다. 순수한 도덕성과 따뜻한 인간성은 영웅적인 위대성이나 초인적인 능력 또는 의지와는 거리가 멀다. "착한 사람"을 뒤집으면 연약한 인간이 된다. 그러므로 순수하고 따뜻하지만 연약한 인간을 주인공으로 하는 시민비극의 메커니즘은 전통적인 영웅비극의 그것과는 전혀 다르다. 후자가 목표하는 감정은 관객의 경탄인데 비해, 전자의 목표는 동정심이기 때문이다. 불행이 엄습하는 경우, 영웅적인 주인공과 시민비극의 주인공인 "착한 사람"은 전혀 다른 방식으로 대응한다. 비범한 능력을 소유한 영웅적인 주인공은 수동적으로 괴로워하면서 자신의 불운을 감내하는 대신, 비록 비극적인 최후를 맞을망정, 과감하게 자신의 운명에 맞서 투쟁하는 초인적인 의지를 보인다. 이런 주인공은 자신을 동정하지 않는다. 그리고 그런 주인공에 대해 평범한 인간인 관객이 느끼는 감정은 경탄이다. 이와는 달리 "착한 사람"은 별다른 능력도 강인한 의지도 없어서 자신의 운명에 맞서 싸울 엄두를 내지 못한 채 속수무책으로 괴로워하고 슬퍼할 뿐이다. "처지가 우리와 같은" 주인공의 고통과 슬픔은 우리의 동정심을 불러일으킨다. 이와 같은 관점에서 레싱은 비극의 핵심 정서로 영웅적인 주인공과 평범한 시민인 관객 사이의 간격을 전제하는 경탄 대신 관객이 주인공과 일체감을 느낄 수 있는 동정심을 내세우고, 그에 따라 그가 전통적인 영웅비극과 순교자비극을 거부한다는 것은 앞에서 이미 언급했다.

주인공에 관한 논의를 종합해보면, 레싱이 요구하는 시민비극의 주인공은 "처지가 우리와 같은" "착한 사람"이다. "착한 사람"은 가정을 생활영역으로 하는 사인으로 시민계급에 속하고 순수한 도덕성, 따뜻한 인간성이라는 장점과 더불어 유약하다는 한계를 지닌다. 주인공이 장점과 약점을 함께 지닌 사람이어야 한다는 것을 레싱은 개연성의 관점으로도 설명한다. 개연성은 예술의 한 형식으로서 문학은 자연의 모방이라는 아리스토텔레스의 정의에서 기원하는 개념이다. 아리스토텔레스는 『시학』 13장에서 주인공의 요건에 대해 언급한다. 레싱은 이 견해에 동조하면서 "비극의 주인공은 중간적인 인물이어야 한다. 너무 지나치게 악덕한 사람이어서도 안 되고 또 너무 지나치게 후덕한 사람이어서도 안 된다"(IV, 192)고 말한다.

예술이, 문학이 자연의 모방이라면, 작가는 특이한 현상을 그려야하는 것이 아니라 보편성을 추구해야 한다. 현실의 한 모델을 제시해야 하는 것이다. 어떤 결점도 없는 완전무결한 성인이 존재하지 않듯이, 미덕을 전혀 찾을 수 없는 철저한 악인도 이 세상에는 존재하지 않는 법이다. 따라서 철저한 악인도 완전무결한 성인도 비극의 주인공으로서는 적합하지 않다. 그리하여 레싱은 초인적인 의지를 가지고 자신의 운명에 맞서 싸우는 영웅, 아무런 잘못도 없이 수동적으로 박해를받고 고통을 당하기만 하는 순교자, 그리고 이와는 반대로 자신의 목적 달성을 위해 물불을 가리지 않고 어떤 끔찍한 만행이라도 자행할수 있는 악한을 주인공으로 하는 비극을 반대한다. 왜냐하면 이런 영웅이나 순교자 또는 악한은 "성격을 가진 인물"이 아니라 "의인화된성격"이고, "악덕한 또는 후덕한 인간"이 아니라 "골격이 악덕이나 미덕으로만 이루어진 앙상한 꼭두각시"(IV, 616)에 지나지 않는 존재들이기 때문이다.

레싱이 요구하는 비극의 주인공은 장점만 가지고 있는 것이 아니라 약점도 가지고 있는 사람이다. 그러나 이 약점은 도덕적인 결함이

나 악덕 또는 악독한 성격이 아니다. 그것은 불완전한 존재인 인간의 어쩔 수 없는 속성이다. 완전무결한 인간은 존재하지 않는다. 제아무리 착하고 훌륭한 사람이라도 결점, 약점을 가지고 있기 마련이다. "착한 사람"은 훌륭한 도덕성과 따뜻한 인간성을 지녔음에도 불구하고 바로 이러한 한계 때문에 잘못을 저지를 수 있다고 레싱은 말한다.

> 인간은 매우 선량하지만 하나 이상의 약점을 가질 수 있고 하나 이상의 잘못을 저지를 수 있다. 이 잘못을 통해 인간은 예측할 수 없는 불행에 빠진다. 그 불행은 그 잘못의 자연스러운 결과이기 때문에 조금치도 잔혹하지 않은 채 우리 마음을 동정심과 슬픔으로 채워준다 (IV, 613-4).

비극의 주인공이 불행에 빠지는 원인을 아리스토텔레스는 harmatia란 개념으로 설명한다. 결점이 없는 완전무결한 주인공의 불행은 관객의 혐오감을 불러일으키기 때문에, 불행의 원인으로서 어떤 결점이 주인공에게 있어야 된다는 설명이다. 그러나 레싱은 아리스토텔레스와는 달리 주인공에게 결점이 있어야 되는 까닭을 다음과 같이 설명한다.

> 그에게 불행을 불러들인 잘못이 없다면, 그의 성격과 그의 불행은 *완전한 전체*를 이루지 못할 것이고, 그것들이 각각 다른 것의 원인이 되지 못할 것이며, 또 우리가 그 둘을 각각 별개의 것으로 생각하게 될 것이기 때문이다 (IV, 192).

레싱은 아리스토텔레스의 harmatia를 불완전한 존재인 인간에게 없을 수 없는 결점으로 이해한다. 이 결점으로 인해 주인공은 잘못을

저지르고 그 결과 불행에 빠지게 된다. 그러므로 결점은 불행의 원인
이다. 관객은 주인공이 불완전한 인간으로서 결점이 없을 수 없고, 또
'인간적인-너무나 인간적인' 결점과 불행 사이의 인과관계를 인식하
기 때문에 주인공의 불행을 당연한 결과로 받아들이는 한편, 자신도
주인공과 똑같은 불완전한 존재이기 때문에 주인공의 불행을 남의 일
로 생각하지 않고 자기 것인 양 아파하며 동정하게 된다.『함부르크 연
극평』 82편에서 레싱은 이와 같은 맥락에서 착하고 모범적이나 결점
과 약점을 가진 사람을 주인공으로 요구하면서, 그의 불행은 그 결점
의 당연한 결과라고 말한다. 모든 인간은 불완전한 존재이기 때문에
약점과 결점을 가진다. 자연의 모방인 비극은 모범적이나 결점을 가진
사람을 주인공으로 내세워, 그 결점으로 인해 주인공이 불행에 빠지는
것을 보여주는 예술이라고 레싱은 생각한다. 인간으로서 결점과 약점
을 가질 수밖에 없기 때문에 주인공은 평범한 인간들로 구성된 관객
과 가까워지며, 관객은 주인공의 불행을 쉽게 동정하게 된다. 그리고
관객은 비극을 통해 인간 존재, 완전함과 오류 사이에 위치하는 인간
존재를 확인하게 된다. 비극의 주인공은 자신의 결점으로 인해 불행에
빠진다. 그러나 그는 그 불행 속에서 내리는 자주적인 결정에 의해 자
기 자신의 본성을, 인간의 가치를 드러내 보인다. 그리고 그것을 통해
주인공은 자신과 똑같은 인간으로 구성된 관객에게 인간 존재의 보다
깊숙한 내면을 보여준다[28].

레싱은 비극의 등장인물, 특히 주인공의 성격설정에 있어서 개연
성과 함께 지속성과 동일성을 요구한다[29]. 주인공의 성격은 주변 상황
의 변화에 따라 지엽적인 점에 있어서는 변할 수 있으나, 그의 핵심적

---

28) B. v. Wiese: 같은 책 28, 34쪽 참조.
29) G. Saße: 같은 책 200쪽 참조.

이고 본질적인 특성은 변화되어서는 안 된다. 등장인물들의 성격은 그 본질적인 점에 있어서 모순이 없어야 된다고 레싱은 말한다(IV, 387-8). 만약 성격상의 모순이 있다면, 그것은 관객을 의아하게 만들고(IV, 171), 어떤 성격이 과연 그 인물의 본성인지 알아차릴 수 없게 만든다. 그리고 또 이 성격상의 모순은 작가가 비극의 주인공을 통해 추구하는 계몽 의도, 즉 "무슨 일은 해야 되고 무슨 일은 하지 말아야 되는가를 우리에게 가르쳐주려는 의도, 우리에게 선과 악, 단정함과 우스꽝스러움의 본래적 특성들을 가르쳐주려는 의도"(IV, 389)에 배치된다.

5. 자연의 모방 (Mimesis)

5.1. 개연성을 통한 환상극

독일 계몽주의자들은 아리스토텔레스의 뒤를 이어 문학을 자연의 모방이라고 정의한다. 그들은 자연을 질서와 조화가 있고 아름다운 것으로 생각한다. 그들은 문학이 자연, 현실의 모방이기 때문에 자연스러워야 하며, 그러기 위해서는 합리적인 질서가 있어야 된다고 본다. 고췌트가 1760년에 편찬한 예술 용어 사전은 자연을 다음과 같이 정의한다.

> 예술에서 자연은 실제로 있는 것 또는 우리가 쉽사리 가능하다고 상상할 수 있는 모든 것을 말한다. 자연에는 아름다움과 질서가 있다. 따라서 자연의 법칙을 따라야 한다. 그 때문에 자연은 예술의 본보기이며 모범이다[30].

---

30) Walter Hinck: Das deutsche Lustspiel des 17. und 18. Jahrhunderts und die italienische Komödie. Stuttgart 1965, 169쪽에서 재인용.

레싱도 견해를 같이 하면서 "자연보다 더 단정하고 단아한 것은 없다"(IV, 505)고 말한다. 그리고 그는 자연의 법칙을 개연성의 법칙으로 파악한다. 희곡 속에 설정된 상황, 사건의 전개, 등장인물들의 성격과 행위, 그들이 사용하는 언어 등이 모두 자연스럽고 현실적이며, 인간의 이성으로 판단해서 수긍할 수 있는, 다시 말해 합리성과 개연성이 있어야 한다는 것이다. 레싱은 특히 물 흐르듯 자연스러운 사건(줄거리) 전개를 강조한다. 줄거리가 우연이나 돌발적인 사태 없이 인과법칙에 의거해 일사불란하게 진행되면, 관객은 그것을 자연스러운 것으로 받아들인다. 레싱은 빈틈없는 심리적인 동기부여(Motivation)를 무척 강조한다. 이것은 자연스러운 줄거리 전개를 위해서이다. 레싱은 개연성 법칙, 인과법칙이 희곡의 본질에서 나온, 그래서 여하한 경우에도 준수되어야 하는 법칙인 반면, 3일치 법칙 가운데 장소와 시간의 일치는 고대 그리스 비극의 역사적 상황에서 발생한 우연한 것이라고 주장한다. 바꾸어 말해 전자가 정신이고 본질이라면, 후자는 문자이고 껍질에 불과하다는 것이다. 레싱은 『함부르크 연극평』 여러 편에서 코르네이유를 위시한 프랑스 고전주의 작가들이 비본질적인 3일치 법칙에 연연한 나머지 본질적인 개연성 법칙을 위반했다고 비난한다.

레싱이 개연성을 비극의 본질적인 법칙으로 강조하는 이유도 결국 비극의 목적인 동정심의 환기와 관련이 있다. 관객이 주인공의 불행에 동정심을 느끼기 위해서는 무엇보다도 주인공을 자신과 동일시해야 한다. 연극 속으로 몰입해서 '나'를 망각한 채 무대 위의 주인공이 다른 사람이 아니라 바로 '나'라고 생각해서 주인공과 똑같이 느끼고 생각하고 행동하며 웃고 울어야 하는 것이다. 관객으로 하여금 이런 착각을 일으키게 하려면, 관객과 주인공의 일체감은 필요조건이긴 하지만 충분조건은 아니다. 관객이 연극을 연극이 아니라 현실로 착각하는

환상 속에서야 비로소 관객과 주인공의 동일시는 완전해진다. 관객이
연극을 연극으로, 다시 말해 현실이 아니라 허구, 가상으로 의식하면,
주인공과의 거리감이 조성되어 감정이입, 동일시는 일어나지 않으며,
관객은 주인공이 되어 그가 겪는 모진 고난과 고통을 자기 것인 양 아
파할 필요가 없다. 다시 말해 비극의 목적인 동정심이 강하게 환기되
지 않는 것이다. 따라서 관객으로 하여금 무의식적으로 '나'를 망각한
채 주인공이 바로 '나'라고 착각하게 만드는 환상은 동정심 환기의 절
대적인 조건으로 레싱의 비극이론에서 중요한 위치를 차지한다. 레싱
은 비극작가에게 가장 중요한 관건은 "관객의 환상"(IV, 676)이라고
말한다. 따라서 환상을 깨뜨리는 것은 절대적으로 피해야 할 금물이
다. "비극작가는 관객들로 하여금 환상에 빠져 있다는 것을 상기시켜
줄 수 있는 모든 것을 피해야 한다. 관객에게 그것을 상기시키는 즉시
환상은 사라지기 때문이다"(IV, 427). 이런 이유 때문에 레싱이 제시한
비극의 모델은 환상극(Illusionstheater)이라고 불린다. 환상을 통해 동
정심을 불러일으키고, 동정심을 정화시켜 도덕적 능력으로 승화시키
는 것이 레싱 비극론의 골자이다. 그래서 가이거 등은 이렇게 말한다.
"레싱에게 환상극은 관객으로 하여금 자신의 사회적 임무를 수행할
능력을 갖게 하려는 집단적인 정화의 조건이다"[31].

비극의 모든 요소들은 관객으로 하여금 연극을 연극이 아니라 현
실로 착각하게 만드는 환상을 불러일으켜야 한다. 그러기 위해서는 비
극의 상황, 등장인물들의 성격, 행동, 언어 그리고 줄거리 전개 등이 현
실적이고 합리적이어야 한다. 레싱이 개연성을 희곡의 본질적인 법칙
이라고 주장하는 것은 이 때문이다. 예외적이고 기이한 것, 극단적이

31) H. Geiger, H. Haarmann: 같은 책 40쪽 참조.

고 돌발적인 것은 개연성 법칙에 어긋난다. 상궤를 벗어나는 것은 자연스럽지 않으며 인위적이라는 인상을 준다. 이런 것들은 환상을 깨뜨릴 위험이 있기 때문에 피해야 한다. 따라서 작가는 보편적이고 일상적인 것, 현실적이고 합리적인 것을 대상으로 삼아야 한다. 그리고 관객의 환상을 최고로 고조시켜 무대 위에서 펼쳐지는 세계가 허구, 가상의 현실이 아니라 실제의 현실이라고 믿게 만들기 위해서 작가는 모든 것을 사실적으로 묘사해야 한다. 그러므로 개연성과 사실성은 환상을 불러일으키는 수단이다. 따라서 환상극은 사실적인 연극이다. 레싱의 환상극은 20세기에 들어와 관객의 환상을 깨뜨려서 연극 속으로 몰입하는 대신, 비판적으로 관찰하고 성찰할 수 있도록 거리를 유지시켜주는 것을 골자로 하는 브레히트의 서사극(Episches Theater)이 나타나기까지 유럽 연극의 주류를 이루는 사실주의 연극의 이론적 토대가 된다.

5.2. 미메시스의 형이상학적 의미

자연의 모방은 환상을 불러일으키는 절대적인 조건으로 작용한다. 그러나 자연의 모방은 레싱의 비극론에서 이런 기술적인 기능뿐만 아니라 형이상학적인 의미도 갖는다. 레싱이 말하는 자연의 모방은 단순히 복사(複寫), 모사(模寫)를 의미하지 않는다. 자연현상 속에는 질서와 우연이 뒤섞여 있으므로, 자연을 기계적으로 모방하면 그 안에 있는 우연을 배제할 수 없다. 이런 난점을 해결하기 위해 레싱은 자연의 개념을 확대해서 "현상의 자연"과 "우리의 감정과 정신력의 자연"(IV, 557)으로 나눈다. 문학은 일차적으로 인간의 감정을 움직이는 것을 목

표한다. 그러므로 문학은 "현상의 자연"이 아니라 "우리 감정과 정신
력의 자연"을 모방해야 된다. 따라서 문학은 "진정한 인간 본성의 모
방"이다[32].

자연현상은 너무나 변화무쌍하고 다양해서 유한한 인간의 능력으
로는 그 안에 들어있는 본질과 연관성 그리고 의미를 파악하기 힘들
다. 평범한 인간의 눈에는 혼돈으로 보이는 자연현상의 다양한 모습,
변화, 결합, 맥락을 꿰뚫어볼 수 있는 능력의 소유자가 천재이다. 따라
서 천재는 자연현상을 단순화하고 체계화하며, 본질적이고 필연적인
것을 지엽적이고 우연한 것으로부터 가려내고 개념화하여, 새로운 형
태로 재구성해서 평범한 인간에게 보여주는 임무를 가진다고 레싱은
말한다. 이런 의미에서 레싱의 자연 개념은 "조정 기능을 하는 질서 개
념이고 인식 개념"[33]이다.

> 자연에서는 모든 것이 모든 것과 결합되어 있다. 모든 것이 서로 교차하고,
> 모든 것이 모든 것으로 교체되며, 모든 것이 각각 다른 것으로 변한다. 하지
> 만 이 무한한 다양성으로 인해 자연은 오로지 무한한 정신의 소유자만을 위
> 한 연극이다. 유한한 정신의 소유자들이 이 연극을 함께 즐길 수 있기 위해
> 서는 자연에 없는 한계를 설정하는 능력을, 선별하고 그들의 주의력을 임의
> 로 조종할 수 있는 능력을 얻어야 한다.
> [...]
> 예술의 사명은 미의 영역에서 우리에게 그러한 선별 작업을 면제해 주는 것
> 이고, 우리의 주의력을 어디에 고정시킬까 하는 문제를 용이하게 만들어 주
> 는 것이다 (IV,557).

---

32) Jürgen Schröder: Lessing. In: Klassiker der Literaturtheorie. Von Boileau bis Barthes, hrsg. v. Horst
    Turk. München 1979, 74쪽.
33) 같은 글 69쪽.

예술의 사명은 우연하고 지엽적인 것으로부터 필연적이고 본질적인 것을 선별하고 추상화하는 것이다. 다시 말해 "실제 생활에서 지적인 행위로서만 가능한 것을 감각으로 감지하도록 보여주는 것"[34]이다. 이러한 예술을 창조하는 천재는 따라서 맹목적으로 자연을, 현실을 복사하지 않는다. 레싱의 견해에 따르면 예술가는

> 최고의 천재를 소규모로 모방하기 위해 현재 세계의 부분들을 옮기고 뒤바꾸며 축소하고 확대한다. 그것으로부터 독자적인 하나의 온전한 것을 만들어내고, 그 온전한 것에 자기 자신의 의도를 결부시키기 위해서이다 (IV, 386).

천재가, 작가가 창조한 예술작품이 의미를 지니려면, 자연에서 추상화한 요소들이 인과법칙에 의해 연결되어 유기체를 이루어야 한다. 레싱에 의하면 작가는 소재를 선택함에 있어 자연의 합리적인 구조를 충분히 드러나게 해야 한다. 이렇게 창조된 작품은 신의 창조물인 이 세계를 축소하여 담고 있다. 이런 생각의 배경에는 신이 창조한 이 세계가 완전한 것이라는 라이프니츠의 신정론(Theodizee)이 자리하고 있다[35]. 피조물이지만 특별한 능력을 가진 천재는 제2의 창조자이다. 이런 작가의 작품은 "영원한 창조자가 창조한 전체의 실루엣"(VI, 598)이어야 한다. 다시 말해 희곡은 "꿰뚫어볼 수 없고 파악되지 않는 맥락을 투시할 수 있고 이해할 수 있게 만들어주는 물리적, 심리적 실제의 모델"[36]이 되어야 한다.

작가가 의도하는 목표를 달성하기 위해 현실을 자유롭게 재구성할

---

34) W. Barner u. a.: 같은 책 187쪽.
35) Peter-André Alt: Aufklärung. Stuttgart/Weimar 1996, 110쪽 참조.
36) P. Alt: 같은 책 187쪽.

수 있듯이, 역사적 사실도 마음대로 바꿀 수 있다고 레싱은 생각한다. 그러나 역사적 인물들의 성격은 작가가 침범할 수 없는 성역이다. 왜냐하면 특정한 성격의 소유자가 일정한 상황과 여건에서 어떻게 행동하는가를 보여주는 것이 작가의 임무이기 때문이다. 따라서 "비극은 대화체로 엮은 역사가 아니다. 우리는 습관적으로 일정한 성격에 특정 이름을 결부시키곤 하는데, 비극에게 역사는 그런 이름들의 목록일 따름이다"(IV, 340-1).

　　작가는 우선 등장인물들의 성격을 설정한다. 그리고 그가 구상하고 있는 성격이 역사상의 실제인물과 비슷한 점이 있으면, 그 이름을 차용한다. 이것으로 역사와 희곡과의 관계는 끝난다. 등장인물의 행위는 역사상의 사실과 일치할 필요가 없다. 등장인물의 성격, 그가 처한 상황과 주어진 여건 사이에 논리적인 인과관계만 존재하면, 그것으로 충분하다. 레싱은 "진정한 비극작가는 등장인물들로 하여금 그들의 강렬한 감정, 그들의 상황에 알맞게 말하게 한다"(IV, 778)고 지적한다. 등장인물들이 하나같이 주어진 상황에서 그들의 성격에 따라 말하고 행동하는 "보편성"은 "문학이 역사보다 더 철학적이고 따라서 더 교육적인 근거"(IV, 643)가 된다고 레싱은 주장한다.

6. 아리스토텔레스 비극론과의 관계

레싱이 자신의 희곡, 비극에 관한 견해와 이론이 옳음을 주장하기 위해 아리스토텔레스의 권위를 빌리고 있음은 주지의 사실이다. 이러한 태도는 다음과 같은 그의 말에서 단적으로 드러난다.

내가 희곡의 본질을 잘못 알고 있지 않다는 것을 확신시켜 주는 것은 내가
그 본질을 아리스토텔레스가 그리스 연극의 수많은 걸작들로부터 추출한
것과 완전히 똑같이 인식하고 있다는 점이다 (IV, 699).

하지만 그는 아리스토텔레스를 권위로 인정하기는 하나, 맹목적으로
추종하지는 않는다. "아리스토텔레스도 착각할 수 있고 또 종종 착각
하였다"(IV, 405)는 말이 시사하는 바와 같이 레싱이 아리스토텔레스
의 이론을 있는 그대로 받아들인 것은 아니다. 그가 모범으로 삼은 것
은 아리스토텔레스의 방법, 즉 자신의 시대와 그 이전의 수많은 걸작
들로부터 보편적인 법칙을 추출해 체계화한 방법이다. 레싱은 하나의
명제에서 출발해 체계적인 이론을 도출하는 독일 사상가들 특유의 연
역법이 아니라, 여러 작품들의 분석을 통해 공통점을 추출하는 귀납법
을 사용한다. 레싱은 아리스토텔레스의 이론을 받아들이나, 그것을 무
비판적으로 수용하지 않고, 그가 살던 시대의 희곡문학과 연극의 현실
에 비추어 비판적으로 관찰하고, 경우에 따라 원래의 뜻과 다르게 해
석하는 것도 서슴지 않는다.

　레싱이 아리스토텔레스의 이론 가운데 많은 것을 원 뜻과 다르게
해석했음을 새삼스럽게 지적할 필요는 없다. 면밀한 분석을 통해 그런
것들을 찾아내서 정리한 대표적인 학자는 앞에서 인용한 적이 있는
코머럴이다. 가장 중요한 것은 역시 비극의 핵심 개념인 동정심과 두
려움 그리고 카타르시스이다. 아리스토텔레스의 동정심과 카타르시스
는 전혀 도덕적인 개념이 아니다. 샤데발트에 따르면 아리스토텔레스
의 eleos와 phobos는 인간의 원초적인 강렬한 감정으로 전자는 "애탄",
"감동"이고, 후자는 "경악", "전율"이다. 그리고 정화 역시 원초적이며
의학적, 제의적(祭儀的)인 개념으로, 인간의 육체와 정신을 "거추장스

럽고 방해하는 물질과 자극으로부터 해방시키고, 또 이 해방과 동시에 원초적인 쾌감, 즉 안도에 따라오기 마련인 즐거움을 불러일으키는" 것, 다시 말해 "배설" 내지 "배출"[37])이라는 것이다. 카타르시스의 일반적 해석을 요약하면 다음과 같다. 비극의 사건이 정점(클라이맥스)를 향해 전개됨에 따라 관객의 동정심과 두려움은 점점 고조되고 급기야 관객은 이 강렬한 감정에 압도당하게 된다. 그러다가 대단원에 도달해서 매듭이 풀리고 사건이 종결되면, 관객의 마음을 졸이게 하던 그 감정들이 일시에 해소된다. 그러면 관객은 억지로 참고 있던 생리현상을 처리할 때, 즉 배설할 때와 같은 쾌감을 느낀다. 그리고 관객의 심리와 정서는 과도한 동정심과 두려움이란 짐으로부터 해방되어 평정을 되찾게 된다.

위에서 살펴보았듯이 레싱은 eleos와 phobos를 약화시켜 동정심과 두려움으로 파악할 뿐만 아니라, 두려움을 "우리 자신에게 적용되는 동정심"이라고 말한다. 그리고 정화를 "정서들을 덕행의 능력으로 바꾸어놓는 것"이라고 정의한다. 이렇게 레싱은 아리스토텔레스를 원래와는 다르게 해석한다. 그의 비극론이 집중적으로 개진되는 『함부르크 연극평』74 - 78편에서 레싱은 여러 번 코르네이유 등이 아리스토텔레스의 진의를 파악하지 못하고, 그들의 생각에 맞게 아리스토텔레스를 곡해했다고 비난한다. 따라서 레싱 자신도 이 비난으로부터 자유롭지 못하다.

그러면 레싱이 아리스토텔레스를 원래와는 다르게 해석한 이유는 어디에 있을까? 아리스토텔레스를 잘못 이해한 오류인가, 아니면 의도적인 '곡해'인가? 레싱은 성아프라 제후학교 시절부터 그리스어, 라

---

37) Wolfgang Schadewaldt: Furcht und Mitleid. In: G. E. Lessing (Wege der Forschung), hrsg. v. G. und S. Bauer. Darmstadt 1968, 339쪽.

틴어를 공부해 탄탄한 실력을 갖추었고 고대 문화, 문학에 대한 해박한 지식을 쌓았을 뿐만 아니라, 당시의 어떤 지식인보다도 인문주의 전통에 충실했다. 그가 당대 최고 지성으로 존경받고 또 두려운 비평가로서 외경의 대상이 되었던 바탕은 무엇보다도 그의 탄탄하고 해박한 고전 지식이었다. 이런 레싱이 아리스토텔레스를 잘못 이해했다는 것은 있을 수 없는 일이다.

코르네이유가 그랬듯이 레싱은 자기 나름의 비극론을 정립하기 위해 아리스토텔레스를 의도적으로 다르게 해석한 것이다. 그래서 레싱은 아리스토텔레스의 비극 정의를 그대로 답습하지 않고, 아리스토텔레스의 권위를 빌어 자신의 인본주의적이고 계몽적인 비극론을 주장한 것이라고 샤데발트는 결론짓는다[38]. 레싱이 아리스토텔레스를 자기 나름대로 해석한 근본적인 이유는 "동정심이 가장 많은 사람이 가장 착한 사람"이란 그의 신념에서 찾을 수 있을 것이다[39]. 레싱은 아리스토텔레스에게서는 찾아볼 수 없는 도덕적, 교훈적 기능, 즉 바람직한 인간이 지녀야 할 가장 중요한 덕목인 동정심을 훈련하여 "덕행의 능력"으로 승화시키고, 일상생활에서 실천하게 만드는 기능을 비극에 부여한다. 그리고 자신의 비극론의 정당성을 주장하기 위해 아리스토텔레스의 권위를 빌린다. 이 과정에서 그는 아리스토텔레스의 이론을 자신의 교훈적 비극론에 맞게 의도적으로 곡해한다. 그래서 구트케는 이것을 "생산적인 곡해"[40]라고 부른다. 이런 의미에서 레싱의 의도적인 곡해는 독일 시민계급의 도덕성과 자의식의 고취를 목표로 하는 비극이론을 정립하기 위한 고육책으로 해석하는 것이 마땅할 것이다.

---

38) 같은 글 336쪽 참조.
39) W. Barner u. a.: 같은 책 191쪽 참조.
40) Karl S. Guthke: G. E. Lessing. Stuttgart 1973, 50쪽.

II-2 희극론

레싱은 희곡 창작을 희극으로 시작했고 라이프치히와 베를린에서 희
극에 푹 빠져 청년기의 한 때를 보내기도 했을 뿐만 아니라, 완성한 비
극 3편의 배가 넘는 8편의 희극을 지었으며, 독일 문학사상 최초의 걸
작희극으로 꼽히는 『민나 폰 바른헬름』으로써 계몽주의의 전형희극
(Typenkomödie)을 극복했다는 평가를 받고 있다. 그럼에도 불구하고
그가 이론적으로 희극이란 장르, 희극성과 웃음에 대해 개진한 견해는
비극에 대해 언급한 것보다 훨씬 적다. 체계적인 이론의 개진은 레싱
의 성격에 맞지 않는 일이다. 레싱의 체계적인 비극론이 없는 것처럼
그의 체계적인 희극론은 존재하지 않는다. 따라서 여러 글에 산재한
단편적인 언급과 그가 창작한 희극작품들을 통해 그의 희극에 관한
견해를 정리할 수밖에 없다. 레싱의 희극에 관한 견해는 독립적이지
않고 비극론과 보완적인 관계를 이룬다.

　체계적인 희극론이 없는 것은 비단 레싱에게서만 나타나는 현상은
아니다. 유럽 희곡이론사를 고찰해보면, 논의가 비극에 집중되어 있는
반면, 희극에 관한 이론은 찾아보기 힘들다는 사실이 눈에 띈다. 그리
고 이 현상은 희극이 귀한 독일에서 더욱 두드러지게 나타난다. 그 원
인은 아마도 문학, 희곡에 관한 이론적 논의의 출발점이자 전범인 아
리스토텔레스의 『시학』에 희극에 관한 언급이 거의 없고, 그가 예고한
희극론이 담겨 있을 것으로 추측되는 『시학』 2권이 없어져 전승되지
않기 때문일 것이다. 그리고 웃음, 희극적인 것은 일상생활의 다양한
원인들로부터 기인하는 미학 이전의 현상이고 또 이 현상을 다루는
학문분야가 다양하기 때문에, 아직까지 웃음과 희극성의 제 측면을 포

괄하는 이론이 제시되지 않은 것으로 보인다.

레싱의 희극론을 서술하기에 앞서 먼저 고췌트의 희극론을 간략하게나마 고찰할 필요가 있다. 고췌트의 이론과 비교하면 레싱의 견해가 뚜렷하게 부각되기 때문이다.

부설(附說): 고체트의 희극론

1730년에 출간된 고췌트의 『독일인을 위한 비판적 문학시론』은 실로 마르틴 오피츠의 『독일 시학서』(1624) 이후 1세기만에 나온 종합적이고 체계적인 문학이론서이다. 고체트는 호라티우스를 모범으로 삼아 문학의 기능을 교화와 오락(prodesse et delectare)으로 보았는데, 교화를 더 중시했음은 물론이다. 그의 입장이 교화에 기울고 있음을 단적으로 보여주는 것은 그의 플롯이론이다. 그는 문학이 독자에게 "도덕적 교훈"[1]을 주어야 한다고 믿었다. 그리고 이 "교훈"의 개연성과 신빙성을 높이고 또 그것의 명확하고 인상적인 전달을 위해 그의 저서에서 법칙체계를 정립했다. 그는 이 법칙들을 따르기만 하면 좋은 작품들이 생산된다는 입장을 취했고, 그 때문에 후세에 많은 사람들의 놀림감이 되었다.

고췌트의 견해에 따르면 희극의 대상은 웃음거리가 될 만한 사람이며, 희극의 인물은 웃음거리가 되어야 한다. 그는 아리스토텔레스의 모방이론을 본받아서 희극을 "우스꽝스러운 속성으로 인해 관객을 즐겁게 하는 동시에 교화할 수 있는 어리석고 나쁜 행위의 모방"[2]이라고

---

1) Johann Christoph Gottsched: Ausgewählte Werke, hrsg. v. J. und B. Birke, Bd 6 (Versuch einer critischen Dichtkunst). Berlin/New York 1973, 215쪽.
2) 같은 책 348쪽.

정의한다. 다시 말해 희극주인공의 행동이 합리성과 사회 규범에서 벗어나기 때문에 객석에 앉아 있는 관객은 무대 위에서 행동하고 있는 인물보다 우월하다고 느끼며, 이 우월감이 웃음으로 표현된다는 것이다. 웃음과 희극성을 설명하는 이 모델을 격하이론 내지 공격이론 (Degradations- oder Aggressionstheorie)이라고 부른다. 20세기에 이르기까지 희극론을 지배해 온 이 이론의 대표자에는 플라톤, 토마스 홉스, 앙리 베르그송, 지그문트 프로이트 등 대가들이 망라되어 있다[3]. 그런데 이 웃음을 보다 정확히 규정하자면, 가치중립적인 보통의 웃음이 아니라 비웃음, 조소이다. 고췌트에 따르면 조소가 희극의 교화 기능을 담보한다. 다시 말해 무대 위에서 주인공이 어리석은 행동을 하는 것을 보고 비웃는 가운데 관객은 자신도 남의 비웃음을 사게 될 어리석은 행동을 해서는 안 된다고 각성하게 된다는 것이다. 그러므로 고췌트는 희극에게 기존의 가치관과 규범을 강화하는 사회적 감독 기능을 부여한다. 희극은 규범에서 벗어나는 무해한 행동을 교정해야 한다는 것이다. 고췌트의 희극론은 따라서 무대 위에서 어리석은 행동을 함으로써 조소의 대상이 되는 주인공을 공동체에서 격리하고 배제하는 한편, 관객들이 사전에 가진 의견과 가치관을 강화하며, 이를 통해 관객들을 통합하는 작용을 한다.

비웃음을 통한 도덕적 교화가 고췌트의 희극론의 핵심을 이룬다. 그는 이 목표를 달성하기 위한 일련의 방안을 제시한다. 관객이 희극의 인물을 (비)웃을 수 있기 위해서는 감정은 배제되어야 한다. 동정심

---

3) Michael Böhler: Lachen oder Verlachen? Das Dilemma zwischen Toleranzidee und traditioeneller Lustspielfunktion in der Komödientheorie. In: Lessing und Toleranz. Beiträge der 4. internationalen Konferenz der Lessing Society in Hamburg vom 27. bis 29. Juni 1985. Sonderband zum Lessing Yearbook, hrsg. v. P. Freimark, F. Kopitzsch, H. Slessarev. München 1986, 247쪽 참조.

이 발동되면 마음놓고 (비)웃을 수 없기 때문이다. 따라서 희극은 비극의 정서인 동정심과 두려움을 피해야 한다. 그리고 고췌트는 희극의 교화 기능을 살리기 위해 사회 규범과 관련이 없는 웃음, 웃음을 위한 웃음은 배제한다. 어리석고 분별없는 것과 우스꽝스러운 것은 독립적으로는 희극의 대상이 되지 못하지만, 이 두 가지 요소가 결합되면 희극의 대상이 된다는 것이다. 그리하여 고췌트는 관객을 웃기는 것만을 사명으로 하는 어릿광대와 저급한 웃음을 자극하는 익살극(Possenspiel)을 거부한다. 그밖에 고췌트는 사회의 위계질서와 가치체계를 건드리지 않기 위해 이른바 신분제한규정을 고수한다.

고췌트는 희극의 기법으로 풍자를 권한다. 그에 따르면 진정한 풍자는 "모든 희극의 영혼"[4]이다. 그는 또 다음과 같이 말한다.

> 풍자는 철저한 윤리학의 열매이며, 미덕에 대한 사랑을 어머니로 그리고 비합리적 행위에 대한 증오를 아버지로 한다. 그러므로 진정한 풍자는 무고한 사람이 아니라 죄 있는 사람을 공격한다[5].

하지만 고췌트는 특정 개인을 대상으로 하는 풍자를 거부하면서, "개개인을 비웃는 것이 아니라 일반적인 어리석음을 우스꽝스럽게 만드는 것이 희극이 해야 할 일"[6]이라고 말한다. 고췌트는 또 희극의 인물로 뚜렷한 개성을 가진 사람이 아니라, 어떤 특성을 의인화한 전형을 요구한다. 그가 제시하는 희극은 전형희극이고 또 풍자 기법으로 전형적인 주인공을 비웃는 조소희극(Verlachkomödie)이다. 이것 역시

---

4) Gottsched: 같은 책 166쪽.
5) Gottsched: 같은 책 165쪽.
6) Gottsched: 같은 책 344쪽.

배제를 통한 사회적 통합을 목표한다. 계몽주의가 지향하는 마찰과 갈
등이 없는 사회생활, 공동생활에 장애가 되는 어리석고 비합리적인 악
덕이나 악습을 추방하는 데 효과적인 수단이 될 수 있는 것이 바로 희
극이다. 이로써 희극은 "사회적 교정수단(Korrektiv)"[7]이 된다. 그러므
로 고췌트가 주창한 전형희극, 조소희극은 사회 규범에서 벗어나는 행
위에 관한 일반적인 관념, 견해를 확인하거나 강화하고, 사회적 편견
과 상투적인 의견을 지지하고 유지하는 기능을 담당한다[8].

이제 고췌트의 희극론을 배경으로 해서 레싱의 희극론을 살펴보자.

1. 희극 - 현실의 거울

문학이 자연의 모방이며, 문학의 목적은 인간의 도덕적 교화라는 명제
는 비극뿐만 아니라 희극에도 적용된다. 레싱은 『함부르크 연극평』 96
편에서 "우리가 희극에서 주로 찾는 것은 일반적인 삶의 충실한 그림"
(IV, 675)이라고 말한다. 그는 희극이 보통사람들의 삶을 사실적으로
반영하는 거울이며, 희극작가의 본령은 자기 나라의 생활상을 그리는
것이라고 본다. 이 견해는 희극에 관한 초기의 글에서부터 일관되게
나타난다. 「눈물희극 또는 감동희극에 관한 논설」에서 레싱은 다음과
같이 말한다.

> 나는 감히 미덕뿐만 아니라 악덕을, 합리적인 것뿐만 아니라 불합리한 것을
> 묘사하는 것만이 진정한 희극이라고 주장한다. 왜냐하면 희극은 바로 이 혼

7) Horst Steinmetz: Die Komödie der Aufklärung. Stuttgart 1971, 20쪽.
8) M. Böhler: 같은 글 252쪽 참조.

합을 통해 모델, 즉 인간의 삶에 가장 가까워지기 때문이다 (IV, 55).

희극의 모델은 인생이며, 희극은 인생의 거울이라는 것이다. 인간의 삶에는 좋은 점과 나쁜 점, 합리적인 면과 어리석은 면, 밝은 점과 어두운 점, 기쁨과 슬픔, 성취와 좌절, 미덕과 악덕 등이 뒤섞여 있기 마련이다. 이와 마찬가지로 사회 역시 똑똑한 사람들과 어리석은 사람들, 밝은 면과 어두운 면으로 구성되어 있다. 따라서 인생의 거울인 희극은 이런 현상을 그려야 하며, 그렇게 함으로써 교훈을 준다는 것이다.

이 현상을 희극은 모방한다. 그리고 희극은 오로지 이것을 모방함으로써만 민중에게 피해야 할 것과 지켜야 할 것이 무엇인지를 따로따로 보여주지 않고, 각각 다른 것을 돋보이게 하는 방식으로 동시에 보여줄 수 있다 (IV, 55).

개인과 사회의 어둡고 불합리하며 부정적인 면만을 꼬집어서 말초신경을 자극해 웃게 만드는 것이 익살극이다. 역으로 대범하고 고결한 행동만을 그려서 감동시키고 경탄을 불러일으키는 것은 감동희극이다. 따라서 익살극과 감동희극은 진정한 인생의 거울일 수 없다. 그래서 레싱은 이 둘을 모두 거부하면서, 웃음과 감동이 결합되어야 진정한 희극이 된다고 말한다. "익살극은 오로지 웃게 만들려고 한다. 감동희극은 그저 감동시키려고만 한다. 진정한 희극은 이 두 가지를 다 하려고 한다."(IV, 56) 익살극은 저급한 웃음을 찾는 "천민"(Pöbel)의 몫이고, 감동희극은 감상적인 귀족의 몫이다. 미덕과 인간적 장점만을 보여주는 감동희극의 관객은 자신도 무대 위에서 보고 듣는 대범한 행동을 할 수 있다는 자기만족밖에는 얻지 못한다. 이와는 달리 "진정한 희극만이 평민 대중을 위한 것이고, 유일하게 보편적으로 박수갈채를 받을 수 있으며, 따라서 보편적인 이익도 줄 수 있다"(IV, 56).

인생에는 좋은 일 또는 나쁜 일만 계속 이어지지 않고, 기쁨이 슬픔으로 또 불행이 행복으로 바뀌기 마련이다. 이런 인생을 희극은 충실하게 그려야 한다. 『함부르크 연극평』 21편에서 레싱은 볼테르를 인용하면서 희극에는 웃음과 감동이 혼합되어야 한다고 주장한다. 볼테르는

> 감동적인 것에서 우스꽝스러운 것으로 그리고 우스꽝스러운 것에서 감동적인 것으로의 이행을 아주 자연스럽다고 생각한다. 인생은 그런 이행의 끊임없는 연속에 불과하다. 그리고 희극은 인생의 거울이어야 한다 (IV, 328-9).

희극이 인간의 삶을 그리는 것은 교훈을 주기 위해서이다. 레싱은 밀리우스와 함께 1749년에 독일 최초의 연극잡지 「연극의 역사와 진흥」을 발간한다. 레싱은 이 잡지 3호에 「플라우투스의 『포로들』에 대한 평론」을, 그리고 4호에 이 평론의 「결론」을 발표한다. 이것은 그의 희극에 관한 최초의 글이다. 여기에서 레싱은 희극의 궁극적인 목적은 "관객의 개선"(III, 494)이라고 말한다. 그리고 조금 뒤에 희극의 목적에 대해 이렇게 말한다. "인간의 도덕을 기르고 개선하는 것이다. 희극이 이를 위해 사용하는 수단은 악덕을 증오스럽게 그리고 미덕을 사랑스럽게 그리는 것이다"(III, 503). "악덕을 증오스럽게 그려서" 피하게 만들고, 반대로 "미덕을 사랑스럽게 그려서" 습득하게 만드는 것이 "관객의 개선"이다. 이것을 우리 식으로 표현하면 권선징악이다.

권선징악은 바로 작센 희극의 목표이다. 앞에서 간략하게 소개한 고췌트의 희극론에 따라 특정한 악덕을 의인화한 주인공을 풍자 수법으로 조소하는 희극이 18세기 중반에 크게 유행했다. 이 희극들을 일

반적으로 작센 희극(die Sächsische Komödie)이라 부른다. 왜냐하면 그
들의 대다수가 라이프치히를 중심으로 하는 작센 지방에서 생성되었
기 때문이다. 이 희극들은 전형화된 주인공을 조소하는 것이기 때문에
전형희극 또는 조소희극이라 불린다. 레싱은 작센 희극의 마지막 작가
라고 말할 수 있다. 그의 초기 희극들 가운데 『젊은 학자』, 『여성 증오
자』, 『노처녀』 등은 조소희극에 속한다. 희극이 권선징악을 통해 관객
을 교화한다는 견해는 작센 희극의 대부인 고췌트의 견해를 답습한
것에 불과하다. 그러나 레싱은 고췌트의 희극론에 머물지 않고 곧 새
로운 인식으로 나아간다. 그는 격하이론 내지 공격이론과는 다른 새로
운 웃음에 관한 견해를 바탕으로 고췌트의 희극론을 극복한다. 그에
따라 그의 희극도 조소희극의 틀을 벗어난다. 이것을 우리는 다음 장
에서 보게 될 것이다.

2. 비웃음에서 인간적 이해의 웃음으로

위에서 언급한 바와 같이 레싱의 견해에 따르면 "진정한 희극"은 "웃
게 만들" 뿐만 아니라 "감동시키려고" 한다. 여기에서 감정을 완전히
배제하는 고췌트와의 견해 차이가 나타난다. 레싱은 고췌트의 웃음과
희극에 관한 이론과는 전혀 다른 견해를 제시한다. 가장 근본적인 차
이점은 웃음의 사회적 기능에 관한 견해이다. 앞에서 살펴본 바와 같
이 고췌트가 요구하는 웃음은 비웃음이다. 희극 주인공의 사회 규범에
서 벗어나는, 어리석고 나쁜(lasterhaft) 행위를 비웃는 관객은 그것을
부정적으로 판단하는 가치관에 안주한다. 통용되는 가치관에의 안주
는 예외를 인정하지 않고, 그 가치관과 일치하지 않는 모든 것에 비판

용적인 태도를 보인다. 권위는 어떤 것이든 맹목적으로 인정하지 않고
이성으로 검증하려고 하며, 대립되는 입장이나 의견들 가운데 어느 한
쪽으로 기울지 않고 양자를 함께 아우르는, 리첼이 양자긍정(sowohl-
als auch)이 특징이라고 말한 변증법적 사고방식을[9] 가진 레싱은 이런
문제점을 직시한다[10]. 그 결과 그는 비관용적인 비웃음이 아니라 너그
러운 이해에서 우러나오는 인간적인 웃음을 희극의 핵심 정서로 내세
운다. 레싱은 『함부르크 연극평』 29편에서 다음과 같이 말한다.

> 희극은 웃음을 통해 교화하려고 한다. 하지만 비웃음을 통해서는 아니다. 희
> 극이 웃음의 대상으로 만드는 악덕들을 개선하려는 것도 아니고, 또 이 우스
> 꽝스러운 악덕들이 나타나는 사람들만을 교화하려는 것도 아니다. 희극의
> 진정한 보편적인 효용은 웃음 그 자체에 있다. 우스꽝스러운 것을 알아차리
> 는 우리의 능력을 연습하는 데에 있는 것이다. 열정과 유행으로 숨겨도, 더
> 욱 나쁘거나 또는 좋은 특성과 뒤섞여 있어도, 심지어 엄숙한 표정을 짓는
> 진지함의 주름살 속에서도 우스꽝스러운 점을 가볍게 그리고 신속하게 알
> 아차리는 능력을 (IV, 363).

이미 언급한 바와 같이 레싱도 웃음의 교화 기능은 고수한다. 그러
나 그 방법은 풍자의 비웃음이 아니다. 비웃음은 남의 약점을 보고 나
는 그렇지 않다는 우월감과 자기만족에서 나온다. 그리고 비웃음 속
에는 약점을 가진 사람을 열등하게 보는 악의가 숨어 있다. 이 때문에
레싱은 비웃음을 희극에서 배제하려고 한다. 그러므로 교화 대상은 희
극 주인공의 웃음을 유발하는 어리석고 이상한 행위도 아니고 또 주

9) Wolfgang Ritzel: Gotthold Ephraim Lessing. Stuttgart 1966, 154쪽.
10) Albert M. Reh: Die Rettung der Menschlichkeit. Lessings Dramen in literaturpsychologischer Sicht.
   Bern/München 1981, 121쪽 참조.

인공 자체도 아니다. 관객을 포함한 모든 인간의 행위가 교화의 대상
이 된다. 왜냐하면 인간은 누구나 결점을 가진 불완전한 존재이고, 세
상만사는 완벽할 수 없기 때문이다. 따라서 우스꽝스러운 점은 어디에
나, 심지어 윤리적으로 흠잡을 데 없고 고결한 것에도 깃들 수 있다.

> 우리가 희극에서 오로지 도덕적 결함, 개선 가능한 악습에 대해서만 웃어야
> 한다는 법칙이 도대체 어디에 적혀 있단 말인가? 앞뒤가 맞지 않는 점, 결핍
> 과 실재의 대립은 어느 것이나 우습다. 그러나 웃기와 비웃기는 거리가 아주
> 먼 것이다. 우리는 어떤 인간에 대해 웃을 수 있다, 때때로 그 사람을 조금치
> 도 비웃지 않으면서 그에 대해 웃을 수 있는 것이다 (IV, 362).

레싱에 따르면 인간의 도덕적 결함과 개선 가능한 악습뿐만 아니
라, 우리 인간의 삶 속에서 찾아볼 수 있는 어리석은 면, 이치에 어긋나
는 점, 현실과 이상의 괴리 등등 모든 것이 다 희극의 대상이 된다. 어
리석고 이치에 어긋나는 것을 가이어는 "인간으로서 우리의 본질과
목적에 맞지 않는"[11] 것으로 이해한다. 우리 인간은 살아가면서 욕심
이나 어리석음 또는 다른 여러 가지 이유로 본의 아니게 수많은 잘못
을 범한다. "우리의 본질과 목적에 맞지 않는" 행위를 저지르는 것이
어쩌면 우리 인간의 속성일지 모른다. 이런 속성이 희극의 대상이다.
　우리는 어떤 사람의 어리석은 행위를 보면 웃는다. 그리고 우리 자
신은 절대로 그런 허점을 보이지 않는다고 자신하는 경우, 그 웃음은
차가운 비웃음이 된다. 그러나 누가 감히 그것을 자신하겠는가? 우리
인간은 너나 없이 모두 결점을 가진 불완전한 존재가 아닌가. 나는 완

---

11) Ulrich Gaier: Das Lachen des Aufklärers.Über Lessings *Minna von Barnhelm*. In: Der
　　Deutschunterricht Jg. 43(1991) H. 6, 46쪽 참조.

5

벽하다는 생각은 인간의 오만이며, 그 자체가 어리석음이다. 이것을 의식하고 있는 인간은 남을 비웃지 못한다. 그럼에도 불구하고 우리는 남의 어리석고 불합리한 행위에 대해 웃는다. 어리석음은 우리가 생각하는 인간의 이상에 배치되기 때문이다. 그러나 그 웃음은 오만에서 나오는 차가운 비웃음이 아니라, 인간으로서 어쩔 수 없다는 이해가 담긴 따뜻한 웃음이다. 이 웃음은 어리석음을 따돌리는 것이 아니라, 누구도 자신 안에서 그리고 다른 사람들과의 관계 속에서 진정한 인간, 이상적인 인간이 될 수 없음을 인정하고 고백하는 웃음이다[12]. 희극은 비웃음이 아니라 이런 웃음을 통해 인간의 불완전성을 깨닫게 함으로써 교훈을 준다. 그리하여 레싱은 『함부르크 연극평』 99편에서 희극의 주인공이 극의 결말에서 벌을 받거나 또는 행실을 고쳐야 한다는 법칙을 거부한다. 이로써 레싱은 조소희극의 권선징악과 결별한다. 이것은 60년대에 얻은 새로운 견해가 아니다. 그가 1756년에 니콜라이에게 쓴 편지에 다음과 같은 구절이 있다.

> 희극은 우리에게 모든 종류의 우스꽝스러운 것을 쉽게 감지하는 능력을 길러주어야 합니다. 이러한 능력을 가진 사람은 처신할 때 모든 종류의 우스꽝스러움을 피하려고 할 것이고, 바로 그 때문에 가장 예절과 행실이 바른 사람이 될 것입니다 (IV, 163).

희극이 목표하는 바는 우리에게 어떤 상황에서라도 우스꽝스러운 점을 쉽사리 간파해내는 능력을 길러주는 것이다. 희극은 관객으로 하여금 남의 잘못은 물론 자신의 잘못도 인식하게 만든다. 그리고 이러한

---

12) U. Gaier: 같은 글 45쪽 참조.

능력을 가진 사람은 어리석음을 범하지 않도록 노력할 것이고, 그래서 모범적인 사람이 될 수 있다는 것이다.

여기에서 웃음은 사회 구성원들의 규범에서 벗어나는 행동에 대한 통제 기능을 하지 않고, 말하자면 자기통제의 수단이 된다. 어떤 특정한 인간의 특수한 결함을 비웃는 것이 아니라, 불완전한 존재인 인간의 결점에 대해 사람들이 함께 웃는 것이다[13]. 이것은 비웃음이 아니라 이해와 공감에서 나오는 웃음이다. 고췌트의 희극은 비웃음을 통해 규범에서 벗어나는 국외자의 어리석음을 징벌하고 교정하는 데 반해, 레싱의 희극은 어리석고 우스꽝스러움에 대한 인식 능력을 길러 그것을 예방하는 기능을 한다. 레싱은 "예방약도 귀중한 약이다"(IV, 363)라고 말한다. 고췌트의 희극론이 어리석은 주인공을 비웃음으로써 그를 사회에서 따돌린다면, 인간은 너나없이 모두 결점을 가진 불완전한 존재라는 인식을 바탕으로 하는 레싱의 희극론은 주인공을 국외자로 배제하지 않고, 관용의 웃음으로 포용하여 공동체에 통합시킨다. 이와 같이 레싱은 격하이론 내지 공격이론을 극복하고, 인간적인 이해와 관용의 웃음을 바탕으로 하는 새로운 희극론을 제시한다.

따뜻한 이해와 관용에서 흘러나오는 웃음은 비극의 동정심과 일맥상통한다. 남의 아픔을 내 것처럼 아파하는 동정심이나 나도 남처럼 불완전한 존재이기 때문에 웃음거리가 될 수 있음을 전제하는 웃음은 모두 그 주체와 대상을 분리하지 않고 가깝게 접근시키는 정서이기 때문이다. 동정심을 핵심 정서로 하는 비극과 인간적인 이해의 웃음을 바탕으로 하는 희극은 보완적인 관계를 이룬다. 레싱을 위시한 독일 계몽주의자들은 구성원들이 서로 이해하고 관용하면서 마찰 없이 행

---

13) M. Böhler: 같은 글 253쪽 참조.

복하게 사는 사회를 지향한다. 앞에서 언급했듯이 이런 사회의 건설은 교육에 의해 가능하다는 것이 그들의 믿음이다. 레싱이 제시한 비극과 희극의 새로운 모델은 시민 대중을 계몽해서 그런 사회의 건설을 담당할 성숙한 인간으로 만드는 것을 목표한다.

고췌트가 주창한 전형희극, 조소희극은 사회 규범에서 벗어나는 사람이나 행위를 징벌하거나 교정한다. 그런데 어떤 행위가 규범에서 벗어나는지 판정하는 기준은 대개 사회적 통념이다. 사회적 통념 가운데는 이성의 검증을 거치지 않고 관행으로 전승된 편견도 있을 수 있다. 다양하고 다층적인 존재인 인간, 더욱이 그런 개체들의 집단을 하나의 일반적인 개념으로 파악하려는 태도는 위험하다. 이런 일반화에는 편견이 끼여들기 마련이다. 그리고 편견은 비관용으로 이어진다. 유럽 사회에 만연된 유대배척주의가 한 예다. 유대인에 대한 편견은 유대인을 공동체에서 배제하는 결과를 낳는다. 레싱은 어느 특정한 개인이나 집단도 공동체에서 배제하지 않으려 하기 때문에 조소희극을 거부한다. 그리고 경계와 울타리를 고착 내지 강화시키지 않고 허무는, 이해와 공감의 웃음을 바탕으로 하여 모두를 포용하는 새로운 희극 모델을 제시한다. 편견의 타파와 관용의 구현은 레싱이 일생 동안 매달린 화두이다. 따라서 그의 희극론은 이 화두의 한 부분이라 말할 수 있다.

희극

III. 희극

독일 문학사를 훑어보면 희극이 귀하다는 사실을 쉽게 발견할 수 있다. 그런데 1740년부터 50년대 초까지 독일 문학사상 전무후무한 현상이 발견된다. 이 시기에 단막극을 포함해 30편 이상의 희극들이 쏟아져 나온 것이다. 앞에서 간단히 언급한 것처럼 이 희극들을 일반적으로 작센 희극이라 부르는데, 그들의 대다수가 라이프치히를 중심으로 하는 작센 지방에서 생성되었기 때문이다. 그 당시 독일 문화의 중심지는 라이프치히였으며, 레싱이 등장하기 이전에 전기 계몽주의를 이끈 고체트의 활동무대 역시 라이프치히였다. 관객의 도덕적 교화를 목표하는 이 희극들의 성격을 보다 자세히 규정하기 위해 전형희극, 조소희극이란 용어가 사용된다. 왜냐하면 이 희극들의 중심을 이루는 인물은 전형화(典型化)된 성격의 화신(Charaktertyp)으로 극의 진행 중에 풍자 기법에 의해 조소의 제물이 되기 때문이다. 이 시기의 희극들이 전형희극이 된 데에는 두 가지 이유가 있다. 그 하나는 계몽주의자들이 개체의 특성보다는 인간의 보편적이고 일반적인 점에 더 관심을 가졌던 사실에서[1] 찾을 수 있다. 주인공이 복합적인 인간이 아니라 특정한 결점의 화신이어야 관객이 그 어리석고 비합리적인 결점을 쉽사

---

1) Bernhard. Asmuth: Einführung in die Dramenanalyse. Stuttgart 1980, 92쪽 참조.

리 알아차릴 수 있고, 그래야 이 희극들이 목적하는 계몽 기능을 완수
할 수 있다는 견해가[2] 다른 이유이다.

18세기 중엽에 이렇게 많은 희극들이 생성된 현상은 어떻게 설명
할 수 있는가? 간단히 말해 이 현상은 독일 계몽주의의 낙관주의적 경
향과 이성에 대한 믿음 그리고 희극이란 장르의 사회 비판적 기능이
어우러진 결과로 이해할 수 있다. 계몽주의의 밑바탕에 깔려 있는 세
계관은 라이프니츠에서 유래하는 낙관주의, 즉 이 세계는 "가능한 모
든 세계 가운데 가장 좋은 세계"라는 견해이다. 이 낙관론은 비극보다
는 희극에 가까운 입장이다. 다른 한편 계몽주의는 이성에 대한 믿음
이 강한 사조이다. 인간은 신으로부터 민족, 종교, 성별의 구별 없이 이
성을 부여받았으며, 이성을 키우고 계발함으로써 행복을 얻을 수 있
고, 현실의 부족함과 추한 점은 인간의 이성이 깨이지 않은 데서 기인
한다는 이성에 대한 믿음은 비극적 상황의 생성을 용납하지 않는다[3].
따라서 계몽주의의 기본사상은 비극보다는 희극에 가깝다고 말할 수
있다.

고대 그리스 이래로 희극이란 장르에는 기존 사회 질서와 가치관
을 비판하고 대안을 제시하는 측면이 강하다. 비극과는 달리 희극의
특성은 "사회와의 연대성"[4]이다. 베르그송도 저서 『웃음』에서 웃음의
공동체적 성격과 지적인 요소 그리고 사회적 기능을 강조하고 있다[5].

2) Eckehard Catholy: Das deutsche Lustspiel. Von der Aufklärung bis zur Romantik.
   Stuttgart 1982, 15쪽 참조.
3) Horst Steinmetz: Nachwort zu Johann Christoph Gottsched: Deutsche Schaübuhne, 6. Teil.
   Stuttgart 1972, 15쪽.
4) Walter Hinck: Das deutsche Lustspiel des 17. und 18. Jahrhunderts und die italienische Komödie.
   Stuttgart 1965, 4쪽.
5) Henri Bergson: Das Lachen, übersetzt von J. Frankenberger und W. Fränzel.
   Meisenheim 1948, 10쪽 참조.

계몽주의자들은 인간의 이성을 계발하고 기르기 위한 방편으로 직접
적일 뿐만 아니라 폭넓은 영향력을 갖는 희극을 이용하였다. 그리고
또 그 당시 싹트기 시작한 시민계급의 자의식은 문화, 문학 분야에서
자신들의 영역을 구축하려는 노력을 낳았다. 그러나 비극과 희극을 등
장인물의 신분계급에 따라 구분하는 법칙, 즉 신분제한규정이 18세기
중엽에도 통용되었기 때문에, 시민계급은 희극을 그들의 장르라고 생
각했다[6].

이와 같이 계몽주의의 시대사조와 그에 부응하는 희극의 장르적
특성이 어우러져 1740년대에 수많은 희극이 쏟아져 나왔다. 작센 희
극을 논할 때 빼놓을 수 없는 인물은 고체트이다[7]. 그는 직·간접적으
로 작센 희극의 생성에 지대한 영향을 끼쳤다. 앞에서 간략하게 소개
한 그의 희극론 없이는 작센 희극은 생각할 수 없다. 작센 희극의 작가
들을 열거하면 고췌트의 부인, 보르켄슈타인, A. G. 울리히, G. 푹스, 뮐
리우스, T. J. 퀴스토르프, J. E. 슐레겔, J. C.크뤼거 등등이다. 이밖에 감
동희극을 독일에 도입한 겔러트도 있다[8].

희극이 크게 융성했던 시대적 흐름에 영향을 받아 청년 레싱은 희
극 창작으로 극작가로서 활동을 시작한다. 그의 희극에 대한 남다른
관심은 성아프라 제후학교 시절로 거슬러 올라간다. 그는 로마 시대의
작가 플라우투스, 테렌티우스로부터 16세기 이탈리아의 즉흥극 코메
디아 델아르테 (commedia dell'arte)를 거쳐 18세기 중엽에 이르는 유
럽 희극의 전통을 공부한다. 뿐만 아니라 감동희극, 작센 희극 등 18세

---

6) Helmut Koopmann: Drama der Aufklärung. München 1979, 84쪽 참조.
7) 이에 대해 졸고 Die Sächsische Komödie und das Ehepaar Gottsched.
   숭실대학교 논문집 제15집(1985) 157 - 165쪽 참조.
8) 이에 대해 졸고 Die Dichter der Sächsischen Komödie. 숭실대학교 논문집 인문과학편
   제20집(1990) 145 - 159쪽 참조.

기에 유럽의 여러 나라에서 유행하던 여러 종류의 희극을 두루 섭렵한다. 게다가 그는 라이프치히 대학에 진학한 후 노이버 극단과 가깝게 지내면서 연극의 실제적인 사항들을 많이 보고 배운다. 그리고 그의 번뜩이는 기지와 날카로운 관찰력은 희극 창작에 안성맞춤이다. 이런 여러 요인들의 상승작용으로 인해 레싱은 희극에 푹 빠진다. 그래서 그는 1754년에 발간된 자신의 『문집』 3 · 4부 서문에서 "그 당시 나는 연극에 크게 애착을 가져서 내 머리에 떠오른 것은 모두 희극으로 만들었다"(III, 525)고 고백한다. 그리고 그는 1749년 4월 28일 부친에게 쓴 편지에서 언급한 바와 같이 "독일의 몰리에르"(B 11/1, 24)가 되겠다는 당찬 목표를 세우기도 한다.

레싱은 처음에 그 당시 유행하던 전형희극, 조소희극의 기법과 형식을 답습하여 『젊은 학자』(1747)와 『여성증오자』(1748) 그리고 『노처녀』(1749)를 완성한다. 『젊은 학자』는 1748년 1월 노이버 극단에 의해 공연되어 갈채를 받는다. 그리고 그는 단막극 『다몬, 일명 진정한 우정』(1747)으로 겔러트 풍의 감동희극(das rührende Lustspiel)도 시도한다. 이 작품들을 통해 어느 정도 희극 창작에 익숙해진 레싱은 1749년 폭이 좁은 전형희극의 주제와 형식에 만족하지 못하고 새로운 시도를 꾀한다. 관객의 도덕적 교화란 목표를 위해 불완전한 인간에게서 흔히 발견되는 결점을 전형화하여 그 어리석은 결점을 풍자기법으로 조소의 제물이 되게 하는 천편일률적인 전형희극의 도식을 탈피하여 무게 있는 사회 문제를 희극의 틀에 담아내자는 것이 그 시도이며, 그 열매가 『유대인들』(1749)과 『자유신앙주의자』(1749)이다. 이밖에 레싱은 1750년에 고대 로마의 희극작가 플라우투스의 번안인 『보물』을 만든다. 레싱이 창작한 희극은 위에 열거한 초기작품 7편과 1763년의 걸작 『민나 폰 바른헬름, 일명 병사의 행운』 등 8편이다.

그의 초기 희극들은 중기의 걸작희극 『민나』에 비해서는 질적으로
뒤떨어지는 것이 사실이다. 레싱 스스로도 이 점을 분명히 인식하고
1753년부터 55년까지 6부로 간행한 자신의 『문집』에 『다몬』과 『노처
녀』를 수록하지 않았다. 그러나 그의 초기 희극 전부를 수준이 떨어지
는 청년기의 습작으로 간주하여 논의의 대상에서 제외하는 것은 온당
치 않다. 왜냐하면 비록 작품의 완성도는 좀 떨어지기는 하나, 그의 초
기 희극들은 동시대의 다른 작가들의 작품보다는 월등하다고 평가될[9]
뿐만 아니라, 레싱의 독특한 면과 앞으로의 발전 가능성을 보여주기
때문이다. 따라서 여기에서는 특별한 점이 없는 작품들은 제외하고 레
싱의 특성이 잘 드러나는 『젊은 학자』와 문제희극 『유대인들』, 『자유
신앙주의자』 그리고 독일 3대 희극의 하나로 꼽히는 『민나』를 종합적
으로 분석하기로 한다.

　주지하는 바와 같이 계몽주의는 자신의 이성에 의한 독자적인 사
고와 판단 그리고 이것을 바탕으로 한 막힘없는 인식을 지향한다. 이
것을 방해하는 장애물은 인식 주체의 내부에서 선입견 또는 이성을
흐리게 하는 격정의 형태로 생겨나거나 또는 권위나 통치자의 형태로
외부에서 찾아온다. 이런 걸림돌들은 타파되어야 할 대상이다[10]. 특히
선입관, 편견이 계몽주의자의 눈에는 가장 어리석을 뿐만 아니라 치유
하기도 제일 쉬운 악덕으로 보인다. 선입관, 편견으로 인해 폭넓은 사
고를 하지 못하는 어리석은 인간의 편협성을 풍자 수법으로 웃음거리
로 만드는 전형희극이 독일 계몽주의 시대에 유행했던 것은 결코 우
연한 현상이 아니다. 실제로 이런 유의 희극이 작센 희극의 상당 부분
을 차지한다. 왜냐하면 계몽주의가 편견의 폐해로부터 인간을 구제하

9) Otto Mann: Geschichte des deutschen Dramas. Stuttgart 1963, 178쪽 참조.
10) Peter Pütz: Die Leistung der Form. Lessings Dramen. Frankfurt a. M. 1986, 52쪽 참조.

는 것을 이성의 결정적인 업적으로 본 시대이기 때문이다.

　독일 계몽주의 시대에 권위와 편견의 타파에 앞장섰던 사람이 레싱이다. 그는 종교적인 것이든 세속적인 것이든 어떤 권위도 무비판적으로 맹종하지 않았고 시대풍조에 휩쓸리지도 않았을 뿐만 아니라, 경우에 따라 다르게 생각하고 권위와 시류에 역행하는 목소리를 내는데 주저하지 않았다. 일생 동안 꾸준히 이어진 그의 이런 활동이 문필가, 작가로서 첫발을 내디딘 초창기에 이미 시작되었음을 생생하게 증언하는 것이 그의 초기 희극이다. 그의 초기 희극 가운데 3편이 편견의 타파를 주제로 하고 있기 때문이다. 『여성 증오자』가 한 어리석은 인간의 여성 전체에 대한 선입견을 꼬집는 작센 희극의 주류를 이루는 전형희극, 조소희극인데 반해, 『유대인들』과 『자유신앙주의자』는 어떤 특정 인물의 개인적인 선입관이 아니라, 18세기 중엽의 독일 사회에서 동등한 사회구성원으로 대접받지 못하고 국외자로 따돌림 당하며 차별대우를 받는 소수집단 - 유대인과 비기독교인 - 에 대한 편견과 질시라는 사회 문제를 다루고 있는 문제희극이라는 공통점을 가진다. 이 두 작품이 별 의미 없는 청년기의 습작에 불과하다는 평이 옳지 않은 것임은 논의 중에 자명해질 것이다.

III-1 『젊은 학자』

- 줄거리

상인 크뤼잔더는 요절한 친구의 딸 율리아네를 양녀로 기르고 있다. 그는 율리아네에게 부친의 유산을 확보해줄 수 있는 문서가 발견된 것을 기화로 양녀를 자신의 아들 다미스와 혼인시키려고 한다. 율리아네는 내심으로 다미스를 경멸하고 또 사랑하는 사람이 따로 있지만 양부의 뜻에 따르는 것이 도리라고 생각한다. 그러나 다미스는 학자로서 이름을 날리고 싶은 헛된 욕망에 사로잡혀 있기 때문에 혼인 같은 하찮은 일에는 아예 관심조차 없다. 이미 프로이센 아카데미의 논문 현상공모에 응한 다미스는 자신의 논문이 장원급제하리라는 확고한 믿음 속에 베를린으로부터 소식이 오기만을 학수고대하고 있다.

크뤼잔더는 혼인에 뜻이 없는 아들의 마음을 돌리기 위해 하인 안톤에게 도움을 청한다. 그러나 율리아네와 발러가 짝으로 맺어지기를 바라는 하녀 리셋은 안톤을 한편으로 끌어들여 그를 통해 그 문제의 문서가 헛것이라는 거짓 편지를 크뤼잔더의 손에 들어가게 한다. 그 편지를 받아본 크뤼잔더는 마음을 바꿔 발러의 청혼을 허락한다. 그런데 그사이 다미스는 악처의 등살에도 불구하고 이름을 남긴 학자 대열에 자신의 이름을 올리기 위해 율리아네와 혼인하기로 작정한다.

리셋의 속임수 때문에 양부가 생각을 바꾼 것을 알게된 율리아네는 양부에게 사실을 털어놓는다. 그러자 크뤼잔더는 다시 마음을 바꾼다. 그런데 아들 역시 생각을 바꾼다. 그가 고대하던 베를린 친구의 편지가 그 사이 당도한 것이다. 그의 논문을 아카데미에 접수시켜달라는 부탁을 받은 그 친구가 주제를 다루지 않은 그의 논문을 아예 접수시키지도 않았다는 것이다. 다미스는 자신의 천재성을 알아보지 못하는 독일인들의 어리석음에 분노하고 조국을 떠나기로 작정한다. 그러므로 혼인은 생각 밖의 일이 되어버린 것이다. 발러는 율리아네에게 부친의 유산을 확보해줄 수 있는 문서를 크뤼잔더에게 양도하는 대가로 율리아네와의 혼인 허락을 얻어낸다.

1. 지식인 풍자

1754년에 발간된 자신의 『문집』 3 · 4부 서문에서 레싱은 자신의 첫 희극이 관중의 호응을 받은 원인으로 소재의 선택을 꼽으면서 다음과 같이 말한다.

> "젊은 학자"는 내가 그 당시에도 이미 모를 리 없던 유일한 종류의 바보였다. 이 해충들 사이에서 자랐으므로 내가 풍자의 무기를 맨 먼저 그 해충을 향해 겨눈 것이 이상한 일이었겠는가? (III, 524)

이 말은 두 가지 사실을 알려준다. 첫째 레싱이 작품의 소재를 경험한 현실에서 취했다는 사실이다. 이것은 희극을 현실의 거울이라고 본 레싱의 견해에 부합된다. 그리고 둘째로 이 작품이 학자를 풍자하는 희극이라는 사실이다. 따라서 『젊은 학자』는 오랜 역사를 가진 유럽 희극의 전통을 계승하는 한편, 지식인을 풍자하는 독일 계몽주의 시대의 유행에도 맞닿아 있다. 여기서 학자라 함은 대학교수 또는 학

문에 종사하는 전문가들뿐만 아니라 일정한 교육 과정을 거치고 '지
식인의 모국어'인 라틴어를 배워 구사할 수 있는 사람들을, 그러니까
대학생을 포함한 지식인을 통칭한다[1]. 조선조의 선비에 해당된다. 책
을 통해 얻은 잡다한 지식, 현실적으로 아무 쓸모없는 공허한 지식밖
에 가진 것이 없으면서도 해박한 지식과 심오한 지혜를 가진 현인인
양 우쭐대면서 교만하게 남을 무시하는 등 반사회적 행태를 일삼는
속 좁은 속물은 고대 로마의 희극작가 플라우투스 이래로 이탈리아,
프랑스, 영국 희극에 자주 등장하는 인물로 희극적 풍자의 표적이 되
는 우스꽝스러운 유형 가운데 하나이다. 물론 독일도 예외가 아니다.
그뤼피우스는 『호리빌리크리브리팍스』(1663)에서 그런 속물을 등장
시켰다. 그리고 덴마크 작가 홀베르는 『에라스무스 몬타누스, 또는 라
스무스 베르』(1747년에 초연)에서 혼자 잘난 척하는 속물을 풍자하였
다. 레싱은 이 작품으로부터 많은 자극을 받았다.

천박한 지식을 뽐내는 엉터리 지식인에 대한 풍자는 희극 이외의
다른 분야에서도 즐겨 사용된 주제였다. 계몽주의는 이성의 이름으로
학문을 신학의 지배로부터 해방시키는 한편, 형식논리에 얽매인 경직
된 학문, 현실과 동떨어진 학문을 배격하는 운동이다. 계몽주의가 시작
되기 이전에 이미 라이프니츠, 특히 토마시우스는 이성, 유용성, 현실성
의 원칙에 입각해 학문 개념을 새롭게 정립하려고 시도했다. 토마시우
스가 지식인이 갖추어야 할 요건으로 내세운 '총명함(Witz)', '판단력
(Urteil)', '심미안(Geschmack)'은 그대로 계몽주의로 계승되었다[2]. 16

1) Wolfgang Martens: Von Thomasius bis Lichtenberg: Zur Gelehrtensatire der Aufklärung. In: Lessing
   Yearbook X(1978) 10-1쪽; Wilfried Barner, Gunter Grimm, Helmuth Kiesel, Martin Kramer: Lessing.
   Epoche - Werk - Wirkung, 4. Aufl. München 1981, 55쪽 참조.
2) Wilfried Barner: Lessing zwischen Bürgerlichkeit und Gelehrtheit. In: Bürger und Bürgerlichkeit.
   Wolfenbütteler Studien zur Aufklärung Bd. VII, hrsg. v. Rudolf Vierhaus. Heidelberg 1981, 173쪽 참조.

세기 인문주의 시대 이후로 지식인들은 고대 그리스 · 로마의 고전 탐구에 몰두했는데, 이제 그런 경향은 개개 지식인의 특수한 관심을 위한 것이지 사회 요구에 부응하는 것이 아니며, 일반 대중이 이해할 수 있는 학문의 발전에 방해되는 것이라고 간주되었다.

계몽주의 시대에 우후죽순처럼 생겨난 도덕주보들은 이런 새로운 분위기를 잘 반영하여 고루하고 편협한 지식인, 현실과 동떨어진 학문을 비판하고 실용적인 학문을 옹호하는 데 열을 올렸다. "전공지식만으로 올바른 지식인이 되는 것이 아니고, 학문에서 발생되어야 하는 가장 중요한 유익은 미덕이다." 그리고 "독서는 인간을 내적으로 풍요롭게 만들고 교화해야 한다. 독서는 인간의 성격을 형성하고 미덕을 강화시키며, 인간을 보다 합리적이고 사교적으로 만들어야 한다"[3]는 것이다. 18세기에 조선조에서 실학이 싹튼 것과 일맥상통하는 점이 있다. 그리고 1740년경부터 하게도른, 겔러트 등을 위시한 여러 작가들이 우화, 시, 산문 등을 통해 현실의 삶과 유리된 추상적인 지식을 추구하는 속물을 풍자하고 비판하였다[4]. 마르텐스는 「토마시우스에서부터 리히텐베르크까지」라는 논문에서 지식인 비판의 전통을 인문주의 시대까지 거슬러 올라가 고찰하면서 지식인 비판이 18세기에 시민적 계몽의 강령으로 발전했음을 밝힌 바 있다. 계몽주의가 이성을 중시함으로 학문, 학식, 지식인을 중시하는 것 또한 당연하다. 그러나 학문에 종사하여 대단한 지식을 쌓은 학자랍시고 교만하게 우쭐대며, 독불장군처럼 저만 잘난 척하고 남을 깔보며 인간관계, 사회성을 무시하고 세상사에 대해 오불관언하는 태도는 사회 안에서 조화를 이루며 행복한

---

3) Wolfgang Martens: Die Botschaft der Tugend. Die Aufklärung im Spiegel der deutschen Moralischen Wochenschriften. Stuttgart 1971, 426, 427쪽.

4) Alfred Anger: Nachwort zu G. E. Lessing: Der junge Gelehrte. Stuttgart (Reclam) 1965, 122-3쪽 참조.

삶을 지향하는 계몽주의자에게는 비판받아 마땅한 악덕이다.

학문은 유용해야 한다는 것이 계몽주의의 기본 정신이다. 신이 인간의 행복을 위해 최선을 다해 만들어놓은 것이 이 세상이라고 믿는 계몽주의자들에게 최고의 가치는 공익, 공동선이다. 따라서 학문도 유용하고 공익에 기여해야 한다. 사회에 기여하지 못하는 학문은 공허하고 무의미하며 없어도 된다. 학문을 위한 학문, 학계라는 좁은 테두리를 벗어나지 못하는 학문, 인간적 성숙에 기여하지 않는 학문은 지양해야 한다. 인문학도 오성을 밝게 하고 심성을 도야하는 기능, 다시 말해 교양을 증진하는 효용이 있어야 한다. 학문은 학문에 종사하는 인간을 보다 합리적이고 사회성 있게 만들어야 할뿐만 아니라, 무엇보다도 인간 사회의 행복에 기여해야 한다. 그렇지 못한 학문, 불필요한 지식인은 비판의 대상이 된다[5].

풍자 · 비판의 대상이 되는 것은 일차적으로 현실과의 괴리이다. 사회적 효용성을 도외시하고, 어문학이나 문법의 사소한 문제를 대단히 중요하게 간주해 매달리며, 닥치는 대로 내용 없는 글을 써서 화려한 장정으로 책을 출판하는 행태가 풍자의 표적이 된다. 고대 작가들의 권위를 맹종하고, 필요성에 관계없이 그들을 인용하거나 주해에 언급함으로써 자신의 해박한 지식을 과시하며, 형식논리와 공리공론에 빠지는 행태 등은 학문하는 자들의 악덕이다. 이밖에 중세에 학문의 기초로 간주되던 7개 과목(문법, 수사학, 토론술, 수학, 기하학, 음악, 천문학)을 중심으로 서적을 통한 지식의 습득, 지혜로 발전하지 못하는 단순한 박학다식, 유식한 척 위장하기, 과시적인 고립, 선민의식, 교만, 명예욕, 예절의 무시, 사회성 결여, 경직성, 속물근성, 편협성, 모국어

5) W. Martens: Von Thomasius bis Lichtenberg, 20-2쪽 참조.

홀대 등이 추가된다[6]. 이런 점들을 비판·배격하는 계몽주의가 지식인에게 겸손의 미덕을 바라고, 명료해서 쉽게 이해할 수 있으며 또 읽어서 유익한 글을 쓸 것을 요구하는 것은 자명하다.

2. 젊은 학자 다미스

『젊은 학자』의 주인공 다미스는 지식인을 "전 지구를 밝게 비추어야 하는 태양"(I, 318)으로 절대시하며, 학문을 이 세상에서 가장 고귀한 것으로 숭상한다. 그리고 그는 "인간은 보편적인 인식 능력을 가지고 있다"고 믿는다. 이것은 계몽주의자들의 공통적인 믿음이다. 그런데도 철학, 신학, 법학, 의학 등 대학의 4개 학부에서 공부한 사람들 가운데 극소수만이 "천상의 박학다식"을 소유할 뿐, 대부분은 "우리의 지식은 불완전하다"고 한탄하는 수준에 머무르고 마는 것은 "게으름" 또는 "창조적 재능"(이상 I, 283)의 부족 때문이라고 그는 진단한다. 만약 이 희극이 괴테의 『파우스트』 이후에 생성된 작품이라면, 다미스의 이 말은 대학의 4개 학부를 두루 섭렵하고 수십 년 동안 대학에서 학생들을 가르치면서 진리 탐구에 몰두했지만, 진리에 도달할 수 없다는 절망감을 토로하는 파우스트 독백의 패러디로 들린다. 왜냐하면 다미스는 "창조적 재능"을 가지고 "게으름"을 피우지 않은 자신은 20세의 어린 나이에도 불구하고 이미 "천상의 박학다식"을 소유하고 있으며 진리를 깨우쳤다고 확신하기 때문이다. 그는 유럽의 학문어인 라틴어, 그리스어, 히브리어뿐만 아니라 프랑스어, 이탈리아어, 영어에 능통하다.

---

6) W. Martens: Von Thomasius bis Lichtenberg, 20쪽; W. Barner: 같은 글 172쪽 참조.

이것으로 보아 어문학이 그의 전공인 것으로 추측된다. 그러나 그는 전공분야를 초월해 신학, 법학, 의학에도 통달해서 박사가 될 수 있으며, 그 선택을 자신의 신부(新婦)에게 맡기겠노라고 호언한다(2막 10장). 젊은 학자의 이런 호언장담, 확신은 우리로 하여금 머리를 갸우뚱하게 만든다. 그것은 벼는 익을수록 머리를 숙인다는 격언과 배치되기 때문이다. 이제 그의 실체를 살펴보자.

다미스가 여느 청년들과는 달리 출세 또는 쾌락 같은 세속적인 일에는 아랑곳하지 않고 오로지 학문 연구에 몰두하고 있다는 사실 자체는 부정할 수 없다. 그는 학문에만 관심을 가질 뿐 그 밖의 모든 일에 무관심하다. 그리고 그는 학문에서 충분히 즐거움을 느끼고 그 외의 즐거움은 아예 모르며, 심지어 여자를 아는 것조차 학자의 명예를 손상시키는 수치스러운 일이라고 생각한다. 때문에 인륜지대사라고 하는 혼인이 그에게는 사소한 일에 불과하다. 이렇게 학문을 절대시하고 인간과 인생에 무관심한 그의 태도부터 문제가 있다. 더욱 문제되는 것은 그의 학문하는 목적, 방식, 자세이다. 그것은 정도에서 완전히 벗어난 전도된 것이다. 무릇 학문하는 목적은 지식을 쌓아 사물의 이치에 대한 깨달음, 지혜를 얻고 세상사에 대한 판단력을 길러 주관을 세우는 한편, 심성을 가다듬어 인격을 도야함으로써 안으로는 성숙한 인간이 되고 밖으로는 사회에 공헌하는 것이리라. 특히 독일 계몽주의는 학문의 사회적 효용성, 즉 학문이 인간 사회의 행복에 기여해야 한다는 점을 강조한다. 그러나 다미스에게 이런 목표는 완전히 생소하다. 그가 추구하는 유일한 목표는 학문을 통한 진리에의 접근이 아니라, 학자로서 명성을 얻고 세인의 존경을 받는 것이다. 왕성한 저술 활동, 책에만 정신을 집중하기 때문에 그 밖의 일에는 주의가 산만한 척 위장하기 등등 그의 일거수일투족은 모두 이 목표를 위한 것이다. 그리고 또 그는 이 목표를 위해서라면 실로 수단방법을 가리지 않는다. 일례로 그에게 혼인은 학자의 명성을 얻기 위한 방편에 불과하다.

다미스가 학문 그 자체가 아니라 지식인의 명예를 탐하기 때문에 그의 학문하는 방식, 자세가 옳을 리 없다. 언어 능력은 다미스 같은 어문학자 내지 인문학자에게는 필수적인 도구이다. 그런데 그는 이 학문의 도구를 학문 그 자체라고 착각한다. 제바의 표현에 따르면 "학문의 전문용어를 학문으로 간주하는"[7] 것이다. 그는 고전 텍스트에 주해를 달고 명구의 출처를 찾아내는 것을 학자의 본령으로 생각한다. 그리고 클레오파트라가 자살할 때 뱀을 가슴이 아니라 팔에 댔다는 사실의 입증 따위를 대단한 진리의 발견으로 간주한다. 이처럼 그는 무의미한 지엽적인 문제에 매달린다. 그러므로 그가 뽐내는 지식도 피상적인 것일 수밖에 없다. 그는 독서를 많이 한다. 하지만 그는 책에서 읽은 것을 소화해 자기 것으로 만들지 못하고 맹목적으로 받아들인다. 따라서 그가 어떤 일에 대해 일정한 주관을 갖지 못하는 것은 당연하다. 하인 안톤은 1막 6장에서 그의 혼인에 대한 생각이 시시각각으로 변한 적이 있음을 이야기한다. 이것은 그가 입장을 정함에 있어 주관 없이 그때그때 읽는 책의 견해에 따른다는 것을 말해준다. 실제로 그는 극의 진행 도중에 아버지가 추진하는 자신의 혼인에 대한 입장을 반대에서 찬성으로 그리고 또다시 반대로 두 번이나 바꾼다. 그리고 그는 3막 15장에서 Epithalamium이란 라틴어를 이해하지 못하는 안톤에게 혼인 축시라고 설명해주는 대신 다른 라틴어·그리스어 동의어를 반복한다. 이를 통해 그가 대단한 어문학자라고 자부하지만 실제로는 단어 하나 제대로 설명할 능력조차 없다는 사실이 드러난다. 이것은 학자들

---

7) Hinrich C. Seeba: Die Liebe zur Sache. Öffentliches und privates Interesse in Lessings Dramen, Tübingen 1973, 43쪽.

의 모국어 경시 풍조에 대한 비판이기도 하다.

그의 논리체계도 허술하기 짝이 없다. 그는 엉터리 삼단논법에 입각해서 안톤이 모국어인 독일어를 구사하지 못하고 밥도 먹지 못한다는 것을(1막 1장), 그리고 아들이 손찌검하는 아버지를 다시 때려도 되는 정당성을 증명할 수 있다고 생각한다(2막 4장). 그는 또 여자가 사람이 아니라는 것도 논증한다(2막 12장). 이와 같이 그가 현실에 반하는 엉뚱한 결론에 도달하는 까닭은 옳은 전제에서 출발하지만 공허하고 자의적으로 추론하며, 현실을 무시하고 형식논리를 절대시하기 때문이다. 이처럼 현실적으로 유익한 지식의 증진이나 인식 지평의 확대에 아무런 도움도 되지 않는 지엽적인 문제, 공리공론에 매달리거나 또는 형식논리에 빠져 허무맹랑하게 현실을 왜곡하는 궤변을 농하는 등 그의 학문하는 방식과 태도는 바르고 진지한 것과는 거리가 멀다. 결론적으로 말해 이 젊은 학자는 "잡다한 지식의 단순한 축적을 심오한 학식으로, 명예욕을 명예 그 자체로, 교양을 쌓았다는 망상을 교양으로"[8] 간주한다. 레싱이 『함부르크 연극평』 28편에서 말하고 있는 바와 같이 "이런 결함과 현실의 대비는 우습다"(IV, 362) 뒤에 다시 상론하겠지만, 이같이 전도된 태도는 베를린 아카데미의 학술논문 현상공모에 임하는 그의 자세에서 단적으로 드러난다.

이처럼 다미스는 지식인으로서 허술할 뿐만 아니라, 생활인으로서도 무능하기 짝이 없다. 그는 대학 공부를 마쳤는데도 자립하지 못하고 모든 것을, 심지어 마구 써대는 저술의 출판비까지 아버지에게 의존하면서 자립할 생각조차 하지 않는다. 그는 생활하면서 스스로 결정을 내리거나 문제를 해결할 능력이 없다. 극이 끝날 때까지 그가 하는

---

8) Albert M. Reh: Die Rettung der Menschlichkeit. Lessings Dramen in literaturpsychologischer Sicht. Bern/München 1981, 119쪽.

일은 베를린에서 소식이 오기를 기다리는 것뿐이다. 게다가 그는 바르고 고운 심성을 기르지 못했다. 그는 감정이 메마르고 예절을 모르는 거친 사람으로 하인들에게 마구 욕설을 해대는 것은 물론이고, 자신의 아버지를 "늙은 바보"(I, 283)라고 부르기도 한다. 도련님으로부터 "건달"이란 욕을 하도 들어서 그것을 자신의 이름으로 여길 정도인 안톤은 도련님이 다른 책은 다 읽었으나 "예절책"(I, 282)만은 읽지 않았다고 꼬집는다. 대단한 지식을 가졌다고 믿는 이 젊은 학자는 오만하게 배우지 못한 사람들을 경멸하고, 그것이 욕설로 표현된다. 그런데 다미스는 인문학을 공부했다. 인성을 가다듬고 정서를 순화하는 문학, 철학을 공부한 젊은이가 이렇게 언행이 무례하고 난폭하니 그 공부가 무슨 소용이란 말인가. 이것은 배운 사람들에게서 놀라운 지식과 함께 놀라울 정도로 거칠고 무례한 언행이라는 사회적 악이 나타날 가능성에 대한 경고이다. 그리고 작가 레싱은 다미스의 공부와 그 결과의 불일치를 날카롭게 풍자함으로써 스스로를 경계한다[9].

명예를 탐하는 이 설익은 지식인이 가장 듣기 좋아하는 것은 두말할 나위 없이 그의 재능과 학식에 대한 칭찬이다. 그러나 그의 재능과 학식은 실체가 없는 망상이기 때문에 그런 칭찬을 할 사람은 없다. 하지만 그는 조금도 위축되지 않는다. 남이 하지 않으면 스스로 하면 되니까. 그리하여 그는 시도 때도 없이 자화자찬을 늘어놓는다. 마치 자화자찬이 재능과 학식을 확실하게 증명하는 것이라도 된다는 듯이. 칭찬을 듣고자 하는 욕망은 그의 아킬레스건이다. 하인과 하녀는 이 점을 정확하게 간파하고 있다. 유럽 희극에 단골로 등장하는 하인역의 전통을 잇는 안톤과 리셋은 비록 배우지 못해서 주인 부자(父子)가 입

---

9) Rolf C. Zimmermann: Die Devise der wahren Gelehrsamkeit. Zur satirischen Absicht von Lessings Komödie *Der junge Gelehrte*. In: DVjs. 66(1992), 288-90쪽 참조.

에 달고 다니는 라틴어 문자를 알아듣지 못하며 미천한 신분이긴 하지만, 약삭빠르고 재치가 있으며 세상물정에 밝아서 주인 부자, 특히 아들의 약점을 이용해서 이 책상물림을 마음대로 조종할 줄 안다. 무언가 노리는 바가 있어 이 애송이의 비위를 맞추어주는 일은 그들에게는 식은 죽 먹기다. 그의 학식을 추켜세우기만 하면 된다. 그리고 도련님이 그들의 장단에 맞춰 춤추지 않는 경우 그들은 거침없이 이 애송이를 바보라고 놀린다. 이와 같이 스스로 천재, 대학자라고 확신하는 이 애송이는 하인들의 조종에 놀아나는 꼭두각시에 불과하다. 그는 하인들을 무식하다고 경멸하지만, 실제로는 하인들의 공격을 논리적으로 물리칠 만한 능력도 없다. 그가 뽐내는 지식은 인간 사회 행복의 증진에 기여하는 것은 고사하고, 그 자신이 당면한 현실적인 문제의 해결에도 도움이 되지 못하는 무용한 것이다. 앞에서 살펴본 지식인 풍자의 여러 요소들이 우리의 젊은 학자에게서 빠짐없이 나타나고 있다.

사정이 이런데도 다미스는 약관의 나이에 이미 모든 학문에 통달한 만물박사가 되었음을 믿어 의심치 않으며, 그것을 사회적으로 인정받고 싶은 욕망에 사로잡혀 있다. 그 욕망이 너무 강렬한 나머지 그는 그것이 욕망이 아니라 이미 현실이 되었다는 착각에 빠진다. 그리고 그가 자기성찰을 모르기 때문에 그 착각은 고정관념으로 굳어버린다. 만물박사로서 명예를 누리고 세상의 존경을 받아 마땅하다는 과대망상은 그의 인간적 성숙을 가로막는 한편, 정상적인 인간관계와 사회활동을 불가능하게 만든다. 그가 대학자로서 인정받지 못하는 원인을 자기 자신에게서가 아니라, 자신의 능력을 제대로 평가할 만한 안목이 없는 타인에게서 찾기 때문이다. 그는 그것을 인정하지 않는 사람은 누구나 '멍청이'라고 백안시한다. 따라서 그런 '멍청이'들과는 대화가 이루어지지 않는다. 그런데 유감스럽게도 그의 주변뿐만 아니라 학계에는 '멍청이' 들뿐이다. 따라서 그는 사회에서 인정을 받고 일정한 역할을 담당하는 것은 고사하고, 집안에서도 사람 대접을 받지 못하고 있다.

이런 과대망상 속에서도 다미스는 내심 불안감을 느끼고 있다. 그래서 그는 만물박사로서 학계의 인정을 받고 싶어 안달한다. 그런 그에게 프로이센 학술원의 단자론에 관한 학술논문 현상공모는 절호의 기회가 아닐 수 없다. 그는 논문을 작성해 학술원에 제출해달라는 부탁과 함께 베를린에 살고 있는 친구에게 보냈다. 그리고는 장원은 마땅히 자기에게 돌아올 것이므로 당선작 발표는 자신의 재능과 학문적 성취를 만천하에 공인해줄 것임을 철석같이 믿고 있다. 그가 초조하게 베를린에서 소식이 오기를 기다리는 것은 이 때문이다. 그가 안톤에게 편지가 도착했는지 묻는 것으로 극은 시작된다. 그리고 그는 이 질문을 끊임없이 반복한다. 안톤은 벌써 12번이나 우체국에 갔다 와야 했지만 앞으로 몇 번 더 가야 한다.

작가 레싱은 마침내 도착한 베를린 친구의 편지를 개봉하기 전에 주인공으로 하여금 자신의 논문이 너무나 탁월하기 때문에 당연히 장원으로 뽑히지 않을 수 없으리란 확신을 다시 한 번 말하게 한다. "그런 논문, 안톤 - 그 논문을 어떻게 작성했는지 나 자신도 모를 정도야. 그렇게 빼어난 논문이지"(I, 367). 이것은 그의 확신에 찬 기대와 그것을 완전히 뒤집는, 그래서 그에게는 청천벽력 같은 그 편지의 내용을 효과적으로 대비시키기 위한 기법이다. 그 편지는 그의 논문이 아카데미가 요구한 단자론에 관한 학술논문이 아니라 Monas란 단어를 문법적, 역사적으로 고찰한 "비판적 소고"(I, 368)에 불과하다는 사실을 밝혀준다. 그는 이 지엽적인 문제에 매달린 나머지 주제를 빠트리고 말았던 것이다. 이것은 고전에 주해를 다는 것을 학자의 본령으로 생각하는, 즉 지엽적인 것을 본질적인 것으로 착각하는 이 젊은 학자에게 전형적인 오류이다. 주제를 빠트린 다미스의 논문은 아카데미의 심사 대상에도 끼지 못한다는 베를린 친구의 판단은 따라서 그가 학자로서 기본적인 자격조차 갖추지 못했다는 준엄한 심판이다. 자격조차 없으면서 주제넘게 학자로서 명성을 얻으려는 그의 모든 노력은 "어디서나 빛나고 싶어 안달하는 애송이 학자"(I, 369)라는 조소를 그에게 가져다주는 결과를 초래할 뿐이다.

학자로서 인정받고 명성을 얻으리란 기대와는 달리 다미스는 사회에서 완전히 고립된다. 그럼에도 불구하고 그는 조금도 달라지지 않는다. 그는 자신의 부족함을 깨닫고 고치려고 노력하기는커녕, 오히려 자신의 천재성을 알아줄 만한 안목이 없는 미련한 독일인들을 탓하고 화를 낸다. 안톤의 말대로 "충고를 들으려 하지 않는 사람은 도와줄 수 없는"(I, 374) 것이다. 상스럽고 어리석은 나라 독일을 피해 외국에 가려고 하는 도련님에게 안톤은 마지막으로 어리석은 짓은 이제 그만하라고 충고한다. 그는 화가 나서 읽고 있는 척하던 책을 하인에게 던진다. 극이 끝나기 직전에 그가 취하는 이 행동은 이 "애송이 학자"의 정체를 간단명료하게 보여준다. 책은 학자에게 무엇보다 귀중하다. 그리고 다미스도 지금까지 그렇게 말하고 행동해 왔다. 그런 그가 책을 던지는 것은 무슨 뜻일까? 다미스에게 책은 인간 정신의 집적물로서 이성을 계발하고 지식을 넓혀주는 매체가 아니라, 단지 그의 명예욕과 자만심을 충족시키기 위한 도구에 지나지 않는다. 때문에 그는 자만심에 상처를 준 하인을 때리는 도구로 책을 사용하는 것이다[10]. "애송이 학자"의 책을 던지는 동작은 이 희극의 내용을 집약하고 있다. 그리고

---

10) Eckehard Catholy: Das deutsche Lustspiel. Von der Aufklärung bis zur Romantik. Stuttgart 1982, 62쪽 참조.

그가 개선되지 않는 것은 레싱이 훗날 『함부르크 연극평』 99편에서 피력한 견해와 일치한다. "희극 주인공이 끝에 가서 반드시 벌받거나 아니면 개선되어야 한다는 법칙을 수많은 희극작가들이 어디에서 얻었는지 나는 도무지 모르겠다"(IV, 684). 관객은 이런 "애송이 학자"의 어리석음을 인식하고 웃게 된다. 관객의 인식을 일깨우는 것이 레싱의 의도이다[11].

베를린 친구가 주제를 빠트린 다미스의 논문을 아카데미에 제출하지 않은 것은 일종의 예비심사라 하겠다. 이 친구는 진정한 학문을 상징하는 아카데미와 망상에 사로잡힌 "애송이 학자" 사이에 위치해서 이 양자를 분명하게 구별짓는 역할을 담당한다. 풍자의 표적은 학문한다는 미명 아래 사회적 명성을 탐하는 "애송이"고, 참된 학문은 그가 감히 넘보지 못할 영역에 의연히 존재한다. 다미스는 아무 책이나 닥치는 대로 읽어서 많은 지식은 습득했으나, 균형 잡힌 교양을 얻지는 못했다. 주관이 없어서 생각이 혼란스러울뿐더러, 이기적이고 무례한 이 청년은 잘못 이해한 대학 공부의 우스꽝스러운 산물로 지식인의 범주에도 들지 못한다. 혼란스러운 지식을 가지고 만물박사인 양 우쭐대는 젊은이는 예나 지금이나 흔히 볼 수 있다. 그러나 진정한 학식은 공부에 의한 지식에 사려와 판단력이 합쳐져야 비로소 완성된다. 여기에는 연륜이 요구된다[12]. 그러므로 이미 대학자 반열에 올라섰다는 과대망상에 빠져 있는 설익은 젊은이를 풍자하는 이 희극의 제목 "젊은 학자"는 "당착어법"[13]이라는 라퍼트의 지적은 정당하다.

11) Helmut Koopmann: Drama der Aufklärung. Kommentar zu einer Epoche. München 1979, 131쪽 참조.
12) R. C. Zimmermann: 같은 글 288-9쪽 참조.
13) Hans-Ulrich Lappert: G. E. Lessings Jugendlustspiele und die Komödientheorie der frühen Aufklärung. Diss. Zürich 1968, 12쪽.

레싱은 다른 기법을 동원해 "애송이 학자"에 대한 풍자를 강조한
다. 고췌트가 중요하게 간주한 삼일치 법칙을 레싱은 훗날 이론적으로
나 실제적으로 거부하였으나, 초기에는 준수했다. 『젊은 학자』도 예외
가 아니다. 이 희극의 무대는 "다미스의 서재"이다. 장소의 일치에서
원인을 찾을 수 있는 매끄럽지 않은 점이 실제로 발견된다. 예컨대 1
막 마지막 리셋의 대사: "여기서 나가세요, 어서요. 여기는 수다 떨 장
소가 아니에요"와 리셋의 2막 첫 대사: "이리 들어오세요. 도련님은 나
가셨어요. 아가씨와 발러님은 여기서 은밀하게 이야기하실 수 있어
요"는 앞뒤가 맞지 않는다. 이런 모순은 청년 레싱이 장소의 일치 법칙
에 얽매인 데서 나온 결과라고 비판한 연구자들이 있다[14]. 하지만 이것
은 다르게 해석할 여지가 있다. 레싱 자신도 모든 사건을 한곳에서 진
행시키는 부자연스러움을 분명하게 의식하고 있었고, 그것을 안톤의
대사: "너희들 여기서 회담을 여는 모양이군"(I, 311) 그리고 다미스의
대사: "아마 아가씨의 침실인 줄 알고 들어오셨나 보지요"(I, 352) 등을
통해 은근히 내비친다. 그럼에도 불구하고 레싱은 다미스가 성역으로
여기는 서재를 희극의 무대로 설정한다. 이것은 삼일치 법칙의 맹목적
추종이 아니라, 다미스 같은 엉터리 학자의 서재에서 행해지는 것은
학문이 아니라 바로 희극임을 암시하는 고도의 전략이다. 주인으로 하
여금 "성가신 떼거리를 떨쳐버리기"(I, 353) 위해서란 구실 아래 서재
에서 나가도록 하는 데에서 작가의 주인공에 대한 조소가 극을 이룬
다. 발러와 율리아네가 다미스에게 "성가신 떼거리들"인 까닭은 그들
이 그의 공부를 방해하기 때문이 아니라, 그의 비위를 맞추어주지 않
기 때문이다. 그는 그들을 피할 수밖에 없다. 왜냐하면 그는 그들보다

14) A. Anger: 같은 글 125쪽 참조.

지적으로도 우월하지 못하며, 그들의 조소를 물리칠 수도 없기 때문이
다. 이와 같이 레싱은 초창기에 이미 "줄거리를 한 곳에서 진행시키는
부자연스러움에 거듭 부닥치면서도 그 제약을 우스운 상황을 고조시
키는 데에 이용하는"[15] 능력을 발휘한다.

3. 다미스와 대비되는 인물들

등장인물은 모두 주인공과 대비되는 사람들로 나름대로 "애송이 학
자"의 풍자에 일익을 담당한다. 배운 것은 없으나 건전한 사고와 상식
의 테두리를 벗어나지 않는 평범한 인간을 대표하는 하인과 하녀가
도련님보다 훨씬 나은 사람이다. 크뤼잔더 집안의 진정한 지배자인 이
들에 대해서는 앞에서 이미 언급했기 때문에 여기서는 다미스의 아버
지와 옛 학우 발러를 자세히 살펴보기로 한다.

크뤼잔더는 공부를 마친 후 생활전선에 뛰어들어 상인으로 성공한
사람이다. 그는 돈을 좇아 움직이는 상인이지만, 라틴어 문자를 입에
달고 다님으로써 대학공부를 했다는 티를 낸다. 다미스는 이런 아버지
를 비판하면서 아는 것이 없으면서 아는 척하는 사람이 가장 고약하
다고 말한다. 그런데 이 비판은 바로 그 자신에게 더 해당된다. 크뤼잔
더는 아버지로서 책만 파고들지 생활기반의 구축에는 관심이 없는 아
들이 걱정스럽다. 그래서 그는 아들에게 재산 있는 아내를 얻어주려고
한다. 그 대상은 그가 어렸을 때부터 양녀로 기르고 있는 율리아네이
다. 그 동기는 율리아네의 짐작처럼 양녀에 대한 배려가 아니라 재산

---

15) Gertrud Rudolf-Hille: Schiller auf der Bühne seiner Zeit. Berlin/Weimar 1969, 10쪽.

에 대한 욕심이다. 어떤 문서가 발견되어 율리아네가 작고한 아버지의 유산을 차지할 가능성이 커졌기 때문이다. 그런데 다미스는 혼인에는 관심조차 없어서 아버지의 뜻에 따르지 않는다. 이리하여 이 부자는 갈등을 빚는다. 자식의 장래를 걱정하는 아버지와 자신의 길을 가겠다는 아들 사이의 갈등이다. 이 부자는 우습게도 이 혼인에 대한 입장을 각각 두 번씩 정반대로 바꾸어 의견을 일치시키지 못한다. 그러나 부자 모두 이처럼 이해관계의 변화에 따라 언제라도 입장을 바꿀 수 있기 때문에 이 세대갈등은 심각한 것으로 발전하지 않는다. 다미스와 율리아네의 혼인은 이 희극의 줄거리를 형성한다. 그런데 이 혼인은 크뤼잔더에 의해 추진되고, 그것을 저지하려는 인물은 다미스가 아니라, 발러와 그의 종용을 받은 하녀와 하인이다. 다미스는 수동적으로 대응할 뿐이다. 이처럼 줄거리가 주인공에 의해 추진되지 않는 점, 즉 줄거리와 주인공이 확실하게 연결되지 않는 점이 이 희극의 취약점이다[16].

발러와 다미스는 대학에서 함께 공부한 친구이나 모든 점에서 뚜렷하게 대비되는 사람이다. 책에 담긴 지식을 절대시하는 책벌레와는 달리 발러는 책을 통한 지식의 축적이 아니라 실제생활을 위한 지식, 직업 능력을 목표로 공부한 후 사회에 나가 활동하고 있다. 그러니까 그는 이론적으로나 실제적으로 지식과 능력을 겸비한 사람이다. 라틴어 Valerius(유능한 자)에서 유래하는 이름 발러(Valer)는 그의 본질을 말해준다. "사람들과의 교류 그리고 세상 물정의 터득을 통해 국가에 공헌할 능력을 길러야 한다"(I, 331-2)는 신조를 실천하고 있는 발러는 전인적 교양을 갖춘 젊은이로 다미스 같은 인간의 어리석음, 쓸모없는

---

16) A. Anger: 같은 글 125쪽 참조.

공부, 비인간성, 반사회성 등을 돋보이게 하는 배경으로 작용한다[17]. 학교에서 쌓은 유익한 지식과 사회 경험을 접목시켜 유능한 시민으로 행복한 삶을 영위하고 사회에 기여하려는 발러는 1750년 세대의 이상형이다[18]. 사랑하는 율리아네와 혼인해서 행복하게 살아가려는 발러의 소망도 그 시대의 다정다감한(zärtlich) 인간상에 부합한다. 발러는 그 소망을 실현하는 과정에서 지나치게 리셋에게 의존하는 등 소극적이라는 인상을 주기는 하나, 결국 율리아네에게 돌아갈 부친의 유산을 크뤼잔더에게 양도함으로써, 다시 말해 크뤼잔더가 노리는 것을 줌으로써 소원을 성취하게 된다. 이를 통해 그는 무언가 얻으려면 대가를 치러야 한다는 교훈을 얻는다. 이렇게 그는 체험을 통해 인식을 확장해 나간다.

이런 그의 열린 태도는 책 속의 지식을 절대시하는 다미스의 태도와 대조를 이룬다. 그리고 이미 "천상의 학식"을 소유했다고 믿어 오만하게 뽐내기만 하는 다미스의 과대망상은 발러에게는 가소로운 어리석음으로 보일 수밖에 없다. 발러는 "매일같이 분별력을 키우는 것"(I, 352)이 인간의 의무이자 권리라고 생각하기 때문이다. 완전히 상반되는 이 두 태도 가운데 어느 것이 옳고 그른지는 굳이 말할 필요조차 없지만, 레싱의 「제2답변」 속에 이 양자를 아우르는 레싱의 멋진 글이 있어 좀 길지만 소개한다.

어떤 인간이 소유하고 있거나 또는 소유한다고 착각하고 있는 진리가 아니라, 진리에 도달하기 위해 경주한 성실한 노력이 그 인간의 가치를 결정한

17) R. C. Zimmermann: 같은 글 296쪽 참조.
18) Sven Aage Jørgensen: Die "Jungen Gelehrten" von 1750. In: Lessing Yearbook 30 (1998), 17쪽 참조.

다. 왜냐하면 진리의 소유가 아니라 진리의 탐구를 통해 인간의 힘이 증가하
며, 이 증가 속에 인간의 항상 성장하는 완성이 존재하기 때문이다. 소유는
정적이고 게으르고 오만하게 만든다. 만약 신이 오른손에는 이 세상의 모든
진리를, 그리고 왼손에는 항상 멈추지 않는 진리를 향한 충동을, 비록 영원
히 방황해야 된다는 조건이 붙어 있다 할지라도, 들고서 내게 하나를 선택하
라고 말씀하신다면, 나는 겸허하게 신의 왼손을 향해 뛰어들면서 다음과 같
이 말하겠다. 아버지시여, 이것을 주소서! 순수한 진리는 오로지 하느님만을
위한 것 아니옵니까! (VIII, 32-3)

사회의 일원으로 소임을 다하는 가운데 지혜와 분별력을 기르기
위해 꾸준히 노력하는 발러는 이상적인 인물로 제시된다. 이 젊은이가
연륜을 더해 원숙해지면, 레싱의 마지막 희곡 『현자 나탄』의 주인공
같은 지혜와 관용의 화신으로 성장할 것이다. 대비되는 인물 발러를
통해 다미스의 결점이 뚜렷하게 부각된다. 가장 두드러진 결점은 진리
를 소유했다는 망상이다. 위 인용문에서 보는 바와 같이 그 망상은 안
으로는 자신의 분별력 증진에 방해가 되고, 밖으로는 남에 대한 오만
과 편협의 반사회성으로 나타난다. 이 양자의 대비와 관련하여 침머만
은 다미스가 학술원에 제출한 논문의 "하나는 필수적이다 Unum est
necessarium"(2막 13)라는 암호명이 예수를 영접하는 자매 이야기가 나
오는 누가복음 10장 42절에서 따온 것임에 착안하여 흥미로운 해석을
내놓았다. 마르다는 여러 가지 준비를 하느라고 부산을 떠는 데 반해,
마리아는 다소곳이 주님의 발아래 앉아 주님의 말씀을 듣는다. 지엽적
인 일에 정신을 뺏기지 않고 본질적인 것, 즉 예수의 말씀에 집중하는
마리아가 예수의 인정을 받는다. 예수로 상징되는 인식의 원천을 대하
는 이 자매의 상이한 태도는 바로 학문에 대한 다미스와 발러의 상이

한 태도를 반영한다. 다시 말해 다미스처럼 지엽적인 지식에 매달려서
정신의 순화를 외면할 것이 아니라, 발러처럼 학문을 통해 오성과 감
성을 도야하는 것이 학문하는 올바른 태도임을 보여주는 것이 이 희
극의 메시지라는 것이다[19]. 아주 타당한 견해이다.

4. 자전적 요소

레싱은 마이센에서 제후학교에 다닐 때 그리고 라이프치히 대학에 입
학한 후 얼마동안 책벌레 같은 생활을 했다. 라이프치히는 그 당시 독
일에서 으뜸가는 대학도시이자 가장 번창한 상업도시였다. 레싱은 그
활발한 도시 분위기 속에서 자신의 생활방식을 되돌아보고, 책 속에
파묻혀서 살다가는 삶을 놓치고 말겠다는 위험을 느꼈던 것 같다. 그
가 1749년 1월 아들을 걱정하는 고향의 어머니에게 쓴 장문의 편지는
그런 사정을 잘 보여준다. 그는 대학공부를 시작하고 처음 몇 달 동안
방안에 틀어박혀 책만 팠다고 이야기한 다음 이렇게 계속한다.

> 그러나 얼마 지나지 않아 눈이 떠졌습니다 [...] 책은 저를 유식하게 만들어
> 줄지는 몰라도 결코 인간으로 만들어주지 않을 것임을 깨달았습니다. 저는
> 방에서 나와 또래들과 어울렸습니다. [...] 저와 다른 사람들 사이에 커다란
> 차이가 있다는 것을 알게 되었습니다. 촌스러운 수줍음, 다듬어지지 않고 균
> 형 잡히지 않은 몸, 예절과 사교에 대한 완전한 무지, 혐오스러운 얼굴 표정
> [...]

---

19) R. C. Zimmermann: 같은 글 297-8쪽 참조.

등을 자신에게서 발견하고 그는 큰 부끄러움을 느껴 무슨 대가를 치르건 그 결점들을 고치기로 결심하고 "춤, 펜싱, 승마"를 배우기 시작해서 어느 정도 성과를 올렸다고 이야기한다. 그런 다음 편지는 아래와 같이 계속된다.

제 몸은 약간 날렵해졌습니다. 그리고 저는 이제 사는 법도 배우기 위해 모임을 찾아다녔습니다. 저는 얼마동안 진지한 책들은 한옆에 제껴놓고 그보다 훨씬 더 편안하고 어쩌면 똑같이 유익한 책들을 찾아 읽었습니다. 희극들이 맨 먼저 제 손에 잡혔습니다. [...] 희극들은 제게 아주 유익했습니다. 그것을 통해 저는 단정하고 자연스럽지 못한, 무례하고 자연스러운 행동거지를 구별하게 되었습니다. 저는 희극을 통해 진짜 미덕과 가짜 미덕을 알게 되었고 또 악덕을 우스꽝스러움뿐만 아니라 추악함 때문에 피하게 되었습니다. [...] 헌데 하마터면 희극들이 제게 준 가장 큰 유익을 잊을 뻔했군요. 제 자신을 알게 되었던 것입니다. 그리고 그때부터 제가 저 자신보다 더 웃고 조소한 사람은 확실히 없었습니다 (이상 B 11/1, 15-16).

이 편지와 『젊은 학자』 사이에 깊은 연관성이 있다는 사실은 한눈에 들어온다. 레싱은 제후학교와 대학에서 책벌레로 공부만 한다. 그결과 지식은 얻었으나 사회생활을 해야 하는 인간으로서 갖추어야 할자질들은 개발하지 못했음을 자각한다. 방안에 틀어박혀 열심히 책을파는 공부가 인간을 인간적으로나 사회적으로 성숙시키지 못함을, 지식 습득과 인격 형성은 별개의 것임을 깨달은 것이다. 이 인식에 있어서 결정적인 역할을 한 것이 바로 희극이라고 레싱은 증언한다. 희극을 통해 자아인식에 도달했다는 것이다. 그리고 자신의 결점을 고치기위해 공부방에서 나와 신체를 훈련하고, 사람들과 어울리면서 교제하

고 살아가는 법을 배운다. 이 깨달음과 함께 청년 레싱은 인생의 갈림
길에 도달한다. 그리고 그는 지금까지 걸어오던 책벌레의 길을 버리고
인간사회로 향하는 길로 들어선다. 그의 생활방식이 완전히 달라지는
것이다. 달라지기 이전의 모습은 "애송이 학자" 다미스로, 그리고 이후
의 모습은 '유능한 사람' 발러로 형상화된다. 따라서 다미스와 발러는
레싱의 분신이고[20], 『젊은 학자』는 레싱 자신의 풍자화이자, 자아비판
과 자아인식의 표현이다. 올바른 자아인식은 세계인식의 전제가 된다.
그리고 레싱이 일생 동안 어느 면에서도 극단에 빠지지 않았던 것은
자아비판 덕택이다[21]. 이와 같이 이 희극은 레싱의 첫 작품이지만 그의
생애에서 중요한 의미를 갖는다.

레싱은 고전과 여러 분야에 걸친 해박한 지식에 힘입어 당대 최고
지성으로 성장한다. 그리고 빈틈없는 논리, 대화체와 변증법적 문체를
근간으로 하는, 설득력 있고 생동감 있는 문장은 그를 무서운 비평가
로 만든다. 그는 전문학자의 길로 나아가지 않았으나 학문을 게을리
하지 않았다. 당대의 어떤 지식인, 문필가보다도 인문주의 전통에 충
실했고 또 탄탄한 학문적 토대를 갖추었지만, 그는 학문과 지식을 절
대시하지는 않았다. 그는 학술서적을 이용할 줄 아는 것으로 충분했
다. 책은 그에게 목적이 아니라 보조적인 기능을 갖는 지식의 도구에
불과했다[22]. 이런 입장은 그의 첫 희극과 마지막 희곡을 연결시켜준다.
『젊은 학자』 자체가 그런 입장의 극명한 표현을 뿐더러, 크뤼잔더와
리셋은 명시적으로 책을 "생명이 없다"(I, 287, 291)고 말한다. 『현자
나탄』 5막 6장에서 똑똑하고 아는 것이 많아 책을 많이 읽었을 것이라

---

20) Waldemar Oehlke: Lessing und seine Zeit. 2 Bde. München 1919, Bd 1, 108쪽 참조.
21) A. M. Reh: 같은 책 120-1쪽 참조.
22) W. Barner: Lessing zwischen Bürgerlichkeit und Gelehrtheit, 190-200쪽 참조.

고 말하는 시타에게 레하는 "저는 거의 읽을 줄 몰라요"라고 대꾸한
다. 그리고 "제 아버님께서는 독서에 의한 차가운 지식, 생명 없는 기
호를 통해 그저 머릿속으로 주입되는 지식은 아주 안 좋아하십니다"
라고 말한다. 나탄은 서적에 의지할 필요가 없는 경지에 올라선 현자
이다. 과대망상에 빠진 "애송이 학자"의 풍자로 희곡 창작을 시작한
레싱이 성공한 상인이면서 지혜의 화신을 마지막 작품의 주인공으로
내세운 사실은 우연이 아니라, 레싱 자신의 발전을 상징한다. 레싱의
유고에서 발견된 메모는 그의 지향점을 잘 표현하고 있다. "책을 통해
얻은 남의 경험이란 재화는 지식이다. 자기 자신의 경험은 지혜이다.
아주 적은 양의 지혜가 수백만의 지식보다 더 값지다"(V, 788).

첫 희극에서 시작되는 엉터리 지식인에 대한 비판은 레싱의 일생
을 통해 꾸준히 이어진다. 호라티우스의 시를 번역한 랑에 -『라우블링
엔의 목사 사무엘 고트홀트 랑에 씨를 위한 지침서』(1754) -, 레싱의
『라오코온』을 공격한 클로츠 할레 대학 교수 -『고대 문물에 관한 편
지』,「고대인들은 죽음을 어떻게 형상화했나」(1768/9),『현자 나탄』의
생성배경인 이른바 단편논쟁(Fragmentenstreit)의 상대 괴체 목사 등은
레싱의 날카롭고 매서운 필봉을 뼈저리게 맛본 대표적인 사람들이다
[23]. 레싱의 글에 언급되지 않았다면, 이들은 일찌감치 잊혀졌을 것이다.
하이네의 탁월한 비유에 따르면 이들은 레싱의 글이란 보석에 박힌
'벌레'로서 불멸의 '명성'을 얻었다. 따라서 첫 희극의 주제는 레싱 일
생의 화두라고 해도 과언이 아니다.

---

23) W. Barner: Lessing zwischen Bürgerlichkeit und Gelehrtheit, 185-7쪽 참조.

5. 언어와 대화

뵈크만이 초기 계몽주의 희극의 형식원리를 재치(das Formprinzip des Witzes)라고 갈파한 바 있다[24]. 이 형식원리는 특히 레싱의 초기 희극들에서 잘 구현되고 있다. 연구자들이 이구동성으로 지적하고 있는 바와 같이, 이 작품들에게 희극으로서 생명력을 부여하는 요소는 무엇보다도 밝은 지성에서 나온 재치 있고 명랑하며 생동감 있고 유연한 언어와 대화이다. 『젊은 학자』의 장점도 여기에 있다. 그리고 레싱이 소재를 경험한 현실에서 취한 점은 이 작품을 신선하게 만드는 요소이다. 등장인물들의 성격은 행동이 아니라 언어를 통해 드러난다. 그러므로 주인공에 대한 풍자는 독백, 대화 등 언어를 통해 이루어진다. 이 희극의 언어는 웃음을 자극하는 데 그치지 않고, 주인공의 실체를 폭로하는 기능을 갖는다. 그런 대화 가운데 특징적인 것 몇 개만 골라 살펴보기로 한다.

먼저 2막 11장에서 다음과 같이 시작되는 대화를 보자.

> **리셋** : 어디서 시작할까요? – 아가씨는 멍청해요 –
>
> **다미스** : 별 것 아냐!
>
> **안톤** : 저는 거짓말이라고 말하겠어요!
>
> **리셋** : 아가씨는 잘 싸워요 –
>
> **다미스** : 별 것 아냐!
>
> **안톤** : 저는 거짓말이라고 말하겠어요!

---

24) Paul Böckmann: Formgeschichte der deutschen Dichtung. 2 Bde. Hamburg 1949.

크뤼잔더가 추진하는 다미스와 율리아네의 혼인과 관련하여 리셋과 안톤의 이해관계가 상반된다. 하녀는 그 혼인을 무산시키기 위해 온갖 거짓말을 동원해 율리아네의 나쁜 점들을(어리석다, 잘 싸운다, 오만하다, 살림을 못한다, 낭비한다, 아이를 많이 낳는다, 부정하다) 나열한다. 이와는 반대로 하인은 그 혼인을 성사시키기 위해 하녀가 새로 말을 꺼낼 때마다 "거짓말"이라는 토를 단다. 제3의 인물 다미스도 이미 그 사안에 대해 '확고한' 의견을 가지고 있어서 남의 말에 개의치 않고 "별 것 아냐"라는 짧은 대사를 반복한다. 이렇게 서로 입장이 다른 이 세 사람 사이에 아마도 레싱의 전 작품을 통 털어서 가장 우스운 삼자대화가 전개된다. 대사가 짧을 뿐만 아니라 변하지 않고 반복되기 때문에 가속이 붙고 일정한 운율이 생겨난다. 리셋의 대사는 매번 변할 수밖에 없지만, 그에 대한 다미스의 대꾸 "별 것 아냐"는 기계적으로 반복되고, 안톤 역시 "거짓말"이란 대사를 기계적으로 반복하다가 마지막에 가서야 대사를 바꾼다. 베르그송이 지적한 바와 같이 기계적인 반복은 생동성에 반하기 때문에 웃음을 자극한다[25]. 빠르게 진행되는 이 삼자대화는 율리아네가 핏줄이 다른 아이들을 낳아 올 것이라는 말에도 다미스가 동요하지 않자 중단된다. 그런 반응은 그 혼인을 저지하려는 리셋에게조차 뜻밖이다. 하인과 하녀는 다미스의 실체를 익히 알고 있다. 하지만 "악독한 여자와 혼인해서 불행하게 보이는 학자들의 숫자를"(I, 330) 늘리려는 다미스의 기상천외한 의도 앞에서는 그들도 말문이 막힐 수밖에 없다. 안톤이 결론적으로 말하는 바와 같이 그들의 상반되는 노력은 다미스의 의도에 의해 반대되는 결과를 낳을 뻔 한다. 상식을 벗어난 사람은 예측할 수 없기 때문에 그

---

25) Walter Hinck: Das deutsche Lustspiel des 17. und 18. Jahrhunderts und die italienische Komödie. Stuttgart 1965, 275쪽 참조.

런 사람을 상대로 무슨 계산을 한다는 것은 부질없는 짓이다. 상상을 절하는 다미스의 의도는 그의 정신 상태를 의심스럽게 하지만, 그는 태연히 그것을 진지한 숙고의 결과라고 말한다. 이처럼 이 대화는 웃음을 자극하는 가운데 그가 정상적인 인간으로서는 도저히 할 수 없는 기상천외한 생각을 하는 바보임을 폭로한다.

　다미스의 고정관념으로 인해 정상적인 대화가 이루어지지 않는다는 것을 앞에서 언급했다. 그런 예가 3막 3장에 보인다. 다미스가 조종하는 대로 움직이지 않자 리셋은 기분이 상해 실제로 그를 어떻게 보는지 꾸밈없이 공격적으로 말한다. 그렇지 않아도 배우지 못한 아랫것들을 경멸하는 다미스는 이 느닷없는 공격에 화가 나서 하녀를 "무식한 것"이라고 욕한다. 그러나 리셋은 조금도 물러나지 않고, 그의 학식과 같은 것은 "명예"가 아니라 "치욕"이라고 공세를 늦추지 않는다. 그러나 자칭 만물박사는 하녀의 공격을 논리적으로 물리칠 능력이 없다. 그 대신 그는 자화자찬을 늘어놓기 시작한다. 마치 자화자찬이 하녀의 공격에 대한 최선의 방어책이라는 듯이. 이미 "어문학자, 역사학자, 철학자, 웅변가, 시인"으로서 남의 추종을 불허하는 경지에 올라섰지만, 이제 "겨우 스무 살"밖에 되지 않았다는 것이다. 리셋은 이 말을 받아들여 그가 한 자화자찬을 끝낼 때마다 노래의 후렴처럼 반복한다. "그런데 도련님은 이제 겨우 스물 살밖에 안되셨어요!" 이 자화자찬이 터무니없는 것임은 자명하다. 하지만 기계적으로 반복되는 후렴은 웃음을 자극하는 가운데 자화자찬이 허무맹랑한 것임을 뚜렷하게 부각시킨다. 게다가 리셋은 끝에 가서 "도련님은 아직 머리가 깨이지도 않았는데 벌써 스무 살이나 되셨어요"라고 그 후렴을 완전히 정반대로 뒤집음으로써 과대망상에 빠져 있는 이 "애송이 학자"의 실체를 적나라하게 폭로한다.

우리의 만물박사가 인문주의 전통에서 지식인의 최고 능력으로 간주되는 시에 대한 언급을 자화자찬에서 빼놓을 리 없다. 그는 자신의 시적 재능을 자랑하면서 "밀턴은 내 앞에서 설설 기어야 하고 할러는 나에 비하면 수다쟁이에 불과하다"(I, 343)고 떠벌린다. 레싱이 이 두 시인을 비교대상으로 선택한 데에는 주인공의 더할 수 없는 오만불손을 우습게 만들려는 의도가 숨어 있다. 그것을 이해하기 위해서는 밀턴의『실락원』과 할러의 시「알프스」(1729)가 당시의 문단에서 완벽한 문학의 모범으로 칭송되었다는 사실을 알아야 한다[26].

다미스의 시적 재능에 관한 이야기가 나온 김에 그것과 관련이 있는 3막 15장을 간단하게나마 언급하는 것이 좋겠다. 다미스는 자신의 혼례축시를 스스로 지으려고 한다. 안톤은 우선 그것이 상식을 벗어난 짓임을 지적한다. 그리고 나서 그는 속임수를 사용해 다미스 스스로 실체를 폭로하도록 유도한다. 하인은 도련님의 혼례를 축하하기 위해 시를 지었다고 둘러대면서 실은 다미스가 지은 미완성 시를 낭독한다. 처음 3행이 낭독되자마자 다미스는 기다렸다는 듯이 조목조목 비판하면서 구체적으로 고쳐주기까지 한다. 하인이 나머지를 다 낭독한 뒤에야 비로소 다미스는 그것이 자신의 시임을 알아차리고 안톤을 도둑이라고 몰아세운다. 그뿐만 아니라 스스로 쓸모없는 것이라고 혹평한 것을 하인이 "너절한 것"이라고 말한다고 불같이 화를 낸다. 동일한 것이라도 남이 만든 것이면 형편없는 졸작이지만, 자기가 지은 것이면 빼어난 수작이라는 것이다. 이 밖에도 하인과 하녀가 도련님 스스로 오만과 과대망상을 폭로하도록 유도하는 우스운 장면이 많다.

대화하는 사람들이 서로 오해하거나 또는 각각 다른 생각을 하고

---

26) Helmut Göbel: Bild und Sprache bei Lessing. München 1971, 70쪽 참조.

있어서 주고받는 말이 서로 어긋나는 경우에도 정상적인 의사소통이 이루어지지 않는다. 그런 예가 많이 발견되지만, 다미스와 발러 사이에서 뚜렷하게 나타난다. 2막 13장에서 다미스는 베를린에서 온 발러가 자신이 고대하던 반가운 소식을 가져왔으리라고 기대하면서 성급하게 채근한다. 영문을 모르는 발러는 당연히 다미스의 말을 이해하지 못한다. 발러의 관심사는 율리아네와의 결합이고, 그에 대해 다미스의 협력을 얻는 것이다. 그래서 그는 말머리를 율리아네로 돌린다. 이들은 각각 자신의 관심사를 관철시키려고 애쓸 뿐 상대방의 말에는 귀를 기울이지 않는다. 대화가 헛돌아서 희극적인 효과가 발생한다[27].

3막 7장에서 발러는 지금까지 취했던 예의바른 태도를 버리고 다미스를 멍청이로 생각한다는 것을 숨김없이 말한다. 다미스와 발러가 서로 다르게 이해하는 말을 주고받음으로써 대화가 외형적으로 이어지기는 한다. 그러나 한 사람이 "어리석음"이라고 말하는 것을 다른 사람은 "학식"으로 이해하기 때문에 의사소통은 이루어지지 않는다. 그것을 알아차린 발러는 웃음을 터트리고 관객도 웃게 된다. 독자적으로 사고할 능력이 없는 다미스는 같은 말만 반복하는데 반해, 발러는 이 헛도는 대화에서도 사람은 "매일같이 분별력을 향상시키기 위해" 노력해야 한다는 결론을 내린다[28]. 이것이 이 두 젊은이의 차이점이다.

---

27) Manfred Durzak: Von der Typenkomödie zum ersten Lustspiel. Zur Interpretation des *Jungen Gelehrten*. In: Ders: Poesie und Ratio. Vier Lessing-Studien. Bad Homburg 1970, 22-3쪽 참조.

28) Marion Gräfin Hoehnsbroech: Die List der Kritik. Lessings Kritische Schriften und Dramen. München 1976, 96-7쪽 참조.

6. 결어

학교에서 책벌레로 생활했던 레싱은 라이프치히의 활발한 분위기를 접하고 방안에 틀어박혀 책만 파는 공부와 인간적, 사회적 성숙이 일치하지 않는다는 것을 깨닫고 위기의식을 느낀다. 인생의 갈림길에 도달한 대학생이 종래의 생활방식을 버리고, 사회로 향한 길로 나아갔다는 사실은 그가 어머니에게 쓴 편지가 생생하게 증언한다. 이 전환의 문학적 표현이 바로『젊은 학자』이다. 레싱은 책벌레를 주인공으로 내세운다. 그리고 유럽 희극사에서 면면이 이어지고 또 독일 계몽주의 시대에 유행하던 지식인 풍자에 나타나는 부정적인 요소들을 총동원해서 주인공을 학문적으로나 인간적으로 그리고 또 실생활 면에서 무능하고 무익하기 짝이 없는 설익은 인간으로 그린다. 이것은 레싱이 책벌레로서 느꼈던 위기의식이 얼마나 심각했는지를 반영한다. "애송이 학자"는 무엇보다도 1750년대 세대의 이상적인 인물 발러와 대비를 통해 풍자된다. 이 양자의 대비는 인생의 갈림길에 도달한 레싱이 책벌레의 길을 버리고, 발러의 길로 나아갈 것임을 상징한다. 이런 의미에서 이 희극은 그의 인생 고백이다. 작가가 직면한 현실에서 소재를 취한 것이 이 희극에 신선감과 생동감을 부여한다.

　"애송이 학자"를 풍자하는 내용과 기법 그리고 삼일치 법칙의 준수 등으로 보아『젊은 학자』는 1740년대에 유행하던 작센 희극 계열의 조소희극에 속한다. 그러나 이 작품에서 레싱은 노이버 극단에서 보고 배운 연극의 실제적인 면에 관한 지식과 고대 그리스·로마 시대에서 시작되는 유럽 희극에 관한 폭넓은 지식의 바탕 위에서 풍부한 상상력을 가지고 이탈리아의 즉흥희극 코메디아 델아르테, (commediadell' arte), 영국과 프랑스의 감동희극 등 다양한 희극 형식과 기법을 창조적으로 수용하고 있다. 모범이 되는 작품들에 관한 지식과 실제적으로 훈련된 재능의 결합은 이 작품의 성공 요인이다.

여기에 재치 있게 대화를 구성하는 레싱 특유의 재능이 가세한다. 틀림없이 급소를 찌르고 날카롭게 핵심을 향해 나아가는 언어, 짧은 말을 주고받거나 반복함으로써 가속이 붙는 재치 있는 대화, 막힘없이 유연하게 이어지는 변증법적인 대화가 이 희극의 두드러진 장점이다. 이런 언어 능력에서 18세 청년은 대부분의 동시대 작가들보다 뛰어나다. 그리고 이 탁월한 능력은 독일 근대 희곡의 아버지를, 그보다 더 천박한 지식인, 문필가들에게 공포의 대상이 되는 비평가의 탄생을 예고한다. 『젊은 학자』는 결점이 없지 않으나, 이런 장점들로 인해 레싱 자신의 다른 초기 희극들을 포함한 계몽주의 희극의 정상에 위치한다. 그리고 그 자리를 다름 아닌 레싱의 걸작희극 『민나 폰 바른헬름』에게 물려주고 그 그늘에 가린다.

III-2 『유대인들』

- 줄거리

시골에 장원을 가지고 있는 한 남작이 강도들의 습격을 받아 위험에 처한 순간에 한 미지의 여행자에 의해 구출된다. 남작은 은인을 집으로 초청해 극진히 대접한다. 목적을 달성하지는 못했으나 무사히 도망친 강도들은 실제로 오래 전부터 남작의 장원에서 일해 온 집사 마르틴 크롬과 이장 미헬 슈티히이다. 이들은 유대인으로 변장해서 범행을 저질렀다. 유대인에 대한 편견을 이용해 자신들의 소행을 장원 근처에서 배회하는 유대인들의 소행으로 전가하기 위해서이다. 유대인에 대한 편견을 가지고 있는 남작은 그 속임수에 넘어간다.

마르틴 크롬은 어제 벌어진 사건의 자세한 경과를 알고 싶다는 구실 아래 여행자에게 접근해서 그의 담배상자를 훔친다. 여행자는 남작의 극진한 대접이 부담스러워 떠나려고 하나, 남작은 은인을 쉽게 보내려 하지 않는다. 그리고 남작의 어린 딸은 여행자에게 호감을 갖는다. 남작은 하녀 리셋에게 여행자의 신원을 알아내는 일을 위임한다. 리셋을 좋아하는 마르틴 크롬은 그녀의 환심을 사기 위해 여행자에게서 훔친 담배상자를 리셋에게 선물한다. 리셋은 여행자의 시종 크리스토프를 통해 여행자의 신원을 알아내려고 한다. 크리스토프는 주인에 대해 아는 바가 없어 리셋의 질문에 대답하지 못한다. 그러나 리셋이 마르틴 크롬으로부터 얻은 담배상자를 미끼로 내걸자 크리스토프는 주인이 결투에서 사람을 죽이고 쫓겨 다니는 홀란드 출신의 귀족이라는 거짓말을 지어낸다.

담배상자가 없어진 것을 알아차린 여행자는 마르틴 크룸을 의심한
다. 그러자 크룸은 자신의 결백을 증명하기 위해 호주머니를 뒤집어
보인다. 이때 그와 그의 공범이 남작을 습격할 때 사용했던 가짜수염
이 나타나고, 이것을 근거로 강도들의 정체가 밝혀진다. 이로써 여행
자 덕분에 남작을 노리는 화근이 제거된다. 남작은 은혜에 보답하기
위해 은인에게 전 재산과 함께 딸을 아내로 주려고 한다. 그러자 여행
자는 유대인임을 밝히지 않을 수 없다. 남작은 여행자를 사위로 삼으
려는 생각을 버리는 대신 은인에게 전 재산을 주겠다고 제안한다. 그
러나 여행자는 그 제안을 거절한다. 남작은 그의 훌륭한 인간성에 감
복되어 유대인 가운데에도 훌륭한 사람이 있다는 것을 인정한다. 유대
인을 상전으로 모신 것에 분노하는 크리스토프도 여행자의 대범한 인
격에 감화된다.

1. 집필 동기와 유대인들의 상황

『유대인들』은 작가 레싱이 비교적 소상하게 언급한 작품이다. 괴팅엔
대학의 신학교수 미하엘리스는 이 작품의 의도가 유대인에 대한 편견
을 꼬집는 것임은 간파하였으나, 주인공이 너무 이상화되어 개연성이
떨어진다는 비판을 「괴팅엔 지성신보」 70호에 게재했다.

> 미지의 여행자는 모든 점에서 완전히 훌륭하고 고결하다. 그리고 혹시 어느
> 이웃에게라도 부당한 짓을 저지르고 근거 없이 의심함으로써 모독하지나
> 않을까 노심초사하며 교양이 아주 풍부하다. 그래서 그들 나름의 원칙과 생

활 방식과 교육을 가진 유대 민족 가운데, 기독교인들이 나쁘게 대하면 실제로 기독교인들에 대해 극도의 적개심 또는 적어도 냉담함을 가질 수밖에 없는 민족 가운데 그런 고결한 성품이 말하자면 자력으로 형성될 수 있다는 사실이 불가능하지는 않을지라도 개연성은 아주 희박하다. 이 고결하고 아름다운 인간상이 진실이고 현존하기를 바라는 우리의 마음이 크면 클수록 이 불개연성은 우리의 즐거움을 깨뜨린다 (I, 415-6).

유대인들이 "장사를 해서 먹고살아야 하고, 장사는 다른 생활방식보다 남을 속일 기회와 유혹을 더 많이 주기 때문에 일반적인 정직성이 거의 불가능하다"(I, 416)는 주장으로 미하엘리스는 이 "불개연성"의 근거를 제시한다.

레싱은 유대 철학자 모세스 멘델스존을 내세워서 미하엘리스의 비판을 가볍게 물리친다. "정직성의 감정을 조금이나마 마음속에 가지고 있는 사람이 얼마나 뻔뻔스러우면 어떤 민족 전체가 단 한 명의 정직한 사람을 내세울 수 있는 개연성을 부정할 수 있단 말인가?"(I, 419) 레싱은 멘델스존의 반박에 동조하면서 집필 의도를 다음과 같이 밝힌다.

재산과 보다 좋은 경험 그리고 깨인 오성이 유독 유대인에게만 아무런 작용도 할 수 없다고 주장한다면, 그것이 바로 내가 이 희극을 통해 완화시키려고 했던 선입관이라고 말하지 않을 수 없다. 그것은 단지 오만이나 증오심에서 기원할 수 있으며, 유대인들을 단순히 야만적인 인간으로 만드는 것을 넘어서 실제로 인간에 훨씬 못 미치는 존재로 자리매김하는 선입관이다 (I, 417).

이뿐만 아니라 레싱은 1754년에 출간된 자신의 『문집』 3·4부 서문에서 『유대인들』의 집필 동기를 아래와 같이 밝힌다.

그것은 기독교인이, 내 생각 같아선, 일종의 경의를 가지고 대하지 않을 수 없을 한 민족이 그 속에서 신음하고 있는 치욕적인 억압에 대한 매우 진지한 성찰의 결과였다. 먼 옛날 그 민족으로부터 수많은 영웅과 선지자들이 배출되었는데, 이제는 그 민족 가운데 한 명의 성실한 사람이나마 찾을 수 있을까 의심한다고 나는 생각했다 (III, 524-5).

이처럼 레싱 자신이 분명히 밝히고 있고 또 이 희극을 비판한 미하엘리스가 간파한 바와 같이 『유대인들』은 유대 민족에 대한 편견을 완화하려는 의도에서 생성된 희극이다. 그러므로 이 작품을 이해하기 위해서는 먼저 유대인들에 대한 편견이 어떠했는지, 다시 말해 18세기 중엽의 독일에서 유대인들이 어떤 조건 속에서 살아야 했는지 간략하게나마 살펴볼 필요가 있다.

나라를 잃고 고향 팔레스티나에서 쫓겨나 유럽으로 흘러 들어온 유대인들은 중세부터 현대에 이르기까지 갖은 박해를 당해왔다. 2차 세계대전 때 나치 독일이 자행한 저 끔찍한 유대인 학살이 시기적으로 가장 최근에 발생했을 뿐만 아니라, 그 규모와 악랄함에 있어서 타의 추종을 불허하며 인간의 상상을 초월하는 만행이기 때문에, 우리는 유대인 박해가 독일, 그것도 제3제국 때나 있었던 불상사라 생각하기 쉽다. 그러나 유대인 박해는 중세 이래로 전 유럽에서 꾸준히 이어져 온 현상이다. 유대인 박해에는 예수 그리스도 살해에 대한 책임 추궁, 종교적·민족적 편견, 약탈욕, 시기심 등이 복합적으로 작용하였다. 유대배척주의가 공간적으로 유럽 전역에 만연되고, 시간적으로 꾸준히

계승되어 내려온 데에는 기독교 교회의 역할이 컸다고 말하지 않을
수 없다[1].

　18세기 중엽 독일에서 유대인들의 사회적 지위가 어떠했는지를
자세히 다루고 있는 문헌들이[2] 많기 때문에 여기서는 상론을 피하고
간단히 요약하는 것으로 충분할 것이다. 유대인들이 명목상 법적으로
나마 - 실제적인 평등은 요원한 일이었다 - 완전한 공민권을 부여받아
독일인들과 동등한 시민으로 인정된 것은 1869년의 일이었다[3]. 그 이
전까지 그들은 사회의 모든 분야에서 극심한 차별대우를 받아야 했다.
독일의 여러 국가와 자치도시들마다 각각 달랐던 유대인에 대한 차별
은 사회적 편견을 구체화하고 있는 차별적인 법률로 규정되어 있었다.
1750년에 제정된 프로이센의 「조례」가 좋은 예가 될 것이다. 이 「조례」
는 한 지역에 거주하는 유대인의 숫자를 일정하게 제한했다. 이들은
보호유대인이라고 불렸다. 예를 들어 프로이센의 수도 베를린에 거주
하는 유대인의 숫자는 152 가구로 제한되었다. 한 지역에 제한된 숫자
가 초과하면, 가장 가난하거나 행실이 나쁜 유대인들이 추방되었다[4].

　유대인들은 아무 곳이나 원하는 곳에 거주할 자유가 없이 게토라
고 불리는 집단거주지역에 모여 살았다. 그들은 또 직업 선택의 자유
를 누리지 못하고 상업과 대금업 등 일부 업종에만 종사할 수 있었으
며, 터무니없이 많은 세금을 물어야 했다. 그리고 유대인을 비방하는
허무맹랑하고 황당무계한 글들이 어지럽게 돌아다녔다. 이밖에 희극
『유대인들』과 관련이 있는 제한조항들만을 살펴보면, 유대인들은 기

1) Christian Graf von Krockow: Die Deutschen in ihrem Jahrhundert 1890-1990. Reinbek 1992, 245쪽
　참조.
2) 예컨대 Waldemar Oehlke: Lessing und seine Zeit. München 1919, Bd. 1, 121-2쪽.
3) C. Graf von Krockow: 같은 책 246쪽 참조.
4) Franz Mehring: Die Lessing - Legende. Frankfurt a. M. 1972, 245쪽 참조.

독교도와 혼인할 수 없었고, 기독교인을 하인으로 고용할 수 없었으며, 대학에서 독일어를 공부하는 것이 금지되었다. 한마디로 말해 유대인들은 정상적인 시민생활의 영역에서 제외되었고, 오로지 경제적인 효용의 관점에서 소수민족집단으로, 국외자로 용인되었을 따름이다.

2. 제목

이런 사회 분위기 속에서 유대배척주의가 민족적 · 종교적 편견에서 기원함을 인식하고, 그 편견을 희극의 무대 위에 올려 그 허실을 검증하려는 것 자체가 거의 혁명적이라 하지 않을 수 없다. 레싱은 이 희극으로써 독일에서 최초로 유대인 문제를 공개토론에 붙였으며, 30년 뒤 『현자 나탄』으로 이를 반복하게 된다. 후자가 유대인 문제를 종교철학적 관점에서 다루는 것과는 달리, 이 희극은 정치 · 사회적 문제, 민법상의 문제로 다루고 있다.

한 개인의 선입관 - 예컨대 『여성 증오자』에서 붐스헤터 (Wumshäter = women hater)의 여성 전체에 대한 편견 또는 『자유신앙주의자』에서 아드라스트의 성직자에 대한 선입관 - 을 타파하는 것도 간단한 일이 아닌데, 오래 전부터 전승되어 내려오고 한 사회의 모든 구성원들과 계층에 골고루 퍼져 있어서, 일반 대중은 그것이 선입견이라는 사실 자체도 의식하지 못하는 유대배척주의 같은 뿌리 깊은 사회적 선입관을 검증하고, 그것에 오염된 사람들을 치유하는 것은 결코 쉬운 일이 아니다. 이런 지난한 과제를 해결하는 방법에 대해 레싱은 앞에서 인용한 바 있는 『G. E. 레싱 문집』 3 · 4부 서문에서 다음과 같이 언급한다. "나는 곧 무대 위에서 대중에게 그들이 전혀 예측하지

못하는 곳에 미덕이 있음을 보여주면, 그것이 어떤 효과를 나타낼 것
인지 한번 시도해보자는 착상을 가지게 되었다."(III, 525)

이 착상은 반대 면을 보여주고 반대명제를 제시함으로써 의표를
찌르는 레싱 특유의 사고 유형에서 나온 것으로, 거의 모든 사람들이
유대인을 인간 이하의 짐승 같은 존재로 간주하는 현실을 정반대로
뒤집어서 유대인을 더할 수 없이 이상적인 인간으로 그려보자는 발상
이다. 그러므로 이 발상은 표현주의, 특히 서사극의 창시자 브레히트
이후로 이화효과(Verfremdungseffekt)란 개념으로 알려진 기법과 닮은
점이 있다[5]. 그러나 처음부터 내놓고 유대인을 이상적인 인간으로 그
리는 연극은 반유대 편견에 오염된 대중을 관객으로 끌어들이는 데에
어려움을 겪을 것임은 명약관화하다. 뻔히 예상되는 이런 난점을 극복
하기 위해 레싱은 희극제목을 가지고 유희를 한다.

유럽 희극의 역사를 살펴보면, 풍자 기법의 전형희극, 조소희극은
개성을 가진 개체(Charakter)가 아니라 어떤 유형을 대표하는 전형
(Typ)을 주인공으로 삼고 그의 결함을 개념화한 제목을 내거는 전통
이 있다. 이런 제목은 그러므로 일반화의 산물이다. 몰리에르의 『수전
노』, 『위선자』 등이 좋은 예이다. 이런 제목은 극의 내용과 흐름을 어느
정도 짐작케 한다. 작센 희극도 이 전통에서 예외가 아니며, 그 예를 바
로 "독일의 몰리에르"가 되겠다는 야망을 품었던 청년 레싱의 작품들
에서 - 『젊은 학자 Der junge Gelehrte』, 『여성 증오자 Der Misogyn』,
『자유신앙주의자 Der Freigeist』, 『노처녀 Die alte Jungfer』 - 찾을 수 있
다. 제목에 사용된 정관사는 주인공을 전형으로 못 박는다. 따라서 이
제목들은 모두 단수이다. 그런데 유독 "유대인들 Die Juden"만 단수가

5) Albert M. Reh: Die Rettung der Menschlichkeit. Lessings Dramen in literaturpsychologischer Sicht.
Bern/München 1981, 144쪽 참조.

아니라 복수이다. 그런데 애초부터 이 작품의 제목이 복수였던 것은 아니다. 이 작품이 출간되기 전에 레싱의 친구 나우만은 이 작품을 "유대인 Der Jude"이라는 단수제목으로 예고했다[6]. 그러나 실제로 1754년에 나온 초판본은 복수제목을 달고 있고 이 제목이 지금까지 사용되고 있다.

예고되었던 단수제목을 복수제목으로 바꿈으로써 레싱은 전형희극의 효과는 그대로 살리는 한편, 이 작품이 전형희극이 아님을 암시한다. 조소의 표적인 주인공의 결점을 개념화한 제목을 가지고 있는 전형희극의 전통에 익숙한 관객은 "유대인들"이라는 제목을 보고 여러 유대인들을 등장시켜 웃음거리로 만드는 희극을 연상할 것이다[7]. 특히 유럽 사회에서 억압당하고 차별대우를 받는 것과 상응하게 유대인들이 문학이나 연극 무대에 등장할 자격이 아예 없다고 간주되거나, 설령 어쩌다가 등장하더라도 어리석거나 부도덕하거나 또는 인색하고 이익만 탐하는 등 우스꽝스러운 인물로 희화되는 것이 일반적이었던 관행은 그런 예측을 뒷받침했을 것이다.

그러나 막상 연극이 시작되어 거의 끝나갈 때가 되어도 여러 명은 고사하고 단 한 명의 유대인도 등장하지 않는다. 다만 유대인으로 짐작되는 등장인물이 하나 있을 뿐이고, 유대인들에 관한 이런저런 이야기들만 무성하다. 그리고 이 이야기들, 말들은 모두 유대인에 대한 부정적인 표상, 즉 선입관과 편견에서 기원하는 것들이다. 복수제목 "유대인들"은 등장인물들의 이야기 속에 나오는 유대인들을 가리킨다.

---

6) Karl S. Guthke: Lessings Problemkomödie *Die Juden*. In: Wissen aus Erfahrungen. Werkbegriff und Interpretation. Festschrift für Herman Meyer, hrsg. v. Alexander von Bormann. Tübingen 1976, 124쪽 참조.
7) Marion Gräfin von Hoensbroech: Die List der Kritik. Lessings kritische Schriften und Dramen. München 1976, 110쪽 참조.

그러므로 전형희극의 관행에서 벗어나는 복수제목 "유대인들"은 이 작품이 제목으로 내건 주인공을 웃음거리로 만드는 전형희극이 아님을 암시할 뿐만 아니라, 한 걸음 더 나아가 조소 대상의 자리에 유대인들이 아니라 사회에 팽배한 반유대 편견을 갖다놓고 그 허실을 검증해보려는 작가 레싱의 속셈을 내비친다. 다시 말해 유대인들을 등장시켜 그들의 부도덕하고 사악한 행위를 조소의 제물로 만드는 것이 아니라, 유대인들을 부도덕하고 사악한 인간으로 치부하는 사회적 통념이 선입견임을 밝히려는 것이다. 선입견이 얼마나 뿌리가 깊고 얼마나 질긴 생명력을 가지고 있는지, 그래서 그것을 극복하기가 얼마나 어려운지를 보여주려는 것이 레싱의 의도이다[8]. 이를 위해 레싱은 조소희극의 형식을 뒤집는다.

3. 반유대 선입견

작품 속에서 유대인들에 대한 이야기, 비방이 자주 나오는 이유는 이 희극의 전사(Vorgeschichte)를 이루는 노상강도를 저지른 범인들이 가짜 수염을 이용해 유대인으로 위장했기 때문이다. 그 당시 수염은 유대인의 전형적 특징이었다[9]. 이로써 풍자희극에서와 같이 선악의 전선(戰線)이 형성된다. 이 전선은 처음에 두 종교 사이의 경계선과 일치하는 것처럼, 다시 말해 기독교도들은 선하고 도덕적인 반면, 유대인들은 사악하고 부도덕한 것처럼 보인다[10]. 그런데 이 구분은 등장인물

8) Wolfgang Albrecht: Gotthold Ephraim Lessing. Sammlung Metzler Bd. 297. Stuttgart/ Weimar 1997, 8쪽 참조.
9) A. M. Reh: 같은 책 136쪽 참조.
10) Günther Wicke: Die Struktur des deutschen Lustspiels der Aufklärung. Versuch einer Typologie. Bonn 1965, 94쪽 참조.

들의 실제 행동에 의해 이루어지는 것이 아니다. 그것은 기독교도들의 주장, 그것도 일방적인 주장에 불과하다. 왜냐하면 다른 쪽의 목소리, 즉 유대인들의 입장 표명이 전혀 없기 때문이다. 기독교도들의 이 일방적인 주장이 사회에 널리 퍼진 반유대 선입관, 편견이고 레싱은 이것의 허실과 진위를 검증해보려는 것이다. 등장인물 일곱 가운데 여섯 명이 기독교인이고, 남작의 어린 딸을 제외한 모두가 반유대 편견에 물들어 있다. 레싱은 이들로 하여금 그들의 입장에 따라 유대 민족에 대한 적대감을 드러내게 한다. 이는 반유대 편견이 그 농도와 색깔에 있어서 각양각색임을 보여주기 위한 방편이다. 특히 레싱은 상류계급과 평민계급의 대표자 한 명씩을 내세워 유대배척주의를 노골적으로 드러내게 한다.

한 시골 장원의 집사 마르틴 크룸은 마찬가지로 그 장원에서 이장이라는 상당한 지위에 있는 공범과 함께 유대인으로 변장하고 그들의 상전인 장주를 노상에서 습격한다. 그런데 마침 그곳을 지나던 한 용감한 여행자의 개입으로 그들의 강도 행각은 미수에 그치고, 남작은 크나큰 위기에서 벗어난다. 그 여행자가 유대인임은 극의 끝에 가서야 밝혀진다. 2장에서 마르틴 크룸은 여행자에게 어제 저녁에 벌어진 사건의 전말에 관해 묻는다. 그는 무엇보다도 자신의 정체가 밝혀졌는지 알고 싶은 것이다. 이 희극의 긴장감은 강도들의 정체가 언제, 어떻게 밝혀질 것인가에 의해 유지된다. 막이 올라가기 이전에 이루어진 사건, 즉 전사에 관한 정보를 듣는 관객은 이미 크룸이 강도 가운데 하나임을 알고 있으므로 긴장감을 가지고 이들의 대화에 귀를 기울이게 된다. 크룸은 여행자에게 어제 저녁의 사건이 유대인들의 소행이라고 주장하면서 유대인에 대한 극단적인 적개심을 드러낸다. 그의 - 그리고 남작의 - 입에서 거침없이 흘러나오는 유대인에 대한 적개심과 선입관은 그 당시 독일 사회에 널리 유포되던 비방문에[11] 비추어볼 때 결코 과장된 것은 아니다.

> 나리께서는 그 사악한 잡놈들을 아직 잘 모르실 겁니다. 그들은 있는 수대로 하나의 예외도 없이 사기꾼이고 도둑이고 노상강도랍니다. 그러므로 하느님께서 천벌을 내리신 족속입죠. 만약 제가 왕이라면 그 족속들을 하나도, 단 한 놈도 살려놓지 않을 겁니다. 오, 주여, 모든 정직한 기독교인들을 그 작자들로부터 보호해주소서! (I, 380)

이어서 그는 인파가 몰려 혼잡한 박람회에서 유대인들이 재빠른 솜씨로 소매치기를 했다고 이야기하면서 이렇게 말한다. "그래요! 박람회를 생각하면, 소인은 당장 모든 빌어먹을 유대인 놈들을 한꺼번에 몽땅 독살하고 싶답니다. 소인이 그렇게 할 수만 있다면 말씀입죠" (I, 381). 마르틴 크룹의 경우 사상이나 종교, 민족이 다른 사람들에 대한 편견이 단순히 종교적이고 도덕적인 비난이나 매도 수준에 머무르지 않고 노골적인 적개심으로, 적나라한 살해 욕구와 죄 뒤집어씌우기로 발전하고 있다[12]. 그리고 어떤 계기가 주어지면, 이런 노골적인 적개심은 거침없이 인종청소라는 끔찍한 만행으로 이어질 수 있음을 우리는 종교 · 민족 분쟁의 역사를 통해 알고 있고 또 지금도 목격하고 있다. 그런 만행이 자행될 위험은 항상 도사리고 있다.

마르틴 크룹은 열을 내서 유대인이 도둑질과 사기를 일삼는다고 말한다. 그러나 강도와 소매치기를 저지르고 거짓말을 하는 사람은 그 자신이다. 그가 노골적으로 유대 민족에 대한 적개심을 드러내고 유대

---

11) W. Oehlke: 같은 책 121쪽 참조.
12) W. Albrecht: 같은 책 8쪽 참조.

인들을 "사악한 도척 같은 족속" (I, 382)이라고 매도하는 데에는 그 나름의 계산이 깔려 있다. 그는 자신의 범죄 행위를 은폐하기 위한 수단으로 유대배척주의를 조장하고 날조한다. 다시 말해 반유대 편견을 자신의 범죄 행위에 악용하는 것이다. 그리고 그의 술수는 아주 효과적이다. 왜냐하면 제물이 될 뻔했던 남작이 즉각 그 속임수에 넘어가 그 범행이 유대인들의 소행이라고 단정하기 때문이다.

남작과는 달리 관객은 즉시 크룸의 속셈을 간파한다. 여행자가 유대인임이 밝혀지는 극의 결말의 시점에서 바라보면, 크룸의 음흉한 저의와 이 장면의 희극성이 보다 분명해진다. 유대인이 아닌 자가 유대인에게 유대인들의 사악함을 알려주면서 유대인의 소매치기 수법을 시범적으로 보여준다. 유대인으로 위장한 기독교인 강도가 유대인에게 어제 저녁의 강도들이 유대인이었다고 강변하면서 유대인을 조심하라고 경고한다. "나으리, 이 세상에서 행운과 복을 누리시려면 유대인들을 경계하십시오, 흑사병보다 더 철저히"(I, 381). 이 기독교도 "악한"이 뱉어내는 것은 전혀 근거 없는 야만적인 반유대 적개심이다. 그가 반유대 적개심을 단순히 날조하고 유포하는 것에 그치지 않고, 그것을 자신의 범죄 목적에 악용하는 것은 더욱 악랄한 짓이다. 이로써 레싱은 반유대 적개심의 여러 가능한 배경 가운데 하나를 암시할 뿐만 아니라, 사회의 모든 악을 유대인의 책임으로 돌리는 유대배척주의의 문제점을 지적한다[13]. 그리고 극의 첫머리에서 범인의 정체를 밝히는 것은 그 범인이 뱉어내는 유대인에 대한 적개심의 허무맹랑성을 처음부터 분명히 하기 위한 의도이다.

크룸이 하층계급의 야만적인 유대배척주의를 대표하는 인물이라

---

13) A. M. Reh: 같은 책 137쪽 참조.

면, 남작은 사회의 상층계급도 반유대 편견에 물들어 있음을 보여준다. 남작은 범인들의 연막전술에 속아 강도들이 유대인이라고 믿는다. 그가 이 얄팍한 속임수에 쉽게 넘어가는 것은 그가 가지고 있는 뿌리 깊은 반유대 선입견 때문이다. 그의 선입관은 크룸 같은 천민의 아무 근거 없는 악의적인 반유대 적개심과는 달리 개인적인 경험을 바탕으로 하는 보다 개별적인 것이기는 하다. 그러나 그는 유대인과의 관계에서 겪은 몇 번의 나쁜 체험을 일반화해 유대인이 "이익에만 그렇게 집착하는 족속으로 이익을 얻는 방법이 정당한지 부당한지, 간계 또는 폭력에 의해서인지 개의치 않으며", "사기 치기 위해 만들어진 것 같은" 족속, "가장 사악하고 비열한 사람들"(I, 388)이라고 단정한다. 이처럼 불과 몇 번에 걸친 개인적인 체험을 일반화해 한 민족 전체를 평가하는 잣대로 삼는 것이 바로 선입견이고 고정관념이다. 이런 선입관에 빠져 있는 남작은 다음과 같이 유대인들을 매도한다.

> 그들의 얼굴 모습 속에 우리로 하여금 그들에게 호감을 가지지 못하게 하는 무엇이 있지 않습니까? 음흉하고 비양심적이며 이기적인 면, 거짓과 위증 등을 그들의 눈에서 선명하게 읽을 수 있다고 생각합니다 (I, 388).

그는 이런 주장을 여행자, 즉 실제 유대인 앞에서 개진한다. 다른 한편 그는 그 유대인의 용모를 침이 마르도록 칭찬한다. "관상의 전문가가 아니더라도 저는 당신과 같이 솔직하고 대범하며 호감이 가는 얼굴을 본 적이 없다고 말하지 않을 수 없습니다."(I, 388) 이로써 남작은 자신이 앞에서 한 주장이 터무니없는 것임을 스스로 밝힌다. 보편타당한 것처럼 보이는 판단이 실제에 의해 확인되지 않고 깨끗하게 부정되는 것이다. 이렇게 레싱은 유대인의 면전에서 터무니없는 반유대 편견을 늘어놓게 하여 보편화된 그 편견이 허무맹랑한 것임을 유감없이 부각시킨다. 남작은 선입관 때문에 실상을 바로 보지 못하는 우를 범한다. 여행자의 존재는 선입관으로 인해 눈먼 기독교인으로 하여금 그의 이성이 깨이지 않았음을 드러내게 하여 관객의 웃음을 사게 하는 계기가 된다[14]. 여행자의 정체를 짐작하는 관객은 기독교인들의 비합리적인 견해를 비판하고, 그것과 다를 바 없는 자신들의 편견을 재고하게 된다.

기독교인들은 유대인들이 독일 사회의 윤리와 규범에 따르지 않고 사기와 도둑질을 일삼는 사악한 족속이라고 믿는다. 그래서 그들을 동등한 이웃으로 받아들이지 않고 사회에서 배제하려 한다. 그러나 이 희극은 그런 결점이 유대인이 아니라 기독교인에게 있음을 보여준다. 따라서 유대인들이 사회 규범에 따르지 않는 부도덕하고 사악한 족속이라는 기독교인들의 생각이 근거 없는 편견으로 드러난다[15].

4. 여행자

미하엘리스의 비판을 반박하는 글에서 언명하고 있듯이 레싱은 대조법에 따라 이 희극의 주인공을 세상에 널리 퍼져 있는 고정관념화된 유대인상과 정반대되는 모습으로 묘사한다. 남작의 지적처럼 그는 아주 호감이 가는 준수한 용모를 하고 있다. 생면부지의 남작을 강도들의 손에서 구해준 그의 행동은 그가 의협심과 용기를 갖춘 장부임을

---

14) Karl S. Guthke: 같은 글 124쪽 참조.

15) Ulrich Gaier: Das Lachen des Aufklärers. Über Lessings *Minna von Barnhelm*. In: Der Deutschunterricht Jg. 43(1991), 44쪽 참조.

말해준다. 그는 부유해서 "이익에만 집착할" 필요가 없으며 실제로 전혀 인색하지 않다. 그의 시종이 하는 말에 따르면 그는 자기 자신은 물론 시종에게도 물질적으로 궁핍을 느끼게 하지 않는다. 그 뿐만 아니라 그는 지성과 교양을 갖추고 있으며 여행 중에도 책을 휴대한다. 그러나 이것들보다 그를 돋보이게 하는 요소는 그의 인간애, 대범함, 공정성, 겸손이다. 위험에 빠진 사람을 구출한 것을 그는 인간으로서 마땅히 해야 할 의무로 간주한다. "내게 그 일을 시킨 것은 보편적인 인간애였소. 그것은 내 의무였소. 그리고 다른 사람들 역시 그것을 그렇게 간주했다면, 나는 만족했을 것이오"(I, 378). 그러므로 그는 그에 대한 어떤 보답도 받으려고 하지 않는다. 사심 없는 선행이 진정한 인간애의 증거라는 레싱 일생의 주제가 이미 여기에서 드러나고 있다.

여행자가 가장 경계하는 것은 타인에게 저지르는 부당한 행위이다. 그 자신의 석연치 않은 행동으로 야기된 크룸에 대한 의심을 여행자는 행여나 성급함의 우를 범하지 않을까 하여 선뜻 발설하지 않는다. 그는 남을 의심하기보다는 차라리 손실을 감수하는 쪽을 택한다. 그는 담배상자가 없어진 것을 알고 잠시 시종을 의심한다. 그러나 그 의심이 사실무근임이 밝혀지자 그는 시종에게 사과하는 것을 잊지 않는다. 그의 대범한 성품은 자신의 민족에 대한 반감을 노골적으로 드러내는 남작의 우정 제의까지도 포용한다. 그는 인간을 평가하는 기준을 재산, 지위, 신분 등 외적 요소가 아니라 인격, 인간성 등 내적 가치에 두고 있다. 한마디로 말해 이 여행자는 고귀한 성품, 교양, 인간애를 갖춘 이상적인 인간이다. 그는 선을 선이기 때문에 행하는,「인류의 교육」에서 약속된, 이성이 완전히 깬 제3 복음 시대에 속하는 사람으로 레싱의 마지막 희곡 『현자 나탄』의 주인공의 전신이라 할 수 있다. 이름이 없는 것은 바로 이런 이상화의 일환이다. 이름 없는 이 여행자는 유대인이 이기적이고 사악하며 비열한 민족이라는 세상의 선입관을 완전히 뒤집는다. 따라서 우리는 그를 반전형(Antityp)이라 부를 수 있을 것이다.

레싱은 인종주의의 산물인 반유대 편견에 대응하기 위해 그것에 의해 매도되고 고통당하는 집단, 즉 유대인 가운데 하나를 이상적인 대표자로 내세운다. 이 글 서두에 인용한 미하엘리스의 비판은 바로 이점을 겨냥하고 있다. 이로써 독일 문학사상 최초로 인격과 교양을 겸비한 모범적인 유대인이 문학에, 연극 무대에 등장한다. 그리고 그의 등장 시기가 독일 역사상 최초의 유대 지식인 모세스 멘델스존의 - 레싱과 멘델스존의 평생의 우정관계는 이 작품의 생성 이후인 1754년에야 비로소 시작 된다 - 출현 시기와 같다는 사실은 이 희극의 시의성과 관련하여 시사하는 바가 크다. 이 희극은 독일 사회의 유대 민족 해방사에서 한 중요한 획을 긋는 작품으로[16] 결코 가볍게 보아서는 안 될 것이다. 레싱 자신이 나중에 문학의 중요한 요소로 내세운 개연성 법칙에 저촉되는 점이 발견되기는 하지만, 제목과 모범적인 주인공의 설정 등을 통해 전형희극의 정형을 뒤집고, 또 앞으로 언급하겠지만 희극의 일반적 정형의 하나인 좋은 결말을 변형시켜 유대배척주의라는 사회적 금기를 다루고 있다는 데에서 우리는 이 희극의 의의를 찾을 수 있다.

여행자는 처음 등장할 때부터 크룸이나 남작 등 기독교인들의 유대배척주의 언행에 동조하지 않을 뿐만 아니라 소극적으로나마 유대인을 옹호하는 태도를 취한다. "어떻게 유대인들이 거리를 불안하게 만들 수 있는지 이해할 수 없소. 이 나라에서 용인되고 있는 유대인의

---

16) Walter Hinck: Das deutsche Lustspiel des 17. und 18. Jahrhunderts und die italienische Komödie. Stuttgart 1965, 283쪽 참조.

수가 아주 적기 때문이오"(I, 380)랄지 또는 "유대인들을 흑사병보다 더 철저히 경계하라"는 크롬의 말에 대한 대꾸 "맙소사, 그게 오직 막된 천민들이나 하는 말이라면 좋겠군"(이상 I, 381) 등등 그의 대사는 관객을 대상으로 하는 메시지이다. 객석의 관객들도 무대 위의 기독교인들과 마찬가지로 반유대 편견에 물들어 있다. 그럼에도 불구하고 관객은 이미 크롬의 정체를 알고 있기 때문에 그의 저의가 뻔히 들여다보이는 터무니없는 말과 뚜렷이 구별되는 여행자의 합리적인 견해에 수긍하게 된다. 작가가 독자나 관객의 사고 방향을 조종하기 위해 특정 등장인물에게 자신의 견해를 대변하게 하는 경우가 있는데, 여행자가 바로 그런 기능을 담당한다. 유대인이 지탄받을 일을 저지르는 경우, 그 책임의 상당 부분이 유대인을 억압하는 현실에 있다고, 다시 말해 유대인을 박해하는 기독교인들이 책임의 상당 부분을 져야 된다고 여행자는 말한다. "유대인이 속임수를 쓰면 십중팔구 기독교도가 그렇게 만들었다." 이것은 유대인을 박해하고 핍박하여 나쁜 일을 저지르지 않을 수 없는 막다른 골목으로 내몰지 말고 관용을 베풀어야 한다는 뜻이다. "두 민족 사이에 믿음과 정직이 있으려면, 양자가 함께 노력해야 된다"(이상 I, 382)는 말은 바로 인도주의자 레싱의 견해이다.

여행자가 유대인이라는 사실을 처음부터 공개하지 않는 것은 위에서 언급한 바와 같이 관객이 여행자의 합리적인 견해에 동조할 수 있도록 관객의 반유대 편견을 중화시키는 한편, 기독교인들의 반유대 편견이 근거 없는 것임을 효과적으로 드러내기 위한 기법으로 이해된다. 하지만 비록 자신의 정체는 밝히지 않을지라도 여행자는 자기 민족에 대한 터무니없는 비방과 매도에 오불관언할 수만은 없어서 적극적으로는 아니지만 유대 민족을 옹호하는 태도를 취한다. 그리고 무대 위에 홀로 있을 때(3장) 그의 태도가 보다 분명해져서 관객은 그의 정체를 충분히 짐작할 수 있으며, 6장에서 반복되는 방백을 통해 그 짐작은 움직일 수 없는 확신으로 굳어진다. 이 시점부터 관객은 유대인에 대한 편견이 흔들림을 느끼게 되고, 무대 위의 등장인물들이 언제 여행자의 정체를 알게 될 것인가, 그리고 정체를 알고 나서 그들이 노골적으로 드러낸 반유대 편견을 어떻게 처리할 것인가에 촉각을 곤두세우게 된다[17].

이제 극은 여행자의 정체를 밝히는 목표를 향해 나아간다. 이 목표에 가장 관심이 많은 사람은 남작이다. 남작은 생명의 은인에게 보답하는 뜻에서 그리고 은인의 훌륭한 인품에 반해서 여행자에게 처음에는 우정을 제안하고, 나중에는 한 걸음 더 나아가 전 재산과 함께 무남독녀를 아내로 주려고 생각한다. 남작의 어린 딸도 낯선 여행자가 마음에 들고, 여행자도 그녀가 싫지 않다. 이리하여 희극에서 흔히 볼 수 있듯이 줄거리가 혼인이란 좋은 결말을 향해 나아갈 것처럼 보인다. 어제 저녁 남작을 습격한 강도들이 남작의 아랫사람들임을 밝혀내 남작을 위협하는 잠재적인 위험을 완전히 제거하는 데 결정적인 역할을 하는 사람도 역시 여행자이다. 이로써 다시 한 번 큰 은혜를 입게 된 남작은 단도직입적으로 여행자에게 딸을 아내로 주겠다고 제안한다. 이 제안은 여행자로 하여금 더 이상 자신의 정체를 숨길 수 없게 만든다. 그가 실정법상 기독교인과 혼인할 수 없는 유대인이기 때문이다.

---

17) Peter Pütz: Die Leistung der Form. Lessings Dramen. Frankfurt a. M. 1986, 90쪽 참조.

5. 극복되지 않는 선입견

> **여행자** : 나는 유대인입니다.
>
> **남작** : 유대인이라고요? 잔인한 우연이로다!
>
> **크리스토프** : 유대인이라고?
>
> **리셋** : 유대인?
>
> **아가씨** : 아이, 무슨 상관이야?
>
> **리셋** : 쉿, 아가씨, 쉿! 무슨 상관인지 나중에 말씀드릴게요 (I, 413).

여행자의 고백은 반유대 편견에 오염되지 않은 아가씨를 제외한 세 기독교인 모두를 깜짝 놀라게 한다. 그들의 똑같은 첫 반응은 - "유대인이라고?" - 믿을 수 없다는 놀라움을 여실히 표현하고 있다. 이 반응은 기독교인들이 성별, 나이, 계층에 관계없이 반유대 편견에 물들어 있음을 드러낸다.

섬기고 있는 상전이 유대인이라는 사실은 크리스토프에게 더할 수 없는 모독이다. 왜냐하면 유대인이 기독교인을 하인으로 고용하는 것은 법으로 금지된 일이었기 때문이다.

> 뭐라고? 당신은 유대인인데도 성실한 기독교인을 아랫사람으로 고용하는 강심장을 가졌단 말이오? 당신이 나를 섬겨야 했소. 성서에 따르면 그게 마땅한 일이었을 것이오. 빌어먹을! 당신은 나를 통해 전체 기독교인을 모독했소 (I, 413).

이제 그는 유대인을 섬기는 굴욕을 더 이상 감내하지 않을 뿐만 아니라, 자신을 시종으로 고용한 유대인을 사직당국에 "고발하려" 한다.

그러나 유대인 상전이 보이는 넓은 아량은 그의 생각을 돌려놓는다. 유럽 희극에 단골로 등장하는 하인 역에 걸맞게 입심 좋고 뻔뻔스러우며 술을 좋아하는 크리스토프는 일반 대중 사이에 보편화되어 있고 대대로 전승되어 내려오는 반유대 편견을 대변한다. 그가 크룸과 다른 점은 후자가 자신의 범죄 목적을 위해 반유대 적개심을 의도적으로 날조 · 유포하고 악용하는 데에 있다. 강도의 악의적인 반유대 적개심이 터무니없는 것임은 새삼스럽게 언급할 필요도 없다. 이런 악의적인 것과 구별되기는 하지만 반유대 편견이 크리스토프의 의식 속에 깊이 뿌리를 내리고 있어서, 그가 인정하는 유대인 상전의 넓은 아량도 그 뿌리를 뽑아내지는 못한다. 그 뿌리는 그대로 남아 있다. 단지 그는 유대인 가운데에 훌륭한 사람이 있다는 예외를 인정할 따름이다. "유대인이 아닌 유대인도 있군"(I, 414). 이 재치 있는 말 자체가 그의 선입관이 그대로 남아 있음을 알려준다.

남작은 옹졸하지 않으며 인간의 도리를 아는 사람이다. 그는 성심성의를 다해 은혜에 보답하려고 한다. 은인이 자신과 의기투합하는 사람임을 확인하고 그는 여행자에게 우정을 제안할 뿐만 아니라, 여행자의 신분이나 재산 상태에 전혀 개의치 않고 딸을 아내로 주어 은혜를 갚으려고 한다. 그러나 그가 뛰어넘지 못하는 것이 있으니, 민족적 편견이 바로 그것이다. 여행자의 고백에 대해 그가 보이는 반응은 그의 편견이 그대로 남아 있음을 보여준다. 위기에서 구해준 은인이 유대인이라는 사실이 밝혀지자, 남작은 즉각 은인을 사위로 삼을 수 없다는 태도를 취한다. 은혜에 보답하려는 마음이나 여행자에 대한 인간적인 호감과 존경심이 갑자기 사라졌기 때문은 아니다. 그럴 마음은 그대로 남아 있다. 그러나 유대인과의 혼인을 금하는 실정법과 그 법의 바탕을 이루는 유대인에 대한 차별과 편견이 남작의 의식을 지배하고 있기 때문이다. 그러한 사회적 관행은 결코 신에 의해서 만들어진 것이 아니라 인간에 의해, 비인도적인 법률에 의해 생겨난 것이다. 이것을 깨닫지 못하는 남작은 원래 계획했던 대로 은인에게 딸을 아내로 줄 수 없게 된 것을 운명으로 돌린다. "우리가 은혜에 보답하려는 것을 하늘 스스로 막는 경우가 있단 말인가"(I, 413)

남작이 고마움, 호감, 존경심을 느껴 우정을 얻고 깊은 인연을 맺고자 하는 이유인 여행자의 인간성, 인간 됨됨이는 조금도 달라지지 않는다. 다만 그가 유대인이라는 외적 사실이 추가로 밝혀진 것뿐이다. 따라서 남작이 진정으로 깨인 정신의 소유자라면, 인간의 가치를 결정하는 데 아무 의미가 없는 민족이나 종교 같은 외적 요인을, 다시 말해 민족적·종교적 편견을 극복해야 할 것이다. 그러나 그는 그렇게 하지 못한다. 유대인 여행자가 훌륭한 인간이라는 인식이 그의 유대인에 대한 선입관을 흔들어 놓기는 한다. 그의 선입관이 여행자의 경우에 틀린 것으로 판명되어 그는 약간 혼란에 빠진다. 그러나 그뿐이다. 그는 크리스토프와 마찬가지로 선입관을 완전히 털어 내지 못하고 예외를 인정하는 수준에 머물러 잠재적인 유대배척주의자로 남는다. 여행자가 유대인임이 밝혀진 다음부터 남작은 우정이라는 말은 아예 입에 담지 않는다. 그는 그 대신 "전 재산"을 줌으로써 은혜에 보답하려고 한다. 이것은 결국 은혜를 물질로 보상하려는 태도이다. 그러나 여행자는 물질적 보상이 아니라 이념적 보상을 요구한다. "보답하시려면 남작님께서 앞으로 제 동포형제들에 대해 좀 더 관대하고 또 덜 일반적으로 평가해주시기만을 부탁드립니다"(이상 I, 413). 이것은 남작이 아직 착수하지 않은 일, 즉 유대인에 대한 편견을 극복하는 일에 나서라는 부탁이고 촉구이다.

앞에서 언급했지만 여행자가 위기에 처한 남작을 구한 것은 사실

없는 인간애의 발로이다. 사심 없는 선행을 진정한 인간애의 증거라고 간주하는 레싱과 여행자의 입장에서 볼 때, 인간은 적극적으로 인간애를 발휘해야 한다. 그리고 인간이 자기에게 베풀어진 선행에 대해 일시적인 고마움이 아니라 지속적인 인간애로써 화답해야 인간관계는 진정으로 개선된다. 남작은 여기에서 한계를 드러낸다[18].

　남작과 크리스토프, 즉 사회의 상층계급과 하층계급 모두 예외를 인정하기는 하나, 근본적으로 유대 민족 전체를 평등하게 대하는 것은 생각할 수도 없고 받아들일 수도 없는 일이라고 간주한다. 남작은 선입관을 완전히 극복하려면, 모든 유대인들이 여행자와 같이 모범적인 사람이어야 한다고 말한다. "유대인들이 모두 당신과 같다면 얼마나 존경스럽겠습니까!" 그러나 그 자신부터 이 주문의 실현 가능성을 믿지 않고 있음이 그가 사용하는 어법 - 가정법 - 에서 분명하게 드러난다. 그는 지금까지 유대인 가운데 단 한 명의 정직한 사람도 찾아볼 수 없다고 생각해왔다. 그런데 어떻게 모든 유대인들이 예외 없이 여행자 같은 이상적인 인간이 되기를 바랄 수 있단 말인가. 그는 그럴 가능성을 상정하지 않는다. 그것을 간파한 여행자는 반어적인 대구로 남작의 허구성을 꼬집는다. "기독교인들이 모두 남작님의 인품을 가졌다면 얼마나 사랑스럽겠습니까!"(이상 I, 414) 이들이 주고받는 말은 외형적으로 똑같은 문장구조를 가지는 대구(對句)를 이루고 있어서 여행자가 남작의 말에 화답하는 것처럼 들릴지 모른다. 그러나 자세히 살펴보면 여행자가 남작의 주문의 허구성을, 그 주문 속에 민족적 편견이 그대로 남아 있음을 꼬집고 있다는 것을 간파할 수 있다. 남작과 여행자의 가정법 대사는 그들 사이에 견해차가 조정되지 않고 그대로 남

18) W. Albrecht: 같은 책 9쪽 참조.

아 있음을 알려준다. 남작은 편견을 극복해 보다 의식이 깨인 계몽된 단계로 올라가지 못한다[19]. 따라서 그 과제는 관객/독자에게 넘겨진다.

남작의 천진한 딸은 반유대 편견에 물들지 않은 유일한 인물이다. 아니 아직 오염되지 않았다고 하는 것이 더 정확한 표현일 것이다. "그녀의 모든 게 아직 자연 그대로의 상태"(I, 386)라는 남작의 말처럼 그녀는 사회의 모든 악영향으로부터 격리된 외딴 시골에서 성장했다. 18세기의 사람들은 도시와 시골을 대조적으로, 즉 번잡한 도시 생활은 인간의 순수성을 좀먹는다고 부정적으로 본 반면, 한적한 시골 생활은 인간의 순수성을 보존해준다고 긍정적으로 보았다. 이런 시각은 『에밀리아 갈로티』, 『민나 폰 바른헬름』 등에서 나타나고 있다.

아직 순수성을 간직하고 있는 남작의 딸은 선입관, 편견에 이끌리지 않고 자연스러운 감정에 따르려고 한다. 그래서 그녀는 여행자의 고백에 "아이, 무슨 상관이야?"라는 반응을 보이는 것이다. 이 반응 속에는 돌이킬 수 없을 것으로 보이는 여행자와의 결별을 받아들이지 않겠다는 의지가 내포되어 있다. 그러나 그녀가 아버지의 뜻에 따르지 않고 자신의 의지를 관철시키려고 할 것인지는 - 그러면 딸이 아버지를 버리고 사랑하는 남자와 가출하는 『사라 삼프존 아가씨』와 같은 줄거리가 예상된다 - 아주 의심스럽다[20]. 어쨌거나 그녀의 자연스럽고 순수한 태도를 통해 반유대 편견이 후천적으로 형성된 자연스럽지 못한 것임이 드러난다. 따라서 그녀의 태도는 앞으로 나아가야 할 방향을 제시해준다. 그러나 그녀가 앞으로도 계속 편견에 물들지 않고 자연스

---

19) Dietrich Harth: Gotthold Ephraim Lessing. Oder die Paradoxien der Selbsterkenntnis. München 1993, 42쪽; K. S. Guthke: 같은 글 130-1쪽; P. Pütz: 같은 책 91쪽 참조.

20) Wolfgang Kröger: Gotthold Ephraim Lessing. *Nathan der Weise*. Oldenbourg Interpretationen Bd. 53, 3. überarb. Aufl. München 1998, 12쪽 참조.

러운 순수성을 지켜나갈 수 있을지 의심스럽다. 왜냐하면 주변사람들
이 그녀를 그냥 놓아두지 않고 그녀에게 편견을 주입시킬 것이기 때
문이다. 이 일을 자청하고 나서는 사람은 그녀의 최측근인 시녀이다.
"쉿, 아가씨, 쉿! 무슨 상관인지 나중에 말씀드릴게요." 리셋은 반유대
적개심을 직접 드러내지는 않지만, 그 편견이 앞으로도 계속 전승되는
데에 일익을 담당할 것이다.

6. 열린 결말

관객이 일찍부터 짐작하는 것과는 달리 등장인물들은 여행자의 정체
를 전혀 눈치 채지 못한다. 그가 유대인을 옹호하는 태도를 취하지만,
편파적이 아니고 합리성에서 벗어나지 않으며 더욱이 그의 행실이 전
혀 '유대인' 같지 않기 때문에, 그들은 그가 유대인일 가능성에 조금
도 생각이 미치지 않는다. 여행자는 두 번이나 유대인임을 고백하려고
하는데, 그때마다 남작이 그의 말을 가로채 고백을 가로막는 것이 이
의 확실한 증거이다. 무대 위의 기독교도들은 여행자가 그들이 경멸하
는 유대인이라고 의심하기는커녕 오히려 그의 고결한 인품과 나무랄
데 없는 언행에 감복되어 그에게 호감과 존경심을 느낀다. 그래서 남
작은 그에게 무남독녀를 주려고 하는 것이다.
　극의 결말 부분에서 여행자가 유대인임을 고백함으로써 등장인물
들을 깜짝 놀라게 하는 효과는 그가 다른 인물들, 즉 기독교도들에 비
해 조금도 손색이 없는 인간이라는, 전혀 '유대인' 답지 않다는 사실에
근거한다. 그 고백은 여행자의 고결한 인품에 아무런 변화도 초래하지
않고, 오히려 그의 넓은 아량이 유감없이 드러나게 하는 계기가 된다.

그는 전 재산을 주겠다는 남작의 제안을 거절함으로써 다시 한 번 남작을 감동시킨다. 그리고 또 그는 넓은 아량으로 모욕당했다고 느끼는 시종 크리스토프의 적대감을 잠재운다. 이로써 그는 남작과 크리스토프로 하여금 반유대 편견을 당장 극복하지는 못할지라도 유대 민족을 하나 같이 나쁘게 보는 편향된 시각, 고정관념을 교정하는 단초를 마련해준다. 여행자의 훌륭한 인품과 넓은 아량에 의한 편견의 흔들림은 비록 작지만 꼭 필요한 의식 변화의 첫 단계이다[21]. 하지만 그들은 그 이상 나아가지 못한다. 레싱이 이처럼 등장인물들의 의식 변화를 시작 단계에 머무르게 한 것은 그 다음 단계를 관객의 지적, 실천적 과제로 넘기려 하기 때문이다.

유대인이라는 여행자의 고백은 마치 마법의 주문처럼 기독교도들의 그에 대한 태도를 표변하게 만든다. 위에서 살펴본 것처럼 남작의 딸을 제외한 기독교도들은 여행자가 훌륭한 인간이라는 인식은 철회하지 않으면서도, 그가 유대인이라는 단 한 가지 이유 때문에 그를 동등한 인간으로 대우하려 하지 않는다. 작가 레싱이 여행자를 이상적인 인간으로 설정해 반유대 편견에 사로잡힌 기독교도들의 존경을 한 몸에 받도록 그린 것은 그가 속한 유대 민족을 똑같은 인간으로 인정하지 않고 별다른 족속으로 보는 기독교인들의 이율배반적인 태도를 부각시키기 위해서이다. 그들은 이런 비관용적인 편견 때문에 인식에 따라 판단하고 이성적인 판단에 따라 행동한다는 계몽주의의 이념에 반하는 어리석은, 그래서 우스꽝스러운 인물들이다. 그들의 태도를 우스꽝스럽게 보이게 함으로써 그것을 극복하는 단초를 마련하려는 것이 이 희극의 의도이다[22].

21) P. Pütz: 같은 책 92쪽 참조.
22) K. S. Guthke: 같은 글 132쪽 참조.

유대인으로 위장한 강도들의 정체가 밝혀질 때까지 유대인은 범죄자라는 등식이 성립되는 것처럼 보인다. 그러나 더할 수 없이 이상적인 인간인 여행자가 유대인이고, 남작을 습격한 범인들이 유대인으로 위장한 기독교도라는 사실이 밝혀진다. 그 뿐만 아니라 남작의 딸을 제외한 나머지 기독교도들이 신분의 고하에 관계없이 선입관과 편견에 사로잡힌 깨이지 않은 사람들임이 드러난다. 이로써 극의 서두에 형성되었던 선악의 전선, 즉 유대인은 사악하고 부도덕한 반면 기독교인은 선하고 도덕적이라는 주장이 옳지 않은 것으로 판명된다. 여행자의 말처럼 "모든 민족 가운데에는 선한 사람도 그리고 악한 사람도 있을 수 있는"(I, 389) 것이다. 이를 통해 인간의 도덕성이 민족 또는 특정 종파 나아가 종교와 무관하다는 계몽주의의 기본적인 입장이 드러난다. 따라서 어떤 민족이나 종파에 속하는 사람들을 모두 부도덕하며 사악하다고 예단하고, 그 선입관에 따라 그들을 차별하며, 그것을 법으로 정해 제도화하는 것은 부당하다. 레싱은 유대 민족에 대한 차별을 비판하고, 그들을 평등하게 대하고 동등한 사회구성원, 이웃으로 받아들일 것을 촉구한다. 그리고 편견과 차별의 대안으로 관용과 보편적인 인간애를 제시한다. 계몽주의가 지향하는 인간들의 화합과 평화롭고 복된 삶을 위해 중요한 것은 개개인의 자질이다. 신분, 종교, 민족 등은 인간의 됨됨이를 결정하는 요소들이 아니므로 아무런 의미도 가지지 못한다. 그러므로 신분, 종교, 민족에 따라 인간을 차별하는 것은 어리석은 짓으로 지양되어야 마땅하고, 종파와 민족이 다른 사람들에게도 보편적인 인간애와 관용을 베풀어야 한다.

레싱은 소수집단으로 소외되고 차별대우를 받고 있는 유대인에게 인간의 권리와 시민의 권리를 허용하고 그들을 평등한 인간으로서 뿐만 아니라 그들의 민족적·종교적 특수성을 용인해야 한다고 주장한

다. 대부분의 독일 계몽주의자들과는 달리 그는 『유대인들』과 이 희극
에 관한 글을 통해 조심스럽게 소수민족 유대인들이 일방적으로 기독
교가 바탕을 이루는 독일 사회에 동화되는 것이 아니라, 기독교인들과
유대인들이 서로 용인하고 관용해야 한다고 요구한다. 이런 토대 위에
서야 그가 바라던 평등한 공동생활이 가능하다는 것이 그의 신념이었
으니, 이제 겨우 작품 활동을 시작한 레싱이 얼마나 진보적이고 깨인
정신의 소유자였는지 쉽게 짐작할 수 있다.

　　남작이 여행자를 사위로 삼으려는 의사를 철회함으로써 혼인은 무
산된다. 설령 남작이 반유대 편견을 극복한다 할지라도, 그 혼인이 성
사되기는 현실적으로 어렵다. 기독교도와 유대인 사이의 혼인이 사회
적 금기였을 뿐더러 법적으로 허락되지 않았기 때문이다. 레싱은 18세
기 중엽의 역사적 현재에서 유대인과 기독교도를 혼인시키는 억지를
부리지 않는다. 그 당시의 법과 사회 관습은 유대 민족에게 사회적 고
립 상태를 강요한다. 남작이 생명의 은인이고 그 인품에 반해 딸을 아
내로 주려는 제안을 단지 그가 유대인이라는 사실 때문에 철회하고,
그 책임을 자신의 의식을 지배하는 선입관이 아니라 하늘에 전가하는
이율배반적인 행동을 통해 관객은 유대 민족에게 강요되는 사회적 고
립이 부당한 것임을 뚜렷하게 인식하게 된다. 이 인식을 통해 관객이
생각을 바꾸고 편견을 극복하도록 유도하는 것이 레싱의 의도이다. 따
라서 유대인 여행자와 남작의 딸 사이의 혼인이 성사되지 않는 것을
반유대 편견과의 타협이라 본다면[23], 이는 그 당시의 상황 그리고 관객
의 의식 변화를 유도하려는 레싱의 의도를 제대로 파악하지 못한 데
서 기인한 오류이다. 현실에 엄연히 존재하는 모순을 덮어버리지 않고

23) Erich Schmidt: Lessing, 2 Bde. Berlin 1909, Bd. 1, 151쪽 참조.

있는 그대로 그리는 것만이 모순의 극복을 실현시킬 수 있는 길이며, 현실을 무시하는 혼인은 이 희극이 목표하는 관용의 호소를 약화시킬 뿐이다[24].

좋은 결말로 상정되었던 혼인이 무산됨으로써 이 희극의 이념적 목표로 설정된 반유대 편견의 극복이 작품 속에서 등장인물들에 의해 달성되지 못한다. 유대인에 대한 편견이라는 사회 문제는 해결되지 않고 그대로 남아 있다. 퓌츠의 지적처럼[25] 『유대인들』은 선입관의 극복이라는 계몽주의의 이상을 표방하는 한편, 그 이상이 18세기 중엽의 독일 사회에서는 실현될 수 없음을 보여준다. 독자적으로 사고하고 그 판단에 따라 행동하라는 것이 계몽주의의 주문이다. 남작을 위시해서 무대 위의 기독교도들은 이 주문을 실천에 옮기지 못한다. 이러한 이상과 현실 사이의 괴리가 객석의 기독교도들을 만족시키지 못하고 개운치 않은 뒷맛을 남긴다. 이 씁쓸한 뒷맛이 관객으로 하여금 민족적 · 종교적 편견의 실제적 힘에 대해 생각을 하게 하고, 이 편견의 극복에는 지적, 실천적 노력이 필요함을 깨닫게 한다.

이 단막희극은 독일 사회에서 유대인에 대한 편견과 차별을 최초로 공개토론의 장에 끌어낸 작품이다. 앞에서 고찰한 바와 같이 레싱은 이 문제를 사회적 · 정치적 · 법적 측면에서 취급할 뿐 종교적 측면은 조금도 건드리지 않는다. 그래서 인종적 편견의 사회적 의미는 적나라하게 부각되지만, 인간을 가르는 편견의 종교적 뿌리에 관한 지적 성찰을 통해 그 편견을 이해하고 역사적으로 그 배경을 파고 들어갈

24) Helmut Arntzen: Die ernste Komödie. München 1968, 248쪽; Walter Hinck: Vom Ausgang der Komödie. Leverkusen 1977, 28쪽 참조.
25) P. Pütz: 같은 책 98-9쪽 참조.

가능성은 배제된다[26]. 유대 민족에 대한 편견을 종교철학적 측면에서 다루는 것은 아직 어린 레싱에게 버거운 주제였던 모양이다. 그는 그 것을 뒷날의 숙제로 남겨놓는다. 그리고 『현자 나탄』으로 그 숙제를 해결한다. 이런 의미에서 이 초기 희극은 레싱의 마지막 대작 『현자 나 탄』의 일부가 아니라, 이 양자는 서로 보완관계를 이루고 있다[27].

---

26) W. Kröger: 같은 책 13쪽 참조.
27) W. Albrecht: 같은 책 10쪽 참조.

III-3 『자유신앙주의자』

- 줄거리

부유한 상인 리지도어는 얌전하고 신앙심이 깊은 큰딸 율리아네를 목사 테오판과 그리고 활달하고 명랑한 성격의 작은딸 헨리엣을 자유신앙주의자 아드라스트와 짝지어주려고 한다. 성직자들 때문에 여러 번 피해를 본 경험이 있는 아드라스트는 첫눈에 율리아네에게 반한다. 그러나 그녀가 이미 목사의 배필로 정해진 것을 알고 그는 크게 실망하며, 마음이 끌리지 않는 헨리엣으로 만족할 수밖에 없는 자신의 불운을 한탄한다. 성직자 계급에 대한 편견이 테오판에 대한 적개심으로 변해 그는 냉소적인 태도로 테오판의 접근 시도를 물리친다. 그리고 그는 율이아네를 사랑하는 속마음을 숨기지 못하고 헨리엣을 비판하면서 율리아네를 칭찬한다.

적지 않은 유산을 탕진한 그는 가진 재산이 없다. 채권자가 갑자기 나타났다는 소식을 듣고 그는 빚을 갚을 길이 없어서 몹시 당황한다. 그런데 그 채권자는 공교롭게도 테오판의 사촌인 아라스페이다. 아라스페는 꾸어준 돈을 못 받는 한이 있어도 오만한 자유신앙주의자를 파멸시킬 작정이라고 말하나, 테오판은 아드라스트를 변화시킬 테니 그가 발행한 어음을 자신에게 달라고 부탁한다. 아라스페가 테오판의 사촌임을 알게 된 아드라스트는 자신을 파멸시키려는 테오판의 사주에 의해 아라스페가 나타난 것이라고 오해한다. 아드라스트는 테오판이 돌려주는 어음을 받지 않을 뿐만 아니라, 테오판이 어음을 찢어도 그를 의심한다. 아드라스트는 돈을 융통해서 아라스페에게 진 빚을 청산함으로써 테오판으로부터 자유로워지려고 한다.

다른 한편 율리아네와 헨리엣 자매는 각각 아버지가 정해준 자신의 배필이 아니라 다른 사람의 짝을 은밀히 좋아한다. 그래서 이 자매 사이에 가끔 말다툼이 벌어지곤 한다. 아드라스트는 율리아네에게 사랑을 고백하고, 이것을 헨리엣이 엿듣는다. 아드라스트는 테오판에게도 율리아네를 사랑한다고 고백한다. 그리고 테오판이 그 고백에 감정의 동요를 보이지 않는 것은 그가 율리아네의 마음을 확실히 장악한 자신감 때문이라고 짐작한다. 아드라스트는 테오판으로 인해 사랑하는 율리아네를 차지할 수 없다는 피해의식 때문에 눈이 가려 자신과 마찬가지로 테오판도 헨리엣을 좋아한다는 사실을 눈치채지 못할 뿐만 아니라, 테오판의 일거수일투족을 모두 오해하려고만 든다.

테오판은 마침내 냉소적인 태도를 견지하는 아드라스트에게 화를 낸다. 그러자 아드라스트는 테오판의 말에 귀를 기울이기 시작한다. 그리고 율리아네가 아니라 헨리엣을 사랑한다는 테오판의 고백은 아드라스트의 적개심과 편견, 오해를 모두 제거한다. 이들은 함께 리지도어게 사실을 고백한다. 두 딸의 의사를 확인한 아버지는 짝 바꾸기에 동의한다. 할머니가 새로 맺어진 두 쌍을 축복하는 것으로 5막 희극은 끝난다.

1. 자유신앙주의 (Freidenkertum, freethinking)

17 · 8세기 유럽의 계몽주의자들은 종교와 신앙 문제에 있어서도 이성을 앞세워 신이 이 세계를 창조하긴 했으나, 이 세계의 자연스럽고 합

리적인 흐름에는 관여하지 않는다는, 그러니까 전통적인 기독교 교리에 배치되는 자연신론(自然神論) 내지 이신론(理神論)을 주장하였다. 자유신앙주의는 기독교 교리를 따르지 않고 이성과 합리를 내세워 종교와 사상의 자유를 주장하는 사상이다. 무신론(Atheismus)은 자유신앙주의의 극단적인 형태이다. 자유신앙주의는 사상과 종교의 자유가 비교적 일찍 인정된 영국에서 태동하여 유럽 대륙으로 전파되었다. 작품 속에서도 언급되는 콜린스의 『자유사상 담론』(1713)은 많은 지식인들의 관심을 끌었으며, 자유신앙주의는 독일에서 커다란 종교적인 문제가 되었다. 새롭게 대두한 자유신앙주의 내지 이신론은 기독교의 계시사상을 이성으로 설명하려 하였고, 그 과정에서 전통적인 기독교 교리와 충돌을 일으켰다. 교회는 기독교 교리를 명철한 이성으로 새롭게 증명하려는 시도를 교회의 권위에 도전하며 기독교를 부정하려는 저의에서 나온 것으로 판단해 배격하였으며, 자유신앙주의를 아주 불온한 사상으로 간주하였다[1].

18세기의 독일어 사전은 Freigeist를 "자유롭게, 즉 선입견 없이 생각하고 행동하는 사람"이라고 정의한 다음 일반적으로 "종교와 미풍양속의 법칙을 무시하는 사람"[2]을 가리키는 말이라고 설명한다. Freigeist는 기독교와는 다른 세계관을 가진 사람들을 가리키는 말로 자유사상가 또는 자유신앙주의자로 옮길 수 있으나, 그 핵심은 종교상의 자유이기 때문에 이 점을 분명히 하기 위해 필자는 후자를 택한다. 이 개념을 18세기의 독일인들은 종교와 윤리가 지시하는 도리를 따르지 않고 현세의 쾌락에 탐닉하는 사람이라는 부정적인 의미로 사용하

---

1) Mi-Hyun An: Die kleinen Formen des frühen Lessing - eine Untersuchung ihres Strukturzusammenhangs. Diss. Tübingen 1991, 119-20쪽 참조.
2) Johann Christoph Adelung: Grammatisch-kritisches Wörterbuch der hochdeutschen Mundart. Leipzig 1796. Bd 2 (F - L), 294쪽.

였다. 그 배경은 다음과 같다. 인간의 사고에 가해지는 종교의 간섭과 영향을 단호히 배격하면서 학문은 오로지 이성의 원리에 따라야 한다고 주장한 프랑스 자유사상가들 가운데 일부가 생의 향락을 옹호하는 견해를 피력했고, 또 실제로 향락을 추구하는 생활을 영위했다. 이것을 빌미로 자신들의 영향력이 줄어들 것을 우려한 기독교 성직자들은 자유신앙주의자들을 신과 종교를 부정하고 조소하는 무신론자와 같이 향락만을 탐하는 부도덕한 인간으로 매도하였다[3].

계몽주의 초기에 사람들은 종교와 성직자들이 철학과 마찬가지로 인간을 윤리적으로 교육하는 역할을 담당한다고 생각했으므로 자유신앙주의자를 좋게 볼 리가 없었다. 신의 존재를 부정하는 자유신앙주의자는 비이성적인 광신자와 마찬가지로 배척해야 될 인물로 간주되었다. 자유신앙주의자는 이신론자, 무신론자 등 모든 종류의 비신자들을 구별 없이 가리키는 말이 되었고, 자유신앙주의는 신에 대한 모독으로 간주되었다. 그 결과 기독교가 지배한 중세로부터 전승된 비기독교인에 대한 부정적인 표상이 고스란히 자유신앙주의자에게 옮겨졌고, 자유신앙주의자가 악마의 화신이라는 편견이 생겨났다. 레싱도 자유신앙주의자였으나 자유신앙주의의 극단적인 형태인 무신론에는 부정적이었다.

당시의 희극작품들은 이런 부정적인 시각을 반영하여 자유신앙주의자를 술꾼, 낭비벽이 있는 사람, 외국 숭배자 등등 도덕적으로 문제가 있는 인간으로 그린다. 그 좋은 예가 신앙심이 돈독하고 윤리교사라는 별명을 가졌던 겔러트의 감동희극 『복권』에 나오는 다음과 같은 구절이다.

---

3) Wilfried Barner, Gunter Grimm, Helmuth Kiesel, Martin Kramer.: Lessing. Epoche - Werk - Wirkung, 4. Aufl. München 1981, 127쪽 참조.

자유신앙주의자의 자격에 속하는 것은 약간의 지성, 난폭한 감정, 성서를 모독하는 내용으로 가득찬 영국과 프랑스 서적 몇 권, 상당한 주량, 건강한 신체, 유곽의 출입, 외국 여행 외에는 없다[4].

2. 제목

교회의 가르침과 미풍양속을 따르지 않고 쾌락을 탐하는 부도덕한 인간으로 간주된 자유신앙주의자는 유대인과 마찬가지로 사회에서 소외된 소수집단이었다. 그러므로 "자유신앙주의자"란 희극제목이 갖는 사회적·문화적 배경은 전장에서 살펴본 『유대인들』의 경우와 조금도 다르지 않다. "유대인들"이라는 제목은 유대인들을 웃음거리로 만드는 희극이겠거니 하는 예상과 기대를 불러일으키나, 실제 내용은 유대인에 대한 차별이 선입관에서 유래하는 불합리한 것임을 그리고 있다. 다시 말해 비판과 조소의 대상을 제목에 지칭하는 전형희극의 관행을 따르는 척하면서 실제로는 유대인에 대한 편견을 검증 대상으로 삼는 것이다.

제목으로써 일정한 예상과 기대를 불러일으켰다가 그것을 정반대로 뒤집는 유희는 『자유신앙주의자』에서도 발견된다. 이 제목은 당시의 관객에게 자유신앙주의자의 잘못과 어리석음을 꼬집고 조소의 제물이 되게 하는, 예컨대 몰리에르의 『따르튀프』와 반대되는 내용의 희극을 연상시킨다. 뛰어난 재주를 가진 아들이 기대와는 달리 대학에서 전공인 신학 공부는 등한시한 채 연극에 몰두하고, 게다가 자유신앙주

---

4) Christian F. Gellert: Lustspiele. Faksimiledruck nach der Ausgabe von 1747. Stuttgart 1966, 306쪽.

의자란 나쁜 평판이 나 있는 뮐리우스와 가깝게 지내는 것을 알고 몹시 걱정하는 부친에게 레싱은 1749년 4월 28일자 편지에서 자신의 입장을 다음과 같이 변명한다.

> 희극작가가 훌륭한 기독교인이 될 수 없다는 증명을 저는 납득할 수 없습니다. 희극작가는 어리석은 악덕들을 우스꽝스런 측면에서 그리는 사람입니다. 기독교인이 어리석은 악덕에 대해 웃어서는 안 된다는 말씀이신가요? 어리석은 악덕들이 그토록 대단한 존경을 받아야 합니까? 성직자들이 읽을 뿐만 아니라 칭찬하지 않을 수 없는 희극을 만들겠다고 약속드리면 어찌하시겠습니까? 제 약속이 불가능하다고 생각하십니까? 자유신앙주의자, 아버님의 신분을[목사 - 필자] 경멸 하는 자들을 대상으로 희극을 만든다면 어찌하시겠습니까? 그러면 아버님께서 제게 내리시는 꾸중을 상당히 완화하실 것이라고 저는 확신합니다 (B 11/1, 24-5).

이 편지는 성직자를 경멸하는 자유신앙주의자, 무신론자를 풍자·조소하는 희극을 예고한다. 그리고 자유신앙주의자로 명명되는 아드라스트와 테오판(Theophan = 신의 전도자)이란 이름만 들어도 그 본질을 알 수 있는 목사를 대치시켜놓은 등장인물들의 배치는 그 예상을 더욱 조장한다. 그러나 막상 극이 시작되면 그 예상과 기대는 완전히 뒤집어진다. 성직자와 자유신앙주의자가 대치하고 있기는 하나, 이들 사이에 종교와 철학, 세계관에 관한 논쟁은 거의 벌어지지 않는다. 테오판은 자유신앙주의자를 기독교에 귀의시키거나 또는 웃음거리로 만들려고 하기는커녕, 오히려 성직자와의 접촉을 애써 피하려고 드는 아드라스트에게 우정을 강권하고, 그를 친구로 만들기 위해 온갖 노력을 기울인다.

『자유신앙주의자』는 『유대인들』과 여러 가지 공통점을 가지고 있다. 편견의 타파가 주제이고, 이를 실현하기 위해 편견의 대표자와 그 편견의 대상을 대치시키고 있으며, 그 대상의 실제 행동을 통해 편견이 옳지 않음을 보여주는 줄거리 등이 공통점이다. 그러나 『유대인들』이 유대 민족에 대한 편견을 문제 삼고 있는 것과는 달리, 『자유신앙주의자』에서 문제되는 것은 자유신앙주의자들에 대한 일반적인 편견이 아니라, 자유신앙주의자 아드라스트의 기독교 성직자 계급에 대한 편견이다. 뒤에 다시 상론하겠지만, 그의 성직자들에 대한 편견은 그의 자유신앙주의 사상에서 나오지 않고 질 나쁜 성직자들과의 쓰라린 경험에서 기인한다. 하지만 그는 테오판 목사에 대한 편견을 막무가내로 고집한다. 이것이 그의 비이성적인 결점이다. 아드라스트가 우스운 희극적 인물이라면, 자유신앙주의자이기 때문이 아니라 이 결점 때문이다. 이 결점을 제외하면 그는 도덕적으로 나무랄 데 없는 사람이다.

이 희극의 초안이 전해지고 있다. 그 속의 등장인물 목록은 아드라스트를 "종교가 없지만 덕성이 풍부한"(II, 651) 사람이라고 소개한다. 완성된 작품 속에는 이 설명이 들어 있지 않다. 이 설명이 삭제되었다고 해서 아드라스트의 성격에 변화가 있는 것은 아니다. 그는 기독교를 믿지 않지만 도덕과 미덕을 존중한다. 그는 지금까지 생활해 오면서 적지 않은 재산을 탕진했으나, 정직성의 계율을 어기고 남을 속이거나 또는 남에게 해를 끼치는 등 부도덕하거나 비열한 짓을 저지르지는 않았다. 그리고 그는 자신의 자유신앙주의 신념을 남에게 전파하려고도 하지 않는다. 이러한 그의 됨됨이는 그가 극의 대단원에서 잘못을 깨우치고 고치는 근거가 되며, 그의 개선에 신빙성을 부여한다[5].

5) W. Barner u. a.: 같은 책 132쪽 참조.

아드라스트는 앞에서 인용한 겔러트의 자유신앙주의자상에 전혀 맞지 않는 사람이다.

아드라스트는 종교에 대해 냉담하지만 적대적인 태도는 보이지 않는다. 그리고 테오판은 목사이지만 그의 자유신앙주의적 세계관을 존중한다. 이로써 제목과 이질적인 세계관을 가지고 있는 등장인물들의 배치로 인해 예상되는 자유신앙주의자와 기독교 교역자 사이의 대결은 이루어지지 않는다. 자유신앙주의 세계관과 기독교 세계관을 대치시켜 어느 한쪽, 특히 전자를 비판·풍자하는 것이 작가 레싱의 의도가 아님을 우리는 여기에서 알 수 있다. 앞에서 이야기한 바와 같이 이 희극의 제목은 자유신앙주의자를 조소하는 내용을 예상케 한다. 이 예상이 맞아떨어지려면, 일반 대중에게 널리 퍼진 부정적인 표상을 집대성한 자유신앙주의자가 주인공으로 등장해서 비이성적인, 그래서 어리석고 우스꽝스러운 행동을 반복해야 한다. 그러나 아드라스트는 자유신앙주의자이긴 하나 편견에 물들어 있는 대중이 일반적으로 생각하는 사람은 전혀 아니다. 그런 부도덕한 자유신앙주의자가 있다면, 그것은 아드라스트가 아니라 상전을 흉내내서 자유신앙주자로 행세하려고 드는 그의 시종 요한이다. 요한이 진짜 자유신앙주자가 아님은 구태여 말할 필요조차 없다. 다른 한편 일반화된 편견에 따라 자유신앙주자를 비방하고 매도하는 사람은 테오판 목사가 아니라 그의 어리석은 시종 마르틴이다. 제목과 등장인물들의 배치가 예상케 하는 자유신앙주의자와 기독교 성직자의 대립은 이렇게 주인공 차원에서 하인 차원으로 내려간다.

3. 요한 – 마르틴

남주인공들의 시종들은 그들의 상전들과 마찬가지로 대조적인 인물
로 설정되어 있다. 그들의 여성동료 리셋은 그들을 가리켜

> 한 쌍의 아주 귀여운 바보들이야. 아드라스트님의 요한과 테오판님의 마르
> 틴은 정말 상전들의 추악한 면을 본뜬 친구들이야. 전자는 자유신앙주의로
> 인해 건달이, 후자는 깊은 신앙심으로 인해 멍청이가 되었어 (I, 499)

라고 말한다. 그들은 각각 상전들이 진지하게 믿으며 옹호하는 입장과
견해의 추악한 반대 면을 보인다.

　요한은 자유신앙주의자를 상전으로 모시면서 자유신앙주의에 물
들었다. 그에게 어떤 사상적·철학적 토대가 있는 것은 물론 아니다.
그는 단지 상전을 모방하면서 자유신앙주의자인 척할 뿐이다. 그는 자
유신앙주의란 개념을 자신에게 편리할 대로 해석한다. 그것은 일반 대
중 사이에 널리 퍼져 있는 부정적인 표상과는 일치하나, 아드라스트가
이해하는 내용과는 천양지차가 있다. 그는 무신론자를 "지금 정직한
사람이 모두 유행에 따라 되어야 하는 강한 정신의 소유자"(I, 500)로
정의한다. 이 말대로 "유행에 따라" 무신론자, 자유신앙주의자로 행세
하는 그는 다음과 같이 부연한다.

> 우리는 모든 힘든 것을 적대시한다. 인간은 만족하고 또 재미있게 살기 위해
> 이 세상에 존재한다. 기쁨, 웃음, 여자와의 희롱, 술 마시기 등등이 인간의 의
> 무이다. 노고는 이러한 의무에 장애가 된다. 따라서 힘이 드는 일을 피하는
> 것이 필연적으로 인간의 의무이다 (I, 502).

그는 이 "의무"에 충실하다. 그는 또 철면피한 부도덕성, 성직자에 대한 적개심, 음주벽, 외국 숭배 경향 등등 위에 인용한 바 있는 겔러트의 자유신앙주의자, 무신론자의 부정적 표상에 꼭 들어맞는 요소들을 빠짐없이 갖추고 있다. 그뿐만 아니라 자신이 굉장히 똑똑하다고 믿는 그는 주제넘게 상전을 정신적으로 이끌고 있다는 과대망상에 빠져 있으며, 자신의 뻔뻔스러움을 진리애로 착각하고 있다. 간단히 말해 자유신앙주의는 요한의 머리를 돌게 하여, 그를 비열하고 파렴치한 행위를 자유신앙주의란 화려한 유행의 외투로 감추려는 건달로 만들어 버렸다. 그는 대중 사이에 보편화된 자유신앙주의자에 대한 편견에 딱 들어맞는 인물이다. 따라서 아드라스트는 정상적인 자유신앙주의자의 입장에서 자유신앙주의를 잘못 이해하고 나쁜 쪽으로 왜곡하는 시종의 행태를 비난하고, 주제넘게 상전과 맞먹으려고 하는 시종의 뻔뻔스러운 수작을 물리치지 않을 수 없다. "네가 자유신앙주의자로 행세하는 모양이구나? 모든 파락호들이 자유신앙주의자라고 나서는 것을 보면, 정신이 제대로 박힌 사람이면 누구나 구역질이 날 것이다"(I, 486).

다른 한편 요한은 그 나름대로 자유신앙주의 신념이 아직 상전의 의식 속에 굳건하게 뿌리내리지 못해서 상전의 신념과 행동이 일치하지 않는다고 생각한다. 채권자의 돌연한 출현으로 곤란한 처지에 빠진 아드라스트는 지푸라기라도 잡는 심정으로 시종에게 도움을 청한다. 자유신앙주의자가 신의 존재를 부정하는 사람이기 때문에 아무런 거리낌 없이 서명을 부인해도 된다고 믿는, 다시 말해 자유신앙주의가 무엇인지도 모르는 요한은 상전에게 차용증의 서명을 부인하라고 권한다. 기독교를 믿지는 않지만, 윤리적으로 나무랄 데 없는 아드라스트가 볼 때 하인의 이 조언은 마땅히 경멸해야 될 비열한 것이며, 동시에 자신을 모방해서 자유신앙주의자인 척 행세하는 하인의 행태는 불쾌하기 짝이 없다. 그래서 그는 하인의 "우애에 찬 충고"를 "네 형제들, 너와 같은 사람들에게나"(이상 I, 488) 주라고 물리치면서 자신과 시종 사이에 분명하게 경계를 긋는다. 그런데 요한은 아드라스트가 자신의 "충고"를 따르지 않는 것은 그의 자유사상주의가 튼튼하지 못해서 믿는 바를 행동으로 옮기지 못하기 때문이라고 생각한다.

상전이 본받아야 할 모범이라면, 하인은 상전의 일그러진 풍자화이다. 여기에서 풍자화가 모범의 말, 신념이 실제 행동과 일치하지 않는다고 판단해 모범을 비판하고 있다. 그러나 실제로 풍자화의 판단은 옳지 않으며, 그 오판은 모범의 건전한 도덕관을 이해하지 못하는 풍자화의 부도덕성을 입증하는 것에 불과하다. 아드라스트는 주제넘게 상전을 이끌고 지도하겠다고 나서는 하인의 뻔뻔스러운 무례를 단호하게 뿌리친다. 여기에서 이 희극의 한 중심문제가 드러난다. 비록 기독교를 믿지 않지만 도덕률을 따르는 아드라스트는 자유신앙주의라는 가면 뒤에서 자행되는 부도덕하고 파렴치한 행위를 비난하고 분명한 거리를 둠으로써 이 희극의 비판 대상에서 벗어난다.

요한과 대조되는 인물은 테오판의 시종 마르틴이다. 이 두 시종 그리고 리셋까지 등장하는 2막5장은 관객에게 웃음을 제공할 뿐만 아니라, 이 희극의 주제와 관련하여서도 중요한 의미를 갖는다. 마르틴은 너무나 어리석고 멍청하며 미신적인 사람이라, 그의 돈독한 믿음이 교회에 득이 되지 않고 오히려 해를 끼친다고 말해야 할 것이다. 자유사상주의자에 대한 극단적인 선입관이 그의 입에서 거침없이 흘러나온다. 그는 무신론자가

지옥에 있는 악마의 거처에서 산채로 불타고 있는 괴물, - 지구의 페스트, - 역겨운 인간, - 짐승보다 더 어리석은 짐승, - 인간의 영혼을 잡아먹는 놈, -

반기독교인, - 끔찍한 괴물 - (I, 500)

이라고 말한다.

유대배척주의 경우와 마찬가지로 이런 미신적인 편견을 만들어내는 것은 교회이다. 마르틴처럼 어리석고 판단력이 부족한 대중은 그것을 무비판적으로 받아들여 항간에 퍼뜨린다. "지옥이 이 세상의 지혜와 부정한 교접을 통해 낳은 기형아, [...] 그것이 무신론자야. 우리 목사님께서 그렇게 말씀하셨어. 목사님은 커다란 책들을 통해 그걸 아시거든." 어리석은 마르틴은 목사의 말을 곧이곧대로 믿는다. 무신론자로 자처하는 요한은 이 말을 듣고 마르틴에게 "한번 냄새맡아봐. 내 몸에서 타는 냄새가 나느냐"(이상 I, 500)고 묻는다. 마르틴은 몸에서 타는 냄새가 나지 않기 때문에 요한을 무신론자로 인정하지 않아 그의 자존심을 상하게 한다.

이 두 시종의 역학관계를 살펴보면, 처음에는 무신론자로 자처하는 요한이 똑똑한 척 우쭐대면서 어리석고 미신적인 마르틴을 놀리고 조롱한다. 요한은 신뿐만 아니라 악마의 존재도 부정하면서 이렇게 말한다. "자, 봐라 - 나는 - 악마가 존재한다면 당장 눈이 멀어도 좋아." 그 순간 리셋이 숨어 있던 곳에서 뛰어나와 등 뒤에서 요한의 눈을 가린다. 그러자 그는 벌을 받아 눈이 멀게 되었다고 믿는다. "아이고! 내가 벌을 받았구나. 그런데 너는 나를 비웃을 수 있니? 도와줘, 마르틴, 도와줘! - (무릎을 꿇으면서) 기꺼이 개종하겠어!"(이상 I, 504) 이제 이들의 위치가 역전된다. 조소하던 자가 조소당하는, 속이려던 자가 속임을 당하는, 동정하던 자가 동정을 구하는 입장으로 뒤바뀌고 무신론자라고 허풍떨던 자가 미신적인 인간임이 드러난다. 목사의 말을 무비판적으로 받아들이는 어리석은 마르틴과 "유행에 따라" 무신론자로 행세하는 뻔뻔스러운 요한은 난형난제로 모두 관객의 웃음을 사기에 부족함이 없다. 마르틴이 말하는 무신론자의 상은 기독교가 지배하던 중세에서 전승된 것이다. 중세의 편견이 18세기에도 그대로 살아 있으니 얼마나 어처구니없는 일인가[6].

희극제목과 등장인물들의 배치에 의해 예견되는 자유신앙주의자와 기독교 교역자 사이의 대결은 이와 같이 하인들의 차원으로 내려와 전도된 형태로 이루어진다. 여기에서 충돌하는 것은 대립되는 종교관, 세계관이 아니라 마르틴의 입에서 흘러나오는, 세상에 널리 퍼진 자유신앙주의에 대한 편견 그리고 요한이 선보이는 엉터리 자유신앙주의이다. "멍청이"뿐만 아니라 "건달"도 거부되고 웃음거리가 된다. 이를 통해 작가 레싱은 자유신앙주의에 대한 야만적이고 미신적인 편견과 더불어 방탕하고 비열하며 부도덕한 행실을 자유신앙주의라는 유행의 외투로 숨기려는 자들의 탈선을 비판한다. 하지만 이 이중의 비판이 이 희극의 메시지 전부는 아니다. 왜냐하면 모범적인 인물 테오판은 말할 것도 없고 시종으로부터 분명한 거리를 두는 아드라스트도 이 비판에서 제외되기 때문이다. 보다 중요한 메시지가 무엇인지는 두 남주인공의 관계에서 밝혀질 것이다.

4. 아드라스트 - 테오판

이 희극의 두 남주인공 가운데 하나는 자유신앙주의자이고 다른 하나는 기독교 성직자이다. 앞에서 설명한 바와 같이 자유신앙주의는 기독

---

6) Helmut Göbel: Bild und Sprache bei Lessing. München 1971, 76쪽 참조.

교와는 다른, 심한 경우 기독교를 적대시하는 사상이다. 이들은 이질 적인 세계관으로 인해 각각 상대에게 편견을 가지고 있다. 다시 자세 히 언급하겠지만 아드라스트는 성직자들을 이기적이고 오성을 부정 하는 위선자라고 간주한다. 그리고 테오판도 아드라스트 개인은 좋게 보고 그의 우정을 얻으려고 노력하기는 하나, 자유신앙주의 자체는 이 기적이고 도덕적으로 타락한 사상이라고 보고 있다. 현저하게 정도의 차이가 있지만 서로 상대를 잘못 판단하는 것이 이들의 편견이다. 레 싱은 이 두 입장을 모두 문제시한다. 레싱은 편견이라는 문제를 이론 적으로 다루려는 것이 아니라 희극에 담으려 하기 때문에 자유신앙주 의 또는 기독교의 이념적 내용을 다루지 않고, 양 진영의 대표자를 한 명씩 등장시켜 서로 관계를 맺을 수밖에 없는 상황을 설정한다. 편견 이란 문제를 개념 정의 차원에서 일상생활, 인간관계의 영역으로 끌어 오는 것이다[7]. 두 남주인공이 철학적 논쟁을 벌이지 않는 것은 이 때문 이다.

자유신앙주의는 종교 분야에서도 이성을 내세우는 사상이므로 합 리주의에 속한다. 아드라스트는 합리주의자로서 냉철한 이성에만 의 지해 현실을 인식하고 진리를 찾으려 한다. 그는 인간의 사고를 흐리 게 하는 감정을 배제하며, 이성이 지배하는 곳에서만 윤리적 순수성이 유지된다고 믿는다. 이에 반해 테오판은 인간의 영혼을 다스리는 목사 로서 이성보다는 감성을 중시한다. 따라서 이들의 관점은 서로 대립된 다. 그러나 이들 사이에 철학적 · 세계관적 논쟁은 일어나지 않는다. 아드라스트가 자신의 신념을 남에게 전파할 의사를 가지고 있지 않은 것과 마찬가지로 테오판도 자유신앙주의자를 설득해서 기독교로 전

---

7) Wolfgang Albrecht: Gottho d Ephraim Lessing. Sammlung Metzler Bd. 297. Stuttgart/ Weimar 1997, 5-6쪽 참조.

향시키려 하지 않고, 오히려 그의 감성을 근거로 하여 그의 우정을 얻으려 하기 때문이다. 그런데 이들은 각각 우정과 애정 문제에 있어서 자신들의 사상적 관점에서 벗어나 상대방의 입장을 취한다.

아드라스트는 우정을 "성격의 일치, 정서의 천부적 조화, 은밀한 상호간의 인력, 똑같이 생각하고 똑같은 것을 원하는 두 영혼을 연결하는 눈에 보이지 않는 사슬"(I, 479)이라고 말한다. 이것은 이성이 아니라 감성에 입각한 우정관이다. 우정을 순수한 감정의 끌림에서 발생하는 우연한 애착으로 정의함으로써 오성의 옹호자임을 자처하는 아드라스트가 사실은 감성의 추종자임이 드러난다. 테오판은 합리주의자의 이러한 자가당착을 아드라스트가 반박할 수 없을 만큼 논리정연하게 지적한다. 그렇지만 테오판도 그런 "맹목적인 애착"이 아니라 "피차간에 완전무결함을 인식한 연후에 나타나는, 천성에 의해 조종되는 것이 아니라 천성 자체를 조종하는 우정"(이상 I, 479/80)이 진정한 우정이라고 정의함으로써 자신의 기본 관점에 대한 모순에 빠진다.

여기에서 인간애의 한 구체적인 행동양식으로서 레싱의 전 작품에 걸쳐 중요한 의미를 갖는 우정이 명백히 정의된다. 참된 우정은 상호간에 상대의 "완전무결함"을 인식한 연후에 생성된다는 것이다. 그러므로 인간은 "완전무결해"야 우정을 줄 수도 또 얻을 수도 있다. 어떤 인간이 우정을 주고받을 수 있는 자격은 그의 "완전무결함"에 비례한다. 따라서 참된 우정은 인간을 "완전무결함"으로 이끄는, 다시 말해 교육 기능을 갖는다. 따라서 테오판이 무작정 아드라스트에게 우정을 제안하는 것은 아니다. 그에게서 "고귀하고 위대한 모든 것으로 발전할 싹"(I, 477)을 발견했기 때문에 우정을 제안하는 것이다. 다른 한편 아드라스트는 테오판의 정직성을 확신하기 전에는 그 우정 제안을 받아들일 수 없다.

아드라스트가 합리주의자로서의 기본 입장과는 달리 감성에 입각한 우정관을 표방하는 한편, 테오판은 아주 논리정연하게 그의 모순점을 지적한다. 그리고 아드라스트는 테오판의 논리에 논리적이 아니라 감정적으로 대응한다. 이와 같이 이들은 서로 자신의 기본적인 입장을 떠나 상대방의 관점을 취한다. 아드라스트의 애정이 그와 성향이 같은 헨리엣이 아니라 성향이 전혀 다른 율리아네에게 쏠리는 것도 오성이 아니라 감성에 따른 결과이다. 방향은 다르지만 동일한 현상이 테오판에게서도 발견된다. 이와 같이 서로 대립되는 입장에 서 있는 이들은 서로 접근한다. 이것은 우리에게 머리와 마음, 이성과 감성 그 어느 것도 홀로 인간을 지배하지 않는다는 사실을 알려준다. 다시 말해 오성과 감성이 상호 보완하고 조화를 이루어야 된다는 것이다. 레싱은 이성과 감성의 조화를 이상적인 인간의 조건으로 본다. 이성과 감성의 조화는 짝 바꾸기로써 구체화된다. 이로써 "감성은 논리적 근거를 받아들이지 않고 [...] 오성으로부터 독립을 주장한다"(I, 545)는 테오판의 말처럼 초기 계몽주의의 두드러진 특징인 이성의 절대우위가 무너지며, 이성의 영향을 받지 않고 오로지 감성에 근거한 애정이 나타나게 된다.

이미 언급한 바와 같이 아드라스트는 "종교가 없지만 덕성이 풍부한" 사람이다. 신앙심이 돈독한 율리아네는 "그의 명예와 자연스런 정의에 관한 견해"(I, 493)가 훌륭함을 강조한다. 물론 그에게도 결점이 없는 것은 아니다. 그는 합리주의자로서 "수많은 사례를 통해"(I, 477) 개념을 추출하고 그것을 토대로 논리체계를 세우며 그 바탕 위에서 주변세계와 관계를 맺는다. 그런데 아드라스트가 논리적인 법칙에 따라 명백한 경험들로부터 추출한 인식을 절대시하면서, 새로운 경험을 통한 검증이 불필요하다는 입장을 고집하는 데에서 문제가 발생한다.

진리가 자기 쪽에 있다고 믿는 그는 자신과 견해를 달리하는 사람들에게 오만하고 배타적인 태도를 취한다. 그의 이런 성향은 성직자들에 대한 편견으로 구체화된다. 비관용적인 태도는 원래 희극에서 성직자의 특성으로 나타나는 것이 일반적인데, 이 희극에서는 정반대로 나타난다.

아드라스트는 여러번 기독교 교역자들에게, 그것도 가까운 친척관계의 교역자들에게 사기를 당했다. 이 불행한 체험들은 목사들이 "돈독한 신앙심을 내세우기 위해 열정을 가급적 숨겨야 하고, 처음에는 잘 보이려고 위선을 배우다가 마침내 위선을 제2의 천성으로 갖게 되는 사람들"이라는 논리화, 일반화의 과정을 거쳐 "교활한 목사 나부렁이"(이상 I, 543)라는 편견으로 굳어 버린다. 그러나 그의 편견은 그의 자유신앙주의 사상이 아니라 그의 불행한 체험에서 기인하는 개인적인 것으로, 무신론자들에게서 일반적으로 발견되는 - 예컨대 요한의 입에서 흘러나오는 - 성직자들에 대한 적개심과는 뚜렷이 구별된다. 그런데 문제는 그의 성직자 계급에 대한 일반적인 선입견이 그의 상대역 테오판에 대한 개인적인 적개심으로 변질·심화되는 데에 있다. 여기에서 결정적인 작용을 하는 것은 질투심이다. 첫눈에 그의 온 마음을 사로잡은 율리아네가 이미 목사와 약혼한 사이이며, 그 자신은 마음이 끌리지 않는 그녀의 여동생으로 만족할 수밖에 없는 불운한 상황이 가는 곳마다 성직자들에게 당한다는 그의 피해의식을 새롭게 하고 그의 질투심에 불을 지른다. 리지도어의 집에서 그가 맞닥뜨리고 또 그가 독자적으로 타개할 수 없는 그 불운과 그에 의해 촉발된 질투심이 그로 하여금 테오판을 연적으로 보게 하고, 이 선입견이 그의 상대역에 대한 태도를 결정짓는다. 이로써 이성의 신봉자로 자처하는 아드라스트가 이성이 아니라 감정의 지배를 받고 있음이 명백해진다.

이런 상황에서 아드라스트가 테오판의 우정 제의를 받아들일 수 없음은 자명하다. 희극에 등장하는 성직자가 일반적으로 편협하고 배타적이며 비관용적인 인물로 그려지는 것과는 반대로 테오판은 포용적이고 유연한 정신의 소유자이다. 그는 인간의 겉으로 드러나는 주의 주장과 태도를 실제적인 본성과 구별하는 안목을 가지고 있다. 그래서 그는 아드라스트의 본심이 그의 오만하고 냉소적인 태도와는 달리 착하다는 것을, 그리고 아드라스트가 지금 자신에 대해 경멸하는 태도를 고집하는 까닭은 이성에 따라야 한다는 생각에 집착한 나머지 자연스러운 감정을 배제하기 때문임을 꿰뚫어본다. 이런 인식의 바탕 위에서 테오판은 무슨 대가를 치르고서라도 아드라스트의 편견과 고집을 꺾어 그를 친구로 만들려고 한다.

테오판은 혈기왕성하고 자유분방한 젊은이가 자유신앙주의에 끌리는 것은 자연스러운 현상이며, 그런 상태가 지속되는 것은 "오성이 일정한 성숙 단계에 도달하고 끓어오르는 피가 냉각될 때까지"라고 생각한다. 그는 "아드라스트가 지금 바로 그러한 위험한 시점에 처해 있다"(이상 I, 507)고 판단한다. 그래서 그는 아드라스트를 바른 길로 이끄는 유일한 방법은 아라스페의 주장처럼 가혹함이 아니라 관용이라고 생각한다. 그에 따라 테오판은 대범하고 친절한 태도로 일관한다.

그러나 그의 접근 시도는 오히려 아드라스트의 불쾌감만을 가중시킬 뿐이다. 테오판의 의연하고 관대한 태도, 정중한 친절은 선입견으로 눈이 가려 상황을 제대로 보지 못하는 아드라스트를 더욱더 냉소적으로 만드는 결과를 초래한다. 아드라스트는 상대가 종교를 미신이라 경멸하고 성직자를 곱게 보지 않는 자유신앙주의자임을 알면서도, "오로지 보다 확실하게 쾌락을 좇을 수 있기 위해 종교에서 이탈하려고 하는" "탕아", "악마의 화신"(이상 I, 477)이라 비난하지 않고, 오히려 감정에 호소하면서 우정을 제안하는 목사를 위선자, "오성을 부정하는 어리석은 자"(I, 480)로 간주할 뿐만 아니라, 그의 친절한 언행이 가식이며 그 뒤에 음흉한 저의가 감추어져 있다고 의심한다. 아드라스트의 "추상적 합리주의"가 현실을 직시하지 않고 단지 논리적으로 유추함으로써 현실을 바로 판단하지 못하는 우를 범하고 있는 것이다[8]. 논리만을 내세우는 일방적인 합리주의의 오류에 대한 비판이 『젊은 학자』의 다미스에서 시작해 『여성 증오자』의 붐스헤터를 거쳐 아드라스트로 이어지고 있다.

성직자 계급에 대한 편견과 율리아네에 대한 열렬한 그러나 가망 없어 보이는 사랑으로 인한 질투심이 상승작용을 하여 아드라스트의 눈을 가린다. 그리하여 그는 상황을 올바르게 판단하지 못하고, 테오판을 따르뛰프와 같은 위선자라고 의심한다. 그의 의심은 그의 채권자이자 테오판의 사촌인 아라스페의 돌연한 출현으로 더욱 커진다. 그는 아라스페의 출현이 테오판의 사주에 의한 것이라고 지레짐작한다. 그는 테오판이 그의 파멸을 획책하고 있다고 믿으나, 역으로 테오판에 의해 파멸로부터 구출된다. 테오판의 넓은 아량은 그의 이해력과 상상력을 초월한다. 그는 그것을 음흉한 저의를 숨기는 교활함의 극치라고 오해한다. 이렇게 아드라스트는 감성을 배제하고 이성에만 따르려는 사고체계에 갇혀 현실을 제대로 파악하지 못하고 오판함으로써, 그리고 남의 말을 곧이곧대로 듣지 않고 자신의 사고체계에 억지로 뚜드려 맞추고 자의적으로 해석하며 듣고 싶은 것만 들음으로써 스스로를 고립시켜 주변세계로부터 소외당하는 결과를 자초한다. 아드라스트는

---

8) W. Barner u. a.: 같은 책 128쪽 참조.

"자유롭게, 즉 선입견 없이 생각하고 행동하는 사람"이라는 자유신앙
주의자의 정의와는 반대로 선입견 때문에 판단력이 흐려진 부자유한
인간이다[9]. 따라서 이 희극이 비판하려는 것은 자유신앙주의 그 자체
가 아니라, 타인들과의 의사소통을 어렵게 만드는 아드라스트의 일방
적인 합리주의적 사고 방식과 거기에서 유래하는 선입견이다[10]. 선입
관에 따라 행동해서는 안 된다는 것과 아울러 남의 행동을 간단히 선
입관에서 나온 것으로 예단해서는 안 된다는 교훈을 우리는 얻을 수
있다[11]. 그런데 이 선입견은 자유신앙주의의 절대적인 요건이 아니다.
그는 결국 자신의 현실적인 문제를 자력으로 해결할 수 없는 상태에
빠진다.

아드라스트가 귀납적으로 얻은 개념들을 진리라 믿고 절대시하는
것과는 달리, 테오판은 그 개념들이 검증을 받아야 하는 가설이라고
생각한다. 그래서 그는 아드라스트에게 자기를 친구로 삼을 수 있는
지 검증해 보라고 제안한다. 그러나 그런 검증이 불필요하다고 생각하
는 아드라스트는 그 제안을 받아들이지 않고 테오판을 의심한다. 이
의심은 위에서 이미 살펴본 바와 같이 일차적으로 아드라스트의 선입
견과 질투심에서 비롯된다. 하지만 완전히 솔직하다고는 할 수 없는
테오판의 태도도 아드라스트의 의심을 부추기는 데 일정한 역할을 한
다고 말하지 않을 수 없다. 다시 말해 테오판은 결정적인 순간까지 자
신의 짝으로 내정된 율리아네가 아니라 헨리엣을 사랑한다는 속내를
드러내지 않고 숨긴다. 아무리 대범하다 해도 자기의 약혼녀를 사랑한
다고 말하는 다른 남자에게 변함없이 아량이 넘치고 호의적인 태도를

9) Marion Gräfin von Hoensbdech: Die List der Kritik. Lessings kritische Schriften und Dramen. München
    1976, 116쪽 참조.
10) W. Barner u. a.: 같은 책 128쪽 참조.
11) W. Albrecht: 같은 책 6쪽 참조.

취하며, 심지어 웃으면서 약혼녀를 양보하겠다고 하는 사람이 어디 있겠는가. 그런 태도는 불편한 본심을 숨기는 가식, 위장으로 의심받을 소지가 다분히 있다. 특히 그 동기를 모르는 사람은 그렇게 의심하기 십상이다.

이런 여러 요인들로 인해 아드라스트는 테오판의 호의와 친절을 점점 더 의심하게 된다. 그가 끈질기게 경멸적이고 냉소적인 태도를 고수하자, 테오판은 그를 친구로 만들려는 목표의 달성이 불가능한 것이 아니냐는 회의를 하게 되고, 마침내 그에게 화를 낸다. 그러자 아드라스트는 테오판이 감정을 솔직하게 표현할 줄도 아는 인간이라고 생각하게 된다. 테오판의 정직성을 인정함으로써 그의 테오판에 대한 태도가 달라지고 마음이 열리기 시작한다. 테오판은 마침내 헨리엣을 사랑한다고 고백한다. 그리고 이것은 아드라스트의 오해와 편견을 풀어주는 결정적인 계기가 된다. 지금까지 아드라스트가 테오판을 오해하고 의심한 근본적인 원인은 테오판 때문에 사랑하는 율리아네와 결합할 수 없다는 지레짐작이다. 이 지레짐작에 근거한 피해의식이 테오판을 만나기 이전부터 그의 의식 속에 깊이 뿌리내리고 있는 성직자 계급에 대한 편견과 상승작용을 일으켜서 그로 하여금 목사의 일거수일투족을 모두 의심하고 곡해하게 만들었던 것이다. 테오판의 고백은 단숨에 오해의 뿌리를 뽑아낸다. 사랑하는 율리아네와 결합할 수 있는 가능성을 뚜렷이 인식하는 순간 아드라스트는 편견이란 "색안경"(I, 546)을 벗고 테오판을 바라보게 되고, 그에 따라 그를 오해한 잘못을 인정한다. "맙소사, 테오판, 내가 당신과의 관계에서처럼 어디에서나 실수한다면, 나는 어떤 인간, 얼마나 혐오스런 인간이란 말입니까!"(I, 555)

아드라스트와 테오판의 관계를 중심으로 살펴보면『자유신앙주의자』가 그 당시 유행하던 한 희극의 유형을 뒤집는 것임을 알 수 있다. 몰리에르의 『타르튀프』를 모델로 하여 독실한 신앙심을 가면으로 내세워 음흉한 속셈을 차리려는 위선자를 풍자하는 일련의 희극이 발표되었다. 아드라스트는 처음에 테오판을 타르튀프와 같은 위선자라고 의심한다. 그러나 그의 의심은 성직자 계급에 대한 편견, 연적에 대한 질투심, 테오판과 빚쟁이의 인척관계 등등 그에게 불리한 여건의 우연한 중첩으로 인해 그의 판단력이 흐려진 데에서 기인한다. 테오판의 진심은 결국 그의 의심과 편견을 극복한다. 이런 의미에서 우리는 이 희극을 "반타르튀프"[12]로 볼 수 있다. 여기에서 우리가 주목해야 할 점이 있다. 그것은 테오판이 "훌륭한 기독교도로서가 아니라 훌륭한 인간으로서"[13] 아드라스트의 마음을 얻는다는 사실이다.

　　자유신앙주의와 기독교는 적대적인 관계이다. 『자유신앙주의자』에는 양 진영의 대표자가 한 명씩 등장한다. 하지만 이들은 각각 자기 진영의 예외적인 인물이다. 아드라스트는 종교가 없는 자유신앙주의자이지만 덕성이 풍부한 사람이고, 테오판은 목사이면서도 비신자를 용납하는 사람이다. 이들은 편견을 극복하고 친구가, 동서가 되며 편견이 없는 인간관계를 맺는다. 이들은 각각 자신의 원래 생각을 그리고 부분적으로 사상을 수정한다. 그러나 그들의 세계관은 버리지 않는다. 이들은 각각 열린 마음과 깨인 정신을 가지고 있는 모범적인 사람들이라 그들의 세계관을 버릴 필요가 없다. 아드라스트는 자유신앙주의자로서 감수해야 했던 사회적 고립 상태에서 구제되어 최소한 이 희극에서는 사회에 통합된다[14].

---

12) Walter Hinck: Das deutsche Lustspiel im 18. Jahrhundert. In: Das deutsche Lustspiel, hrsg. v. Hans Steffen. Göttingen 1968, Bd. 1, 21쪽.

13) Erich Schmidt: Lessing. Berlin 1909, Bd. 1, 146쪽.

14) W. Albrecht: 같은 책 7쪽 참조.

5. 짝 바꾸기

남주인공들과 마찬가지로 여주인공인 두 자매도 이성과 감성에 의해 구별된다. 이 자매의 부친 리지도어는 유유상종의 원칙에 따라 "타고난 목사부인" 율리아네를 목사 테오판과 그리고 "아름답고 쾌활하고 기민한"(이상 I, 483) 헨리엣을 야생마 아드라스트와 짝 지우려고 한다. 그러나 극이 진행되면서 네 당사자 모두 자신에게 정해진 짝이 아니라 다른 사람의 짝을 사랑하고 원한다는 사실이 드러난다. 이것은 희극에서 종종 사용되는 모티프로 혼란을 야기하고 웃음거리를 제공한다. 아드라스트는 첫눈에 율리아네에게 반한다. 그러나 그녀는 이미 테오판과 약혼한 상태이다. 그는 성직자 계급에 대한 선입견과 질투심 때문에 현실을 제대로 파악하지 못한다. 이런 상황에 처해 몹시 괴로워하는 아드라스트는 자신의 냉소적이고 경멸적인 태도에도 불구하고 테오판이 대범하게 호의적인 태도로 일관하는 것은 목사와 율리아네 사이의 애정이 확고해서 그들 사이에 아무런 문제가 없기 때문이라고 생각한다. 그래서 그는 자신의 경우와 마찬가지로 테오판도 짝으로 정해진 율리아네가 아니라 헨리엣에게 마음이 끌리고 있다는 사실을 알아차리지 못한다.

이와는 달리 테오판은 편견이 없고 자유롭게 사고하며 현실을 막힘 없이 바라보기 때문에 아드라스트의 심적 갈등을 간파한다. 그리고 테오판 자신도 약혼녀 율리아네에게 애정이 아니라 존경심을 느끼며, 그 "존경심을 사랑으로 변화시키려고"(I, 545) 나름대로 노력했으나 결실을 얻지 못했을 뿐만 아니라, 헨리엣에게 끌리는 마음을 억제하지 못한다. 이로써 애정은 합리적으로 설명할 수 없고 또 이성이나 윤리에 의해 조종되지 않는 개인적인 감정이라는 사실이 분명하게 드러난다. 이런 애정관은 예컨대 겔러트의 감동희극에서처럼 도덕성이 사랑의 동기로 작용하는 초기 감상주의 애정관에 비해 진일보한 것이다[15]. 이런 상황에서 그는 율리아네 역시 비슷한 노력을 기울이고 있음을 알아차리고 내심 쾌재를 부른다. 이렇게 약혼자 두 쌍의 애정이 서로 엇갈리고 있는 복잡미묘한 관계를 꿰뚫어보는 유일한 인물은 테오판이다. 하녀 리젯은 막연히 짐작할 따름이다.

따라서 서로 사랑하는 사람들끼리 결합하여 행복을 누릴 수 있도록 은밀하게 일을 꾸밀 수 있는 사람은 테오판 밖에 없고, 그는 기꺼이 그 일을 떠맡는다. 무엇보다도 그 자신의 행복이 달려 있기 때문이다. 그 일은 그가 아드라스트와 율리아네의 결합에 방해가 되는 걸림돌이 아님을 그들에게 넌지시 암시하는 것으로 시작된다. 그러나 그 암시는 아드라스트의 "색안경"이란 장벽, 즉 편견을 뚫지 못한다. 그러자 그는 아드라스트에게서 "색안경"을 벗겨내려고 노력한다. 아드라스트에게 자신의 본심을 알리려는 것이다. 그것은 아드라스트뿐만 아니라 그 자신의 행복에 결정적인 의미를 갖는다. 그들이 각각 상대방의 약혼녀를 사랑하기 때문에 그들의 행복은 분리할 수 없이 얽혀 있다. 따라서 아드라스트의 행복을 위하는 것처럼 보이는, 그래서 아드라스트의 오해를 야기하는 테오판의 아량이 넘치고 희생적인 행동이 추구하는 궁극적인 목표는 그 자신의 행복, 즉 헨리엣과의 결합이다. 그가 이기적이었음을 고백하는 것은 바로 이 때문이다. 이로써 테오판이 아드라스트에게 보인 관용과 희생이 절대적이 아니라 상대적임이 드러나며, 이는 아드라스트의 자유신앙주의 세계관이 그의 훌륭한 도덕성에 의해 상대화되는 것과 맥을 같이한다.

---

15) Jutta Greis: Drama Liebe. Zur Entstehungsgeschichte der modernen Liebe im Drama des 18.Jahrhunderts. Stuttgart 1991, 40쪽 참조.

리지도어의 두 딸도 혼란으로부터 벗어나지 못한다. 부친의 계획에 어긋나는 그들의 은밀한 애정은 각각 상대방의 약혼자를 두둔하는 데에서 간접적으로 드러난다. 언니나 동생이 자신의 약혼자를 비난하면, 다른 쪽이 그를 두둔하고 나섬으로써 이 두 자매 사이에 종종 설전이 발생한다. 이것을 리젯은 "새로운 유형의 말다툼"(I, 491)이라고 날카롭게 꼬집는다. 거듭되는 이 설전은 관객의 웃음을 자아낸다. 이로써 하인들의 장면에서만 웃음이 나타난다는 종래의 평이[16] 옳지 않음을 지적하지 않을 수 없다. 그밖에 리지도어가 등장하는 장면들도 관객의 웃음을 자아내기에 충분하다.

혼란은 이것으로 끝나지 않는다. 헨리엣은 아드라스트에게 마음이 끌리지는 않지만, "동일한 사상을 가짐으로써"(I, 526) 그의 호감을 얻기 위해 그의 냉소적인 태도를 모방한다. 그러나 그녀의 노력은 오히려 역효과를 나타내 그의 호감이 아니라 거부감을 불러일으킨다. 이러한 아드라스트의 반응은 그 자신의 태도와 모순된다. 그리고 "헨리엣의 입은 그 어떤 것도, 이 세상에서 그녀에게 가장 성스러워야 할 것까지도 존중하지 않아요. 의무, 미덕, 예의범절, 종교 등등 모든 것이 그녀의 조소거리가 됩니다"(I, 526)라는 그의 말은 헨리엣에게보다 오히려 그 자신에게 해당된다. 이 말은 그의 내적 상태에 대한 무의식적인 분석이다[17]. "당신이 그런 평을 할 제일 마지막 사람일 것 같은데요"(I, 526)라는 율리아네의 말은 그의 자가당착을 꼬집는 것이다.

『자유신앙주의자』의 전체 줄거리는 애정이 서로 엇갈리고 있는 두 쌍의 남녀에게 제 짝을 찾아주는 것이며, 이는 짝 바꾸기로써 이루어

---

16) 예컨대 W. Barner u. a.: 같은 책 131쪽 참조.
17) Albert M. Reh: Die Rettung der Menschlichkeit. Lessings Dramen in literaturpsychologischer Sicht. Bern 1981, 130쪽 참조.

진다. 짝 바꾸기는 유유상종이 아니라 이질적인 것들이 서로 끌어당기는 친화력(Wahlverwandtschaft)의 원리를 따르는 것이다. 리지도어에게 친화력의 원리가 낯선 것이 아니라는 사실은 극의 서두에서 발견된다. 아드라스트는 자신과 테오판의 차이를 "낮과 밤"의 차이로 비유한다. 리지도어는 이 양극을 접근시켜 "쾌적한 어스름"(이상 I, 482)으로 만든다. 여기에서 이미 이 희극의 결말이 암시되고 있다. 이것은 이 장면의 서막(Exposition)적 기능에 부합된다. 대단원에서 리지도어가 유유상종의 원칙을 버리고 친화력의 원리를 인정해 짝 바꾸기가 이루어지고, 이로써 희극의 좋은 결말이 마련된다.

6. 양자긍정의 관용과 전형희극의 극복

이 짝 바꾸기는 리첼이 레싱적 사고의 기본유형이라 일컫은 양자긍정(sowohl-als auch)[18]에 따르는 것으로 종합하는 기능을 갖는다. 다시 말해 당사자들은 각각 자신과 극을 이루는 반려자를 맞이하여, 즉 이성은 감성과 그리고 감성은 이성과 결합하여 이상적인 조화를 이루게 된다. 인간은 이성과 감성으로 이루어진 존재이다. 이 두 요소가 어느 한쪽으로 치우치지 않고 조화를 이루어야 이상적인 인간이 된다. 인간 사회는 유신론자뿐만 아니라 무신론자 -『유대인들』에까지 확대 적용하면 - 기독교도와 유대인으로 구성된다. 이성과 감성이 조화를 이루어야 이상적인 인간이 되는 것과 마찬가지로 종교를 가진 사람과 안 가진 사람, 기독교도와 유대인들이 서로 화합하고 조화를 이루어야 이

---

18) Wolfgang Ritzel: Gotthold Ephraim Lessing. Stuttgart 1966, 154쪽 참조.

상적인 사회가 이룩된다. 따라서 사회의 모든 구성원들은 각자의 종교
관, 소속 종파, 민족 감정을 떠나 상호 이해하고 관용해야 된다. 인간의
행복한 공동생활을 위해 중요한 것은 개개인의 종교관, 소속 종파나
민족이 아니라 인간적 자질, 인간성, 인품이다. 이것이 바로 이 희극이
갖는 깊은 의미이자 우리에게 주는 메시지이다. 이제 테오판과 아드라
스트는 단순한 친구가 아니라 동서라는 인척관계로 맺어지게 되고, 그
들 사이의 대립과 마찰이 사라질 것이다[19]. 이질적인 사상을 가지고 있
는 테오판과 아드라스트가 한 가족이 된다는 것은 온 인류가 하나의
공동체, 한 가족임을 의미하며, 이는 『현자 나탄』에서 보다 분명하게
나타난다.

이미 언급한 것처럼 레싱이 의도하는 바가 자유신앙주의자와 기독
교 교역자를 대립시켜 그중 어느 한쪽을 웃음거리로 만들려는 것이
아니기 때문에 남주인공들 사이에 종교에 관한 신학적, 철학적 논쟁은
거의 벌어지지 않는다. 비종교적 세계관과 기독교 세계관의 비교 · 분
석은 토론의 대상이 아니다. 이미 누차 언급했지만 아드라스트는 기독
교 교역자들에 대해 편견을 가지고 있다. 그는 성직자 계급이 일반적
으로 이기적이며 오성을 부인하는 위선자라고 비난한다. 그러나 성직
자들의 모든 활동이 인류에 대한 사기라는 반종교적인 철학자들의 주
장을 그는 입에 담지 않는다. 다른 한편 아드라스트는 모든 자유신앙
주의자들이 부도덕하다는 세간의 편견이 옳지 않음을 보여준다[20].

자유신앙주의자를 웃음거리로 만드는 것은 사회적으로 정당한 대
접을 받지 못하고 억압당하는 소수 국외자 집단의 어려움을 이해하고,
그들의 권리를 찾아주려고 노력한 관용주의자 레싱이 염두에 두었던

19) W. Barner u. a.: 같은 책 132쪽 참조.
20) W. Albrecht: 같은 책 6쪽 참조.

것과는 거리가 멀다. 레싱의 의도는 인간다운 인간의 유일한 자질, 즉 훌륭한 인간성과 도덕성이 종교와 무관함을 보여주는 것이다. 이로써 우리는 이 희극이 『유대인들』보다 한 걸음 더 나아가고 있음을 알 수 있다. 『유대인들』에서 한 인간이 어떤 종파나 민족에 속하는가 하는 문제가 그의 인간 됨됨이와 무관함이 선언되며, 이 선언으로부터 민족, 종교가 다른 사람들에게 관용을 베풀어야 한다는 호소를 도출해낼 수 있다. 이 견해를 끝까지 추구하면 종교의 윤리적 가치에 대한 의문이 제기된다. 이 문제가 『자유신앙주의자』 4막 3장의 아드라스트와 율리아네의 대화 속에 언급되고 있다. 율리아네는 종교의 윤리적 기능을 다음과 같이 말한다.

> 타락하고 불안정한 정열의 저수지인 우리의 마음을 정화하고 안정시킴에 있어 종교보다 더한 것이 무엇입니까? 우리를 비참의 구렁텅이로부터 일으켜 세워 주는 것으로 종교보다 더한 것이 있나요? 우리를 보다 진정한 사람으로, 보다 나은 시민으로, 참된 친구로 만들 수 있는 것 가운데 종교보다 더한 것이 있습니까? (I,528)

아드라스트의 경우처럼 인간이 종교의 인도를 받지 않고서도 훌륭한 덕성을 갖출 수 있는 가능성은 종교의 윤리적 가치를 전적으로 부정하는 것은 아닐지라도 어느 정도 상대화시킨다. 앞에서 인용한 편지에서 부친에게 약속한 것과는 달리 레싱은 자유신앙주의자를 긍정적으로 그릴뿐만 아니라, 한 걸음 더 나아가 도덕과 윤리의 범주에서 종교가 주장하는 절대적 가치에 대해 의문을 제기한다.

레싱은 종교 비판을 악으로 그리고 독실한 믿음을 선으로 보는 기계적인 흑백논리에 문제를 제기한다. 그는 자유신앙주의자에게 훌륭한 도덕성을 인정하며, 이것을 신앙 그 자체보다 더 중요하게 여기는 것같이 보인다. 이로써 그는 신앙 없이 훌륭한 덕성을 갖출 수 없다는 신학자, 성직자들의 주장을 뒤엎을 뿐만 아니라, 이론적 신념으로서 종교와 그 신념의 윤리적 실천을 분리하고, 인간의 가치를 결정하는 것은 전자가 아니라 후자라고 내세운다[21]. 그리하여 작품 속에서 친절, 우정, 사랑 같은 실제적인 덕목이 종교와 대등한 가치로 격상되며, 믿음과 신학의 원리를 옆으로 밀어내고 등장인물들의 관심을 차지하는 것이다. 종교적 · 철학적 논쟁이 벌어지지 않는 것은 예컨대 로젠도르 퍼가[22] 평하듯 레싱의 무능 또는 의도적 기피 때문이 아니라, 레싱이 그런 이론적 논쟁에 별 가치를 부여하지 않은 결과이다. 레싱의 의도 는 자유신앙주의 그 자체를 옹호하려는 것이 아니다. 그것은 아마 그 에게도 극히 어려운 일이었을 것이다. 하지만 그는 이 희극의 줄거리 를 통해 인간의 도덕성과 행복이 종교에 우선하는 가치임을 내세우는 것이 자유신앙주의를 옹호하는 것보다 더 의미가 있다고 판단한 듯하 다. 그리고 이 점에서 작가 레싱의 계몽주의적 성향이 뚜렷하게 드러 난다[23].

이미 앞에서 언급한 바와 같이 레싱의 의도는 자유신앙주의자의 어리석음을 꼬집고 조소의 제물이 되게 하는 것, 다시 말해 악덕을 벌 하고 덕성을 추켜세우려는 것이 아니다. 아드라스트가 밖으로는 고집 스럽게 테오판을 오해하고 경멸하다가 결국 그의 정직하고 훌륭한 인 간성을 인정하며, 안으로는 그러한 오판의 원인이 자기 자신의 편견임

21) Gerhard Fricke: Bemerkungen zu Lessings *Freigeist* und *Miß Sara Sampson*. In: Festschrift Josef Quint, hrsg. v. H. Moser, R. Schützeichel, K. Stackmann. Bonn 1964, 85쪽 참조.
22) Herbert Rosendorfer: Lessings Komödien vor *Minna von Barnhelm*. In: Lessing heute. Beiträge zur Wirkungsgeschichte, hrsg. v. Edward Dvoretzky. Stuttgart 1981, 263쪽 참조.
23) Peter Pütz: Die Leistung der Form. Lessings Dramen. Frankfurt a. M. 1986, 75쪽 참조.

을 깨닫고 극복하는 과정을 보여줌으로써, 레싱은 최초로 권선징악이 아니라 자신의 결점을 고치는 인간 자체를 희극의 주제로 삼는다. 이러한 주제는 필연적으로 권선징악을 핵심으로 하는 전형희극, 조소희극 형식의 파괴를 수반한다. 『자유신앙주의자』는 『유대인들』과 함께 레싱이 도식적인 조소희극을 극복하고 『민나 폰 바른헬름』 같은 진정한 희극으로 이행하는 과정에서 중요한 전기를 이루는 작품이다[24]. 희극론을 다룬 장에서 서술한 바와 같이 레싱의 견해에 따르면 직접적인 계몽을 추구하지 않고, 그 때문에 인간의 한 속성인 어리석음과 결점에 대해 조소가 아니라 이해하는 웃음을 보내며, 인간의 삶을 비추는 거울 같은 기능을 수행하는 희극이 진정한 희극이다.

---

24) A. M. Reh: 같은 책 125쪽 참조.

III-4 『민나 폰 바른헬름, 일명 병사의 행운』

- 줄거리

쿠어란트 출신인 폰 텔하임은 7년전쟁 중에 프로이센 군의 소령으로 작센의 점령에 참여해 튀링엔에서 전쟁배상금을 징수하는 임무를 수행한다. 그는 오랜 전쟁에 시달린 그곳 주민들의 어려운 사정을 감안해서 자신의 재량이 허락하는 최저액을 전쟁배상금으로 신분의회에 합의해줄 뿐만 아니라, 주민들이 바로 내지 못하는 액수를 자신의 돈으로 대납해주고 어음을 받는다. 이에 감격한 민나 폰 바른헬름은 일면식도 없는 그에게 반한다. 활달하고 적극적인 그녀가 먼저 그에게 접근해서 이들은 서로 사랑하게 되고 약혼하기에 이른다. 그러나 전쟁이 끝나고 치르기로 한 혼인은 이루어지지 않는다. 종전과 함께 텔하임은 부당한 수뢰 혐의를 뒤집어쓰고 군에서 쫓겨날 뿐만 아니라, 튀링엔에서 받은 어음을 뇌물이라고 의심하는 당국의 조사를 받고 있다. 그 때문에 심각한 위기에 봉착한 텔하임은 민나에게 소식을 끊은 채 시종 유스트와 함께 베를린의 여관에 묵고 있다. 그는 돈이 없어 숙박비를 제때 내지 못하는 형편이다. 잇속을 챙기는 데 재빠른 여관주인은 그의 부재중에 그가 기거하던 방을 다른 손님에게 내준다. 종전 후 딱 한번 소식을 전하고난 후 행방이 묘연한 약혼자를 찾아 나선 민나가 바로 그 손님이다. 민나는 더 이상 집에서 약혼자를 기다리지 못하고 삼촌과 함께 그를 찾아 무작정 베를린으로 온 것이다. 민나의 삼촌은 텔하임에게 돈을 돌려주는 임무를 띠고 있다(여기까지 전사).

이런 불행과 곤경에도 불구하고 텔하임이 품위와 따뜻한 인간성을 잃지 않은 사람임을 1막은 보여준다. 그는 숙박비를 지불하지 못해 여관주인으로부터 수모를 당하지만, 전사한 전우의 미망인이 남편의 빚을 갚으려고 내미는 돈을 받지 않고, 또 옛 부하 파울 베르너가 맡겨놓은 돈에 손도 대지 않는다. 그는 거처를 옮기려고 한다. 그는 마지막으로 남은 귀중품인 약혼반지를 유스트에게 내주고, 유스트는 그것을 여관주인에게 전당잡히고 돈을 융통한다. 여관주인이 보여주는 그 반지를 즉각 알아본 민나는 약혼자를 다시 찾았다는 기쁨에 들떠 그 반지를 손에 넣는 한편, 텔하임을 데려오라고 여관주인에게 조른다. 재회가 이루어지자 민나는 사리에 맞는 달변으로 구애 공세를 펴는 데 반해, 텔하임은 약혼녀를 피하려고 한다. 그러자 민나는 "아직 저를 사랑하십니까?"라는 짧막한 질문으로 약혼자를 궁지에 몰아넣는다. 그는 자신의 감정을 속일 수 없어서 "네"라고 대답하지만, "군에서 쫓겨난 자, 명예를 잃은 자, 병신, 거지"이기 때문에 민나를 사랑할 자격이 없다고 말한다. 텔하임이라는 인간 자체를 사랑하는 민나는 그의 불행에 아랑곳하지 않는다. 그래서 그녀는 조금도 막힘없이 그의 논리를 물리친다. 수세에 몰린 텔하임은 민나를 뿌리치고 도망친다.

이렇게 서로 사랑하는 남녀의 재회는 비극적으로 끝난다. 그는 편지를 통해 파혼할 수밖에 없는 자신의 입장을 설명하고 민나를 설득한다. 그러나 민나는 그 편지를 통해 오히려 약혼녀를 자신보다 더 아끼는 그의 마음을 확인한다. 그녀는 그 편지를 안 읽은 것처럼 그에게 돌려주고, 만나서 이야기하자고 부탁한다. 작가 레싱은 이들의 결정적인 면담(4막 6장) 직전에 리코 드 라 마리니에르를 등장시킨다. 전후에 군복을 벗었고 또 경제적으로 어려운 입장이라는 점에서 이 프랑스인 소위는 텔하임과 같은 처지이지만, 그의 처신은 텔하임의 그것과는 정반대이다. 그리고 작가는 몇몇 암시를 통해 텔하임의 상황이 호전되고 있음을 알린다. 텔하임이 나타나기 전에 민나는 어떤 영감에 이끌려서 끼고 있는 약혼반지를 텔하임이 여관주인에게 전당잡힌 반지로 바꾼다. 민나의 집요한 설득에도 불구하고 텔하임은 요지부동으로 입장을 바꾸지 않는다. 수뢰 혐의로 인한 명예 훼손은 그에게 치명적이라, 이런 상태에서는 민나와 혼인할 수 없다는 것이다. 그를 설득하기가 무망해 보이자, 민나는 최후의 계책으로 속임수 연극을 연출한다. 그녀는 끼고 있는 반지를 그에게 돌려주면서 파혼하자고 말한다. 민나는 그를 사랑하기 때문에 삼촌에 의해 유산 상속권을 박탈당하고 집에서 쫓겨났다고 암시한다. 그리고 그런 자기를 거부하는 텔하임을 "배신자"라 부르고, 거짓 눈물을 흘리면서 퇴장한다.

그러자 텔하임은 즉각 열렬한 구혼자로 돌변한다. 이전에 불행한 자로서 행복한 약혼녀에게서 벗어나는 것이 당연한 도리였듯이, 이제는 불행하게 보이는 민나와 혼인하여 그녀를 돌보는 것이 그에게는 당연한 도리이다. 그는 품위와 명예를 존중하는 인간으로서 자신에게 설정한 금기를 거침없이 깨트린다. 그는 파울 베르너에게 거액을 빌리고, 여관주인에게 전당잡힌 반지를 찾아오게 하며, 다시 이야기하자고 민나를 조른다. 이제 리코가 언급한 국왕의 친서가 때늦게 도착해 그의 명예를 완전히 회복시켜 준다. 하지만 민나는 연극을 중단하지 않고, 이전에 그가 그녀의 구혼을 거부하면서 했던 말을 고스란히 그에게 되돌려준다. 유산 상속권을 박탈당하고 집에서 쫓겨난 자기는 모든 것을 되찾은 행복한 텔하임과 혼인할 자격이 없다는 것이다. 삼촌의 도착 소식이 전해지자 비로소 민나는 연극을 중단하고 그를 속였음을 실토한다. 그러자 모든 오해가 풀린다. 민나의 삼촌은 다시 합쳐진 민나와 텔하임에게 축복을 내린다. 상전과 마찬가지로 민나의 하녀 프란

치스카도 먼저 텔하임의 옛 부하 파울 베르너에게 구혼해 승낙을 얻
는 것으로 극은 끝난다.

1. 『민나 폰 바른헬름』에 대한 찬사 그리고 해석상의 문제

지금까지 꾸준하게 독자들의 사랑을 받으며 생명력을 잃지 않고 무대
에 올려지는 독일 희곡 가운데 가장 오래된 고전이며 독일 3대희극의
하나로 평가되고 있는 『민나 폰 바른헬름』은 1767년에 책으로 출간되
고 초연된 이래로 무수한 작가들과 평자들의 찬사를 받아 왔다. 괴테
가 이 작품을 독일 문학이 빈약했던 18세기 중엽의 어두운 시기에 떠
올라 "찬란하게 빛나는 혜성"[1]에 비유한 것과 "분명히 독일 최고의 희
극"[2]이라는 그릴팔처의 평이 이 작품에 주어진 찬사의 두드러진 예이
다. 이런 후배 문인들의 찬양 이외에도 학자들과 평자들의 감탄어린
찬사가 하도 많아 일일이 열거할 수 없을 정도이다. 그중 한두 개만 소
개하면 "생생하게 살아있는 독일 최초의 희극", "희극의 전형, 최초의
진정한 시대극"[3] 등이다. 『민나』가 이렇게 호평을 받고 있는 이유는
"고도로 치밀하게 계산된 작품의 미적 구조와 소재의 구체적인 시대
사적 요소를 통해 역사적 · 사회적 · 민족적 상황을"[4] 사실적이고 감동

---

1) Goethes Gespräche, hrsg. v. Frhr. von Biedermann, Bd. 4. Leipzig 1910, 354쪽. Erläuterunegn und
   Dokumente. Gotthold Ephraim Lessing. *Minna von Barnhelm*, hrsg. v. Jürgen Hein. Stuttgart 1981,
   68쪽에서 재인용.
2) Grillparzers Werke, II. Abt., Bd. 8. Wien/Leipzig 1916, 62쪽. J. Hein (Hrsg.): 같은 책 70쪽에서 재인용.
3) Wilfried Barner: Lessing als Dramatiker. In: Handbuch des deutschen Dramas, hrsg. v. Walter Hinck.
   Düsseldorf 1980, 116쪽.
4) Wilfried Barner, Gunter Grimm, Helmuth Kiesel, Martin Kramer: Lessing. Epoche - Werk - Wirkung,
   4. Aufl. München 1981, 256쪽.

적으로 그리고 있기 때문이다.

작품의 완성도에 대해서는 거의 한 목소리로 찬사가 주어지고 있으나, 막상 작품을 해석하는 데 있어서는 현저한 시각 차이를 보이고 있다. 다양한 해석들을 단순화시켜 대립되는 쌍으로 묶어 보면, 시대극으로 규정하는 견해와 초시대적 희극이라는 의견, 정치적인 해석과 인간성의 드라마라는 견해, 사회사적인 해석과 극으로서 미학적 자질에 주목하는 해석 등등이 있다. 그리고 같은 계열의 해석들 가운데에도 현저하게 다른, 심지어 상호 모순되는 주장을 담고 있는 것도 있다[5].

1756년 프로이센이 작센을 침공함으로써 발발하여 1763년 2월 15일 끝난 7년전쟁이 『민나』의 배경을 이루고 있다. 이 전쟁을 승리로 이끌어 프로이센을 유럽 열강의 하나로, 독일 국가들의 맹주로 끌어올린 프리드리히 2세는 영웅으로 찬양되었다. 19세기에 국력을 더욱 신장한 프로이센이 결국 독일을 통일하게 되었고, 그러한 역사 전개 과정에서 빌헬름 쉐러, 에리히 슈미트 등은 이 희극이 프리드리히 대왕을 찬양하는 작품이라고 해석했다. 이에 대해 좌파 언론인 메링은 이런 해석이 보수적이며 국수적인 부르주아 문학사가들의 "레싱 전설" 만들기에서 유래하는 부당한 것으로 단정하면서, 『민나』가 "프리드리히 왕의 통치에 대한 신랄한 풍자"[6]라는 전혀 상반되는 의견을 제시한 바 있다. 이 두 견해는 모두 객관적인 논거가 희박하지만, 『민나』의 해석에 있어서 전혀 상반되는 의견이 존재함을 단적으로 보여 주는 예이다.

슈타인메츠의 지적처럼 『민나』는 "해석에 중대한 문제들을 제기하는 유일한 계몽주의 희극"[7]이다. 그리고 작품이 발표되고 2세기가 훨

5) W. Barner: Lessing als Dramatiker, 116쪽 참조.
6) Franz Mehring: Die Lessing - Legende. Eine Rettung. Frankfurt a. M. 1974, 322쪽.
7) Horst Steinmetz: Die Komödie der Aufklärung. Stuttgart 1971, 63쪽.

씬 지난 현 시점에서도 본질적인 해석상의 문제가 제기되는 궁극적인 원인은 남녀 주인공의 갈등과 그 동화적인 해결 사이에 분명한 괴리가 존재하기 때문이다[8]. 서로 사랑하는 민나와 텔하임이 역설적이게도 상대방에 대한 지극한 사랑 때문에 벌이는, 다시 말해 현재의 불행한 상황에서는 민나와 혼인할 수 없다고 고집하는 텔하임과 그를 설득하여 혼인하려는 민나 사이에서 빚어지는 갈등과 이것의 극복이 이 희극의 줄거리를 이루고 있다. 기존의 연구는 대부분 이 점에 초점을 맞추고 있으며, 슈타인메츠가 요약하고 있는 것처럼 갈등과 해결 그 어느 쪽에 주안점을 두느냐에 따라 두 진영으로 대별된다. 텔하임이 고집스럽게 약혼녀의 구혼을 거절하는 것은 그의 도에 지나친 명예관에서 나온 잘못이며, 이지적인 민나가 계몽을 통해 그 결점을 고쳐 주어 그가 결국 혼인에 동의하는 것으로 보는 견해는 해결 쪽에 비중을 두는 것으로, 오랫동안 『민나』 해석의 주류를 이루어 왔다. 이와는 달리 갈등 쪽에 주안점을 두는 학자들은 텔하임이 처한 상황의 잠재적 비극성에 주목하면서, 그 상황이 민나의 계몽으로 극복될 수 있는 성질의 것이 아니므로, 문제의 해결과 행복한 결말은 기상신(機上神 · deus ex machina)에 의존할 수밖에 없다고 보고 있다[9].

이 두 견해들이 작품의 이해에 상당히 기여한 것은 사실이지만 완전히 만족스러운 것은 아니다. 후자는 텔하임이 처한 상황의 비극성을 너무 강조한[10] 나머지 작가가 희극으로 만들기 위해 마련한 장치들을

8) W. Barner u. a.: 같은 책 257쪽 참조.
9) Horst Steinmetz: Minna von Barnhelm oder die Schwierigkeit, ein Lustspiel zu verstehen. In: Wissen aus Erfahrungen. Festschrift für Hermann Meyer zum 65. Geburtstag, hrsg. v. Alexander von Bormann. Tübingen 1976, 139-140쪽 참조.
10) Fritz Martini: Riccaut, die Sprache und das Spiel in Lessings Lustspiel Minna von Barnhelm. In: Gotthold Ephraim Lessing (Wege der Forschung), hrsg. v. Gerhard u. Sibylle Bauer. Darmstadt 1968, 378쪽 참조.

간과한 경향이 있다. 여기에는 힝크가 지적한 바와 같이 독일인들의 희극에 대한 사시(斜視)도[11] 작용했을 것이다. 다른 한편 전자에 속하는 연구자들은 모든 것을 너무 일방적으로 민나의 입장에서만 보고 있는 것이 아닌가 하는 의심이 든다. 작품의 제목이 "민나 폰 바른헬름"이고, 이 제목에 걸맞게 그녀가 사건진행을 주도하며, 일찍이 괴테가 지적했듯이[12] 민나에게서 작가 레싱의 명철한 오성이 엿보이기 때문에 그녀의 시각에서 사건의 진행, 특히 텔하임을 바라보기 쉽다. 그러면 약혼녀를 위한다는 명분을 내세워 그녀가 간절히 바라는 혼인을 거부하는 텔하임의 태도는 바람직하지 못한 것으로, 그로 하여금 그런 태도를 취하게 하는 그의 명예관은 도에 지나친, 그래서 민나의 말처럼 우스꽝스러운 결점으로 보이고, 그런 결점을 가진 텔하임은 희극적인 인물로 보이는 것이다. 나중에 다시 자세히 언급하겠지만 이런 일방적인 시각으로는 텔하임의 입장을 객관적으로 파악할 수 없다. 그래서 그가 시종일관 동일한 원칙에 따라 행동한다는 사실이 간과되는 것이다. 그리고 그의 명예가 회복되지 않는다면, 민나의 연극이 속임수임이 밝혀진 뒤에도 그가 그녀와 혼인하려 할 것인가도 의심스럽다.

갈등이란 인간과 인간의 관계에서 생기는 것이므로, 문제의 핵심을 파악하기 위해서는 어느 한쪽이 아니라 양쪽의 입장을 함께 고려해야 한다. 텔하임과 민나 사이에서 빚어지는 갈등도 양자의 입장을 함께 고려할 때 비로소 그 실체가 파악된다. 다시 말해 텔하임은 어째서 한사코 민나와의 혼인을 거부하며, 민나는 또 어째서 막무가내로 텔하임과 혼인하려고 하는지, 그리고 민나의 속임수와 국왕의 친서 이

---

11) Walter Hinck: Das deutsche Lustspiel des 17. und 18. Jahrhunderts und die italienische Komödie. Stuttgart 1965, 301쪽 참조.
12) J. Hein (Hrsg.): 같은 책 68쪽 참조.

후로 그들의 입장이 180도 달라지는 이유가 무엇인지를 먼저 규명해
야 한다. 그래야 이 작품의 종합적인 이해에 다가갈 수 있다.

2. 폰 텔하임 소령

극이 시작되는 첫 장면에서부터 거의 다 끝날 때까지 우리는 도처에
서 전투 비슷한 대결과 갈등을 목격하게 된다. 현대극은 예외이지만
전통적인 희곡은 갈등을 통해 사건을 전개시키는 것이 일반적임을 감
안한다 하더라도, 이 희극의 줄거리에 대결과 갈등이 아주 두드러지게
나타나기 때문에, 이것을 단순히 우연한 현상으로 보아 넘기게 되지
않는다. 퓌츠는 이 현상을 이 희극의 "병사의 행운"이란 부제와 연관
지어 설명한다. 그는 『민나』의 주제가 전쟁은 아니지만, 전쟁이 "이 희
곡의 언어 그리고 대화와 장면 구성의 대립적 구조를" 만들고 있으며,
"거의 모든 장면이 전투 비슷한 대결이 되는 것이 이 희곡의 대립적
구조의 특징이다"[13]고 지적한다.

   적대적인 대결은 - 비록 구체화되지는 않지만 - 첫 장면에서부터
나타난다[14]. 상전을 자기 자신보다 더 위하는 시종 유스트가 부재중에
상전이 기거하던 방을 치워 다른 손님에게 내주는 무례한 짓을 저지
른 여관주인에게 꿈속에서 복수를 하는 것이다. 그런데 대결과 갈등은
유스트와 여관주인처럼 적대적인 사람들 사이에서만 나타나는 것이
아니라, 특이하게도 아주 가까운 사람들, 서로를 끔찍이 위하고 아끼

---

13) Peter Pütz: Die Leistung der Form. Lessings Dramen. Frankfurt a. M. 1986, 209, 216쪽.
14) 임한순: 렛싱의 『민나 폰 바른헬름』 (1): 텔하임의 인식과정. 독일문학 제47집(1991) 214쪽 참조.

며 사랑하는 사람들 사이에서도 나타난다[15]. 그러면 끊임없이 대결과 갈등이 빚어지는 원인은 어디에 있는가? 첫 장면의 대결에서 이미 암시되고 있는 것처럼, 모든 대립과 갈등에는 텔하임이 직접 또는 간접적으로 관련되어 있다. 『민나』의 모든 갈등은 텔하임한테서 나온다. 보다 정확히 말하자면 종전과 함께 그를 엄습한 불운과 그 불행에 대한 그의 대응방식에서 유래한다. 따라서 우리는 그가 어떤 사람이며, 그를 심각한 곤경에 빠트린 불행이 무엇인지부터 살펴보아야 한다.

텔하임은 2막 9장에서 오랜만에 재회한 민나에게 자신을 "전역된 자, 명예가 훼손된 자, 불구자, 거지"(I, 640-1)라고 칭한다. 그의 불행한 현재의 처지를 거두절미하고 요약하는 이 말은 우울증과 자포자기의 냄새를 풍긴다. 그리고 그가 4막 6장에서 이 말을 반복한다는 사실은 그 냄새를 더욱 짙게 한다. 이 말에 따르면 그는 직업, 명예, 건강, 재산을, 그러니까 한 인간이 사회생활을 영위하는 것은 고사하고 생존을 이어가는 데에 필요한 모든 것을 다 잃은, 그래서 절망하고 자포자기하지 않을 수 없는 상태에 놓여 있다고 하겠다. 그가 이런 절망적인 처지에 빠지게 된 경위는 차차 밝혀진다. 그가 잃었다고 구체적으로 나열하는 네 가지 가운데 가장 비중이 적고 다른 문제를 파생시키지 않는 것은 건강이다. 그는 한 전투에서 총상을 입어 오른팔이 약간 마비된 상태이지만 거동에는 별 지장이 없다. 그런데도 그가 "불구자"라고 자칭하는 것은 과장으로, 그의 자포자기적인 심경을 암시한다. 건강을 제외한 나머지 세 가지 문제는 서로 밀접하게 연관되어 있다.

텔하임은 프로이센 군의 소령으로 7년전쟁에 참전하여 혁혁한 전공을 세웠으나, 종전과 함께 전역되었다. 등장인물 가운데 전역된 장

---

15) P. Pütz: 같은 책 216쪽 참조.

교는 텔하임 외에 리코가 있다. 이 두 사람의 공통점은 첫째, 전자가 쿠 어란트 출신이고 후자는 프랑스인으로 둘 다 프로이센의 백성이 아니 며, 둘째, 그들이 실직한 후 경제적으로 매우 어려운 형편에 처해 있다 는 사실이다. 이들의 운명은 전쟁에서 승리하기 위해 외국인 용병들을 많이 끌어들였던 프리드리히 2세가 종전 후 주로 외국인 용병으로 구 성된 독립대대들을 아무런 보상이나 대책 없이 해체한 역사적 사실을 반영한다. 이것은 마르로프 부인의 경우에서 드러나는 전쟁미망인의 생계 문제, 그리고 베르너에게서 엿보이는 바와 같이 병사들이 전쟁 때문에 손을 놓았던 생업으로 복귀하는 데 있어서 겪는 어려움에 대 한 언급 등등과 함께 전쟁에 뒤따르는 사회 문제들을 삽화 형식으로 나마 그리고 있다는 점에서 『민나 폰 바른헬름』의 전후문학 (Nachkriegsliteratur)적 성격의 일단을 알려 줄 뿐만 아니라, 작가 레싱 의 창작의도가 프리드리히 2세의 찬양이 아님을 시사하는 증거이다. 『민나 폰 바른헬름』과 『필로타스』는 7년전쟁을 배경으로 한다는 점에 서 같으나, 전자는 전후의 문제를, 후자는 전쟁 중의 분위기를 그리고 있다는 점에서 차이를 보인다.

텔하임이 전역된 이유는 단순히 소속부대가 해체되었기 때문이 아 니라, 보다 복잡한, 그에게는 치명적인 사정이 있다. 전쟁경비 조달에 애를 먹던 프로이센은 점령지에서 가혹하게 세금을 징수했다. 작센의 한 지역인 튀링엔에 주둔한 점령군의 지휘관 텔하임에게도 전쟁배상 금을 현금으로 징수하라는 명령이 하달되었다. 그는 이 임무를 수행하 면서 명령에 절대 복종한다는 군국주의 국가 프로이센 군인의 원칙에 따르지 않고 인간애를 앞세웠다. 그는 긴 전쟁에 시달린 끝에 패전하 고 이제 다시 가혹한 세금을 납부해야 할 주민들의 딱한 처지에 동정 심을 느끼고, 주민들의 대표인 신분의회와 협의하여 자신의 재량권이 허용하는 한도 내에서 세금의 액수를 최저로 책정했을 뿐 아니라, 주민들이 바로 낼 수 없는 금액을 자신의 전 재산을 털어 대납해 주고 신분의회가 발행한 어음을 받았다. 평화협정이 체결된 후 그는 그 어음을 정당한 채권으로 인정받기 위해 신고했다.

문제는 여기에서 발생했다. 그 어음은 정당한 것으로 인정되었으나, 그의 온정에서 나온 행위는 오해를 받았다. 프로이센 군 당국은 그 어음이 부족한 액수를 대납해 주고, 받은 것이라는 그의 말을 믿지 않고, 그가 재량권을 남용하여 신분의회와 곧장 최저액으로 합의해 준 대가로 받은 사례, 즉 뇌물이라고 의심하여 그 어음을 압수하고 진상조사에 착수했던 것이다. 그는 지금 사실상 연금 상태에 놓여 있다. 절대주의 국가 프로이센에서 이런 조치는 최고 당국자, 즉 국왕에 의해 취해진 것으로 보아야 할 것이다. 프로이센 당국이 텔하임을 의심하는 데에는 그가 쿠어란트 출신의 외국인이라는 사실도 작용했을 것이다. 7년전쟁 당시 쿠어란트는 프로이센에 속하지 않고 작센 선제후 아들의 통치하에 있었다. 이런 지역적 연고 때문에 텔하임은 적국 작센과 내통하고 있는 것이 아니냐는 혐의를 받게 된 것이다[16]. 이리하여 그는 뇌물을 받았다는 혐의를 뒤집어쓰고 군에서 쫓겨났으며, 어음을 압수당했으므로 전 재산을 잃은 것이나 다름없는 상태이다.

텔하임은 그러나 전역된 것과 재산을 잃은 것은 그다지 대수롭게 여기지 않는다. 그에게 가장 치명적인 것은 수뢰 혐의에 의한 명예훼손이며, 이것이 그가 안고 있는 문제의 핵심이다. 그는 귀족장교로서 명예를 존중하며 최고의 가치로 생각한다. 슈미트-사세에 따르면 명예

---

16) Paul Michael Lützeler: Lessings *Emilia Galotti und Minna von Barnhelm*: Der Adel zwischen
   Aufklärung und Absolutismus. In: Literaturwissenschaft und Sozialwissenschaften 11, hrsg. v. Peter
   Uwe Hohendahl, P. M. Lützeler. Legitimationskrisen des deutschen Adels 1200 - 1900. Stuttgart
   1979, 112쪽 참조.

(Ehre)는 원래 "일정한 귀족계급에 소속된 것"[17]을, 미덕(Tugend)은 신분계급이 개개인의 삶에 요구하는 주문을, 그리고 품위(Anstand)는 그 주문을 충족시키는 것을 의미한다[18]. 뤼철러는 사회제도의 변천에 따라 명예 개념이 변한다고 말한다. 봉건귀족은 자신의 영지 안에서 절대권을 행사하는 대신 신하와 백성 그리고 약자를 보호하고 돌보아야 하는 의무를 가지며, 이 의무를 수행하는 것이 명예와 품위를 지키는 것이다. 이것은 기사도에 입각한 가부장적 명예 개념이다. 그런데 봉건주의 체제가 절대주의 체제로 바뀌면서 귀족은 자신의 영지 안에서 군림하던 기반을 잃고, 절대군주의 정신(廷臣)이나 장교의 신분으로 전락한다. 이제 귀족의 사회적 지위를 결정하는 것은 절대군주의 총애와 신임이다. 이리하여 전통적인 봉건귀족의 명예 개념이 궁정이나 군대 안에서의 명성, 평판(Reputation)으로 변한다는 것이다. 텔하임이 이 두 명예 개념 사이에 끼어서 갈등을 일으킨다고 뤼철러는 보고 있다[19]. 이 견해는 텔하임의 행동에서 나타나는 모순을 설명하는 데에는 상당히 유용하나, 이 희극의 핵심문제인 텔하임과 민나 사이의 갈등을 설명하는 데에는 한계가 있다. 그 갈등이 그들의 상이한 애정관, 혼인관에서 유래하기 때문이다.

뤼철러가 지적했듯이 텔하임은 위에 언급한 두 명예관에 따라 행동한다. 그가 튀링엔에서 취한 행동은 프로이센의 군국주의가 군인에게 요구하는 절대복종의 계율이 아니라, 어려운 처지의 약자를 도와주어야 한다는 전통적인 봉건귀족의 기사도적인 명예관에 따른 것이다. 다시 말해 그는 프로이센 군의 소령으로서가 아니라 귀족으로, 그것도

---

17) Joachim Schmitt-Sasse: Das Opfer der Tugend. Zu Lessings *Emilia Galotti* und einer Literaturgeschichte der Vorstellungskomplexe im 18. Jahrhundert. Bonn 1983, 55쪽.
18) 같은 책 61쪽 참조.
19) P. Lützeler: 같은 글 112-3쪽 참조.

전통적인 가치관을 고수하는 경향이 강한 지방귀족(Landadel)으로 일을 처리한 것이다. 다른 한편 그는 "명예는 우리 양심의 목소리가 아니며 얼마 안 되는 성실한 사람들의 증명서가 아니"라, "세상의 눈에"(I, 680-1) 비쳐진 한 인간의 모습이라고 말한다. 즉 그는 명예를 한 인간에 대한 세인의 평판으로, 사회적 존재인 인간의 가치에 대한 사회의 평가로 인식하고 있다. 그가 이런 관점에서 자기 자신을 바라보기 때문에, 그는 지탄받을 짓을 한 적도 없고 또 도덕적으로도 깨끗하지만 "전역된 자, 명예가 훼손된 자, 불구자, 거지"라고 자칭하는 것이다.

명예를 존중하고 "명예가 지시하는"(I, 675) 것만을 행하려 하며 여하한 경우에도 명예와 품위를 잃지 않으려고 노력하는 텔하임에게 수뢰 혐의가 부당하고 억울한 것임은 두말할 나위 없다. 그것이 그에게 준 타격은 심각하며 치명적이다. 수뢰 혐의에 의한 명예훼손은 귀족장교인 그에게 사회적으로 낙인을 찍고 그의 정체성을 파괴한다. 명예가 그의 인간적, 윤리적 존재의 토대를 이루고 있기 때문에 그는 단순히 명예만을 잃은 것이 아니라, 그의 윤리적 존재 자체가 의문시되고 있는 것이다. 인간애의 실천이 결과한 이 위기는 텔하임으로 하여금 세계 질서의 정의와 신의 섭리를 회의하게 만든다[20]. 이 회의는 우울증과 절망으로 이어질 가능성이 농후하다. 이런 위기에 몰린 상황에서 그가 정상적으로 개인적 삶과 사회생활을 영위할 수 없음은 자명하다[21]. 그리하여 그는 민나 곁을 떠날 수밖에 없다는 외로운 결단을 내린다. 사랑하는 약혼녀를 자신의 불행 속으로 끌어들이지 않기 위해서이다. 이

20) Peter Michelsen: Der unruhige Bürger. Studien zu Lessing und zur Literatur des 18. Jahrhunderts. Würzburg 1990, 275쪽; P. Pütz: 같은 책 219쪽 참조.
21) Wolfgang Wittkowski: *Minna von Barnhelm* oder die verhinderten Hausväter. In: Lessing Yearbook 19(1987), 53쪽 참조.

런 암울한 상황에서 그는 몹시 괴로워하며 자신의 가련한 처지를 약
혼녀에게 적절하게 설명하지 못한다.

　다른 한편 그가 울분을 터트리며 그 조치에 반발하는 것은 지극히
당연하다. 그의 목표는 완전한 명예회복이다. 그리고 잘못한 점이 조
금도 없기 때문에 명예가 회복되어야 한다는 그의 주장은 너무나 당
연하다. 따라서 그는 죄를 전제하는 "사면"이 아니라 "정의"(I, 680)를
요구한다. 그런데 텔하임에 대한 조치가 절대군주에 의해 내려진 것이
기 때문에, 일단 사회적으로 낙인찍힌 상태에서 그가 자신의 결백을
입증하기 위해 적극적으로 나서는 데에는 한계가 있다. 가이어는 프리
드리히 왕이 부당하게 텔하임의 어음을 압수했기 때문에, 그의 문제가
원만하게 해결되리라는 전망을 가지기 어려운 상황이라고 말한다[22].
그리고 슈타인메츠는 텔하임의 곤경이 일반적인 전형희극과는 달리
그 자신의 성격적 결함이나 편견 또는 기벽의 결과가 아니라, 그가 영
향을 미칠 수 없고 또 그 때문에 변화시킬 수 없는 상황과 여건의 결과
이므로, 그가 자력으로 자신의 문제를 해결할 수 없다고 말한다[23].

　작가가 텔하임의 결백을 의심하는 사람을 하나도 등장시키지 않는
것은 그를 수동성에 가둬두려는 의도로 보인다. 그의 상대역인 민나를
현대에서도 찾아보기 힘들 정도로 적극적이고 능동적인 성격으로 설
정한 것도 같은 맥락에서 이해된다. 여관주인을 제외한 등장인물들은
하나 같이 그의 고결한 인품에 반한 사람들로, 그의 도덕성을 의심하
기는커녕 오히려 그의 불운이 부당한 것임을 그 자신 이상으로 믿으
며, 각자 자신의 처지에서 어떻게든 그를 도우려고 애를 쓴다. 이러한

22) Ulich Gaier: Das Lachen des Aufklärers. Über Lessings Minna von Barnhelm. In: Deutschunterricht 43(1991) H. 6.
23) H. Steinmetz: Minna von Barnhelm oder die Schwierigkeit, ein Lustspiel zu verstehen, 148쪽 참조.

주변인물들의 노력은 텔하임으로 하여금 가부장적 명예관, 윤리관의 고수를 어렵게 만들고 또 방어적인 자세를 취하게 한다. 절대주의 사회 체제와 작품의 배역 구도에 의해 예정된 수동성으로 인해 텔하임은 당국의 조치에 적극적으로 대응하지 못한다. 울분에 찬 그가 그 조치에 반발하여 취한 구체적인 행동은 오직 하나, 자신에게 씌워진 혐의가 완전히 벗겨질 때까지 베를린을 떠나지 않겠다는 서약서를 자발적으로 당국에 제출한 것뿐이다. 더할 수 없이 소극적인 대응이다. 그러나 그에게는 현실적으로 다른 길이 없다. 그리고 그는 잘못한 일이 없기 때문에 조사가 시작되면 곧 오해가 풀릴 것이므로 그 서약서를 통해 자신의 결백을 역설적으로 주장하는 것으로 충분하다고 생각한 것이다.

그런데 텔하임에게 찾아온 불운은 이것만이 아니다. 거느리고 있던 하인들이 그를 배신했던 것이다. 하인 다섯 가운데 충직한 유스트를 제외한 나머지 넷이 저지른 사악하고 파렴치한 배신행위는 3막 2장에서 유스트와 민나의 시녀 프란치스카 사이의 대화에서 밝혀진다. 시종과 마부는 각각 주인의 옷과 말을 가지고 도망쳤으며, 사냥꾼은 소령의 부대원 6명을 적군에 보내려는 모반을 꾀하다가 적발되어 투옥되었고, 전령은 주인의 이름으로 빚을 지는 등 부도덕한 행실을 저지른 끝에 처형되었다. 충직하지만 단순하고 우둔한 유스트가 지적으로 월등한 프란치스카에게 보기 좋게 한방 먹이는 이 아주 우스운 장면은 유스트의 정직성을 다른 네 하인들의 배신행위와의 대비를 통해 부각시킴으로써, 그가 인간적으로 프란치스카에 뒤떨어지는 사람이 아님을 보여 주어 인간 됨됨이가 단순한 잣대로 잴 수 없는 것임을 시사하는 한편, 텔하임이 얼마나 어려운 처지에 있는가를 알려준다. 그가 받은 정신적 타격이 얼마나 컸을지 쉽게 짐작할 수 있다.

이웃사랑을 실천한 결과로 뒤집어쓴 수뢰 혐의와 명예훼손이 그의 사회 정의와 신의 섭리에 대한 믿음에 상처를 주었다면, 하인들의 배신은 그의 인간에 대한 신뢰를 무너뜨린다. 이런 위기에 처해 있으면서도 그는 누명이 벗겨지기만을 무작정 기다릴 수밖에 없다. 그로서는 하루하루가 견디기 힘든 인고의 나날이었을 것이다. 그리고 기다리는, 엄밀히 말해 무위도식하면서 허송하는 기간이 길어짐에 따라 곧 자신의 결백이 백일하에 드러나리라는 기대가 점점 무너지는 한편, 울분과 좌절감은 깊어지고, 세상과 신의 섭리 그리고 인간에 대한 회의가 심화되어 절망감으로 악화된다.

막이 올라가면서 그의 자포자기적 절망감은 극에 달한다. 전쟁이 끝난 지 벌써 6개월이 지났다. 그런데도 그의 상황이 호전되기는커녕 더욱 악화되고, 설상가상으로 그는 치욕적인 모욕을 당한다. 그는 전 재산을 잃었기 때문에 서너 달 전부터 숙박비를 지불하지 못하고 있는데, 무대사건이 시작되기 하루 전에 여관주인이 그의 부재중에 그의 방을 비워 새 손님에게 주어버렸던 것이다. 명예와 자존심을 존중하는 귀족에게 참을 수 없는 이 수모는 텔하임을 절망의 나락으로 밀어 넣고, 이미 무너지기 시작한 그의 인간에 대한 신뢰를 완전히 무너뜨려 인간을 혐오하게 만든다. 무대사건이 시작되는 시점에서 그는 극도의 절망과 인간 혐오에 빠져 마음의 문을 닫아걸고 세상에 등을 돌리는 자폐적인 태도를 보인다. 그는 이런 절망적인 상태에서 시선을 내면으로만 향해 상황과 주변세계를 제대로 보지 못한다.

여기에 그치지 않고 그는 은밀히 자살이라는 극단적인 수단도 염두에 두고 있다. 그가 유스트에게 짐을 옮길 때 다른 것은 제쳐두고 권총을 잊지 말라고 특별히 당부하는 것이(1막 10장) 이를 암시한다. 독일 계몽주의는 현재의 세계가 가능한 세상 가운데 가장 좋은 것이라고 믿으며, 원만한 대인관계를 중요한 덕목으로 간주한다. 따라서 세상에 대한 절망과 자폐적인 태도는 이 계몽주의 세계관에 대한 중대한 도전이며 극복되어야 할 악덕이다. 『민나』가 희극으로 성공하려면, 텔하임을 자폐적인 태도와 절망 상태에서 끌어내고, 자기 자신과 세상에 대한 신뢰를 다시 찾게 해주어야 한다. 이 임무는 다른 등장인물들에게 주어진다.

텔하임은 "실존적 위기"[24]에 처해 있다. 그러나 그는 대인관계에 있어서 자폐적인 태도를 보이기는 하나, 이전과 조금도 다름없이 품위와 자존심을 지키려고 한다. 그는 차라리 인간적으로 수모를 당할망정, 품위와 자존심에 어긋나는 비열한 행동은 하지 못한다. 그의 기사도에 입각한 가부장적 명예관은 그로 하여금 "실존적 위기"에도 불구하고 자기 자신보다는 남을 먼저 생각하게 한다. 관객에게 제시되는 텔하임은 더할 수 없이 올곧고 고결하며 이타적인 사람이다. 레싱이 시민비극, 시민희곡의 주인공으로 "착한 사람"을 요구하고 있음을 II장에서 살펴보았다. 이 "착한 사람"에 해당되는 인물이 바로 텔하임이다. 민나의 삼촌 폰 브르흐살 백작은 처음 대면하는 텔하임을 "정직한 사람"(I, 702)이라고 부른다.

텔하임은 더할 수 없이 고결한 품성을 가지고 있지만, 귀족장교로서 아랫사람들을 보살펴야지 남의 도움은 받아서는 안 된다는 사고의 틀 안에 갇혀 있다. 그래서 그는 베르너이건 약혼녀이건 그 누구에게도 진솔하게 자신의 문제를 털어놓지 못한다. 텔하임은 남을 위해서는 생각하지만 남과 함께 생각하지 않는 사람이고, 대등한 입장에서 남과 대화할 용의와 능력이 부족하다. 그리고 그는 자신만이 "건전한 이성"

24) H. Steinmetz: *Minna von Barnhelm* oder die Schwierigkeit, ein Lustspiel zu verstehen, 142쪽 참조.

을 가지고 있다고 생각한다. 이것은 그와 측근들과의 관계를 어렵게 만드는 요인이다. 그는 원칙을 고집함으로써 본심과는 달리 주변의 "가장 좋은 사람들"(I, 653)의 마음을 아프게 한다[25].

막이 올라가면서 관객에게 제일 먼저 제시되는 것은 텔하임의 경제적 궁핍과 그로 인한 곤경이다. 여관주인의 무례한 행위는 이미 언급하였다. 여관주인이 이기적이고 탐욕스러운 인물로 설정된 것은 텔하임의 경제적 궁핍과 그로 인한 수모를 효과적으로 강조하기 위해서이다. 1막은 여러 삽화를 통해 텔하임이 경제적으로 어려운 처지에 있음을 보여준다. 그런데 그의 경제적 어려움은 그 자체로서 의미를 갖는 것이 아니라, 그의 인간성을 드러나게 하는 수단이다[26]. 구체적으로 말해 자살을 생각하는 극한상황에 처해서도 품위와 자존심을 지키려는 자기희생적 노력을 통해 그의 고결한 인간성을 부각시키려는 것이다.

수중에 "동전 한푼 없다"(I, 613)고 말하는 텔하임에게 돈이 없는 것은 아니다. 여관주인이 그의 짐을 치우다가 상당한 현금이 들어 있는 자루를 발견한다. 무례한 행동을 서슴지 않던 여관주인이 갑자기 태도를 바꿔 어제의 일로 몹시 화가 난 유스트를 달래기 위해 값비싼 술을 권하는 등 선심을 쓰고, 텔하임에게 공손하게 구는 것은 바로 그 돈 때문이다. 그 돈은 그의 옛 부하 베르너가 맡겨놓은 것이다. 맡아달라는 것은 구실에 불과하고, 실은 어려운 처지의 상관을 도우려고 마음대로 쓰라고 준 돈이다. 베르너의 의도를 눈치 챈 텔하임은 그러나

25) Otto Haßelbeck: Gotthold Ephraim Lessing. *Minna von Barnhelm*. Oldenbourg Interpretationen Bd. 85. München 1997, 72쪽 참조.
26) Ariane Neuhaus-Koch: G. E. Lessing. Die Sozialstrukturen in seinen Dramen. Bonn 1977, 181쪽; P. Michelsen: 같은 책 237쪽 참조.

차라리 수모를 당할망정 그 돈에는 손도 대지 않는다. 여기에서 우리는 여하한 경우에도 아랫사람의 도움에 의지하지 않으려는 그의 가부장적 명예관, 윤리관을 엿볼 수 있다. 사회적 신분과 지위가 높은 윗사람은 아랫사람과 약자를 보살피고 돌보아야 하나, 남의, 특히 아랫사람의 신세를 져서는 안 된다는 원칙이 그 윤리관이며, 그는 이 원칙을 철저하게 지키려고 한다. 자신의 처지는 전혀 아랑곳하지 않고 어떤 경우에도 이 원칙을 고수하려는 텔하임의 고집스런 태도는 도에 지나치고 너무 경직된 것으로, 그래서 고쳐야 할 결점으로 보이기도 한다. 원칙의 고수는 실제로 측근들과의 관계에서 자신만이 도덕성과 건전한 이성을 가지고 있으므로 자신의 결정을 따르라고 강요하는 태도로 나타난다. 이 때문에 그와 측근들 사이에 갈등이 발생한다. 하지만 그 뿌리가 자신의 이익이나 안락의 추구가 아니라, 나보다는 남을 먼저 생각하는 자기희생임을 감안할 때, 우리는 그를 단순히 전형희극의 주인공으로 간주해 웃을 수 있는 것이 아니라, 인간적으로 존경하고 경탄하지 않을 수 없다.

여관주인의 무례한 행동은 텔하임을 실로 난처한 입장에 몰아넣는다. 그런 수모를 당하고 나서 그 여관에 그대로 머물 수도 없고 - 그래서 그는 지난밤을 딴 곳에서 보냈다 - 또 밀린 숙박비를 지불할 돈이 없기 때문에, 숙소를 옮길 수도 없는 처지에 빠지고 만 것이다. 이런 진퇴유곡의 처지에서 벗어나기 위해 그는 마지막으로 남은 귀중품을 처분하기로 작정한다. 그것은 약혼반지로 그에게는 실로 이 세상의 그 어떤 것보다도 귀중한 물건이다. 약혼반지의 처분은 그가 현재의 처지로서는 파혼하지 않을 수 없다는, 다시 말해 앞날이 촉망되던 귀족장교로서 맺었던 인연과 과거의 생활방식에 결별을 고하고, 현재의 형편에 맞게 신변을 정리하지 않을 수 없다는 판단을 이미 내렸음을 의미한다. 그는 약혼반지를 손가락에 끼지 않고 주머니에 넣어두고 있다. 이것은 그가 이미 마음속으로 파혼하기로 작정했음을 암시한다. 반지의 처분은 마음속의 결정을 외적으로 확인하는 행동이다.

그러나 그의 행동은 그의 의도와는 전혀 다른 결과를 낳는다. 반지는 그와 약혼녀와의 재회를 앞당기는 역할을 한다. 상전의 명령을 받은 유스트는 그 반지를 여관주인에게 전당잡히고, 여관주인은 그것을 새 손님 민나에게 보여주어 민나가 텔하임을 찾게 되기 때문이다. 민나는 그 반지를 손에 넣고 나중에 속임수 연극의 일환으로 그것을 그에게 돌려준다. 이로써 민나는 텔하임의 결정을 없었던 것으로 돌리고, 깨어질 위기에 처한 그들의 관계를 다시 공고하게 다진다.

유스트와 베르너 그리고 민나는 텔하임과는 전혀 다른 생각을 하고 있다. 이 측근들은 그의 불운이 부당한 것임을 확신하고, 각자 자신의 처지에서 어떻게든 그를 도우려고 갖은 노력을 다한다. 하지만 그들의 호의와 도움은 텔하임의 궁극적인 문제를 해결해 주지 못할 뿐더러, 그는 가부장적 명예관 때문에 그들의 호의를 받아들일 수도 없다. 그래서 품위와 자존심을 지키려는 텔하임 그리고 그를 존경하고 아끼고 사랑하기 때문에 그를 도우려는 주변인물들 사이에 갈등이 발생하는 것은 불가피하다. 혼자서만 도덕적으로 행동하려는 그의 고집은 그를 도우려는 측근들의 심기를 건드리고 그들의 인간적 가치를 훼손한다[27]. 일반적으로 갈등은 이해관계를 달리 하는 사람들이 일방적으로 자신의 이익이나 입장을 관철시키려고 하는 데서 발생하는데 반해, 텔하임을 중심으로 한 갈등은 자신이 아니라 상대방을 위하기

---

27) Günter Saße: Liebe und Ehe. Oder: Wie sich die Spontaneitat des Herzens zu den Normen der Gesellschaft verhält. Lessings *Minna von Barnhelm*. Tubingen 1993, 114-5쪽 참조.

때문에 빚어지는 점이 특이하다. 이 갈등은 주종(텔하임 - 유스트) 차원에서 시작해 우정(텔하임 - 베르너) 차원을 거쳐 애정(텔하임 - 민나) 차원으로 상승한다[28]. 이제 이 갈등의 양상을 차례차례 살펴보기로 하자.

2.1. 텔하임 - 유스트

텔하임이 돈이 없어서 수모를 당하면서도 자신보다는 남을 먼저 생각하는 사람임은 이미 언급하였다. 1막 6장은 이러한 그의 인간성을 잘 보여주는 장면이다. 전사한 전우 마르로프의 미망인이 남편의 유언에 따라 남편이 생전에 진 빚을 갚으려고 그를 찾아온다. 그러나 그는 돈이 없어서 어려움을 당하고 절망의 구렁텅이에 빠져 자칫하면 "신의 섭리에 불평을 터트리게 될"(I, 614) 처지임에도 불구하고 미망인이 내미는 돈을 한사코 받지 않는다. 미망인이 경제적으로 곤란한 처지에 있음을 알아채고 그녀를 도우려는 것이다. 그는 돈을 받지 않으려고 빚을 준 일이 없거나, 또는 있더라도 이미 청산되었다는 거짓말을 꾸며댄다. 감동한 미망인은 - 그리고 그녀와 함께 관객/독자도 - 그에게 "고결하신 분"(I, 615)이란 찬사를 보낸다.

그러나 그녀도 빚을 갚지 않고는 마음의 평안을 찾을 수 없으므로 빚을 갚아야겠다는 입장을 굽히지 않는다. 남편을 여의고 혼자 힘으로 어린 자식을 어떻게 부양해야 할지 막막하기만 한 처지이지만, 빚을 갚으라는 남편의 유언을 실행해야만 마음이 편해지겠다는 마르로프

---

28) 임한순: 같은 글 222-3쪽 참조.

부인 그리고 자신의 어려움에는 아랑곳하지 않고 자식을 위해 쓰라면서 마땅히 받아야 할 돈을 받지 않는 텔하임은 마치 누가 더 고결한 마음씨를 가졌는지 경쟁을 벌이는 듯하다. 이런 고결한 인품의 경쟁이 - 이것은 눈물과 함께 감동희극의 주요 특징이다 - 텔하임과 측근들 간에 빚어지는 갈등의 기본 구조를 이루고 있다. 이런 의미에서 텔하임과 마르로프 부인의 대결은 앞으로 여러 차원에 걸쳐 벌어질 대결의 전초전이라 하겠다.

이미 언급한 바와 같이 텔하임은 모든 것을 잃은 처지에 맞게 신변을 정리하고 생활방식을 바꾸지 않을 수 없다고 생각한다. 그래서 그는 시종을 내보내려고 한다. 숙박비를 지불할 수 없는 그는 시종에게 급료도 지급할 수 없다. 급료를 줄 수 없는 시종을 붙들어두고 고생시키는 것은 그의 명예관에 어긋나는 일이기 때문이다. 그러나 그가 대책 없이 유스트를 그냥 해고하려는 것은 아니다. 시종을 보다 지내기 좋은 곳으로 보낼 계획이다. 아랫사람에 대한 따뜻한 배려가 엿보인다.

유스트에게서 가장 두드러지게 나타나는 점은 주인에 대한 충성심이다. 거의 한계를 모르는 듯한 그의 충성심은 그러나 무조건적인 것이 아니라, 상전이 그 자신과 아버지에게 베풀어 준 온정에 뿌리를 두고 있다. 다시 말해 상전의 대범하고 온정에 넘치는 성품과 행동이 일면 단순한 유스트를 심적으로 승복시켜 절대적인 충성심을 갖게 한 것이다. 이런 주종관계는 유스트와 생명의 은인을 떠나려 하지 않는 강아지의 관계로 비유된다. 유스트의 생각과 행동을 지배하는 것은 오로지 상전을 위하는 일뿐이다. 그는 자신과 상전을 동일시한다. 같은 현상이 민나와 프란치스카의 관계에서도 나타난다. 그런 그가 곤경에 빠진 상전 곁을 떠난다는 것은 상상도 할 수 없는 일이다. 처음에 그는 상전이 헤어지자고 하는 원인이 자기 자신에게 있다고, 즉 자신의 존재가 상전에게 경제적 부담이 된다고 생각한다. 그렇다면 내키지는 않지만 상전의 명령에 따르는 것이 상전의 부담을 덜어 주는 길이라고 그는 생각한다. 그래서 그는 마지못해 급료계산서를 작성한다.

그러나 그 계산서는 그가 상전에게 빚지고 있음을, 그것도 그로서는 감히 갚을 엄두를 낼 수 없을 정도로 많은 금액을 빚지고 있음을 밝혀준다. 이것은 텔하임이 생각했던 것과는 정반대의 결과이다. 그가 이전에 어려운 지경에 처한 유스트 부자를 위해 여러 번 상당한 액수의 돈을 지불한 적이 있다. 그는 그것을 윗사람으로서 당연히 해야 할 도리로 알고 했을 뿐, 그 돈을 돌려받을 생각은 추호도 없다. 이것은 마르로프 부인이 남편의 부채를 갚기 위해 내미는 돈을 받지 않는 것과 맥을 같이한다. 그의 대범하고 따뜻한 인간성은 시종일관 나타난다. 그래서 그는 그런 계산서를 작성한 유스트에게 "너 나를 어떻게 보느냐? 너는 내게 갚을 게 없다"고 말한다. 현실적으로 텔하임이 유스트에게 부채를 지고 있는 것은 아니다. 그럼에도 불구하고 그는 "네게 빚지고 싶지 않기 때문"(이상 I, 617)이라는 이유를 들어 입장을 굽히지 않는다.

그러나 이 이유는 상전이 베풀어준 은혜를 잊지 않고 상전을 충직하게 섬김으로써 그 은혜에 보답하려는 유스트에게 통할 리 없다. 실제로 상전에게 빚지고 있는 시종은 "빚지고 싶지 않기 때문"이라는 상전의 이유를 받아들일 수 없다. 유스트가 작성한 계산서는 상전이 내세우는 이유가 아랫사람에 대한 따뜻한 배려에서 나온 것이나, 객관성과 설득력이 없는 주관적, 자의적인 것임을 밝히는 뚜렷한 증거이다. 그러나 텔하임은 자신의 주장이 논리적으로 근거가 없다는 유스트의 지적에 아랑곳하지 않고 고집을 꺾지 않는다.

그러자 유스트는 강아지 이야기를 꺼내 그들의 관계가 금전이나 물질에 근거하는 피상적인 이해관계가 아니라, 한쪽에서는 따듯한 온정과 보호 그리고 다른 한쪽에서는 심적 승복과 충성심에 근거하는 끈끈한 인간관계임을 상기시켜, 즉 텔하임의 머리가 아니라 가슴에 호소하여 그의 동정심을 움직임으로써 상전의 생각을 돌려놓는 데 성공한다. 유스트의 충직성은 마르로프 부인의 성실성과 함께 텔하임의 인간 혐오증을 부분적으로나마 치유해[29], 그로 하여금 "아냐, 완전한 비인간은 없어"(I, 618)라고 중얼거리게 만든다. 여기에서 우리는 텔하임으로 하여금 생각을 바꾸게 하는 길은 논리적 설득이 아니라 동정심에 호소하는 것임을 알 수 있다[30]. 이것은 텔하임과 베르너 그리고 텔하임과 민나의 관계에서도 확인된다.

2.2. 텔하임 – 베르너

베르너는 7년전쟁에 참전한 소령 텔하임의 옛 부하이다. 유스트처럼 그는 옛 상관을 매우 존경하고 따른다. 소령이 지휘관의 신분임에도 불구하고 자신의 목숨을 돌보지 않고 위기에 처한 부하들을 구출하는 것을 여러 번 목격한 그가 텔하임의 용기와 부하에 대한 헌신적인 사랑에 반했기 때문이다. 베르너도 소령의 목숨을 두 번이나 구해준 적이 있다. 이들의 관계는 전우애를 바탕으로 하는 동료관계이다. 귀족과 평민이라는 신분상의 차이 그리고 소령과 상사라는 계급상의 차이가 없는 것은 아니지만, 그것은 별 의미 없는 외형적인 것에 불과하다. 이들의 인간적인 유대는 생사가 엇갈리고 언제 죽을지 모르는 전쟁의

---

29) 임한순: 같은 글 227쪽 참조.
30) P. Pütz: 같은 책 236쪽 참조.

와중, 즉 인간을 수식하는 모든 외형적인 요소가 무의미해지고 단지 살아남으려는 인간의 원초적인 본능만이 문제되는, 그래서 전우 사이에는 아무런 조건 없이 도움을 주고받는 극한상황에서 겪은 공동체험에 근거한다. 힝크의 지적처럼 베르너가 전쟁의 와중에서 텔하임에게 물을 나누어주었던 것이 이러한 공동체험을 상징한다[31]. 생사고락을 함께 한 이들의 관계는 신분과 계급의 차이에도 불구하고 동지애와 우정을 나누는 - 베르너는 텔하임을 간접적으로, 그리고 텔하임은 베르너를 직접 친구라 부른다 - 관계로 발전하여 전쟁이 끝난 뒤에도 지속된다.

그런데 전쟁이 끝난 후 상관과 부하의 처지가 역전된다. 텔하임이 누명을 쓰고 모든 것을 잃은 것이나 다름없는 상태인 데 반해, 베르너는 전쟁 중에 획득한 전리품으로 장원을 구입하여, 장원 안에서는 사법권까지 행사할 수 있는 장주가 되어 어느 정도 경제적 기반과 사회적 지위를 얻은 것이다. 더욱이 그는 지금 적지 않은 돈을 가지고 있다. 병영 생활을 동경하는 그가 농촌 생활에 만족을 느끼지 못하고, 다시 전쟁터를 찾아 나서기 위해 장원을 처분했기 때문이다. 그는 곤경에 처한 옛 상관을 실질적으로 도울 수 있는 형편이다. 그리고 그는 기꺼이 또 아무런 조건 없이 텔하임을 도우려 하며, 그것을 자신이 해야 할 가장 중요한 일로 여긴다. 그의 따뜻한 마음씨는 상전을 헌신적으로 위하는 유스트의 갸륵한 마음씨에 뒤지지 않는다. 그러나 텔하임은 옛 부하의 도움을 완강하게 거절한다. 부하의 도움을 받는 것 또는 갚을 방도가 없으면서 남의, 그것도 아랫사람의 돈을 빌리는 일은 급료를 줄 수 없으면서 시종을 곁에 두고 고생시키는 것과 마찬가지로 그의

---

31) W. Hinck: 같은 책 298쪽 참조.

가부장적 명예관과 고결한 성품이 허락하지 않는다. 곤경에 처한 옛 상관을 어떻게든 도우려는 베르너의 갸륵한 마음씨와 어떤 일이 있어도 품위와 자존심을 지키려는 텔하임의 고고한 자세는 충돌하지 않을 수 없다.

텔하임을 도우려는 베르너의 시도는 이미 실패로 돌아간 적이 있다. 텔하임이 남의 도움을 덥석 받는 사람이 아님을 - 이 점에서 그는 같은 처지의 리코와 좋은 대조를 이룬다. 그의 고결한 인간성과 품위는 리코의 불성실하고 떳떳하지 못한 행태와 대비해볼 때 비로소 그 진면목이 드러난다[32] - 잘 아는 베르너가 맡아달라는 구실 아래 실제로는 마음대로 쓰라고 돈을 주었으나, 텔하임이 베르너의 의도를 눈치채고 그 돈을 그대로 돌려주었던 것이다.

3막 7장에서 베르너는 이 실패를 거울삼아 텔하임이 돈을 받도록 하기 위해 꾀를 낸다. 텔하임에게 돈을 주면서 마르로프 부인이 빚을 갚으려고 보낸 돈이라고 둘러댄다. 마르로프 부인이 이미 그 일 때문에 텔하임을 방문한 사실을 모르는 그가 꾸며낸 이 거짓말이 통할 리 없음은 물론이다. 이렇게 거짓말을 꾸며대면서까지 텔하임을 도우려는 베르너의 호의는 그러나 텔하임에게 고통을 줄뿐이다. 경제적 궁핍으로 인한 생활의 어려움과 인간적 수모보다 명예와 자존심을 지키는 것이 그에게는 더 중요한 일이기 때문이다. 그래서 그는 베르너의 따뜻한 마음씨와 자신에 대한 호의는 인정하나, "네 돈이 필요치 않다"고 말한다. 베르너가 친구의 호의를 외면하고 소중한 물건을 전당잡힘으로써 사람들의 구설수에 오르는 것이 온당한 태도냐고 꼬집자, 그는 "내가 너에게 빚지는 것은 온당치 않다"(이상 I, 654), "나는 너에게 빚

---

32) F. Martini: 같은 글 386-7쪽 참조.

지지 않겠다"(I, 655)고 가부장적 윤리관을 내세운다.

　그러자 베르너는 전쟁터에서 상관의 목숨을 두 번이나 살려준 일을 상기시키면서, 목숨을 구해준 사람에게 가부장적 윤리관을 내세워 도움을 거절하는 것이 온당한 태도냐고 되묻는다. 베르너는 상하를, 네 것 내 것을 구분하지 않는 전시의 논리를 내세워 텔하임의 거절 이유가 부당함을 지적한다. 그러나 텔하임은 요지부동으로 입장을 굽히지 않는다. 그의 경직된 태도가 도에 지나치는 것이라고 보아도 틀린 시각이라고 말할 수 없을 것이다. 이런 시각에서 보면 그는 희극적인 인물이다. 그리고 그의 거절 이유가 베르너의 진심에서 우러나오는 우정의 목소리 앞에서는 궁색한 변명으로 들리기도 한다.

　그러나 우리는 텔하임이 명예와 자존심을 지키기 위해 자기 자신과의 처절한 투쟁을 벌이고 있음을, 엄청난 심적 고통을 감수하고 있음을 간과해서는 안 된다. 수뢰 혐의로 인해 그의 명예와 도덕성이 사회적으로 훼손된 상태이다. 이런 상황에서 그가 개인적으로 할 수 있는 일은 명예와 도덕성을 지키는, 즉 귀족장교로서 정체성을 유지하는 것이다. 그리고 가부장적 명예관은 그에게 남의, 특히 아랫사람의 도움을 받지 못하게 명령한다. 남들이 어떻게 보든 간에 그것은 그의 명예관에 어긋나는 행동이고 자신의 도덕성에 흠집을 내는 일이기 때문이다. 그는 엄청난 심적 고통과 인간적 수모를 감수하면서까지 명예를 지키려고 안간힘을 쓰고 있다. 그렇기 때문에 그는 측근들의 따뜻한 인정과 호의는 인정하면서도 그들의 도움을 고통으로 받아들인다. 그래서 그는 "오늘 가장 좋은 사람들이 나를 가장 많이 괴롭힌다"(I, 653)고 한탄한다.

　여기에서 텔하임의 모순이 드러난다. 그는 베르너의 거짓말을 나무란다. 하지만 그 자신은 마르로프 부인에게 그리고 베르너에게 거짓말을 한다. 베르너의 거짓말도 그 자신의 거짓말과 마찬가지로 선의의 거짓말이다. 이같은 텔하임의 이중성은 가부장적 명예관에서 나온다. 이 원칙을 고수하는 한 그는 측근들의 호의를 고통으로 받아들일 뿐, 역으로 그가 측근들에게 심적 고통을 주고 있다는 사실은 깨닫지 못한다.

텔하임은 모든 것을 다 희생해서라도 명예만은 지켜야겠다는 입장을 고수한다. 이 태도는 전쟁터에서 살아남기 위해 너와 나를 구분하지 않고 서로 위기에 처한 동료를 도왔던 것처럼 내 것 네 것을 가리지 않고 곤경에 처한 옛 상관을 도우려는 베르너의 눈에는 일방적이고 지나치게 경직된 것으로 보일 수밖에 없다. 그는 전시의 논리로써 도움을 거절하는 텔하임의 태도가 사리에 맞지 않는 것임을 지적한다. 그러나 텔하임의 경직된 태도는 논리적 설득으로는 풀리지 않는다. 텔하임의 명예 원칙은 존재의 근거라 논리 이전의 문제이기 때문이다.

베르너가 논리로써 텔하임의 이성에 호소하는 한, 이들은 평행선을 달릴 수밖에 없다. 이제 베르너에게 남은 길은 유스트가 했던 것처럼 텔하임의 인간애, 동정심을 움직이는 것뿐이다. 그는 노후에 의탁할 곳이 없으면 텔하임에게 의지하려 했으나, 이제 그 생각을 바꾸지 않을 수 없다고 말하면서, 텔하임이 자신의 도움을 거절하는 것은 그 역시 자신을 도울 마음이 없는 반증이라고 그 이유를 설명한다. 이 지적은 텔하임의 아픈 곳을 찌른다. 텔하임은 비참한 처지에 빠져 있지만, 이기적인 생각은 조금도 가지지 않고 오히려 딱한 처지의 사람들을 어떻게 해서라도 도우려는 따뜻한 인간애와 동정심으로 가득 찬 인간이기 때문이다. 따라서 그는 베르너의 지적이 있자 한 걸음 물러나지 않을 수 없다. 텔하임이 기존의 입장에서 일보 후퇴하여 정말 돈이 필요하면 누구보다 먼저 베르너에게 도움을 청하겠다고 다짐하는 선에서 그들은 타협한다. 텔하임은 비록 베르너의 도움은 받아들이지 않지만, 그의 따뜻한 마음씨는 인정하여 그를 친구로 삼는다. 그는 이전부터 옛 부하를 격의 없이 친구처럼 대했지만, 이 장면 마지막에서 이전에 호칭으로 사용하던 "베르너"라는 성 대신 "파울"(I, 655)이라는 친구 사이에서나 쓰는 이름을 사용한다.

3. 민나 폰 바른헬름

작센의 귀족 민나는 현대에서도 그 유례를 찾아보기 힘들 정도로 진취적이며 적극적이고 능동적인 여성이다. 사랑을 뜻하는 중세 독일어 Minne를 연상시키는[33] 민나라는 이름이 암시하는 바와 같이 그녀가 추구하는 목표는 사랑이다. 그녀는 사회적 인습이나 세상의 이목에 조금도 구애받지 않고 자신의 의지대로 사랑하는 사람과 행복한 삶을 실현시키기 위해 전력을 투입한다. 그녀와 텔하임의 관계는 그녀가 원해서 그리고 또 능동적으로 나서서 맺어진 것이다. 텔하임이 민나의 고향 튀링엔에서 전쟁배상금을 징수하면서 액수를 최저로 책정했으며, 주민들이 낼 수 없는 금액을 대납해 주었음은 이미 언급하였다. 프로이센 군의 지휘관이 점령지에서 보인 아량과 인정에 반해 민나가 본 적도 없는 텔하임에게, 그것도 비록 그가 무어인 오셀로처럼 "새까맣고 추하게" 생겼을지라도 그를 사랑하고 또 그를 "소유해야겠다는 굳은 결심을 가지고"(이상 I, 679) 접근하여 그들의 관계가 시작되었다.

　마음에 드는 남자를 "소유해야겠다"고 나서는 민나의 적극성은 사

---

33) Helmut Göbel: *Minna von Barnhelm, oder das Soldatenglück*. Theater nach dem Siebenjährigen Krieg. In: Interpretationen. Lessings Dramen. RUB 8411. Stuttgart 1991, 68쪽 참조.

회 관습을 뛰어넘는 것이고, 통상적인 남녀의 역할을 뒤집는 것이다. 민나의 의지대로 그들은 서로 사랑하게 되어 약혼하고 전쟁이 끝나면 혼례를 올리기로 하였다. 여기에서 우리는 민나가 귀족계급의 전통적 혼인 관습에 따르지 않는다는 점에 주목해야 한다. 귀족계급에서는 부모가 사회적 신분과 재산 등을 고려하여 배우자를 정해주면, 자녀는 그 결정에 따르는 것이 일반적이었다. 그런데 18세기 중엽 감성주의 (Empfindsamkeit) 풍조가 불면서부터 이 관습이 당사자들의 감정을 중시하는 방향으로 바뀌는 경향이 나타나기 시작하였다. 이런 사회 풍조의 변화가 레싱의 작품들에 반영되고 있다. 그의 첫 시민비극『사라 삼프존 아가씨』의 여주인공 사라는 관습에 따르지 않고 자신이 선택한 남자를 따라 가출한다. 자신이 선택한 남자를 아버지가 용납하지 않기 때문이다. 과감하게 행동을 취하기는 했으나 그녀는 아버지를 배신했다는 가책으로 몹시 괴로워한다. 이는 사라가 전통적인 혼인 관습을 뛰어넘긴 했으나, 아직은 배우자 선정에 있어서 부모가 커다란 영향력을 행사함을 뜻한다.

　『사라』보다 12년 뒤에 발표된『민나』에서는 부모 내지 보호자는 거의 영향력을 갖지 못하고, 젊은이의 선택을 추인하고 축복하는 기능을 담당한다.『민나』가 관습을 뒤집어엎는 속성을 가진 희극인 점도 있지만, 민나의 적극적이고 능동적인 활동 에너지는 전통적인 인습이나 세인의 이목에 구애받지 않는다. 그러나 배우자 선정 문제로 부모와 자녀가 갈등을 빚을 가능성은 여전히 존재한다. 이 가능성은 작품속에서 민나의 속임수 연극의 전제조건으로 작용한다. 민나의 보호자인 삼촌이 질녀가 선택한 남자를 반대하는 경우, 민나가 어떻게 대응할 것인가 생각해보는 것은 흥미로운 일일 것이다. 그녀의 성격에 비추어볼 때, 민나는 모든 불이익을 감수한 채 두말없이 삼촌 곁을 떠날 것이다.

민나는 스스로 선택한 "태양 아래 가장 훌륭한 남자"(I, 632), 모든 미덕을 다 갖춘 남자와 혼례를 올리기만을 학수고대하고 있다. 그런데 문제가 생겼다. 종전 후 곤경에 빠진 텔하임이 소식을 끊은 것이다. 민나는 약혼자에게서 소식이 오기를 무작정 기다리는 소극적인 여자가 아니다. 이번에도 그녀는 약혼자를 찾아 나선다. 그녀는 텔하임이 어디 있는지도 모르면서 오로지 행운의 여신이 바르게 인도하리라는 믿음에 의지하여 약혼자의 "항복을 받으러"(I, 624) 적국의 심장인 베를린으로 온다. 쳐들어온다는 표현이 그녀의 적극적이고 공격적인 성격에 더 어울릴 것이다. 그녀는 삼촌과 함께 길을 떠났는데, 도중에 삼촌의 마차가 고장 나는 바람에 먼저 시녀와 함께 베를린에 도착한다. 이는 민나로 하여금 아무런 간섭 없이 독자적으로 판단하고 행동하게 하기 위한 장치로 이해된다.

행운의 여신은 민나의 믿음에 보답이라도 하려는 듯이 그녀를 약혼자가 묵고 있는 여관으로 인도하여 쉽게 약혼자를 찾게 한다. 텔하임을 찾은 그녀는 기쁨과 행복에 들떠 어쩔 줄 모른다. 그녀는 "기쁨에 취한"(I, 633) 나머지 그가 불행한 처지에 빠져 있음을 암시하는 정황들에 눈길을 돌릴 여유조차 없다. 프란치스카가 그녀에게 그 점을 지적해 준다. 그러나 민나가 시녀보다 사려나 인정이 부족한 것은 아니다. 그녀는 텔하임이란 인간 자체를 사랑하기 때문에 그의 외적 조건이나 형편 따위는 도외시한다. 따라서 텔하임의 불행은 그녀의 기쁨을 방해하지 못한다. 그녀는 텔하임의 불행까지도 포용할 자세가 되어 있기 때문에 "불행도 좋다. 어쩌면 하늘이 나를 통해 모든 걸 되돌려주시려고 그분에게서 모든 걸 빼앗았는지 모른다"(I, 636)고 말한다. 그리고 텔하임이 무일푼일지라도 그녀는 그와 함께 행복하게 살 수 있는 재산을 가지고 있다. 2막에서 민나는 헤프다고 할 정도의 씀씀이를 보인다. 이것은 그녀가 상당한 재력가임을 간접적으로 시사하는 것으로 1막에서 보인 텔하임의 궁핍과 대조를 이룬다[34].

민나는 텔하임을 이 세상의 그 무엇보다도 사랑한다. 그녀가 바라는 것은 오직 하나, 텔하임의 사랑뿐이다. 그녀는 그와 함께라면 온 세상을 다 버릴 수 있다. 사랑하는 약혼자를 다시 찾은 민나는 이제 그와 영원히 결합하여 행복한 삶을 누릴 기대에 부풀어 있다. 민나는 이런 행복감에 젖어 텔하임을 기다린다. 그녀가 실내복 차림임을 프란치스카가 일깨워주어도 그녀는 개의치 않는다. 앞으로는 그런 차림으로 약혼자를 만나겠다고 말한다. 이것은 격식을 차리지 않고 격의 없이 만나겠다는 뜻이다. 자신의 참 모습을 꾸밈없이 약혼자에게 보여주겠다는 이 태도는 상대방에게도 같은 것을 요구하는 주문을 내포하고 있다.

기대감에 부풀어 있는 민나에게 아무 것도 모르는 텔하임이 찾아와 오래간만에 사랑하는 약혼자들의 재회가 이루어진다. 민나가 여관 주인에게 텔하임을 불러오라고 부탁하면서 자신의 이름을 알리지 말라고 당부하는 것은 그로 하여금 아무 준비 없는 상태에서 민나를 만나게 하여 순간적으로 나타나는 그의 꾸밈없는 반응을 보겠다는 의도이다. 간단한 동작과 대사로써 인간의 속마음을 함축적으로 표현하는 작가 레싱의 대가다운 면모를 잘 보여주는 2막 8장은 다음과 같이 시작된다.

---

34) P. Michelsen: 같은 책 240-1쪽 참조.

폰 텔하임 : (등장해 그녀를 보자 그녀에게 나는 듯 달려간다)

　　　　　아! 나의 민나!

아가씨 : (그에게 마주 나는 듯 달려가며) 아! 나의 텔하임!

폰 텔하임 : (갑자기 멈칫하더니 다시 뒤로 물러난다) [..] (I, 637)

　여기에서 우리가 주목해야 할 것은 연기지시문이다. 아무 생각 없이 등장한 텔하임은 뜻밖에 민나를 보자 "그녀에게 나는 듯 달려간다". 여기에는 깊은 의미가 함축되어 있다. 텔하임은 뜻하지 않은 장소에서 사랑하는 약혼녀를 보게 되자 너무 기쁘고 반가운 나머지, "나는 듯 달려가"면서 약혼녀의 이름을 부른다. "나는 듯 달려가"는 즉각적인 행동은 텔하임이 민나를 얼마나 그리워하고 또 사랑하고 있는지를, 그의 진솔한 감정을 여과 없이 표현한다. 그러나 그가 감정이 시키는 대로 행동하는 것은 한 순간뿐, 그 순간이 지나자 그의 사고와 행동은 다시 이성의 지배를 받는다. 이성은 그에게 "불행한 남자는 아무 것도 사랑해서는 안 된다", 그러므로 "민나 폰 바른헬름을 잊으라고 명령한다"(I, 639). 이런 자각이 약혼녀를 향해 "나는 듯 달려가는" 그의 발목을 붙잡는다. 그래서 그는 "갑자기 멈칫하더니 다시 뒤로 물러난다."

　이후 서로 끔찍이 사랑하는 이 두 남녀는 오래간만에 다시 만난 기쁨을 나누기는커녕 극이 거의 다 끝날 때까지 전투 같은 대결을 벌인다. 텔하임은 민나를 사랑할 자격이 없는 자신의 처지를 민나에게 납득시키려고 애쓴다. 그러나 그의 어떤 설명도 텔하임이란 인간 자체만을 사랑하고 원하는 민나에게 통할 리 없다. 총명과 활동력을 겸비한 민나는 텔하임을 "소유하겠다는 굳은 결심"을 실현시키기 위해 적극적으로 공세를 취한다. 이에 반해 텔하임은 비열한 짓은 저지르지 않겠다는 확고한 명예관 때문에 민나를 사랑하지만 단념해야 하는, 이율배반적이라고도 볼 수 있는 입장이라 밀릴 수밖에 없다. 그가 민나의 구혼을 거부하는 궁극적인 원인 - 명예훼손 - 이 4막 6장에 가서야 비로소 밝혀지는 이유는 관객의 긴장을 이완시키지 않고 팽팽한 상태로 유지시키려는 극작술적 고려뿐만 아니라, 민나가 조리 있고 막힘없는 달변으로 너무 일방적으로 밀어붙이기 때문에 그가 자신의 입장을 충분히 밝히지 못하는 데에도 있다. 그리고 앞에서 언급한 텔하임의 대화 능력 부족도 한 요인으로 작용한다.

밀리기만 하는 텔하임이 급기야 민나의 손을 뿌리치고 민나의 방에서 뛰쳐나가고, 민나가 그를 뒤쫓아가는 것으로 2막은 끝난다. 민나가 기쁨과 행복에 겨워 고대하던 재회가 비극적인 이별로 끝나는 것이다. 작가 레싱이 이 이별 장면을 이렇게 중간에서 끝내고, 나머지는 호기심을 억제하지 못하고 그 장면을 엿본 여관주인의 보고를(3막 3장) 통해 제시하는 것은 그 이별이 너무 비극적이라 희극이라는 그릇에 담기 곤란하다고 판단했기 때문일 것이다. 그 보고에 따르면 자신감에 충만해서 언행에 막힘이 없던 민나는 너무나 큰 충격을 받은 나머지 사람도 제대로 알아보지 못하며, 기쁨에 들떠 있던 것과는 달리 눈물을 흘리면서 "지금 내가 행복하니?"(I, 646-7)라는 자문성 질문을 세 번이나 반복한다. 이제 오래간만에 만난 약혼자들이 이처럼 대립하고 비극적으로 헤어지는 까닭을 살펴보자.

4. 텔하임과 민나의 갈등 - 상이한 혼인관의 충돌

첫 번째 재회 장면에서 텔하임이 사랑을 거부하는 태도를 보이자 민나는 그에게서 "네 또는 아니오"로써 대답하겠다는 다짐을 받은 다음 "저를 아직 사랑하십니까"(I, 639)라고 묻는다. 이것은 그녀에게 있어서 본질적인 질문이다. 민나의 존재 근거가 바로 사랑, 텔하임에 대한 사랑이기 때문이다. 그녀의 머리와 가슴은 텔하임으로 가득 차 있다. 그녀는 사랑하는 사람을 위해서라면 모든 것을 다 바치고 온 세상을 버릴 각오가 되어 있다. 하지만 그녀는 일방적으로 남자를 추종하는 관계가 아니라 평등한 관계를 원하고, 사랑을 구걸하거나 상대방에게 사랑을 강요할 생각은 없다. 따라서 그녀는 텔하임과의 관계에 있어서 그가 그녀를 아직 사랑하고 있는지 여부를 먼저 확인해야 한다. 사랑이 그녀의 행동 기준이기 때문이다. 만약 그가 그녀를 더 이상 사랑하지 않는다면, 그녀는 그와의 관계를 다시 생각하지 않을 수 없다. 텔하임은 몇 번 버티다가 자신의 참된 감정을 속일 수 없어서 마침내 "네"라고 대답한다. 동시에 그는 민나를 사랑하면서도 그녀와의 관계를 청산하지 않을 수 없는 자신의 입장을 설명하려고 한다.

그러자 민나는 "소령님은 아직 저를 사랑하십니다. 제게는 그것으로 충분해요"(I, 640)라는 말로써 그의 말을 막는다. 혼란에 빠져 텔하임과의 관계를 새롭게 정리해야 할 필요가 생긴 민나에게는 그의 사랑을 확인하는 것으로 "충분하다". 텔하임이란 인간 자체를 사랑하기 때문에 민나는 그를 전과 다르게 대할 필요가 조금도 없다. 그가 아무리 그녀의 사랑을 거부하더라도 그녀를 사랑하는 마음만 변치 않는다면, 그녀는 그를 사랑할 것이므로 그의 입장 설명을 들을 필요도 없는 것이다. 그녀는 사랑과 재산으로써 그의 정신적, 물질적 불행을 모두 상쇄시켜 그를 다시 행복한 사람으로 만들 수 있다는, 그와 결합하여 행복한 삶을 누릴 수 있다는 자신감에 차 있다. 이상에서 살펴본 바와 같이 민나는 행복의 조건은 오직 사랑이라고, 사랑과 행복을 같은 것

으로 생각한다. 그리고 사랑하는 남녀의 결합, 즉 혼인은 사랑의 공동
체를 건설하는 것으로 당사자들의 개인적인 일로 간주한다.

　민나가 약혼자와의 관계에 있어서 사랑을 절대적인 기준으로 삼고
있는데 반해, 텔하임은 사회적 측면을 전면에 내세운다. 그는 사랑과
혼인을 개인적인 일이 아니라, 사회 규범에 따라야 하는 사회제도로
보고 있다. 이 규범에 따르면 "불행한 남자는 아무 것도 사랑해서는 안
된다". 그래서 그는 민나를 유일한 여성으로 사랑하지만, 명예가 훼손
된, 다시 말해 사회적으로 지탄을 받고 있는 상태에서는 민나를 포기
하지 않을 수 없다고 생각한다. 그의 명예관은 그에게 "민나 폰 바른헬
름을 잊으라고" 명령하는 "이성과 필연"(이상 I, 639)으로 작용한다. 우
리는 이미 위에서 텔하임의 명예관이 전통적인 봉건귀족의 기사도에
입각한 가부장적 명예와 더불어 사회적 평판을 중시하는 명예가 혼합
된 것임을 기술하였다. 그의 명예관이 형식적인 것이 아니라 그의 생
활을 이끄는 윤리와 도덕의 원칙임이 측근들과의 관계에서 드러났는
데, 이제 민나와의 관계에서도 다시 확인된다.

　이 원칙에 따르면 "못 이기는 척 사랑하는 여성을 자신의 불행에
끌어들이는 남자는 불행을 당해도 싼"(I, 640) 비열한 인간이다. 그가
민나를 다시 보지 않으려는 것은 그런 "비열한 짓을 저지르지 않겠다"
는 뼈를 깎는 아픔을 동반한 극기와 자기희생의 몸부림이며, 민나로
하여금 불행에 뛰어 뜨는 "경솔한 짓을 저지르지 못하게 하려는"(이상
I, 641), 사랑하는 여인에 대한 배려에서 나온 결심이다. 사랑의 감정에
이끌려 민나에게 미련을 갖는 것은 비열한 짓이다. 그리고 사회적으로
지탄을 받고 있는 상태에서 "못 이기는 척" 민나의 구혼을 받아들이는
것은 그녀의 명예를 훼손시키는 짓이다. 『에밀리아 갈로티』에서 제후
의 시종장 마리넬리는 아피아니 백작이 귀족이 아닌 에밀리아와 혼인

함으로써 명문세가들과 교제할 수 없게 된다고 말한다. 아피아니도 제후의 궁정에서 출세할 수 없음을 알고 향리로 낙향하려고 한다. 이런 계급사회에서 민나가 사회적으로 흠집 있는 텔하임과 혼인한다면, 그 것은 귀족의 사회적 지위를 포기하는 것이다. 텔하임은 민나에게 이런 희생을 치르게 할 수 없다. 이는 그의 가부장적 명예관이 허락하지 않는다. 따라서 그가 민나를 잊으려는 것은 민나를 더 이상 사랑하지 않아서가 아니라, 오히려 그녀를 자신보다 더 사랑하기 때문이다. 원칙을 지키려는 그의 태도가 너무 완강해서 좀 지나치다는 느낌을 주기도 하지만, 우리는 그가 느끼는 심적 고통을 잊어서는 안 될 것이다.

남녀관계에 있어서 민나는 주관적인 감정인 사랑을 절대적인 기준으로 삼는데 반해, 텔하임은 사회 규범을 내세우는 입장 차이 때문에 이들은 갈등을 빚는다. 민나는 텔하임에 대한 사랑을 그를 불행에서 구해 행복한 인간으로 만들어야 한다는 종교적 소명으로까지 심화시킨다. 이런 소명의식은 그녀의 시선을 흐리게 해 텔하임의 문제를 제대로 보지 못하게 한다. 민나와 텔하임은 서로 상대를 이해하려는 태도를 보이기보다 일방적으로 자신의 원칙에 입각해 결정을 내리고, 상대에게 그 '합리적인' 결정에 따르기를 강요한다. 이들은 상대방을 대신해 생각하고 결정한다. 텔하임은 민나를 위해 파혼하기로 작정했으며, 이와는 반대로 민나는 불행한 텔하임에게 이 세상의 행복을 모두 안겨주기로 단단히 결심했다. 이들은 똑같이 열광적인 사랑에 취해 또는 모든 것을 다 잃었다는 절망감에 빠져 상대를 위한다는 명분을 내세워 상대가 자신의 결정에 따르기를 강요할 뿐, 상대의 입장과 속마음을 헤아리지 못한다. 이런 자기중심적인 태도로 인해 대화가 이루어지지 않고 갈등이 생긴다[35]. 이 갈등을 푸는 임무는 민나에게 주어진

35) O. Haßelbeck: 같은 책 66쪽 참조.

다. 이 갈등을 풀어야만 민나는 사랑하는 텔하임과의 결합이라는 목표를 달성할 수 있기 때문이다.

비극적인 이별이 민나에게 준 충격은 참으로 크다. 자신감에 차서 언행에 막힘이 없는 그녀로서도 그 충격에서 벗어나는 데 얼마간의 시간이 필요하다. 3막은 그런 시간을 그녀에게 주기 위해 다른 사건들로 채워진다. 우선 텔하임이 자신의 입장을 충분히 전달하지 못했다고 판단하여 편지를 써서 민나에게 전달한다. 그리고 여관주인이 프란치스카에게 이별 장면의 속편을 보고한다. 이 편지와 보고는 관객의 긴장을 이완시키지 않기 위한 장치이다. 그밖에 유스트와 프란치스카의 대화를 통해서 소령의 다른 하인들이 저지른 못된 짓 그리고 그로 인한 텔하임의 어려운 처지가 밝혀지고, 다툼으로 점철되는 남녀 주인공들의 관계에 대한 대안적 성격을 갖는 베르너와 프란치스카의 관계가 시작되며, 텔하임과 베르너의 장면에서 텔하임의 인간성이 보다 뚜렷하게 드러난다.

민나는 텔하임의 편지를 통해 그의 사랑을 다시 한번 확인하고 그의 인간성에 감동한다. "각 줄마다 그분의 성실하고 고결한 성품이 풍겨 나온다. 나를 소유할 수 없다는 거절 하나 하나가 다 그분의 사랑을 단언해주고 있어."(I, 662) 텔하임이 민나의 구애를 거절하는 이유가 그녀에 대한 사랑이 식어서가 아니라 그가 처한 불행한 상황 때문임을 확인하였으므로, 그녀는 그와의 재회가 비극적으로 끝났다고 해서 낙심할 필요가 없다. 그녀는 행복을 위협하는 상황을 운명으로 받아들이는 소극적이고 수동적인 여성이 아니라, 그 상황을 타개하여 행복을 쟁취하려는 진취적인 여성이다[36]. 그녀는 "운수를 고친다"(I, 670)는 리

36) Peter C. Giese: Glück, Fortüne und Happy Ending in Lessings *Minna von Barnhelm*. In: Lessing Yearbook 18(1986), 24쪽 참조.

코의 모토를 긍정적인 방향으로 실천한다. 충격에서 벗어난 그녀는 텔하임의 상황을 그 자신보다 잘 판단하고 있다는 인식을 근거로 - "소령님의 웃고 있는 여자친구가 소령님 자신보다 소령님의 상황을 훨씬 더 올바르게 판단하고 있어요"(I, 676-7) - 자신감을 되찾아 다시 공격을 준비한다. 민나는 구혼을 거부하는 텔하임의 태도가 "용서할 수 없는 자존심"(I, 662)이며, 이것의 불합리성과, 우스꽝스러움을 드러나게 할 수 있다는 자신감을 가지고 2회전에 돌입한다. 그러나 레싱은 그들을 곧바로 다시 만나게 하지 않고 뜸을 들인다. 상당히 긴 리코 장면(4막 2장)을 중간에 끼워 넣고, 또 전쟁성 경리국장으로 하여금 민나에게 가는 텔하임을 도중에 붙잡아 세우게 한다.

리코 장면에 대해서는 논란이 많았으나, 마르티니의 설득력 있는 논문 이후로 이 장면을 사족으로 보는 사람은 없다. 이 장면의 여러 기능 가운데 가장 중요한 것은 텔하임의 상황에 긍정적인 변화가 일어나고 있음을 알리는 객관적인 암시가 - 전달자의 의심스러운 인품이 이 정보의 신빙성을 떨어뜨리기는 하지만 - 처음으로 주어진다는 사실이다. "국왕의 친서"(I, 667)로 암시되는 텔하임 상황의 긍정적인 변화 조짐은 전쟁성 경리국장의 언급으로 이어진다. 거듭되는 암시는 관객으로 하여금 막연하게나마 텔하임의 상황이 호전되고 있다는 기대를 갖게 한다. 레싱은 자꾸 뒤로 미루어왔던 문제의 핵심, 즉 텔하임의 비극적 상황을 완전히 제시하기 - 이 점에서 본 작품은 4막 6장까지 분석극의 형식을 취하고 있다 - 이전에 그런 기대를 불러일으켜야 희극의 테두리를 벗어나지 않는다고 판단한 듯하다.

이런 준비 과정을 거친 다음에 레싱은 남녀 주인공을 다시 만나게 한다. 1회전에서 남자 쪽의 일방적인 후퇴와 퇴장으로 승패를 가리지 못한 이들은 이제 본격적으로 자웅을 결할 대회전에 들어간다. 텔하임도 물러나지 않고 자신의 입장을 남김없이 개진할 각오가 되어 있다. 그는 민나를 사랑할 자격이 없는 "전역되고 명예가 훼손된 장교, 불구자, 거지" 신세이기 때문에 민나를 잊는 것이 명예와 이성의 명령이고 필연이라고 말하면서 자신의 입장을 이해시키려고 한다. 텔하임과는 달리 명예의 명령을 "소령님을 사랑하는 착한 여자를 배신하지 말라는 것"(이상 I, 675)으로 이해하는 민나도 논리로써 그를 설득하려 한다. 그런데 이들이 내세우는 논리가 각각 다름을 알 수 있다. 텔하임의 논리를 명예의 논리라고 한다면, 민나의 논리는 사랑의 논리라 부를 수 있을 것이다. 민나는 명석한 오성으로써 그의 말을 조목조목 분석하여 옳고 그름을 따진다. 그녀에게는 그의 전역은 그를 독점할 수 있는 행운이고, "불구자"는 우스꽝스러운 "과장"(I, 677)으로 보인다. 민나는 사랑의 논리로써 가볍게 텔하임의 명예 논리의 부당성을 지적한다. 그녀는 텔하임이 전형희극의 주인공처럼 "명예라는 허깨비"(I, 679)를 좇는다고 판단하고, "유머나 풍자의 자세"[37]로써 이 결점을 치유하려는 열의와 자신감에 차 있다.

그러나 명철한 이성에 의해 뒷받침되는 사랑의 논리도 곧 한계를 드러낸다. 민나는 텔하임 문제의 실체를 제대로 파악하지 못하고, 그가 전역되었기 때문에 명예가 훼손되었다고 말하는 것으로 오해한다. 텔하임이 파면되어서가 아니라 수뢰 혐의 때문에 명예가 손상된 것으로 보는 것이라고 설명해주어도 그녀는 문제의 심각성을 인식하지 못한다. "아가씨는 모든 걸 아주 잘 판단하실 수 있겠지만"(I, 680) 명예 문제만은 예외라는 텔하임의 말대로 민나는 수뢰 혐의에 의한 명예훼손이 그의 존재 근거를 무너뜨리고 정체성을 파괴하는 심각한 문제임

---

37) 임한순: 같은 글 235쪽.

을 알아차리지 못한다. 그래서 그녀는 텔하임에게 튀링엔 신분의회를 위해 대납해준 돈을 놀음에서 잃은 것으로 간주해 잊어버리고, 그 일로 그녀 자신을 얻은 것으로 만족하라고 설득한다. 텔하임에게는 윤리적 원칙에 관한 문제를 그녀는 인간의 힘으로 고칠 수 있는 행운의 문제로 보는 것이다[38]. 민나는 텔하임과 둘만의 행복을 추구하고 또 그의 인간성을 확신하기 때문에 그에 대한 사회적 평판은 도외시할 수 있다. 민나가 그를 사랑하게 된 동기는 그의 인정과 아량이 넘치는 행동이다. 따라서 그 행위의 결과인 텔하임의 불행을 민나는 이해하고 포용할 수밖에 없다.

그러나 사회의 테두리 안에서 행복을 추구하는 텔하임은 명예가 완전히 회복되지 않는 한, 민나와 결별하지 않을 수 없다는 입장을 굽히지 않는다. "세상의 눈으로" 볼 때 그는 흠 없는 민나의 남편이 될 자격이 없다는 것이다. 그는 민나의 사랑을 "맹목적인" 것으로, 그리고 그것을 받아들이는 것은 그녀의 사회적 신분과 명예에 누를 끼치며, 민나를 세인의 "경멸에 내맡기는" 무책임한 짓으로 볼 수밖에 없다. 따라서 명예를 존중하는 그로서는 그런 짓을 할 수 없다. 그리고 또 그는 "모든 행복을 여자에 매달려 얻으려는" 비열한 짓은 할 수 없다. 명예훼손은 이렇게 그의 행동을 제약하는 족쇄로 작용한다. 그가 명예를 도덕과 윤리의 원칙으로 삼고 있기 때문이다. 그를 이 속박 상태에서 해방시킬 수 있는 유일한 것은 완전한 명예회복뿐이다. 때문에 그가 바라는 것은 죄를 전제하는 "사면"이 아니라 "정의"(이상 I, 681), 즉 무죄 판결에 의한 명예회복이다. 그의 태도는 요지부동으로 민나의 설득으로 바뀔 성질의 것이 아니다. 이렇게 텔하임의 명예의 논리와

---

38) P. Pütz: 같은 책 227쪽 참조.

민나의 사랑의 논리는 거리를 좁히지 못하고 평행선을 달려, 의미 있
는 대화가 불가능한 상태에 빠진다. 대화를 통해 텔하임을 설득하려는
민나의 노력은 실패한다. 이제 그녀는 작전을 바꾸지 않을 수 없다.

4.1. 민나의 속임수 연극 (Intrige)

둘만의 사랑과 행복을 추구하기 때문에 민나는 그녀의 사회적 신분을
고려해서 결합할 수 없다는 텔하임의 태도를 이해할 수 없다. 그가 처
한 상황의 심각성을 알아차리지 못하는 민나는 그가 "명예라는 허깨
비"에 홀려, 눈과 귀가 있으나 제대로 보고 듣지 못한다고 판단한다.
그리고 "행복을 찾는 데 사랑하는 여인의 힘조차 빌리지 않겠다"는 그
의 태도가 "좀 지나친 자존심"(I, 662)에서 나온 것으로 파악한다. 그의
태도는 텔하임의 사랑만으로 행복하며 상대에게도 같은 것을 바라는
그녀의 자존심을 상하게 한다. 민나는 자존심이 지나친 그를 "비슷한
자존심으로 좀 괴롭혀주자"는 "꾀"(I, 663)를 생각해낸다. 제 자리에서
맴돌기만 하는 대화를 진척시키고 텔하임의 경직성을 풀어주기 위해
무해한 속임수를 사용하려는 것이다. 속임수는 전형희극에서 공식처
럼 사용되는 기법이다. 민나는 프란치스카를 시켜 텔하임을 사랑하기
때문에 삼촌이 배필로 정해준 남자를 거절해 상속권을 박탈당하고 도
망쳐 나왔다고 거짓말을 하게 한다.

 이 속임수는 텔하임의 이성에 호소해 성과를 거두지 못한 것을 거
울삼아 이번에는 그의 감성, 동정심에 호소하려는 방향전환을 뜻한다.
그리고 이 속임수는 그의 고집스런 태도가 상대방의 감정을 무시하기
때문에 일방적이고 옳지 않은 것임을 자각시키려는, 제대로 기능하지

못하는 그의 눈과 귀를 열어주려는 계몽에 주안점을 두고 있다. 민나
는 그에게 반지를 주면서 "우리 서로 몰랐던 것으로 해요"(I, 681)라는
말로써 속임수 연극을 시작한다. 여기에서 우리는 민나의 말과 행동이
정반대되는 의미를 담고 있다는 사실에 유의해야 한다. 그녀는 입으로
는 헤어지자고 말하지만, 실제로는 그에게 반지를 되돌려줌으로써 사
랑의 맹세를 새롭게 한다. 왜냐하면 그녀가 돌려주는 반지가 텔하임이
여관주인에게 전당잡힌 바로 그 반지이기 때문이다. 따라서 그녀는 두
번째로, 이번에는 불행한 텔하임에게 사랑을 서약하는 것이다[39].

　민나의 예상대로 그 속임수는 즉각 텔하임의 태도를 돌변시키는
효과를 나타낸다. 민나의 불행이란 한 마디 말이 그를 이전과는 전혀
딴 사람으로 만든다. 그는 민나의 헌신적인 사랑에 감동하고 책임감을
느낀다. "아가씨는 저 때문에 세상 사람들의 눈으로 보기에는 많은 것
을 잃으셨어요. 허나 제 눈에는 아닙니다. 제 눈으로 보기에 아가씨는
그 손실로 무한히 많은 것을 얻으셨습니다"(I, 688). 그를 경직성에서
끌어내 열렬한 구애자로 돌변시키는 것은 "소령님의 사랑이 거절했던
걸 아마 소령님의 동정심은 제게 주었을 것입니다"란 민나의 말로써
알 수 있듯이 그의 동정심이다. 동정심은 레싱의 비극론의 핵심을 이
루는 개념이다. 그리고 그는 동정심을 인간의 공동생활에 있어서 제일
중요한 덕목으로 간주해 "동정심이 가장 많은 사람이 가장 좋은 사람
이다"(IV, 163)라고 말한다. 텔하임은 원래 "가장 좋은 사람"의 범주에
들만큼 동정심이 많은 사람이다. 단지 불행한 그가 부족함이 없는 민
나에게 동정심을 느낄 상황이 아니었을 뿐이다. 그런데 이제 민나의

---

39) Hans-Egon Hass: Lessings *Minna von Barnhelm*. In: Das deutsche Lustspiel, 1. Teil., hrsg. v. Hans
　　Steffen. Göttingen 1968, 39쪽; Jutta Greis: Drama Liebe. Zur Entstehungsgeschichte der modernen
　　Liebe im Drama des 18. Jahrhunderts. Stuttgart 1991, 78쪽 참조.

불행이 그의 동정심을 자극한다.

그의 동정심을 움직이게 하는 것은 그의 원칙의 변화가 아니라 민나의 신분상의 변화이다. 지금까지 사랑하는 민나를 소유하고 싶은 간절한 감정을 억눌러 온 것은 그녀의 사회적 신분에 대한 배려이다. 그런데 이제 민나가 상속권을 박탈당하고 집에서 쫓겨난 상태, 즉 귀족의 지위를 잃고 자신과 동등한 처지이기 때문에 그는 그녀의 사회적 신분을 고려할 필요가 없게 되었다. 감정이 오성의 통제에서 풀려나 자유롭게 된 것이다. 그리고 그녀가 자신 때문에 그런 불행을 당하게 되었으므로, 그는 그 어느 때보다도 동정심과 그녀를 보호할 책임을 느낀다. 그래서 그는 자신의 입장과 명예를 고수하는 것보다 민나를 불행에서 건져내는 것이 더 절박한 일이라고 생각한다. "제 자신보다 더 값진 것을 지켜야 하며, 그것도 제 자신을 통해 지켜야 하기 때문에 자기 보존 본능이 눈을 떴습니다"(I, 690)라는 그의 말은 바로 이런 뜻이다.

능동적으로 행동할 동기가 그에게 처음으로 주어진다. "그녀를 위해 모든 것을 시도할 의지와 힘을 느끼는"(I, 686) 그는 전 같으면 상상도 할 수 없는 일들을 계획하고 감행한다. 그는 품위와 명예를 존중하는 인간으로서 자신에게 설정한 금기를 거침없이 깨트린다. 베르너에게 금전적 도움을 청하고, 낙향하려는 아피아니처럼 프로이센이 아닌 다른 곳에서 일자리를 구하려고 한다. 레싱은 용의주도하게 그의 연금 상태를 직전에 풀어 준다. 그가 민나를 위해 취할 행동을 제약하는 장애를 제거해준 것이다. 민나의 속임수는 이렇게 텔하임을 돌변시킨다. 그러나 그의 근본 동기에는 변함이 없다[40]. 자신 때문에 사회적 신분과

---

40) H. Steinmetz: Die Komödie der Aufklärung, 66쪽 참조.

재산을 잃은 민나를 보호해야 한다는 책임감이나, 흠집 없는 민나에게 신분상의 불이익을 가져다줄 혼인을 하지 않으려는 것이나 모두 그의 기사도에 입각한 가부장적 명예관에서 유래하기 때문이다.

민나는 속임수로써 자신의 신분을 텔하임의 그것과 동일하게 만들어 그를 열렬한 구혼자로 변화시키는 데 일단 성공한다. 그러나 이번에는 민나가 거절하는 태도를 굽히지 않아 그들의 언쟁은 또다시 평행선을 달린다. 이런 상황은 외부적인 요인에 의해 갑자기 변한다. 리코가 말한 국왕의 친서가 이제 도착한 것이다. 하루 늦게 도착한 왕의 친서는 텔하임에게 명예와 재산을 되돌려주는 기상신의 기능을 한다. 그는 법적으로 완전히 복권되어서 수뢰 혐의를 받기 이전의 신분과 명예를 회복한다. 이것은 이 희극의 행복한 결말을 위한 필수적인 전제조건이다. 그러므로 민나가 사실을 밝히더라도, 그가 민나의 청혼을 거절할 이유가 없다. 민나가 속임수 연극을 중단해도 될 때가 된 것이다. 그러나 그녀는 프란치스카의 만류에도 불구하고 연극을 계속한다. 여기에는 세 가지 이유가 있다. 첫째, 민나는 애초에 반지를 통해 자신의 연극이 속임수임을 분명히 해두었기 때문에, 매듭이 곧 저절로 풀릴 것으로 확신하고 있다. 실제로 텔하임이 민나에게서 받은 반지가 어떤 반지인지 보기만 하면 매듭은 풀리게 되어 있다. 둘째, 민나는 텔하임을 "속속들이 알고 있지만"(I, 664) 왕의 친서로 인해 그들의 신분 관계가 속임수 이전과는 정반대로 역전된 상황을 이용하여 그의 속마음을 떠보고 그의 애정을 확인하려는 의도를 가지고 있다.

텔하임은 전도가 양양한 귀족의 신분을 회복하는 데 반해, 민나는 외형상 귀족의 신분과 재산을 잃은 상태로 남아 있다. 그는 이제 자력으로 민나를 불행에서 건져내 행복하게 만들 수 있는 능력을 되찾았다. 그가 사랑의 감정에 따라 말하고 행동하는 것을 막을 아무런 장애

요인도 없다. 그의 구혼하는 태도는 그만큼 진지하고 뜨거우며, 민나가 거부하면 할수록 그 열기는 더해 간다. 그가 그녀를 "하늘 아래 가장 귀엽고 사랑스러우며 자애롭고 착한 사람"으로 생각하고 있으며, "민나가 잃을 수 있었던 것 모두는 민나가 아니다"(I, 695)고 말할 정도로 민나란 인간 그 자체를 사랑하며, "오로지 그녀를 받드는 데에 전 생애를 바치고", 또 "그녀를 위해 온 세상을 잊을"(I, 694) 수 있을 정도로 그녀만을 사랑한다는 사실을 민나는 확인한다. 그는 이전에 그처럼 갈망하던 명예회복을 가져다 준 왕의 친서조차 찢으려고 한다. 이처럼 그는 민나를 소유하기 위해 그 어떤 희생도 기꺼이 감수할 용의가 있다.

텔하임이 그녀를 개체로서 더할 수 없을 정도로 끔찍이 사랑하고 있음을 확인하는 민나는 내심 감격하고 "감동을 감추기에 급급하지만"(I, 695), 겉으로는 냉정하게 그의 구혼을 거절하는 태도를 바꾸지 않는다. 그 이유는 그녀가 원래 의도했던 계몽 목표가 아직 달성되지 않았다고 보기 때문이다. 그녀는 "그의 다시 찾아온 행운"이 그의 정열에 불을 댕겨 그가 사랑을 강요하다시피 하는 것으로, 그리고 그런 그의 태도가 그녀의 사랑을 거절하던 이전의 태도와 본질적으로 같은 뿌리에서 나온 것으로 판단한다. 사랑하는 여인을 자신의 불행에 연루시키지 않으려는 것이나, 자신 때문에 불행에 빠진 여인을 구하기 위해 그 외의 모든 것을 고려하지 않는 것이나 다 같이 그의 지나친 자존심과 명예관에서 나온 태도라고 보는 것이다. 그래서 그녀는 그로 하여금 자신의 윤리와 도덕을 결정하는 명예관을 재고·성찰하게 하기 위해 그가 이전에 그녀의 구애를 거절하는 논리로 내세웠던 말들을 그대로 그에게 되돌려준다. 민나의 거절 논리를 옳지 않다고 판단하는 텔하임으로 하여금 그녀의 말들이 원래 그 자신의 입에서 나온 것임을 상기시켜 자신의 잘못을 깨우치도록 유도하려는 데에 그녀가 연극을 중단하지 않고 계속하는 가장 큰 목적이 있다. 민나가 그에게 자신을 비춰보도록 거울을 쳐들어 주고 있는 것이다[41].

텔하임이 상대의 감정을 무시하고 일방적으로 자신의 입장과 논리의 정당성만을 주장하는 고집을 부리고 있다고 보는 것은 민나가 그의 명예관의 사회적 측면을 이해하지 못하기 때문이다. 그리고 또 같은 이유로 그녀는 "그의 다시 찾아온 행운"이 그를 정열적인 구혼자로 돌변시키는 것으로 오해한다. 그를 변화시킨 실제 원인은 이미 언급한 대로 민나의 불행이다. 자신 때문에 사회적 지위와 재산을 잃은 민나를 불행에서 건져내야 한다는 가부장적 보호 의무와 책임감이 그를 돌변시킨 것이다. "다시 찾아온 행운"은 그에게 이 의무를 수행함에 있어서 이전에는 막혔던 여러 가능성을 다시 열어준다는 점에서 부차적인 의미를 가질 뿐 본질적인 것은 아니다. 정열에 불을 댕기는 불씨가 아니라, 이미 타오르기 시작한 정열의 불꽃에 추가로 부어지는 기름과 같은 역할이라 하겠다. 텔하임을 계몽하려는 민나의 속임수 연극은 이 같이 틀린 진단에서 출발한다[42]. 따라서 그녀의 처방이 소기의 목표를 달성하리라고 기대하기 어려운 상황이다. 여기에 그들의 남녀관계에 대한 견해 차이가 가세하여 민나의 속임수 연극은 실패한다.

민나는 남녀관계에 있어서 성 차이를 인정하지 않고, 남자와 여자를 완전히 대등한 파트너로 본다. 그녀는 수동적으로 남자의 보호를 받는 여자의 역할에 안주하는 대신, 권리뿐만 아니라 의무와 책임에 있어서도 남자에게 조금도 뒤지려 하지 않는다. 텔하임과의 관계에서

---

41) Jürgen Schröder: Gotthold Ephraim Lessing. Sprache und Drama. München 1972, 108쪽 참조.
42) H. Steinmetz: Minna von Barnhelm oder die Schwierigkeit, ein Lustspiel zu verstehen, 146쪽 참조.

시종일관 나타나는 그녀의 적극성과 진취성은 그녀가 그에게 "제가 소령님의 명령권자입니다"(I, 676)라는 말에서 극을 이룬다. 이에 반해 텔하임은 남자와 여자에게 각각 합당한 역할이 있으며, 여자를 보호하는 것이 자연이 정해준 남자의 역할이라는 전통적인 견해를 가지고 있다. 이 견해가 그의 기사도에 입각한 가부장적 명예관과 맥을 같이 하는 것임은 물론이다. 이런 견해를 가졌기 때문에 그 자신은 불행한 처지였을 때 "모든 행복을 여자에 매달려 얻으려는 것을 부끄러워하지 않는 남자는 비열한 인간입니다"(I, 681)라고 말할 수 있었다. 그러나 이제 명목상 불행한 민나가 그 못지 않게 고결한 사랑을 추구하며, "모든 행복을 남자의 맹목적인 사랑에 매달려 얻으려는 것을 부끄러워하지 않는 여자는 비열한 인간입니다"(I, 697)라고 그 자신의 말을 그에게 되돌려주자, 그는 그 말을 궤변이라고 단정한다. 여자를 보호해야 할 책임이 있는 남자는 할 수 있으나, 보호를 받아야 하는 여자로서는 입에 담을 수 없는 말이라는 것이다.

텔하임이 했던 말을 그에게 되돌려주어 재고 · 성찰하게 유도하려는 민나의 교육 의도는 이처럼 그들의 견해 차이로 성취되지 못한다. 그녀의 속임수 연극은 오히려 엉뚱한 오해를 불러일으키는 역효과를 가져온다. 민나가 여관주인으로부터 넘겨받은 반지를 내놓으려 하지 않는다는 유스트의 보고를 받자, 텔하임은 그녀의 원래 의도가 그와의 결별이라고 곡해하며, 다시 이전의 비인간적인 경직성으로 되돌아가 "모든 호의는 위장이고 모든 성의는 속임수다"(I, 699)라는 극단적인 말을 한다. 매듭이 저절로 풀리리란 기대와는 반대로 상황은 이제 민나가 통제하기 어려운 상태로 악화된다. 주어진 여건 하에서 그들은 자체적으로 갈등을 해결할 수 없게 되었다. 따라서 교착된 상황에 변화를 가져다줄 요인은 밖에서 와야 한다.

여러 번 예고된 민나의 삼촌이 적시에 등장해 제2의 기상신 역할을 수행한다. 텔하임의 경직성을 풀어주는 것은 이번에도 보호 의무와 동정심이다. 민나를 내쫓은 "잔인한 삼촌"(I, 700)으로부터 그녀를 보호하는 것이 다른 모든 것에 우선한다는 생각이 그의 태도를 바꾸게 하는 것이다. 그러자 민나도 태도를 바꿔 지금까지의 행동이 모두 지어낸 연극임을 고백한다. 속임수 연극의 소도구로 사용된 반지가 마지막으로 모든 오해를 말끔히 풀어주어 사랑하는 약혼자들은 마침내 행복하게 포옹할 수 있고, 희극이 막을 내릴 수 있게 된다.

그러나 민나의 속임수 연극이 계몽 목표를 달성하는 것은 아니다. 그리고 또 텔하임의 명예의 논리가 민나의 사랑의 논리에 의해 극복되는 것도 아니다. 그들의 견해 차이는 그대로 존속하나, 그것을 갈등으로 만든 상황 조건이 해소된 것이다. 하지만 이들은 갈등 과정에서 자신의 입장만을 고집할 것이 아니라, 조건 없이 상대를 이해하려고 노력해야만 비로소 그들의 관계가 보다 성숙한 단계로 올라선다는 새로운 인식에 도달한다.

5. 고귀한 인간성의 표출

민나는 물론이고 텔하임도 전형희극의 주인공처럼 인간의 특성 가운데 어느 한 면만을 의인화한 전형(Charaktertyp)이 아니라, 레싱이 희곡의 등장인물로서 요구하는 장점과 단점을 가진 "중간적인 인물"(IV, 192)이다. 민나는 건전한 이성의 인도와 자연스런 감정에 따라 자유롭게 행동한다. 그녀의 막힘없고 자연스러운 언행에 비하면 텔하임의 언행은 부자연스러워 보인다. 그 원인은 그가 편협한 인간이어서가 아니라, 민나에게 있는 정신적 자유가 그에게는 없기 때문이다. 수뢰 혐의에 의한 명예훼손은 그에게서 정신적 자유를 앗아갈 뿐만 아니라 사회적 존재로서의 생존 자체를 위협한다. 이런 "실존적 위기"에 처해서도 그는 혼신의 힘을 다해 자신의 존재 근거인 명예와 고결한 인간의 품위를 지키려고 안간힘을 쓴다. 그의 눈물겨운 몸부림은 그를 도우려는 측근들과 마찰을 일으킨다. 측근들의 도움을 거절하는 그의 태도에 희극적인 면이 없는 것은 아니다. 그러나 자기 자신보다도 더 사랑하고 위하는 민나를 포기할 수밖에 없다는 그의 결단은 피눈물나는 극기와 자기희생의 결과임을 고려할 때 차라리 비극적이라고 해야 할 것이다. 민나의 적극적인 구혼은 그의 심적 고통을 더해줄 뿐이다.

사회를 의식하지 않고 둘만의 사랑과 행복을 추구하는 민나는 혼인을 당사자들의 개인적인 일로 보는데 반해, 텔하임은 사회제도로 본다. 이런 견해 차이로 인해 그들은 서로를 진정으로 사랑함에도 불구하고, 아니 바로 그 때문에 갈등을 일으킨다. 민나는 그녀의 사회적 신분에 대한 배려 때문에 그녀의 구혼을 거절하는 텔하임의 태도를 이해할 수 없으며, 그녀의 구혼 공세가 그에게 고통을 준다는 사실도 알아차리지 못한다. 그녀는 그가 지나친 자존심 때문에 고집을 부린다고 판단하여 처음에는 사랑의 논리로써, 다음에는 속임수 연극으로 그의 명예의 논리를 극복하려 하나, 결국 완전한 성공을 거두지는 못한다.

그런데 그들의 갈등과 대립은 엄밀히 말해 실체가 없는 헛소동이다. 그 갈등의 원인인 텔하임의 불행은 그들이 재회하여 사랑싸움을 벌이기 이전에 이미 해소되어 존재하지 않기 때문이다. 왕의 친서가 하루 늦게 전달되는 우연 때문에 텔하임이 그 사실을 모르고 있을 뿐, 그는 이미 훼손된 명예를 되찾고 완전히 복권된 상태이다. 그의 명예가 자신도 모르는 새에 이미 회복되어 있듯이, 민나의 사랑의 담보도 이미 그의 수중에 들어와 있다. 텔하임 자신은 모르지만 그는 다시없는 행운아이다. 그의 진정한 행운에 결정적인 요인은 그가 헤어지려고 했던 약혼녀가 원칙을 지키려고 하기 때문에 결코 상대하기 쉽지 않은 그에게 안성맞춤인 여인이라는 사실이다. 그가 도망치면 민나는 그를 찾아가고 그의 우울증을 치료해준다[43]. 이런 여성을 만나기란 쉽지 않은 행운이다.

왕의 친서가 늦게 배달되는 우연이 아니라면 민나와 텔하임이 다툴 이유가 없다. 우연은 이것만이 아니다. 만약 민나가 같이 길을 떠난 삼촌과 함께 하루 늦게, 다시 말해 텔하임이 국왕의 친서를 받은 이후에 베를린에 도착하더라도, 그들은 다투지 않고 곧장 상대의 품속으로 "나는 듯 달려갈" 것이다. 그러므로 그들의 갈등은 심각하고 비극적인 양상으로 전개되지만, 그 원인에 있어서는 우연에 의한, 때문에 원인 무효의 헛소동이다. 레싱은 그 갈등이 비극적으로 전개될 가능성을 처음부터 배제할[44] 뿐만 아니라, 텔하임의 불행의 실체를 밝히기 이전에 그의 상황이 호전되고 있음을 짐작케 하는 암시들을 요소 요소에 배치하여 상황의 심각성을 완화시키고 있다. 그러므로 이 작품의 장르에 관한 논란은 부질없는 것이다.

원인무효의 헛소동이라고 해서 그들의 사랑싸움이 무의미한 것은 결코 아니다. 그들은 각각 그 헛소동을 통해 사랑의 가치와 상대의 진실성을 재차 확인하게 된다. 텔하임은 민나의 속임수 연극을 통해 그녀에 대한 사랑을 잃었을 경우를 체험한다. 그는 불행한 상태에서 민나를 단념할 수밖에 없다고 생각한다. 그런데 엄밀히 말해 이것은 고

43) O. Haßelbeck: 같은 책 105쪽 참조.
44) Herbert Kaiser: Zur Problematik des Handelns in der Komödie. Skizze einer Interpretationsreihe auf der Basis von Lessings *Minna von Barnhelm* und Hauptmanns *Der Biberpelz*. In: Literatur für Leser Jg. 1984 H. 2, 117쪽 참조.

통스럽기는 해도 관념상의 포기에 불과하다. 민나는 속임수 연극으로
그 관념상의 포기를 구체화시켜 체험하게 만든다. 이 체험을 통해 그
는 민나에 대한 사랑이 그의 삶에서 얼마나 큰 의미를 가지는지, 다시
말해 그 사랑이 그가 생존하는 데 없어서는 안 될 필수적인 것임을 깨
닫게 된다. 그에게 그 체험은 "무서운 악몽"(I, 702)과 같은 것으로, 이
제 그는 그 "악몽"에서 깨어나 평온함과 두려움을 동시에 느낀다.

"독일 희곡사상 현대적 의미에서 진보적인 최초의 여성"으로[45] 평
가되는 민나는 처음의 생각대로 약혼자를 다시 찾았다고 해서 행복이
저절로 찾아드는 것이 아니라[46], 행복을 움켜잡기 위해서는 어려움을
극복해야 한다는 인생의 진리를 체험한다. 그리고 또 그녀는 속임수
연극을 통해 텔하임의 고귀한 인간성과 자신보다 약혼녀를 더 소중하
게 여기는 순수한 애정을 확인하고 더할 수 없는 행복을 느낀다. 따라
서 그녀의 속임수가 계몽 목표를 달성하지는 못하지만, 그녀는 "소령
님의 속마음 전부를 보게 된 것을 후회할 수 없어요"(I, 700)라고 말하
는 것이다.

텔하임의 성격은 변하지 않는다. 그러나 텔하임과 민나는 서로 각
자의 생각과 행동에 지나치거나 부족한 점이 있음을 인식시킨다. 이를
통해 이 두 사람은 변화되거나 개선된다. 증진된 상호 이해와 의견의
일치를 바탕으로 이들의 관계는 한 차원 높게 승화된다. 이로써 밝은
미래에 대한 전망이 열린다. 이제 혼인하게 될 이 행복한 남녀를 모체
로 해서 그 주변에 이해심 많은 민나의 삼촌 폰 브루흐살 백작 그리고
비슷한 성향의 사람들이 모이면, 사적 영역에서 대화를 통한 이견의

45) Jürgen Schröder: Gotthold Ephraim Lessing. *Minna von Barnhelm*. In: Die deutsche Komödie, hrsg v. Walter Hinck. Düsseldorf 1977, 52쪽.
46) P. Giese: 같은 글 28-9쪽 참조.

해소와 상호간의 동의를 기반으로 하는 행복한 공동생활이 가능할 것
이다. 이 비전은 인도주의를 암시한다. 레싱의 신념에 따르면 인도주
의는 보다 인도적이고 합리적인 사회 건설을 위한 본질적인 전제조건
이다. 이것은 그가 일생 동안 인간에 대한 믿음을 바탕으로 바라던 미
래의 사회이다[47].

　희극『민나』의 진정한 가치는 고귀한 인간성의 표출에 있다. 순수
한 사랑으로 충만한 고결한 인간의 속마음을 들여다보는 것은 언제라
도 유쾌하고 흐뭇한 일인 동시에 감동과 교훈을 준다. 이 작품이 끊임
없이 관객과 독자의 갈채를 받는 까닭은 바로 여기에 있다. 물질적으
로는 풍요로워졌을지 모르지만, 정이 메말라가고 인간관계의 꽃인 사
랑과 우정조차 물신(物神)의 지배를 받는 경향이 점점 뚜렷해지고 있
는 시대에 살고 있는 현대인들에게 - 작품의 배경이 되는 18세기 중엽
의 독일 상황을 잘 모르는 우리 한국인에게도 -『민나』는 가슴 뭉클한
감동과 가르침을 준다.

6. 계몽주의 희극의 극복

　『민나』는 전형희극, 감동희극, 코메디아 델아르테(commedia
dell'arte) 등 여러 희극유형의 요소들을 망라하고 있다. 이 희극유형들
은 각각 인간을 보는 일정한 시각 그리고 인간관계에서 나타나는 문
제의 해결방식을 가지고 있다. 그러나 텔하임의 성격과 상황은 복합적

---

47) Wolfgang Albrecht: Gotthold Ephraim Lessing. Sammlung Metzler Bd. 297. Stuttgart/Weimar 1997,
　　58-9쪽 참조.

이라 이런 고정된 시각으로는 포착되지 않는다[48]. 그는 명예를 그 무엇보다 중시하기 때문에 처음에는 전형희극의 주인공처럼 보인다. 그러나 적절치 못한 것으로 보이는 그의 원칙의 고수가 과거에 있었던 일에 의해 설명될수록 이 희극은 전형희극의 틀에서 벗어나 비극에 접근한다. 텔하임의 불행은 어떤 과오의 결과가 아니다. 따라서 그 자신은 물론 등장인물 그 누구도 그의 문제를 해결할 수 없다. 이것이 비극적인 요소이다. 그러나 문제의 심각성에도 불구하고 밝고 명랑한 분위기가 작품 전체를 지배하고 있다. 민나의 밝은 오성과 사랑이 넘치는 가슴에서 나오는 기지가 번득이고 막힘이 없으며 날카롭게 정곡을 찌르면서도 따뜻함이 풍겨나는 민나의 언어는 이 드라마가 비극으로 변질되는 것을 막아준다. 다른 등장인물들의 대화도 레싱의 초기 희극들보다 훨씬 웃음을 자극한다. 재치 있고 능란한 언어에 의한 이지적인 명랑성이 이 희극의 본질을 이루고 있다[49].

전형희극으로 희극 창작을 시작한 레싱이 『유대인들』과 『자유신앙주의자』에서 도식적인 전형희극의 틀을 깨뜨리고, 희극을 깊이 있고 진지한 장르로 만들려고 시도했음을 앞에서 살펴보았다. 그의 희극 개혁 노력은 『민나』에서 완성된다. 『유대인들』과 『자유신앙주의자』는 편견의 표적이 되고 있는 집단의 대표자를 - 여행자와 테오판 - 내세워 그들의 모범적인 행동을 통해 편견이 불합리한 것임을 드러낸다. 따라서 희극성이 어느 정도 희생되는 것은 불가피하다. 그러나 인간의 도덕적 가치와 실존 문제라는 진지한 주제에도 불구하고 『민나』의 희극성은 조금도 손상되지 않는다. 레싱은 희극을 인간의 가치를 표현하는 드라마로 격상시키는 데 성공한다.

---

48) U. Gaier: 같은 글 44-5쪽 참조.

49) Paul Böckmann: Das Formprinzip des Witzes bei Lessing. In: Gotthold Ephraim Lessing (Wege der Forschung), hrsg. v. G. u. S. Bauer, 191쪽 참조.

동시에 레싱은 기존의 가치관을 긍정하는 희극의 전통적 기능에 비판을 제기한다. 고췌트 이후로 희극은 계몽된 인간이 분별력과 현세의 운명을 스스로 조종하는 능력을 가지고 있음을 입증하는 기능을 갖는다. 그러나 『민나 폰 바른헬름』은 이 기능을 폐기하고 인간의 자율성에 대한 회의를 표현한다. 이 희극에서 꼬인 국면을 풀고 대결하는 양측의 화해를 이끌어내는 데 필요한 전제조건을 충족시키는 일은 등장인물들의 이성이 아니라 국왕에게 맡겨진다. 남녀 주인공의 행복은 텔하임의 명예회복과 복권에 달려 있기 때문에, 그들 스스로 문제를 해결하지 못한다. 인간의 자율성이 사회의 위계질서에 의해 제한되는 것이다. 고대 그리스 희곡에서 사용되던 기상신 모티프를 차용함으로써 레싱은 이성적인 인간을 자기 운명의 주인으로 만드는 계몽주의 희극의 낙관주의를 부정한다. 민나와 텔하임이 자율적인 존재로서가 아니라 우연의 도움을 얻어 행복에 도달하는 것은 계몽주의 희극론의 핵심을 이루는 이성의 절대적인 문제 해결 능력에 대한 믿음이 사라졌음을 의미한다[50].

---

50) Peter-André Alt: Aufklärung. Stuttgart/Weimar 1996, 237쪽 참조.

비극

IV. 비극

IV-1 『사라 삼프존 아가씨』

─ 줄거리

사라는 사랑하는 멜레폰트와 혼인하려고 하나, 멜레폰트의 방탕한 과거를 문제 삼는 아버지의 반대에 부닥친다. 그러자 사라는 아버지를 거역하고 애인을 따라 가출해서 시골의 한 허름한 여관에 머물고 있다(여기까지 전사). 마음씨 착하고 다정다감한 사라는 심적으로 심한 고통에 시달리고 있다. 늙은 아버지에게 순종하지 않고 가출한 죄책감이 잠시도 그녀를 떠나지 않는다. 게다가 그녀는 혼례를 통해 정식으로 부부가 되지 못한 애인과의 관계를 정상적인 것으로 볼 수 없기 때문에 그녀의 고통은 가중된다. 사라의 아버지는 딸을 잃은 슬픔을 이기지 못하고 딸을 용서하기로 마음을 바꾼다. 자유연애주의자인 멜레폰트는 사라를 사랑하지만, 혼인이 사랑을 강제하는 제도이기 때문에 거부감을 가지고 있다. 그래서 그는 사라의 심적 고통을 알면서도 이런저런 핑계를 대면서 혼인 약속을 미루기만 한다. 사라의 아버지가 그들의 혼인을 허락한다는 소식은 그를 당황하게 만든다.

  멜레폰트의 전 애인 마부트가 그들의 은신처를 알아내 갑자기 나타난다. 그를 다시 차지하기 위해서이다. 그녀는 이 목적을 위해 그들 사이에서 태어난 어린 딸 아라벨라를 대동할 뿐만 아니라, 사라의 불행한 아버지에게도 딸의 은신처를 알려주었다. 멜레폰트는 잠시 심적 동요를 일으키나, 다시 정신을 차려 절대로 마부트에게 돌아가지 않겠다고 선언한다. 하지만 마부트는 그를 협박해 그녀를 가명으로 사라에게 소개하도록 만드는 데 성공한다. 마부트는 온갖 방법을 동원해 사라와 멜레폰트를 갈라놓으려고 획책한다. 그러나 목적을 달성할 수 없음을 인식하자 그녀는 자신의 정체를 밝힌다. 그리고 그녀는 충격을 받은 사라가 기절한 틈을 타서 사라의 약에 독을 탄 후 아라벨라를 인질로 삼아 도주한다.

그 약을 먹고 죽어 가는 사라에게 이미 딸을 용서한 아버지 윌리엄 경이 나타난다. 사라는 운명하기 직전에 마부트를 용서한다. 이 부녀의 고결한 인도주의 정신을 보고 멜레폰트는 마부트에게 복수하고 싶은 마음을 접지 않을 수 없다. 그는 사라를 죽게 한 자기 자신을 용서할 수도 없고, 아들이 되라는 윌리엄 경의 제안을 받아들일 수도 없다. 그리하여 그는 죽음으로써 속죄한다. 그는 칼로 제 몸을 찌르고 나서야 비로소 윌리엄 경을 아버지로 받아들이고 하늘의 은총을 청한다. 윌리엄 경은 아라벨라 그리고 충직한 하인 웨이트웰을 식구로 받아들여 새로운 가정을 만들려고 한다.

1. 가족제도와 혼인 관습의 변화

『사라 삼프존 아가씨』는 1755년 봄에 발표되고 동년 7월 10일 초연되어 극장을 눈물 바다로 만든 이후 근 20년간 관중의 큰 호응을 얻었다.

그 후 이 작품은 독일 문학에 시민비극이란 새로운 장르를 개척한 작품으로 문학사적 가치를 인정받았을 뿐, 세인의 관심을 끌지 못했다. 그러다가 1957년 보른캄이 여주인공 사라의 영적 변화에 초점을 맞춘 논문[1]을 발표한 후 새롭게 학자들의 주목을 받기 시작했다. 필자는 기존의 해석과는 달리 이 비극의 모든 갈등이 여주인공의 연애결혼 의지 그리고 사라와 멜레폰트 간의 혼인이라는 사회제도에 관한 견해 차이에서 비롯된다는 가설에서 출발하여 작품을 분석하고자 한다. 따라서 작품 분석에 들어가기에 앞서 18세기 중엽의 가족과 혼인 제도를 고찰할 필요가 있다. 사랑을 부차적인 것으로 본 프리케[2]와는 달리 그라이스는 이 작품이 사랑을 중심소재로 하는 최초의 비극이라고 지적하였으나, 남녀 주인공의 혼인관의 차이를 깊이 파고들지는 못했다[3].

레싱이 등장하기 이전까지 독일 문학의 대부 역할을 했던 고췌트는 등장인물의 신분에 따라 비극과 희극을 구분하는 신분제한규정을 고수하였다. 시민비극은 신분제한규정을 무시하고 신분이 낮은 평민, 시민을 주인공으로 내세운다. 그렇다고 귀족이 등장하지 않는 것은 아니다. 하지만 귀족이 등장할 경우에도 시민계급 위에 군림하는 지배자 또는 권력을 추구하는 사람으로서가 아니라, 시민적 가치를 추구하는 사적 인간으로 등장한다[4]. 시민비극의 등장인물들은 보편적인 인간성을 추구한다. 그래서 '시민적'이라는 용어는 '보편적 인간적'이란 말

1) Heinrich Bornkamm: Die innere Handlung in Lessings *Miss Sara Sampson*. In: Euphorion 51(1957) 385 - 396쪽.
2) Gerhard Fricke: Bemerkungen zu Lessings *Freigeist* und *Miss Sara Sampson*. In: Festschrift Josef Quint, hrsg. v. Hugo Moser u. a. Bonn 1964, 107쪽 참조.
3) Jutta Greis: Drama Liebe. Zur Entstehungsgeschichte der modernen Liebe im Drama des 18. Jahrhunderts. Stuttgart 1991, 52쪽 참조.
4) Joachim Schmitt-Sasse: Das Opfer der Tugend. Zu Lessings *Emilia Galotti* und einer Literaturgeschichte der Vorstellungskomplexe im 18. Jahrhundert. Bonn 1983, 135쪽 참조.

과 동일시된다. 보편적인 인간성을 추구하는 사람들의 활동 무대는 정치가 이루어지는 공공의 영역, 음모와 권모술수가 판치는 궁정이 아니라 사적인 영역, 가정이다. 그래서 가정이 시민비극의 무대를 이룬다. 그러나 가정이 시민비극의 장르적 특징은 아니다. 인간의 보편적인 문제와 갈등을 집중적으로 그리는 데 가장 이상적인 영역이 가정이기 때문에, 고대부터 가정이 비극의 무대로 즐겨 사용된 것이다[5].

고대로부터 산업혁명이 본격화되는 19세기까지 독일 사회의 지배적인 가족 형태는 대가족이다. 대가족은 조부모, 부모, 자녀 등 피붙이들을 중심으로 하고 그밖에 혈족은 아니지만 경제 활동과 살림살이에 필요한 머슴, 도제, 점원, 하녀 등을 포함하며, 생산과 소비 그리고 주거가 한 울타리 안에서 이루어지는 총체적인 생활공동체이다. 이 공동체의 질서를 유지하며 가문을 계승하고 발전시킬 책임은 가장에게 귀속된다. 신의 대리자로 간주되는 가장은 권위를 가지고 일정한 도덕규범의 바탕 위에서 가정을 다스리고 대소사를 결정하며 가솔들의 양육과 안전을 책임지는 대신 복종을 요구한다. 구성원들은 독립된 개체가 아니라 가정의 질서 속에서 일정한 책임과 역할을 담당한다. 그러므로 가족간의 관계에서 정적인 측면보다는 기능적인 측면이 중시된다. 재화의 공동 취득과 생산에 초점이 맞춰져 있는 이 생활공동체에서는 부부간, 부모 자식간의 감정이 존립과 균형 유지의 절대 조건이 되지 않는다[6]. 가족 전체의 이익이 개개인의 이익이나 감정에 우선한

5) Hinrich Seeba: Das Bild der Familie bei Lesing. Zur sozialen Intergration im bürgerlichen Trauerspiel. In: Lessing in heutiger Sicht. Beiträge zur Internationalen Lessing-Konferenz Cincinnati, Ohio 1976, hrsg. v. Edward P. Harris, Richard E. Schade. Bremen 1977, 311-3쪽 참조.

6) Dorothea Hilliger: Wünsche und Wirklichkeiten im bürgerlichen Trauerspiel. Ein Beitrag zur Entstehungsgeschichte und Problematik neuzeitlicher Liebesbeziehungen. Frankfurt a. M. 1984, 27쪽 참조.

다. 따라서 직업이나 배우자의 선택 등 중요한 결정에 있어서 자녀들
의 자율권이 제한되기 마련이다. 특히 자녀의 혼인은 가문의 부와 세
력을 유지 내지 증대시키는 기회로 인식되기 때문에, 당사자들의 감정
이 아니라 부모의 계산에 의해 결정되고, 자녀는 부모, 특히 가장이 골
라주는 배우자와 혼인하는 것이 일반적이다.

18세기에 독일 사회는 서서히 분화되고 변하기 시작한다. 영국과
프랑스 등 선진국들보다는 뒤지지만 산업이 기지개를 켜기 시작함에
따라 자본주의적 생산방식이 도입되고 도시 지역에서 시민계급이 형
성되기 시작한다. 가내수공업이나 상업을 주업으로 하는 시민계층에
서 생산이나 영업 활동이 이루어지는 공장이나 가게가 가족들의 생활
터전인 가정으로부터 분리된다. 이제 독립적인 경제 활동을 하는 대신
막 태동하기 시작한 산업체나 공직에 취직하여 급료를 받는 가장이
나타나기 시작한다. 이런 추세는 필연적으로 가족제도에도 변화를 초
래해 대가족이 붕괴되기 시작한다. 소가족이 일반적인 가족 형태로 정
착된 것은 산업화가 본격적으로 이루어지는 19세기의 일이지만 16, 7
세기에 이미 부모, 미혼자녀, 하인을 구성원으로 하는, 그러니까 중세
의 대가족과 현대의 핵가족의 중간 형태라 할 수 있는 소가족이 나타
나고[7], 18세기에 들어오면 도시 지역의 시민계층을 중심으로 확산되
기 시작한다.

소가족의 형성과 함께 가족간의 관계도 기능적인 것에서 정적인
것으로 변한다. 일방적으로 이성을 내세우는 초기 계몽주의에 대한 반
작용으로 18세기 중엽에 나타난 감성주의(Empfindsamkeit)도 인간관

7) Susan L. Cocalis: Der Vormund will Vormund sein. Zur Problematik der weiblichen Unmündigkeit im
18. Jahrhundert. In: Gestaltet und gestaltend. Frauen in der deutschen Literatur, hrsg. v. Marianne
Burkhard. Amsterdam 1980, 35-6쪽 참조.

계, 가족관계의 변화를 촉진한다. 이제 가정은 가족들의 물질적 욕구
의 충족과 사회적 안전을 보장하는 기능을 넘어서 정서적 평안도 담
당하는 것으로 인식된다[8]. 원래 감정은 대가족의 가치체계에서 윗자
리를 차지하지 않는다. 대가족이라는 공동체가 경제 활동에 주안점을
두었으므로 가족 전체의 이익이 우선하기 때문이다. 그런데 이제 경제
활동이 가정의 영역으로부터 분리됨으로써 기능적인 측면에 가려 있
던 가족간의 정적인 측면이 전면으로 대두하게 된다. 이리하여 사랑이
남편과 아내, 부모와 자식을 잇는 중요한 요소로 자리 잡는다. 가정의
경제 공동체로서의 성격은 그대로 유지되면서 애정 공동체로서의 측
면이 중요해지는 것이다. 그리고 사랑이 서서히 인간관계의 토대로 자
리 잡기 시작한다. 이런 추세에 따라 문학의 영원한 주제인 사랑이 18
세기 전반에 희곡을 정복한다. 고췌트와 겔러트 시대의 희곡은 대개
혼인을 소재로 한다.

　가정이 경제 공동체에서 정을 바탕으로 하는 공동체로 변함에 따
라 인간 행동의 평가 기준인 도덕도 내면화된다. 신의 계명과 인간의
천성을 대변하는 양심이 사회 규범을 대신하게 된다. 덕을 갖춘 훌륭
한 사람은 이타적인 행동을 하고 남을 이해하며 동정하고 눈물을 흘
릴 줄 안다. 이기주의는 악덕으로 간주된다[9].

　부부가 사랑으로 맺어진 관계라는 인식과 함께 혼인관도 변하기
시작한다. 양가의 신분계급과 재산의 동질성이 고대로부터 혼인의 조
건으로 간주되어 왔다. 엇비슷한 집안끼리 혼인하는 것이 양의 동서,

---

8) Karin A. Wurst: Familiale Liebe ist die 'wahre Gewalt'. Die Repräsentation der Familie in G. E.
　Lessings dramatischem Werk. Amsterdam 1988, 42쪽 참조.

9) Helmut Peitsch: Private Humanität und bürgerlicher Emanzipationskampf. Lessings *Miß*
　Sara Sampson. In: Literatur der bürgerlichen Emanzipation im 18. Jahrhundert, hrsg. v. Gert
　Mattenklott, Klaus R.Scherpe. Kronberg 1973, 184-5쪽 참조.

계층의 고하를 막론하고 일반적인 관례이다. 혼인은 가문의 세력을 증대시킬 수 있는 중요한 기회이므로, 나이 어린 당사자들의 감정에 맡겨지지 않고 세상 경험이 풍부한 부모, 특히 가장의 계산에 의해 결정된다. 그런데 사랑이 인간관계의 토대로 떠오르면서 혼인 관습에 변화가 일어나기 시작한다. 18세기 중엽부터 혼인을 정적인 결합으로 보는 경향이 나타나는 것이다. 그리하여 사랑이 혼인의 조건으로 부상한다. 젊은 남녀는 이제 부모가 골라주는 배우자를 받아들이지 않고, 마음이 끌리는 상대와 혼인하려고 한다. 연애결혼이 태동하는 것이다. 연애결혼은 인권의 신장과 함께 점점 세를 얻고 확산되기 시작해, 혼인을 사랑하는 남녀의 영적인 결합으로 보는 낭만주의 시대에 절정에 도달하게 된다[10].

　연애결혼은 그 속성상 딜레마를 내포하고 있다. 사랑이란 감정의 일시성, 가변성과 혼인이란 제도의 지속성 그리고 전자의 자발성과 후자의 강제성이 조화되기 어렵다는 문제점이 그것이다. 사라와 멜레폰트 사이의 갈등은 바로 여기에서 나온다. 이 문제를 풀기 위해 초기 계몽주의는 이성을 내세운다. 사랑을 우발적이거나 맹목적인 감정이 아니라, 이성으로서 상대방의 덕성을 확인하고 나서 자연스럽게 유발되는 감정으로 보는 것이다. 그리고 사랑하는 사람과의 혼인은 이성의 검증을 거친 것이므로 지속될 수 있다는 것이다. 이것을 '이성적' 사랑이라 한다[11]. 이런 합리주의와는 달리 감성주의는 감정을 이성의 지배로부터 해방시켜 직관적으로 상대방의 덕성을 느낄 수 있는 능력으

10) D. Schwab: Familie. In: Geschichtliche Grundbegriffe. Historisches Lexikon zur politisch-sozialen Sprache in Deutschland, hrsg. v. O. Brunner, W. Konze, R. Koselleck. Stuttgart 1975, 285-6쪽 참조.
11) Günter Saße: Die Ordnung der Gefühle. Das Drma der Liebesheirat im 18. Jahrhundert. Darmstadt 1996, 30-1쪽; 김임구: 독일 문학에 나타난 사랑, 결혼, 이혼 - 소피에서 에피까지; 신일희 외: 합리적인 너무나 합리적인; 인물로 읽는 독일문화사. 한길사 1999, 85-6쪽 참조.

로 격상시킨다. 사랑은 이성적 검증이 아니라 순간적 느낌에서 나오는
감정으로 간주된다. 이것을 '다정다감한' (zärtlich) 사랑이라 부른다[12].
이성적 사랑이건 다정다감한 사랑이건 모두 덕성을 기준으로 한다. 단
지 애인의 덕성을 이성을 통해 인식하느냐 아니면 직관적인 감성을
통해 느끼느냐 하는 차이가 있을 뿐이다. 덕성에 근거한 사랑은 즉흥
적이고 가변적인 열정과는 달리 지속성을 가지며 에로스와 관능을 배
제한다. 육체적 사랑은 합법적인 부부 사이에서만 허락되고, 혼전 내
지 혼외 육체관계는 시민 사회의 도덕 규범에 배치되는 금기이다[13].

　18세기 중엽은 부모가 자녀의 배우자를 선택하는 전통적인 관습
과 막 태동하기 시작한 연애결혼 풍습이 맞부딪치는 과도기다. 자급자
족에 입각한 대가족의 경제 활동이 소가족의 시장경제 체제로 바뀌면
서 개인의 권리가 신장되고, 사랑이 인간관계의 토대로 부상하는 것과
함께 부모와 자녀간의 관계도 변화될 수밖에 없다. 추세는 절대적이던
가장의 권한이 축소되고, 자녀의 권리가 점차 신장되어 성년이 된 아
들이 혼인할 때 부모의 승낙을 받지 않아도 되는 방향으로 나아간다.
그러나 이런 변화가 단숨에 일어나는 것은 물론 아니다. 18세기 중엽
에 가정의 모습이 바뀌고 새로운 생활 형태가 생성되지만 식구들의
물질적 욕구의 충족, 전통의 계승, 자녀 교육 등 가정이 중요한 기능을
담당한다는 사실에는 변함이 있을 수 없다. 이런 기능들을 효과적으로
수행하기 위해서는 명확한 질서체계가 요구된다. 그래서 전통적인 가
부장적 질서체계가 존속하게 된다. 계몽주의자들이 가장의 권위를 인
정하는 것은 이 때문이다. 하지만 가장이 이전처럼 가족 위에 군림할

12) G. Saße: Die Ordnung der Gefühle, 38-40쪽; 김임구: 같은 글 88-9쪽 참조.
13) Gerlinde A. Wosgien: Literarische Frauenbilder von Lessing bis zum Sturm und Drang. Ihre
　　Entwicklung unter dem Einfluß Roesseaus. Frankfurt a. M. 1999, 151-2쪽 참조.

수만은 없는 상황이 되었다. 가장으로서 권위를 유지하는 한편 따뜻한
애정으로 아내와 자녀를 돌보아야 하는 이중의 역할이 아버지에게 주
어진다[14]. 이것은 아버지들에게 정체성의 혼란을 야기한다. 가족을 보
호하고 가정의 도덕적 가치를 지키는 가장의 역할과 다정다감한 아버
지의 역할 사이를 오락가락하며 자율권을 요구하는 자녀와 충돌을 일
으키는 것이다. 이런 아버지의 모습이 특히 『사라』의 윌리엄 경에게서
잘 나타난다.

월리엄 경의 가정은 위에 소개한 18세기 중엽의 가정상과는 상당
한 거리가 있다. 그 가정이 그 당시의 영국이나 독일의 시민 가정을 대
표하는 것으로 보아서는 안 된다. 『사라』뿐만 아니라 다른 희곡에서도
레싱은 소가족을 등장시키고 있는데, 이것 역시 역사적 사실과는 차이
가 있다. 소가족이 19세기 산업혁명과 함께 생성된 가족제도라는 것
이 사회학자들의 일치된 견해이다[15]. 레싱이 예외 없이 소가족을 등장
시킨 것은 소가족이 사적 인간들 사이의 관계에서 발생되는 문제들과
개인의 성장 과정에서 파생되는 문제들을 그리는 데에 이상적이기 때
문이다. 이런 의도에서 레싱은 소가족을 더욱 축소한다. 몇몇 작품을
제외하면 그의 희곡들에 등장하는 소가족은 완전하지 않고, 『사라』에
서와 같이 어머니가 없이 아버지와 딸만으로 이루어진다.

레싱이 구도를 부녀관계로 단순화시킨 것은 가부장적 가정체제에
서 가장은 결정권을 독점하는 권위인데 반해, 딸은 아무런 권한이 없
는 가장 열등한 존재이기 때문이다. 여성은 태어날 때부터 가정과 사
회에서 남성만큼 권리를 갖지 못 하고 차별대우를 받은 것이 사실이

---

14) Jürgen Jacobs: Die Nöte des Hausvaters. Zum Bild der Familie im bürgerlichen Drama des 18.
   Jahrhunderts. In: Wirkendes Wort 34(1984) H. 5, 349쪽 참조.
15) H. Seeba: 같은 글 317쪽 참조.

다. 남성에 비해 육체적으로 약하고 감성의 지배를 받기 쉬운 속성 때문에 자율적인 판단 능력이 부족한 존재라는 인식이 사회 저변에 깔려 있었다. 실제로 대학에서 여성이 합리적으로 사고할 수 있는가 하는 문제가 학술 토론의 주제로 다루어졌고[16], 이는『젊은 학자』에서 다미스가 여자는 이성을 안 가졌기 때문에 인간이 아니라고 추론하는 장면에 반영되어 있다. 그래서 여성은 공적으로 자신의 주장을 직접 펴지 못하고 보호자가 대변하는 것이 일반적이다. 가장의 명령에 맹목적으로 복종하지는 않을지라도 가장의 판단에 따르는 것이 여성의 미덕으로 간주된다[17]. 그리고『에밀리아 갈로티』에서 오도아르도가 염려하는 것처럼 딸은 외간 남자의 유혹의 대상이 될 수 있기 때문에 가정의 잠재적인 취약점이다. 그래서 아버지는 딸의 순결을 지켜서 적당한 남자에게 시집보내는 일에 더 신경을 쓰기 마련이다[18]. 가정과 사회에서 열등한 위치에 있는 여성이 계몽주의가 추구하는 인간의 자율권에 동참할 수 있는 유일한 길은 배우자를 스스로 선택하는 것이다[19].

자녀의 배우자를 타산적인 계산에 따라 선택하려는 부모와 사랑하는 사람과 혼인하려는 자녀 사이의 대립과 갈등이 1750, 60년대 희곡의 구조적 특징을 이루고 있다[20]. 이를 선도한 작가가 레싱이다. 그가 작품 활동을 시작한 1740년대 말은 소가족이 생겨나고 사랑이 인간관계의 토대로 등장하며 연애결혼 풍습이 태동하는 시기이다. 그는 예민

16) Mi-Hyun An: Die kleinen Formen des frühen Lessing - eine Untersuchung ihres Strukturzusammenhangs. Diss. Tübingen 1991, 102쪽 참조.
17) S. L. Cocalis: 같은 책 36-8 참조.
18) Inge Stephan: "So ist die Tugend ein Gespenst". Frauenbild und Tugendbegriffe bei Lessing und Schiller. In: Lessing Yearbook 17(1985), 14-5쪽 참조.
19) G. A. Wosgien: 같은 책 100쪽 참조.
20) J. Greis: 같은 책 50쪽 참조.

한 감각으로 이 과도기 현상들을 포착해 소재로 삼는다[21].『사라』의 갈
등은 바로 이 자유연애결혼에서 비롯된다. 연애결혼이 막 태동하는 시
기에 연애결혼을 주제로 삼고 있다는 점에서 이 작품의 현대성을 찾
을 수 있다.

2. 사라의 이중의 갈등

윌리엄 경의 무남독녀 사라는 멜레폰트와 사랑에 빠진다. 아버지가 멜
레폰트를 거부하자 그녀는 과감하게 애인을 따라 가출한다. 그녀의 아
버지와 그의 하인은 그녀가 남자의 유혹에 넘어가 가출한 것으로 믿
으나, 실상은 그렇지 않다. 이 작품의 전사를 이루는 사라의 이 행동은
감동희극이나 전형희극의 범주를 벗어나는 것으로 새로운 형식, 즉 시
민비극을 예고한다[22]. 앞에서 소개했지만 레싱의 희곡은 관객의 감정
을 자극하고 움직이는 것을 목표한다. 이를 위해 등장인물들의 감정세
계가 상세히 소개된다. 특히 실로 다양한 감정들이 언급되고 있는『사
라』의 등장인물들은 자신의 느낌, 감정들을 성찰·분석하고 또 이야
기한다. 그래서 알트는 이 최초의 시민비극을 "영혼 분석의 드라마"[23]
라 부른다. 앞으로 자세히 논의하겠지만 주요 등장인물들의 사랑, 혼
인에 대한 복합적인 감정이 비극적 갈등을 야기한다. 그리고 격앙된
감정이 파국의 기폭제로 작용한다. 고대 그리스 비극에서 궁극적으로

---

21) 이에 대해 졸고: 레싱의 희곡에 나타난 혼인관의 변화와 여성 자의식의 성장. 괴테연구 제12집(1990)
   227-262쪽 참조.
22) Martin Schenkel: Lessings Poetik des Mitleids im bürgerlichen Trauerspiel *Miß Sara Sampson*:
   poetisch-poetologische Reflektionen. Mit Interpretationen zu Pirandello, Brecht und Handke. Bonn
   1984, 75쪽 참조.
23) Peter-André Alt: Tragödie der Aufklärung. Eine Einführung. Tübingen/Basel 1994, 193쪽.

사건을 이끄는 것은 인간 위에 위치하는 운명이다. 그러나 시민비극이
란 새로운 장르에서는 인간의 감정이 동력으로 작용한다[24].

딸로서 아버지에게 복종하고, 정숙한 처녀로서 순결을 지켜야 한
다는 전통적 도덕 규범에 정면으로 배치되는 행동을 감행했다고 해서
사라가 부도덕한 인물로 설정된 것은 결코 아니다. 오히려 그녀는 그
누구보다도 착한 사람이다. 윌리엄 경의 충직한 하인 웨이트웰은 주인
집 딸을 "태양 아래 살았던 가장 착하고 아름답고 순진한 아이"(II, 11)
라고 칭한다. 사라의 실제 언행은 이 직접적인 성격규정을 옳은 것으
로 확인해준다. 미헬젠의 지적처럼 등장인물들의 감정은 도덕적 자질
을 내포하며, 도덕적인 사람은 선한 감정의 지배를 받고, 부도덕한 사
람은 나쁜 감정의 지배를 받는 것으로 그려지고 있다[25]. 따라서 사라의
멜레폰트에 대한 감정은 앞에서 설명한 자연스럽고 순수하며 도덕적
으로 허용되는 '다정다감한' 사랑으로, 그녀의 연적 마부트의 쾌락적
사랑, 자유연애와는 전혀 다르다.

가부장적 가정 구조에서 자식은 부모가 가문이나 재산 같은 여건
을 고려하여 골라주는 배우자와 혼인하는 것이 일반적인 관행이다. 이
런 사회 분위기 속에서 가출은 자신이 선택한 남자 곁에서 사랑을 완
성하고 자아를 실현하려는 사라에게는 불가피한 선택이다. 사라는 객
관적인 도덕률보다는 자신의 가슴속에서 자연스럽게 일어나는 주관
적인 감정을 중시하며, 그것을 행동의 기준으로 삼는다. 불가피한 선
택이지만 가출은 사회 규범에 어긋나는 것이기 때문에, 근본이 착한
사라에게 커다란 희생과 고통을 강요한다. 배우자를 선택함에 있어 부

---

24) Peter Michelsen: Der unruhige Bürger. Studien zu Lessing und zur Literatur des 18. Jahrhunderts.
    Würzburg 1990, 194쪽 참조.
25) P. Michelsen: 같은 책 211, 198쪽 참조.

모의 의견과 당사자의 의견이 일치하지 않을 경우 생기는 갈등을 사라가 겪는 것이다. 실제로 사라는 가출한 후 사랑의 실현에 따르는 기쁨과 행복을 맛보기는커녕 커다란 고통과 슬픔 속에서 나날을 보내고 있다. 여관주인은 "그녀가 온 종일 방안에 틀어박혀 운다"(II, 13)고 말한다. 또 사라는 "우는 것과 슬퍼하는 것"(II, 19)이 자신이 하는 유일한 일이라고 말한다.

사라를 슬프게 만드는 것은 아버지에 대한 죄의식이다. 아버지와 애인 사이에서 애인을 선택함으로써 사라는 정성을 다해 길러준 아버지의 사랑뿐만 아니라 자식으로서 아버지에 대한 사랑과 의무도 포기하였다. 외동딸을 노후에 의지할 유일한 "기둥"(II, 12)으로 생각하는 아버지를 홀로 두고 도망쳐 나왔다는 죄의식이 잠시도 그녀의 머리를 떠나지 않고 괴롭힌다. 그러나 사라는 사랑의 완성을 위해 불가피할 경우 아버지의 축복을 포기할 각오가 되어 있다. 그녀는 아버지에 대한 의무와 자신의 행복 추구가 별개의 것으로 생각하며, 후자를 우선시한다. 사라는 혼인하지 않은 채 남자를 따라나서는 행동으로 인한 순결의 상실과 그에 따른 사회적 지탄은 대수롭지 않게 생각하며 감당해낼 각오가 되어 있다.

아버지에 대한 죄의식보다 사라를 더 괴롭히고 불행하게 만드는 것이 있다. 그것은 그녀가 인생의 반려자로 선택한 멜레폰트의 석연치 않은 태도이다. 그는 사라를 가출하도록 유혹하여 함께 낯선 시골의 한 초라한 여관으로 도피한 후 이런저런 이유를 들어 사라의 혼인 요구를 뒤로 미루기만 한다. 여관은 여행객이 잠시 머무는 임시거처다. 여관에 머무는 것은 그러므로 일시적이어야 한다. 이 한시적인 생활에서 새로운 형태의 생활로 나아가야 할텐데, 그는 그런 비전을 제시하지 않으며, 현재의 상태를 타개하기 위해 어떤 노력도 기울이지 않는다. 여관에 머무는 것이 사라에게는 고통스럽기만 하다. 그들이 여관에 투숙한지 벌써 8주가 지났는데도 그녀의 소원은 이루어지지 않고 있으며, 언제 이루어질지 예측하기도 어렵다. 사라는 가출하기 이전의 상태인 아버지에게 순종하는 순결한 딸로 되돌아갈 수도 없고, 또 정식으로 혼례를 치르고 멜레폰트의 아내가 되지도 못하는 딜레마, 즉 딸로서의 정체성은 잃고 아내로서의 정체성은 확립하지 못한 위기에 빠져 있다. 이 진퇴유곡의 상황을 그녀의 꿈이 잘 보여준다.

사라가 "소름끼치게 험준한 암벽의 가장 가파른 곳에서" "떨리고 불안한 걸음으로" 앞서가는 멜레폰트를 따라가고 있다. 그가 가끔씩 뒤돌아보는 시선이 그녀의 발걸음에 힘을 보태준다. 그녀는 곧 등뒤에서 "멈춰서라고 명령하는" 아버지의 다정한 목소리를 듣는다. 그 목소리를 향해 돌아서려고 할 때 사라는 미끄러져 낭떠러지로 떨어지려고 한다. 그때 그녀와 "비슷한" 여자가 그녀를 구해준다. 그 구원자는 "가슴에서 비수를 꺼내면서" "내가 너를 살린 것은 너를 파멸시키기 위해서다"(이상 II, 19)라고 외친다. 비수가 몸 속으로 파고드는 고통을 느끼면서 사라는 꿈에서 깨어난다.

"소름끼치게 험준한 암벽의 가장 가파른 곳"은 그녀가 안전한 집에서 나와 위험한 곳에 머물고 있음을 상징하고, 그녀의 발걸음에 힘을 주는 멜레폰트의 시선은 그가 반복하는 혼인 약속을 뜻한다. 그가 자꾸 미루는 혼인 약속을 믿고 그녀가 그를 따라가기 때문에, 그녀의 발걸음은 "떨리고 불안할" 수밖에 없다. 그녀의 아버지는 파멸의 낭떠러지를 향해 나아가는 딸을 구하기 위해 등뒤에서 "멈추라고" 외친다. 사세의 지적처럼 이 꿈은 사라가 "그녀를 낭떠러지로 이끌어 가는 멜레폰트와 그녀를 추락으로부터 보호하려는 아버지 사이에"[26] 끼어 있음을 분명하게 보여준다.

---

26) Günther Saße: Die aufgeklärte Familie. Tübingen 1988, 158쪽.

사라의 꿈은 이 비극의 결말을 미리 보여준다. 두르착 등의 지적처럼 이 꿈은 애매 모호하게 미래의 일을 알려주는 신탁과 같은 기능을 한다[27]. 실제로 이 비극의 줄거리는 이 꿈의 내용과 같이 진행된다. 고대 그리스 비극에서는 신이 경고하는 뜻으로 앞으로 벌어질 일들을 예고한다. 그러나 여기서는 꿈의 영상으로 생생하게 나타나는 심리 내부의 체험이 그 자리를 대신한다. 이 비극에서 앞으로 일어나는 일은 운명의 작용이 아니라 궁극적으로 인간의 격앙된 감정에서 발생한다. 사라의 꿈은 죽음에 대한 공포와 동경이 섞여 있는 사라의 이중적인 심리 상태를 반영하고 있다. 꿈이 보여주는 바와 같이 사라는 내적으로 결말의 파국을 미리 체험한다. 외적 사건은 내부에서 이미 벌어진 것을 재현하는 것에 불과하다. 사라는 마부트의 제물이 되기 이전에 이미 꿈속에서 죽는다. 사라가 굴복하는 것은 육신의 죽음이 아니라 정신적 고통이다[28].

3. 사라 – 아버지

윌리엄 경은 전통적인 가장의 권위를 내세우는 아버지이지만 딸을 지극히 사랑한다. 멜레폰트의 방탕한 전력을 아는 그로서는 딸과 멜레폰트의 혼인을 허락할 수 없다. 그래서 그는 가장의 권위를 앞세워 강제적으로 그들의 관계를 끊으려 하였다. 그러자 사라가 아버지의 명령을 따르지 않고 애인을 따라 가출해 버린다. 사라의 이 파격적인 행동은

27) Manfred Durzak: Äußere und innere Handlung in *Miß Sara Sampson*. In: Ders.: Poesie und Ratio.
    Vier Lessing-Studien. Bad Homburg 1970, 51쪽 참조.
28) P. Alt: 같은 책 203-4쪽 참조.

그녀 자신과 아버지에게 심각한 갈등을 야기한다. 그런 상황에 처한 세상의 모든 아버지가 다 그렇겠지만 그는 처음에 심한 분노와 배신 감을, 구체적으로 말해 부도덕한 행위를 저지른 "딸에게는 혐오감을", 그리고 "딸의 저주스런 유혹자에 대해서는 복수심"(II, 12)을 느끼고 딸을 잊기로 작정하였다.

그에게 이런 대응을 지시한 것은 전통적인 윤리관에 따르는 그의 이성이다. 그러나 그의 감성은 이성의 명령에 순응하지 않는다. 그는 딸 없이 혼자 생활해 가면서 외로움을 느끼기 시작한다. 사랑하는 딸을, 딸의 사랑을 잃은 그의 가슴은 허전하기만 하다. 그리고 이 공허감이 늙은 홀아비인 그에게는 가슴을 갈가리 찢는 고문보다 더 고통스럽다. 시간이 지남에 따라 그 공허감은 줄어들기는커녕 점점 더 커진다. 급기야 그는 매도하고 잊어야 마땅할 부도덕한 딸을 그리워하는 자기 모순에 빠진다. 아버지의 명령에 순종하지 않고 남자의 유혹에 넘어가 가출한 딸을 그리워하는 자신의 심사가 가정의 질서를 유지하고 위반 사항을 징벌해야 하는 가장의 책무에 어긋나는 것임을 잘 알면서도 그는 자신의 감정을 억제하지 못한다. 가정의 질서를 유지해야 하는 가장의 권위와 딸을 사랑하는 아버지의 마음, 가부장적 사회의 전통적 윤리관과 자연스런 감정을 인간관계의 토대로 보는 감성주의 풍조가 그의 내부에서 대립하는 것이다. 이 대립은 후자의 승리로 끝난다. 그가 딸을 사랑하고 딸의 사랑을 받고 싶은 욕망을 사회 규범과 가장의 권위를 지키는 것보다 중요하고 가치 있는 것으로 판단하며, 어버이의 사랑이 배은망덕한 딸에 대한 "혐오감"을 이기고 승리하는 것이다.

윌리엄 경은 처음에 자식과의 관계를 일방적으로 자신의 생각에 따라 설정한다. 그러다가 문제가 발생한 후 강권을 발동한 자신의 대응방식이 딸의 가출에 일단의 책임이 있다는 것을 의식하고 나서부터 그의 태도가 달라지기 시작한다.

> 불행한 일은 이미 벌어졌어. 그러므로 내가 아이들에게 즉시 모든 것을 용서해주는 것이 좋았을 거야. 나는 남자에게 가혹한 벌을 주려고 했어. 그래서 남자에게만 그렇게 할 수 없다는 것을 미처 생각하지 못했어. 내가 뒤늦게 엄격한 조치를 취하지 않았더라면, 최소한 아이들의 도피는 막았을 거야 (II, 45).

그는 가장의 권위와 권한을 축소하고, 딸에게 자율적인 삶과 배우자 선택의 권리를 원칙적으로 인정한다. 이로써 그는 권위주의적인 아버지에서 다정다감한 아버지로 탈바꿈한다. 여기에서 우리는 작가 레싱이 당시의 가부장적 가정체제에 비판적이었음을 알 수 있다. 그 대안은 강제와 억압이 없고 사랑과 신뢰를 바탕으로 하는 화목한 가정이다[29]. 『사라』의 결말은 그런 가정의 비전을 제시한다. 이제 윌리엄 경에게는 모든 것을 의미하는 유일한 관계, 즉 딸과의 관계를 복원하는 것이 가장 절실하고 시급한 일로 보인다[30]. 사랑하는 딸을 다시 찾고 딸의 사랑을 다시 받기 위해 그가 취할 수 있는 길은 오직 하나, 탈선한 딸을 용서하는 길뿐이다. 그래서 그는 딸을 용서하기로 작정한다.

여기에서 그는 딸에게 어느 선까지 관용을 베풀 것인가 하는 문제로 다시 내적 갈등에 빠진다. 그는 고뇌 끝에 딸이 한 가지 조건을 충족시킨다면 딸을 용서하기로, "딸이 아직도 나를 사랑한다면 딸의 과

29) Wolfgang Albrecht: Gotthold Ephraim Lessing. Sammlung Metzler Bd. 297. Stuttgart/Weimar 1997, 21쪽 참조.
30) Christoph Lorey: Lessings Familienbild im Wechselbereich von Gesellschaft und Individuum. Bonn 1992, 142쪽 참조.

오를 잊겠다"고 작정한다. 그는 딸을 무조건 용서하는 것이 아니라, 전제조건으로 사랑을 내세운다. 이로써 딸뿐만 아니라 아버지도 사랑을 행동의 기준으로 삼는다. 객관적인 도덕률이 아니라 주관적인 감정을 행동의 기준으로 삼기 때문에, 아버지가 딸의 가출을 용서할 수 있다. 가출이 사회 규범으로는 부도덕한 행위이지만, 자신이 선택한 남자에 대한 자연스런 감정에 따르는 것이므로 "다정다감한 여자의 실수"(이상 II, 12)로 용서될 수 있는 것이다. 그는 한 걸음 더 나아간다.

> 이 과오들이 비록 진짜 범죄일지라도, 의도적인 죄악일지라도, 아, 나는 딸을 용서할 거야. 나는 딸의 사랑을 받지 않는 것보다는 부도덕한 딸의 사랑을 받고 싶어 (II, 12).

이렇게 그는 사랑을 미덕과 악덕을 나누는 가치체계보다 위에 놓아 절대적인 기준으로 삼는다. 이것은 한편으로는 그 당시의 도덕률을 과감히 버리겠다는 입장 표명이고, 다른 한편으로는 새로운 도그마가 무엇인지를 알려준다. 사랑이 실존적 필연성으로 절대화되는 것이다. 그런데 탈선한 딸을 용서하려는 그의 마음 자세에는 자기중심적인 면이 없지 않다. 위 인용문에서 드러나듯이 딸의 입장을 이해하고 딸의 행복을 위하는 마음이 아니라, 오히려 아버지 자신의 쓸쓸한 여생에 대한 걱정이 그 용서의 진정한 동기로 보인다. 노후를 의탁할 유일한 혈육을 잃지 않으려는 이기적인 생각이 더 큰 비중을 차지하는 것이다. 그의 용서가 딸보다는 자기 자신을 위한 것임은 그의 멜레폰트에 대한 태도에서도 나타난다. 그는 딸을 유혹한 남자에게 적개심을 품고 있으며, 그 적개심은 딸을 용서하기로 작정한 뒤에도 풀리지 않는다. 그가 멜레폰트를 용납하는 것은 딸을 되찾으려는 일념에서 나온 고육

지책이지, 그가 멜레폰트를 진정으로 받아들이는 것은 아니다. 그의 적개심은 멜레폰트가 사라를 진정으로 사랑하고 위한다는 것을 직접 자기 눈으로 확인한 연후에야 비로소 사라진다.

사라도 아버지처럼 변화 과정을 거친다. 사라는 아버지를 이 세상에서 "가장 좋은 아버지"(II, 47)로 생각하고 사랑하는 한편, 신의 질서에 기초하는 가정의 질서 유지 책임을 갖는 가장을 신의 대리자로 간주하고 가장의 권위를 존중한다. 그렇다고 사라가 아버지의 권위에 맹종하는 것은 아니다. 자신이 인생의 반려자로 선택한 남자를 아버지가 거부하자 그녀는 집에서 뛰쳐나간다. 자신의 개인적인 감정과 행복을 가족의 화목보다 중시하는 것이다. 그리고 그녀는 이 점에 있어서 끝까지 조금도 양보하지 않는다. 불가피하게 가출이라는 극단적인 행동을 감행하기는 했으나, 사라는 근본이 착한 사람이고 아버지를 사랑하기 때문에, 자신의 그 행동이 신성한 아버지의 권위에 대한 불손한 도전이고 아버지의 사랑에 대한 배은망덕한 배신으로 범죄나 다름없다고 생각하며, 항상 죄책감에 시달리고 있다. 그녀는 양심의 가책 속에서 아버지를 잊으려고 하나, 잊지 못하고 아버지에 대한 걱정으로 마음 편할 날이 없다.

사라는 아버지와 애인 사이에서 애인을 선택함으로써 아버지의 사랑과 축복을 포기한다. 그리고 그 결과인 자신의 불행을 괴롭지만 감당할 각오가 되어 있다. 사라는 딸의 가출에 격분한 아버지가 "그렇게 쉽게 도리를 저버릴 수 있는 딸을 포기하기"(II, 48)가 어렵지 않을 것이라는 생각에 매달려 양심의 가책을 달랜다. 사라가 이렇게 생각하는 것은 그녀 역시 가부장적 가정 질서에 근거하는 윤리관을 가지고 있으며, 가장의 강권을 발동하여 딸과 애인의 관계를 끊으려 했던 아버지의 모습이 그녀의 뇌리에 남아 있기 때문이다. 그녀는 아버지를 "조그만 질서 위반도 가혹하게 다스리겠다고 위협한"(II, 20) 하느님의 대리자로 생각한다. 따라서 그녀로서는 아버지가 탈선한 딸을 용서하리란 것은 상상도 할 수 없는 일이다. 사라가 바라는 것은 오로지 아버지가 자신의 배신에 가슴아파하는 대신 분노하고 부도덕한 딸을 경멸하며 자신을 더 이상 딸로 여기지 않는 것이다. 그래야 아버지가 딸을 잊고 마음의 평정을 되찾을 수 있을 것이기 때문이다.

아버지가 머리로는 딸을 매도하고 잊으려 하나 가슴으로는 그리워하는 것처럼, 딸도 아버지가 자신을 잊었을 것이라는 "잔인한 위로"(II, 19)에 매달려 죄책감을 달래려 하지만, 아버지에 대한 죄의식과 근심 걱정을 떨쳐버리지 못하고 괴로워한다. 이런 상황에서 뜻밖에 하인 웨이트웰이 찾아오자 사라는 대뜸 아버지의 사망을 상정한다. 이것은 그녀가 늘 아버지의 안위를 염려하고 있다는 사실의 반증이며, 죄의식이라는 주관적 감정에 사로잡혀 현실과 주변의 변화를 직시하지 못한다는 증거이다. 아버지가 아직도 딸을 사랑한다는 소식은 사라를 기쁘게 하기는커녕 오히려 당혹스럽게 만든다. 죄를 진 딸을 경멸하고 응징해야 마땅할 아버지가 딸을 사랑하고 슬퍼하는 것은 그녀가 가지고 있는 가장의 상에 맞지 않는다. 그리고 아버지의 슬픔은 그녀의 죄의식을 가중시킨다. 이 장면에서 사라의 가장 큰 관심사는 아버지에 대한 죄의식을 조금이라도 덜려는 것으로 보인다. 이것은 그녀가 아버지보다는 자기 자신을 더 생각하는 결과이다. 자신의 죄책감을 줄이는 데 급급한 나머지 아버지가 딸 없이는 행복해질 수 없다는 사실을 그녀는 생각하지 못한다.

이와 같이 아버지와 딸 모두 궁극적으로 자기중심적인 생각에 집착한다. 이 때문에 그들은 다른 사람의 정당한 요구를 헤아리지 못하고 자신의 입장만 내세운다. 그 결과 그들의 관계가 어긋난다. 이런 현상은 사라와 멜레폰트 사이에서도 나타난다.

　사라를 조금이라도 죄의식에서 벗어나게 하는 것은 아버지가 딸 때문에 불행해지지 않았다는 확신뿐이다. 그러나 그런 확신은 결코 기대할 수 없다. 이런 상황에서 그녀가 할 수 있는 일은 아버지를 더 불행하게 만들지 않는 것이다. 그리고 사라는 아버지가 불행하다면, 그렇게 만든 장본인인 자신도 불행을 감수하는 것이 마땅하다고 생각한다. 그래서 사라는 아버지의 "사랑과 용서"(II, 49)를 받아들일 수 없다. 그 이유는 그녀가 아버지를 사랑하지 않아서가 아니라, 아버지의 "사랑과 용서"가 아버지의 행복이란 값비싼 희생을 요구하는 것으로 보이기 때문이다. 사라는 아버지가 딸의 배신에도 불구하고 가장으로서 위엄과 권위를 지키기 바란다. 사라의 관념으로는 가장이 부도덕한 딸을 용서하는 것은 있을 수 없는 일이다. 따라서 사라는 아버지의 용서가 진심에서 우러나온 자발적인 것으로 생각할 수 없다. 아버지가 딸을 다시 소유하고 싶은 "간절한 소망"에 못 이겨 마지못해서 딸을 용서하는 것으로 사라는 추측하고, 이 추측은 어느 정도 사실에 맞는다. 자발적이 아닌 용서는 딸에게는 용서일지 모르나, 아버지에게는 스스로 자기 자신에게 가하는 "폭력"이나 다름없다. 딸에 대한 "간절한 소망" 때문에 아버지가 가장의 위엄과 권위를 팽개치고 스스로에게 "폭력"을 가하며, 본심과는 달리 무슨 일에나 양보하는 무기력한 존재로 전락하는 꼴을 사라는 바라볼 수 없다.

　아버지가 용서하고 화해의 손을 내밀지만 사라는 그에 상응하는 행동을 조금도 취할 수 없다. 이것이 그녀의 입장을 어렵게 만들고, 또 그녀의 태도를 경직된 것으로 보이게 한다. 아버지가 어려움을 극복하고 탈선한 딸을 용서하기로 했으면, 문제의 원인을 제공한 사라는 "참회하는 공손한 딸로서"(이상 II, 50) 아버지 앞에 무릎 꿇는 것이 당연한 도리임을 잘 알면서도 그렇게 할 수 없다. 그녀가 다시 아버지의 딸이 되기 위해 바칠 수 있는 유일한 희생은 애인을 포기하는 것인데, 그녀는 여하한 경우에도 멜레폰트에 대한 사랑을 단념할 생각이 조금도 없다. 아버지가 딸을 용서하고 다시 받아들일 생각이라면, 멜레폰트에 대한 애정을 포함한 딸의 모든 것을 용납하고, 딸이 아버지에게서 떨어져 나온 거리만큼 접근해야지, 딸은 아버지를 향해 한 발작도 다가갈 수 없다. 이런 입장에서 사라의 양심은 아버지의 용서를 받아들이지 못한다. 그것은 아버지에게 일방적으로 용서를 강요하는 것이나 마찬가지이기 때문이다. 그것은 엄밀히 말해 용서가 아니라 양보이고 굴복이다. 테르-네덴의 지적처럼 용서는 의지나 주장의 포기가 아니고 싸움에서의 패배가 아니라, 싸움의 대안이고 자기를 부정하지 않으면서 자신의 한계를 뛰어넘는 것이다[31]. 사라는 아버지에게 행복을 포기하도록 강요하면서 행복을 얻을 생각은 없다. 사라는 멜레폰트를 단념할 수 없으므로 아버지와의 화해가 아버지에게 지속적인 고통을 안겨주는 것이라고 생각할 수밖에 없다. 그 때문에 사라는 아버지가 불행하다면 자신도 불행을 감수할 수밖에 없다고 생각한다. 그래서 사라는 아버지의 용서를 받아들이지 못한다[32].

아버지가 행복을 희생하면서 딸을 용서하는 것으로 생각하고, 또 아버지의 값비싼 희생에 상응하는 희생을 치를 수 없기 때문에, 사라는 아버지의 용서를 받아들일 수도 없고, 받아들여서도 안 된다고 생각한다. 사라는 이런 태도를 완강하게 고집한다. 사라의 경직된 태도

31) Gisbert Ter-Nedden: Lessings Trauerspiele. Der Ursprung des modernen Dramas aus dem Geist der Kritik. Stuttgart 1986, 86쪽 참조.
32) Peter Weber: Das Menschenbild des bürgerlichen Trauerspiels. Entstehung und Funktion von Lessings *Miss Sara Sampson*. Berlin 1976, 51쪽 참조.

를 풀어주는 것은 용서가 희생이 아니라, "선한 마음을 가진 사람에게
는 즐거움"이라는 웨이트웰의 설득이다. 그는 또 신이 "지속적인 용
서"를 통해 가련한 존재인 인간들을 존속시키는 가운데 "크고 무한한
복락"을 누리고 있으며, 피조물인 인간들도 서로 용서함으로써 신의
"복락"을 맛볼 수 있다고 말한다. 이로써 사랑을 바탕으로 하는 용서
와 화해가 인간 존재의 원리로 선언된다.

　그러자 사라의 태도가 완전히 달라진다. 가슴에 담아둘 수 없을 정
도로 솟구치는 감정을 토로하려고 상대에게 말할 기회조차 주지 않던
사라가 이제 웨이트웰의 말에 귀를 기울이며, 복음 같은 말을 계속하
라고 재촉한다. 그의 계몽이 이어진다. 남을 용서할 줄 모르는, "절대
로 잘못했음을 자인하지 않으려는 교만하고 뻣뻣한 사람들"이 용서를
받아들이지 않는다고 말하면서 그는 사라에게 그런 부류의 인간에 속
하지 않으므로 용서를 받아들이라고 촉구한다. 사라는 결국 설득된다.
용서가 희생이 아니라 "즐거움"이라면, 아버지의 행복을 바라는 사라
가 아버지의 용서를 받아들이지 않을 이유가 없다. 용서의 신적 의미
를 깨우쳐주는 웨이트웰의 설득은 사라를 내적으로 자유롭게 한다. 이
자유를 발판 삼아 사라는 아버지의 용서를 받아들여 화해할 뿐만 아
니라, 나중에 자신의 죽음을 감당하는 것을 넘어 모든 것을 사랑으로
용서하게 된다[33]. 사라가 처음에 아버지의 용서를 거부한 것은 역설적
이게도 그녀가 용서받을 자격이 있음을 알려주는 증거이다. 웨이트웰
의 말처럼 "큰 은혜를 아무 생각 없이 덥석 받아들일 수 있는 사람은
은혜를 받을 자격이 거의 없기"(이상 II, 53) 때문이다.

　사라는 아버지의 "사랑과 용서"가 담긴 편지를 읽고 아버지의 지

---

33) H. Bornkamm: 같은 글 313쪽 참조.

극한 사랑을 확인한다. 그녀를 가장 기쁘게 하는 것은 아버지가 멜레
폰트를 사위로 받아들이기로 작정한 사실이다. 이제 사라는 "참회하
는 공손한 딸로서" 아버지를 다시 볼 수 있고, 아버지의 사랑과 보호를
받으면서 사랑하는 남자와 행복을 누릴 수 있게 되었다. 그러나 사라
는 이 행복한 미래에 그림자를 던지는 무엇인가가 마음 한 구석에 자
리잡고 있음을 느낀다. 그것은 멜레폰트의 석연치 않은 태도이다.

4. 사라 – 멜레폰트

멜레폰트는 부모를 일찍 여읜 까닭에 정상적인 생활을 하지 못하고
방탕한 생활을 하였다. 여자들에게 매력을 느끼게 할 장점들을 두루
갖춘 그는 오랫동안 여러 여자들을 편력하면서 여자를 "유혹하는 기
교를 완전히 습득했다"(II, 35). 이런 그가 어머니가 없는 가정에서 자
라 어머니로부터 남녀간의 애정에 관해 아무런 가르침도 받지 못하고
아무 경험도 없는 얌전한 사라를 유혹하기가 어렵지 않았을 것이다.
그러나 사라가 그를 사랑하게 된 것은 그의 매력이나 "유혹하는 기교"
때문만은 아니고, 그의 착한 본성을 믿기 때문이다. 그녀는 그가 "가장
고결한 마음씨"(II, 78)를 가진 사람이라고 믿고 있다. 사랑을 절대적
인 기준으로 삼는 사라에게는 그가 그녀를 사랑한다는 사실만으로 족
하지, 그의 과거나 경제적 여건 등은 그녀의 관심사가 아니다. 사라는
스스로 선택한 남자와 혼인하여 가정을 이루려는 목표 이외에 아무
것도 염두에 두지 않으며, 그 목표를 위해 기꺼이 모든 것을 희생한다.
윌리엄 경의 믿음과는 달리 사라의 가출은 멜레폰트의 유혹에 의한
수동적인 행위가 아니다. 그녀는 애인에게 "이 세상의 어떤 것보다 더

사랑한다"(II, 62)는 것을 확실하게 보여주기 위해 늙은 아버지에 대한 죄의식과 사회적 지탄을 무릅쓰고 가출을 감행한 것이다.

멜레폰트는 사라를 사랑하고부터 달라지기 시작한다. 사라도 처음에는 그가 경험했던 수많은 여자들처럼 쾌락의 대상이었을 것이다. 그러나 사라의 순수한 사랑을 접하자, 그의 '쾌락적' 사랑이 도덕적이고 '다정다감한' 사랑으로 변하기 시작한다[34]. 윌리엄 경의 걱정과는 달리 도덕적인 사라가 그의 악덕에 물드는 것이 아니라, 그가 사라의 순수하고 '다정다감한' 사랑의 영향을 받아 거짓과 가식을 일삼는 부도덕한 인간에서 남의 고통을 함께 느끼고 양심의 목소리를 들을 줄 아는 자연스런 인간으로 변모하는 것이다. 사라를 통해 "사랑을 육욕과 구분할 줄 알게"(II, 30) 된 그는 방탕했던 생활과 복잡했던 과거를 모두 청산하고 사라만을 사랑하기로 작정한다. 그는 사라와 함께 도피한다. 그러나 여관 생활은 그에게도 결코 즐겁지 않다. 그는 "사라를 사랑하는 아버지의 집에서 끌어내" "끝이 안 보이는 불행 속으로 밀어 넣었다"(II, 15)는 가책을 느낀다. 윌리엄 경의 가정을 파괴한 것을 큰 잘못으로 인식함으로써 그의 변화는 시작된다. 죄의식은 미덕으로 나아가는 첫걸음이다. 그의 인간성이 변했음을 알려주는 구체적인 증거는 그가 소년시절 이후로 처음 흘린 눈물이다.

사라가 괴로워하는 것을 보고 멜레폰트도 죄의식을 느끼며 괴로워한다. 그는 사라를 위로할 수 있는 사람은 그 자신뿐이라는 사실과 그 유일한 방법이 무엇인지도 잘 알고 있다. 그것은 혼례를 올리는 것이다. 그럼에도 불구하고 그는 혼인 약속을 선뜻 이행하지 않고 자꾸 뒤로 미룬다. 순진한 사라를 유혹해낸 것이 아니라 그 뒤의 일을 감당하

---

34) M. Schenkel: 같은 책 79쪽 참조.

지 못하는 그의 무능이 사건의 비극적 진행을 결정한다. 그가 내세우
는 표면적인 이유는 경제적인 것이다. 그는 무절제한 생활로 물려받은
재산을 탕진하고 궁핍한 처지에 놓여 있다. 지금 그는 사촌의 유산에
희망을 걸고 있는데, 거기에는 어떤 친척 여자와 혼인하라는 전제조건
이 붙어 있다. 그러므로 사라와 혼례를 올리는 것은 그 유산의 포기를
의미한다. 사라에게 신분에 어울리는 생활을 보장해주기 위해 그 유산
을 단념할 수 없으므로, 그는 그 문제가 해결될 때까지 혼례식을 연기
하자고 사라를 설득한다.

혼례식의 지연은 멜레폰트의 사랑과 혼인 약속만을 믿고 집에서
뛰쳐나온 사라를 몹시 고통스럽게 한다. 사라는 애인에게 이렇게 말한
다.

> 저를 당신의 품안에 던져 넣은 것이 사랑이건 유혹이건, 행운이건 불행이건
> 다 좋아요. 저는 마음속으로 이미 당신의 아내이며 영원히 그럴 거예요. 그
> 러나 질서를 조금만 위반해도 벌주겠다고 위협하신 저 심판자의 눈에는 제
> 가 아직 당신의 아내가 아니에요 (II, 19-20).

여기에서 암시되는 바와 같이 사라가 혼례식을 올리자고 조르는
것은 종교적인 이유와 양심 때문이다. 사라는 객관적인 도덕률을 뛰어
넘어 애인을 따라 가출하였으며, 그에 따른 사회적 지탄에는 신경 쓰
지 않는다. 자신의 감정에 충실하면 된다는 생각이다. 그러나 사라는
가정의 질서가 신의 질서에 기초하며, 남녀의 사랑은 혼례를 치르고
부부가 되어야 가능하지, 그렇지 않고서는 "가장 성실한 사랑이라도
부정한 열정에 머무른다"(II, 81)고 본다. 사라는 당시의 혼인 관습을
뛰어넘으나 혼인 자체는 신성시한다. 사라는 심정적으로 이미 멜레폰

트의 아내로 느끼고 있지만, 그녀의 양심은 혼례의 절차를 거치지 않은 그들의 관계를 불륜으로 볼 수밖에 없다. 사라는 가정의 질서를 신적인 것으로 생각한다. 따라서 가정의 질서를 파괴하는 가출은 신에게 죄를 짓는 것이나 다름없다. 이를 복원하는 길은 혼인밖에 없다. 사라는 혼례를 올리기 전에는 자신을 "범죄자"(II, 22)로 간주한다. 그래서 그녀는 아버지에 대한 죄의식에 겹쳐서 멜레폰트와의 관계가 하늘의 승인을 받지 못했다는 점에서 심한 양심의 가책과 정신적 고통에 시달리고 있다.

사라가 고통과 불행 속에서 의지할 수 있는 것은 오직 하나, 멜레폰트에 대한 사랑, 그의 결점까지를 포용하는 "대범한"(II, 21) 사랑뿐이다. 이것이 없으면 그녀는 살아갈 수 없다. 사라는 맹목적으로 그 사랑과 그것의 열매인 혼인에 매달림으로써 인간으로서 자율성을 포기하고 자신의 운명을 남의 손에 맡긴다. 이 점에서 사라는 『민나 폰 바른헬름』과 『에밀리아 갈로티』의 여주인공들과 큰 차이를 보인다. 이미 운명을 멜레폰트의 손에 맡겼기 때문에 사라가 할 수 있는 일은 그에게 혼인 약속을 빨리 이행하라고 간청하고 촉구하고 설득하는 것뿐이다. 혼례를 연기할 수밖에 없다는 멜레폰트의 이유를 사라의 "머리"는 수긍하지만, "가슴과 내면의 느낌"(II, 18)은 거부한다. 이것은 그녀를 더욱 안타깝게 하고 악몽에 시달리게 한다. 그녀는 애인에게 혼인을 안락한 것으로 만들어 주기 위해 온갖 노력을 다한다. 그가 유산 상속을 핑계로 혼례를 미루자, 사라는 식은 올리되 그 사실을 대외적으로 알리는 것은 그의 재량에 맡긴다는 절충안을 제시한다. 사라는 애인과의 관계를 하늘로부터 인정받아 양심의 가책을 진정시키고 싶을 뿐 세상의 평판에는 관심이 없으므로 그런 제안을 할 수 있다. 그러나 멜레폰트는 현재의 형편으로는 성대한 잔치를 치를 수 없다는 얄팍한 이유를 들어 그 제안 역시 받아들이지 않는다.

사라와 멜레폰트의 의견 차이가 처음에는 단순히 그들의 혼례라는 의식에 대한 견해 차이에서 나오는 것처럼 보인다. 사라는 혼례가 단순히 한 쌍의 남녀가 부부가 되는 의식이 아니라, 그 속에 "하늘의 보다 직접적인 동의"(II, 18)가 들어 있다고 믿는다. 남녀가 혼례를 치러야만 하늘로부터 부부로 인정받아 사랑을 나눌 수 있다고 생각하는 것이다. 이와는 달리 멜레폰트는 혼례를 단순히 의식이라고 생각한다. 그래서 그는 사라의 신분에 걸맞는 여건을 갖춘 연후에 성대하게 혼례를 치르자고 주장하며, 여건이 갖추어질 때까지 혼례를 미룰 수밖에 없다는 입장이다.

그런데 그가 내세우는 이유가 이미 그가 전 애인 마부트에게 써먹은 것임이 2막 7장에서 밝혀진다. 그가 유산 상속을 핑계 삼아 상습적으로 여자들의 혼인 요구를 회피하는 것이 아닌가, 그가 혼례를 미루는 것이 아니라 혼인이라는 제도 자체를 기피하는 것이 아닌가 하는 의심이 든다. 그리고 이 의심은 사실로 판명된다. 3막 3장에서 웨이트웰이 사라에게 아버지의 용서를 알린다. 이로써 멜레폰트가 내세우는 경제적 이유는 근거를 상실한다. 사라는 이제 애인과 결합하는 데 아무런 장애가 없다고 기뻐한다. 그러나 멜레폰트의 반응은 다르다. 그는 표면적으로는 윌리엄 경의 용서에 감동하고 사라와 함께 아버지에게 감사의 편지를 쓰기로 약속하나, 내심으로는 몹시 당황한다. 혼례를 더 이상 연기할 구실이 없어졌기 때문이다. 4막 2장의 독백은 그가 지금까지 사라의 비난을 무릅쓰고 혼례를 뒤로 미룬 것이 단순한 연기가 아니라 회피라는 사실을 밝혀준다.

혼례의 연기 때문에 나는 이미 고통스러운 비난을 충분히 받았어. 하지만 제
아무리 고통스럽다할지라도 비난은 평생 사슬에 매인다는 우울한 생각보다
는 견디기 나았어 (II, 65).

사라를 사랑한다는 사실은 멜레폰트 자신도 부인하지 않는다. 그
런데 그는 사랑에 있어서 자발성과 자유를 중시한다. 남녀가 자연스런
감정에 따라 서로 사랑하면 되지, 거기에 어떤 강제성이 개입되는 것
을 그는 원치 않는다. 그는 "사라를 영원히 사랑할 것으로 확신하지
만", "사라를 영원히 사랑해야 한다"(II, 67)는 데에는 거부감을 느낀
다.

멜레폰트가 마부트와의 관계를 10년간이나 지속할 수 있었던 것
은 그녀가 그에게 자유를 허락했기 때문이다. 그는 사라와의 관계에서
도 자유를 원한다. 그는 사라를 사랑하고 앞으로도 영원히 사랑할 것
이기 때문에 자신이 사라의 사슬에 묶인 "포로"임을 인정한다. 그러나
그가 "포로"가 된 것은 자의에 의한 것이지 강제가 아니다. 그에게는
"자유의 그림자" 같은 것이나마 필요하다. 그것이 없으면 사랑 자체가
위협받는다.

사라 삼프존, 내 연인! 얼마나 많은 환희가 이 말 속에 들어 있는가! 사라 삼
프존, 내 아내! - 그 환희의 절반이 사라진다! 그리고 나머지 절반도 - 사라질
것이다 (이상 II, 65).

여기에서 사라와 멜레폰트의 상이한 혼인관이 분명하게 드러난다.
사라는 배우자의 선택에 있어서 부모의 결정에 따르지 않고 자신의
감정에 따른다. 사랑을 혼인의 절대적인 조건으로 삼는 그녀가 추구하

는 것은 연애결혼이다. 이 점에서 사라는 시대를 앞서간다. 사라는 혼인을 남녀간의 사랑을 완성시켜주는 하늘의 허락으로 간주하고 신성시한다. 따라서 사라에게는 사랑 없는 혼인도 있을 수 없고, 혼인하지 않은 남녀의 사랑도 있을 수 없다.

사라가 추구하는 감성주의적 '다정다감한' 사랑에 반대되는 것은 '자유연애'(galante Liebe)이다. 이것은 사랑 담론의 전개상 '다정다감한' 사랑의 전 단계에 속한다. '자유연애'는 사랑과 혼인을 별개로 간주한다. 혼인은 제도로서 부부의 연합과 가문의 유지를 목표하고, 가정 밖에서 육체적, 정서적 만족을 찾는 것이 사랑이다. 때문에 이런 사랑은 즉흥적이고 가변적이다. '자유연애'는 주로 지체 높은 귀족계급과 궁정 사회에 나타나고, 시민계급은 이 연애를 부도덕한 것으로 간주한다[35]. 『에밀리아 갈로티』에서 제후가 법적인 부인 이외에 정부와 관계를 가지려고 하는 것이 '자유연애'의 좋은 예이다.

멜레폰트는 사라를 알기 전까지 '자유연애'를 즐겼다. 그가 혼인을 꺼리는 이유는 '자유연애'에 젖어 있기 때문이다. 그는 '자유연애'로부터 '다정다감한' 사랑으로 이행하지 못하고 그 사이에 끼어 괴로워하고 있다. 그런 모습은 그 자신에게조차 "수수께끼"로 보인다. 그런데 그의 입장은 혼인 따로 연애 따로 라는 궁정적 '자유연애'보다 극단적이고 또 일면 현대적이기도 하다. 그는 혼인을 자유로워야 할 사랑을 강제하여 결국 그 감정을 시들게 하는 멍에로 인식한다. 그래서 그는 혼인이라는 사회제도 자체를 거부한다. 그는 혼인이라는 구속 없이 사랑하는 사람과 함께 살기를 바란다. 동거생활이 현대에 나타난 현상임을 감안할 때, 그의 입장은 아주 현대적이다.

---

35) J. Greis: 같은 책 55-6쪽 참조.

사라와 멜레폰트의 견해 차이는 근원적인 것이라 쉽게 접근될 것 같지 않다. 그는 혼인을 멍에로 보는 생각이 '자유연애', 즉 "무절제한 생활을 통해 그에게 아주 자연스러운 것이 되어 버린 빌어먹을 망상"이라고 그 의미를 축소하며, "나는 그 망상들을 떨쳐버리든지 아니면 - 살지 않겠다"(이상 II, 65)고 말한다. 그는 자신의 "망상"을 극복해 사라의 견해에 접근하려는 의지를 드러낸다. 그러나 그것은 쉬운 일로 보이지 않는다. 이 작품의 비극적 결말은 궁극적으로 이 견해차이에서 유래한다. 그가 자살하는 것은 그 "망상"을 떨쳐버리지 못한 결과로 볼 수 있다[36].

자신이 선택한 남자와 혼인하여 사랑을 완성하고 자아를 실현하려는 사라의 목표는 파트너가 동조해야만 달성될 수 있다[37]. 그런데 사라는 근본적인 견해 차이가 노정되었음에도 불구하고 멜레폰트가 파트너로서 합당한 사람인가라는 근원적인 의문은 애써 묵살하고, 그를 사랑의 눈으로만 바라보며 그의 사랑에 집착한다. 그녀의 가출을 정당화해주고 그녀를 지탱해주는 것은 그의 사랑뿐이기 때문이다. 사라는 죽음에 임박해서야 비로소 그런 태도가 잘못임을 깨닫고, 자신의 죽음이 아라벨라에게 아무나 사랑하지 말고 조심하라는 경고가 되길 바란다.

5. 사라 - 마부트

멜레폰트의 혼인 거부 성향 이외에 그의 전 애인의 이해관계도 사라

---

36) P. Michelsen: 같은 책 217쪽 참조.
37) Wolfram Mauser: Lessings *Miss Sara Sampson*. Bürgerliches Trauerspiel als Ausdruck innerbürgerlichen Konflikts. In: Lessing Yearbook 7(1975), 11쪽 참조.

의 목표 달성을 방해하는 걸림돌로 작용한다. 마부트는 혼인이라는 합
법적인 절차를 거치지 않은 채 10여 년간 멜레폰트와 생활했고 딸 하
나를 두고 있다. 그녀는 새 애인과 잠적해 버린 멜레폰트를 찾아온다.
그를 다시 차지하기 위해서이다. 이로써 삼각관계가 성립된다. 한 남
자를 두고 경쟁하는 사라와 마부트는 처음에 완전히 상반되는 인물로
제시된다[38]. 사라가 사랑과 양심을 행동 기준으로 삼고 도덕률을 위반
하고 심한 가책을 느끼며 감정의 움직임을 숨기지 못하는데 반해, 마
부트는 세인들의 평판을 중시하고 양심의 가책을 느끼지 않으며 냉정
하게 감정을 다스린다. 작품 서두에 "사악한 마부트"(II, 15)로 지칭되
는 그녀는 다정다감한 시민사회의 가치들과는 거리가 멀 뿐만 아니라,
필요할 경우 그 가치들을 수단으로 사용할 수 있는 사람으로 위장과
가식, 계산의 대가이다. 실제로 그녀는 다정다감한 사람들의 징표인
눈물을 위장의 도구로 사용한다. 그녀는 멜렌폰트가 단물을 다 빨아먹
고 자신을 버렸음을 분명히 알고 있다. 그런데도 그녀는 그를 다시 차
지하려고 한다. 그를 사랑해서가 아니다. 그녀에게는 사랑이 문제되지
않는다. 그녀가 목표하는 바는 이미 여성으로서 매력을 잃어 가는 나
이에 접어든 자신에게는 사회적으로 체면과 지위를 보장해줄 남편을,
그리고 가엾은 딸에게는 보호자를 확보하려는 것이다. 마부트는 이 현
실적인 목표를 위해 수단과 방법을 가리지 않으며 극단적인 행동도
서슴지 않는다.

2막에서 마부트는 멜레폰트를 불러내는 데 성공한다. 그가 사라와
함께 묵고 있는 여관을 나와 마부트를 찾아가는 것은 그의 마음이 아
직도 이 두 여자 사이에서 흔들리고 있음을 뜻한다. 두 연적이 다른 여

38) C. Lorey: 같은 책 155쪽 참조.

관에 거주하는 것은 그들의 상이성을 상징한다. 상이한 이 두 세계를 매개하는 것이 멜레폰트의 줏대 없이 흔들리는 태도이다[39]. 마부트는 상대의 심리를 읽고 의표를 찌르는 교묘한 위장술, 능수능란한 수단과 언변으로 멜레폰트의 마음을 흔들어 자기 쪽으로 끌어오는 데 일단 성공한다. 그러나 그 승리는 잠시뿐, 제 정신을 다시 찾은 그가 곧바로 돌아와 사라를 버리고 마부트에게 돌아가는 일은 있을 수 없다고 잘라 말한다. 마부트의 유혹이 멜레폰트에게는 사랑의 시험이며, 이 시험을 통과한 그는 사라의 사랑을 받을 자격이 있음을 입증한다. 그의 마음을 돌릴 수 없음을 확인한 마부트는 끓어오르는 분노와 복수심을 억제하지 못하고 배신자를 살해하려다가 실패한다.

마부트의 살해 기도를 저지하고 그 도구인 단도를 빼앗은 멜레폰트는 그녀를 완전히 수중에 넣었다고 속단한다. 그러나 그녀는 포기하지 않고, 대상을 바꾸어 새로운 공격을 계획한다. 그녀는 그가 시키는 대로 할 테니 사라를 한번 보게 해달라고 간청한다. 그녀가 이제 "침을 잃어버린 말벌"(II, 68)이라고 생각하는 그는 그녀에게 사라를 자랑하고 싶은 마음에서 경솔하게 그 청을 허락하고, 그녀를 솔름즈 부인이라는 이름의 친척이라고 사라에게 소개한다. 이로써 그는 다정다감한 사랑의 토대인 믿음을 저버리는 잘못을 저지르고, 거짓과 위장을 모르는 사라를 위험에 노출시킨다. 그가 마부트를 데리고 사라를 찾아가는 시점(3막 5장)에 주목할 필요가 있다. 사라는 막 아버지의 "사랑과 용서"가 담긴 편지에 답장을 쓰고 있는, 다시 말해 아버지와의 화해를 준비하고 있는 중이다. 그런데 마부트가 사이에 끼어들어 부녀의 화해와 재회를 방해한다. 마부트의 복수가 윌리엄 경의 용서보다 항상 한 발

---

39) Peter Pütz: Die Leistung der Form. Lessings Dramen. Frankfurt a. M. 1986, 121쪽 참조.

앞서간다. 이것은 전자가 성패에 관계없이 일을 꾸미고 추진하는 데 반해, 내면성을 추구하는 후자는 이것저것 따지느라고 머뭇거리기 때문이다. 이런 적극성으로 인해 마부트는 현장에 늦게 도착하지만 사건의 진행을 주도한다. 윌리엄 경의 용서가 편지를 통해 사라에게 전달되기(3막 3장) 이전에 마부트의 음모가 계획되고 사라에게 통고된다(3막 2장).

1차 시도에서 마부트는 아무런 성과도 거두지 못한다. 그녀의 노력은 모두 의도와는 반대되는, 자신에게는 불리하고 연적에게는 유리한 결과를 낳는다. 그 이유는 그녀가 다정다감한 사람들의 행동 기준인 자연스런 감정 그리고 진정한 사랑과 믿음의 힘을 제대로 평가할 줄 몰라 계산에 착오를 일으키기 때문이다[40]. 그래도 그녀는 포기하지 않고 복수심을 불태운다.

마부트는 멜레폰트를 따돌리고 사라와 단 둘만의 자리를 만들어 "사실과 중상모략과 위협"(II, 72)을 총 동원해서 사라를 멜레폰트로부터 떼어놓으려는 책략을 꾸민다. 그녀는 속임수를 이용해 멜레폰트를 따돌리는 데 성공한다. 그러나 그녀의 진실과 허구를 교묘하게 뒤섞은 멜레폰트에 대한 "중상모략"도 솔름즈 부인의 마부트에 관한 미화된 이야기도 사라의 멜레폰트에 대한 사랑을 흔들지는 못한다. 이것은 사라에게 사랑의 시험이며, 사라도 멜레폰트처럼 시험을 통과한다.

사라는 지금까지 멜레폰트의 일방적인 이야기를 통해서 마부트를 알고 있다. 그는 옛 애인에 대해 심한 편견을 가지고 있으며, 마부트와 사라를 두 가지 잣대로 잰다. 그 영향을 받아서 사라도 마부트가 부도덕한 여자라는 선입견을 가지고 있다. 사라가 멜레폰트의 바람기에 관

---

40) Brigitte Kahl-Pantis: Bauformen des bürgerlichen Trauerspiels. Ein Beitrag zur Geschichte des deutschen Dramas im 18. Jahrhundert. Frankfur a. M. 1977, 62쪽 참조.

한 솔름즈 부인의 이야기에 대해 그가 품행이 나쁜 마부트를 떠난 것은 잘한 일이라고 맞받아치는 것은 이 때문이다. 사라로부터 "품행이 나쁜 여자"(II, 77)라는 악평을 들은 솔름즈/마부트는 마부트의 행적을 잔뜩 미화하여 늘어놓는다. 사라는 그 이야기를 "눈부시게 하는 소설"(II, 82)이라고 간파한다. 그러나 그 이야기 속에서 성격, 윤리관, 가치관이 판이하게 다른 두 연적의 공통점이 드러난다. 혼례란 절차를 거치지 않은 채 같은 남자와 깊은 관계를 맺은 것 그리고 그 남자의 혼인 약속에 속은 것이 그 공통점이다.

멜레폰트의 독백(4막 2장) 그리고 그와 시종과의 대화(4막 3장)를 통해 그가 "천성이 되어버린"(II, 81) 혼인에 대한 거부감을 극복하기 어렵다는 것을, 그가 그 거부감을 극복하고 사라가 바라는 대로 그녀와 혼인한다 해도, 혼인이라는 굴레 안에서 그의 사랑이 식으리란 것이 분명해진다. 그러나 그것을 모르는 사라는 아직도 그의 혼인 약속에 기대를 걸고 있다. 그리고 사라는 아버지의 용서를 통해 죄의식에서 벗어나 자신의 도덕성에 대한 믿음을 상당히 회복한 상태이다. 이런 자신감의 바탕 위에서 사라는 자신과 마부트가 같은 처지임을 부인한다. 사라는 자신이 멜레폰트의 혼인 약속을 믿고 가출한 것, 즉 잘못임을 모르고 저지른 일시적인 실수는 마부트가 혼례를 뒤로 미룬 채 멜레폰트와 동거한 것, 즉 잘못임을 알고 저지른 고의적인 과오와 같을 수 없다고 강변한다. 사라는 자신의 운명이 마부트의 운명과는 다르다고 믿고 싶으나, 자신의 실수와 마부트의 과오 사이에 정도의 차이는 있을지 모르나 본질적인 차이는 없음을 느낀다. 그리고 자신이 마부트와 같은 운명에 빠질 위험에 처해 있음을, 자신의 상황이 마부트의 상황과 유사함을 인식한다. 사라가 솔름즈/마부트에게 무릎꿇고 자신을 마부트와 같은 부류의 사람으로 취급하지 말라고 간청하는 것은 연적의 전철을 밟게 될 것 같은 위험을 느끼고 그 위험을 물리치기 위한 몸부림이다. 사라가 이렇게 몸부림치는 것은 멜레폰트에 대한 사랑을 결코 포기할 수 없기 때문이다. 그것이 그녀를 지탱해주는 존재의 근거이다. 마부트의 음모는 사라에게 위기를 느끼게는 하지만, 연적을 애인에게서 떼어놓으려는 목표를 달성하지는 못한다.

또다시 실패한 마부트는 분노를 억제하지 못하고 정체를 드러낸다. 이로써 그녀의 속임수 연극은 실패한다. 사라는 마부트와 같은 상황에 처해 있다는 인식을 통해서 마부트가 간밤의 꿈에 나타나 낭떠러지로 떨어지는 그녀를 구해주고는 칼로 찌른, 그녀와 "비슷한 사람"(II, 19)임을 알아차리고 혼비백산해서 "살해하는 구원자"(II, 83)라고 외친다. 이로써 사라 스스로 마부트에게 다음에 취할 행동을 암시해준다. 마부트는 "복수심과 분노"(II, 97)에 휩싸여 사라를 독살한다. 이것은 사전에 계획된 것이 아니라, 광기에서 나온 우발적인 행동이다. 마부트는 거침없는 열정과 냉정하게 계산하는 이성이 혼합된 인물이다. 그녀의 계획은 모두 실패로 돌아가 그녀에게 남는 것은 버림받은 여자의 절망감뿐이다. 이것이 그녀를 광기에 빠져들게 한다.

> 나는 조그만 책략을 통해 치욕을 물리치려고 하는, 무가치한 버림받은 여자다. 몸을 웅크려 최소한 밟은 자의 발꿈치라도 물어 상처를 입히고 싶은 짓밟힌 벌레다 (II, 72).

레싱은 마부트의 극단적인 행동을 버림받은 여자의 절망감에서 나온 정서적 광란으로 묘사한다. 격앙된 감정이 비극적 파국을 유발한다[41].

---

41) P. Alt: 같은 책 199쪽 참조.

마부트는 사라를 독살함으로써 사라의 운명이 자신의 운명과 똑같이 되는 것을 막아준다. 멜레폰트가 설령 "천성이 되어 버린" 혼인에 대한 거부감을 극복하고 사라와 혼인한다 하더라도, 그의 말처럼 사랑은 사라질 것이다. 그것은 멜레폰트의 사랑에 모든 것을 걸고 있는 사라에게는 죽음보다 못한 일이다. 마부트의 운명은 사라로 하여금 진퇴유곡의 딜레마에 빠져 있는 자신의 처지를 분명히 인식케 해준다. 그리고 마부트는 살해함으로써 사라를 그 딜레마에서 구해준다. 이 때문에 마부트가 "살해하는 구원자"가 되는 것이다.

6. 사라의 죽음

사라의 이중의 갈등은 부녀간 그리고 남녀간의 상이한 혼인관 내지 연애관에서 유래한다. 사라는 부모가 정해주는 배우자와 혼인하는 관습에 따르지 않고, 스스로 선택한 남자와 혼인하여 사랑을 완성하기 위해 가출한다. 연애결혼 풍조가 태동하던 18세기 중엽에 사라는 값비싼 희생을 무릅쓰고서라도 연애결혼을 성취하려는 강한 의지를 드러낸다. 그러나 사라는 아버지 그리고 애인과의 관계에서 이중을 갈등을 겪는다. 부녀간의 갈등은 딸이 선택한 남자를 거부하던 아버지가 태도를 바꾸어 딸의 결정을 수용하고 딸을 용서함으로써 완전히 해소된다. 남는 것은 남녀간의 갈등이다.

사라는 연애결혼을 추구하는 한편 혼인을 신성시한다. 그녀는 혼인을 사랑의 완성으로 생각하며, 사랑 없는 혼인이 있을 수 없는 것처럼 혼례를 치르지 않은 남녀의 사랑도 있을 수 없는 것으로 믿는다. 멜레폰트는 당시로서는 진보적인 사라의 혼인관보다 훨씬 앞서가는 연애관을 가지고 있다. 사랑의 자발성을 중시하는 자유연애주의자인 그는 혼인이라는 제도가 남녀의 사랑을 강제하는 것이므로 혼인의 전제가 되는 자발적인 사랑을 파괴할 수 있는 굴레로 인식하며, 그 때문에 혼인 자체를 거부한다. 그래서 그는 순진한 사라를 유혹하여 가출하게 만든 것을 나쁜 짓으로 인식하고 죄의식을 느끼며, 사라에게 정신적 고통을 안겨주는 것에 대해 가슴아파하지만, 혼인 약속을 이행하라고 매일 같이 졸라대는 사라의 채근에는 이런저런 핑계를 대면서 회피적인 태도로 일관한다. 그는 혼례를 연기할 수밖에 없는 불가피성을 강변하지만, 현 상태를 유지하고 싶은 것이 그의 솔직한 심정이다. 그의 본심이 이렇기 때문에 혼인을 안락한 것으로 보이게 하려는 사라의 노력은 아무런 성과도 거두지 못한다.

이 두 남녀의 상이한 혼인관은 타협점을 찾기 어렵다. 어느 한쪽이 생각을 바꾸지 않는 한, 그들의 갈등이 해결될 길은 없다. 사라가 바라는 대로 멜레폰트가 혼인에 대한 거부감을 극복하기가 사실상 불가능함을 마부트가 일깨워주었다. 그리고 멜레폰트가 바라는 대로 혼례를 치르지 않고 현 상태를 유지하는 것은 사라의 입장에서는 받아들일 수 없다. 그것은 사라의 양심이 허락하지 않는다. 만일 그것을 받아들인다면, 사라는 마부트의 전철을 밟게 된다. 마부트의 불행은 바로 그 타협안을 받아들인 결과이다. 마부트의 운명은 사라에게 현 상태의 유지가 얼마나 큰 위험인가를 분명하게 인식시켜 주었다. 멜레폰트의 혼인에 대한 거부감이 그를 "이 세상의 그 어떤 것보다 더 사랑하는" 여인을 이렇게 진퇴유곡의 상황 속으로 밀어 넣는다.

사라는 사랑을 혼인으로 이끌어 가정을 이룰 수 없기 때문에 죽을
수밖에 없다. 탈출구가 없는 상황에서 사라는 죽음을 구원으로 느끼
고, "지고한 하느님의 천명"(II, 98)으로 받아들인다. 사라는 이에 그치
지 않고, 그 "천명"을 집행한 마부트를 용서한다. 사라는 아버지의 용
서를 통해 죄의식과 가책의 중압감에서 벗어날 수 있었다. 용서의 신
적인 힘을 몸소 체험한 사라가 이제 용서를 행한다. 두 연적은 똑같이
서로 상대를 적대시한 것이 사실이다. 그런데 이제 사라가 죽어가면서
적대감을 극복하고, 자신을 독살한 연적을 용서한다. 원수를 용서함으
로써 사라는 평범한 인간의 한계를 뛰어넘는다. 사라는 모든 것을 사
랑으로 용서하고, 자신의 죽음 때문에 어느 한 사람이라도 원망을 듣
거나 불이익을 당하는 일이 없도록 세심한 배려를 한다. 인도주의 정
신을 실천하는 모범을 보이는 것이다. 이것은 벌을 피하기 위해 자기
가 낳은 딸을 "볼모"(II, 97)로 삼아 도주하는 마부트의 패륜적인 비인
간성과 좋은 대조를 이룬다.

인도주의 정신의 실천은 참된 미덕의 정수이다. 이것은 사랑하는
젊은 남녀의 죽음 뒤에 윌리엄 경에게 유언으로 남겨진다. 사라는 살
아 생전에 가정이라는 윤리적 질서와 주관적인 사랑의 실현을 조화시
키지 못했다. 그러나 그녀가 죽음을 맞이하는 장면에서 모두가 자기를
잊고 그녀의 고통을 함께 느끼고 괴로워하는 한편, 사라는 아버지와
애인의 슬픔에 동정을 표한다. 사라는 죽어가면서 완전한 감정의 조화
를 토대로 하는 공동체를 탄생시키며, 자신이 죽은 뒤에도 그것을 존
속시키려고 한다[42]. 사라가 눈을 감기 전에 아버지에게 멜레폰트와 아
라벨라를 자식으로 받아들여 자기 대신 사랑해달라는 유언을 남기는

---

42) G. Saße: Die aufgeklärte Familie, 169쪽 참조.

것은 이 때문이다. 가출함으로써 사회 규범을 어긴 사라가 죽음을 눈앞에 두고 높은 경지의 인도주의를 실천하는 모습을 보고 관객은 진한 감동과 연민을 느끼게 된다.

윌리엄 경과 멜레폰트는 사라의 죽음과 유언에 대해 각기 다른 반응을 보인다. 멜레폰트는 사라를 죽게 한 책임이 마부트를 끌어들인 자신에게 있다는 죄의식에서 헤어나지 못한다. 그는 사라를 독살한 마부트를 용서할 수 없는 것처럼, 그럴 기회를 제공한, 그래서 일차적인 책임을 져야 하는 자기 자신도 용서할 수 없다. 자기 자신을 용서하지 못하는 그가 윌리엄 경의 용서와 화해를 받아들일 수 없음은 자명하다. 웨이트웰의 말처럼 그는 남의 용서도 받아들이지 못하고, 남도 용서하지 못하는 사람이다. 신적인 용서를 행한 사라의 모범도 그런 "성녀"(II, 99)를 죽게 했다는 죄의식에서 그를 구해내지 못한다. 용서를 모르는 그는 죄 값을 치르는 길은 죽음밖에 없다고 생각해, 사라의 유언에도 불구하고 스스로 목숨을 끊는다. 그는 죄 값을 치른 연후에야 비로소 윌리엄 경의 사위가 될 수 있다고 생각한다. 그는 살아 있을 때 강제가 싫어서 가정의 질서에 편입되기를 거부했다. 그러나 가정은 이제 그를 더 이상 강제와 자유 사이의 딜레마에 빠뜨리지 못한다. 그리하여 그는 살아 있을 때 파괴했던 가정으로 죽어가면서 편입된다[43].

그러나 『사라』가 서로 사랑하지만 혼인관의 차이를 극복하지 못하는 두 남녀의 죽음으로 끝나는 것은 아니다. 죽어 가는 사라의 용서를 통해 이상적인 공동체의 모델이 제시된다. 윌리엄 경은 딸의 가출에 깊은 배신감을 느꼈으나, 그것을 극복해 딸을 용서하고 다시 사랑하기로 작정했다. 그러나 그는 "딸이 아직도 나를 사랑한다면"이라는 조건

---

43) G. Saße: Die aufgeklärte Familie, 171쪽 참조.

을 달았다. 딸이 죽어 가는 것을 보면서 그는 즉시 용서를 행동으로 옮기지 않고, 딸의 사랑을 확인하려고 머뭇거린 것이 딸보다는 자기 자신을 더 의식한 "이기적인"(II, 96) 행동이었음을 뒤늦게 깨닫고 깊이 뉘우친다. 그가 도착 즉시 편지를 보내는 대신 직접 딸을 찾아갔거나, 아니면 딸의 답장을 기다리느라고 시간을 허비하지 않았더라면, 딸을 마부트의 마수로부터 보호할 수 있었을 것이다.

어버이의 사랑에 "이기적인" 조건을 단 것이 잘못이었음을 깨달은 윌리엄 경은 이제 딸의 유언을 받아들여 조건 없는 사랑을 실천한다. 그는 그 이전에 멜레폰트가 사라를 진정으로 위하고 사랑한다는 것을 확인하고 그를 용서하며 아들로 받아들인다. 사라가 죽은 뒤에도 그 죽음의 원인을 제공한 멜레폰트에 대한 그의 생각은 변하지 않는다. 멜레폰트가 그의 용서를 받아들이지 않고 자살하자 그는 또다시 큰 충격을 받는다. 그러나 그는 자식을 잃은 슬픔에 좌절하지 않고, 사랑하는 딸을 죽음으로 내몬 두 장본인, 즉 원수로 생각해야 마땅할 마부트와 멜레폰트 사이에서 태어난 아라벨라를 손녀로 받아들여 새 가정을 건설하는 일에 착수한다. 이로써 가정이라는 공동체는 개개 구성원의 일탈이나 외부의 파괴적인 개입에도 불구하고 존속할 수 있음이 확인된다. 이 장면에서 윌리엄 경은 가족을 모두 잃은 슬픔을 극복하고 레햐를 양녀로 받아들인 『현자 나탄』의 주인공을 연상시킨다. 지금까지 상전을 성심으로 모신 웨이트웰도 그 가정의 일원이 된다. 윌리엄 경은 3막 끝에서 그와 하인 사이의 모든 차이를 없앤다고 선언한 바 있다. 그가 건설하려는 가정은 혈연이 아니라 동감과 조건 없는 보편적인 사랑에 기초한다. 레싱은 이질적인 남녀 두 쌍을 부부로 맺어 주는 『자유신앙주의자』에 이어 『사라』에서 이상적인 인간 공동체의

비전을 제시한다. 그리고 이 비전은 그의 마지막 희곡 『현자 나탄』에
서 보다 승화된 형태로 나타난다.

IV-2 『필로타스』

- 줄거리

이웃나라와 전쟁을 하고 있는 나라의 왕세자 필로타스는 영웅이 되는 것을 인생의 목표로 삼고 있다. 그는 성년이 되자마자 부왕에게 출정을 허락해달라고 조른다. 일주일 내내 간청한 끝에 가까스로 허락을 얻어 첫 출정에 나선 그는 경솔하게 단신으로 적을 향해 달려 나간 결과 부상당해 포로 신세가 된다. 그는 적국의 장수 스트라토에게 신세타령을 한다. 아리데우스 왕이 나타나 그의 아들도 필로타스와 마찬가지로 포로가 되었음을 알린다. 왕은 한시 바삐 포로교환을 추진하기위해 전령을 파견할 생각이고, 그때 필로타스가 살아 있음을 증언할사자를 하나 동행시키려고 한다. 필로타스는 그 사자로 노병 파르메니오를 지명한다.

　이 뜻하지 않은 희소식을 접한 필로타스는 처음에는 부왕과 조국에 피해를 주지 않게 된 것을 다행으로 여기나, 곧 포로가 된 치욕은그 무엇으로도 지워지지 않는다고 생각한다. 그리고 자신이 포로가 되지 않고 전사했으면, 그의 부왕은 사로잡은 적국 왕자의 몸값으로 많은 것을 요구할 수 있는 입장이 된다는 데에 생각이 미친다. 그리하여그는 자결이 포로가 된 치욕을 씻고 조국에 승리를 안겨줄 영웅이 되는 유일한 길이라고 믿는다. 그는 파르메니오에게 고국에 돌아가서 부왕이 포로교환을 서두르지 못하게 하라고 당부한다. 자살 결심을 굳히고 또 실행에 옮길 시간을 얻기 위해서이다.

파르메니오가 떠나간 뒤 그는 칼이 없어 자결할 수 없음을 깨닫고 절망한다. 아리데우스 왕이 필로타스를 자신의 막사로 초청한다. 필로타스는 병사로서 칼 없이는 장군들을 만날 수 없다는 구실을 들어 왕에게 칼을 달라고 부탁한다. 왕의 지시에 따라 스트라토는 필로타스에게 검을 가져다준다. 필로타스는 그 칼을 빼들고 환상 속에서 포로가 되었던 전투 상황을 재현한다. 그리고 또다시 포로가 되지 않겠다며 그 칼로 제 몸을 찌른다. 경악한 아리데우스 왕은 처음에는 필로타스의 죽음을 무위로 만들겠다는 반응을 보인다. 그러나 왕은 곧 선한 본성을 회복해서 죽어 가는 옛 벗의 아들을 동정하는 한편 무슨 대가를 치르건 아들을 구하겠으며, 그런 다음 퇴위하겠다고 말하는 것으로 극은 끝난다.

1. 시대 배경

레싱이 1756-57년 멘델스존, 니콜라이와의 『비극에 관한 서신교환』에서 육체적 고통이나 죽음을 아랑곳하지 않고 자신의 신념을 추구하는 영웅이나 순교자를 주인공으로 내세워 관객의 경탄을 불러일으키는 기존의 영웅비극, 순교자비극을 배격하고, 동정심을 핵심정서로 하는 새로운 유형의 비극을 주창하고, 1755년의 시민비극 『사라 삼프존 아가씨』로써 그 이론을 선취하였음을 앞에서 이미 살펴보았다. 그런데 1756년에서 59년 사이에 이루어진 레싱의 희곡 구상들 가운데 고대 그리스와 로마 역사에 등장하는 영웅을 소재로 하는 것들이 상당수 포함되어 있어 이론과 실제 사이에 모순이 존재하며, 레싱이 기존의 영웅비극으로 회귀하는 것이 아닌가 하는 의심이 생긴다. 그러나 이

의심은 곧 근거가 없는 것으로 드러난다. 그 구상들 가운데 유일하게 완성된 단막비극 『필로타스』는 영웅비극 같은 겉모습을 하고 있고 또 오랫동안 그렇게 오인되기도 했지만, 실제로는 영웅주의를 비판하는 작품이기 때문이다.

『필로타스』는 1756년에 발발한 7년전쟁이 한참 진행되는 가운데 생성되어 1759년에 발표된 작품으로 전쟁 분위기를 그 배경으로 한다. 전쟁이 배경이고 영웅주의가 주제이기 때문에 이 단막비극에는 여성이 하나도 등장하지 않는다. 7년전쟁은 독일의 한 국가 프로이센이 다른 독일의 국가 작센을 침공함으로써 시작되었다. 이 전쟁을 계기로 북독의 후발 국가 프로이센은 유럽의 열강 대열에 합류하게 되었고, 그 전쟁을 승리로 이끈 프리드리히 2세는 영웅으로 찬양되었다. 프로이센 사회를 지배하던 분위기는 조국의 승리를 위해 헌신하자는 애국주의였다. 백성들의 애국심을 고취해서 전쟁을 승리로 이끌고, 자신의 왕국을 독일 국가들의 맹주로 만들려는 프리드리히 2세의 정치적 야심 그리고 제도적으로 정치에 참여할 수 없는 고립 상태에서 벗어나 세계사적 사건에 동참하려는 프로이센 국민들의 이해가 맞아떨어져 애국주의가 크게 대두했던 것이다[1]. 프로이센이 승승장구하던 처음 2년간 시민들은 그 전쟁을 조국의 전쟁, 조국을 위한 전쟁으로 인식하였으며, 승리에 취해 프리드리히 2세를 영웅으로 칭송하는 데 열을 올렸다.

그후 전쟁이 소강상태에 접어들자 프로이센 당국은 국민들의 참여를 유도하기 위해 애국심을 고취하는 데 박차를 가했다. 그 일환으로

---

1) Klaus Bohnen: "Was ist ein Held ohne Menschenliebe!". Zur literarischen Kriegsbewaltigung in der deutschen Aufklärung. In: Literatur und die Toleranz. Sonderband zum Lessing Yearbook, hrsg. v. Peter Freimark u. a. Detroit/München 1986, 27-8쪽 참조.

조국을 위한 희생이 영웅적인 행위로 찬양되었고 애국주의 구호가 난무했다. 그리고 조국을 위한 죽음이 문학의 주요 주제로 다루어졌다[2]. 글라임의 『보병의 노래』(1758)가 대표적인 작품이다. 그리고 1750년대 말에 영웅비극이 크게 융성했다. 크로넥의 『올린트와 조프로니아』(1757), 비란트의 『요하나 그레이 부인』(1758), 브라베의 『브루투스』(1758), 클라이스트의 『세네카』(1758) 등이 쏟아져 나왔다. 그리고 프로이센군의 장교이고 시인인 에발트 폰 클라이스트도 전쟁을 지지하고 조국을 위한 희생을 찬양하는 시를 지었으며, 전투에서 입은 부상으로 목숨을 잃었다. 글라임과 클라이스트는 레싱의 가까운 친구들이었다.

레싱은 글라임의 『보병의 노래』를 출판하고 서문을 썼으며, 클라이스트의 죽음을 크게 애도했으나, 전쟁을 지지하고 열광하던 이 친구들과는 다른 태도를 보였다. 작센에서 태어났고 그 당시에는 프로이센의 수도 베를린에 거주하던 레싱은 작센 편도 또 프로이센 편도 들지 않아 작센에서는 골수 프로이센인으로, 그리고 프로이센에서는 골수 작센인으로 간주되었다. 그는 세계시민의 입장에서 국가 권력에 의해 조장되는 애국주의가 본질상 국민들의 복된 삶이나 안녕을 목표하는 것이 아님을 꿰뚫어보고, 글라임에게 보낸 1759년 2월 14일자 편지에 다음과 같은 글을 썼다. "나는 조국애를 [...] 도무지 이해하지 못하겠어요. 그것은 내게 기껏해야 영웅적 허점으로 보입니다. 나는 그것을 기꺼이 사양하고 싶어요"(B 11/1, 311-2). 레싱은 프로이센 사회의 들뜬 분위기를 직접 체험하면서도 거기에 휩쓸리지 않고, 특유의 독자적인 자세를 견지하여 『필로타스』에서 군국주의적 애국주의 그리고 전

---

2) Volker Riedel: Lessings *Philotas*. In: Weimarer Beiträge 25(1979) H. 11, 63-4쪽 참조.

쟁을 수단으로 삼는 정치적 패권주의가 인간에게 주는 영향을 비판적인 시각으로 그리는 한편, 전쟁이라는 극한적인 상황에서 인도주의를 지키고, 나아가 인도주의를 실천할 수 있는 방법을 모색한다.

2. 필로타스

왕자로 태어난 필로타스는 장차 나라를 다스리는 통치자가 되기 위한 교육을 받으며 성장한다. 그는 일반적인 인간 교육보다는 유능한 병사 겸 지휘관으로서의 자질 양성을 위한 군사 교육에 훨씬 더 흥미를 느낀다. 그는 "아주 어렸을 때부터 무기, 숙영지, 전투, 공격 이외의 꿈은 꾸지 않았고"(II, 103), 칼 이외의 다른 것을 가지고 논 적이 없으며, 출정하는 병사들을 부러운 눈으로 바라볼 정도로 병사가 되기를 열망해 왔다. 그가 어려서부터 호흡해온 사회 분위기는 군국주의적 애국주의이며, 이 사회 분위기는 그의 조국이 이웃나라와 전쟁을 치르고 있는 지금 최고조에 달했다고 보아야 할 것이다. 그리고 이런 사회 분위기는 7년전쟁을 치르고 있는 프로이센의 그것과 다름이 없다. 전쟁으로 고조된 애국주의적인 사회 분위기가 그의 가슴속에 "조국을 위해 피를 흘리려는 명예심의 세찬 불꽃"(II, 104)에 불을 당겨 활활 타오르게 한다.

이런 사회 분위기 속에서 뜨거운 피를 가진 젊은이들이 추구하는 목표는 당연히 영웅이 되는 것이다. 필로타스는 뛰어난 용기와 끓는 피를 가진 청소년이기에 조국에 승리의 영광을 안겨주려는 열의에 차 있다. 그가 추구하는 최고이자 유일한 인생 목표는 영웅이 되는 것이다. 그는 아버지로부터 "영웅은 목숨보다 더 고귀한 가치를 알고 있는 사람", "제 목숨을 국가의 안녕을 위해, 자신, 즉 개인을 다수의 안녕을 위해 바치는 대장부"(111)라는 가르침을 받았다. 아직 나이 어리고 폭넓은 인생 경험이 부족한 필로타스는 독자적으로 사고·판단하지 못하고, 신에 버금가는 권위로 추종하는 아버지의 가르침을 맹목적으로 따른다. 영웅이 되려는 목표 이외에 그의 관심을 끄는 세상일은 하나도 없다. 그는 지체 높은 왕자로서 누릴 수 있는 안락한 삶에도, 젊은 이로서 동경함직한 여성과의 사랑이나 벗과의 우정에도 관심이 없고, 오로지 영웅의 명예만을 추구한다. 영웅주의가 그의 사고와 행동을 지배하는 이데올로기다. 그는 자신의 실제 능력이나 처한 상황 또는 상대방의 입장은 고려하지 않고 언제 어디서나 영웅주의를 내세우고 영웅처럼 행동한다. 이런 점에서 그는 하나의 고정관념만을 좇는 전형희극의 주인공들을 닮았다. 특히 『젊은 학자』의 주인공 다미스와 많은 공통점을 보인다.

필로타스는 입으로만 영웅적인 말을 늘어놓는 것이 아니라, 실제로 아버지의 가르침에 따라 언제라도 조국의 승리와 영광을 위해 기꺼이 목숨을 바칠 각오가 되어 있다. 보다 정확히 말해 그 열의가 지나쳐 영웅이 될 기회를 차분하게 기다리지 못하고 적극적으로 찾아 나선다. 그는 한 순간이라도 빨리 인생의 목표를 달성해 영웅으로서 명예를 누리고 싶어 안달한다. 그의 행동에서 일관되게 나타나는 조급함은 그가 비록 성년이 되었지만, 아직 어린이 티를 벗지 못했음을 보여준다. 그는 성년(17살)이 되는 날부터 아버지에게 출정을 허락해달라고 간청한다. 그의 간청은 어린이의 조름과 다름없다. 일주일 내내 끈질기게 조르고 왕의 신임이 두터운 아리스토뎀 장군의 도움을 받아 그는 마침내 부왕으로부터 출정해도 좋다는 허락을 얻어낸다. 그 허락을 얻고 필로타스는 인생의 목표를 실현할 기회를 얻은 것에 뛸 듯이 기뻐하지만, 아버지의 품에 안겨서도 아버지의 자식의 안위에 대한 염려에는 조금도 생각이 미치지 않는다. 그날 밤 그는 "명예와 승리의 꿈"(105)을 꾸느라 한숨도 자지 못한다. 이런 그의 모습은 소풍이나 운동회를 앞두고 잠을 이루지 못하는 어린이를 연상시킨다. 운명의 날 아침 그는 아버지에게 작별인사를 하지 않는다. 아버지가 출정 허락을 취소하지 않을까 두렵기 때문이다. 전쟁터에 나선 그는 벅찬 행복감에 젖어 한시 바삐 적군을 만나 교전하기를 열망한다. 마침내 적군을 발견하자 그는 앞뒤 살피지 않고 단신으로 적을 향해 "나는 듯이 달려간다". 남보다 먼저 적을 무찔러 승리의 영광을 차지하기 위해서이다.

필로타스의 병사, 전쟁, 명예 등등에 관한 생각은 낭만적이고 비현실적이다. 그는 승리와 영광만을 탐할 뿐 그 과정의 어려움과 마땅히 가져야 할 신중함, 치밀함 따위는 전혀 고려하지 않는다. 이것은 그가 아직 경험이 부족한 풋내기임을 말해준다. 영광을 차지하려는 조급한 마음이 앞서 단신으로 "너무 멀리 달려나간"(이상 II, 106) 나머지 그는 부상을 당해 칼을 빼앗기고 포로가 된다. 칼은 그가 이제 어린이가 아니라 전투에 참여할 권리를 갖는 당당한 성인이라는 상징이다[3]. 그러므로 칼을 빼앗긴 것은 그에게는 모든 것을 잃은 것과 같은 의미이다. 그는 달콤한 환상 속에서 승리의 영광을 좇아 구름 위를 날다가 냉혹한 현실 세계로 추락한다. 전투, 승리, 명예로운 죽음, 영웅 등은 모두 꿈속의 환상일 뿐 그는 그것을 실현시키기에는 아직 부족한 미숙한 인간이다.

막이 오르고 나서 관객이 맨 먼저 듣게 되는 필로타스의 자문 "내가 정말 포로가 되었단 말인가?"(II, 103)는 "드높은 기대의 정점에서

---

3) H. H. J. De Leeuwe: Lessings *Philotas*. Eine Deutung. In: Neophlilologus 47(1963), 35쪽 참조.

치욕스럽게 추락한"(II, 106) 그의 절망감 그리고 자신이 처한 신체적·정신적 속박 상태를 그대로 받아들일 수 없는 그의 심경을 표현하고 있다[4]. 첫 출정에서 포로가 됨으로써 그는 자기정체성을 잃고 만다. 포로가 된 것은 그가 아직 영웅은 고사하고 주어진 임무를 수행할 수 있는 책임감 있는 병사로서도 부족하다는 사실을 단적으로 알려준다. 그를 사로잡은 노병사가 그를 "어린이"라 부르는 것처럼 모든 등장인물들은 피아의 구별 없이 그를 완전한 병사가 아니라 어린이로 취급한다. 그러나 그는 자신의 실제 능력과 주위의 객관적 평가에 아랑곳하지 않고 병사로서 대접받기를 고집하며, 포로가 된 상태에서도 영웅의 꿈을 버리지 않는다. 그가 어린이가 아니라 완전한 병사임을 고집하며, 또 다른 사람들로부터 병사로서 인정받고 대접받고자 하는 것은 물론 그의 인생 목표와 무관하지 않다. 영웅이 되고자 하는 그에게 자아를 실현하는 길은 병사가 되는 길 밖에 없기 때문에, 그는 병사로서 인정받기를 고집하는 것이다. 이런 점에서 그는 군대 생활을 풍부한 인생 경험을 쌓기 위한 하나의 중간단계로 생각하는 『민나 폰 바른헬름』의 주인공 텔하임 소령과 전혀 다르다.

영웅이 되고자 하는 열망의 지배를 받고 있기 때문에 그의 사고와 행동은 자유롭지 못하고 경직되어 있다. 이런 경직성으로 인해 그는 현실과 자신이 처한 상황을 올바르게 판단하지 못하는 우를 범하고, 다른 사람들과 상황에 어울리는 대화를 하지 못한다. 그는 부상당한 자신을 치료해 준 적군의 인도적인 호의에 고마워하기는커녕 "음흉한 적군의 잔인한 온정"이라고 곡해하며 탄식한다. 적국의 왕이 포로인 그를 감옥이 아닌 안락한 막사에 수용한 것도 그의 심기를 건드린다.

---

4) Peter Pütz: Die Leistung der Form. Lessings Dramen. Frankfurt a. M. 1986, 101쪽 참조.

필로타스의 아버지와 아리데우스는 각각 한 나라를 다스리는 왕으로서 지금 전쟁을 하고 있지만, 젊었을 때에는 우정을 나누던 벗이었다. 아리데우스는 필로타스를 단순히 포로로 생각하지 않고 옛 벗의 아들로서 특별 대우를 한다. 그리고 왕은 내심으로 적국의 왕자를 포로로 잡은 것을 계기로 전쟁을 평화적으로 끝낼 수 있지 않을까 하는 기대를 품고 있다. 그러나 필로타스는 아리데우스의 따뜻하고 사려 깊은 배려를 이해하기는커녕 오히려 자신을 "응석받이 아이"(이상 II, 103)로 간주한 결과라고 곡해해 병사로서의 자긍심에 상처를 받고 분개한다. 그를 사로잡은 병사가 그의 칼을 전리품으로 챙긴 것을 그는 금으로 된 손잡이 때문이라고 생각하나, 이는 터무니없는 오해임이 밝혀진다.

이와 같이 그는 자신에게 일어나는 일들을 모두 제대로 판단하지 못하고 전혀 엉뚱하게 해석한다. 그의 비정상적인 사고는 아버지의 극진한 사랑을 "최대의 화근"으로 그리고 또 자신을 아버지의 "최악의 적"(이상 106)으로 간주하는 데에서 극을 이룬다. 이런 사고의 전도가 군국주의적 애국주의의 영향을 받은 결과임은 두말할 나위 없다. 군국주의적 애국주의에서 최고의 가치는 조국의 승리이고, 최고의 영웅은 조국에 승리를 안겨주는 사람이다. 그런데 필로타스의 군주이자 아버지는 아들을 나라보다 더 사랑하므로 적의 포로가 된 아들을 되찾기 위해 어떤 대가도 치를 것이기 때문에, 아버지의 사랑이 자신의 목숨을 희생해서라도 영웅이 되고자 하는 어린 왕자의 열망에 걸림돌이, "최대의 화근"이 되며, 조국과 군주에게 그런 손실을 입히게 될 자신은 "최악의 적"이 되는 것이다.

영웅주의 이데올로기의 지배를 받고 있는 필로타스의 가장 큰 문제점은 인간을, 인간과 국가의 관계를 보는 시각에서 드러난다. 인간은 그 자체로서 절대적 가치이고 목적이지 결코 그 무엇을 위한 수단이나 도구가 아니다. 국가는 인간이 안락한 삶을 영위하기 위해 조직한 공동체이다. 그러므로 인간과 국가의 관계에서 인간이 주(主)고 국가는 수단인 종(從)이다. 그런데 필로타스는 이것을 완전히 뒤집어 국가를 목적으로 그리고 인간을 도구 내지 수단으로 생각하며, 인간의 가치를 국가를 위한 헌신에서 찾고 있다. 그래서 그는 조국의 번영과 승리를 위해서라면 언제라도 기꺼이 목숨을 바칠 태세를 갖추고 있다. 이런 생각을 가진 필로타스가 장차 통치하게 될 국가의 겉으로는 영광스러울지 모르나 백성들에게는 암울한 미래상에 대한 아리데우스의 예언은 타당성을 갖는다. "그대는 백성에게 월계관과 불행을 무더기로 가져다 줄 것이오. 그대는 행복한 신하의 숫자보다 더 많은 승리를 얻을 것이오"(II, 121).

그의 사고가 이렇게 비인간적으로 전도된 원인을 추적하기는 어려운 일이 아니다. 그것은 군국주의적 영웅주의의 산물이다. 어떤 조직체이건 일단 결성되면, 현상에 만족하지 못하고 부단히 세력을 확장하려는 속성을 가진다. 국가의 세력 확장은 영토 확대를 의미하며 그 수단은 전쟁이다. 모든 국가들이 패권주의를 추구하며, 당했다고 판단하는 불의에 대해 보복할 권리를 가진다고 믿기 때문에 이 세상에는 전쟁이 그칠 날이 없다. 전쟁이 발발하면 인간은 병사로서, 즉 전쟁의 수단으로 동원된다. 백성들을 용이하게 동원하기 위해 국가는 백성들의 애국심을 고취하고 희생자들을 영웅으로 찬양한다. 이런 분위기에서 군국주의적 교육을 받으면서 자란 필로타스가 어린 나이로 아직 독자적으로 사고하고 판단할 만한 인생 경험을 쌓지 못하고 인간적 성숙을 이루지 못한 상태에서 사회에 팽배한 영웅주의에 휩싸여 영웅이 되려는 인생 목표를 세우는 것은 어쩌면 당연한 일일는지 모른다. 그런데 문제는 자신의 비인간적 사고방식을 절대시하는 그의 경직성이다. 그는 포로로서 수용된 막사 밖으로 한 발작도 나가지 않듯이 비인간적 영웅주의의 틀에서 조금도 벗어나지 않는다.

인간은 나눌 수 없고 또 그 무엇과도 바꿀 수 없는 총체적이며 일회적인 존재이다. 그런데 필로타스는 인간을 역할에 따라 공적인 존재와 사적인 존재로 구분하고, 이 양자를 별개로 생각하며, 전자에게는 사고와 이성을 그리고 후자에게는 감정, 감성을 고유영역으로 지정한다. 5장에서 그는 자신을 사적 존재인 아들과 공적 존재인 왕자로 구분하여, 아들은 사사로운 감정에 따라도 되지만, 왕자는 국가의 이익이라는 보다 높은 가치를 먼저 생각해야 한다고 말한다. 그리고 그는 공적인 역할을 중시하고 인간관계에서 정적인 측면을 완전히 도외시한다. 그래서 그는 어려움에 처한 자식이 아버지에게 해야 할 말은 파르메니오에게 위임하고, 그 자신은 왕자로서 국가 이익을 위해 해야할 일이 무엇인지 숙고해야 한다는 입장을 취한다. 이것은 그가 아직 공적 이해관계와 사적 이해관계, 오성과 감성을 조화시키지 못하고 있음을 말해준다.

필로타스는 자기 자신을 역할에 따라 나누듯이 다른 사람들도 분리한다. 그는 아버지를 아버지와 군주로 그리고 아리데우스를 "점잖은 통치자"와"대등한 경쟁자를 완전히 손아귀에 장악한 군주"(이상 II, 107)로 나눈다. 그는 아버지를 "가장 좋은 아버지"(II, 105)라 칭하고, 또 아버지가 자식을 나라보다 더 소중하게 여기며 사랑한다는 것을 알고 있다. 그러나 그런 지극한 아버지의 사랑에 상응하는 어버이에 대한 사랑을 그에게서 찾아볼 수 없다. 그에게는 사랑하는 대상이, 어머니도 연인도 친구도 없다. 그는 원래 사람들과의 정적인 사귐을 모르거나 중요하게 생각하지 않는다. 왕자와 마찬가지로 적군의 포로가

된 노병 파르메니오는 그의 나이에는 아버지를 존경하는 것보다 사랑
하는 것이 자연스러운 일이라고 충고한다. 그러나 어린 왕자는 아버지
를 사랑의 대상이 아니라 받들어야 할 군주로 그리고 또 지표로 삼아
야 할 모범으로만 보고 있다. 그는 늘 아버지를 의식하고 있으며, 자신
의 일거수일투족을 아버지가 어떻게 평가할 것인가에 신경을 쓴다. 그
래서 그는 부상당해 적의 포로가 되어서도 아들의 안위에 대한 아버
지의 걱정에는 전혀 마음을 쓰지 않고, 오로지 아들 때문에 군주가 입
게 될 손실에만 매달린다. 이것은 그가 아버지에게 자식이 그 무엇과
도 바꿀 수 없는 소중한 존재임을 모르며, 인간을 사고 팔 수 있는 존
재로 보는 비인간적 사고 방식, 그리고 아버지의 입장은 고려하지 않
고 오직 자신의 입장만을 내세우는 자기중심적 사고의 결과이다. 그의
이런 비인간적 사고 방식의 문제점을 건전한 오성을 가진 파르메니오
가 지적하지만 필로타스의 귀에는 들리지 않는다. 그리고 이성을 중시
하는 필로타스의 행태를 부정적인 시각으로 그리고 있는 것은 초기
계몽주의의 이성 중시 경향에 대한 작가 레싱의 비판이며, 감성과 이
성의 조화를 그 대안으로 제시한 것으로 해석할 수 있다.

필로타스가 자기중심적인 인간이라는 사실은 도처에서 드러난다.
본 작품은 8장으로 이루어져 있는데, 그중 절반에 가까운 3장이 그의
독백이다. 그리고 대화 장면들에서도 그의 대사가 압도적인 몫을 차지
하고 있다. 이 형식상의 특징은 그가 독방에 수용되어 있는 포로라는
사실뿐만 아니라, 그의 비사교적이고 자기중심적인 성격에서 기인한
다[5]. 채 한쪽도 되지 않는 첫 장의 독백에서 1인칭 대명사가 20번 이상
나온다. 2장에서 그는 찾아온 적의 장군 스트라토에게 "나는 혼자 있

5) P. Pütz: 같은 책 102쪽; Gisbert Ter-Nedden: Lessings Trauerspiele. Der Ursprung des modernen
   Dramas aus dem Geist der Kritik. Stuttgart 1986, 117쪽 참조.

고 싶소"(II, 103)라고 말하며, 5장에서는 파르메니오로 하여금 자신의
뜻에 따르게 하려고 "듣거라"(II, 114)라는 명령을 위압적으로 네 번이
나 반복하고, 스트라토와 아리데우스에게 무뚝뚝한 언사로 일관한다.
그리고 또 그는 극이 끝날 때까지 한번도 다른 사람에게 가지 않고 다
른 사람들로 하여금 그에게 오게 만든다. 이것들은 모두 필로타스의
비사교적이며 자기중심적인 성격을 드러내는 것이다. 이런 자기중심
적인 성격은 그로 하여금 주위의 호의적인 충고에 귀기울이지 않고,
독불장군처럼 자신의 생각에 집착하게 만들어 파국으로 나아가게 한
다. 그는 주관적으로 어떤 것을 옳다고 생각하면, 그것을 비판적으로
검증하는 대신 수단 방법을 가리지 않고 그것을 관철시키는 의지의
화신이다.

필로타스의 경직성과 함께 문제점으로 지적하지 않을 수 없는 것
은 사고의 편협성이다. 조국을 위해 봉사하는 길은 여러 가지가 있을
수 있다. 더구나 장차 왕위를 계승할 왕자의 신분인 필로타스에게는
여러 가능성이 열려 있다 할 것이다. 그러나 그는 오직 한가지 길, 즉
조국에 승리를 안겨주는 영웅의 길만을 추구하지, 다른 가능성에는 눈
한번 돌리지 않는다. 이 편협성 역시 그가 아직 폭 넓게 종합적으로 사
고하는 성숙한 인간의 단계에 미치지 못하고 있음을 시사한다. 국가와
같은 인간 사회의 번영 그리고 그것을 위한 선공후사(先公後私)의 덕
목은 구성원들의 복된 삶을 담보할 때에만 가치를 가진다. 따라서 필
로타스가 맹목적으로 추구하는 영웅주의는 앞에 인용한 아리데우스
의 지적처럼 인간의 행복이 아니라 국가 그 자체의 번영을 목표하며,
인간을 그 수단으로 전락시키는 것이기 때문에 비인간적이며 알맹이
가 없는 이데올로기다. 인간을 배제한 인간 사회의 번영이 무슨 의미
가 있겠는가? 이런 점에서 제바의 지적처럼 『필로타스』를 사회적 광

신과 전체주의 국가의 대두 위험성에 대한 경고라고 해석할 수도 있다[6].

필로타스가 절대시하는 영웅주의 이데올로기의 비인간성으로부터 우리는 그의 진짜 속셈을 간파할 수 있다. 그가 궁극적으로 노리는 것은 국가의 번영을 위한 희생 그 자체가 아니라, 그런 희생을 바친 영웅에게 주어지는 찬사, 명예이다. 그는 국가의 번영이란 명분을 그 자신의 명예욕을 충족시키는 수단으로 사용한다[7]. 그는 영웅의 명예를 얻기 위해 무슨 일이라도 할 수 있으며 실제로 그렇게 행동한다.

영웅의 명예를 탐하는 필로타스가 가장 꺼리는 것은 비겁함의 불명예이다. 그는 비겁함을 가장 큰 수치라 생각하고, 비겁한 행동을 하느니 차라리 명예로운 죽음을 택하자는 신조를 가지고 있다. 장렬하게 전사하여 영웅의 명예를 얻는 것이 그가 바라는 바이지, 적의 포로가 되는 치욕은 그가 꿈에서조차 생각할 수 없는 일이다. 이런 그가 첫 출정에서 무장해제 당하고 포로가 되는 치욕을 맛보았으니, 그가 느끼는 참담함이 어떠할 것인지 쉽게 짐작할 수 있다. 그런 수모를 당한 자신의 신세가 한심스럽고 저주스럽기만 하다. 그리고 그는 자신의 부끄러운 운명을 받아들일 마음은 추호도 없고, 치욕적인 상황에서 벗어나고 싶은 욕구가 간절하지만 현실적으로 방법이 없다. 이런 절망적인 상태에서 자존심이 강한 그가 자신을 지킬 수 있는 유일한 길은 비굴해지지 않고 당당함을 유지하는 것이다. 그는 실제로 자존심에 돌이킬 수 없는 상처를 입었고 자유롭지 못한 포로 신세로 전락했지만, 조금도 위축되거나 비굴해지지 않는다. 비굴해지기는커녕 오히려 점점 더 당

6) Hinrich C. Seeba: Die Liebe zur Sache. Öffentliches und privates Interesse in Lessings Dramen. Tübingen 1973, 64쪽 참조.

7) G. Ter-Nedden: 같은 책 145쪽; P. Pütz: 같은 책 102쪽 참조.

당해져 가는 그의 언행은 적군의 백전노장 스트라토를 - 그와 함께 관객을 - 경탄시키기에 부족함이 없다. 여기에서 우리는 레싱이 경탄을 비극의 정서로서 배격한다는 사실을 상기할 필요가 있다.

그가 비겁함을 죽음보다 더 꺼린다는 것을 우리는 그가 파르메니오에게 강요하는 맹세를 통해 알 수 있다. 아리데우스 왕은 한시 바삐 포로가 된 왕자들의 교환을 추진하기 위해 전령을 적국에 파견하려고 한다. 그리고 필로타스가 살아 있음을 증언할 포로 한 사람을 함께 보내려고 한다. 필로타스는 그 인물로 노병 파르메니오를 지명한다. 5장에서 필로타스는 파르메니오를 설득한다. 조국에 돌아가서 부왕에게 포로교환을 서두르지 말도록 진언하라는 것이다. 자결 결심을 굳히고 실행에 옮길 시간을 벌기 위해서이다. 파르메니오는 처음에는 거부하다가 결국 왕자의 뜻에 따르겠다고 약속한다. 약속만으로는 안심할 수 없는 필로타스는 파르메니오에게 그가 이 세상에서 제일 사랑하는 아들을 걸고 "자네가 약속을 지키지 않는다면, 자네 아들이 비겁자, 비열한 인간이 되길 바란다고, 죽음과 치욕 가운데 하나를 선택해야 한다면, 치욕을 선택하길 바란다고"(II, 117-8) 맹세할 것을 요구한다. 필로타스가 싫다는 파르메니오에게 굳이 이런 맹세를 강요하는 것은 어떤 경우라도 결코 비겁해지지 않겠다는 자기 자신에 대한 다짐으로 이해해야 할 것이다.

필로타스는 겉으로는 당당한 자세를 잃지 않으나, 내심으로는 자력으로 벗어날 수 없는 딜레마에 빠져 있다. 그 딜레마는 값비싼 대가를 지불하고 자유의 몸이 된 뒤에 어떻게 부왕과 신하들 앞에 나설 것인가에 생각이 미치면서 감당할 수 없는 것으로 심화된다. 포로가 된 것이 필로타스에게 견딜 수 없는 이유는 그로 인한 불명예뿐만 아니라, 못난 아들 때문에 아버지가 치러야 할 값비싼 대가 때문이다. 그는 자신의 군주이자 아버지가 아들을 나라보다 더 사랑하므로 아들의 몸 값으로 적이 요구하는 어떤 대가도 감수하리라고 예상한다. 조국에 승리를 안겨주는 것만이 조국을 위하는 길이라는 편협하고 경직된 사고에 갇혀 있는 그에게 적의 요구에 따르는 것은 패배나 다름없다. 따라서 조국에 승리의 영광이 아니라 패배의 치욕을 안겨줄 자신이, 부왕을 포로가 된 아들을 살리기 위해 적의 요구에 굴복할 수밖에 없는 입장에 빠트린 자신이 저주스럽기만 하다.

그런데 필로타스의 의지와 관계없이 해결의 실마리가 마련된다. 그가 포로가 된 것과 동시에, 보다 정확히 말해 그것이 계기가 되어 아리데우스 왕의 아들도 필로타스와 같은 처지가 된 사실이 밝혀진다. 따라서 그 어느 쪽도 왕자를 구하기 위해 몸값을 치를 필요 없이 그저 맞바꾸기만 하면 되는 상황이다. 이제 필로타스는 부왕과 조국을 파멸의 구렁텅이로 밀어 넣었다는 자책과 무슨 면목으로 부왕과 신하들을 다시 대할 것인가라는 고민으로부터 벗어날 수 있게 되었다. 그러나 그는 자신에게 유리한 방향으로의 사태 변화에 별로 기뻐하는 기색이 없다. 그와 같은 입장에 처한 사람이라면 누구나 한시 바삐 감금 상태에서 벗어나 부모에게 돌아가고 싶어 할 것이다. 풍부한 인생경험과 건전한 상식의 소유자 파르메니오는 그것이 자연스런 감정이고 반응이라고 말한다. 이것은 상황을 그 자신의 눈으로만 볼 것이 아니라 아버지의 눈으로도 바라보라는 간접적인 암시이다. 하지만 어린 왕자는 그 암시를 알아듣기는커녕 오히려 노병에게 면박을 준다. 필로타스가 느껴야 할 자연스런 감정을 딴 사람이 말하고, 그는 그 말을 반박한다. 이것은 어린 왕자의 부자연스러움을 강조하려는 기법이다.

필로타스의 감정과 언행이 부자연스런 이유는 영웅이고자 하는 그의 지나친 자존심, 신이나 아버지보다도 더 엄하게 자기 자신을 심판하는 자존심이 입은 씻을 수 없는 치욕 때문이다. 신의 섭리는 그의 실수를 용서해 주는 것 같이 보인다. 그리고 또 그의 아버지는 사랑하는 아들의 실수를 용서해 줄 것이다. 그러나 필로타스는 자신의 실수를 용서하지 못한다. 오묘한 신들의 섭리는 외형적으로 그의 실수를 없었던 것으로 만들어 그가 다시 부왕 앞에 얼굴을 들고 나설 수 있게 해주었고, 그는 그것을 다행이라 생각한다. 그러나 그것이 그의 자존심이 입은 치욕적인 상처를 치유해주지는 못한다. 그의 실수는 영웅이 되려는 한 가지 목표만을 추구하는 그의 자존심에 씻을 수 없는 상처를 남겼고, 그는 그 치욕을 일생 동안 절대로 잊지 못할 것이다. 어떤 영웅적인 행위로 그 치욕을 씻지 않는 한, 그는 자책에서 벗어날 수 없고, 따라서 아버지에게 돌아갈 길이 열려도 기뻐할 수 없다.

이런 심적 상태에서 일거에 치욕을 말끔히 씻어낼 뿐만 아니라, 영웅의 명예를 얻을 수 있는 계책이 신의 계시처럼 그의 머리에 떠오른다. 처음에 필로타스는 치욕적이지만 포로가 된 자신의 운명에 순응할 수밖에 없다고 생각한다. 그러나 양측이 똑같은 입장이라는 사실을 알고 난 다음부터 그는 변화된 상황에 만족하지 않고, 국면을 그의 부왕과 조국에 유리한 쪽으로 변화시킬 방법을 모색한다. 그 방법은 인간을 수단으로 보고 인명을 경시하는 그에게는 의외로 간단하다. 그가 포로가 됨으로써 그의 부왕과 조국이 절대적으로 불리한 입장에 빠져 적의 어떤 요구에도 굴복할 수밖에 없다. 그런데 그의 부왕도 적국의 왕자를 포로로 잡았으니 일방적으로 당하기만 할 입장은 아니다. 양측이 똑같이 상대방을 굴복시킬 수 있는 결정적인 이점과 상대방에게 굴복하지 않을 수 없는 결정적인 약점을 함께 가지고 있는 상황이다. 이런 상황에 처하면 누구나 당연히 포로교환을 생각할 것이다. 그러나 필로타스는 그렇게 생각할 사람이 아니다. 자신의 부왕이 적을 굴복시

킬 결정적인 이점을 못난 아들을 살리기 위해 포기하는 것이 그에게
는 치욕이므로 그의 영웅주의가 용납하지 않는다. 힘의 논리, 패권주
의를 따르는 그는 주어진 상황에서 적에게 타격을 입히고 전세를 자
기편에 유리하게 돌릴 수 있는 방법, 즉 자기편의 이점은 그대로 살리
고 적의 이점을 없애는 길을 찾는다. 자기편의 결정적인 약점은 포로
가 된 그 자신이므로 스스로를 없애는 것, 즉 자살이 그 길이다.

자살은 필로타스 자신과 그를 포로로 잡은 적에게 그가 여전히 영
웅적인 용기를 가지고 있음을 증명해 보이는 길이다. 자살을 통해 그
는 손상된 자아정체성을 다시 확립할 수 있다. 그리고 그가 죽으면, 그
의 부왕은 수중에 있는 적국의 왕자를 이용해 적을 굴복시킬 수 있다.
그러므로 자살은 현 상황에서 그가 "부왕의 손에 승리를 쥐어주는"(II,
110) 길이기도 하다. 자살은 포로가 됨으로써 조국에 패배를 가져다준
그의 과오를 벌하는 동시에 치욕과 자책으로부터 그를 해방시켜 줄뿐
만 아니라, 한 걸음 더 나아가 치욕을 조국에 승리를 안겨준 영웅의 명
예로 바꾸어놓을 수 있는 유일한 방법이다. 이리하여 지금까지 죽음보
다 견디기 어려운 치욕과 자책 때문에 전전긍긍하던 필로타스의 자의
식이 자살이라는 '묘수'에 생각이 미치면서 돌파구를 발견하고 활기
를 되찾는다. 포로교환 협상을 위해 사자를 파견하면서 상대방을 믿게
만들기 위해 필로타스가 신뢰하는 병사를 함께 보내겠다는 아리데우
스 왕의 말에서 영감을 얻은 자살 착상은 곧 외골수적인 그의 의식을
완전히 지배하게 된다. 그는 현 상황에서 자신의 인생 목표를 실현할
수 있는 유일한 방법인 그 착상을 신의 계시라고 믿는다. 이 믿음은 그
에게 책임을 면제시켜 주는 것 이외에 한 가지 이점을 더 가져다준다.
파르메니오를 설득하는 과정에서 드러나는 것처럼 그는 그 착상을 어
리석은 인간의 이성으로는 옳고 그름을, 현실적인 유용성을 따질 수

없는 신의 계시라 내세움으로써, 남이 끼어 들 여지를 없애고 '간섭'을 차단한다[8]. 이제 남는 문제는 오직 하나, 그가 죽을 수 있는가 여부인데, 이것은 원래 문제가 되지 않는다. 왜냐하면 그는 영웅의 명예를 위해 기꺼이 모든 것을 바칠 각오가 되어 있기 때문이다.

필로타스는 자살 결심을 굳히는 과정에서 아버지 그리고 스승의 가르침을 자신의 생각에 뚜드려 맞춘다. 그는 아버지로부터 "영웅은 목숨보다 더 고귀한 가치를 알고 있는 대장부", "제 목숨을 국가의 안녕을 위해, 자신, 즉 개인을 다수의 안녕을 위해 바치는 대장부"라는 가르침을 받았다. 그는 이 가르침을 뒤집어 인명 경시 원칙으로 만든다[9]. 그리고 그는 "모든 것은 [...] 제 목표를 달성할 수 있으면 완전하다"는 스승의 가르침을 자살 결심을 정당화하는 데 이용한다. "나는 나라를 위해 죽을 수 있으니까 나는 내 목표를 달성할 수 있다. 그러므로 나는 완전하다. 그리고 나는 대장부다"(이상 II, 111). 따라서 자살을 통해 아버지의 영웅의 정의를 충족시킬 수 있다는 것이 그의 논리다.

레싱은 어린 왕자의 영웅주의 이상뿐만 아니라 전반적인 사고방식을 비판한다. 필로타스는 논리 정연하게 추론하고 결론을 도출하는 합리적 계몽주의자의 모습을 보인다. 그는 자신이 처한 상황의 분석으로부터 조국에 승리를 안겨주고 영웅의 명예를 차지할 수 있는 유일한 길은 자살이라는 결론에 도달한다. 그러나 개인적으로 고려할 사항도 전쟁의 도덕적 정당성에 대한 의심도 그의 사고에 끼어들지 못한다.

---

8) Beatrice Wehrli: Kommunikative Wahrheitsfindung. Zur Funktion der Sprache in Lessings Dramen. Tübingen 1983, 88쪽 참조.
9) Wolfgang Albrecht: Gotthold Ephraim Lessing. Sammlung Metzler Bd. 297. Stuttgart/Weimar 1997, 31쪽 참조.

레싱은 필로타스를 통해 머리의 계몽이 가슴의 계몽에 의해 보완되지 않을 경우 엉뚱한 길로 빠질 수 있음을 보여준다[10]. 이것은 이성을 중시하는 초기 계몽주의에 대한 비판이다.

나라를 위해 목숨을 희생하려는 정신 그 자체는 숭고한 것이다. 하지만 조국을 위한 희생 그 자체는 목표가 될 수 없고, 조국을 위하는 여러 방법 가운데 하나이다. 그러나 필로타스는 그것을 인생의 목표로 설정하고, 상황이나 주변의 여건을 전혀 고려하지 않은 채 외골수로 그 목표에만 집착한다. 그가 처한 상황은 그에게 그런 극단적인 희생을 요구하지 않는다. 교전하고 있는 양국의 왕자들이 각각 적군의 포로가 된 상황은 아리데우스 왕이 의중에 두고 있는 바와 같이 전쟁의 평화적인 종식을 생각할 때이다. 그러나 필로타스는 지금 자신이 처한 상황을 "죽음과 치욕 가운데 하나를 선택해야 될"(II, 118) 상황이라고 판단하며, 파르메니오에게 그런 맹세를 강요하는 것처럼 죽음을 선택한다. 그의 입장에서 가장 바람직한 태도는 스트라토나 파르메니오의 충고처럼 포로가 된 쓰라린 경험으로부터 젊은 혈기를 자제하여 보다 원숙하고 신중한 인간이 되어야 한다는 값진 교훈을 얻는 것이리라. 그러나 패권주의와 힘의 논리를 내세우며 승리와 영웅의 명예만을 탐하는 필로타스는 협상에 의한 평화는 생각 밖의 일이다. 그도 아리데우스와 같이 전쟁 그 자체는 불행이라고 생각한다. 그러나 일단 전쟁이 발발하면, 그 책임 소재를 명확히 밝힐 수 없으므로 끝까지 싸워 이기는 쪽이 정의라고 그는 믿는다. 이런 그에게 포로가 된 경험을 인간적 성숙의 계기로 삼기를 기대하는 것은 애초부터 무리가 아닐 수 없다.

---

10) Peter-André Alt: Tragödie der Aufklärung. Eine Einführung. Tübingen/Basel 1994, 144쪽 참조.

진정한 영웅은 대의를 위해 자신의 목숨을 던지는 희생정신, 용기 이외에도 다른 많은 덕목을 갖추어야 한다. 그러나 그는 조국을 위해 목숨을 바치는 것만으로 영웅이 된다고 생각한다. 편협한 소견이 아닐 수 없다. 다른 등장인물들은 모두 그가 영웅의 자질을 갖추고 있다는 사실은 인정하나, 아직 영웅이 되기에는 부족하며 수련과 경험을 더 쌓아야 한다는 데에 인식을 같이 한다. 그러나 그는 한시 바삐, 아니 지금 당장 영웅이 되지 못해 안달하며, 벌써 영웅이 된 것처럼 행동한다. 자살 착상은 바로 이런 조급함에서 나온다. 그는 죽음으로써 자신이 목표를 달성한 대장부, 영웅임을, 완성에 도달했음을 입증해 보이려는 것이다. 그러므로 자살은 완성에 이르는 과정을 건너뛰고 단숨에 목표에 도달하고 싶은 욕망을 실현하려는 방법이다. 인생의 목표에 도달하기 위해 인생 그 자체를 생략하는 이 발상의 문제점은 너무나 자명해서 구구하게 지적할 필요도 없을 것이다[11]. 『젊은 학자』를 다룬 장에서 인용한 바 있는 「제2답변」(VIII, 32-3)에서 레싱이 인생의 가치를 결정하는 것은 완성 그 자체가 아니라 완성을 향한 부단한, 파우스트적인 노력임을 강조한 사실을 상기할 때, 필로타스의 발상이 작가 레싱의 사상과 반대되는 것임을 알 수 있다. 완전한 인간임을 자처하기 때문에 필로타스는 자신의 과오를 용서하지 못한다.

그는 파르메니오에게 포로교환을 지연시키도록 설득하는 과정에서 자살 착상을 "이 세상에서 가장 무해한 생각"(II, 116)이라고 말한다. 이렇게 말하는 것은 그가 자기중심적이라 자신의 아버지를 포함한 다른 사람들의 입장은 전혀 고려하지 않기 때문이다. 그의 아버지는 아들을 나라보다 더 사랑한다. 그러므로 나라를 위한다는 명분을 내세

---

11) G. Ter-Nedden: 같은 책 142쪽 참조.

우는 그의 죽음은 아버지로부터 나라보다 더 소중한 것을 빼앗는 것
이니 결코 무해할 수 없다. 그리고 또 그의 죽음은 아버지로 하여금 손
에 쥐고 있는 이점을 이용해 적을 굴복시키게 하려는 것이다. 다시 말
해 아들의 목숨을 대가로 이득을 취하는 비인간적인 행동을 강요하는
것이다. 그러나 어린 왕자는 자기 사고방식의 비인간성에 대해서는 생
각조차 하지 않는다. 그리고 그의 죽음으로 계속될 전쟁으로 희생될
수많은 병사들과 그 가족들의 불행과 고초는 아예 안중에도 없다.

필로타스가 한시 바삐 인생의 목표에 도달하려고 안달하는 것은
영웅의 명예를 누리기 위해서이다. 그의 행동을 결정하는 동인은 냉철
한 국가이성이 아니라 불같은 명예욕이다. 이것은 그가 포로교환을 지
연시키도록 설득하면서 파르메니오를 그가 "장차 누리게 될 명성의
창조자"(117)라 부르고, 또 "가슴에 칼이 박혀 바닥에 누워 있는 젊은
이"(119)의 모습, 즉 영웅적으로 죽은 그 자신의 모습을 상상하면서 열
광하는 데에서 분명해진다. 그러나 첫 출정에서 포로가 되어 영웅이
될 수 없었던 것처럼 필로타스는 이번에도 영웅적인 죽음의 환영으로
만족할 수밖에 없다. 장엄하게 죽을 도구인 칼이 없기 때문이다. 이렇
게 작가는 반복적으로 드높은 목표를 향해 구름 위를 떠도는 주인공
을 초라한 현실로 끌어내림으로써 주인공과의 거리를 조성하고, 관객
의 주인공과의 동일시를 차단하고 있다[12].

칼이 없어 자살 결심을 실행에 옮길 수 없는 것은 그것을 말리는 신
의 뜻으로 이해해야 할 것이나, 필로타스는 그런 혜안을 갖지 못하고
결국 자신의 의지를 관철시킨다. 다른 등장인물들이 그를 어린이로 보
는 것을 역이용해 칼을 얻는 데 성공한 그는 일종의 환각 상태에 빠져

12) B. Wehrli: 같은 책 83쪽; H. C. Seeba: 같은 책 57-8쪽 참조.

포로가 되었을 때의 상황을 다시 연출하여 그때의 치욕적인 경험을 되풀이하지 않으려고 자살을 감행한다. 계몽주의자 레싱은 주인공의 마지막 행위조차도 의식이 불분명한 상태에서 자행된 것으로 묘사함으로써 주인공의 행위에 동의하지 않는다는 입장을 분명히 하고 있다. 영웅의 명예를 얻기 위해 쉽게 삶 자체를 포기하는 극단적인 행위를 저지르는 필로타스를 우리는 군국주의적 교육과 영웅주의 이데올로기에 의해 비인간성으로 오도된 청소년이라고 규정해야 할 것이다[13].

그런데 필로타스는 칼로 자신을 찌른 다음부터 달라지기 시작한다. 남의 입장은 전혀 고려하지 않는 경직된 태도가 풀리면서 그는 이제 약자의 처지가 된 아리데우스에게 그 자신에게보다 "더 치명적인 일격을 가한" 것을 사과하며 동정을 표한다. 그리고 그는 자신의 죽음이 마치 평화를 위한 것인 듯 "평화를 다시 찾은 나라들이 곧 내 죽음의 열매를 맛보게 될 것"(이상 II, 124)이며, 또 자신의 죽음을 평화의 여신에게 바치는 제물이라고 말한다. 그러나 이것은 모순이다. 진정으로 평화를 위한다면, 그는 죽을 필요가 없기 때문이다. 위에서 언급한 것처럼 화해의 계기는 이미 마련되어 있다. 그의 죽음은 평화를 위하는 것이 아니라, 오히려 이미 마련된 화해의 계기를 해치는 것이다. 그는 숨을 거두면서 스트라토와 아리데우스에게 "천국"(II, 125)에서 다시 만나자고 말한다. 하나밖에 없는 목숨을 던져 평화를 구축하는 것이 - 그런 사람이 진정한 영웅일 것이다 - 아니라 오히려 방해한 그의 입에서 나온 이 말은 마치 인간들의 화해 속의 행복한 공동생활이 이승에서는 불가능하고 저승에서나 가능하다는 것처럼 들린다. 계몽주의가 인간들의 이승에서의 화목하고 행복한 공동생활을 지향한다는

---

13) H. C. Seeba: 같은 책 60쪽 참조.

사실을 감안할 때, 이런 그의 태도는 반계몽적이다.

극의 말미에 나타나는 주인공의 돌연한 변화는 모든 해설자들을 당혹시켰다. 많은 학자들의 고심에도 불구하고 지금까지 납득할 만한 설명을 찾을 수 없는 실정이다. 필자는 그 변화가 필로타스의 승자로서의 여유에서 기인한다고 이해한다. 그가 죽음을 통해 영웅이 되고자 하는 인생 목표에 도달했고, 승자가 되었다고 믿어 여유와 관용을 보이는 것이다. 그러나 그가 승자라고 믿는 것, 승자연하는 것도 그의 자기중심적인 사고에서 나온 속단에 불과하다. 그가 승자가 될 것인지 아닌지는 상대방의 대응에 달려 있다[14]. 왜냐하면 상대방도 그와 똑같이 목숨을 버릴 수 있기 때문이다. 이로써 공은 상대방에게 넘어간다. 아리데우스의 대응에 따라 그의 죽음은 그에게 영웅의 명성을 가져다 줄 수도 있고 또 무의미한 것이 될 수도 있다. 자살은 인간이 취할 수 있는 가장 강력하고 극단적이며 최종적인 의사 표현 내지 의지 관철의 수단이다. 그런데 레싱은 필로타스의 죽음이 가져올 결과를 그의 의지에 맡기지 않고, 그와 반대되는 입장인 적국 왕의 대응에 종속시킴으로써 그 죽음 자체에 의문을 제기한다.

3. 아리데우스

아리데우스의 즉각적인 반응은 대결 쪽으로 나타난다. 필로타스가 아버지와 조국의 승리를 위해 자신을 희생하는 것 같이 아리데우스도

---

14) Conrad Wiedemann: Ein schönes Ungeheuer. Zur Deutung von Lessings Einakter *Philotas*. In: Germanisch-Romanische Monatsschrift 48 NF. 17(1967), 392쪽 참조.

승리를 위해 아들을 희생시킬 수 있다는 것이다. 그러면 필로타스의 죽음은 소기의 목적을 달성하지 못하고 무의미한 것이 되고 만다. 그리고 힘의 논리에 따라 전쟁은 어느 한 쪽이 상대를 확실히 굴복시킬 때까지 지속될 것이다. 그러나 이런 대응은 전혀 예측할 수 없었던 상황 변화에 따른 놀라움과 당혹감에서 나온 가능성일 뿐, 현실화되기에는 아리데우스의 본성과 너무 동떨어진 것이다.

아리데우스는 모든 면에서 필로타스와 대조되는 인물로 설정되어 있다. 필로타스는 혈기 넘치는 어린 왕자이나, 아리데우스는 필로타스만한 아들을 가진 아버지이며, 한 나라를 다스리는 왕으로 통찰력과 경험을 겸비하고, 이성과 감성의 조화를 이룬, 파르메니오의 표현을 빌리면 "이중의 눈"(115)을 가진 지혜로운 사람이다. 이것들보다 중요한 근본적인 차이점은 인간을 보는 시각에서 나타난다. 필로타스가 인간을 목적이 아니라 수단으로 보고, 인간 그 자체보다 기능을 중시하며, 아들로서보다 왕자로서 책임을 느끼는 반면, 아리데우스는 인간을 목적으로, 국가나 직책을 수단으로 보며, 왕의 역할보다는 아버지의 역할을 중시한다. 이런 인본주의적 성향은 그의 첫 대사 "왕들이 서로 하도록 강요당하는 전쟁은 개인적인 적대감이 아니오"(II, 107)에서부터 분명하게 드러난다. 그의 말이 수동형임에 주목할 필요가 있다. 왕들이 능동적으로 전쟁을 하는 것이 아니라, "전쟁을 하도록 강요당하고" 있다고 그는 말한다. 그리고 적대감 때문에 전쟁을 하는 것도 아니고, 또 전쟁을 하지만 상대방에게 적대감을 갖지도 않는다는 것이다. 이해관계가 상충되고 의견이 엇갈리면, 사람이나 국가는 불가피하게 서로 다투거나 전쟁을 할 수 있음을 인정하나, 그는 분쟁과 맞서 싸우는 상대방을 동일시하지 않고 분리해서 생각하며, 인간을 증오하지 않는다. 따라서 그는 다투고 있는 상대방을 굴복시켜야 하는 적으로만 보는 것이 아니라, 잠재적인 대화상대자로 간주한다[15]. 그는 전쟁을 하고 있으면서도 분쟁을 대화로 해결하려는 자세를 유지한다.

"왕이 아버지가 아니라면 무엇이겠는가"(II, 121)라는 아리데우스의 말은 그가 어버이의 자식사랑을 개인적으로는 행동의 원칙으로 그리고 공적으로는 국가 통치의 근본원리로 삼고 있음을 알려 준다. 아리데우스는 자식의 아버지이고 가장일 뿐만 아니라 말 그대로 백성들의 어버이, 국부(Landesvater)이다. 그가 자식사랑을 통치 원리로 삼을 정도로 중시하는 까닭은 그것이 인간애의 출발점이기 때문이다. 자식사랑은 인간을 포함한 모든 생물에게 공통되는 본능이다. 제 자식이 귀엽고 사랑스러우면, 다른 사람의 자식사랑도 이해하고 존중해야 할 뿐만 아니라, 한 걸음 더 나아가 남의 자식도 귀하게 여겨야 한다. 이와 같이 자식사랑은 인간으로 하여금 아집을 뛰어넘어 보편적인 인간애로 나아가게 하는 출발점이다. 그러므로 인간애가 아리데우스를 움직이는 중심사상이라고 말할 수 있다. 그는 영웅이 아니라 기쁠 때 웃고 슬플 때 우는 인간을 지향하며, 승리보다 인간다운 행복한 삶을 중시한다. 계몽주의는 계몽전제군주가 갖추어야 할 요건으로 인간적인 감정 이외에 통치자로서의 의무와 개인적인 의무 내지 가족사랑을 조화시키는 능력, 다시 말해 국부(國父)와 가장의 역할을 동시에 수행하는 능력을 꼽는다[16]. 그러므로 아리데우스는 이상적인 계몽전제군주이다.

파르메니오는 비록 지금 적군의 포로이지만 전쟁터에서 잔뼈가 굵은 역전의 용사로서 용맹과 충성심이 뛰어난 모범적인 병사이다. 필로

15) G. Ter-Nedden: 같은 책 160쪽 참조.
16) W. Albrecht: 같은 책 32쪽 참조.

타스가 그를 부왕에게 보낼 사자로 지명하는 것은 이 때문이다. 하지
만 그는 세상과 인생을 바라보는 시각에 있어서 아리데우스 왕과 아
주 비슷한 면을 보인다. 이들은 풍부한 경험을 통해 순화된 가치관을
가지고 있는 원숙한 사람들이다. 이들과의 대비를 통해 어린 왕자의
열광이 경험 부족의 결과임이 드러난다. 파르메니오와 아리데우스는
대화 중에 아들을 가진 아버지임을 강조한다. 이것은 그들이 자식사랑
을 행동 원칙으로 삼고 있음을 말해준다. 그들은 영웅주의가 아니라
가족간의 사랑, 타인에 대한 이해, 관용 등 인도주의를 중시한다[17]. 이
들의 인도주의에 의해 필로타스의 영웅주의가 상대화된다.

인간애를 토대로 하는 아리데우스의 인간적 성숙은 아집에서 벗어
난 따뜻하고 열린 마음과 객관적인 시각 그리고 세상사의 깊은 의미
를 꿰뚫어보며 역지사지(易地思之)하는 지혜로 나타난다. 이와는 대
조적으로 영웅주의 이데올로기에 사로잡혀 있는 필로타스는 모든 것
을 오로지 한 가지 관점에서만 바라보는 편협성과 아집을 보인다. 전
쟁 발발의 책임에 관해 공방을 벌이는 가운데 필로타스는 자기편이
옳다고 주장한다. 그리고 설령 아리데우스가 그 주장이 틀림을 "반박
할 여지없이 입증해 보여도", "아버지이자 사령관의 견해"(II, 120)를
정당한 것으로 믿고 따르겠다는 경직된 태도를 보인다. 누가 뭐라 해
도 내가 옳다는 주장은 아집이고 편견으로 반계몽적이며, 타인의 견해
를, 설령 그가 지표로 삼고 있는 아버지라 해도 자신의 이성으로 검증
하지 않고 맹신하는 자세는 더욱 그렇다. 이로써 그는 그 자신의 말과
는 반대로 말하는 것은 배웠으나, 독자적으로 사고하는 것은 배우지
못했음을 드러낸다. 선입관을 가진 필로타스와는 달리 아리데우스는

---

17) Peter-André Alt: Aufklärung. Stuttgart/Weimar 1996, 206쪽 참조.

적국의 왕자에게조차 자신의 정당성을 주장할 수 없음을 실토하는 객관적이고 유연한 자세를 보인다. 필로타스는 자신이 옳다는 편견과 아집 때문에 타협을 거부하고, 승자가 정의라는 힘의 논리에 따라 끝장을 보자는 입장을 취하는데 반해, 아리데우스는 대화를 통한 화해를 모색한다.

이들의 차이는 교전하고 있는 양국의 왕자들이 각각 적국의 포로가 된 상황을 보는 시각과 대응방식에서 확연히 나타난다. 위에서 살펴본 것처럼 필로타스는 포로가 된 것을 일생일대의 치욕으로 받아들이고, 그 치욕을 씻고 영웅의 명예를 얻기 위해 영웅적인 죽음을 택하는 표피적인 시각과 반응을 보이는데 반해, 아리데우스는 인도주의 입장에서 그 상황의 깊은 의미를 꿰뚫어보는 지혜를 보인다. 두 왕자가 동시에 포로가 된 것은 자신의 아들은 무사하고 적국의 왕자만을 사로잡았을 경우, 그가 그 이점을 비인간적으로 이용할 가능성, 즉 잇속을 챙기는 수단으로 한 인간을 이용하는 비인간적인 행위를 저지를 가능성을 아예 봉쇄하려는, "비열한 행동으로 스스로를 모독하도록 유혹하는 계기"(II, 108)를 만들어 주지 않으려는 신들의 오묘한 섭리가 낳은 결과로 이해하는 것이다. 이것에 그치지 않고 그는 그 상황을 "불행한 전쟁"을 평화적으로 종식시키라는 신들의 계시로 받아들인다. 그래서 그는 처음부터 필로타스를 적국의 왕자가 아니라 옛 벗의 아들로 대하며 인간적으로 가까워지려고 노력한다.

그러나 필로타스는 대화를 통한 분쟁 해결을 거부하고 비인간적인 패권주의, 힘의 논리를 내세운다. 앞으로 맞이하게 될 "끔찍한 미래"에 대한 아리데우스의 예측, "그대는 백성에게 월계관과 불행을 무더기로 가져다줄 것이오. 그대는 행복한 신하의 숫자보다 더 많은 승리를 얻을 것이오"는 인간을 불행하게 만드는 승리가 무슨 의미가 있겠느

나는 문제 제기이다. 아리데우스는 이어서 "인간애가 없는 영웅은 무엇인가"(이상 II, 121)라는 말로써 젊은 왕자가 추구하는 비인간적 영웅주의의 핵심을 날카롭게 지적한다.

필로타스의 자살은 아리데우스에게 엄청난 충격이 아닐 수 없다. 그 충격이 너무나 커 그는 잠시 본성을 망각하고, 필로타스에 대한 증오심을 드러내고, 그도 필로타스와 똑같이 행동할 수 있다는 가능성을 내비친다. 그의 아들도 필로타스처럼 아버지를 위해 죽을 수 있고, 또 아들이 그렇게 하지 않으면, 그가 국익을 도모해야 하는 왕의 의무를 사사로운 자식사랑보다 우선시하여 아들을 희생시킬 수 있다는 것이다. 그러나 이런 대응방식은 인간애에 기초하는 그의 본성과 정면으로 배치되는 것이라 현실성이 없고 한번 생각해본 가능성에 불과하다는 사실을 관객이나 독자는 스트라토와 함께 그가 하는 말의 행간에서 간파할 수 있다. 실제로 그는 죽어 가는 젊은이의 모습을 보면서 동정심을 느끼고 인간애를 바탕으로 하는 본성을 회복한다. 그리고 승자연하는 필로타스가 제안하는 화해에 화답할 뿐만 아니라, 무슨 대가를 치르고서라도 "아들을 다시 찾아야겠다"(II, 125-6)는 어려운 결단을 내린다.

이로써 아리데우스는 자신의 패배와 필로타스의 승리를 인정한다. 한 나라를 다스리는 왕으로서 전쟁 중에 자국의 패배와 적국의 승리를 인정하는 것은 쉬운 일이 아니다. 그러나 아리데우스는 인간을 승리보다 중시하기 때문에, 왕이 아니라 아버지로서 승리와 사랑하는 아들 가운데 후자를 선택한다. 자기 자신을 극복하는 자가 진정한 영웅이라고 한다면, 영웅의 범주에 드는 사람은 필로타스가 아니라 아리데우스다. 그러나 아리데우스가 완전히 충격에서 벗어나는 것은 아니다. 필로타스의 비인간적인 행위는 그로 하여금 패권주의를 추구하는 현실 정치에 염증을 느끼게 하여 왕의 자리에서 물러나게 한다. 그가 퇴위하려는 것은 전쟁이라는 중대한 국면에서 통치자로서 의무를 다할 수 없다고 판단하기 때문이다. 그는 나라를 다스리는 왕으로서의 의무와 아버지로서의 의무를 합치시키지 못한다. 인간애, 인도주의의 실현은 사적 영역인 가정에서만 가능해 보인다[18]. 정치에서 손을 떼고 한 자식의 아버지로서 가정으로 돌아가려는 아리데우스의 결심과 영웅의 명예를 얻고자 스스로 목숨을 버리는 필로타스의 행위를 대비시킴으로써 작가 레싱이 후자를 비판한다고 말하는 것은 사족에 가까울 것이다.

　무대 위의 아리데우스와 스트라토는 필로타스의 죽음을 어떻게 보고 대응하는 것이 바람직한지를 객석의 관객에게 암시하는 역할을 한다. 이것을 통해 어린 왕자를 죽음으로 몰고 간 군국주의 교육과 영웅주의 이데올로기를 비판적으로 성찰하고, 아리데우스의 모범에 따라 그 비판을 실천에 옮길 것을 관객에게 촉구하는 것이 작가 레싱의 의도이다[19].

4. 영웅비극의 극복

외견상 『필로타스』는 레싱이 『비극에 관한 서신교환』에서 피력한 영웅비극에 대한 비판적 견해를 뒤집는 작품으로 보인다. 극의 끝 부분에서 스트라토는 필로타스를 "경탄할만한 청소년"(II, 125)이라고 부

18) W. Albrecht: 같은 책 33쪽 참조.
19) Marion Gräfin Hoensbroech: Die List der Kritik. Lessings kritische Schriften und Dramen. München 1976, 157-8쪽 참조.

른다. 조국을 위해 주저 없이 죽음을 택하는 주인공은 등장인물들과 관객의 경탄의 대상이 된다. 그리고 그의 행동은 정치적 목적이 사적인 감정에 우선함을 확실하게 보여준다. 이런 점에서 필로타스는 영웅비극의 결점 없는 주인공으로 보인다. 그러나 레싱은 결정적인 두 가지 점에서 영웅비극의 구조를 깨뜨린다. 영웅비극에서 모든 것은 주인공에 의해 주도된다. 그러나 이 비극에서 주인공은 독점적인 위치를 차지하지 못하고 아리데우스 왕, 파르메니오 등 인도주의를 표방하는 인물들과 힘의 균형을 이룬다. 레싱은 아리데우스 왕을 긍정적인 인물로 그리고 또 그를 주인공과 대비시킴으로써 주인공의 영웅주의를 상대화시킨다. 동시에 작가는 주인공의 행동 동기를 투명하게 공개함으로써 관객으로 하여금 설익은 영웅주의에 빨려 들어가지 말고, 거리를 두고 주인공의 사고방식을 비판적으로 성찰할 기회를 준다. 따라서 『필로타스』는 레싱이 영웅비극에 비판적인 견해를 구체화한 작품이다[20].

등장인물들은 이구동성으로 필로타스가 영웅의 자질을 갖추고 있음을 인정한다. 나이 어린 그에게 부족한 것은 인생 경험이다. 그는 삶을 통해 폭넓은 경험을 쌓아 혈기를 억제하고 성숙한 인간으로 성장하고, 인간의 존엄성과 인명의 존귀함을 배워 아리데우스 같이 인간애를 근간으로 삼는 인자한 왕이 되어야 할 것이다. "이중의 눈을" 가진, 즉 이성과 감성을 조화시키고 세상사의 깊은 의미를 헤아릴 줄 아는 지혜로운 인간으로 성장하는 과정에서 포로가 된 불상사는 의미 있는 경험이 될 수 있다. 그가 포로가 된 것은 남보다 먼저 승리의 명예를 차지하려는 조급한 마음에서 단신으로 적을 향해 달려 나간 경솔한 행동의 결과이다. 그러므로 그는 그 불상사로부터 분별없이 조급하게

---

20) P. Alt: Tragödie der Aufklärung, 141, 147-8쪽 참조.

행동해서는 안 된다는 값진 교훈을 얻어야 할 것이다. 그러나 그에게
는 그런 안목이 없다. 그의 자살도 당장 영웅의 명예를 얻어야겠다는
조급함에서 나온 행위이다. 『필로타스』는 영웅주의에 의해 비인간성
으로 오도된 젊은 주인공의 자의적이며, 인간애의 입장에서 볼 때 맹
목적이고 무의미한 죽음을 통해 영웅주의의 폐해와 함께 젊은이가 원
숙한 인간으로 성장함에 있어서 필요한 것이 무엇인지를 보여준다.

작가 레싱은 7년전쟁을 배경으로 하는 단막극 『필로타스』에서 교
전하고 있는 양국의 왕자들이 각각 적국의 포로가 된 상황을 설정하
고, 그 속에서 극단적인 대조를 이루는 두 행동방식을 제시한다. 혈기
넘치는 어린 왕자는 영웅의 명예를 얻기 위해 스스로 목숨을 버리고
승자라고 자처한다. 이와는 달리 통찰력과 경험을 겸비하여 이성과 감
성의 조화를 이룬 아리데우스 왕은 아들의 목숨을 구하기 위해 자국
의 패배와 적국의 승리를 인정하는 치욕을 감수한다. 승리를 위해 목
숨을 버리는 비인간적인 영웅주의와 아들을 살리기 위해 패배의 치욕
을 감수하는 인본주의가 대비되는 것이다. 아들이 아니라 왕자로서 아
버지가 아니라 군주에게 유리한 고지를 마련해 주기 위한 필로타스의
엄청난 자기희생은 왕이 아니라 아들을 사랑하는 아버지로서 아들의
안전을 위해 어떤 대가도 치르려는 아리데우스의 인간적인 결정과 대
비되어 비인간적이며 무모하고, 그래서 도덕적으로 옳지 않은 행위로
비쳐진다. 이는 동정심을 비극의 요체로 내세워 초인간적이고 비인간
적인 영웅이나 순교자를 주인공으로 하는 비극을 배척한 레싱의 기본
입장과 궤를 같이한다.

3통일의 법칙이 철저하게 준수되고 있고, 주인공이 영웅적으로 조
국을 위해 자신을 희생하는 등 『필로타스』는 형식상 바로크 시대 영웅
비극의 틀을 유지하고 있다. 그러나 그 내용은 주인공의 자기희생을

316 레싱. 드라마와 희곡론

비인간적인, 그래서 도덕적으로 옳지 않은 행위로 비판하고, 그 대안
으로 인간애, 인본주의를 제시한다. 필로타스의 자기희생은 군국주의
의 승리처럼 보이기는 하나, 자세히 살펴보면 그는 승자가 아니라 군
국주의, 영웅주의의 제물이다. 그의 죽음은 어떤 이데올로기나 대의명
분도 인간의 기본을 이루는 인간애보다 귀중할 수 없음을 알려주며,
인간이 만들어놓은 이데올로기의 틀에 인간 스스로 얽매이고 규정 당
하는 전도현상에 경종을 울린다. 그러므로 『필로타스』는 영웅비극의
형식을 빌어 영웅비극을 비판하는 것으로 레싱이 『비극에 관한 서신
교환』에서 피력한 견해를 구체화한 작품이다. 『필로타스』 이후 독일에
서 영웅비극은 사라지고 1760년부터 1780년까지 시민비극이 유행한
다.

IV-3 『에밀리아 갈로티』

- 줄거리

이탈리아 소국 구아스탈라의 제후 헤토레 곤차가는 시민계급 출신의 처녀 에밀리아 갈로티에 반해 정부 오르시나 백작녀에게 싫증을 느낀다. 그는 에밀리아가 오늘 아피아니 백작과 혼인한다는 소식을 듣고 절망감에 사로잡혀 시종장 마리넬리에게 매달린다. 마리넬리는 그 혼례를 지연시키기 위해 아피아니를 특사로 즉각 외국에 파견하자는 계책을 낸다. 그러나 아피아니의 거절로 그 계책은 무산된다. 하지만 마리넬리는 제후의 암묵적인 동의 아래 이미 다른 음모를 준비해 놓았다. 그의 지시를 받은 하수인들이 혼례식장으로 가는 신랑 신부의 마차를 습격한다. 아피아니는 저항하다가 치명상을 입고 도성으로 후송된다. 그리고 혼비백산한 에밀리아는 마리넬리의의 계획에 따라 근처에 있는 제후의 별궁으로 위장 구조된다. 그곳에서 제후가 초조하게 에밀리아를 기다리고 있다.

제후는 모든 일을 마리넬리에게 맡기고 가만히 있을 수 없어서 새벽에 교회에 나가 미사를 드리고 있는 에밀리아를 찾아가 사랑을 고백했으나 성과를 거두지 못했다. 그런 제후가 그곳에 있는 것을 보고 에밀리아는 당황한다. 그리고 뒤이어 나타난 그녀의 어머니는 곧 전후 사정을 간파한다. 오르시나와 에밀리아의 아버지 오도아르도가 별궁에 나타난다. 오르시나는 제후의 총애를 잃은 것에 격분해서 복수하고 싶지만, 제후가 만나주지 않아 기회를 잡지 못한다. 그녀는 오도아르도에게 아피아니의 죽음과 그의 딸이 처한 위험을 알리고, 사위와 딸의 복수를 위해 제후를 죽이라는 뜻으로 그에게 단도를 넘겨준다. 그러나 오도아르도는 제후를 죽이지 못한다. 제후와 마리넬리의 설득 노력은 그의 꿋꿋한 시민적 자존심 때문에 성과를 거두지 못한다. 오도아르도는 딸을 수도원으로 보내려고 한다. 그러나 제후는 습격 사건의 진상이 밝혀질 때까지 조사 목적을 위해 에밀리아를 그리말디의 집에 보호할 수밖에 없다는 구실 아래 아버지의 뜻을 꺾는다.

에밀리아는 성적 욕구를 느끼는 젊은이로서 제후의 유혹에 넘어갈 가능성을 완전히 배제하지 못한다. 그것이 두려운 에밀리아는 자결할 생각으로 아버지에게 단도를 넘겨달라고, 그 다음에는 자신을 죽여달라고 애원한다. 아버지는 망설인다. 그러나 딸이 본 작품의 소재인 비르기니우스 이야기를 꺼내면서 딸의 순결을 지키기 위해 딸을 죽이는 아버지는 이제 없다고 말하자, 그는 흥분 상태에서 딸을 찔러 죽인다. 에밀리아는 놀란 제후에게 자결이라고 말하나, 오도아르도는 법의, 즉 제후의 심판을 받기 위해 자수한다. 제후는 자신의 잘못을 인식하나, 모든 책임은 하수인 마리넬리에게 전가한다.

1. 소재, 생성사

『에밀리아 갈로티』는 오늘날에 이르기까지 널리 읽히고 꾸준히 무대 위에 올려지는 독일 비극 가운데 가장 오래되었을 뿐만 아니라, 18세기 독일 문학 가운데 가장 논란이 많은 작품으로 꼽힌다. 이 작품이 단순히 한 가정의 비극을 그린 가정극인가, 아니면 독재자와 절대주의 체제를 비판하는 정치극인가 하는 문제가 논쟁의 핵심이다. 이 문제를 풀기 위해서는 이 비극의 소재와 생성사를 고찰하지 않을 수 없다.

『에밀리아 갈로티』의 소재는 기원전 5세기 로마에서 일어난 사건이다. 그 사건을 역사가 리비우스의 기술에 따라 간단히 요약한다. 권력자 아피우스 클라우디우스는 평민계급의 순결한 처녀 비르기니아에 반해서 유혹하려 하나 뜻을 이루지 못한다. 그는 그녀를 수중에 넣기 위해 음모를 꾸미고 부당하게 권력을 휘두른다. 그러자 그녀의 아버지 비르기니우스가 딸의 순결과 자유를 지키기 위해 딸을 칼로 찔러 죽인다. 비르기니우스 그리고 불행하게 희생된 비르기니아의 약혼자 이칠리우스의 종용에 따라 격분한 군인들과 민중이 봉기를 일으켜 아피우스 클라우디우스를 위시한 독재자들을 내쫓고, 민주적인 제도와 법질서를 회복한다[1].

비르기니아 전설은 중세부터 유럽 여러 나라의 작가들에 의해 작품화되었다. 레싱은 일찍부터 이 소재에 관심을 갖기 시작했다. 1754년 그는 스페인 작가 데 몬티아노의 비극 『비르기니아』(1750)의 프랑스어 줄거리를 번역해 「연극총서」 창간호에 실었고, 1755년에는 파츠케의 극시 『비르기니아』(1755)에 대한 서평을 「베를린 특권신문」에 게재했다. 그리고 그는 영국인 크리스프의 『비르기니아』(1754)를 번역하기 시작했으며, 또 완성하지는 못했지만 「해방된 로마」의 구상에 착수했다(1756). 이것들은 『에밀리아 갈로티』의 준비작업으로 간주된다.

1757년 말 레싱은 비르기니아 소재로 비극을 만드는 작업에 착수한다. 그가 멘델스존에게 쓴 동년 10월 22일자 편지에 그에 대한 첫 언급이, 그리고 1758년 1월 21일 니콜라이에게 쓴 편지에 보다 구체적인 언급이 보인다. 그가 지금 "에밀리아 갈로티"란 제목으로 집필하고

---

1) Jan-Dirk Müller (Hrsg.): Erläuterungen und Dokumente. Gotthold Ephraim Lessing. *Emilia Galotti*. RUB 8112. Stuttgart 1976, 27-33쪽 참조.

있는 비극은 정치색을 배제한 "시민적 비르기니아"라고 말하면서 아래와 같이 부연한다.

> 즉 그는 로마 시대의 비르기니아 이야기에서 이것을 전 국가적 관점에서 흥미롭게 만드는 모든 요소들을 배제했습니다. 딸의 미덕을 목숨보다 귀하게 여기는 아버지에 의해 살해되는 딸의 운명은, 비록 국가 체제 전체의 전복이 뒤따르지 않을지라도, 그 자체로서 충분히 비극적이고 또 영혼을 완전히 흔들어놓기에 충분하다는 것이 그의 생각이었습니다 (B 11/1, 267).

레싱은 1758년 1월 안에 이 3막극을 완성해서 니콜라이가 주최한 드라마 현상공모에 출품할 생각이었다. 그래서 그는 자신이 그 작가임을 밝히지 않았다. 그러나 작업이 늦어져 그는 응모하지 못했다. 레싱이 이 작품을 발표하지 않은 이유는 알려지지 않았으며, 그 원고도 실종되었다. 레싱은 함부르크 시절에 다시 비르기니아 소재의 작품화에 손을 댄다. 원래의 계획을 5막극으로 확대하고 출판이 아니라 상연을 목표로 집필이 이루어지나, 이번에도 완성을 보지 못한다.

볼펜뷔텔로 이주하고 1년여가 지난 뒤 레싱은 1771년 말부터 다시 『에밀리아 갈로티』를 쓰기 시작한다. 작업은 순조롭게 진행되어 해가 바뀔 무렵 처음 3막이 완성된다. 레싱은 원고를 베를린에 있는 동생 칼에게 보내 교정을 보게 하는 한편 출간도 준비시킨다. 레싱은 브라운슈바이크 공작부인의 생일(3월 13일)에 맞춰 무대에 올릴 목표를 세운다. 그런데 1772년 1월말부터 집필을 서둘러야 하는 레싱의 행보에 이상한 점이 나타나기 시작한다. 시간이 촉박한 것도 한 원인이지만, 그 보다는 마지막 5막이 그의 마음에 들지 않고 또 공작부인의 생일 축하행사의 일환으로 그 작품이 상연되는 것에 대해 회의를 느낀

것이다. 3월 1일 레싱은 마침내 완성한 나머지 원고를 동생에게 보내
면서, 15년 전 니콜라이에게 했던 것과 거의 똑같은 말을 한다. "네가
보면 알겠지만, 이것은 근대화되고 모든 국가적 이해관계를 배제한 비
르기니아에 불과하다"(B 11/2, 362).

『에밀리아 갈로티』가 완성되고 최초로 무대에 올려지는 과정에서
레싱이 석연치 않은 행보를 보인 것이 눈에 띈다. 괴벨이 이것을 잘 정
리해놓았다[2]. 레싱은 마지막 5막을 완성했으나, 이상하게도 공연을 위
해 연습하고 있는 극단에게 원고를 넘겨주지 않는다. 연습할 시간이
없는 극단단장 되벨린은 레싱에게 5막의 원고를 달라고 강력하게 요
구한다. 그리고 레싱이 응하지 않으면, 그 스스로 5막을 쓸 수밖에 없
다고 위협한다. 그제서야 레싱은 원고를 내준다. 레싱은 완성된 『에밀
리아 갈로티』를 책으로 출간하는 일은 서두르나, 그 작품이 브라운슈
바이크 궁정극장에서 공연되는 것은 어떻게든 막아보려고 노력한다.
사람들이 연극을 보고 브라운슈바이크 궁정의 실제 상황을 연상하게
될 것이란 우려 때문이다. 그는 상연이 이루어지지 않기를 바라는 심
정에서 공작에게 편지를 쓴다. 그리고 최악의 사태를 방지하기 위해
그의 작품에 정치적 의도는 없다는 점을 강조한다. 그것은 "근대의 옷
을 입힌 오래된 로마 시대의 비르기니아 이야기에 불과하옵니다"(B
11/2, 365).

완성에 이르기까지 15년 가까운 세월이 소요된 『에밀리아 갈로티』
는 이런 우여곡절 끝에 예정대로 3월 13일 브라운슈바이크 궁정극장
에서 최초로 공연되었다. 공연은 성공적이었다. 그런데 이상하게도 레
싱은 극장에 가지 않았다. 계속되는 공연에도 가지 않았다.

---

2) Klaus Göbel: Gotthold Ephraim Lessing. *Emilia Galotti*. Oldenbourg Interpretationen Bd. 21. 3. überab.
Aufl. München 1996, 65-8쪽 참조.

비르기니아 소재로 비극을 만들려는 계획을 구체화시킬 때부터 레싱은 그 전설의 정치적 측면이 아니라 비르기니아 개인의 운명에 초점을 맞춘다는 점을 여러 번 분명하게 밝혔다. 위에 인용한 니콜라이와 동생 칼 그리고 브라운슈바이크 공작에게 쓴 편지가 그 증거이다. 그에 따라 『에밀리아 갈로티』는 리비우스의 기술과 상당한 차이를 보인다. 리비우스의 기술에 따르면 비르기니우스는 딸을 죽인 것을 자유와 민주주의를 위한 행위라고 선언한다. 따라서 리비우스는 그 행위에 뒤따르는 사건들, 즉 민중의 봉기와 책임자들의 처벌 그리고 법과 민주적인 제도의 회복을 중점적으로 서술한다. 이와는 달리 레싱은 아버지에 의한 딸의 살해로 작품을 마치고, 리비우스의 기술에서 핵심을 이루는 후반부의 정치적 사건들은 버린다. 그리고 레싱은 작품의 무대를 18세기의 독일이 아니라 르네상스 시대의 이탈리아로 설정한다. 관객이 작품의 내용, 예컨대 궁정의 음모나 통치자가 정부(情婦)를 두고 있는 것 따위를 당시의 독일 내지 브라운슈바이크 현실의 묘사로 볼 가능성을 차단하려는 조심성 때문이다[3].

위에 언급한 사항들은 『에밀리아 갈로티』의 정치적 의도, 즉 부도덕한 절대권력자를 비판하고 봉건제의 비인간성을 폭로하려는 의도를 부정하는 증거이다. 그러나 예정된 브라운슈바이크 궁정극장에서의 초연을 저지하기 위한 레싱의 행보 그리고 공연이 이루어진 이후에 도 계속된 작품과의 거리 두기는 정치적 의도가 있음을 반증한다[4]. 연구자들의 견해도 양분되어 팽팽하게 맞서 있다. 이제 작품 분석을 통해 이 문제에 접근해보자.

---

3) Wilfried Barner, Gunter Grimm, Helmuth Kiesel, Martin Krammer: Lessing. Epoche - Werk - Wirkung. 4. Aufl. München 1981, 198쪽 참조.
4) K. Göbel: 같은 책 69쪽 참조.

2. 귀족계급과 시민계급 – 대립적인 두 집단

이 작품의 주요 등장인물들은 명백히 두 집단으로 나뉜다. 그 하나는 등장인물목록에 직함이 명시되어 있는 귀족계급이고, 다른 하나는 귀족칭호나 공적 직함이 없는 평민, 즉 시민계급이다. 르네상스 시대 이탈리아의 소국 구아스탈라는 봉건주의 국가이나, 18세기 후반의 독일 소국들과 마찬가지로 모든 권력이 제후 한 사람에게 집중되어 있는 절대주의 국가나 다름없다. 구아스탈라 사회는 제후 헤토레 곤차가를 정점으로 조직되어 있으며, 그의 절대적인 영향력 아래에 놓여 있다. 이 나라에서 지배계급을 형성하는 것은 귀족이다. 그러나 지배계급에 속한다 할지라도 귀족 개개인의 지위와 세력은 전적으로 제후의 총애와 신임에 의해 좌우된다. 따라서 정치가 이루어지는 제후의 궁정으로 진출하여 절대권력자의 신임을 얻어 확고한 지위를 확보하는 것이 귀족계급이 추구하는 최고의 목표이다. 이 목표를 달성하기 위해서는 수단과 방법을 가릴 필요가 없다. 목적이성이 지배하는 곳에서는 그 자체로서 목적이어야 할 인간마저 수단으로 전락되기 마련이다. 그러므로 진솔한 인간관계도 형성될 수 없고 따뜻한 인간성과 도덕성도 찾아볼 수 없다. 목적 달성을 위한 이기주의와 냉철한 계산만이 지배한다. 군주와 신하의 관계에서도 인간적 신뢰나 충성 따위는 존재하지 않는다. 곤차가가 시종장 마리넬리에게 의지하는 것은 욕망의 충족이라는 목적을 위해서이다. 그러나 그 목표가 무산되자 제후는 모든 책임을 시종장에게 전가한다. 궁정사회를 지배하는 것은 "목적이성"과 "도덕 불감증"[5], 권모술수와 가식, 형식화된 예법과 체면이다.

---

5) 김수용: 예술의 자율성과 부정의 미학. 독일 이상주의 문학 연구. 연세대학교 출판부 1998, 72쪽.

이와는 달리 작품명과 동일한 이름의 여주인공과 그녀의 양친으로 대표되는 시민계급은 제도적으로 정치에서 제외된 피지배계급이기 때문에 시선을 바깥세계로 돌리지 못하고 자신의 내부로 향할 수밖에 없다. 그들의 활동무대는 넓은 사회, 궁정이 아니라 가정이라는 좁은 공간으로 제한된다. 여기에서 그들이 할 수 있는 일은 도덕성을 길러 인간적인 성숙을 꾀하는 것뿐이다. 그리고 이것은 시민계급이 자신들을 지배계급과 차별화하는 유일한 길이기도 하다. 그들은 정치가 이루어지는 궁정사회를 권모술수가 판치는 부도덕한 사회로 간주하여 가능한 한 거리를 두려고 한다. 오도아르도가 꿈꾸는 이상적인 삶은 궁정의 영향이 미치지 않는 전원에서 순수하고 인간답게 살아가는 것이다. 레싱이 1756년 11월 29일자 편지에서 친구 니콜라이의 "자신의 삶을 살아가려는 결심"(IV, 176)을 찬양하는 것으로 보아 남의 간섭을 받지 않고 나름대로 자신의 삶을 살아가는 것이 레싱 자신이 꿈꾸던 생활방식이었던 것 같다. 그러나 궁정을 멀리하려고 함에도 불구하고 이들은 구아스탈라의 백성으로서 제후의 영향권에서 벗어날 수 없다. 그들의 운명은 그들의 바램이나 의지와는 관계없이 절대권력자의 자의에 의해 결정될 수 있다. 그들의 도피성향은 그들의 사회적·정치적 무기력 상태를 더욱 가중시키는 역할을 한다. 지배계층이 부당하게 그들의 영역에 침투해 들어오더라도 피지배계급은 능동적으로 대응할 수단이 없고, 오직 수동적으로 움츠러들 수밖에 없다.

퓌츠와 알트 등이 지적한 바와 같이 궁정사회와 시민계급이 대립되는 집단임은 무대의 변화에도 나타난다. 변하는 장소는 각각 사회의 분위기를 반영한다. 1막의 무대는 "제후의 집무실"(II, 129)로 통치행위가 이루어지는 권력의 영역이다. 그리고 2막의 무대는 갈로티의 집으로 한 가족의 사적 영역이다. 이 사적 영역은 외부의 침입으로부터 보호되는 안전지대가 아니다. 갈로티 일가 가운데 아무도 "제후의 집 무실"에 나타나지 않으나, 궁정사회에 속하는 마리넬리 그리고 그의 사주를 받은 안젤로는 시민계급의 사적인 영역에 침입한다. 이것은 시민계급의 사적 영역이 항상 외부의 위험에 노출되어 있음을 시사한다. 3막 이후의 무대는 "제후의 별궁 현관"(II, 161)이다. 이곳은 제3의 중립지역에 있지 않고 궁정에 속한다. 따라서 여기에 들어오는 사람은 누구나 궁정의 영향을 받고 그 힘을 몸으로 느낀다. 그리고 궁정사회는 외부 사람들이 "별궁" 내부로 깊숙이 들어오는 것을 원칙적으로 허용하지 않는다. 왜냐하면 "별궁"(Lustschloss)은 말 그대로 "곤차가가 대표하는 절대적인 열정이 거짓과 음모의 도움을 받아 성취에 도달하는 성적 유혹의 장소"[6]이기 때문이다. 외부사람이 들어갈 수 있는 곳은 "현관"까지이다. 더 깊숙이 들어갈 수 있는 사람은 에밀리아처럼 이 "별궁" 주인의 눈에 든 사람뿐이다. 그러나 사람의 마음은 변화무쌍한 것이어서 에밀리아가 지속적으로 현관 문지방을 넘어 안으로 들어가지 못하게 될 것임은 그녀에 앞서 한때 제후의 사랑을 차지했으나 이제는 제후가 만나주지도 않는 오르시나의 운명이 잘 보여준다[7].

이렇게 궁정사회와 시민계급은 가치규범과 지향점이 완전히 다른 이질적인 집단이며, 그 때문에 둘 다 폐쇄적인 사회이기도 하다. 그러나 전체적인 폐쇄성에도 불구하고 이 두 집단은 각각 가변적인 요소를 내포하고 있다. 다시 말해 여러 가지 이유에서 자신이 속하지 않은 다른 세계를 동경하는 구성원이 - 궁정사회의 제후 그리고 시민계급의 클라우디아 갈로티 - 있어서 이 두 세계는 관계를 맺게 되고, 여기에서 갈등이 발생한다. 이제 이 양 세계의 구성원들을 개별적으로 살

---

6) Peter-André Alt: Tragödie der Aufklärung. Eine Einführung. Tübingen/Basel 1994, 255쪽.

7) Peter Pütz: Die Leistung der Form. Lessings Dramen. Frankfurt a. M. 1986. 152-4쪽 참조.

퍼보면서 갈등이 어떻게 발생하는지 고찰해 보기로 하자.

2.1. 궁정사회

2.1.1. 헤토레 곤차가

궁정사회의 정점에 위치하는 인물은 두 말할 나위 없이 제후이다. 곤차가는 비록 작긴 하지만 자신의 영토 안에서 무소불위의 권력을 한 손에 쥐고 모든 것을 독단하는 절대군주이다. 절대권력을 가진 군주의 명령은 지상명령이고, 그의 소원과 욕구는 법과 같다. 절대주의 체제 하에서 모든 백성은 권력 지향적이던 아니던, 원하던 원하지 않던, 싫던 좋던 간에 절대군주와의 관계 속에서 살아갈 수밖에 없다. 곤차가는 군주로서 국가의 이익을 최고의 가치로 생각한다. 그가 전혀 사랑하지 않는 마사국의 공주와 혼인하려는 것은 정치적인 고려 때문이다. 그는 자신이 정략결혼의 희생이 되는 것을 유감스럽게 생각하나, 정략결혼 자체에 의문을 제기하지는 않는다. 다시 말해 그는 합리주의를 정치의 원리로 삼고 있다. "짐이 국가다"는 저 유명한 루이 14세의 말이 시사하는 바와 같이 전제주의 체제에서 국가와 군주는 분리될 수 없음으로, "정치적 합리주의는 오직 제후의 권력을 유지하고, 제후의 의지를 관철시키는 데에 그 목표가 있다"[8]. 그는 법이나 규범의 구속을 받지 않는 절대군주로서 개인적 "의지를 관철시키기" 위해 절대권력을 자의적으로 사용할 수 있는 존재이다. 곤차가는 실제로 종교이건 도덕이건 어떤 가치척도도 인정하지 않는다. 그가 가진 최고의 가치척

---

8) W. Barner u. a.: 같은 책 201쪽.

도는 소원의 성취이다[9].

막이 오르면 그가 집무실의 "편지와 서류가 가득한 책상에" 앉아 백성들이 보낸 "탄원서들"을 검토하고 있는 모습이 보인다. 그러나 백성들의 하소연에 귀를 기울이는 인자한 군주의 모습은 잠시뿐, 한 탄원서에 서명된 "에밀리아"(이상 II, 129)라는 이름을 발견하는 순간 그는 마음의 평정을 잃고 집무를 계속하지 못한다. 그러므로 이 장면은 정사를 돌보는 군주의 모습이 아니라, 에밀리아 갈로티란 여인에게 마음을 빼앗긴 남자의 모습을 보여준다. 그뿐만 아니라 그는 마음에 두고 있는 여인과 이름이 같다는 이유만으로 에밀리아 브루네스키의 탄원을 들어주기로 결정한다. 이것은 공평무사한 통치자의 합리적인 판단에 따른 결정이 아니라 열정에 빠진 남자의 자의적인 결정이다. 여기에서 우리는 그가 에밀리아 갈로티를 얼마나 간절히 생각하고 있는지 짐작할 수 있다. 그리고 그가 권력을 자의적으로 행사하는 군주라는 사실도 드러난다. 이로써 그가 에밀리아 갈로티를 손에 넣기 위해 절대권력을 사용할 수 있으리란 추측도 가능해진다. 실제로 그는 나중에 뜻을 관철시키기 위해서라면 "작은 불법행위"도 불사하지 않는다고 말한다(II, 176). 이와 같이 사소한 계기를 통해 여러 가지 중요한 사항을 시사하는 이 도입부는 이구동성으로 찬양되는 극작가 레싱의 역량을 잘 보여주는 대목이다[10].

에밀리아 갈로티가 남의 아내가 되기 전에 사랑을 고백할 수 있는 마지막 기회를 놓치지 않기 위해 허둥지둥 서두르는 제후는 1막 8장에서 결재할 "사형 집행명령서"가 있다는 카밀로 로타 보좌관의 말을

---

9) Manfred Durzak: Das Gesellschaftsbild in Lessings *Emilia Galotti*. In: Ders.: Poesie und Ratio. Vier Lessing-Studien. Bad Homburg 1970, 81쪽 참조.

10) Ernest L. Stahl: Lessing. *Emilia Galotti*. In: Benno von Wiese (Hrsg.): Das deutsche Drama. Vom Barock bis zur Gegenwart, Bd. 1. Düsseldorf 1958, 103쪽 참조.

듣고 검토해 볼 생각은 추호도 없이, 빨리 일을 끝내려고 로타를 재촉한다. 그가 서명을 하면, 한 인간이 목숨을 잃는다는 사실을 생각할 만한 여유가 없는 것이다. 그가 평소에는 그렇지 않다는 것이 "의아해하며 제후를 응시하는"(이상 II, 142) 로타의 반응을 통해 간접적으로 드러나긴 하지만, 그가 경우에 따라서는 자신의 사적인 일을 공무보다 앞세울 수 있는 군주임을 우리는 알 수 있다. 비록 죄를 지어 사형에 처해질 운명이긴 하지만 한 인간의 생명을 결정하는 일을 놓고 신중을 기하는 신하 로타[11]의 태도와 귀찮은 일을 빨리 처리하고 개인적인 욕망의 실현을 위해 달려가려고 서두르는 제후의 태도가 좋은 대조를 이룬다. 여기에서 제후가 자신의 욕망을 달성하기 위해서라면, 사람의 목숨도 가볍게 볼 수 있는 인물임이 암시된다. 그리고 그가 백성들의 생사여탈권을 가진 절대군주이기 때문에 그의 이러한 성향은 위험성을 더한다. 막이 오른 직후에 형성되었던 인자한 계몽군주의 이미지가 정반대의 이미지로 뒤집어진다[12]. 그는 무도한 폭군은 아니지만, 그렇다고 『필로타스』의 아리데우스 같은 인간적인 계몽군주 또한 아니다.

권력을 자의적으로 행사하는 모습을 보여주는 이 짤막한 두 장면 이외에 곤차가가 정사를 처리하는 장면은 없다. 정사를 처리하는 공적인 성격에 맞게 이 두 장면의 무대는 "제후의 집무실"이다. 그런데도 이 두 장면을 포함한 1막 전체에서 우리에게 제시되는 곤차가의 모습은 군주가 아니라 사랑이란 열병에 걸린 남자의 모습이다. 그밖에 그

11) 이 점에서 로타는 제후가 바라는 것이면 무엇이든 실현시켜 주려고 하는 마리넬리와 대조를 이룬다. 이에 대해 Joachim Schmitt-Sasse: Das Opfer der Tugend. Zu Lessings *Emilia Galotti* und einer Literaturgeschichte der "Vorstellungskomplexe" im 18. Jahrhundert. Bonn 1983, 43쪽 참조.

12) Klaus R. Scherpe: Historische Wahrheit auf Lessings Theater, besonders im Trauerspiel *Emilia Galotti*. In: Lessing in heutiger Sicht. Beiträge zur Internationalen Lessing-Konferenz Cincinnati 1976, hrsg. v. Edward P. Harris, Richard E. Schade. Bremen 1077, 269쪽; Hans-Georg Werner: Text und Dichtung. Analyse und Interpretation. Berlin/Weimar 1984, 75쪽 참조.

가 등장하는 장면들의 무대는 모두 그의 "별궁"이다. 이것은 그가 통치하는 군주로서가 아니라 사적인 개인으로, 약점과 "모순을 가진 인간"[13]으로 등장함을 의미한다. 이는 레싱이 『함부르크 연극평』 14편에서 왕이 왕으로서가 아니라 인간으로서 우리의 동정심을 유발하고 관심을 끈다고 말한 것과 맥을 같이한다(IV, 294).

1막에서 곤차가는 전형적인 전제군주의 틀에서 벗어나는 모습을 보인다. 그가 정치적 합리주의를 통치 원리로 삼고 있는 것은 분명하지만, 그 원칙에서 벗어나 인간성을 추구하는 모습이 엿보인다. 그는 권모술수와 계산이 지배하는 궁정사회 그리고 군주와의 친소관계에 의해 세도가 결정되기 때문에 - 제후의 총애를 잃은 오르시나가 도살로 별궁에 나타나지만, 누구 하나 거들떠보지 않는 것이(4막 3장) 이를 잘 보여주고 있다 - 군주의 눈치만을 살피는 귀족사회에 염증을 느끼며, 이러한 자신의 감정을 시종장 마리넬리를 상대로 귀족사회가 "허식과 억지와 무료 그리고 흔히 초라함으로 가득 차 있는 곳"(II, 138)이라고 경멸하는 한편,

순결과 아름다움에서 나오는 인상에 아무런 거리낌없이 자신을 완전히 내맡길 수 있는 사람, 그런 사람을 조소하기보다는 오히려 부러워해야 한다고 생각하오 (II, 137)

라고 말함으로써 귀족사회의 규범과 관습에서 벗어나 "재산도 지위도 없는" 시민계급의 여자와 혼인하려는 아피아니 백작의 입장을 이해하고 옹호하는 태도를 취한다. 18세기 중엽 감성주의의 영향으로 종래와는 달리 신분이나 지위 또는 타산적 이해관계가 아니라 진솔한 감

13) H.-G. Werner: 같은 책 75쪽.

정을 인간관계의 토대로 보는 새로운 경향이 생겨나서 교육을 받은 시민계급을 중심으로 전파되었다. 궁정에서의 지위와 영향력을 최고 가치로 신봉하는 마리넬리가 아피아니 같이 전통적인 관습을 무시하고 자신의 감정에 따라 행동하는 사람을 "감성적인(empfindsam) 사람"(이상 II, 137)이라고 경멸하는 것은 당연하다. 그런데 제후가 아피아니를 이해하는 입장을 보이는 것은 그 역시 그 감성 위주의 새로운 풍조에 어느 정도 물들어 있음을 의미한다. 1막은 그의 행동이 정치적 계산이나 이성이 아니라 감성의 지배를 받고 있음을 보여준다. 제후가 철저하게 계산적으로 행동하는 자신의 시종장 마리넬리와 여러모로 차이점을 보이는 것은 이 때문이다.

궁정사회에 식상하고 염증을 느끼는 제후는 다른 세계, 즉 인간의 본성이 가식 없이 자연스럽게 펼쳐질 수 있는 세계를 동경하며, 그러한 세계가 갈로티 일가에서 구현되고 있다고 생각한다. 그래서 그는 오도아르도에게 "내 친구, 인도자, 아버지"(II, 200)가 되어달라고 말한다. 그의 에밀리아 갈로티에 대한 감정도 그의 이러한 태도에서 연유한다. 그는 에밀리아의 매력을 다음과 같이 표현한다. "사랑스러움과 겸손함이 가득한 이 눈! 이 입! 그리고 이 입이 말하기 위해 열리거나 미소를 지으면!"(II, 135). 클라우디아는 제후가 에밀리아의 "명랑함과 영특함에 아주 매혹된 듯했다"(II, 149)고 말한다. 제후가 에밀리아에게 매혹된 것은 단순히 그녀의 미모 때문이 아니라, 그 미모와 조화를 이루는 자연스럽고 겸손한 태도와 교양 때문이다. 그에게는 이미 여러 명의 정부가 있었다. 마지막 정부 오르시나와 쾌락을 탐하던 때와 에밀리아를 사모하는 지금의 심경 차이를 그는 다음과 같이 표현한다.

이전에 사랑했을 때만 해도 내가 얼마나 유쾌하게 들떠서 어쩔 줄 몰라했던

가. 이제는 모든 면에서 정반대야. 허나 아냐, 아냐! 마음이 더 편하든 아니든, 지금 이대로가 더 좋아 (II, 131).

즉 제후는 오르시나와 쾌락을 탐하던 때보다 에밀리아를 그리워하는 지금의 자신이 도덕적으로 나은 상태라고 인식하고 있다. 그가 에밀리아에 대한 그리움으로 "애태우고 가슴을 조였을"(II, 141) 뿐, 그녀를 차지하려는 노력을 기울이지 않았던 것도 이와 맥락을 같이한다. 그렇지만 에밀리아에 대한 그의 감정을 순수한 사랑이라고 말할 수는 없다. 그의 오르시나에 대한 감정과 에밀리아에 대한 감정 사이에는 질적인 차이는 있을지 모르나 근본적인 차이는 없다. 정식으로 혼인하여 에밀리아를 비(妃)로 맞아들이는 것은 아예 고려 대상에 들지도 못한다. 그는 마사국의 공주와 정략결혼을 계획하고 있다. 그러니까 에밀리아도 정부의 범주에서 벗어나지 않는다.

절대주의 체제에서 통치자가 정부를 가지는 것 그리고 매력을 상실한 정부를 새 여자로 바꾸는 것은 일상적인 일에 속한다. 곤차가는 오르시나에게 싫증을 느끼고 시민계급의 처녀 에밀리아를 사모하고 있다. 그의 마음이 바뀌었다는 사실은 화가 콘티 장면(1막 4장)에서 분명하게 드러난다. 그는 스스로 주문한 오르시나의 초상화는 거들떠보지도 않는 반면, 콘티가 우연히 가져온 에밀리아의 초상화를 넋을 놓고 바라본다. 그리고 이 두 초상화를 사들이면서 그 대가로 콘티가 "원하는 만큼"(II, 135) 주겠다고 말한다. 이 초상화들에 대한 태도는 이 두 여자에 대한 그의 마음을 반영한다. 곤차가는 오르시나의 초상화는 그림방에 걸어놓고 에밀리아의 초상화는 옆에 두고 자주 보겠다는 의사를 가지고 있다. 그의 마음속에서 정부의 교체가 이미 이루어진 것이나 다름없다. 이제 남은 것은 초상화가 아니라 실제 인물을 손에 넣는 일뿐이다. 가장 간단한 방법은 초상화의 경우처럼 돈을 주고 사는 것이다.

> **제후** : 아, 아름다운 예술품이여, 내가 너를 소유한 것이 사실인가? - 더 아름다운 자연의 걸작품이여, 그대를 소유하고 있는 사람이 누구이건! - 착한 어머니여, 당신이 그 대가로 무엇을 바라건 간에! 늙은 불평꾼, 자네가 무엇을 원하든 간에! 그저 요구하시오! 그저 요구들 하시오! 하지만 마술사여, 그대를 그대 자신으로부터 사는 것이 제일 좋으련만! (II, 135)

곤차가는 인간을 예술품처럼 사고팔며 소유할 수 있는 대상으로 보고 있다. 그에게 인간은 목적이 아니라 수단에 불과하다. 그가 추구하는 관계는 일방적이지 상대의 의사는 전혀 고려되지 않는다. 그는 에밀리아에게서 오르시나와는 다른 매력을 느끼긴 하나, 에밀리아에 대한 그의 사랑은 순수한 것이 아니다. 그가 바라는 것은 결국 인간적 합일이 아니라 육체적 소유, 욕정의 충족이다. 따라서 김수용의 지적처럼 에밀리아의 인격이나 인간적 존엄성은 무시된다[14]. 만약 에밀리아가 제후의 정부가 된다면, 그녀도 오르시나처럼 언젠가는 버림받을 운명에 처하게 될 것임은 명약관화하다.

분명하지 않던 에밀리아에 대한 그리움이 열정으로 확인되면서 제후에게는 시간적 여유가 없다. 에밀리아가 오늘 아피아니와 혼인하기 때문이다. 그런데 그는 절대권력을 한 손에 쥐고 있는 군주이며, 그의 의지와 소원은 기필코 관철되고 성취되어야 한다. 이것은 절대권력의 속성이다. 비극은 바로 여기에서 비롯된다. 곤차가가 새로운 풍조인 감성주의에 물들어 전형적인 절대군주의 틀에서 벗어나 계몽군주의

---

14) 김수용: 같은 책 73쪽 참조.

면모를 보이고, 진솔한 감정을 바탕으로 하는 인간관계를 추구하며, 그것이 구체화되어 한 평민 처녀에 대한 애정으로 나타나고, 그 애정을 자신의 절대권력을 이용하여 실현시키려고 할 때, 즉 "비궁정적인 사랑을 실현시키기 위해 궁정적인 수단을 사용할"[15] 때, 그의 애초에는 순순했던 사랑이 부도덕한 욕정으로 변질되며, 막무가내로 그 욕정을 충족시키려는 시도는 범죄행위가 된다. 그리고 감성주의의 영향을 받아 그가 절대군주라는 사회적 역할에서 이탈하는 것은 그의 행동을 예측할 수 없게 만들어 모든 계층의 사람들을 혼란에 빠뜨린다. 그리고 변덕스러운 그가 언제 절대군주라는 자신의 원위치로 돌아가 자의적으로 권력을 행사할지 모르기 때문에, 그의 개인적인 감정은 특히 피지배계급에게는 커다란 위험 요소가 된다. 그는 마지막에 가서 이 점을 깨닫고, "제후들도 인간인 것"(II, 204)이 불행의 한 원인이라고 고백한다.

곤차가는 이루지 못한 사랑의 열정에 사로잡혀 정신을 차리지 못하는, 자신의 감정을 통제하지 못하는 상태에 빠진다. 그는 권력자, 귀족의 중요한 덕목 가운데 하나인 자제력을 상실한다. 이성적인 사고와 행동은 불가능하다. 이런 상태에서 그는 성찰 의지를 포기한다. 에밀리아를 손에 넣는 방법을 그는 생각해내지 못한다. 그를 대신해 그의 욕망의 충족을 위해 계획하고 행동할 인물이 필요하다. 시종장 마리넬리는 바로 그런 일을 위해 존재한다. "친애하는, 둘도 없는 마리넬리, 나를 위해 생각해주오. 경이 내 처지라면 어떻게 하겠소?"(II, 141). 시종장에게 매달릴 수밖에 없는 제후는 그의 요구에 따라 그에게 전권을 위임한다. 이로써 통치자의 개인적 욕망의 충족을 위해 권력이 남

15) Günter Saße: Die aufgeklärte Familie. Untersuchungen zur Genese, Funktion und Realitätsbezogenheit des familialen Wertsystems im Drama der Aufklärung. Tübingen 1988, 184쪽.

용될 가능성이 열린다. 그리고 이 가능성은 에밀리아의 신랑 아피아니 백작의 살해로 구체화된다. 군주의 개인적인 욕망이 국가권력에 의한 범죄로 이어지는 것이다.

2.1.2. 마리넬리

페터가 지적한 바와 같이 절대주의 체제 정치가의 완성형이라 칭할 수 있는[16] 마리넬리는 군주의 총애를 최고의 가치로 생각한다. 마리넬리라는 이름은 마키아벨리를 연상시킨다. 그의 궁정에서의 위치, 권력은 오로지 군주의 신임에서 비롯된다. 따라서 그는 총애를 얻기 위해 군주에게 무조건 복종하며, 이런 그의 태도는 군주의 의지를 자기 것과 동일시하는 데에서 극명하게 드러난다. 그는 군주의 "생각하는 머리와 행동하는 팔"[17]로서만 존재 가치를 가진다. 군주의 명령에 따라 움직여야 한다는 점에서 그는 가장 부자유한 신하이고, 제후의 뜻을 반드시 실현시켜야 하는 하수인이다. 실패는 용납되지 않는다. 실패는 곧바로 권력의 상실로 이어지기 때문이다. 권모술수가 횡행하는 궁정에서 살아남고 강자로서의 위치를 유지하기 위해서 그는 절대복종 이외에 여러 가지 필수적인 자질을 골고루 갖추고 있다. 인간의 속마음을 꿰뚫어보는 능력, 치밀하게 계산하는 능력, 인간을 조종하는 능력, 자신의 감정을 억제하는 능력, 도성에서 일어나는 모든 일에 대한 정

16) Klaus Peter: Stadien der Aufklärung. Moral und Politik bei Lessing, Novalis und Friedrich Schlegel. Wiesbaden 1980, 46쪽 참조.
17) Simonetta Sanna: Lessings *Emilia Galotti*: die Figuren des Dramas im Spannungsfeld von Moral und Politik. Tübingen 1988, 32쪽.

보 수집 등등이 이에 속한다[18]. 그러나 마리넬리의 가장 두드러진 특징은 외눈 한번 깜짝하지 않고 정보를 조작하거나 또는 거짓말을 날조해내는 능수능란한 재주이다. 그는 이 능력으로 제아무리 난처한 곤경에 빠지더라도 손쉽게 벗어날 뿐만 아니라, 오히려 곤경을 자신에게 유리한 상황으로 반전시킨다. 아피아니가 숨을 거두면서 마지막으로 입에 담은 말이 마리넬리였다. 이것을 근거로 에밀리아의 어머니는 사태의 진상을 옳게 추리하면서 마리넬리를 추궁한다. 그러자 그는 그 사실을 고인이 자신을 다시없이 중하게 여긴 증거라고, 한 걸음 더 나아가 고인이 자신을 복수자로 지목한 증거라고 둘러댄다.

냉철하게 합리적으로 계산하는 책사로서 마리넬리가 인간의 감정을 도외시하는 것은 당연하다. 그래서 그는 아피아니 같은 "감성적인 사람들"과 자신을 구별하고, 감정과 정치를 분리하며, 인간의 고귀한 감정인 애정, 아니 인간 자체를 "상품"으로 본다. 인간을 단지 수단이나 "상품"으로 보는 비인간적인 인간관은 그가 제후에게 주는 조언에서 여실하게 드러난다.

> 전하, 전하께서 에밀리아 갈로티에게 미처 고백하지 못하신 것을 이제 아피아니 백작부인에게 고백하시면 되옵니다. 새것으로 살 수 없는 상품은 중고품으로 삽니다. 게다가 그런 물건은 중고품일수록 값이 싸기 마련이옵니다 (II, 140).

인간을 상품으로 보는 것은 제후도 마찬가지이다. 이렇게 레싱은 권력자들의 인간관을 비인간적인 것으로 그리고 있다. 그러나 이들이 모든 점에서 똑같은 것은 아니다. 제후와는 달리 마리넬리는 애정 문

---

18) J. Schmitt-Sasse: 같은 책 67쪽 참조.

제에 있어서도 군주로서의 권력을 당연히 사용할 수 있다고 생각한다. 제후는 어느 정도 인간적인 면모를 보이는 데 비해, 그의 수족 마리넬리는 철저하게 비인간적이다. 마리넬리는 이미 제후가 원하는 "상품", 즉 여자들을 조달해 주었으며, 이를 통해 제후의 절대적인 신임을 얻고 있을 뿐만 아니라, 한 걸음 더 나아가 제후를 손아귀에 쥐고 마음대로 조종한다.

에밀리아에 대한 열정의 포로가 되어 어찌할 바 모르는 제후는 마리넬리에게 의지할 수밖에 없다. 이로써 이들의 위치는 역전되어 냉정하게 계산하고 계획하며 추진하는 책사가 주도권을 잡고 제후를 이끌게 된다. 그리하여 마리넬리가 목표 달성을 위해서라는 구실 아래 행하는 모든 일들을 - 비록 그의 의도에서 벗어나는 것이며 명백한 범죄 행위라 할지라도 - 제후는 도리 없이 승인할 수밖에 없다. 마리넬리는 위에 열거한 능력들을 가지고 치밀하게 계획을 세우고, 세운 계획은 모든 수단을 동원해 추진한다. 그는 목표 달성을 위해 무슨 짓이라도 감행할 수 있으며, 장애물이 있다면 거리낌 없이 제거할 수 있는 사람이다. 그는 우선 에밀리아와 아피아니의 혼례식을 지연 내지 무산시키기 위해 신랑을 제후와 마사국 공주와의 국혼 준비를 위한 특사로 당장 파견하자는 계책을 내놓는다. 시간을 얻기 위해서이다. 제후가 열망하는 여자를 제후에게 확보해주기 위한 방법으로 제후의 혼인을 구실로 삼는 점에서 이 계책은 마리넬리의 교묘함과 부도덕성을 극명하게 보여준다.

그는 치밀하고 용의주도하여 이 계책만으로 안심하지 않고 제2의 계책, 즉 신부 납치의 음모도 꾸며 하수인에게 지시한다. 그의 용의주도함은 적중한다. 첫 번째 계책은 명예보다 사랑을 중시하는 아피아니의 - 마리넬리에게는 어리석게 보이는 - 신조 때문에 실패로 돌아가지만, 제2의 계책은 그의 계획대로 실행에 옮겨진다. 그래서 그는 모든 일이 뜻대로 성사되리라고 확신하며, "나머지 일들은 저절로 이루어질 것이옵니다"(II, 178)라고 자신감을 내비친다.

마리넬리가 다른 사람들을 마음대로 조종하는 힘은 상대방의 의도를 꿰뚫어보고, 그것을 바탕으로 상대방이 취할 행동을 예측해서 대비하는 데에 있다. 그런데 이 강점은 이 강점을 키워준 세계, 즉 절대권력자의 신임이 최고 가치로 간주되는 권력 지향적인 궁정사회에서나 통한다. 제후를 마음대로 주무르는 그의 솜씨가 유감없이 발휘되는 3막 1장은 그가 자신의 영역에 속하는 사람들을 요리하는 데에 있어서 대가임을 보여준다. 그러나 그의 계산은 감정을 도외시하는 그에게 미지의 세계일 수밖에 없는, 감성과 도덕에 입각한 삶을 지향하는 인물들 - 아피아니와 갈로티 일가 - 에게는 통하지 않는다. 그는 제후가 군주이기 때문에 에밀리아 모녀에게 "설득력"(II, 166)을 가질 것으로 믿으나 틀린 생각임이 밝혀진다. 불행한 일을 당한 에밀리아의 부모가 보일 반응에 대한 그의 예측도 완전히 빗나간다. 이 점에 있어서 제후가 마리넬리보다 정확하게 판단한다. 마리넬리가 궁정사회에서나 통하는 권력 지향적 행동원리에 입각하여 꾸미고 실행에 옮기는 음모가 그의 뜻대로 성사된다고 기대하기 어렵다. 왜냐하면 그 음모의 대상자들이 책사의 계산대로 움직이는 사람들이 아니기 때문이다.

2.1.3. 오르시나

곤차가의 궁정에 속하는 세 번째 인물은 제후의 정부 오르시나 백작녀(伯爵女)이다. 그녀는 지금 제후의 총애를 잃고 잊혀진 여인이 될 운

명에 처해 있다. 제후가 정략적인 고려에서 마사국의 공주를 비로 맞
아들이려는 계획을 그녀는 아무렇지도 않게 생각한다. 정치와 사랑,
혼인과 사랑의 분리는 궁정사회 소속원들 사이의 공통점이다. 그녀는
통상적인 정부의 역할에 만족하지 않고 제후를 진심으로 사랑하고 있
으며, 또 제후로부터도 인격체로서 사랑을 받기 원하고 어떻게 해서라
도 제후의 사랑을 놓치지 않으려고 안간힘을 쓴다. 그러나 그녀의 노
력은 아무런 결실도 맺지 못한다. 제후의 마음이 이미 딴 여자에게로
옮겨갔기 때문이다. 이런 상황에서 그녀가 생각하는 것은 복수이다.
그녀가 도살로 별궁으로 제후를 찾아가는 것은 그의 사랑을 돌이켜보
고, 여의치 않을 경우 제후에게 복수하기 위해서이다.

사랑하는 남자에게서 버림받은 여자로서 그녀는 수치심, 분노, 질
투, 증오, 복수심 등을 느낀다. 그녀는 이 격한 혼합감정을 이성으로써
억제하지 못하고 그것에 자신을 완전히 내맡긴다. 그러나 제후가 만나
주지 않기 때문에 그녀는 복수하려는 뜻을 이루지 못한다. 그렇다고
그녀가 그냥 뜻을 접는 것은 아니다. 그녀는 다른 사람을 통해 복수 의
지를 관철시키려고 꾀한다. 그래서 그녀는 오도아르도에게 사건의 전
말을 귀띔해주고, 그의 제후에 대한 증오심을 부채질하며, 그에게 단
도를 넘겨준다. 배신당한 여자의 복수욕이 불씨가 되어 그녀의 단도에
의해 여주인공이 죽임을 당하는 파국이 야기된다.

이 작품에서 오르시나가 갖는 기능은 두 가지이다. 그 하나는 만약
에밀리아가 오르시나의 후계자, 즉 제후의 정부가 된다면, 그녀도 머
지않아 오르시나의 전철을 밟게 될 것임을 암시하는 것이다. 나머지
하나는 아피아니가 피살된 후에도 에밀리아를 향해 계속 뻗어오는 제
후의 마수에 대해 갈로티 부녀가 작품 속에서 취하는 대응책에 대한
대안을 제시하는 것이다. 궁정사회의 메커니즘에 밝고 정보원을 풀어

제후의 동태를 감시하며 뛰어난 사고력을 갖춘 오르시나는 사건 경과
의 일부만을 듣고서도 사태의 진상을 한 눈에 꿰뚫어보고 "제후가 살
인범(II, 184)이라고 단정한다. 그리고 그녀는 제후의 범죄행위를 "장
터에서 외쳐대겠다"(II, 185)고 말한다. 이것은 통치자의 범죄행위를
대중에게 폭로함으로써 혁명을 유도하자는 것으로,『에밀리아 갈로
티』의 소재에서 비르기니우스가 딸을 죽인 후 취한 행동이다. 그러나
작가 레싱은 18세기 중엽의 독일이란 역사적 현실에서 비르기니우스
가 취했던 길은 불가능하다고 판단하여 오르시나를 통해 그 길을 대
안으로 슬쩍 제시하는 것으로 그치고, 갈로티 부녀로 하여금 다른 길
로 가게 한다.

마리넬리는 오르시나를 "철학자"(II, 180)라고 부른다. 비꼬는 말이
긴 하지만 이것은 그녀가 제후의 노리갯감으로서 만족하지 않고 독자
적으로 사고하는 자율적이고 주체적인 인간을 지향함을 의미한다. 이
것은 제후가 그녀를 멀리하게 된 원인 가운데 하나이다[19]. 그녀도 이것
을 알고 있다.

> 오르시나 : 남자가 자신에 맞서 스스로 사고하려는 여자를 어떻게 사랑할 수
> 있겠어요? 생각하는 여자는 화장하는 남자처럼 역겨운 존재예요. 여자는 지
> 엄하신 남자 분의 기분을 항상 기쁘게 하기 위해 웃어야, 오로지 웃어야 한
> 답니다 (II, 181).

똑똑한 여자로서 오르시나는 이렇게 18세기 사람들의 배운 여자
들에 대한 일반적인 생각을 요약한다. 그에 따르면 독자적인 주체성과
여성다움은 병존할 수 없다. 그 당시 여성에게 요구되었던 것은 전문

19) G. Saße: 같은 책 187-8쪽 참조.

적인 지식이 아니라 교양이다[20].

2.2. 아피아니

아피아니 백작은 신분상으로는 지배층인 귀족계급에 속하지만, 추구하는 이상과 생활감정 면에서는 시민계급에 속하는, 그래서 양 계층 사이에 위치하는 중간적인 인물이다. 그는 양 진영으로부터 모두 호감을 살 만한 조건들을 골고루 갖추고 있다. 제후는 그를 "위엄 있는 젊은이, 미남, 부자, 명예심이 돈독한 사람"(II, 138)이라 칭한다. 그렇지만 그는 에밀리아와 마찬가지로 외모나 격식이 아니라 자신의 자연스런 감정을 중시한다. 그래서 이미 언급한 바와 같이 마리넬리가 그를 "감성적인 사람"이라 부르는 것이다. 제후가 아피아니에게 붙이는 수식어와 마리넬리가 에밀리아에게 붙여주는 수식어를 비교해보면 같은 것들임을 알 수 있다. 이것은 이들이 잘 어울리는 한 쌍임을 시사한다.

아피아니는 자유의사에 따라 공직에 진출하기 위해 구아스탈라에 왔으나 제후에 의해 발탁되지 않았다. 그 사이 그는 에밀리아를 알고 사랑하게 되어, 그녀를 아내로 맞아 향리에 내려가 전원생활을, 오도아르도가 이상적인 것으로 생각하는 삶을 살기로 작정한다. 이것은 그가 자율적으로 내린 결정이다. 아피아니 백작이 귀족으로서 엄격한 신분사회의 관행을 깨뜨리고 시민계급의 처녀와 혼인하려는 것은 그가 개인의 행복을 최고의 가치로 추구하는 자율적 인간이며, 여러 가지 사회적 불이익에도 불구하고 자신의 결정을 실행에 옮길 용기를

---

20) Susan L. Cocalis: Der Vormund will Vormund sein. Zur Problematik der weiblichen Unmündigkeit im 18. Jahrhundert. In: Gestaltet und Gestaltend, hrsg. v. Marianne Burkhard. Amsterdam 1980, 40쪽 참조.

가지고 있음을 말해준다. 권위나 인습에 얽매이지 않고 모든 결정을 스스로 내리고, 자신의 판단에 따라 행동하는 아피아니는 계몽주의가 추구하는 자율적 인간상에 부합되는 인물이다. 자율적인 인간으로서 아피아니와 극단적으로 대조되는 인물은 두말할 나위 없이 마리넬리이다. 후자는 철저히 제후에게 예속된 타율적인 인간이기 때문이다. 아피아니는 이 차이점을 분명하게 말한다.

> 우리 스스로 선택한 주군은 엄격히 말해 주군이 아닙니다 - 공이 제후님께 무조건 복종할 의무가 있다는 것을 나는 인정합니다. 하지만 나는 아니오. - 나는 자원자로서 제후님의 궁정에 왔습니다. 나는 제후님을 섬기는 명예를 원했지, 제후님의 종이 되려던 것은 아닙니다 (II, 159).

자율적인 인간으로서 그는 제후에게 발탁되어 궁정에 등용되는 명예를 위해 개인적인 자유와 행복을 포기할 생각은 없다.

그런데 아피아니가 무대 위에서 보이는 모습은 사랑하는 여인과의 혼례를 바로 눈앞에 둔 행복한 남자의 모습과는 천양지차가 있다. "깊은 생각에 잠겨 눈을 내리뜨고 등장하는" 그는 기분이 "오늘 유달리 침울하고 우울하다"고 말한다. 그러면 혼례식 날 아침에 신랑의 기분이 "침울하고 우울한" 이유는 무엇일까? 아피아니가 신분에 구애받지 않고 귀족이 아닌 오도아르도 갈로티의 딸과 혼인하기로 한 것은 이미 언급했듯이 그녀에 대한 사랑에서 나온 자율적인 결정이다. 그리고 이 결합을 통해 그는 행복한 삶을 누리는 것 이외에 "모든 남성적 미덕의 귀감"(이상 II, 154)으로 존경해 마지않는 장인을 모범으로 삼아 인격을 완성시킬 수 있을 것으로 기대한다. 그러나 그가 치러야 하는 대가도 만만치 않다. 귀족사회의 외형적 법도에 밝은 마리넬리의 지적대로 "신분계급이 낮은 아내와의 혼인을 통해 그는 여기 도성에서 끝장이다. 그는 지금부터 최고가문들과 교제할 수 없다"(II, 138). 아피아니도 그런 사실을 모르지 않는다. 그의 낙향 계획은 그 결과이다.

김수용의 지적[21]에 따르면 아피아니가 계획하고 있는 낙향은 현실 도피가 아니라 자율적인 인간의 순수하고 도덕적인 삶의 추구이다. 그가 곤차가의 궁정에서 출세하려면, 자율적인 인간으로서의 생활방식을 버리고 마리넬리 같이 제후의 눈치를 살피는 타율적인 인간, "종"으로 변모하지 않으면 안 된다. 오도아르도가 딸을 시골로 시집보내는 것을 안타까워하는 아내를 달래는 말 가운데 이 점이 잘 드러난다.

> 이제 아이들이 순결과 평안이 부르는 곳으로 가게 하시오. - 백작이 여기서 무얼 하겠소? 굽실거리고 아첨하고 설설 기고 또 마리넬리 같은 작자들을 밀어 제치려고 애써야 한단 말이오? 그에게 필요하지도 않는 행운을 마침내 거머쥐기 위해서? 그에게는 명예도 아닌 명예를 얻기 위해서 말이오?
>
> (II, 148)

이것은 아피아니의 말이라고 해도 틀리지 않는다. 왜냐하면 미래의 장인과 사위는 사고와 정서가 완전히 일치하는 사람들이기 때문이다. 아피아니를 에밀리아의 약혼자라기보다는 오히려 오도아르도의 예비 사위로 규정하는 것이 더 적절할 것 같다. 앞에서도 언급했지만 궁정 사회를 지배하는 것은 권력이다. 권력의 쟁취가 지상명령이다. 이를 위해서는 어떤 수단과 방법도 정당화된다. 권력자에게는 무조건 굴종하고 아부해야 한다. 그리고 경쟁자는 제거되어야 할 대상일 뿐이다. 따라서 권력투쟁과 권모술수가 판을 친다. 이런 삶이 아피아니의 본성

---

21) 김수용: 같은 책 81-2쪽 참조.

과 동떨어진 것임은 두말할 나위 없다. 그는 "감성적인 사람"으로서 사랑하는 여인과의 행복한 삶을 그리고 자율적 인간으로서 주체적인 삶을 지향한다. 이것을 오도아르도는 "자신의 삶을 사는"(II, 147) 것이라고 표현한다. 이런 삶은 전원에서나 가능하다는 것이 18세기의 생각이었다.

아피아니는 혼례를 올린 후 고향으로 돌아가려는 계획을 세워놓고 있으나, 아직 심적으로 도성의 생활을 완전히 정리하지 않은 상태이다. 그래서 그는 친구들의 충고를 뿌리치지 못하고, 제후에게 혼인과 낙향을 알리기로 약속했다. 이 약속의 실행은 곧 종래의 생활방식과 가깝게 지내던 친구들과의 결별뿐만 아니라 정치적 포부의 포기를 의미한다. 사세의 지적처럼 그 보고는 궁정세계와의 결별을 의미하는데, 보고 그 자체는 궁정사회의 격식에 따르는 것이므로 이중성을 갖는다[22]. 이 때문에 그는 심적 갈등을 일으키지 않을 수 없고, 이러한 그의 갈등이 "침울하고 우울한" 기분으로 나타난다. 그의 생각이 자꾸 좋지 않은 방향으로 흐르고, 또 그는 그것을 갈로티 모녀에게 액면 그대로 말함으로써 불필요한 오해를 불러일으킨다. 여기에는 비극적인 파국을 암시하려는 작가의 의도가 반영되어 있다.

아피아니는 자신을 특사 자격으로 마사국에 파견하겠다는 제후의 제안을 일단 받아들인다. 이것은 그가 아직 공직에 대한 미련을 완전히 버리지 못했음을 뜻한다. 그러니까 그는 개인 생활의 행복과 공직의 명예 양자를 다 원하고 있다. 물론 그는 마리넬리의 계산과 기대와는 달리 공직에 대한 미련 때문에 혼례를 뒤로 미룰 생각은 없다. 게다가 마리넬리가 보이는 반응, 특히 신분이 낮은 신부 및 처가에 대한 멸

22) G. Saße: 같은 책 190-1쪽 참조.

시적 빈정거림은 가정생활의 행복과 공직의 명예를 조화시키려는 그
의 바램이 허황한 꿈임을 그에게 일깨워준다. 그가 격한 감정을 자제
하지 않고 그대로 드러내 보이는 것은 마리넬리뿐만 아니라 신분이
낮은 여자와 혼인할 자신을 언제라도 조롱할 수 있는 "최고가문들"을
의식한 반응으로 이해해야 할 것이다. 이제 어느 것 하나를 선택할 수
밖에 없음을 분명하게 인식한 그는 공직을 포기하기로 입장을 정리한
다. 이로써 그는 기분을 억눌러왔던 심적 갈등에서 완전히 벗어난다[23].
홀가분해진 그가 "기분이 달라졌고 좋아졌다"(II, 160)고 말하는 것은
이 때문이다. 이제 그는 제후를 찾아가 보고할 필요가 없게 되었다.

에밀리아와 혼인하려는 아피아니의 의지는 확고부동하다. 따라서
제후의 에밀리아에 대한 흑심을 충족시켜주기 위해서 남은 길은 오직
하나, 아피아니를 제거하는 길뿐이다. 이로써 군주의 개인적 욕망을
위해 국가가 범죄를 저지르고, 이를 통해 절대주의 체제가 비판된다[24].

2.3. 시민계급 – 갈로티 일가

이 작품에서 피지배 시민계급을 대표하는 갈로티 일가는 신분이나 지
위 따위의 외적 요소들이나 타산적 계산이 아니라 진솔한 감정과 도
덕성을 삶과 인간관계의 바탕으로 삼고 있다. 이들은 순수하고 참된
인간의 자질은 갖추고 있지만, 사회적, 정치적으로 무력한 피지배계급
에 속한다. 이 허약성을 극복하는 길은 단결일 것이다. 그러나 이들은

23) Karl Eibl: Identitätskrise und Diskurs. Zur thematischen Kontinuität von Lessings Dramatik. In: Jahrbuch der deutschen Schillergesellschaft 21(1977), 149-50쪽 참조.
24) Manfred Durzak: Das bürgerliche Trauerspiel als Spiegel der bürgerlichen Gesellschaft. In: Propyläen Geshcichte der Literatur Bd. 4. Berlin 1983, 133쪽 참조.

모든 인간이 다 그러하듯 개성을 가진 존재들이기 때문에, 그들 사이에 완전한 단합은 불가능하고 틈이 있기 마련이다. 알브레히트가 말한 것처럼 "갈로티 일가는 대외적으로는 온전하나 내부적으로는 상이한 인생관으로 인해 불안정한 가족이다."[25] 그들이 한 집에서 함께 살지 않고 떨어져 사는 것 자체가 벌써 그들 사이에 틈이 있음을 시사한다.

2.3.1. 클라우디아 갈로티

클라우디아는 남편이 이상적으로 생각하는 전원생활에 동의하지 않고, 남편과 떨어져서 딸을 데리고 도성에 살고 있다. 딸에게 적절한 교육을 받고 어울리는 배우자를 만날 - 부모가 자식의 배필을 결정하는 것이 아니라, 당사자들이 애정을 바탕으로 배필을 정하는 것이 레싱의 첫 시민비극 『사라 삼프존 아가씨』에서는 문제가 되지만, 『에밀리아 갈로티』에서는 당연한 것으로 간주되고 있다 - 기회를 주어야 한다는 아내의 주장을 가장이 마지못해서이긴 하지만 받아들여서 그렇게 된 것이다. 그러나 이 표면적인 이유 이외에 다른 동기가 하나 더 있다. 그것은 클라우디아가 전원생활의 반대급부인 사회적 고립을 달가워하지 않으며, 세상의 즐거움과 넓고 화려한 세계, 즉 궁정사회를 동경하는 마음이 없지 않다는 사실이다. 그러한 성향으로 인해 그녀가 그리말디의 집에서 열린 무도회에 딸을 데리고 가 제후의 눈에 띄게 만들었다. 이것이 사건의 발단이다.

---

25) Wolfgang Albrecht: Gotthold Ephraim Lessing. Sammlung Metzler Bd. 297. Stuttgart/Weimar 1997, 76쪽.

제후가 에밀리아의 "아름다움을 극찬했다"고 자랑스럽게 이야기하는 아내를 오도아르도는 흥분해서 "허영심에 들뜬 어리석은 어미" (II, 149)라고 나무란다. 이 오도아르도의 평가에 영향을 받아 평자들은 대체적으로 클라우디아를 부정적인 시각으로 보고 있다. 실제로 그녀가 어리석어 보이는 면이 없지 않다. 딸의 미모가 제후의 눈에 띄는 것이 얼마나 위험스러운 일인지 그녀는 알지 못한다. 에밀리아가 교회에서 제후의 지분거림을 당하고 제 정신이 아닌 상태로 집에 돌아왔을 때, 그녀는 남편이 그 자리에 없는 것을 천만다행으로 여긴다. 남편이 불같이 화낼 것이 명약관화하기 때문에, 그 불똥이 자신에게 떨어질 것을 염려하는 것이다. 이것은 단견이 아닐 수 없다. 그리고 또 그녀는 교회에서 벌어진 일을 아피아니에게 말하겠다는 딸을 말린다. 클라우디아는 불행을 암시하는 전조인 에밀리아의 꿈을 대수롭지 않게 받아들인다. 그리고 제후의 접근 시도가 얼마나 위험한 것인지 제대로 알아차리지 못하고 과소평가하여 딸을 안심시킨다. 사건이 발생한 이후의 시점에서 볼 때 이것 역시 어리석은 단견으로 판명된다. 왜냐하면 제후가 에밀리아에게 눈독을 들이고 지분거린다는 사실을 알았더라면, 오도아르도나 아피아니는 적절한 대비책을 마련해서 불행을 미연에 방지할 수 있었을 것이기 때문이다. 그러나 그녀의 행동이 어리석은 것으로 판명되는 것은 이미 언급한 바와 같이 일이 터지고 난 뒤의 일이다. 그리고 나중에 다시 언급하겠지만, 그녀로 하여금 그렇게 행동하도록 만든 동인 가운데 하나로 남편의 가부장적인 태도와 엄격한 도덕관을 꼽지 않을 수 없다.

아피아니가 시민계급 출신의 에밀리아와 혼인해 행복한 가정생활을 영위하기 위해서 사회생활의 포기라는 값비싼 대가를 치러야 한다는 사실을 이제 비로소 깨달았다면, 클라우디아는 오랜 결혼생활을 통해 이미 그것을 충분히 체험한 상태이다. 그녀는 혼인과 동시에 한 남자의 부인으로서 뭇 남성의 관심의 표적에서 벗어나 한 가정에 편입되었다. 이것이 세상의 즐거움을 백안시하지 않는 그녀가 치른 대가이다. 게다가 그녀는 연애와 결혼생활의 차이 그리고 혼인에 뒤따르는 변화, 다시 말해 애인이 남편이 되면 사람이 달라질 수 있다는 것을 체험을 통해 익히 알고 있다. 클라우디아가 교회에서 벌어진 일을 신랑에게 이야기하겠다는 딸을 말리는 이유는 바로 여기에 있다.

클라우디아에게 어리석은 면이 없진 않으나, 그렇다고 "제후의 빙모 같은 것이 된다는 생각에 대부분의 어머니들은 사족을 못쓴다"는 마리넬리의 빈정거림처럼(II, 170) 딸을 제후에게 시집보내 신분상승을 바랄 만큼 어리석지는 않다. 그리고 그녀가 어리석기만 한 것도 결코 아니다. 혼례마차가 습격을 받아 아피아니는 치명상을 입고 도성으로 후송되고, 짜여진 각본에 따라 에밀리아는 마리넬리의 하수인에 의해 도살로 별궁으로 위장 구조된다. 딸을 찾아 뒤따라온 어머니는 마리넬리로부터 몇 마디 말을 듣지 않고서도 사태의 진상을 꿰뚫어본다. 그리고 그녀는 제후의 별궁이라는 장소에 조금도 위축되지 않고, 마리넬리를 향해 대놓고 "비겁하고 비열한 살인자"라고 소리치며, "새끼를 빼앗긴 어미 사자"(II, 173)처럼 행동한다. 클라우디아의 이같이 용기 있는 행동은 그녀가 "보호자", "구원자"(II, 190)로 믿는 남편의 우유부단한 수동성과 좋은 대조를 이룬다.

2.3.2. 오도아르도 갈로티

오도아르도는 퇴역 대령이고 사비오네타 지방에 장원뿐만 아니라 도성에도 집을 소유하고 있다. 그는 사회적으로 낮은 신분이 아니며 경제적으로도 남에게 예속되어 있지 않다. 그는 근대 산업사회와 함께 형성된 상공업에 종사하는 시민계급에 속하지 않고, 지방귀족에 가까운 생활을 영위하고 있다. 하지만 그는 절대주의 체제 아래에서 아무런 정치적인 힘도 갖지 못하는 피지배계급의 일원에 불과하다. 그는 정치가 이루어지는 궁정을 권모술수가 판치는 부도덕한 사회로 인식하고 가능한 한 피하려 한다. 그가 가족과 떨어져 사는 것을 감수하면서까지 전원생활을 고집하는 이유는 정치무대인 궁정과 도성의 영향에서 벗어나 나름대로 순수하고 평온한 삶을 영위하자는 데에 있다. 그가 사윗감에게서 가장 만족스럽게 생각하는 것도 "향리로 낙향해 자신의 삶을 살아가려는 결심"(II, 147)이다. 지향하는 바가 같아 교감이 아주 잘 되는 예비 장인과 사위 사이가 약혼자들 사이보다 더 가깝다는 인상을 준다.

오도아르도는 엄격한 도덕관을 가지고 가정을 다스리는 전형적인 가부장이다. 그는 "실족하는 데에는 한 걸음으로도 충분하다"(II, 145)는 생각을 가지고 가족을 엄격하게 감시·통제하려고 한다. 그리고 그는 불같이 화를 잘 내는 급한 성격을 가지고 있다. 그가 아침 일찍 도성의 집에 나타나는 것은 혼례 준비가 잘 되고 있는지 직접 점검하기 위해서이다. 그리고 그가 교회에 간 딸이 돌아오는 것을 기다리지 않고 급히 돌아가는 것은 그의 급한 성격 때문이다. 그의 도덕지상주의가 그의 불같은 성격과 어우러지면 다른 가족에게, 특히 그의 부인에게는 수용하기 어려운 것이 되고, 가족간에 숨김없는 대화를 불가능하게 만드는 요인이 된다[26]. 그래서 클라우디아는 "저렇게 거친 미덕이

26) Horst Steinmetz: *Emilia Galotti*. In: Interpretationen. Lessings Dramen. RUB 8411. Stuttgart 1991, 103쪽; K. Eibl: 같은 글 152쪽 참조.

있나!"(II, 149)라고 한탄한다. 정치적으로 아무런 힘이 없고 내세울 것이라고는 도덕성밖에 없는 피지배계급에 속하는 갈로티 일가가 외부로부터의 위협에 맞설 무기는 화합과 단결일텐데, 갈로티 부부 사이에는 정직과 상호신뢰 대신에 남편 쪽의 의심과 감시 그리고 부인 쪽의 계산이 존재한다. 갈로티 부부의 핵심적인 문제는 세상의 즐거움에 개방적인 부인의 성향과 남편의 도덕지상주의를 조화시키지 못하는 데있다. 이 부부는 대화를 통해 이견을 해소하려는 노력을 기울이는 대신 적당한 선에서 이견을 봉합하고 살아간다. 이 사실의 가장 뚜렷한 증거는 이 부부의 별거이다.

아피아니가 "모든 남성적 미덕의 귀감"(II, 154)이라고 칭하는 오도아르도의 성격적 특징 가운데 화를 잘 내는 불같은 성격 이외에 두드러지게 언급되는 것은 그의 남성적 용기이다. 그를 "대단한 사람"(II, 146)이라고 평하는 안젤로의 의견에 살인청부업자 피로가 군말 없이 동의한다. 곤차가가 "사비오네타에 대한 소유권을"(II, 133) 주장했을 때 가장 강력하게 반발했던 사람은 사비오네타에 장원을 가지고 있는 오도아르도였다. 따라서 제후는 그에게 호감을 가질 수 없다. 그렇지만 제후는 그를 "자존심이 강하고 거칠지만 그밖에는 건실하고 훌륭한"(II, 133) 사람이라고 평한다. 오도아르도는 제후가 자신에게 호감을 가지고 있지 않다는 사실을 알고 있지만, 그런 일에 전혀 괘념치 않는 당당한 자세를 보인다. 사건이 발생한 뒤 급히 달려와서 오르시나로부터 사건의 배경에 대해 귀뜸을 들은 오도아르도는 즉시 복수를 생각한다. 부르스트의 지적처럼 "원초적 분노와 복수에 대한 열망"[27]에서 나온 이 반응은 그의 급하고 남자다운 성격에 어울리는 것이다.

---

27) Karin A. Wurst: Familiale Liebe ist die "wahre Gewalt". Die Repräsentation der Familie in G. E. Lessings dramatischem Werk. Amsterdam 1988, 144쪽.

그리고 제후에게 복수할 기회를 잡지 못한 오르시나가 그를 대리자로 이용하기 위해 부추긴 결과이기도 하다. 오르시나의 밝은 이성과 오도아르도의 추진력이 결합되면, 복수가 가능해 보인다. 그는 오르시나를 보내면서 "내 얘기를 듣게 될 것이오"(II, 191)라고 말한다. 이것은 반드시 복수하고 말겠다는 다짐의 표현이다.

그러나 복수하겠다는 오도아르도의 생각은 불의에 대한 분노, 자극 받은 불같은 성격에서 나온 충동적인 것이지, 실천의지가 담긴 구체적인 계획은 아니다. 그는 개인의 권리가 부당하게 침해당하면, 제후에게라도 저항할 수 있는 사람으로 설정되어 있다. 그러나 그가 실제로 보이는 수동적인 행동과 태도는 이러한 그의 성격설정과 일치하지 않는다. 이것을 작가의 실수로 보아서는 곤란하다. 왜냐하면 그 원인을 18세기 후반기 독일 사회의 현실에서 찾아야 할 것이기 때문이다. 정치에의 참여가 원초적으로 배제된 시민계급은 그저 통치의 대상이었을 뿐, 정치·사회적으로 의식이 깨이지 않은 허약한 존재였다. 시민계급이 추구하던 이상은 가정의 테두리 안에서 도덕적 삶을 영위하는 것이었다. 오도아르도는 바로 이런 평민계급을 대표하는 인물이다. 그러므로 그에게서 혁명적 행동을 기대한다는 것은 무리이다. 그래서 레싱은 작품 속에서 혁명에 필수적인 대중을 배제한다. 대중은 그저 통치의 대상으로 배경에 머물러 있다. 그리고 오르시나를 통해 혁명의 길을 간단히 암시하는 것으로 그치고, 오도아르도로 하여금 가정을 지키는 가장의 길을 가게 한다. 그리고 이 길은 현실적인 여건상 수동적일 수밖에 없다.

혼자 남은 그는 애써 흥분을 가라앉히고 냉정을 되찾아서 해야 할 일을 따져본다. 이성적 사고는 이미 행위로부터 한 발짝 물러나는 것으로, 능동적인 행동으로부터 수동적인 인고(忍苦)로의 방향전환을 의미한다. 그가 해야 할 일은 아피아니의 죽음에 대한 복수와 탐욕스런 제후의 마수에 빠진 딸의 순결을 구하는 것이다. 딸이 순결을 잃고 치욕에 빠지는 것을 방지하는 것이 가장의 가장 큰 의무이다. 그는 전자가 현실적으로 불가능하다고 판단하여 신에게 떠넘기고, 딸의 순결을 지키는 일만 하려고 한다. 그래서 딸을 수녀원에 보내려고 작정한다. 그러나 에밀리아를 노리는 음모는 치밀하고 집요해서 그 일마저 아버지의 뜻대로 되지 않는다. 제후와 마리넬리는 습격 사건의 진상을 밝히기 위해 에밀리아를 조사하지 않을 수 없다는 구실을 내세워 딸을 아버지로부터 떼어놓으려고 획책한다. 다시 말해 가정을 주재하는 가장으로서의 권한을 제한하려는 것이다. 그러나 이 교묘한 술책을 물리칠 방법이 오도아르도에게는 없다. 이에 그는 더 참지 못하고 오르시나에게서 받은 단도를 빼려고 한다. 이는 가장의 권한이 제한되는데 대한 충동적인 반응이다. 그가 저항하는 것은 가장, 아버지로서의 권위와 권한이 인정되지 않을 때뿐이다. 이것은 레싱이 - 앞에서 인용한 - 편지를 통해 니콜라이와 동생 칼에게 『에밀리아 갈로티』를 가리켜 정치적 요소를 배제한 비르기니아 이야기라고 한 말의 정당성을 입증하는 증거이다. 그러나 그것은 충동적인 생각이기 때문에 제후의 달래는 말에 간단히 수그러들고 만다. 오도아르도는 마리넬리의 교묘한 술책에 걸려 딸을 제후의 마수에서 구해낼 수 없음을 깨닫고 절망한다. 딸의 순결을 목숨보다 귀하게 여기는 아버지에게 남은 길은 이제 하나뿐이다.

제후와 마리넬리의 합법을 위장한 계략에 순순히 따를 수밖에 없는 오도아르도는 딸을 기다리면서 딸의 순결을 지킬 수 있는 유일한 길에 대해 곰곰이 생각할 기회를 갖는다(5막 6장). 그런데 앞에서도 그랬듯이 이성적 숙고는 충동적 행동을 억제하는 기능을 한다. 그가 "딸

을 위해 취하려는 행동"(II, 200)이 원인무효일 가능성, 즉 에밀리아가
제후와 내통하고 있어서 딸의 순결이 지킬 만한 가치를 이미 상실했
을 가능성, 그리고 그가 감행하려고 생각하는 행위의 끔찍함에도 생각
이 미친다. 그리고 또 그가 과연 그 행위를 실행에 옮길 강심장을 가지
고 있을까 하는 회의도 그의 뇌리를 스친다. 딸을 보호할 수단이 없음
을 인식하고 있는[28] 그는 결국 정치의식의 결여와 윤리적, 종교적 회의
때문에 아무런 행동도 취하지 못하고, 모든 것을 신에게 전가하고 도
망치려 한다. 이로써 그는 가정을 지키고 가족을 보호해야 하는 가장
으로서의 책임과 의무를 회피한다[29].

2.3.3. 에밀리아 갈로티

혼례를 올리는 날을 맞이한 신부라면 몸치장에 여념이 없는 것이 보
통일 텐데, 에밀리아는 그렇지 않고 새벽 미사에 참례하여 영혼을 가
다듬는다. 그리고 그녀는 성당에서 벌어진 일을 신랑에게 이야기하려
고 했으나, 그렇게 하지 말라는 어머니의 설득에 따르기로 하면서 "저
는 어머님 의사에 거역할 마음이 없습니다"(II, 153)라고 말한다. 이로
써 우리는 그녀가 신앙심이 돈독하고 부모에게 순종하는 딸로 그려져
있음을 알 수 있다. 레싱은 동생 칼에게 보낸 1772년 2월 10일자 편지
에서 여주인공의 성격을 언급하면서 "신앙심과 순종"(B 11/2, 352)을
강조하고 있다. 그녀는 특히 아버지의 엄격한 교육을 받아서 아버지의

---

28) Ariane Neuhaus-Koch: G. E. Lessing. Die Sozialstrukturen in seinen Dramen. Bonn 1977.
   31쪽 참조.
29) P. Pütz: 같은 책 173; G. Saße: 같은 책 207쪽 참조.

도덕관을 그대로 물려받았다. 다른 한편 그녀는 신부로서 "가볍고 자유로운"(II, 155) 옷차림으로 혼례를 치르겠다고 말한다. 이것은 옷차림처럼 그녀의 생각과 행동도 형식에 구애받지 않고 자유롭고 자연스러움을 암시한다. 앞에서 이미 언급한 바와 같이 이런 자유로움과 자연스러움에서 나온 에밀리아의 "명랑함"과 "영특함"이 제후에게 궁정의 여자들에게서 느끼지 못했던 독특한 매력으로 작용했을 것이다. 제후는 자신의 눈에 들기만을 바라는 궁정의 여자들과 관능의 충족만을 추구하는 관계와는 달리 에밀리아에게 쏠리는 애정 속에서 도덕적으로 고양됨을 느낀다.

에밀리아는 엄격한 도덕관을 가진 아버지의 통제 밑에서 순결하고 도덕적인 삶은 가정의 울타리 안에서나 가능하고, 바깥세상은 관능을 탐하는 부도덕한 세계라는 교육을 받으면서 자랐다. 부부가 아닌 남녀의 사랑이 금기임은 두말할 나위 없다. 그래서 오도아르도는 정부가 있는 제후를 "호색한"(II, 149)이라는 한마디로 말로 심판하는 것이다. 그리고 그는 그런 "호색한"이 딸에게 눈독을 드린다면, 그것이 그의 가정을 위협하는 최대의 위험으로 생각하기 때문에 딸을 감시한다. 그러면서도 딸에게 교육과 적당한 배필을 만날 기회를 주어야 한다는 아내의 주장을 꺾을 수 없어서, 모녀가 따로 도성에 거주하는 것에 마지못해 동의하였다. 이런 교육을 받으며 자란 에밀리아가 세상 경험이 부족한 것은 당연하다. 제후가 뻔뻔스럽게 교회에서 사랑을 고백하고 지분거렸을 때, 그녀는 적절하게 대응하지 못하고 어찌할 바 몰라 쩔쩔맬 수밖에 없었다. 그런 터무니없는 짓을 상상할 수조차 없는 그녀는 제후가 하는 말을 듣지 않기 위해 "제 귀를 멀게 해주십시오"(II, 151)라고 수호신에게 기도하고 그 자리에서 도망치는 것이 고작이었다. 위기를 맞으면 도망치려고 하는 것이 갈로티 일가가 보이는 공통된 반응이다. 이는 피지배계급의 사회적 허약성을 반영하는 것이다. 오도아르도가 도성을 기피하는 것도 그런 위험을 원천적으로 배제하자는 생각에서 나온 것이라고 말할 수 있다.

교회에서 벌어진 사건에 대한 에밀리아와 제후의 진술을 서로 비교해보면, 그녀가 얼마나 당황하고 혼비백산했는지 알 수 있다. 그녀는 제후의 수작에 대꾸를 하긴 했으나, 어떻게 무슨 대꾸를 했는지 기억하지 못한다고 말한다. 그러나 그녀는 실제로 아무런 대꾸도 하지 못하고, 마치 "사형선고를 듣는 죄수처럼 그저 묵묵히 기죽은 듯 벌벌 떨고 서 있었다"(II, 166). 그녀는 또 제후가 집까지 뒤쫓아왔다고 말하나, 이는 착각에 불과하다. 한마디로 말해 그녀는 자신의 행동조차 기억하지 못할 정도로 제 정신이 아니었다. 그녀를 이토록 혼비백산하게 만든 것은 그런 상상할 수도 없는 일이 교회란 성스러운 장소에서 일어났을 뿐만 아니라, 국가의 제일인자인 군주가 그 짓을 저지른 장본인이라는 사실이다. 그녀는 절대군주에 대한 존경 그리고 파렴치범에 대한 경멸 사이에서 혼란을 일으켰던 것이다[30]. 집에 돌아와 어머니가 달래서야 비로소 그녀는 다시 정신을 차리고 사고 능력을 회복한다. 이는 그녀가 바깥 세상의 위험에 대해서는 속수무책이고, 가정의 울타리 안에서만 안전하다고 느끼며 이성적 사고를 할 수 있음을 뜻한다. 정신을 수습한 후 그녀는 자신이 "얼마나 어리석고 겁 많은 계집애"인지 깨달으며, "아까 교회에서 다르게 처신할 수도 있었을 것"(II, 153)이란 생각도 하게 된다.

그러나 이것은 생각에 불과하다. 마리넬리의 각본에 따라 연출된

---

30) Rolf Werner Nolle: Das Motiv der Verführung: Verführer und "Verführte" als dramtische Entwürfe moralischer Wertordnung in Trauerspielen von Gryphius, Lohenstein und Lessing. Stuttgart 1976, 326쪽 참조

습격을 당한 후 그녀는 전과 다름없는 반응을 보인다. 그런 끔찍한 일
을 당하면 누구나 그렇겠지만, 그녀는 당황해서 어찌할 바 모른 채 보
호자인 어머니나 신랑을 찾으며, 제후 앞에서 벌벌 떨기만 한다. 그러
나 이번은 상황이 교회에서와는 다르다. 교회 사건은 그녀로서는 전혀
예측할 수 없는 것이었다. 그리고 클라우디아의 말처럼 오늘 혼례를
치름으로써 그녀가 제후의 지분거림으로부터 영원히 벗어난다고 생
각할 수 있어서, 그 사건을 일회적인 돌발사건으로 간주하여 없었던
일로 덮어둘 수 있었다. 제후가 또다시 마수를 뻗어 오리란 것은 에밀
리아에 대한 제후의 열정의 강도와 절대주의 체제의 메커니즘을 모르
는 갈로티 모녀로서는 상상할 수도 없다.

일이 벌어진 후 에밀리아는 처음에 충격을 받고 당황해서 쩔쩔맨
다. 그러나 보호자가 바로 나타나지 않아 의지할 데가 없음을 깨닫자,
그녀는 자력으로 점차 이성을 되찾아 자신이 처한 상황을 냉철하게
분석하여, "모든 것을 잃었고", "냉정해야 될"(II, 201) 처지라는 결론
을 내린다. "모든 것을 잃었음"을 인식하는 순간 그녀는 심적 평정을
되찾으며, 자신의 의지에 따라 결정하고 행동할 능력을 획득한다[31]. 지
금까지 에밀리아는 자율적이고 주체적인 인간이 아니라 남의 결정에
따르는 타율적인 인간이었다. 이제 그녀는 자신의 운명을 남의 자의에
맡기지 않고 스스로 결정할 수밖에 없는 막다른 골목에 처해 있다. 이
러한 그녀의 변화가 지금까지 많은 논란을 불러일으켰다. 집밖에서의
돌발적인 사건에 적절하게 대응하지 못하고, 그저 무서워서 벌벌 떨며
도망치려고만 하던 에밀리아가 이제 침착하고 단호한 의지와 결단력

---

31) Günter Mieth: Furcht und Mitleid oder Bewunderung? Zum tragischen Ausgang von Lessings *Emilia*
 Galotti. In: Lessing 1979. Kongreß- und Tagungsbericht der Martin-Luther-Universität
 Halle-Wittenberg. Halle 1980, 222쪽.

을 보이는 것은 앞뒤가 맞지 않는 모순이고, 그녀의 성격에 일관성이
결여된 것 아니냐는 지적이 있다. 예를 들어 부르스트는 "그녀의 극중
성격이 그녀가 표방하는 이데올로기를 위해 등한시되었다"[32]고 말한
다. 그러나 이것은 에밀리아가 처한 극한상황을 고려하지 않은 지나친
혹평이다. 레싱은 클라우디아의 입을 통해 에밀리아의 성격을 다음과
같이 설명함으로써 그녀의 변화를 준비했다.

> 그 애는 여성 가운데 가장 겁이 많은 반면, 심지도 가장 굳은 아이예요. 처음
> 에는 어쩔 줄 모르나, 조금만 생각을 가다듬고 나면 모든 것에 순응하고 마
> 음을 다잡지요 (II, 191).

이것으로 그녀의 변화가 충분히 준비되었다고 볼 수는 없다. 그러
나 그녀가 처한 극한상황을 고려해야 한다. 지금까지 그녀는 사건이
발생하면 도망치려고만 하였다. 그녀의 피난처는 가정이다. 가정이란
보호막 안으로 도피하여 부모 슬하에서 부모의 가르침에 따라 처신하
려고 하였던 것이다. 그러나 이제 그녀는 더 이상 물러설 데가 없다.
기다리던 부모와 신랑이 나타나지 않으므로 그녀는 자력으로 상황을
타개할 수밖에 없다. 이런 처지에서 보이는 그녀의 침착성과 단호함은
인간이 궁지에 몰리면 발휘하게 되는 비상한 의지력으로 이해해야 할
것이다. 교회 사건을 체험한 그녀에게는 아피아니가 살해된 이유가 분
명하다. 이런 상태에서 그녀는 뒤늦게 허겁지겁 달려온 아버지로부터
자신의 추측이 옳은 것임을 확인 받는다. 이제 그녀가 도살로 별궁에
더 이상 머무를 이유가 없다. 그래서 그녀는 아버지에게 도망가자고
말한다.

---

32) K. Wurst: 같은 책 143쪽.

그러나 에밀리아가 그녀를 노리는 "호색한"의 마수에서 빠져나갈 길은 이미 막혀 있다. 그런데 그녀에게 더욱 놀라운 것은 그녀가 최후의 보루로 생각하고 의지하는 아버지가 도둑들의 흉계에 저항하지 못하고, 속수무책으로 딸을 홀로 "호색한"의 수중에 방치하려 한다는 사실이다. 그녀가 보기에 아버지의 이런 태도는 가장으로서 가족을 보호할 의무와 책임을 저버리는 것이다. 그리고 또 의무와 책임의 완수를 바탕으로 하는 권위의 포기를 의미하는 것이다. 그래서 그녀는 "아버님은 제 아버님이 아니십니다"(II, 201)라고 외친다. 이런 사면초가의 상황에서 그녀는 도덕성과 순결을 지키는 길은 오직 하나뿐임을 인식하고 마음을 정한다. 시민계급의 도덕성 추구가 내향적일 수밖에 없기 때문에, 그녀가 취할 길은 오르시나가 암시한 적극적인 저항의 길이 아니다. 그렇다고 오도아르도처럼 책임을 하늘에 전가하며, "양손을 무릎 위에 올려놓고" 닥쳐올 운명을 숙명으로 받아들이는 길도 아니다. 맥없이 억압에 굴복해 "당해서는 안될 고통을 당하지" 않고, "참아서는 안 될 것을 참아내지"(이상 II, 201-2) 않으려는 의지를 자신 속에서 찾아내, 그 의지에 따라 도덕성을 지키는 것이 그녀가 갈 길이다. 사세의 지적대로 에밀리아는 관능과 도덕성은 혼인이라는 절차를 거쳐 가정의 테두리 안에서만 합일될 수 있다고 배웠으며 믿어왔는데, 이제 그럴 가능성이 박탈되었기 때문에 관능과 도덕성을 분리하여 관능을 죽일 수밖에 없다고 생각하는 것이다[33].

이런 에밀리아의 의연한 태도는 오도아르도가 일시적으로 가졌던 의심, 즉 딸이 혹시 제후와 내통하는 것은 아닐까 하는 의심을 말끔히 씻어내기에 충분하다. 그래서 그는 에밀리아가 자신의 교육을 받고 자란 딸임을 확인하고 딸을 포용한다. 그러나 그는 여전히 딸을 위험에

<hr>

33) G. Saße: 같은 책 214쪽 참조.

서 구해낼 방법이 없다. 더구나 그는 순결을 지키기 위해 목숨을 내던
지려는 딸의 생각에 움츠러들 수밖에 없다. 에밀리아는 이런 아버지의
태도를 수용할 수 없다. 아무 대책 없이 딸을 "호색한"의 수중에 홀로
놓아두는 것은 딸에 대한 부모의 보호 의무와 책임의 회피로 보이며,
책임을 다하지 못하는 부모의 권위는 인정될 수 없다. 그런데 그녀의
정체성은 아버지의 도덕성과 권위에 의해 지탱되는 가정의 질서에 기
초한다. 따라서 아버지의 권위가 흔들리면, 그녀의 정체성도 함께 흔
들린다. 그래서 그녀는 정체성을 잃지 않기 위해 아버지에게 가장의
의무를 다함으로써 가장으로서의 권위를 회복하도록 촉구한다. 그것
은 딸이 탐욕스런 "호색한"의 제물이 되지 않게 하는 것이다. 에밀리
아는 아버지에게 "호색한"이 탐내는 자신의 육체를 죽임으로써 순결
을 지키게 해 "두 번째로 생명을"(II, 203) 주는 전능한 신이 되어달라
고 주문한다[34]. 이런 에밀리아의 냉정하고 단호한 태도에 비해 오도아
르도는 "모든 남성적 미덕의 귀감"이란 평으로 집약되는 성격설정과
는 달리 위기에 처해서 우유부단한 태도로 시종일관한다. 그가 단호한
태도를 보이는 것은 가족, 특히 아내에게 지시할 때뿐이지, 위기 상황
에서는 오히려 아내보다 용기를 내지 못한다.

　오도아르도가 망설이면 망설일수록 에밀리아의 설득은 집요해진
다. 더구나 마리넬리는 에밀리아의 다른 애인이 그 습격을 저질렀을지
모르니, 에밀리아를 조사하지 않을 수 없다는 터무니없는 거짓말을 날
조하고, 그에 따라 제후는 그녀가 머물 곳으로 그리말디의 집을 지정
한다. 그녀는 얼마 전 그 집에서 열린 무도회에 참석해서 그 "쾌락의
집"(이상 II, 202)을 잘 알고 있다. 거기에서 제후의 눈에 띈 것이 불행

---

34) G. Saße: 같은 책 215쪽 참조.

의 시작이다. 에밀리아는 그 때의 경험을 이렇게 말한다.

> 어머님이 지켜보시는 가운데 그 집에 한 시간 머물렀는데도 제 마음속에 큰
> 혼란이 일어났어요. 수주일 동안 예배와 기도를 드리고 종교 학습을 했는데
> 도 그것을 잠재우기 힘들었습니다 (II, 202).

에밀리아도 젊은이로서 당연히 세상의 즐거움, 쾌락을 맛보고 싶은 욕
구를 가지고 있다. 단지 그녀는 그 욕구를 아버지의 가르침에 따라 억
눌러 왔을 뿐이다. 억제해온 욕구가 무도회의 분위기에 의해 눈을 떴
고, 그녀는 그것을 "큰 혼란"으로 느꼈다. 그리고 그것을 죄악으로 인
식하고 종교를 통해 속죄하였던 것이다. 그리말디 집에서의 경험은 그
녀로 하여금 "누구 못지 않은 젊고 따뜻한 피"와 남과 같은 "관능"을
가지고 있는 인간에 불과하다는 사실을 자각하게 만들었다. 그런데 그
녀는 이제 꼼짝없이 그 "쾌락의 집"에, 그것도 부모의 보호 없이 혼자
상당 기간 머물 수밖에 없게 되었다. 이것을 그녀는 커다란 위험으로
받아들일 수밖에 없다. 자신의 내부에 잠재한 욕망을 억제하고 도덕성
을 지킬 자신이 없기 때문이다. 그녀는 물리적인 "폭력"에는 저항할
수 있으나, 내부에 잠재한 욕망을 부추기는 제후의 "유혹"에 굴복하게
될지 모른다는 위험을 느낀다[35]. 그녀가 "유혹이 진정한 폭력"(이상 II,
202)이라고 말하는 것은 이 때문이다. 이런 위기 상황에서 에밀리아는
"유혹"에 넘어가지 않고 순결을 지키는 길은 죽음밖에 없다고 믿는다.
그러므로 그녀로 하여금 죽을 수밖에 없다고 결심하게 만든 궁극적인
동기는 자신의 내부에서 일어나는 감정을 적절히 다스리지 못하는 무

---

35) K. Göbel: 같은 책 92쪽; Gerlinde A. Wosgien: Literarische Frauenbilder von Lessing bis zum Sturm
und Drang. Ihre Entwicklung unter dem Einfluß Rousseaus. Frankfurt a. M. 1999, 226-9쪽 참조.

능이다.

에밀리아가 유혹에 넘어갈 수 있다고 말하는 대사가 많은 논쟁을 불러일으켜 왔다. 살해된 신랑이 흘린 피가 채 마르기도 전에 "관능" 운운하는 것은 도덕적으로 용납될 수 없는 어불성설이라고 매도하는 평자들이[36] 있는가 하면, 이 대사를 근거로 에밀리아가 제후를 은근히 좋아하고 있다고 주장하는 사람들도[37] 있다. 도덕적인 삶은 가정의 테두리 안에서만 가능하며, 집밖의 부도덕한 세계는 거부하고 피해야 되는 금기라고 교육받은 에밀리아는 가정의 울타리 밖에서는 그 금기에 저항할 수 없다는 두려움을 갖고 있으며, 위에 인용한 그녀의 대사는 이 두려움의 표현이라고 사세는 설명한다[38]. 이 견해에 따르면 에밀리아는 아버지한테서 받은 교육의 바탕 위에서 아버지를 설득하고 있다.

에밀리아는 이것으로 부족하다고 생각하여 순결을 지키기 위해 목숨을 버린 기독교 성녀들을 끌어들인다. 그래도 오도아르도는 차마 사랑하는 딸에게 칼을 겨누지 못한다. 그러자 에밀리아는 혼례식장에 가는 신부의 치장으로 머리에 꽂았던 장미를 떼어내 꽃잎을 따내면서 - 이 동작은 오도아르도가 아무런 조치를 취하지 않으면, 그 장미가 상징하는 자신의 순결도[39] 더럽혀질 것임을 암시 한다 - "옛날에 딸을 치욕으로부터 구하기 위해 딸의 심장을 아무 것이나 손에 잡히는 쇠붙이로 찔러 딸에게 두 번째로 생명을 주신 아버지가 있었습니다"라고

---

36) Horst Steinmetz (Hrsg.): Lessing - ein unpoetischer Dichter. Dokumente aus 3 Jahrhunderten zur Wirkungsgeschichte Lessings in Deutschland. Frankfurt a. M./ Bonn 1969, 89, 103-4쪽 참조.
37) 예컨대 Goethe, aus: F. W. Riemer: Mittheilungen über Goethe, abgedr. in: H. Steinmetz (Hrsg.): 같은 책 230쪽.
38) G. Saße: 같은 책 211쪽 참조.
39) G. Wosgien: 같은 책, 161쪽 참조.

본 작품의 소재인 비르기니우스 이야기를 꺼내면서, "허나 그런 일들
은 모두 옛날 일이지요! 이제 그런 아버지는 없습니다!"(이상 II, 203)
라고 말한다. 즉 그녀는 마지막 수단으로 자신의 아버지와 비르기니아
의 아버지 비르기니우스를 비교하여 자기 아버지의 도덕성과 사랑이
후자의 그것보다 못하다고 판정하는 것이다. 이로써 그녀는 아버지의
아킬레스건을 건드린다. 가장으로서의 권위와 자존심 그리고 도덕성
에 대한 이 중대한 도전을 받고 흥분한 오도아르도는 결국 딸을 칼로
찌른다.

3. 감정의 지배

이것은 아무도 원하지 않은 결과이다. 아버지에 의한 딸의 살해라는
파국에 이르도록 한 일련의 사건은 운명이나 우연 같은 초월적인 힘
에 의해 발생되지 않고 인간의 의도와 계산에서 나온다. 그렇다고 이
성이 아닌 다른 요소들이 배제되는 것은 아니다. 오히려 비극적 파국
은 제후의 열정에서 비롯된다. 그는 에밀리아에 대한 욕망을 통제하지
못하고 그것에 자신을 완전히 내맡긴다. 열정의 지배를 받고 있어서
그는 사고 능력을 잃으며, 자신의 일을 스스로 결정하지 못하고 결정
권을 타인에게 양도한다. 그가 마리넬리에게 하는 말 "나를 위해 생각
해주오"(II, 141)는 계몽주의 프로그램의 핵심인 스스로 생각하기의
포기를 의미한다. 이성이 감성에 압도되어 항복을 선언하는 것이다.
　감성과 이성을 조화시키지 못하고 일방적으로 감정의 지배를 받고
있는 현상은 제후에게서만 나타나는 것이 아니다. 결정적인 순간에 제
후를 포함한 거의 모든 주요 등장인물의 행동을 결정하는 것은 합리

적이고 자율적인 판단이 아니라 변하는 충동, 욕망, 정열 등이다. 그들
은 막연한 불안감, 초조함, 불길한 예감 등 비이성적인 힘의 지배를 받
고 있다. 이것은 인물들이 각각 무대에 처음 등장하는 방식에서 잘 드
러난다. 2막 처음에 오도아르도는 말을 달려 도성의 집에 나타난다. 혹
시 뭐라도 잘못 되지 않을까 하는 불안감, 걱정 때문에 직접 점검해 보
기 위해서이다. 2막 6장에서 에밀리아는 "겁먹고 혼비백산한 상태로
뛰어 들어온다"(II, 150). 그녀가 정신을 수습하고 다시 말할 수 있기까
지 어느 정도 시간이 필요하다. 다음 장면에서 아피아니는 그곳에 있
는 사람들을 보지 못할 정도로 "깊은 생각에 잠겨 눈을 내리 뜨고"(II,
154) 등장한다. 우울한 기분과 좋지 않은 예감 때문이다. 마지막으로
무대에 등장하는 인물은 오르시나이다. 그녀가 도살로 별궁에 나타나
지만 예전과는 달리 아무도 거들떠보지 않는 데 격분한 나머지 그녀
는 마리넬리가 자기 앞에 있다는 것조차 알아차리지 못한다. 그녀의
흥분은 책사라는 직책상 항상 냉정 침착성을 유지해야 하는 마리넬리
에게도 전이된다. 이와 같이 주요 등장인물들은 하나 같이 강렬한 감
정을 통제하지 못하고 그 지배를 받고 있다[40].

　　등장인물들이 공통적으로 느끼는 불안감은 시간에 쫓기는 것으로
나타난다. 에밀리아가 오늘 시집간다는 소식에 제후는 깜짝 놀란다.
그녀를 차지하고 싶은 욕망을 채우려면 시간이 없기 때문이다. 그는
서두르지 않을 수 없다. 시간이 없기는 오도아르도도 마찬가지이다.
앞에서 설명한 바와 같이 그는 급하게 도성의 집에 나타났다가 또 급
하게 돌아간다. 조급한 성격 때문이다. 습격 당한 아내와 딸을 구하기
위해 도살로 별궁으로 달려올 때에도 그는 서두르지 않을 수 없다. 아

---

40) P. Alt: 같은 책 261-2쪽 참조.

피아니도 초조함에 사로잡혀 있다.

> 우리가 시간에서 벗어나기만 한다면 얼마나 좋을까! - 시계바늘이 가리키는
> 1분이 우리의 의식 속에서 수년으로 늘어나지 않을 수 있다면 얼마나 좋겠
> 는가! (II, 156)

혼례식까지 불과 몇 시간 남지 않았으나, 그 시간이 무한히 길게
느껴지는 것은 그 사이 돌발사건이 발생해 목표에 도달하지 못할 수
도 있다는 불안감 때문이다. 이처럼 등장인물들이 시간에 쫓기고 조급
하게 서두르는 이유는 의도한 바를 성취하지 못할지 모른다는 초조감,
불안감, 실패할지 모른다는 예감 때문이다. 레싱은 그들의 불안한 심
리 상태를 단순히 묘사하지 않고, 극도로 빠르게 진행되는 사건전개
(줄거리)를 통해 효과적으로 드러내는 대가다운 솜씨를 보인다. 마치
무엇에라도 쫓기는 듯 조금도 지체 없이 급박하게 진행되는 줄거리는
시간에 쫓기는 인물들의 불안한 심리를 반영한다. 결국 그들의 불안감
은 적중해 아무도 원치 않는 결과가 나타난다[41].

제후가 고삐 풀린 열정의 지배를 받고 있는 것과 마찬가지로 다른
인물들도 어떤 집단에 속하는가에 관계없이 감정의 지배를 받고 있다.
오도아르도는 작품의 구도로 보아 제후와 대립되는 인물로 설정되었
지만, 감정을 통제해서 이성과 조화시키지 못하고 감정의 지배를 받고
있다는 점에서 제후와 다를 바 없다. 앞에서도 언급했지만 그는 화를
잘 내는 불같은 성격을 가지고 있다. 그는 급한 성격 때문에 결정적인
순간에 이성적으로 행동하지 못한다. 오르시나는 뛰어난 사고력을 가
지고 있어서 마리넬리조차 그녀 앞에서 쩔쩔맨다. 하지만 그녀 역시

---

41) P. Alt: 같은 책 255-6쪽 참조.

감정의 지배를 받고 있다. 그녀는 사랑하는 남자에게서 버림받은 여자로서 수치심, 분노, 질투심, 증오, 복수심 등이 혼합된 격한 감정을 다스리지 못하고 그것의 포로가 된다. 에밀리아는 부부 이외의 사랑을 죄악시하며 외간 남자와 접촉하지 않는 것이 최선이라는 엄격한 도덕교육을 받아서 제후의 접근 시도에 적절히 대응하지 못할 뿐만 아니라, 그의 유혹에 의해 눈을 뜬 자신의 관능에 두려움을 느낀다. 관능은 그녀에게 금기이고 또 미지의 세계이다. 그녀는 그것을 어떻게 처리해야 좋을지 모른다. 그녀가 교회에서 정신을 차릴 수 없을 정도로 큰 충격을 받은 이유는 관능이라는 미지의 세계에 대한 불안감 때문이다. 이 불안감과 두려움 때문에 그녀는 결국 죽음을 선택한다. 배신당한 여자의 복수욕과 오도아르도의 불같은 성격 그리고 에밀리아의 두려움, 불안감이 어우러져 제후의 고삐 풀린 열정에서 비롯된 사건을 파국으로 치닫게 한다.

위에서 살펴본 바와 같이 주요 등장인물들은 생활방식과 추구하는 가치관에 따라 지배계급과 피지배계급, 귀족계급과 시민계급으로 양분된다. 그럼에도 불구하고 이들에게 공통점이 하나 발견된다. 이성으로 감정을 통제하지 못하고 그 지배를 받는다는 것이 그 공통점이다. 감정과 이성을 조화시키지 못하는 것이다. 레싱의 신념에 따르면 이성과 감성의 조화가 이상적인 인간의 조건이다. 이 조건을 충족시키는 등장인물은 귀족계급에도 시민계급에도 없다. 이것이 비극적 파국의 원인이다. 따라서 그 책임은 어느 한 쪽에만 있는 것이 아니라 양 계층 모두에게 있다.

4. 시민적 도덕 교육과 절대주의 체제에 대한 비판

에밀리아는 윤리적, 종교적 원칙만 배웠지 그것과 일치하지 않는 세상사나 외부의 자극에 적절히 대처하고 내부의 감정을 다스리는 등 자신의 문제를 자율적으로 해결하는 법은 배우지 못했다. 그녀는 성적 욕구, 관능 같은 감정을 자연스러운 현상으로 받아들이지 않고 죄악시하며, 그것을 의식 밖으로 몰아내는 것을 미덕으로 간주한다. 그리고 그런 감정이 발생할 가능성을 원천적으로 봉쇄하는 것이 도덕성을 지키는 길이라고 믿는다. 오도아르도는 딸에게 엄격한 도덕을 가르치는 것으로 만족하지 못하고 딸의 일거수 일투족을 감시한다. "실족하는 데에는 한 걸음으로도 충분하다"(II, 145)고 믿기 때문이다. 딸의 독자적인 행동은 어느 것이나 "실족"이 될 위험성을 내포하고 있다고 생각하고 그래서 철저히 감시하려는 아버지의 태도는 이 교육의 결점을 분명하게 드러낸다. 자율적 인간이 되라는 계몽주의의 구호가 미덕의 이름으로 왜곡되는 것이다[42].

이런 교육을 받았기 때문에 에밀리아는 순수하기는 하나 아직 미숙한 인간이다. 그녀는 자력으로 자신의 운명을 타개할 능력이 없고, 그 때문에 파멸한다. 결정적인 장면인 5막 7장에서 분명하게 드러나는 바와 같이 그녀의 도덕성을 위협하는 폭력은 외부에서 오지 않고 그녀 내부에서 나온다. 그녀는 지금까지 "누구 못지 않은 젊고 따뜻한 피"(II, 202), 즉 성적 욕구, 관능을 억눌러 왔는데, 이제 그것이 눈을 떠 힘을 발휘한다. 에밀리아는 그것을 더 이상 억누를 자신이 없다. 눈을 뜬 성적 욕구를 시민적 도덕률과 합치시키지 못할 것 같은 두려움을

느끼는 것이다. 관능을 부도덕한 것으로 보는 그녀의 도덕관이 붕괴될
위험에 처하게 된다. 이것을 방지할 길은 오직 하나, 죽음뿐이다[43]. 따
라서 그녀의 죽음은 믿음이나 신념을 위해 목숨을 버리는 순교자의
죽음이 아니다. 에밀리아가 시민적 교육의 도덕률에 따르고 있음을 천
명하는 최후의 수단이 죽음이다.

레싱은 시민적 교육의 도덕 이상이 인간의 죽음을 통해서만 유지
되는 것으로 그림으로써 그 교육을 신랄하게 비판하고 있다. "진정한
폭력"(II, 202)은 에밀리아의 말과는 달리 "유혹"이 아니라, 치욕적인
삶으로 떨어지지 않도록 보호하기 위해 딸을 죽이는 아버지의 행위이
다. 살인을 통해서만 구속력이 유지되는 도덕률, 도덕성을 지키기 위
해 딸을 죽이고 가정을 파괴하는 도덕지상주의는 거리낌없이 권력을
남용하는 유혹자의 자의보다 나을 것이 없다[44]. 아버지에 의한 딸의 살
해는 개인에게 자신의 문제를 자율적으로 해결하는 능력을 가르치지
않고, 도덕지상주의를 고수하기 위해 강제하고 감시함으로써 오히려
그 역량의 배양을 가로막는, 도덕성에 집착한 나머지 부자유와 미성숙
을 결과하는, 다시 말해 계몽주의 이성 교육 프로그램을 왜곡하는 시
민 교육의 좌절을 보여준다[45].

지배계급의 공적 영역과 피지배 시민계급의 사적 영역이 대립하고
있는 사회 현실에서 레싱은 시민 교육의 결점만을 비판적으로 조명하
는 것은 아니다. 앞에서 설명한 바와 같이 비극적 파국의 책임은 인간
의 자율성을 제한하는 시민 교육에만 있지 않고, 제후의 절제되지 않
는 열정과 수단 방법을 가리지 않고 그것을 충족시켜주는 절대주의

43) K. Göbel: 같은 책 89쪽 참조.
44) P. Alt: 같은 책 267-8쪽 참조.
45) Peter-André Alt: Aufklärung. Stuttgart/Weimar 1996, 224쪽 참조.

체제에도 있기 때문에 후자 역시 비판의 대상이 된다. 이것은 작품의 구조에도 반영되어 있다. 제후와 마리넬리가 에밀리아를 손에 넣기 위해 음모를 꾸미는 1막 6장 또는 그 음모에 따라 습격이 이루어지고 아피아니가 살해된 뒤부터 『사라 삼프손 아가씨』 유형의 시민비극은 중단되고, 계층간의 갈등이 첨예하게 드러나는 전혀 다른 극이 시작된다. 이 갈등은 시민계급의 의식을 일깨워 수동성을 탈피하도록 촉구한다[46].

오도아르도는 일이 벌어진 이후 시종일관 우유부단하고 수동적인 태도를 보인다. 딸의 자유와 순결을 지키려고 능동적으로 딸을 찌른 비르기니우스와는 달리 그는 딸이 의도적으로 아버지의 권위와 자존심에 의문을 제기하자 마지못해서, 그것도 예사롭지 않은 그 상황 자체와 딸의 중대한 도전에 의한 흥분 상태에서 딸을 찌른다. 이 두 아버지가 이처럼 상반되게 행동하는 이유, 즉 오도아르도가 "남성적 미덕의 귀감"이라 일컬어지는 것과는 달리 가족의 안전보장이라는 기본적인 가장의 의무를 수행하지 못하는 이유는 무엇일까? 그 이유는 그들의 상이한 시대와 사회 체제에서 찾아야 할 것이다. 로마 시대의 자유시민 비르기니우스는 가정에서 절대권을 가지며 권력자의 부당한 처사에 적극적으로 저항할 수 있었고, 그가 딸을 살해한 행동은 민중봉기의 도화선이 되었다.

그러나 오도아르도의 상황은 비르기니우스의 그것과는 전혀 다르다. 16세기 이탈리아의 소국 구아스탈라는 모든 권력이 통치자 한 사람에게 집중되어 있는 절대주의 국가이다. 절대주의 체제는 제도적으로 피지배계급을 정치에서 배제하여 정치·사회적으로 무력한 존재

46) K. Göbel: 같은 책 71-2쪽 참조.

레싱. 드라마와 희곡론

로 만들어 그저 통치의 대상으로 삼는다. 『에밀리아 갈로티』의 무대는 명목상 르네상스 시대의 이탈리아지만, 실제로는 사회체제가 같은 18세기의 독일이다. 피지배계급에 속하는 오도아르도는 권력자가 불의를 행하고 있음을 분명히 인식하고 있을 뿐만 아니라, 그 피해가 직접 자신의 가정에 미치고 있는데도 불구하고 합법을 가장한 통치자의 교활한 음모에 저항하지 못하고 무기력하게 따를 수밖에 없다. 그의 무기력한 수동성은 그러므로 백성을 통치의 대상으로만 간주하는 절대주의 체제에서 기인한다.

오도아르도는 비록 퇴역 대령이고 경제적으로도 자립할 수 있는 기반을 가지고 있어서 일반대중보다 월등한 지위에 있긴 하지만, 정치적으로는 무기력한 백성의 하나에 불과하다. 그에게 저항의식이 전혀 없는 것은 아니다. 제후가 에밀리아를 가족으로부터 떼어놓으려 하자, 즉 그의 가장으로서의 권한을 제한하려 하자, 그는 "법을 존중하지 않는 사람은 법을 가지지 않은 사람만큼 강하다"(II, 195)는 입장을 취해, 법을 무시하고 법 위에 군림하는 제후에게 저항할 의지를 보이며, 제후를 향해 칼을 빼려고도 한다. 아마 이것이 그의 남자다운 성격과 우리 현대인의 정서에 부합되는 유일한 대응일 것이다. 그러나 작가 레싱은 그렇게 보지 않았다. 그는 편지를 통해 비극에 관해 토론하는 도중 니콜라이에게 쓴 1756년 11월 29일자 편지에서 눈물을 흘리게 하는 동정심을 설명하기 위해 상관의 미움을 사 불행에 빠진 관리를 예로 들고 있다. 그런데 그 관리가 "자기 아내와 자식들 그리고 자기 자신을 죽이는"(IV, 178) 대신 그 상관을 살해할 가능성도 있다는 것을 그는 상정하지 않는다. 레싱은 민중의 정치의식이 깨이지 않은 당시의 독일에서 혁명은 가능성으로서만 존재할 뿐 - 오르시나가 제후의 범죄를 "장터에서 외쳐대겠다"(II, 185)고 말하는 것이 이 가능성을 암시한다 - 실현성은 없다고 본 것이다. 그래서 그는 "진정하시오"(II, 199)라는 제후의 다독거리는 한 마디 말에 오도아르도의 저항의지가 봄눈 녹 듯 사라지게 한다. 즉 오도아르도의 저항의식을 실천의지가 결여된 충동적인 것으로 그리고 있다. 이것은 작품에서 일반대중이 배제된 것과 맥을 같이하며, 그 당시 사람들의 정치의식의 한계를 반영한다.

용감한 고급 장교 출신인 오도아르도가 시종일관 수동적으로 부당한 조치에 따를 수밖에 없는 원인이 절대주의 국가체제, 즉 권력자가 자신의 부도덕한 욕망을 충족시키기 위해 권력을 남용해도 막을 장치가 없으며, 모든 불행의 단초를 제공한 제후가 벌을 받기는커녕 오히려 피해자인 오도아르도를 살인범으로 재판해야 하는 정치구조에 있다면, 『에밀리아 갈로티』는 바로 이런 절대주의 체제를 비판하는 비극으로 이해해야 할 것이다. 그러므로 "근대의 옷을 입힌 오래된 로마 시대의 비르기니아 이야기에 불과하옵니다"(B 11/2, 365)라는 레싱이 브라운슈바이크 공작에게 쓴 편지 구절은 본심을 감추기 위한 위장이다. 오도아르도가 딸을 칼로 찌른 후 자살하지 않고 법의 심판을 받겠다고 자청하는 것은 법의 이름으로 자행되는 절대권력의 폭력성을 폭로하려는 의지의 표현이다. 제후가 전형적인 폭군이 아니라 어느 정도 인간성을 추구하는 계몽군주의 면모를 보이고 있음에도 불구하고 이런 비극이 일어나는 것을 통해 절대주의 체제의 위험성이 부각된다[47].

지금까지의 분석을 통해 『에밀리아 갈로티』가 자율성보다는 강제에 의해 보장되는 시민계급의 도덕률과 함께 무책임한 지배계급의 도덕 불감증을 비판하는 비극임이 밝혀졌다. 『엘밀리아 갈로티』는 고삐 풀린 열정의 파괴력, 이성과 감정의 부조화뿐만 아니라 계층간의 갈등

---

47) S. Sanna: 같은 책 96쪽.

을 그리고 있다. 이로써 이 작품을 단순히 가정극으로 볼 것이냐, 아니
면 절대주의 체제를 비판하는 사회극으로 해석할 것이냐는 해묵은 논
쟁은 이제 종결을 보게 된 셈이다. 레싱은 이 두 측면을 하나로 연결함
으로써 시민계급의 해방 운동이 그 자체의 모순과 적대 세력에 의해
좌절할 위기에 처한 역사적 현실을 효과적으로 그려내는 대가다운 면
모를 보인다[48].

아버지가 딸을 죽이는 이 작품의 결말이 "미학적, 도덕적 또는 정
치적 관점으로도" 독자나 관객을 만족시키지 못한다고 키젤은 지적한
다[49]. 그것은 종교적 관점이나 계몽주의적 관점으로도 비인간적이다.
주어진 계기와 그에 따른 극단적인 행위가 심한 불균형을 이루고 있
어 자연스럽지 못한 것 또한 사실이다. 비극론에서 언급한 바와 같이
레싱은 『함부르크 연극평』에서 희곡은 "영원한 창조자가 창조한 전체
의 실루엣"(VI, 598)이어야 한다고 말한다. 이 주문은 『에밀리아 갈로
티』에서는 이행되지 않는다. 세상사를 주관하는 신의 섭리는 보이지
않는다. 아버지에 의한 딸의 살해는 아무도 원치 않은 결과이고, 등장
인물은 모두 실패하기 때문이다. 만족스럽지 못한, 그래서 열린 결말
은 우리로 하여금 그 의미를 곰곰이 따져 보게 한다. 파국에 이르게 한
두 요소, 즉 자율적으로 문제를 해결하는 능력을 저해하는 시민계급의
교육과 권력의 남용이 함께 비판되고 있다는 점에서 생각의 실마리를
찾을 수 있다. 시민계급은 소극적으로 사적 영역으로 움츠러들어 스스
로를 사회로부터 격리시킬 것이 아니라, 능동적으로 사회생활에 참여
하고 지배계층의 간섭과 월권에 적극적으로 대응해야 한다. 그러기 위
해서는 강제가 없는 도덕성, 감성과 이성을 조화시키는 능력, 문제를

48) P. Alt: Tragödie der Aufklärung, 266쪽 참조.
49) W. Barner u. a.: 같은 책 207쪽.

자율적으로 해결하는 역량 등을 길러야 한다. 그리고 권력자는 감정에 지배당할 것이 아니라, 이성으로 통제하여 전체 백성을 위하는 정치를 펼쳐야 한다. 이 두 가지가 함께 어우러질 때 인간들은 보다 인간답고 행복하게 더불어 살 수 있는 세상에 다가갈 것이다. 이것이 계몽운동의 목표이다[50].

---

50) W. Albrecht: 같은 책 79쪽 참조.

『현자 나탄』

V. 『현자 나탄』

– 줄거리

수금을 위한 여행에서 막 돌아온 부유한 유대 상인 나탄은 부재중에 집에 화재가 발생해서 양녀 레햐가 불에 타 죽을 위험에 처했다가 한 젊은 기사단원에 의해 구출되었다는 소식을 듣는다. 레햐는 그 사건을 기적으로 간주한다. 왜냐하면 전투 중 포로가 된 기사단원은 모두 처형되었으나, 회교 왕 살라딘이 오래 전에 행방불명된 동생 아사드와 얼굴 모습이 닮은 그 기사단원만 살려주었기 때문이다. 레햐와 기독교인인 그녀의 유모 다야는 고마움을 표하기 위해 기사단원에게 접근하나, 유대인에 대한 선입견이 있는 그는 그들을 피한다. 하지만 그는 살라딘을 제거하는 데 자신을 이용하려고 획책하는 예루살렘 대주교의 종용에는 따르지 않는다. 민족적, 종교적 선입관이 없는 나탄은 설득을 통해 기사단원의 마음을 움직여 그를 친구로 만든다. 그는 은근히 이 기독교도와 레햐가 짝으로 맺어지기를 바란다.

　경제적으로 어려운 처지에 빠진 살라딘은 누이동생 시타의 권유를 받아들여 나탄의 돈을 뜯어내고 또 그의 지혜를 시험하기 위해 그를 불러 회교 유대교 기독교 가운데 어떤 것이 참 종교인가라는 질문을 던진다. 나탄은 반지비유설화로써 대답을 대신한다. 동방의 한 가문에 소유자를 신과 인간의 사랑을 받게 만드는 신통력을 가진 반지가 있었다. 아버지가 눈을 감을 때 가장 사랑하는 아들에게 이 반지를 물려주고, 이 반지를 받은 아들이 집안의 어른이 되었다. 이렇게 여러 세대가 지나다가 그 반지는 한 아버지의 소유가 되었는데, 그는 세 아들을 똑같이 사랑한다. 어느 아들에게 반지를 물려줄지 결정하지 못한 아버지는 똑같은 반지 2개를 더 만들어서 세 아들에게 나누어주고 눈을 감는다. 삼 형제는 각각 자신의 반지(종교)가 진짜라고 주장해서 다툼이 생겨 법정으로 가게 된다. 현명한 재판관은 반지의 진위를 가리는 유일한 척도로 실제적인 행동을, 즉 신과 인간에 대한 사랑을 내세움으로써 이 형제간의 싸움을 조종한다.' 이 이야기 속에서 세 종교의 비유를 인식한 살라딘은 어떤 종교의 절대적인 참이라는 주장을 이론적으로 증명하라는 자신의 요구가 부당한 것이며, 어떤 형태를 취하건 간에 종교는 실제적인 인간애를 통해 실체를 드러내야함을 깨닫는다. 감격한 술탄은 지혜로운 유대인에게 우정을 제안한다.

그사이 나탄의 집을 방문한 기사단원은 첫눈에 레햐에게 반해 열렬하게 그녀를 아내로 원한다. 이 구혼자가 레햐의 가까운 피붙이일지 모른다는 예감 때문에 나탄은 처음과는 달리 유보적인 반응을 보인다. 이것은 기사단원의 감정을 자극하고 반발심을 불러일으킨다. 레햐가 나탄의 친딸이 아니라 기독교 영세를 받은 고아라는 사실을 다야로부터 들은 기사단원은 대주교를 찾아가 자문을 구한다. 비인간적이고 고약한 대주교는 한 수사에게 기독교 고아를 유대인으로 키운 자를 알아내라고 지시한다. 그런데 이 수사는 18년 전에 기독교도들의 학살로 처자를 모두 잃은 나탄에게 기독교 고아, 즉 레햐를 맡긴 바로 그 사람이다. 수사가 보관하고 있는 레햐 생부의 유품을 통해 기사단원과 레햐가 친남매이고 또 살라딘과 시타의 조카임이 밝혀진다.

1. 생성 배경

『현자 나탄』을 제대로 이해하기 위해서는 먼저 이 작품의 생성 배경을 알아야 한다. 그 자체로서 하나의 독립적인 연구과제가 될 수 있을 이 작품의 생성 동기는 레싱과 함부르크의 주임목사 요한 멜히오르 괴체 사이의 논쟁이다.

함부르크 국민극장이 실패로 돌아간 후 레싱은 브라운슈바이크 공작에 의해 유서 깊은 볼펜뷔텔 도서관 관장으로 발탁되어 1770년 볼펜뷔텔로 이주한다. 소장도서들을 관리하는 것만으로는 도서관장의 직분을 다하는 것이라 보지 않은 레싱은 그가 맡은 도서관에 소장되어 있는 값진 문헌자료들을 부분적으로나마 일반에게 공개할 계획을 세우고 1773년 「역사와 문헌」이란 잡지를 창간한다. 이 잡지의 3호(1774)에 레싱은 이미 1768년에 작고한 라이마루스의 유고『신의 이성적 숭배자들을 위한 변호』의 일부를 「이신론자(理神論者)들의 관용에 관해서. 무명씨(無名氏)의 단편(斷篇)」이란 제목으로 필자를 밝히지 않은 채 공개한다.

동양어문학자로서 명망 있는 중등학교(김나지움) 교사였던 라이마루스는 영국 이신론자들의 사상을 받아들이고 거기에 성서비평과 철학자 크리스티안 볼프의 형이상학을 가미하여 1740년대에 성서와 그에 입각한 기독교 교리 전반을 부정하는 내용의 방대한 글을 썼다. 그러나 구교이건 신교이건 기독교가 수많은 소국으로 분리되어 있는 독일 각 나라의 국교로서 확고한 위치를 차지하고 있는 그 당시의 상황에서 그가 그런 폭발성을 가진 글을 일반에게 공개할 수는 물론 없었다. 2세기가 지난 뒤에야 그 글은 완전하게 출판되었다(hg. von Gerhard Alexander, Frankfurt a. M. 1972). 하지만 그 원고의 여러 사본이 돌아다녔다.

레싱은 함부르크 시절에 라이마루스 일가와 교제가 있었다. 레싱이 그 원고를 입수한 경로는 아직도 확실하게 밝혀지지 않았다. 레싱 자신은 「이신론자들의 관용에 관해서」의 서문에서 원고는 볼펜뷔텔 도서관에서 발굴한 것이며, 필자가 누구인지 알 수 없다고 말한다(VII, 313). 그러나 이것은 필자를 밝히지 않기 위한 위장이다. 라이마루스가 죽고 난 후 그의 딸 엘리제가 그 유고의 일부를 레싱에게 읽어보도록 넘겨주었고, 레싱은 여러 번 조른 끝에 그 유고를 발췌하여 공개해도 좋다는 허락을 얻어내기에 이르렀다고 보는 것이 일반적인 견해이다. 하지만 이것을 입증할 명백한 증거는 없는 실정이다[1].

그 글이 처음 발표되었을 때에는 별다른 반응이 나타나지 않았다. 그러다가 레싱이 이탈리아 여행(1775) 등의 이유로 중단했던 「역사와 문헌」에 대한 작업을 1777년에 재개하면서 이 잡지 4호에 "무명씨의 글 속편. 계시에 관해서"란 제목으로 라이마루스의 유고 일부를 다섯 조각(Fragment)으로 나누어 발표하였다. 그리고 레싱은 이듬해 별도로 「예수와 그 제자들의 목적에 관해서」라는 단편(斷篇)을 출간했다. 그는 라이마루스의 유족을 보호하기 위해 필자를 밝히지 않았고, 각각의 단편에 그 자신의 입장을 정리한 글을 - 「편집자의 반론」 - 덧붙였다. 합리주의적 이신론의 입장에서 성경을 비판하고 계시 개념을 위시해서 기독교 교리 전반을 부정하는 글을 일반 대중에게 공개한 레싱의 의도는 라이마루스의 견해를 지지하려는 것이 아니라, 기독교 교리의 옹호자와 신학에 관해 공개적인 토론을, 어떤 세력에 의해서도 방해받지 않는 토론을 유발하려는 것이었다. 그런 논쟁이 신앙뿐만 아니

---

1) Karl. S. Guthke: Gotthold Ephraim Lessing. 2. Aufl., Stuttgart 1973, 61쪽 참조.

라 이성의 발전에 유익할 것으로 판단했기 때문이다. 라이마루스와는
달리 레싱은 종교를 비판하는 견해를 가능한 한 많은 대중에게 알려
검증 받게 할 시기가 도래한 것으로 보았던 것이다.

「무명씨의 단편」이 다섯 개나 한꺼번에 공개되자, 공격당했다고
생각할 수밖에 없는 기독교계가 가만히 지켜보고만 있을 리 만무했다.
독일에서 기독교는 종교개혁 이후로 신 · 구교로 갈라지고 중세에 가
졌던 독점적인 지배권을 상실하기는 했으나, 아직도 사회적, 정치적으
로 상당한 영향력을 가지고 있었다. 이제 기독교계가 벌떼처럼 들고일
어나는 것은 지극히 당연한 일이었다. 교회에서는 「단편」을 반박하고,
그 필자와 그것을 편집 · 발행한 레싱을 비난하는 설교가 이어졌으며,
대학에서는 「단편」을 반박하는 강의가 개설되었다. 1778년 한 해에 발
표된 반박문이 20종 이상이나 되었다. 그리고 보수적이건 진보적이건
성향을 가리지 않고 신학자, 성직자들이 교회와 국가기관을 동원해 레
싱에게 압력을 가하려고 시도했다[2]. 이리하여 좁게는 논쟁으로 점철
된 레싱의 일생에서 최후이자 최대의 논쟁이, 그리고 넓게는 종교개혁
이후 가장 격렬한 신학 논쟁이 전개되었다. 이 논쟁은 일반적으로 단
편논쟁이라 불리는데, 그 까닭은 레싱이 문제가 된 라이마루스의 유고
를 단편(斷篇)으로 나누어 공개했기 때문이다.

맨 먼저 반론을 제기하고 나선 사람은 허노퍼시의 여학교 교장 요
한 다니엘 슈만이었다. 뒤이어 볼펜뷔텔 교구 감독 요한 하인리히 레
스, 전직교장 마쇼, 실버슐라크 목사 등등이 목소리를 높여 라이마루
스의 주장을 반박하고 나섰다. 그러나 이들은 레싱의 적수가 되지 못
했다. 레싱은 슈만의 반론을 「성령과 권능의 증거에 관해서」와 「사도

---

2) Wolfgang Kröger: Gotthold Ephraim Lessing. *Nathan der Weise*. Oldenbourg Interpretationen Bd. 53,
   3. überarb. Aufl. München 1998, 16쪽 참조.

요한의 유언」이란 글로써, 그리고 레스의 공격은 유명한 글 「제2답변」
(1778)으로 가볍게 물리쳤다.

함부르크 시절에 레싱과 면식이 있던 주임목사 요한 멜히오르 괴
체가 마지막으로 기독교계의 대변자로 나서 라이마루스의 주장뿐만
아니라 그런 '불경한' 글을 학술어인 라틴어로가 아니라 아무나 읽을
수 있는 독일어로 공개한 레싱을 공격함으로써 단편논쟁은 본 궤도에
진입하게 되었다. 무게 있는 기독교 교리의 옹호자와 신학에 관한 공
개토론을 도발하려는 레싱의 의도가 마침내 달성되었던 것이다. 이미
언급했듯이 단편을 공개하면서 레싱이 의도한 바는 라이마루스의 견
해를 지지하는 것이 아니다. 그 자신의 입장은 라이마루스의 각 단편
에 붙인 「편집자의 반론」에서 드러나는 바와 같이 라이마루스의 입장
뿐만 아니라 괴체가 대변한, 신·구약의 언어 영감설(靈感說)을 고수
하는 정통 루터교의 교리와도 상당한 거리가 있다. 그가 기독교 교리
의 실체를 확신한 것은 그것의 합리성 또는 그것의 역사적 계시 기록,
즉 성경의 권위 때문이 아니라, 자세히 정의할 수는 없으나 감정적으
로 직접 확실하게 느낄 수 있는 내적인 진실성 때문이다[3].

뒤에 다시 자세하게 인용하게 될 칸트의 "이성을 사용하라"는 구
호를 실천이라도 하려는 듯, 그리고 『젊은 학자』를 논하면서 자세하게
인용한 「제2답변」에서 피력한, 진리는 오로지 신만이 소유할 수 있을
뿐이고, 인간의 가치는 진리를 향한 성실한 노력에 의해 결정된다는
입장에 입각하여 모든 권위를 비판적으로 검증하려는 레싱 그리고 신
의 계시에 의한 기독교 교리는 비판적 검증의 대상이 될 수 없는 권위
라고 주장하는 괴체 사이에 불꽃 튀기는 논쟁이 전개된다. 레싱은 이

---

3) K. S. Guthke: 같은 책 62쪽 참조.

논쟁 중에 여러 글을 - 「비유설화. 한 작은 부탁 그리고 경우에 따라 거절로 볼 수 있는 글과 함께」, 「자명한 이치」, 11편의 『반(反)괴체』, 「아주 불필요한 질문에 대한 답변」과 이것의 「제1호」 - 발표한다. 이것들 가운데 『반괴체』가 가장 두드러지며, 레싱의 산문 가운데 가장 뛰어난 것으로 평가되고 있다.

　레싱은 이 단편논쟁으로 인해 사회적으로 고립되며, 글을 쓰고 출판하는 자유를 박탈당하고, 수많은 인신공격을 당하는 등 실로 값비싼 대가를 치러야 했다. "『민나 폰 바른헬름』과 『에밀리아 갈로티』의 저명한 작가가 그의 전통적 관객, 가장 가까운 친구들에게도 수수께끼처럼 알 수 없는 사람, 분노를 불러일으키는 사람이 되었던"[4] 것이다. 그러나 레싱은 이런 감당하기 힘든 희생에도 불구하고 불씨를 살려 단편논쟁을 계속 이어가는 데에 힘을 쏟았다. 그가 「단편」을 반박하는 여러 견해들을 논평하면서 비판의 강도를 높이는 한편, 모순이나 자가당착에 빠지는 것도 서슴지 않았던 것은 종결하는 판결을 내리지 않고 논쟁의 불씨를 계속 살리려고 했기 때문이다. 그가 추구한 목표는 진리를 찾는 데 있어서 논쟁이 당연하고 불가피함을 인식시키고 인정받는 것이었다. 그는 종교에 대해서도 공개적으로 자유롭고 비판적으로 글을 쓰고 발표할 권리가 보장되어야 한다는 입장을 시종일관 굽히지 않았다. 따라서 괴체와의 논쟁은 신학 문제에 국한되지 않는 계몽 대 반계몽의 싸움이었다.

　레싱은 논쟁의 상대를 설득하려는 노력을 기울이는 한편, 독서 대중을 토론의 파트너로 끌어들이려고 노력한다. 그의 글, 특히 『반괴체』에서 두드러지게 나타나는 대화체, 독자를 직접 사고와 논리 전개 과

---

4) W. Kröger, 같은 책 16쪽.

정에 끌어들이려는 독특한 서술방식은 이런 노력의 일환이다. 괴체가 보기에 학자들이 학술어인 라틴어로 진행해야 마땅할 학술적인 토론을 레싱은 교육을 덜 받은 일반 대중에게도 중요한 문제로 다룬다. 레싱은 계몽 운동의 지속이 절실한 과제임을 합리적으로 생각하는 모든 사람들에게 인식시키기 위해 노력한다. 독서 대중을 계몽 운동에 적극적으로 참여시키고, 계몽을 돌이킬 수 없는 것으로 만드는 세력으로 양성하는 것이 그의 궁극적인 목표이다. 그리고 이것은 괴체가 대표하는 반계몽 운동에 대한 그의 대응책이다[5]. 교회측이 무어라 해도 독자들이 받아들이면, 라이마루스의 유고 공개는 정당화된다는 것이 레싱의 생각이다.

논쟁이 격렬하게 진행되자 괴체를 위시한 기독교계는 이런 경우에 늘 사용하는 방식에 따라 적대자를 이단으로 낙인찍을 뿐만 아니라, 사회와 국가의 불온분자로 매도함으로써 레싱에게 불리한 여론을 불러일으키려고 획책하였다. 기독교계의 사주에 의해 성서와 신학에 대한 비판이 사회생활을 해치고, 대중을 선동해 국가체제의 전복을 꾀하는 잠재적인 위험이라고 매도하는 캠페인이 벌어졌다. 그리고 레싱에게 압력을 행사하라고 브라운슈바이크 당국을 종용했다. 이 전략은 주효해서 구체적인 결실을 맺게 된다. 레싱의 고용주인 브라운슈바이크 공작은 근본적으로 교회와 이해관계를 같이하는 군주이기 때문에 1778년 7월 6일 레싱에게 「역사와 문헌」의 인쇄와 배포를, 그리고 일주일 후 『반괴체』의 속편 출간을 금지시킨다. 그리고 한 걸음 더 나아가 동년 8월 3일에는 브라운슈바이크 영토 밖에서 단편논쟁과 관련

---

5) Wolfgang Albrecht: Gotthold Ephraim Lessing. Sammlung Metzler Bd. 297. Stuttgart/Weimar 1997, 86 쪽 참조.

있는 글을 발표하는 데에도 당국의 허락을 받으라는 조치를 취한다.

레싱은 졸지에 손발이 묶이게 되었다. 그러나 그는 이 일련의 조치에 고분고분 따르지 않고 나름대로 저항했으나, 브라운슈바이크 공작의 녹을 먹는 관리의 신분이라 운신의 폭은 극히 좁았다. 그는 결국 그 조치에 순응할 수밖에 없었다. 그러나 그가 아무 대책 없이 손을 뗀 것은 아니었다. 이전에 구상해두었던 한 희곡작품의 내용이 단편논쟁과 유사하다는 것을 기억해낸 레싱은 그것을 완성시킴으로써 논쟁을 계속하려는 복안을 가지고 있었던 것이다. 그가 1778년 9월 6일 엘리제 라이마루스에게 그리고 동년 11월 7일 동생 칼에게 보낸 편지가 이를 증언한다.

> 최소한 내가 나의 옛 설교대인 무대에서 방해받지 않고 설교하도록 그들이 내버려둘 작정인지 아닌지 나는 시험해 보아야 되겠소 (B 12, 193).

> 지금 나는 그것(『나탄』)을 그저 다시 꺼내들었다. 계획을 조금 바꾸기만 하면, 그것으로써 적의 다른 측면을 찌를 수 있다는 생각이 갑자기 떠올랐기 때문이다 (B 12, 207).

레싱의 마지막 희곡작품은 이렇게 생성되었다. 그러므로 『현자 나탄』은 신학 논쟁의 테두리 안에서 레싱이 행한 마지막 발언이다. 그리하여 프리드리히 슐레겔은 이 작품을 "『반괴체』 제12호"[6]라 칭했다.

---

6) Friedrich Schlegel: Über Lessing. In: G. E. Lessing (Wege der Forschung), hrsg. v. G. und S. Bauer. Darmstadt 1968, 28쪽.

2. 계몽주의의 관용사상

『현자 나탄』의 주제가 관용이기 때문에 작품 분석에 들어가기에 앞서 유럽 계몽주의 시대의 관용사상에 대해 간략하게나마 언급하는 것이 필요하다.

　유럽의 18세기는 시민계급이 역사의 전면에 나서서 이성과 합리주의를 무기로 삼아 기존의 권위와 가치에 대항해 치열하게 투쟁을 전개했던 시대이다. 계몽주의로 불리는 이 시대가 끝나갈 무렵 칸트는 계몽주의를 "인간이 자초한 미성숙 상태로부터 벗어나려는" 운동이라고 정의하면서 "용기를 내어 네 자신의 오성을 사용하라"[7]는 구호를 제창하였다. 이 구호의 전제가 되는 것은 모든 인간이 이성을 소유하고 있다는 사실이다. "이성의 시대, 계몽의 세기, 문명과 진보의 새시대의 새벽에 살고 있다"[8]고 생각한 계몽주의자들은 모든 인간이 민족, 종교, 신분계급의 구별 없이 창조주로부터 올바르게 판단하고 참과 거짓을 구별하는 능력, 즉 이성을 부여받았다고 믿었다. 인간이 천부적인 이성을 사용함으로써 행복해질 수 있다는 것이 계몽주의자들의 신념이었다. 그들이 아무런 제약 없이 이성을 사용할 자유를 요구했던 것은 자연스러운 귀결이다. 그들은 기존의 가치와 규범을 무비판적으로 수용하지 않고, 이성으로써 자연과 사회의 모든 현상을 검증하여 옳은 것은 받아들이고 틀린 것은 타파하려고 하였다. 그 당시 사회를 지배하던 것은 두 가지 권위였다. 하나는 전제군주의 정치적 권위이고 다른 하나는 교회의 권위였다. 이것들 역시 검증의 대상이 되었다. 그

---

7) Kant: Beantwortung der Frage: Was ist Aufklärung? In: Was ist Aufklärung, hrsg. v. E. Bahr. Stuttgart 1974, 9쪽.
8) F. E. Manuel / 차하순 역: 계몽사상시대사, 탐구신서 114. 서울 1983, 5쪽.

결과 프랑스 대혁명이 일어나 구체제가 무너지게 되었다.

그러나 시민의식이 성장할 여건이 마련되지 못한 독일에서는 전제 군주의 절대권에 대한 도전은 일어나지 않았다. 영국이나 프랑스에 비해 시민계급의 성장이 뒤졌고 또 시민계급의 정치 참여가 원천적으로 봉쇄되어 있던 독일에서 계몽주의자들의 관심은 정신 분야에 집중될 수밖에 없었다. 그래서 그들은 교회의 지배로부터 벗어나 자유를 찾으려는 노력을 기울였다. 종교는 국가가 간섭해서는 안 되는 개인적인 일이라는 인식을 확산시키고 인정받는 것이 그들의 일차적인 목표였다. 계몽주의를 정의할 때 칸트가 염두에 두었던 것은 정치적 성숙이 아니라 종교 분야에서의 성숙이었다. 카톨릭을 국교로 채택한 스페인이나 프랑스와는 달리 독일에서는 16세기 루터의 종교개혁 이후 카톨릭, 루터교, 칼뱅교가 법적으로 공인되어 동등한 지위를 누리며 병존하였다. 이런 상황은 기독교의 다른 소수종파 그리고 기독교 이외의 다른 소수종교, 특히 유대 민족에 대한 차별을 불합리한 것으로 보이게 하였다. 그리하여 계몽주의자들은 이들 소수종파와 기독교 이외의 다른 종교가 사회적 인정과 국가의 보호를 받지 못하는 이유가 무엇이냐는 물음을 제기하면서 그들에 대한 관용을 요구하였다[9]. 이리하여 관용이 독일 계몽주의의 근본 바탕을 이루는 사상 가운데 하나가 되었다. 그리고 계몽주의자들은 이러한 배경에서 세계시민정신을 주창하였다.

관용의 요구는 독일에 국한된 것이 아니라 범유럽적인 현상이었다. 종교들 사이의 갈등은 유럽에서 끊임없이 발생했으며 종종 끔찍한 결과를 초래했다. 굵직굵직한 사건을 몇 개만 골라 열거하자면, 탄압

---

9) Wilfried Barner, Gunter Grimm, Helmuth Kiesel, Martin Kramer.: Lessing. Epoche - Werk - Wirkung. 4. Aufl. München 1981, 304쪽 참조.

을 견디지 못한 프랑스 개신교도들(위그노)의 국외이주(17세기 말), 폴란드 토른에서 벌어진 신교도 10명의 처형(1724), 오스트리아 잘츠부르크 개신교도들의 추방(1729), 프랑스 신교도 장 칼라스에게 내려진 극형(1762) 등등이다. 칼라스 사건은 볼테르로 하여금 『관용론』이란 저서를 쓰게 만드는 계기가 되었다. 이 일련의 사건들은 비인간적이고 극단적인 결과를 초래하는 맹신과 광신, 종교적 독선과 타종교에 대한 선입견이 얼마나 비이성적이고 불합리한 것인지 보여주었다. 그에 대한 대안으로 관용이 대두된 것은 자연스러운 현상이었다. 라이프니츠, 로크, 볼테르 등 유럽 각국의 대표적인 사상가들이 관용을 요구하였다.

레싱도 일찍부터 사회에 공존하는 여러 종교집단간의 관용에 대한 논의에 적극적으로 가담하였다. 그의 마지막 희곡 『현자 나탄』은 독일 계몽주의의 관용사상을 논하는 자리에서 뺄 수 없는 중요한 위치를 차지하는 작품이다. 그러나 관용을 주제로 한 그의 작품은 이것만은 아니다. 앞에서 살펴본 바와 같이 그는 30년 전에 이미 과감하게 사회의 금기를 깨고 희극 『유대인들』로써 유대인에 대한 편견과 차별이란 사회적 문제를 공개토론에 붙였다. 그리고 『자유신앙주의자』의 주제도 관용이다. 『유대인들』과 『현자 나탄』을 비교해보면, 유대인 문제에 대한 레싱의 시각이 크게 발전했음을 쉽게 알아차릴 수 있다. 초기 희극의 주인공 여행자는 유대인이라는 사실을 의도적으로 감추지는 않으나 자발적으로 털어놓지도 않는다. 그리고 그의 관용에 대한 호소도 소극적인 수준에 머무른다. 그러나 그의 마지막 희곡의 주인공 유대인 나탄은 몸소 관용을 실천할 뿐만 아니라, 선입관과 편견을 가진 사람들을 교화하여 그것을 극복하게 하는 적극적인 모습을 보인다. 유대인에 대한 편견이 보편화된 독일 사회에서 레싱이 유대인을 대리인으로

내세우고 또 그를 관용정신의 화신으로 만들어서 관용을 설파한 것은
크게 주목할만한 일이 아닐 수 없다. 그것은 관용 그 자체이다[10]. 레싱
은 관용을 주제로 한 작품을 썼을 뿐만 아니라, 실생활에서도 관용을
실천하였다. 잘 알려진 바와 같이 레싱은 죽을 때까지 유대인 모세스
멘델스존과의 우정을 유지했다. 멘델스존은 나탄의 모델로 알려져 있
다.

3. 반지비유설화 (Ringparabel)

이미 언급한 바와 같이 『현자 나탄』의 주제는 종교적 관용의 문제이
다. 단편논쟁이 진행되는 도중에 괴체는 「레싱의 약점 2」를 통해 레싱
에게 "기독교를 어떤 종교로 이해하고 또 어떤 종교를 진정한 종교로
인식하며 받아들이는가?"(VIII, 270-1)라는, 중세의 종교재판을 연상
시키는 질문을 던진다. 작품 속에서 회교 왕 살라딘이 이와 비슷한 질
문을 나탄에게 한다.

> [...] 내게 한번 말해주시오 -
> 어떤 믿음이, 어떤 율법이
> 그대를 가장 승복시켰소? (II, 273-4)

살라딘은 회교, 유대교, 기독교 가운데 "어느 것 하나만이 / 참 종교
일 수 있다"고 생각한다. 그러나 회교 왕은 괴체처럼 단도직입적으로

---

10) 장연희: G. E. 레싱의 인간론 연구. 숙명여자대학교 박사학위논문 1999, 114쪽 참조.

나탄이 믿는 종교, 진리가 무엇이며 어떤 종교가 참 종교냐고 묻지는 않는다. 살라딘은 기독교도 회교도 유대인이 비록 서로 전쟁을 하고 있긴 하지만, 자신의 통치하에 함께 섞여 살고 있는 중세의 예루살렘 이라는 시대적, 지역적 현실의 바탕 위에서 한 개인이 여러 종교 가운데 하나를 선택해 믿는 것은 기정사실로 인정하고 다만 그 "근거"를 묻는다. 살라딘은 개인이 진리를 찾아 노력할 권리는 인정한다. 키젤이 지적하고 있는 바와 같이 "이로써 질문은 이론적 신학적인 것에서 윤리적인 것으로 변한다"[11] 따라서 개인이 자신의 신앙에 대해 얼마나 타당한 근거와 신념을 갖고 있는가가 문제된다. 그래서 살라딘은 나탄 같은 현인은 더더욱 종교를 선택하는 데 있어서 단순히 "출생의 우연"을 따르지 않고, "보다 나은 것을 선택할" 것이기 때문에, 그 "선택"의 "근거"(이상 II, 274)를 말해달라고 주문하는 것이다.

살라딘은 어떤 것이 참 종교인가라는 문제에 대해 나탄의 "가르침"(II, 273)을 청하면서 그 문제를 "스스로 숙고해볼 시간이 / 없었기"(II, 274) 때문이라고 이유를 댄다. 그는 이 문제가 이성으로써 해결될 수 있으며, 남이 그를 대신해 정답을 찾아 알려주기를 바란다. 이것은 나탄/레싱이 수용할 수 없는 입장이다. 세 계시종교 가운데 어떤 것이 참 종교인가라는 문제는 본질적으로 해결될 수 없는, 따라서 성립될 수 없다는 것이 나탄의 기본적인 입장이다. 그는 유대인이지만 유대교만이 참 종교라는 독선적인 사고에서 벗어나 다른 종교들도 인정한다. 그리고 스스로 생각해서 문제를 풀지 않고 남에게 맡기는 태도는 계몽주의 정신에 어긋난다. 나탄은 절대권력자의 심기를 건드리지 않으면서 그 스스로 이런 점을 깨우치도록 유도하는 방법을 찾아내야 한다.

---

11) W. Barner u. a.: 같은 책 310쪽.

괴체의 질문이 레싱을 이단으로 몰기 위한 불순한 저의에서 나온 것 같이 살라딘의 질문도 부유한 상인의 돈을 노리는 불순한 저의에서 나온다. 살라딘은 전쟁의 와중에서 재정적 위기를 맞이하나 타개할 방도가 없어 고심하고 있다. 그의 누이 시타가 오라버니에게 유대 상인 나탄에게 올가미를 씌워 필요한 돈을 조달하라고 권유한다. 종교 때문에 전쟁이 벌어지고 있는 상황에서 종교는 폭력으로 이용될 수 있다. 권력자와 힘없는 백성 사이에서 종교의 차이는 전자에게는 후자를 억누를 빌미가 될 수 있고, 역으로 후자에게는 치명적인 약점으로 작용할 수 있다. "약자들에게 그들의 약점 이외에 어떤 폭력이 필요하겠어요?" (II, 247)라는 시타의 말은 바로 이 점을 지적하는 것이다. 이 "약점"을 이용해 나탄을 옭아매려고 궁리해낸 계책이 바로 그 질문이다.

살라딘의 질문은 나탄을 진퇴유곡의 궁지에 빠뜨린다. 그것은 비록 "선택"의 "근거"를 묻는 형식을 취하긴 했으나, 내용적으로는 어떤 종교가 참 종교냐는 물음이나 다름없기 때문이다. 나탄은 유대인으로서 당연히 유대교라고 대답해야겠지만, 그렇게 곧이곧대로 대답할 수 없는 입장이다. 그리고 회교라고 대답할 수도 없다. 바로 이것이 그의 "약점"이다. 살라딘이 납득할 만한 "근거"를 대지 못하고 유대교라고 대답하는 것은 회교가 참 종교가 아니라고 말하는 것이나 다름없으며, 이것은 회교 군주 앞에서 회교를 모독하는 행위가 될 것이기 때문이다. 그리고 이슬람교라고 대답하는 것은 자신의 종교를 부정하는 것일 뿐만 아니라, 회교로 개종하지 않은 이유에 대한 추궁이 뒤따를 것이 불을 보듯 뻔하다[12]. 어떻게 대답하든 나탄은 올가미에 걸려들어 돈을 내놓지 않을 수 없는 처지이다. 이것이 시타가 궁리해낸 계책의 실체이다.

---

12) W. Kröger: 같은 책 46쪽; 장연희: 같은 글 115쪽 참조.

나탄은 함정에 빠졌음을 깨닫고 빠져 나올 방도를 궁리한다. 하지만 그에게 돈은 문제되지 않는다. 그는 탁발승으로서 회교 왕의 재무관 역할을 하고 있는 알 하피를 통해 회교 군주의 재정난을 이미 알고 있기 때문에, 살라딘이 그를 부른 목적이 무엇인지 짐작하고 있다. 그리고 나탄은 기꺼이 금전적으로 회교 군주를 도와줄 용의를 가지고 있다. 그가 장기간 집을 비운 사이 그의 집에 화재가 발생해서 그의 딸 레햐가 목숨을 잃을 뻔했는데, 우연히 그 곁을 지나던 기사단원이 용감하게 불 속으로 뛰어들어 레햐를 구해냈다. 회교 왕이 전쟁포로인 그 기사단원을 처형 직전에 사면해주었기 때문에 그런 기적 같은 일이 일어날 수 있었다고 나탄은 생각한다. 그는 살라딘이 그에게 "이중, 삼중의 생명을 선사해주었다"고 간주한다. 그래서 그는 그 큰 은혜에 보답하려고 살라딘을 위해 "모든 일을 다할 준비가 되어 있다"(이상 II, 255). 그러므로 그가 함정에서 빠져 나오기 위해 고심하는 것은 돈을 내놓기 싫어서가 아니라, 살라딘의 질문 자체에 대한 거부감 때문이다.

나탄은 지혜를 동원해 해결책을 찾아낸다. 그것은 살라딘의 질문에 직접 대답하지 않고 살라딘 스스로 생각하도록 유도하는 우회적인 방법이다. "이거야! 이게 나를 / 구할 수 있겠어! 아이들만 동화로 따돌리는 / 게 아냐."(II, 275). 그가 생각해낸 "동화"가 바로 저 유명한 반지 비유설화이다. 비유설화는 교훈적인 알맹이를 담고 있는 재미있는 이야기다. 그러므로 비유설화를 통한 나탄의 "가르침"에는 재미와 계몽 두 가지 차원이 있다. 단순히 재미 차원으로 만족하거나, 또는 교훈적인 알맹이를 파고 들어가 깨우침을 얻건 간에, 그것은 전적으로 수용자에게 달려 있다. 살라딘이 그것을 어떻게 받아들이건 나탄에게는 전혀 문제되지 않는다. 살라딘이 교훈을 이해하고 깨우침을 얻으면 금상

첨화겠지만, 그렇지 않고 이야기를 그저 재미있는 것으로 받아들여 즐기고 돈을 내놓으라고 해도 좋다. 앞에서 설명한 바와 같이 나탄은 살라딘을 기꺼이 도울 마음을 가지고 있기 때문이다. 하지만 살라딘이 어떤 반응을 보일지 예측하기는 결코 어려운 일이 아니다.

　반지비유설화의 중요성은 작품의 한 가운데에 위치하고 있다는 점에서 이미 암시된다. 실제로 이것은 『현자 나탄』의 핵심을 이루고 있으며, 작품의 의미를 해석하는 데 열쇠가 된다. 그런데 이 반지비유설화는 레싱의 독창이 아니라, 오래 전부터 전승되고 여러 작가들이 다루어서 널리 알려진 것이다. 이 소재에 대한 연구는 이미 끝난 것이나 다름없기 때문에 여기서 다시 상론할 필요는 없을 것이다[13]. 신분계급이 높은 강자가 약자를 함정에 빠뜨리기 위해 대답하기 곤란한 질문을 던지고, 약자가 그 곤경에서 벗어나는 것은 그의 재치나 지혜에 달려 있다는 것이 이 이야기들의 기본 틀이다. 레싱도 이 기본 골격은 그대로 유지한다.

　앞에서 인용한 적 있는 엘리제 라이마루스에게 보낸 편지에 언급되어 있는 바와 같이 레싱이 모범으로 삼은 것은 보카치오의 『데카메론』 첫째 날 세 번째 이야기다. 그러나 그는 유대인 멜히세덱의 이야기를 있는 그대로 차용하지 않고 부분적으로 변화시킬 뿐만 아니라, 그 자신의 세계관과 『현자 나탄』의 주제를 알게 하는 대목을 추가한다. 따라서 이 차용은 창조적 수용이라 말할 수 있으며, 『함부르크 연극평』 마지막 편에 나오는 그 자신의 표현에 따르면 "남의 재화를 겸손하게 빌리는"(IV, 694) 것이라 하겠다. 가장 중요한 변화는 다음 세가지다. 첫째, 보카치오의 이야기에서 모조반지 두 개가 진품과 아주 흡

---

13) 이에 대해서 장연희: 같은 글 136-8쪽 참조.

사해서 모조반지를 만들도록 주문한 아버지조차 진품을 가려내기가 쉽진 않으나, 그것이 불가능하다고 단정짓지는 않는다. 이와는 달리 『현자 나탄』에서는 모조품이 진품과 완전히 똑같아서 구별이 불가능하다고 되어 있다. 둘째는 반지의 효능에 관한 사항이다. 원전에는 반지의 소유자가 소유만으로 가장의 권리를 계승하는 것으로 되어 있는데 반해, 레싱은 반지에 "신비한 힘을" 부여한다.

> **나탄** :보석은 오팔이었는데
> 온갖 영롱한 광채를 발했사옵니다.
> 그리고 그 반지를 그러한 확신 속에서 끼고 있는 사람을
> 신과 인간의 사랑을 받도록 만드는 신비한 힘을 지녔나이다 (II, 276).

그리고 소유자의 "확신"을 "신비한 힘"이 발현되는 조건으로 만든다. 셋째, 레싱은 보카치오에 없는 재판관을 도입한다. 유기적으로 연결되어 있는 이 세 변화가 갖는 의미에 대해서는 조금 뒤에 언급하겠다.

회교 왕은 "이야기를 하나 하게" (II, 276) 허락해달라는 나탄의 청을 기꺼이 허락한다. 그도 이야기를 좋아하기 때문이다. 그러나 그는 나탄이 하는 이야기의 의미를 파악하기 전까지는 이야기 속으로 완전히 빨려 들어가지 않고 거리를 유지하면서 이야기를 빨리 끝내라고 재촉한다. 나탄은 다음과 같이 이야기를 일단 끝낸다.

> [...] 진짜 반지는 입증되지
> 않았나이다. - (회교 왕의 답변을 기다리며 잠시 침묵한 후)
> 지금 우리에게 - 옳은 믿음이
> 입증될 수 없는 것이나 다름없나이다 (II, 277-8).

지문이 암시하는 바와 같이 나탄은 살라딘 스스로 들은 이야기를 자신의 질문에 대한 간접적인 답변으로 받아들이기를 기대한다. 그러나 술탄은 그가 기대하는 반응을 보이지 않고 침묵한다. 이에 나탄이 직접 반지비유설화는 참 종교가 "입증될" 수 없음을 말하는 것이라고 설명한다. 그러나 살라딘은 납득할 수 없다는 듯 반문한다. "무엇이라고? 그게 내 질문에 대한 답변이란 말이오?" 살라딘은 참 종교를 가려낼 수 없다는 나탄의 변명을 받아들이지 않고, 그가 적시한 세 계시종교는 구별될 수 있다는 입장을 고수하면서, 그 증거로 "의복"과 "음식"(이상 II, 278)의 차이를 열거한다. 살라딘이 비유설화의 의미를 제대로 이해하지 못하기 때문에, 나탄은 이야기 차원에서 현실 차원으로 돌아오지 않을 수 없다. 살라딘이 내세우는 계시종교들의 분명한 현상적인 차이점들에 대해 나탄은 종교들의 역사성에 근거한 공통점을 내세운다.

> **나탄** : 단지 그 근거에 있어서 만은 구별되지 않사옵니다. -
> 그도 그럴 것이 이 종교들은 모두 역사에 근거하지 않사옵니까,
> 기록되었거나 구전된 역사에? - 그리고
> 역사는 그저 신의와 믿음으로
> 받아들여야 하는 것 아니겠사옵니까? (II, 278)

크뢰거가[14] 설명한 바와 같이 나탄은 계시종교들의 역사적 형태로부터 역사는 믿을 수 없으며, 따라서 "역사를 받아들임"에 있어서 "신의와 믿음"이 반드시 필요하다는 결론을 내린다. 이로써 그는 살라딘이 자신의 이야기를 너무 단순하게 해석했음을 깨우쳐준다. 계시종교

---

14) W. Kröger, 같은 책 46-7쪽 참조.

들은 겉으로 드러나는 현상이 아니라 근거의 본질적인 역사성으로 인
해 객관적으로 그 진실성을 입증할 수 없다는 것이다.

> **나탄** : 어찌 폐하께서 조상님들을 믿으시는 것보다 신이
> 제 조상님들을 덜 믿겠나이까? 그 역도 마찬가지이옵니다.
> 신이 제 조상님들을 거역하지 않기 위해 어찌 폐하께
> 폐하의 조상님들께서 옳지 않음을 증명하라고
> 요구할 수 있겠나이까? 그 역도 마찬가지이옵니다.
> 기독교인들의 경우도 같사옵니다. 안 그렇사옵니까? (II, 278)

　나탄은 이렇게 살라딘의 질문에 답할 수 없는 근거를 설명한다. 그
러자 살라딘은 당황하면서도 나탄의 반문을 긍정하지 않을 수 없다.
"(오, 맙소사, 저 사람 말이 옳아. 입을 다물 수밖에 없군)"(II, 278). 이
로써 살라딘은 참 종교에 대한 자신의 질문이 잘못 된 것임을 인정한
다. 이제부터 이야기를 듣는 그의 태도가 확연하게 달라진다. 그는 기
꺼이 교훈을 받아들일 자세를 가지고 진지하게 나탄의 이야기에 흥미
를 보이면서 그 안으로 완전히 빨려 들어간다. 그는 궁금증을 참지 못
하고 이야기를 재촉하기도 하고 - "그러면 재판관은? 그대가 재판관에
게 어떤 말을 / 시킬 것인지 듣고 싶소. 어서 얘기해 보시오." - 또 "훌
륭해, 멋있어"(이상 II, 279)라는 추임새를 넣기도 한다. 적극적인 관심
을 가지고 이야기를 듣는 살라딘의 태도는 레싱이 이상적으로 생각한
독자 내지 관객의 태도이다.
　나탄은 살라딘에게 "폐하께서 그 약속된 현인이라고 / 느끼신다
면"(II, 280), 즉 진짜 반지를 가려낼 수 있는 "현인"이냐고 묻는 것으
로 이야기를 다시 현실로 가져오면서 마친다. 그는 이보다 일찍 이야

기를 끝낼 수 있었다. 그는 실제로 모조반지 두 개를 만들게 한 아버지가 삼 형제에게 반지를 하나씩 주고 죽었다는 대목에서 이야기가 끝났다고 말한다. 그러나 그는 이야기를 계속한다. 그리고 살라딘이 계시종교들이 구별되지 않는다는 그의 의견에 완전히 동의하는 시점도 이야기를 마칠 수 있는 기회이다. 그러나 나탄은 이야기를 끝내지 않고, "우리의 반지 이야기로 / 다시 돌아가 보시지요"(II, 278)라고 운을 뗀 뒤 이야기를 계속한다. 계속되는 이야기의 중심인물은 재판관이다. 레싱이 보카치오의 원전 내용을 약간 바꾸고 - 진짜 반지와 모조반지들이 구별되지 않으며, 반지에 "신비한 힘"을 부여하고 "확신"을 그 전제조건으로 내세운 점 - 재판관을 새로 도입했음을 앞에서 언급했다. 이제 그 의미를 살펴볼 때가 되었다. 결론적으로 말해 내용적 변용의 목적은 레싱이 반지비유설화에 그 나름의 새로운 의미를 부여하기 위해서이고, 레싱이 원전에 없는 재판관을 등장시킨 목적은 그 의미를 온전하게 그리고 효과적으로 전달하기 위해서이다. 그러므로 나탄이 이야기하는 "동화"의 전반부는 반지비유설화이고, 후반부는 그 속에 담긴 의미의 해석이라고 말할 수 있다.

아버지의 사후에 삼 형제는 제각각 아버지한테서 물려받은 반지를 제시하며 자신이 합법적인 후계자라고 주장한다. 그들 모두 아버지한테서 반지를 물려받은 것이 사실이고 또 반지들이 외형적으로 전혀 구별되지 않기 때문에, 그들은 자체적으로 문제를 해결하지 못하고 끝내 법정에 소송을 제기한다. 사세가[15] 설명한 바와 같이 삼 형제가 반지의 소유와 결부된 지배권을 법적으로 인정받기 위해 소송을 제기하

15) Günter Saße: Die aufgeklärte Familie. Untersuchungen zur Genese, Funktion und Realitätsbezogenheit des familialen Wertesystems im Drama der Aufklärung. Tübingen 1988, 240-1쪽참조.

는 것은 "진짜 반지"가 객관적으로 "입증되지 않으며", 반지의 "신통력"에 대한 "확신"이 그들에게서 사라졌다는 사실을 반증한다. 이 "확신"을 다른 사람들로부터 "사랑을 받도록" 처신하는 것이 아니라, 역으로 다른 사람들이 반지의 소유자에게 "사랑을 받도록" 처신해야 한다는 주문으로 받아들이기 때문에, 삼 형제는 법의 심판을 구하는 것이다. 삼 형제가 재판관에게 요구하는 것은 진짜 반지를 가려내라는 것이다. 이것은 나탄에게 참 종교를 가려내라는 살라딘의 주문과 다를 바 없다. 나탄의 해설을 들으면서 살라딘은 점차 이 점을, 다시 말해 이야기 속의 삼 형제가 그 자신이고 재판관은 나탄임을 깨달아간다.

모조반지를 주문한 아버지조차 진짜와 모조품을 구별할 수 없다. 진짜 반지는 객관적으로 판정되지 않는다. 따라서 진짜 반지를 가려내는 일은 재판관에게도 풀 수 없는 "수수께끼"가 아닐 수 없다. 그러나 반지의 특성, 즉 "신비한 힘"이 그에게 해결의 실마리를 제공한다.

> **나탄** : 재판관이 말했사옵니다. [...]
> [...] 나는 들었노라, 진짜 반지가
> 신과 인간들에게 호감을, 사랑을
> 받게 만드는 신통력을 지녔다고. 그것이
> 결정해야 한다 [...] (II, 279).

반지의 "신통력"은 저절로 지금 당장 나타나는 것이 아니라 "확신"(II, 276)이 전제된다. "확신"을 가지고 반지를 끼고 있어야 언젠가 "신통력"이 나타나는 것이다. 그러므로 "신통력"은 반지의 소유자가 "확신"을 가지고 실현시켜야 할 미래의 약속, 일종의 예언이다. 다시 말해 "확신"을 가지고 합당한 노력을 기울여야 "신통력"이 발현되는 것이다. 따라서 "확신"은 반지의 "신통력"을 발현시킬 능동적인 의지에 대한 주문이다. 앞에서 말한 레싱의 내용적 변용의 참뜻은 바로 여기에 있다. 재판관은 이것을 판단 근거로 삼는다.

각각 권리를 주장하는 삼 형제의 태도에서 재판관이 알아차릴 수 있는 것은 이기심뿐이다. 그러므로 "진짜 반지"는 "없어진" 것이라고 그는 추론한다. 삼 형제 가운데 "진짜 반지"를 가지고 있는 사람은 다른 형제들에게 사랑을 받을 것이고, 그러면 법의 심판은 불필요할 것이기 때문이다. 이런 추론으로 재판관은 삼 형제의 주장을 물리친다. 삼 형제는 반지의 객관적인 권능, 즉 소유자를 지배자로 만드는 힘에 주목하는 데 반해, 재판관은 반지의 "신통력"을 발현시키는 주관적 조건, 즉 "확신"을 가지고 "신통력"을 드러나게 하는 태도를 중시한다. 반지가 소유자에게 지배권을 부여하는 것이 아니라, 소유자가 반지의 "신통력"을 드러나게 해야, 다시 말해 "신과 인간들에게 호감을, 사랑을 받도록" 해야 한다는 것이다. 이로써 어느 반지가 진짜냐는 다툼은 의미를 상실하게 된다.

재판관은 반지의 "신통력"이 나타나야 어떤 반지가 진짜인지, 다시 말해 어떤 종교, 진리가 참 종교이고 참 진리인지 판정할 수 있기 때문에, 그 시점에서는 "판결"(II, 279)을 내릴 수 없다. 일반적으로 재판관은 문제를 해결하는 기능을 하는 데 반해, 이 재판관은 문제의 해결을 뒤로 미루는 기능을 한다. 하지만 이것은 단순한 연기가 아니라, "확신"을 가지고, 다시 말해 능동적으로 "신통력"을 발현시키도록 노력하라는 주문을 내포하고 있다. 재판관이 "판결" 대신 삼 형제에게 주는 "충고"가 이 점을 분명히 표현한다. 이 "충고"를 통해 레싱은 수용자의 생각과 행동을 바람직한 방향으로 유도하려고 한다.

각자 아버지의 공평하고 선입관이
없는 사랑을 본받도록 노력하라!
너희들은 각자 앞을 다투어 자기
반지에 박힌 보석의 신통력을
발현시키도록 하라! 온유함과 진정한
화목과 옳은 행동과 신에 대한
진정한 복종으로써 그 신통력을
돕도록 하라 (II, 280).

이렇게 노력하여 신과 인간에게 사랑을 받는 자가 진짜 후계자가
된다는 것이다. 그러면 어떻게 해야 신과 사람들에게 사랑을 받을 수
있는가? 그러기 위해서는 내가 먼저 신에게 순종하고 남을 사랑해야
한다. 어떤 종교, 진리가 참 종교이고 참 진리인지 객관적으로 판정되
지는 않으나, 인간이 살아갈 도리가 분명하게 드러난다. 위에서 지적
한대로 살라딘의 질문이 윤리적인 것으로 방향전환을 한 것과 맥을
같이 하여 나탄/레싱은 재판관의 입을 통해 사랑의 실천이라는 행동
원리를 제시하고 있다. 사랑의 실천은 레싱의 종교와 신학에 관한 글
전체를 관통하는 중심 사상으로, 그의 「사도 요한의 유언」이란 제목의
글에서 "자녀들이여, 서로 사랑하라!"(VIII, 17)는 말이 사도 요한의 마
지막 유언이었다는 대목에서 단적으로 드러난다.

어떤 반지 / 종교가 진짜인지는 객관적으로 밝혀지지 않는다. 반지
의 "신통력"이 나타나야 하는데, 그것은 먼 미래에나 가능할 것이기
때문이다. 이것은 현재와 과거의 진실성이 미래에 의해 입증된다는 것
을 의미한다. 반지의 "신통력"이 나타나게 될 미래, 그래서 인류가 서
로 화해하고 사랑을 나누게 될 세계, 그것은 인류 역사가 지향해야 할

목표이다. 재판관의 "충고"는 그 목표에 도달하는 길을 제시한다. 반지의 "신통력"은 반지를 끼고 있는 사람을 통해서만 나타나기[16] 때문에, 반지를 끼고 있는 사람, 즉 기독교인이건 회교도이건 유대인이건 간에 누구나 종교나 민족의 벽을 넘어 서로 관용하고 사랑해야 한다. 그렇지 않고 자신의 종교만이 참 진리라고 고집하고 지배권을 주장하면서 다른 종교를 믿는 사람들을 핍박하고 박해하면, 그 목표에 절대로 도달하지 못할 것이다. 그렇게 행동하는 사람은 자기가 받은 반지가 진짜라고 주장하면서, 그 반지에 내포되어 있는 사랑의 교훈을 실천하지 않는 삼 형제와 마찬가지로 "사기를 당한 사기꾼"(II, 279)이다. 종교로부터 사랑이 나오지 않고 서로 자기만 옳다는 주장이 나오고, 그로 인해 분쟁 - 이를테면 십자군전쟁 - 이 벌어진다면, 그 반지들은 모두 가짜이고, 각 종교의 복된 세상의 약속은 거짓일 것이다[17].

나탄/재판관은 "각 종교간의 분쟁을 피하고, 인간 사회가 계속 불행하지 않은 방향으로 발전되어 나아가도록 하기 위한 지속적인 과업으로서 관용과 박애를 요구한다"[18].이것은 작가 레싱의 신념이기도 하다. 관용과 사랑을 실천하라는 재판관의 "충고"는 직접적인 수신자인 삼 형제, 살라딘, 그리고 레싱이 살았던 시기의 관객이나 독자들뿐만 아니라 오늘날의 우리에게도 해당되며, 역사가 바람직하지 못한 방향으로 나아가지 않고, 『현자 나탄』의 결말에서 제시되는 화해와 사랑을 바탕으로 하는 이상향으로 나아가도록 우리 모두가 미래지향적이고 책임 있는 행동을 하라고 촉구하는 메시지이다. 어떤 반지/종교가 참인가라는 문제는 현 시점에서 해결되지 않는다. 그러나 우리가 삶 속

---

16) Jürgen Schröder: G. E. Lessing. Sprache und Drama. München 1972, 257-8쪽 참조.
17) W. Kröger: 같은 책 58-9쪽 참조.
18) W. Barner u. a.: 같은 책 313쪽.

에서 관용과 박애를 실천하다보면, 언젠가는 그 문제가 결론이 나거나 아니면 논란거리가 되지 않을 때가 올 것이다. 이것이 반지비유설화 그리고『현자 나탄』의 핵심적인 의미라고 알브레히트는 말한다[19].

어떤 종교가 참 종교인가, 진리는 인간의 소유가 될 수 있는가, 라는 살라딘의 질문은 반지비유설화에 의해 틀린 질문으로, 신에 대한 불손으로 판명된다. 오직 신만이 "진정한 진리"를 소유할 수 있으며, 그 진리를 향한 참된 노력에 의해서만 인간의 가치가 결정된다고 (VIII, 32-3) 레싱은 「제2답변」에서 말한다. 이와 맥락을 같이 하여 진리의 소유에 대한 문제는 재판관의 "충고"에 의해 노력의 진실성에 대한 문제로 대치된다[20]. 자신의 종교가 참 종교라고 우기고 다툴 것이 아니라, 자신의 종교를 참 종교로 만들도록 경쟁적으로 노력해야 된다는 것이다. 이로써 각 종교는 모든 인간이 완성을 향해 공동으로 노력하는 가운데 나타나는 상이한 형식이 된다[21].

우리는 여기에서 관용과 사랑의 실천이란 메시지가 주어지는 역사적 배경에 주목할 필요가 있다.『현자 나탄』의 무대는 십자군전쟁이 벌어지고 있는 중세의 예루살렘이다. 기독교 원정군의 일원으로 직접 그 전쟁에 참가한 기사단원은 그 역사적 배경을 다음과 같이 말한다.

> 더 좋은 신을 소유하고 있으며, 그 더 좋은 신을
> 전 세계에 최고의 신으로 강요하려는
> 교만의 가장 흉악한 모습이 여기에서보다,
> 지금보다 더 뚜렷하게 나타난 적이 있습니까? (II, 253)

---

19) W. Albrecht: 같은 책 93쪽 참조.
20) J. Schröder: 같은 책 257-8쪽 참조.
21) W. Barner u. a.: 같은 책 307쪽 참조.

종교적 독선에서 야기되었으며 종교적 갈등을 무력으로 해결하려는 십자군전쟁이 벌어지고 있는 와중에서 - 극중의 시간은 회교 측과 기독교 측이 잠시 휴전하고 있는 기간이지만, 기독교 측의 협정 위반으로 전쟁의 불꽃이 재연되려는 찰나이다 - 나탄은 재판관의 입을 통해 관용과 사랑의 실천을 호소하고 있다. 종교적 독선에서 발발한 십자군전쟁의 포화가 그 배경이 되고 있음을 상기해야 비로소 우리는 이 호소의 무게를 제대로 느낄 수 있다.

4. 나탄

반지비유설화 속의 재판관이 삼 형제에게 주는 "충고"를 몸소 실천하고 있는 사람이 나탄이다. 유대 상인인 그는 동족으로부터 "현인", "부자"(II, 244)란 칭호로 불린다. 그의 양녀 레햐를 키웠고, 지금 그의 집안 살림을 돌보고 있는 기독교인 다야는 오히려 "선인"(II, 232)이란 호칭이 그에게 더 적절할 것이라 말하기도 한다. 그리고 그는 실제로 그러한 호칭에 손색없는 행동을 보인다. 그의 지혜는 "의견과 가치를 검증하고, 가짜를 진짜와 구별하는 능력에 있다"[22]. 따라서 그의 부는 지혜의 자연적인 결과이며, 또 그의 지혜를 확인해주는 것이기도 하다. 그는 이윤을 추구하는 상인이다. 그러나 돈은 그의 목표가 아니라, 깨인 정신과 열린 마음에 따라 생활할 수 있는 물질적 토대일 뿐이다. 나탄이 상인으로 설정된 데에는 유럽에서 유대인이 주로 상업에 종사했다는 사실 이외에도 상업이 계몽 운동을 촉진하며 민족간의 이해를

---

22) J. A. Bizet: Die Weisheit Nathans. In: G. E. Lessing (Wege der Forschung), 307쪽.

증진하고 정의심을 전파할 것이라는 많은 계몽주의자들의 희망이 반
영되어 있다[23].

　나탄은 어느 한 미덕만을 강조해 그것과 반대되는 면을 경시하는
우를 범하지 않는다. 예를 들어 그는 한편으로는 인간성을 잃지 않기
위해 인간 사회를 피하는 회교 탁발승 알 하피, 자신의 영적 구원을 위
해 역시 인간 사회를 등지려고 하는 기독교 수사의 극단, 다른 한편으
로는 빈민을 구제하다가 스스로 경제적 어려움에 봉착하고 마는 살라
딘의 극단에 빠지지 않는다. 나탄은 여러 가지 인간적 자질들을 골고
루 갖추고 있으며, 그 자질들을 서로 조화시키고 있다[24]. 특히 나탄이
이지에 기울지 않고 이성과 감성을 조화시키고 있으며, 그러한 조화로
부터 "타인들에 대한 호의적인 이해"와 "인간에 대한 지식" 그리고 그
통찰력에 따라 행동하는 "지혜"가 나온다고 브뤼게만은 강조한다[25].
이성과 감성이 조화를 이룰 때 인간은 올바른 행동을 할 수 있다는 것
이 레싱의 신념이다. 시타가 알 하피로부터 나탄에 관해 들은 말을 전
하는 대목에 다음과 같은 구절이 있다.

　　　그의 정신은 편견으로부터 아주 자유롭고,

　　　그의 마음은 모든 미덕에 활짝 열려 있으며,

　　　모든 아름다움과 조화를 이루고 있습니다 (II, 247).

　이 말은 나탄이 18세기 독일 문학에서 전인적 교양의 목표로 간주
된 '영혼의 아름다움' (Seelenschönheit) 또는 '아름다운 영혼'을 가진

---

23) W. Barner u. a.: 같은 책 311쪽 참조.

24) W. Barner u. a.: 같은 책 310쪽 참조.

25) Fritz Brüggemann: Die Weisheit in Lessings *Nathan*. In: G. E. Lessing (Wege der Forschung), 80쪽.

이상적인 인물임을 알려준다. 이 개념을 독일 문학에 도입한 사람이
레싱이다[26].

나탄의 지혜는 사람을 대하는 태도에서 가장 잘 나타난다. 2막 5장
에서 그는 그를 피하려는 기사단원에게 "꾸미던지 안 꾸미던지 마음
대로 해보세요. 그래도 나는 / 당신의 본심을 꿰뚫어볼 겁니다"(II,
252)라고 말한다. 우리는 여기에서 그가 인간의 외모 뒤에 감추어져
있는 본성과 어떤 행위의 진정한 의도가 무엇인지 통찰하는 혜안을
가지고 있음을 알 수 있다. 이것을 슈뢰더는 "지각할 수 있는 모든 현
상 속에서 본래의 의미를 알아차리는 능력"[27]이라고 표현한다. 그것은
또 상황을 정확히 파악하는 능력으로도 나타난다. "그가 항상 / 거의
정곡을 찌른다"(II, 335)는 시타의 말은 바로 이것을 의미한다. 이런 혜
안을 바탕으로 그는 인간성, 활동, 믿음을 아직 조화시키지 못한 사람
들, 착한 본성을 가지고 있으나 몽상이나 선입견 또는 아집으로 인해
그 본성에서 벗어나는 사람들을 깨우쳐 원래의 착한 본성으로 돌아가
게 하는 계몽적 교육자의 면모를 보인다. 그 대상은 그 자신의 딸 레햐
와 기독교 기사단원 그리고 회교 왕 살라딘이다. 유대인이 기독교인과
회교도를 교화시켜 마음을 얻고 친구가 되는 것은 이 작품의 주제와
밀접한 관련이 있다.

1막 처음에 나탄은 오랜 여행에서 돌아와 다야로부터 그 사이 벌
어진 일에 대한 얘기를 듣는다. 집에 화재가 발생해 레햐가 목숨을 잃
을 뻔했다가 한 기사단원에 의해 구출되었으며, 레햐와 다야가 고마움
을 표하기 위해 은인에게 접근하려고 시도했으나, 그가 들은 체도 하
지 않았고, 더욱이 며칠 전부터는 아예 나타나지도 않는다. 이런 상황

26) W. Barner u. a.: 같은 책 314쪽 참조.
27) J. Schröder: 같은 책 263쪽.

에서 레햐가 천사에 의해 구출되었다고 믿는다는 것이다. 딸의 성격과 심리를 속속들이 알고 있는 나탄은 절체절명의 위기에서 받은 충격과 은인의 거부로 인한 모욕감이 상승작용을 해 레햐를 광신적 몽상 상태로 몰고 갔으며, 이것이 "충격과 상처를 준 현실을 회피하려는 일종의 자기방어"[28]임을 간파하고, 딸을 그 "달콤한 몽상"(II, 212)에서 끌어내려고 시도한다.

그가 보기에 기사단원이 레햐의 목숨을 구한 것은 기적이고 또 기사단원은 천사나 다름없다. 그런데도 인간에 의한 기적을 초월적 존재인 천사에 의한 기적으로 믿는 것은 인간임을 망각하려는 "교만"(II, 216)이고, "몽상"에 빠져 손을 놓고 있는 것은 보은의 도리를 저버리는 태만이라고 그는 판단한다. 그는 딸을 "몽상"에서 깨워 현실로 데려오기 위해 "몽상"이 가져올 수 있는 부정적인 결과를 예시한다. 레햐가 "몽상"에 빠져 있는 사이 그녀를 구해준 '천사'가 병에 걸려 사경을 헤맬 가능성이 있다는 것이다. 이 말은 레햐에게 충격을 주어 그녀의 동정심을 움직이게 한다. 비극론에서 살펴본 바와 같이 레싱은 동정심을 선한 인간의 기본적인 자질로 본다. 동정심은 그녀로 하여금 잘못을 깨닫게 한다. 아버지는 미망 속에서 헤매기보다는 "기꺼이 가르침을 받아들이는"(II, 216) 딸에게 다음과 같은 교훈을 준다.

> 헌데 알겠느냐,
> 올바르게 행동하는 것이 종교적 몽상에 빠지는 것보다
> 얼마나 쉬운 일인지를? 가장 칠칠치 못한 사람이 오로지 - 비록
> 그 순간에는 그 의도를 분명하게 의식하지 못할지라도 -
> 오로지 올바르게 행동하지 않아도 되기 위해
> 얼마나 기꺼이 경건한 체 몽상에 빠져드는지를? (II, 218)

28) 장연희: 같은 글 109쪽.

다야의 만류에도 불구하고 나탄이 딸에게 굳이 이런 교훈을 주는 것은 인간에게 가장 소중한 존재는 천사 같은 초월적 존재가 아니라 바로 인간이라는 인본주의적 신념 때문이다. 인간은 종교적 몽상에서가 아니라 인간관계 속에서 행복을 찾아야 하고, 그러기 위해서는 인간으로서 도리를 다해야 한다는 것 그리고 종교적 몽상보다는 실제적인 행동이, 인도적인 행동을 통한 믿음의 실천이 중요하다는 것이 나탄이 딸에게 주는 교훈이다. 나탄에 따르면 이웃사랑의 실천이 종교의 가치를 평가하는 척도가 된다.

나탄이 인간에 대한 윤리적 행동을 다른 인간을 대하는 원칙으로뿐만 아니라 인간을 평가하는 기준으로 삼고 있다는 것은 그와 기사단원의 관계에서 보다 분명하게 드러난다. 나탄은 딸을 구해준 기사단원에게 진심으로 보답하려고 한다. 더욱이 은인의 곤궁한 처지를 잘 알고 있기 때문에 정신적으로 뿐만 아니라 물질적으로도 도움을 주고자 한다. 그러나 기사단원은 무례하다고 표현할 수 있을 정도의 반응을 보이면서, 나탄의 사례를 받아들이는 것은 고사하고 접근할 틈도 내주지 않는다. 그가 나탄의 접근을 허락하지 않는 근본적인 원인은 "유대인은 유대인일 뿐이오"(II, 233)라는 그의 말에서 단적으로 드러나는 유대인에 대한 선입견 때문이다. 그러나 이 선입견은 기독교 세계에 보편화되고 전승되는 것일 뿐, 그의 머리에 깊이 박혀 있는 것은 아니다. 그는 선입견을 숨기지 않고, 인간적으로 접근하려는 나탄을 "유대인"이라고 칭하면서 거리를 둔다. 그러나 나탄은 이 정도로 간단히 물러설 사람이 아니다. 그의 혜안은 젊은 기사단원의 거칠고 무례한 언행이 착한 본심을 가리기 위한 위장임을 간파한다. 기사단원은 레햐를 구한 행위에 대해 어떤 사례도 받을 수 없다고 말한다. 아무 생각 없이 이루어진 행위이고, 위험에 처한 사람이면 누구나 돕는 것이

"기사단원의 의무"(II, 250)이기 때문이라고 설명하고 이렇게 덧붙인
다.

> [...] 그렇지 않아도 내가 살아있다는 것이
> 그 당시에는 성가셨소. 다른 사람의 목숨을
> 구하기 위해 내 목숨을 내던질
> 기회를 옳거니 하고 붙잡은 것이오.
> 다른 사람을 구하기 위해 - 비록
> 유대 여자의 목숨에 불과할지라도 (II, 250-1).

나탄은 이 말에서 풍겨 나오는 민족적 편견에 의한 교만에 현혹되
지 않고, "위대한 사람이 찬사를 / 피하기 위해 겸손하게 혐오스러운 /
말 뒤로 숨는"(II, 251) 것으로 이해한다. 그리고 기사단원이 레하에게
사례할 기회를 주지 않았던 것은 "그녀의 평판에 오점이 찍히지 않게
하기 위한 배려"이고 "그녀를 시험에 들지 않게 하기 위해, 그녀의 마
음을 완전히 사로잡지 않기 위해서 피했던"(이상 II, 252) 것이라고 간
파한다. 이렇게 나탄은 혜안을 가지고 거친 언행 뒤에 감추어진 기사
단원의 착한 본심을 집어낸다. 그리고 그는 기사단원의 선입견을 극복
하기 위해 인간들이 서로 헐뜯지 말고 관용해야 함을 역설한다. 나아
가 나탄은 인간과 인간의 진솔한 만남에는 민족적, 종교적 선입견이
장애가 될 수 없음을 설득하면서 우정을 제안한다.

> 우리는 반드시, 반드시 친구가 되어야 합니다. -
> 마음대로 내 민족을 경멸하시오. 우리 둘 다
> 우리의 민족을 선택하지 않았어요. 우리가

우리 민족인가요? 민족이란 것이 대체 뭡니까?

기독교인과 유대인은 인간이기 이전에 기독교인이고

유대인입니까? (II, 253)

　　민족적, 종교적 선입관을 초월한 나탄의 진정 어린 호소는 결국 기사단원으로 하여금 선입견을 벗어 던지고, 그것에 가렸던 순수한 인간성을 되찾게 만든다. 기사단원의 태도 변화는 그가 나탄에게 사용하는 호칭의 변화에 나타난다. 그는 처음에 "유대인"이라는 호칭을 사용한다. 유대인에 대한 선입견이 배어있는 이 호칭으로써 그는 나탄과 거리를 두려고 한다. 그러다가 나탄의 설득에 의해 그의 선입견이 흔들리기 시작하면서부터 그는 "나탄"으로 호칭을 바꾼다. 하르트의 지적처럼 이것은 그가 이제 나탄을 유대인이 아니라 자신과 같은 인간으로 인식함을 의미한다[29]. 근본적으로 "인간인 것으로 족한 / 사람"(이상 II, 253)인 그들은 민족, 종교, 연령, 신분의 차이를 뛰어넘어 친구가 된다. 우정은 사랑과 함께 인간관계의 꽃으로 레싱에게서 중요한 의미를 갖는다.

　　살라딘 역시 착한 본성을 가진 긍정적인 인물이다. 절대권력을 소유한 왕이지만 그는 『에밀리아 갈로티』의 제후 헤토레 곤차가와는 근본적으로 다른 사람이다. 권력의 자의적인 사용 그리고 타종교에 대한 선입견 등 부정적인 면은 그의 누이 시타의 몫이다. 살라딘을 긍정적인 인물로 그리려는 작가의 의도가 여기에서 드러난다. 그는 회교국의 왕으로서 기독교인들과 전쟁을 하고 있으나 기독교인들을 박해하지 않으며, 혼인을 통해 전쟁을 평화적으로 끝낼 계획을 추진하기도 했

---

29) Dietrich Harth: Gotthold Ephraim Lessing. Oder die Paradoxien der Selbsterkenntnis. München 1971, 207쪽 참조.

고, 또 거지를 근절시키겠다는 의지를 실천하고 있는 인자한 군주이
다. 이미 살펴본 바와 같이 나탄은 반지비유설화로써 세 계시종교 가
운데 어떤 것이 참 종교냐는 살라딘의 질문이 답변될 수 없는, 그래서
틀린 것임을 증명해 보인다. 계시종교들의 진실성은 그 근거의 본질적
인 역사성으로 인해 객관적으로 입증되지 않으며, 그 진실성을 드러내
기 위한 신자들의 "신념"과 그에 따른 실천이 관건이라는 나탄의 견해
에 살라딘은 완전히 승복한다. 나탄은 "폐하께서 그 약속된 현인이라
고 / 느끼신다면", 즉 진짜 반지를 가려낼 수 있는 "현인"이냐는 마지
막 질문으로 못을 박는다. 이로써 나탄은 문제의 질문을 살라딘에게
돌려준다. 참 종교를 가려낼 수 없음을 인식한 살라딘은 그런 질문을
던진 자신의 오만을 깨닫는다. 그리고 나탄의 "겸손한 재판관"에 비하
면 자신은 "티끌" 같은 존재에 불과하다는 자각에 도달한다. "내가 티
끌이란 말인가? 아무 것도 아니란 말인가? / 오, 맙소사!"(이상 II, 280).
이제 살라딘은 스스로 이야기의 결말을 생각해낼 수 있고, 그것을 통
해 자기 자신에 대한 비판을 솔직하게 표현할 수 있게 되었다.

> **살라딘** : 나탄, 친애하는 나탄,
> 그대의 재판관이 말한 수천 수만 년은 아직
> 지나가지 않았소. - 그 재판관 자리는 내 것이
> 아니오. 그만 가보시오. 허나 내 친구가 되어 주시오 (II, 280).

절대권력을 가진 왕이 자신의 잘못을 시인하는 것은 쉬운 일이 아
니다. 그런데도 살라딘이 이렇게 겸손하고 솔직하게 과오를 고백할 뿐
만 아니라, 신분 민족 종교의 벽을 뛰어넘어 유대 상인 나탄에게 우정
을 제안하는 것은 그가 왕이기 이전에 기사단원 같이 착한 본성, 열린
마음, 깨인 정신을 가진 사람이기 때문이다. 나탄의 지혜는 살라딘으

로 하여금 불순한 의도 뒤에 가려 있는 본성을 되찾게 한다. 이제 살라
딘은 나탄을 부른 원래의 의도는 까맣게 망각한 채, 회교 군주로서가
아니라 선한 인간으로서 부유한 유대인이 아니라 자신의 잘못을 깨우
쳐준 현명한 인간에게 진솔하게 다가간다. 자리에 앉은 채 나탄을 맞
이하고 그의 "이야기"를 듣던 살라딘이 감동한 나머지 "갑자기 일어
나 그에게 달려가 그의 손을 움켜잡고 / 끝까지 놓지 않는다"(II, 280)
는 지문은 그의 심경의 변화를 뚜렷하게 보여준다.

이제 나탄의 진정한 지혜가 발휘된다. 그는 올가미에서 벗어났음
에도 불구하고 자청해서 살라딘에게 금전적 도움을 제안한다. 나탄의
이 자발적인 행동에는 기사단원이 레햐의 목숨을 구할 수 있도록 살
라딘이 그 기사단원을 먼저 사면해준 간접적 은혜에 대한 보답의 의
미가 없는 것은 아니다. 그러나 남의 가려운 데를 알아내어 부탁을 받
기 전에 먼저 긁어주는 나탄의 행동은 살라딘으로 하여금 자신의 정
직하지 못한 저의를 고백하게 만든다. 이러한 상호이해를 바탕으로 그
들은 민족, 종교, 신분이 다름에도 불구하고 돈독한 관계를 맺게 된다.
그리고 이것은 이 작품이 좋은 결말을 맺는 데 중요한 토대가 된다.

이와 같이 나탄이 다른 사람들의 마음을 움직이고 사로잡을 수 있
는 능력은 인간에 대한 이해와 편견 없는 정신에서 나온다. 그는 "착한
사람들이 어떻게 생각하는지"를 그리고 또 "모든 나라에 착한 사람들
이 있음을"(II, 252) 알고 있다. 선입견이 없는 나탄은 착한 본성을 가
진 사람이면 누구나 격의 없이 친구로 대한다. 민족, 종파, 신분, 지위,
재산 등은 부차적인 것으로 그가 인간의 가치를 판단하는 데 아무런
영향도 주지 못한다. 그는 인간 그 자체를 중시하고 그 밖의 모든 것에
의미를 부여하지 않기 때문에, 살라딘의 재무관이 된 알 하피에게 공
직은 겉옷일 따름이니 "자네 마음이 아직도 탁발승이라면"(II, 220),

그 마음을 믿고 친분관계를 지속할 수 있다고 말한다. 그는 또 기독교인으로서 편견을 버리지 못하고 기회 있을 때마다 레햐를 유대인으로 기르는 것을 비난하는 다야를 한 가족처럼 대한다.

　이러한 나탄의 지혜, 인간의 본성과 사물의 본질 그리고 상황의 핵심을 꿰뚫어보는 통찰력, 선입관과 편견 없는 인간애는 그러나 천부적인 것도 그냥 주어진 것도 또 책을 통해 배운 것도 아니다. 그것은 그가 인간으로서 실로 견디기 어려운 고통을 극복하면서 체득한 것이다. 그의 아내와 일곱 아들이 기독교인들에 의해 무참히 학살당하는 끔찍한 불행을 겪고 그가 절망의 눈물을 흘렸을 뿐만 아니라,

> [...] 때로는 신과 다투기도 하고
> 화도 내고 미쳐 날뛰기도 하고, 나와 이 세상을 저주하기도 하고,
> 기독교에 대해 다시 화해할 수 없는 증오를
> 맹세했다 [...] (II, 316).

고 해서, 그것을 인간적으로 이해하지 못할 사람은 없을 것이다. 그러나 그는 그의 마음속에 다시 찾아와서

> 그래도 신은 존재하신다!
> 그것 역시 신이 결정하신 일이었다. 자,
> 이제 네가 이미 오래 전에 깨달은 바를 실천하라!
> 네가 하려고만 한다면, 실천은
> 깨닫기보다 결코 어렵지 않을 것이다. 일어나라! (II, 316)

고 속삭이는 "이성"의 "부드러운 목소리"(II, 316)를 듣고 그것에 따르기로 마음먹는다. 그는 실존의 위기를 이성과 신의 도움으로 극복한

다. 그러한 상태에서 한 마부가 찾아와 한 아기를 맡긴다. 그는 "화해
할 수 없는 증오를 맹세한" 기독교인의 유아가 맡겨진 것을 신의 뜻으
로 알고, 그 아기를 정성을 다해 기르기로 작정하고 그대로 실천한다.
나탄에게서 두드러진 점은 깨달은 바를 실천하는 데에 있다. 앞에서
살펴본 바와 같이 그는 레햐에게 "올바르게 행동하는 것이 종교적 몽
상에 빠지는 것보다 / 얼마나 쉬운 일인지"(II, 218) 깨달으라고 충고한
다. 나탄 자신도 그것을 깨닫지 못하다가 처자가 몰살당하는, 욥이 겪
은 것과 같은 참사를 계기로 그 깨달음에 도달한다. 온 가족이 피살당
하는 시련은 그로 하여금 생을 긍정하며, 특정 종교에 국한되지 않는
인도주의로 나아가게 한다. 크뢰거는 "인간이 참혹한 역사에서 배우
고 또 참혹함과 그것의 전제조건들에 대항에 싸울 힘을 얻는 것이 가
능하다는 이념"[30]을 대표하는 인물이 나탄이라고 말한다. 레싱은 「사
도 요한의 유언」에서 기독교인들에게 기독교를 믿는 것과 기독교의
사랑을 실천하는 것 가운데 어떤 것이 더 어려운가 물으면서, 입으로
떠드는 것보다 묵묵히 실천하는 것이 중요함을 강조한다(VIII, 19). 레
싱이 이러한 정신으로 창조한 나탄은 "선을 이 세상의 조건하에서 실
현하려는"[31], 「인류의 교육」에서 약속된, 이성이 완전히 깨인 제3 복음
기에 속하는 이상적인 인간이다. 이런 점에서 나탄은 반지비유설화 속
의 재판관이 제시하는 메시지를 몸소 실천하고 있는 사람이다.

앞에서도 이야기했지만 레싱이 유대인 나탄에게 이런 초인적인 능
력을 부여하여 그의 마지막 작품의 주인공으로 내세운 점과 30년 전
에 발표한 『유대인들』을 비교하면 엄청난 차이가 있음을 알 수 있다.

---

30) W. Kröger, 같은 책 68쪽.
31) Karl. Eibl: G. E. Lessing. *Nathan der Weise*. In: Deutsche Dramen, hrsg. v. Harro .Müller-Michaels.
   Königstein 1981, Bd. 1, 12쪽.

5. 종교적 독선에 물든 기독교인

『현자 나탄』에는 세 계시종교를 대표하는 인물들이 등장한다. 유대교
를 대표하는 인물은 나탄 혼자이고, 회교도는 살라딘 시타 오누이와
탁발승 알 하피이다. 그리고 기독교인은 대주교와 수사, 기사단원과
다야이다. 그러나 등장인물들의 인간적인 관계를 결정하는 요인은 종
교가 아니라 깨인 정신과 열린 마음이다. 관용의 화신인 나탄이 대표
하는 유대인을 제외한 나머지 두 집단에는 타종교에 대한 선입관과
편견을 가지고 있는 사람들이 있다. 회교도 시타 그리고 수사를 제외
한 기독교인들이 그런 사람이다. 기사단원은 선입견을 가지고 있으나,
본질적으로 대주교와 다야와는 완전히 다른 사람이다. 앞에서 살펴본
바와 같이 기사단원은 유대인에 대한 선입견을 극복하고 나탄의 친구
가 된다. 그가 보이는 모범은 시타의 기독교인에 대한 선입견이 - "그
들의 긍지는 인간이 아니라 / 기독교인이라는 것입니다"(II, 238) - 잘
못임을 보여준다. 다야와 대주교는 종교적 독선에, 다시 말해 기독교
만이 참 종교라는 믿음에 빠져 있다는 점에서 나탄은 물론이고 같은
종교를 가지고 있는 수사와 기사단원과 근본적으로 다르다. 독선은 편
협하게 만들고 자기성찰의 여지를 없앤다. 이들의 독선적인 태도는 시
타의 선입견이 무근한 것이 아님을 보여주는 듯하다.

다야에게 긍정적인 면이 없는 것은 아니다. 그녀는 정성으로 레햐
를 키우고 보살폈다. 그러나 그녀는 독선적 종교관 때문에 한 지붕 아
래 살고 있는 나탄 부녀에게 항상 달가운 존재는 아니다. 레햐는 유모
를 "신께로 나아가는 보편적이며 / 유일하게 참된 길을 안다고 착각하
는 / 몽상가 가운데 하나"(II, 337)라고 말한다. 다야는 나탄을 더할 수
없이 좋은 사람으로 인정하면서도, 기독교만이 참 종교이고 절대적인

가치라는 믿음 때문에 나탄이 레햐를 유대인으로 양육하는 것을 용서할 수 없는 죄악으로 간주한다. 그래서 그녀는 기회 있을 때마다 이 문제를 거론하여 나탄을 꼬집는다. 그녀의 맹신은 너무나 확고해서 날마다 목격하는 나탄의 모범도 그녀에게는 아무런 영향도 주지 못한다. 그리고 어린이에게 필요한 것은 종교보다 사랑이라는 평범한 자연의 이치도 이 맹신의 장벽을 뚫지 못한다. 이 이치를 다른 기독교인, 즉 수사가 이렇게 표현한다. "그 또래의 아기들에게는 / 기독교보다 사랑이 더 필요합니다, / 비록 들짐승의 사랑일지라도"(II, 315).

다야는 레햐를 다시 기독교인으로 만드는 것을 사명으로 여기고 있다. 기사단원의 출현, 레햐를 향한 그의 뜨거운 사랑은 그녀에게 찾아온 절호의 기회가 아닐 수 없다. 다야는 이 기회를 살리기 위해 나름대로 최선을 다한다. 그녀는 레햐 출생의 비밀을 기사단원 그리고 레햐 자신에게 알린다. 그들이 부부로 맺어지는 데 있어서 관건은 그들의 의지이지, 나탄은 아무 권한도 없는 삼자임을 인식시키려는 것이다. 그러나 레햐를 유대인 양부로부터 분리시키고 다시 기독교인으로 만들려는 다야의 노력은 양부를 진정한 아버지로 생각하는 레햐를 괴롭힐 따름이다. 인간적인 장점이 없지 않은 다야가 가까운 사람들을 괴롭힐 뿐만 아니라, 본 작품의 대단원에서 모습을 드러내는 인류가족에서 제외되는 까닭은 편협하고 독선적인 종교관 때문이다.

다야와 함께 일그러진 기독교인의 모습을 보여주는 인물이 대주교이다. 고위 성직자로서 그의 관심사는 오직 하나, 기독교 세력의 유지 내지 확장이다. 그는 이 목표를 위해 도덕과 윤리를 무시하는 것은 물론 수단방법을 가리지 않는다. 이 때문에 그는 성직자라기보다는 권력을 추구하는 정치가, 그것도 권모술수를 일삼는 부도덕한 정치가로 보인다. 살라딘이 기사단원을 사면해준 것을 대주교는 "신이 크고 위대한 일에 쓰기 위해 기사단원의 / 목숨을 살리신 것임에 틀림없다"(II, 227)고 해석한다. 대주교가 신을 대신해 생각해낸 "크고 위대한 일"은 정보를 수집해 기독교군에 알리는 것과 회교 왕의 제거이다. 살라딘을 죽이는 하수인으로 다름 아닌 기사단원, 즉 살라딘이 살려준 사람을 이용하자는 발상은 성직자는 말할 것도 없고 평범한 사람도 쉽게 할 수 있는 것은 아니다. 목적을 위해 수단방법을 가리지 않는, 권모술수를 일삼는 사람만이 할 수 있는 생각이다. 이것으로 그치지 않고 대주교는 기사단원을 설득하기 위해 "인간 앞에서 비열한 짓이 / 하느님 앞에서는 비열한 짓이 아니다"(II, 230)는 이중의 논리를 내세운다. 여기에서 그의 비인간적인 부도덕성이 여실하게 드러난다.

그의 부도덕성은 같은 기독교인들조차 아연하게 만든다. 기사단원은 인간의 도리를 내세워 단호하게 두 제안을 모두 거절한다. 그리고 대주교의 심부름꾼인 수사도 상전과 일정한 거리를 둔다. 그는 대주교같은

성인이 평소에는
완전히 하늘에 살면서도 어떻게 동시에 몸을 낮추어
이 세상의 일을 그토록 속속들이
알고 있는지 (II, 228)

놀랍다고 말한다. "도덕적이고 소박한 신앙심의 화신"[32]인 수사의 이 순진한 말은 반어로서, 대주교가 "하늘에 사는 성인"이 아니라 세상사를 자기 마음대로 움직이려고 하는 속인임을 알려준다. 그리고 수사는 기사단원에게 대주교의 말을 전하는 사이사이 "대주교님의 말

---

32) W. Albrecht: 같은 책 90쪽.

씀"이라는 말을 여러 차례 반복한다. 이 말은 문맥상 필요하지 않은 사족으로 웃음을 자극한다. 수사가 굳이 이 사족을 반복하는 것은 대주교의 명을 받아 어쩔 수 없이 윗사람의 뜻을 전하기는 하나, 자신의 견해는 대주교의 그것과 거리가 있음을 분명히 밝히고자 하기 때문이다.

대주교가 직접 등장하는 4막 2장에서 그의 부정적인 모습은 보다 적나라하게 드러난다. 본 작품의 단편논쟁, 괴체와의 관계가 이 장면에서 집중적으로 나타난다. 레싱은 비인간적인 대주교로 하여금 괴체의 입장과 주장을 대변하게 함으로써 그것을 풍자한다. 대주교와 극단적으로 대비되는 인물은 비유설화의 재판관이다. 그리고 이 장면은 모든 점에서 비유설화 장면(3막 7장)과 극단적인 대조를 이루고 있다. 대주교는 괴체와 마찬가지로 인간을 구원하는 유일한 진리를 소유하고 있다고 믿는다. 그것은 물론 기독교이다. 그에게 종교는 바로 기독교이고, 다른 종교는 존재하지 않는다. 그의 관심사는 인간의 행복이 아니라 "전체 / 기독교 세계의 안녕, 교회의 번영"(II, 297)이다. 종교, 교회가 인간에 우선한다. 그리고 대주교는 권위주의적이다. 그는 비유설화 속의 재판관과는 완전히 다르게 자신의 "충고"(II, 296)를 곧이곧대로 따를 것을 요구한다[33].

기사단원은 가정이라는 전제하에 기독교 신앙을 가르치지 않고 기독교 고아를 양육하는 유대인은 어떤 처분을 받아야 하는지 대주교의 판단을 구한다. 대주교는 깊이 생각해보지도 않은 채 즉각 독단적으로 그런 악독한 범죄를 처벌해야 하며, "교황과 / 황제의 법"에 정해진 벌은 "화형"(II, 298)이라고 판정한다. 대주교가 재판 절차도 거치지 않고 독단적으로 선고하는 판결은 저 악명 높은 종교재판을 연상시킨다.

---

33) W. Albrecht: 같은 책 93쪽 참조.

기사단원은 유대인에게 유리한 정황을 여러 각도에서 말한다. 그러나 대주교는 요지부동으로 "상관없소. 그 유대인은 화형을 당해야 하오" (II, 299)라는 똑같은 판결을 태연하게 3번이나 반복한다. 그 유대인이 맡아 돌보지 않았다면, 아이가 죽었을지 모른다는 기사단원의 말에 대주교는 이렇게 대꾸한다.

> 아이가 이승에서 비참하게 죽는 것이 낫소.
> 그렇게 구출되어 영원한 멸망에 빠지는
> 것보다 말이오. - 더구나 그 유대인이
> 하느님보다 먼저 나설 까닭이 어디 있겠소? 하느님은
> 구하시고자 하는 자를 그 유대인 없이도 구하실 수 있소 (II, 299).

아무 것도 모르는 아기가 유대인의 보호를 받으며 사는 것보다 "죽는 것이 낫다"는 말에서 대주교의 비인간성은 극에 달한다. 독선에 사로잡혀 인명을 무시하는 이런 인간이 믿는 종교는 이미 종교가 아니다. 그리고 인간은 수동적으로 하느님의 처분만 기다려야 한다는 대주교의 입장은 반지비유설화의 재판관이 주는 충고, 즉 사랑의 실천 메시지와 정면으로 배치된다. 독선과 선입견은 대주교와 다야로 하여금 인간의 본성을 보지 못하고 또 인간관계를 맺지 못하게 한다.

레싱이 대주교를 이렇게 부정적으로 그린 이유는 무엇일까? 그 이유는 단편논쟁에서 찾아야 한다. 단편논쟁이 진행되는 과정에서 레싱은 독선적이고 권위주의적일 뿐만 아니라 국가권력을 동원하기 위해 은밀히 음모를 꾸미기도 하는 성직자의 행태를 경험했고, 이 부정적인 경험에서 대주교의 부정적인 상이 태어난 것이다. 대주교의 모델은 레싱의 논쟁상대인 괴체이다. 문제의 유대인이 양녀를 유대교뿐만 아니

416 레싱. 드라마와 희곡론

라 어떤 믿음 안에서도 키우지 않았다는 기사단원의 말에 대주교는 펄쩍 뛴다.

상관없소.
그 유대인은 화형을 당해야 하오 [...] 오직 그
때문에 세 번 화형을 당해야 마땅하오,
암 그렇고말고! - 무어라고? 아무 믿음 없이
아이를 키우다니? - 어쨌다고? 믿어야 하는
중대한 의무를 아이에게 전혀 가르치지 않다니?
그건 너무 괘씸한 일이오 (II, 299).

대주교의 비인간적인 반응은 기사단원을 아연케 한다. 그는 문제 유대인의 정체를 밝히라는 대주교의 추궁을 피하려고 입을 닫는다. 그 것은 대주교의 흥분을 더욱 자극한다.

또한 나는 회교 왕에게 아주 쉽게 납득시키겠소,
아무 것도 믿지 않는 것이 나라 자체에 얼마나
위험한 일인지를. 인간이 아무 것도 안 믿어도
된다면, 백성들을 구속하는 끈은 모두
풀리고 찢어지고 말 것이오. 그런 죄악은
없어져라, 꺼져라! (II, 299-300)

기독교계가 브라운슈바이크 공작에게 영향력을 행사하여 레싱의 손발을 묶게 만들었고, 이것이 『현자 나탄』의 생성 동기였음을 앞에서 언급했다. 기독교계와 브라운슈바이크 당국 사이에 어떻게 교감이 이 루어졌고 또 그 과정에서 어떤 말이 오고 갔을지 추측하는 것은 그

'야합'의 피해당사자인 레싱에게 어려운 일이 아니었을 것이다. 그리고 우리가 레싱의 추측을 짐작하는 것은 더욱 간단한 일이다. 그도 그럴 것이 위에 인용한 대주교의 대사에서 "나"를 괴체 또는 기독교계로 그리고 "회교 왕"을 브라운슈바이크 공작으로 대체하기만 하면 된다. 기독교계와 브라운슈바이크 당국의 '야합'은 개인적 희생을 감수하고서라도 종교와 신학에 관한 공개토론을 계속하려는 레싱에게 곱게 보일 리 없었고, 이런 좋지 않은 감정이 대주교의 부정적인 상에 반영되었을 것이다.

대주교도 인간이 이성을 사용하는 것은 당연하다고 생각한다. 그러나 문제는 사용할 곳에서만 사용해야 한다고 제한하는 데에 있다. 그는 물론 종교가 이 제한에서 벗어나는 카테고리라고 단정한다.

> **대주교** : [...] 물론
> 누구도 하느님께서 부여하신 이성을
> 사용하지 않으면 안 되오. 이성을
> 사용해야 할 곳에서는. 허나 아무 데서나
> 사용해야 되겠소? 아니오! [...]
> 　　　　　[...] 누가
> 감히 불경스럽게 이성을 창조하신 분의
> 자의를 이성에 따라 분석하려 한단
> 말이오? 그리고 찬란한 하늘나라의
> 영원한 율법을 덧없는 명예의
> 자잘한 법칙에 따라 검증하려
> 하겠소? (II, 296-7)

대주교는 단편논쟁에서 성경과 기독교 교리는 이성의 검증 대상이 될 수 없다고 주장한 괴체의 견해를 그대로 대변한다. 그러나 이성을 제한한다는 점에서 이것은 레싱에게는 명백히 반계몽적 입장이다. 레싱은 독단적이고 권위주의적이며 비인간적인 대주교로 하여금 논쟁 상대의 반계몽적인 견해를 대변하게 하는 기법으로써 상대를 야유한다. 이보다 간단하고 효과적인 방법이 있을 것 같지 않다.

6. 인류가족

살라딘의 말처럼 "인간의 진정한 / 이익"(II, 272)이 무엇인지 아는 나탄은 인간적인 세계의 건설을 지향하며, 그 목표를 위해 그가 가진 재산과 지혜를 아낌없이 사용한다[34]. 그 이상향은 작품의 결말에서 인류가족의 형태로 나타난다. 반지비유설화 이후의 줄거리는 서로 흩어져서 한 핏줄이라는 것조차 모르고 살아가는 이산가족을 한데 모으는 데에 주안점을 두고 있다.

나탄의 영향과 인도를 받아들이는 등장인물들은 모두 착한 본성 그리고 자신의 잘못을 인정하고 그것을 고치려는 깨인 정신과 열린 마음을 가지고 있다. 앞에서 언급한 것처럼 레햐는 아버지의 가르침을 기꺼이 받아들이고 따른다. 그리고 기사단원은 종교적 선입견을 안 가진 것은 아니나, 다른 기독교인들, 즉 다야와 대주교와는 달리 종교적 독선과 선입견에 사로잡혀 그 노예로 전락하지 않고, 오히려 자신의 종교에 대해서도 비판적인 입장을 유지한다(2막 5장). 그는 첫눈에 레

---

34) W. Barner u. a.: 같은 책 309쪽 참조.

하에게 반해 그녀의 부친에게 구혼한다. 그의 기대와는 달리 나탄은 유보적인 반응을 보인다. 레하와 기사단원이 한 핏줄일지 모른다는 예감 때문이다. 다야를 통해 레하가 나탄의 친딸이 아니라 양녀이고, 세례를 받은 기독교인이라는 사실을 알고 있는 기사단원은 나탄의 미지근한 반응이 종교적 선입견 때문이라고 오해한다. 나탄에 의해 치유된 선입견이 다시 살아나는 것이다. 그는 대주교를 찾아가 조언을 구한다. 교회의 힘을 빌어 사랑하는 레하를 차지하려는 욕심에 이끌린 결과이다. 그러나 대주교의 독선적이고 비인간적인 의견을 듣고 그는 생각을 바꾼다. 레하에 대한 불같은 열정이 그의 눈을 멀게 하여 나탄을 오해하게 만들었으나, 대주교의 독선과 비인간성이 그의 눈을 다시 뜨게 하는 것이다. 혈기왕성한 그는 열정에 빠지면 물불을 가리지 못하긴 하지만, 다른 한편 자신을 "항상 극단에서 / 극단으로 치닫기만 하는 어린 바보"(II, 330)로 보는 비판적 성찰 능력을 가지고 있으며, 솔직하게 자신의 실수를 사죄하고 고치려는 사람이다. 살라딘도 레하나 기사단원과 성향이 비슷한 사람이다. 그의 인간적 자질 가운데 빈민들에 대한 적선, 종교가 다른 사람들에 대한 관용이 작품 속에서 두드러지게 묘사되고 있다. 이들은 모두 나탄과 마찬가지로 인간 자체를 중시한다.

극의 끝 부분에서 놀랍게도 유대인 양부 밑에서 자란 레하와 십자군의 일원으로 전쟁에 참여한 기사단원이 한 핏줄을 나눈 친남매이며, 이 오누이가 회교도 살라딘과 시타의 조카임이 밝혀진다. 따라서 『현자 나탄』도 『민나 폰 바른헬름』처럼 분석극에 가깝다. 나머지 사람들과 혈연으로 맺어지지 않은 유일한 인물은 나탄이다. 그렇다고 그가 이 가족에서 제외되는 것은 물론 아니다. 기사단원은 대주교를 면담한 후 "레하의 진정한 아버지는 / 기독교인이 그녀를 낳았음에도 불구하고"(II, 325) 나탄임을 인정한다. 그를 끌어당기는 그녀의 매력은 모두 나탄의 산물이라는 깨달음 때문이다. 아이를 낳는 단순한 생물적인 행위보다 정신적인 가르침이 아버지의 요건으로서 더 중요하다고 보는 것이다. 그리고 레하는 나탄이 친아버지가 아니라는 사실을 알고 나서도 자신의 모든 것이 오로지 양부의 영향하에서 이루어진 것이라는 믿음 속에서 양부를 진정한 아버지로 인정한다. 살라딘은 최고 재판관으로서 혈연만으로는 아버지가 되지 않는다는 것을 최종적으로 확인한다.

이로써 인간을 편가르는 가장 원초적인 장벽, 즉 혈연에 의한 가족의 질서가 극복된다. 그저 "인간인 것으로 / 족한"(II, 253) 사람들의 공동체에서 혈연은 중요하지 않다. 가족의 토대인 혈연은 관용, 박애 정신과 그 실천을 통해 연결되는 공동체의 도덕성으로 지양된다. 한 가족이라는 사실을 알게 된 주요 등장인물들이 "말없이 반복해서 서로 포옹하는"(II, 347) 것으로 극은 끝난다. 이 가족이 혈연공동체가 아니라 관용과 박애를 바탕으로 하며 민족, 종교, 신분계급을 초월하는 이념공동체라는 것은 아무하고도 핏줄로 연결되지 않은 나탄이 배제되지 않는 것으로 드러난다. 그는 이 공동체의 생성에 산파 역할을 담당했다. 이제 한 가족으로 합쳐진 인물들의 혈연관계를 밝혀주었을 뿐만 아니라, 그 이전에 이미 계몽을 통해 이들을 관용과 박애 정신으로 서로 연결시켰기 때문이다[35]. 나탄은 앞으로도 이 공동체의 정신적인 지주로 남을 것이다. 그리고 깨인 정신과 열린 마음을 가진 사람이면 누구나 이 공동체의 구성원이 된다.

나탄, 살라딘, 기사단원은 극이 시작되기 이전에 이미 보이지 않는

---

35) G. Saße: Die aufgeklärte Familie, 246-9 참조.

선에 의해 연결되어 있다. 이 선을 이어주는 고리는 전사(前史)에 속하는 세 가지 선행이다. 나탄이 전 가족을 잃은 절망감과 복수심을 극복하고 레햐를 맡아 기른 것이 그 출발점이다. 살라딘이 오래 전에 행방불명된 동생의 모습과 아주 닮은 기사단원을 사면해준 것이 두 번째 고리이다. 그리고 이것은 기사단원에 의한 레햐의 구출로 이어진다. 세 계시종교의 대표자에 의해 이루어진 이 세 본보기 같은 선행은 합리적으로 설명하기 어려운 기적 같은 행위라고 하르트는 말한다. 각각 적대적인 집단에 속하는 사람에게 행해진 즉흥적이고 무의식적인 행위이기 때문이다. 반지비유설화의 재판관이 말하는 "편견 없는 사랑"이 이 선행들의 동인이다[36]. 이들은 무의식적으로 "편견 없는" 사랑을 실천함으로써 인류가족의 일원이 될 자격을 이미 확보한 셈이다. 나탄은 선행을 시작했을 뿐만 아니라 이산가족의 혈연관계를 밝히는 "네 번째 선행"[37]도 행한다.

서로 적대적인 관계에 처해 있으며 전쟁을 치르고 있는 여러 종교에 속한 사람들이 한 가족이라는 동화적인 결말은 온 인류가 한 가족임을 상징한다. 한 가족임이 밝혀지는 이들은 모두 나탄과 같이 깨인 정신과 열린 마음의 소유자이기에, 이 가정에는 이제 사랑과 평화가 항상 떠나지 않을 것임을 우리는 믿어 의심치 않는다. 가정은 인간 사회의 가장 작은 단위이다. 이제 이 가정을 시발점으로 하여 관용과 박애, 인도주의 정신이 이웃으로, 사회로, 세계로 확산될 것이다. 시민적 순수성과 도덕성을 지키기 위해 가정의 울타리 안으로 도피하는 『에밀리아 갈로티』의 오도아르도와는 달리 나탄이 개방적인 인물이기 때

36) D. Harth: 같은 책 200쪽 참조.
37) W. Albrecht: 같은 책 93쪽.

문에 더욱 그러하다. 『현자 나탄』은 이런 유토피아적 비전을 우리에게 제시한다.

작품 전체에 동화적인 요소가 많이 발견된다. 특히 반지비유설화를 한 편의 동화라 해도 지나치지 않을 것이다. 나탄 스스로 자신의 비유설화를 "동화"(II, 275)라고 부른다. 그리고 "아주 먼 옛날 동방에 한 사람이 살았었다"(II, 276)란 서두도 동화의 전형에서 그리 벗어나지 않는다. 반지비유설화가 진행되는 도중에 살라딘은 나탄에게 이야기를 빨리 끝내라고 재촉하면서 역시 "동화"(II, 277)라는 말을 사용한다. 레싱은 『함부르크 연극평』에서 희곡의 등장인물로 장점과 결점을 가진 "중간적인 인물"(IV, 192), "생각과 정신이 우리와 같은"(IV, 580-1) 사람을 요구한다. 그런데 나탄은 거의 완전무결한 인물로 묘사되고 있어서 이 조건에 부합되지 않고 오히려 동화에 등장하는 인물에 가깝다. 그리고 작품 전체에 산재한 희극적 요소들, 작품 전편에 흐르는 명랑한 분위기에 의해 예견되는 희극적인 결말 또한 동화적이라 말할 수 있다. 키젤이 지적하고 있듯이 현실 세계에서는 극복될 수 없는 문제들이 이러한 명랑하고 동화적인 분위기 속에서 가볍게 해결되고 있다[38]. 그러나 동화의 세계는 현실 세계가 아니다. 인류가 한 가족이라는 『현자 나탄』의 유토피아는 그러므로 현실이 아니라 이상이다.

레싱은 그 이상향과 현실 사이에 엄청난 괴리가 있음을 숨기지 않는다. 십자군전쟁을 작품의 배경으로 삼은 것과 휴전이 언제 열전으로 바뀔지 모르는 일촉즉발의 상황이 이를 극명하게 드러낸다. 나탄과 같이 종교적 관용정신을 표방하는 회교 탁발승 알 하피와 기독교 수사가 인류가족에 포함되지 않는 것도 한 방증이다. 그러나 레싱은 그 괴

---

38) W. Barner u. a.: 같은 책 310-1쪽 참조.

리를 극복하고 이상향을 실현시키기 위해 인간이 나아가야 할 길을 제시하고 있다. 그것은 대주교와 부분적으로 다야가 취하는 종교적 독선과 아집, 편견의 길이 아니고 또 일찍 무대에서 사라지는 알 하피가 취하는 은둔의 길이 아니라, 나탄을 위시해 한 가족임이 밝혀지는 등장인물들이 취하는 관용과 박애의 길이다. 이 길을 통해 현실 세계와 이상향 사이의 간격을 좁히라는 것이 반지비유설화의 재판관이 우리 인간에게 주는 "충고"이며, 나탄의 모범을 따라 그 "충고"를 실행에 옮기는 것, 즉 "역사적 현실과 역사철학적 목표 사이의 간격을 극복하는 것"[39]이 우리 인간에게 주어진 과제이다.

7. 관용과 박애를 통한 이상향의 실현

계몽주의자 레싱은 그 시대의 흐름인 낙관주의적 입장에 서서 이 세계가 신의 섭리 속에서 신의 계획에 따라 완성을 향해 점진적으로 나아갈 것이라고, 신의 섭리가 인간 역사의 진행을 조종한다고 믿었다. 「인류의 교육」 85장에 나오는 "완성의 시기, 그것은 올 것이다, 그것은 틀림없이 올 것이다"(VIII, 508)란 구절이 이러한 신념을 단적으로 말해준다. 이 믿음은 「인류의 교육」뿐만 아니라 『에른스트와 팔크. 프리메이슨회원을 위한 대화』 그리고 『현자 나탄』의 밑바탕을 이루고 있다. 기사단원으로부터 귀띔을 들은 대주교는 기독교인의 자식을 유대인으로 기르고 있는 사람을 처벌하려고 수사에게 그 유대인을 찾아내는 일을 맡긴다. 나탄이 아무 것도 모르는 채 저 악명 높은 종교재판에

---

39) W. Barner u. a.: 같은 책 305쪽.

회부되어 "화형 당할" 위험에 빠질 가능성은 대주교의 편협하고 비인간적인 성품을 감안할 때 완전히 배제할 수 없다. 그러나 작가는 사태가 비극적으로 전개될 가능성을 원천적으로 차단한다. 수사가 바로 나탄에게 레햐를 맡긴 마부이기 때문이다. 그가 보관하고 있는 레햐 생부의 유품을 통해 기사단원과 레햐 그리고 이 오누이와 살라딘 사이의 혈연관계가 밝혀진다. 이것의 직접적인 계기는 유대인을 처벌하려는 대주교의 악의이다. 악의가 선을 낳는 것이다. 이와 같이 악도 섭리의 넓은 품안에 포용되고 있다.

나탄은 이미 완성에 도달한 제3 복음기에 속하는 사람이다. 그와 인간적으로 교류하는 등장인물들도 그의 인도에 따라 완성으로 나아갈 것이다. 신의 섭리와 인간의 이성이 변증법적으로 발전해 결국 제3 복음기에 진입하게 될 세계에서는 인간이 "선을 선이기 때문에 행할 것이다"(VIII, 508). 그 이상향은 "선행"이라 불리는 것들이 "없어도 되는"(VIII, 457) 세계이다[40]. 그러한 이상적인 세상에서는 온 인류가 한 가족이 될 것이다. 레싱은『현자 나탄』에서 이러한 이상향을 실현하는 길은 관용과 박애라고 말한다. 인류의 이상향과 그것으로 나아가는 길을 제시하는『현자 나탄』은 그러므로 레싱이『함부르크 연극평』79편에서 문학은 창조주가 창조한 이 세계의 "실루엣"(IV, 598)이어야 한다는 요구에 부응하는 작품이라 하겠다.

기독교계의 대변자 괴체는 계시에 의한 성서와 교리는 절대진리이므로 검증의 대상이 되지 않는다는 주장을 내세운다. 레싱은『현자 나탄』에서 그런 주장이 독선이고, 그런 독선으로부터 십자군전쟁 같은 인류의 불행이 발생했음을 상기시키면서 그 대안으로 관용을 내세운

---

40) W. Barner u. a.: 같은 책 316쪽 참조.

다. 이 작품의 무대는 십자군전쟁 시기의 예루살렘이지만, 그 메시지는 작가 레싱의 동시대인, 즉 18세기 후반기의 독일인들뿐만 아니라, 21세기에 진입한 우리 현대인들에게도 그대로 해당된다. 왜냐하면 종교적 갈등에 의한 분쟁은 12세기에도 18세기에도 그리고 지금 이 시대에도 끊임없이 발생해 세계의 평화와 인류의 행복을 위협하고 파괴하기 때문이다. 맹신적 편견과 여기에서 나오는 폭력은 수그러들기는커녕 오히려 점점 더 격화일로를 치닫다가 21세기가 시작된 지금 절정에 도달한 듯하다.

2차 세계대전 중 나치 독일이 유대인을 6백만 명 이상 학살했다는 것은 잘 알려진 사실이다. 이런 가공할 만행이 이성을 가진 인간에 의해 자행된 것 자체가 이해하기 어렵지만, 그것이 하필 독일인들, 즉 유대 민족 해방사에서 획기적인 작품 『현자 나탄』의 일차적인 독자 내지 관객의 후손들에 의해 저질러진 것은 더더욱 이해되지 않는다. 온 인류는 예외 없이 그 만행에 경악하고 분개했다. 그러나 그것도 잠시뿐, 시간이 흘러가자 잊혀지고 말았다. 인간은 그 불행한 역사를 통해 조금도 배우지 않았고 개선되지도 않았다. 이성을 가진 인간이 저질렀다고 할 수 없을 만행이 그 이후에도 끊임없이 이어지고 있기 때문이다. 1990년대 발칸반도에서 자행된, 말만 들어도 소름이 돋는 '인종청소', 21세기 벽두를 강타한 이슬람 근본주의자들에 의한 테러와 이에 대한 초강대국 미국의 응징 등등. 새로운 희망에 부풀어 새 천년을 맞이한 인류에게 찾아온 것은 화해, 평화, 공존이 아니라 합리주의와 다원주의를 부정하는 편협한 종교 근본주의자들 사이의 증오와 폭력과 전쟁이다. 역사의 수레바퀴는 관용이 아니라 불관용을 향해 굴러가는 듯이 보인다.

따라서 레싱의 역사철학이 너무 낙관적이 아닌가 그리고 그의 관용의 호소가 공허한 것이 아닌가 하는 회의가 솟아오른다. 그러나 우리는 애써 이 회의를 떨쳐버리지 않으면 안 된다. 살아가기 위해서는 희망이 있어야 하기 때문이다. 온 가족을 잃은 아픔을 딛고 일어나서야 비로소 나탄이 깨달음을 얻고 관용의 화신이 되었음을 우리는 잊지 말자. 지금 이 세상에서 흉악한 모습을 드러내고 있는 불관용은 관용의 전령일지 모른다. 그리고 관용의 세계는 그냥 오는 것이 아니라, 우리 각자가 관용을 실천할 때 도래한다는, 즉 우리 자신들의 의지와 실천에 달렸다는 재판관의 "충고"를 가슴에 새겨야 할 것이다.

끝으로 『현자 나탄』의 형식에 대해 간단히 언급하겠다. 이 작품은 희극적 요소뿐만 아니라 비극적 요소도 가지고 있지만, 희극도 아니고 비극도 아니다. 비극과 같은 진지한 내용을 다루고 있는 한편 희극과 같은 좋은 결말을 갖는다. 그러므로 이 작품의 장르적 위치는 비극과 희극의 중간이다. 그런데 비극과 희극의 중간 장르를 지칭하는 개념 (Schauspiel)이 그 당시에는 아직 통용되지 않았기 때문에, 레싱은 이 작품에 "극시"라는 좀 묘한 부제를 부쳤다. 드라마 창작을 희극으로 시작한 레싱은 비극을 거쳐 희극과 비극의 중간극으로 마무리한다.

"극시"란 부제는 또 이 작품이 운문임을 알려준다. 레싱은 이국적인 어조를 살리기 위해 강음이 5개 있는 약강격 무운시행(無韻詩行 Blankvers)을 사용하였다. 이 시행을 주로 사용한 작가는 셰익스피어이다. 레싱에 의해 독일에 도입된 이 시행은 나중에 괴테와 쉴러에 의해 주도된 고전주의 희곡의 기본 시행이 되었다. 이것도 레싱이 후세에 끼친 영향 가운데 하나이다.

레싱 연보

1729. 1. 22	목사의 아들로 카멘츠에서 출생.
1741 - 46	마인센 소재 성아프라 제후학교.
1746 - 48	라이프치히 대학에서 신학, 어문학, 의학 등 공부.
1747	잡지에 시와 산문 발표. 희극 『다몬, 일명 진정한 우정』, 『젊은 학자』.
1748	희극 『여성 증오자』. 비텐베르크 대학에서 의학 공부. 자유문필가가 되려고 결심.
1748 - 51	베를린에 거주.
1748 - 55	「베를린 특권신문」에 서평 기고. 1751년부터 동지의 문예란 편집을 담당.
1749	희극 『유대인들』, 『자유신앙주의자』, 『노처녀』, 비극 「사무엘 헨치」(미완성).
1750	희극 『보물』, 밀리우스와 공동으로 독일 최초의 연극잡지 「연극의 역사와 진흥」 창간, 「헤른후트파에 관한 생각」.
1751 - 52	비텐베르크 대학에서 석사학위 취득.
1752	처녀시집 『소품』.
1752 - 55	베를린에 거주. 술처, 람러, 니콜라이, 멘델스존, 에발트 폰 클라이스트 등과 교우.
1753 - 55	6부로 된 『G. E. 레싱 문집』. 여기에 독일 최초의 시민비극 『사라 삼프존 아가씨』가 수록됨.
1754	『라우블링엔의 목사 사무엘 고트홀트 랑에 씨를 위한 지침서』.
1754 - 59	「연극총서」.
1755 - 58	라이프치히에 거주.

1756 - 57	『비극에 관한 서신교환』.
1757 - 58	「예술학과 자유예술 총서」에 기고.
1758 - 60	베를린에 거주.
1758 - 78	독일어 사전 편찬 준비.
1758	결국 완성하지 못한 희곡 「파우스트」를 시작.
1759 - 60	「문학 편지」, 번역 『디드로의 희곡』.
1759	단막비극 『필로타스』, 『우화집』.
	람러와 함께 프리드리히 폰 로가우의 경구시집 출간.
1760	베를린 학술원 타지역 회원.
1760 - 65	프로이센 군의 브레슬라우 점령군 사령관 타우엔치엔 장군의 비서.
1765 - 67	베를린에 거주.
1766	『라오코온』.
1767	희곡 『민나 폰 바른헬름, 일명 병사의 행운』.
1767 - 69	함부르크 국민극장의 상임평론가, 『함부르크 연극평』.
1768 - 69	『고대문물에 관한 편지』, 「고대인들은 죽음을 어떻게 형상화했나」.
1770 - 81	볼펜뷔텔 도서관장.
1771	미망인 에파 쾨니히와 약혼. 프리메이슨 함부르크 지회 회원.
1772	비극 『에밀리아 갈로티』.
1774 - 78	라이마루스의 유고를 「무명씨의 단편(斷篇)」이라는 제목으로 나누어 공개.
1775 - 76	레오폴트 폰 브라운슈바이크 공자의 수행원으로 이탈리아 여행.
1776	에파 쾨니히와 혼인.

1777	아들의 탄생과 사망.
1778	부인의 사망. 『반(反) 괴체』, 『에른스트와 팔크. 프리메이슨 회원을 위한 대화 I - III』.
1779	극시 『현자 나탄』
1780	『에른스트와 팔크 IV - V』, 「인류의 교육」.
1781. 2. 15	브라운슈바이크에서 사망

참고문헌

일차문헌

· Lessing, Gotthold Ephraim: Werke in 8 Bdn., hrsg. v. Herbert G.
Göpfert. München 1970ff.

—: Werke und Briefe in 12 Bdn., hrsg. v. Wilfried Barner.
Frnakfurt a. M. 1985ff.

—: *Der junge Gelehrte*. Mit einem Nachwort und Erläuterungen
von Alfred Anger. RUB 37 Stuttgart 1976.

—/ 윤도중 역: 레싱 희곡선. 현자 나탄, 에밀리아 갈로티.
창비교양문고 14. 창작과비평사 1991.

—/ 윤도중 역: 필로타스, 민나 폰 바른헬름. 숭실대학교 출판부
1991.

—/ 주경식 역: 미스 사라 샘슨. 송동준 편:
독일대표희곡선집 I(근대편). 열음사 2001.

· Gellert, Christian Fürchtegott: Lustspiele. Faksmiledruck nach der
Ausgabe von 1747 (Deutsche Nachdruckreihe, Reihe Texte des
18. Jahrhunderts). Stuttgart 1966.

· Gottsched, Johann Christoph: Deutsche Schaubühne, 6. Teil.
Stuttgart 1972.

—:Ausgewählte Werke, hrsg. v. J. und B. Birke, Bd 6
(Versuch einer critischen Dichtkunst). Berlin/New York 1973.

이차문헌

· 김수용: 레씽의 극 이론과 독일 시민 비극. 인문과학

(연세대학교 인문과 학연구소) 제62집 (1989).

—: 예술의 자율성과 부정의 미학. 독일 이상주의 문학 연구.

　연세대학교 출판부 1998.

· 윤도중: Die Sächsische Komödie und das Ehepaar Gottsched.

　숭실대학교 논문집 제15집(1985).

—: Die Dichter der Sächsischen Komödie.

　숭실대학교 논문집 인문과학편 제20집(1990).

—: 레싱의 희곡에 나타난 혼인관의 변화와 여성 자의식의 성장.

　괴테연구 제12집(2000).

· 이상섭: 아리스토텔레스의 『시학』 연구. 문학과지성사 2002.

· 이창복: 레싱의 함부르크 희곡론 연구.

　한국외국어대학교 논문집 제14집 (1984).

· 임한순: 렛싱의 『민나 폰 바른헬름』 (I). 텔하임의 인식과정.

　독일문학 제47집(1991).

· 장연희: G. E. 레싱의 인간론 연구. 숙명여자대학교 박사학위논문 1999.

· Manuel, Frank E./차하순 역: 계몽사상시대사. 탐구신서 114.

　서울 1983.

· Adelung, Johann Christoph: Grammatisch-kritisches Wöterbuch der

　hochdeutschen Mundart. Leipzig 1796.

· Albrecht, Wolfgang: Gotthold Ephraim Lessing. Sammlung Metzler Bd.

　297, Stuttgart/Weimar 1997.

· Alt, Peter-André: Tragödie der Aufklärung. Eine Einführung.

　Tübingen/Basel 1994.

—: Aufklärung. Stuttgart/Weimar 1996.

· An, Mi-Hyun: Die kleinen Formen des frühen Lessing - eine

　Untersuchung ihres Strukturzusammenhangs. Diss. Tübingen1991.

· Aristoteles: Poetik, übersetzt v. Olof Gigon. Stuttgart 1976.

· Arntzen, Helmut: Die ernste Komödie, München 1968.

· Barner, Wilfired: Lessing als Dramatiker. In: Handbuch des deutschen
Dramas, hrsg. v. Walter Hinck. Düsseldorf 1980.

——: Lessing zwischen Bügerlichkeit und Gelehrtheit. In: Bürger und
Bürgerlichkeit im Zeitalter der Aufklärung. Wolfenbütteler Studien
zur Aufklärung VII, hrsg. v. Rudolf Vierhaus. Heidelberg 1981.

· Barner, Wilfried; Grimm, Gunter; Kiesel, Helmuth; Kramer, Martin:
Lessing. Epoche - Werk - Wirkung, 4. neubearb. Aufl. München
1981.

· Bauer, Gerhard u. Sybille (Hrsg.): Gotthold Ephraim Lessing (Wege der
Forschung). Darmstadt 1968.

· Bergson, Henri: Das Lachen, übersetzt von J. Frankenberger und W.
Fränzel. Meisenheim 1948.

· Bernhard, Asmuth: Einführung in die Dramenanalyse. Stuttgart 1980.

· Bizet, J. A.: Die Weisheit Nathans. In: Gotthold Ephraim Lessing (Wege
der Forschung), hrsg. v. G. u. S. Bauer. Darmstadt 1968.

· Böhler, Michael: Lachen oder Verlachen? Das Dilemma zwischen
Toleranzidee und traditioeneller Lustspielfunktion in der
Komödientheorie. In: Lessing und Toleranz. Beiträge der 4.
internationalen Konferenz der Lessing Society in Hamburg vom
27. bis 29. Juni 1985. Sonderband zum Lessing Yearbook, hrsg. v.
P. Freimark, F. Kopitzsch, H. Slessarev. München 1986.

· Bohnen, Klaus: "Was ist ein Held ohne Menschenliebe!" Zur
literarischen Kriegsbewältigung in der deutschen Aufklärung. In:
Lessing und Toleranz. Beiträge der 4. internationalen Konferenz

der Lessing Society in Hamburg vom 27. bis 29. Juni 1985.
Sonderband zum Lessing Yearbook, hrsg. v. P. Freimark, F.
Kopitzsch, H. Slessarev. München 1986.

· Bornkamm, Heinrich: Die innere Handlung in Lessings *Miss Sara
Sampson*. In: Euphorion 51(1957), 385-396.

· Brüggemann, Fritz: Die Weisheit in Lessings *Nathan*. In: G. E. Lessing
(Wege der Forschung), hrsg. v. G. u. S. Bauer. Darmstadt 1968.

· Böckmann, Paul: Formgeschichte der deutschen Dichtung. 2 Bde.
Hamburg 1949.

—: Das Formprinzip des Witzes bei Lessing. In: G. E. Lessing
(Wege der Forschung), hrsg. v. G. u. S. Bauer. Darmstadt 1968.

· Catholy, Eckehard: Das deutsche Lustspiel. Von der Aufklärung bis zur
Romantik. Stuttgart 1982.

· Cocalis, Susan L.: Der Vormumd will Vormund sein. Zur Problematik
der weiblichen Unmündigkeit im 18. Jahrhundert. In: Gestaltet und
Gestaltend, hrsg. v. Marianne Burkhard. Amsterdam 1980.

· De Leeuwe, H. H. J.: Lessings *Philotas*. Eine Deutung. In:
Neophlilologus 47 (1963), 34-40.

· Dilthey, Wilhelm: Ästhetische Theorie und schöpferische Kritik. In: G.
E. Lessing (Wege der Forschung), hrsg. v. G. u. S. Bauer.
Darmstadt 1968.

· Durzak, Manfred: Poesie und Ratio. 4 Lessing-Studien, Bad Homburg
1970.

—: Das bürgerliche Trauerspiel als Spiegel der bürgerlichen
Gesellschaft. In: Propyläen Geschichte der Literatur Bd. 4. Berlin
1983.

· Eckehard, Catholy: Das deutsche Lustspiel. Von der Aufklärung bis zur
    Romantik. Stuttgart 1982.
· Eibl, Karl: Identitätskrise und Diskurs. Zur thematischen Kontinuität
    von Lessings Dramatik. In: Jahrbuch der deutschen
    Schillergesellschaft 21(1977).
    —: G. E. Lessing. *Nathan der Weise*. In: Deutsche Dramen, hrsg. v.
    Harro Müller- Michaels, Bd. 1. Königstein 1981.
· Fricke, Gerhard: Bemerkungen zu Lessings *Freigeist* und *Miß Sara*
    Sampson. In: Festschrift Josef Quint, hrsg. v. H. Moser, R.
    Schützeichel, K. Stackmann. Bonn 1964.
· Fuhrmann, Manfred: Die Rezeption der aristotelischen Tragödienpeotik
    in Deutschland. In: Walter Hinck (Hrsg.): Handbuch des deutschen
    Dramas. Düsseldorf 1980.
· Gaier, Ulrich: Das Lachen des Aufklärers. Über Lessings *Minna von*
    Barnhelm. In: Der Deutschunterricht Jg. 43(1991).
· Geiger, Heinz; Haarmann, Hermann: Aspekte des Dramas.
    Opladen 1979.
· Giese, Peter C.: Glück, Fortüne und Happy Ending in Lessings *Minna*
    von Barnhelm. In: Lessing Yearbook 18(1986).
· Göbel, Helmut: Bild und Sprache bei Lessing. München 1971.
    —: Gotthold Ephraim Lessing. *Emilia Galotti*. Oldenbourg
    Interpretationen Bd. 21. München 1988.
    —: *Minna von Barnhelm oder das Soldatenglück*. Theater nach
    dem Siebenjährigen Krieg. In: Interpretationen. Lessings Dramen.
    RUB 8411. Stuttgart 1991.
· Greis, Jutta: Drama Liebe. Zur Entstehungsgeschichte der modernen

Liebe im Drama des 18. Jahrhunderts, Stuttgart 1991.

· Guthke, Karl S.: G. E. Lessing. 2. Aufl. Stuttgart 1973.

— : Lessings Problemkomödie *Die Juden*. In: Wissen aus
Erfahrungen. Werkbegriff und Interpretation. Festschrift für
Hermann Meyer zum 65. Geburtstag, hrsg. v. Alexander von
Bormann, Tübingen 1976.

— : Das deutsche bürgerliche Trauerspiel. Stuttgart 1984.

· Harth, Dietrich: Gotthold Ephraim Lessing. Oder die Paradoxien der
Selbsterkenntnis. München 1993.

· Hass, Hans-Egon: Lessings *Minna von Barnhelm*. In: Das deutsche
Lustspiel, 1. Teil, hrsg. v. Hans Steffen. Göttingen 1968.

· Haßlbeck, Otto: Gotthold Ephraim Lessing. *Minna von Barnhelm*.
Oldenbourg Interpretationen Bd. 85. München 1997.

· Hein, Jürgen (Hrsg.): Erläuterungen und Dokumente. Gotthold Ephraim
Lessing. *Minna von Barnhelm*. RUB 8108. Stuttgart 1981.

· Hilliger, Dorothea: Wünsche und Wirklichkeiten im bürgerlichen
Trauerspiel. Ein Beitrag zur Entstehungsgeschichte und
Problematik neuzeitlicher Liebesbeziehungen. Frankfurt a. M. 1984.

· Hinck, Walter: Das deutsche Lustspiel des 17. und 18. Jahrhunderts und
die italienische Komödie. Stuttgart 1965.

— : Das deutsche Lustspiel im 18. Jahrhundert. In: Das deutsche
Lustspiel, hrsg. v. Hans Steffen. Göttingen 1968.

— : Vom Ausgang der Komödie. Leverkusen 1977.

— (Hrsg.): Handbuch des deutschen Dramas. Düsseldorf 1980.

· Hoensbroech, Marion Gräfin von: Die List der Kritik. Lessings kritische
Schriften und Dramen München 1976.

· Jacobs, Jürgen: Die Nöte des Hausvaters. Zum Bild der Familie im
  bürgerlichen Drama des 18. Jahrhunderts. In: Wirkendes Wort
  34(1984) H. 5.
· Jϕgensen, Sven Aage: Die "Jungen Gelehrten" von 1750. In: Lessing
  Yearbook 30 (1998).
· Kahl-Pantis, Brigitte: Bauformen des bürgerlichen Trauerspiels. Ein
  Beitrag zur Geschichte des deutschen Dramas im 18. Jahrhundert,
  Frankfurt a. M. 1977.
· Kaiser, Herbert: Zur Problematik des Handelns in der Komödie. Skizze
  einer Interpretationsreihe auf der Basis von Lessings *Minna von
  Barnhelm* und Hauptmanns *Der Biberpelz*. In: Literatur für Leser
  Jg. 1984 H. 2.
· Kant: Beantwortung der Frage: Was ist Aufklärung? In: Was ist
  Aufklärung? Thesesn und Definitionen, hrsg. v. E. Bahr. Stuttgart
  1974.
· Kommerell, Max: Lessing und Aristoteles. Untersuchung über die
  Theorie der Tragödie. Frankfurt a. M. 1970.
· Koopmann, Helmut: Drama der Aufklärung. Kommentar zu einer
  Epoche. München 1979.
· Krockow, Christian Graf von: Die Deutschen in ihrem Jahrhundert
  1890-1990. Reinbek 1992.
· Kröger, Wolfgang: Gotthold Ephraim Lessing. *Nathan der Weise*.
  Oldenbourg Interpretation Bd. 53, 3. überarb. Aufl. München 1998.
· Lappert, Hans-Ulrich: G. E. Lessings Jugendlustspiele und die
  Komüdientheorie der frühen Aufklärung. Diss. Zürich 1968.
· Lorey, Christoph: Lessings Familienbild im Wechselbereich von

Gesellschaft und Individuum. Bonn 1992.

· Lützeler, Paul Michael: Lessings *Emilia Galotti* und *Minna von Barnhelm*: Der Adel zwischen Aufklärung und Absolutismus. In: Literaturwissenschaft und Sozialwissenschaften 11. Legitimationskrisen des deutschen Adels 1200-1900, hrsg. v. Peter Uwe Hohendahl, P. M. Lützeler. Stuttgart 1979.

· Mann, Otto: Geschichte des deutschen Dramas. Stuttgart 1963.

· Martens, Wolfgang: Die Botschaft der Tugend. Die Aufklärung im Spiegel der deutschen Moralischen Wochenschriften. Stuttgart 1971.

—: Von Thomasius bis Lichtenberg: Zur Gelehrtensatire der Aufklärung. In: Lessing Yearbook X (1978).

· Martini, Fritz: Riccaut, die Sprache und das Spiel in Lessings Lustspiel *Minna von Barnhelm* In: G. E. Lessing (Wege der Forschung), hrsg. v. G. u. S. Bauer. Darmstadt 1968.

· Mauser, Wolfram: Lessings Miss Sara Sampson. Bürgerliches Trauerspiel als Ausdruck innerbürgerlichen Konflikts. In: Lessing Yearbook 7(1975).

· Mehring, Franz: Die Lessing - Legende. Frankfurt a. M. 1972.

· Meier, Albert: Dramaturgie der Bewunderung. Untersuchungen zur politisch-klassizistischen Tragödie des 18. Jahrhunderts. Frankfurt a. M. 1993.

· Michelsen, Peter: Der unruhige Bürger. Studien zu Lessing und zur Literatur des 18. Jahrhunderts, Würzburg 1990.

· Mieth, Günter: Furcht und Mitleid oder Bewunderung? Zum tragischen Ausgang von Lessings *Emilia Galotti*. In: Lessing 1979. Kongreß-

und Tagungsbericht der Martin-Luther-Universität Halle-Wittenberg. Halle 1980.

· Müller, Jan-Dirk (Hrsg.): Erläuterungen und Dokumente. Gotthold Ephraim Lessing. *Emilia Galotti*. RUB 8111. Stuttgart 1976.

· Neuhaus-Koch, Ariane: G. E. Lessing. Die Sozialstrukturen in seinen Dramen, Bonn 1977.

· Nolle, Rolf Werner: Das Motiv der Verführung: Verführer und "Verführte" als dramatische Entwürfe moralischer Wertordnung in Trauerspielen von Gryphius, Lohenstein und Lessing, Stuttgart 1976.

· Oehlke, Waldemar: Lessing und seine Zeit, 2 Bde. München 1919.

· Peitsch, Helmut: Private Humanität und bürgerlicher Emanzipationskampf. In: Literatur der bürgerlichen Emanzipation im 18. Jahrhundert, hrsg. v. Gert Mattenklott, Klaus R. Scherpe. Kronberg 1973.

· Peter, Klaus: Stadien der Aufklärung. Moral und Politik bei Lessing, Novalis und Friedrich Schlegel. Wiesbaden 1980.

· Pütz, Peter: Die Leistung der Form. Lessings Dramen. Frankfurt a. M. 1986.

· Reh, Albert M.: Die Rettung der Menschlichkeit. Lessings Dramen in literaturpsychologischer Sicht. Bern/München 1981.

· Riedel, Volker: Lessings *Philotas*. In: Weimarer Beiträge 25(1979) H. 11.

· Rilla, Paul: Essays, Berlin 1955.

· Ritzel, Wolfgang: Gotthold Ephraim Lessing. Stuttgart 1966.

· Rosendorfer, Herbert: Lessings Komödien vor *Minna von Barnhelm*. In:

Lessing heute. Beiträge zur Wirkungsgeschichte, hrsg. v. Edward
Dvoretzky. Stuttgart 1981.

· Rudolf-Hille, Gertrud: Schiller auf der Bühne seiner Zeit.
Berlin/Weimar 1969.

· Sanna, Simonetta: Lessings *Emilia Galotti*: die Figuren des Dramas im
· Spannungsfeld von Moral und Politik. Tübingen 1988.

· Saße, Günter: Die aufgeklärte Familie. Untersuchungen zur Genese,
Funktion und Realitätsbezogenheit des familialen Wertsystems im
Drama der Aufklärung. Tübingen 1988.

—: Liebe und Ehe. Oder: Wie sich die Spontaneität des Herzens zu
den Normen der Gesellschaft verhält. Lessings *Minna von
Barnhelm*. Tübingen 1993.

—: Die Ordnung der Gefühle. Das Deama der Liebesheirat im 18.
Jahrhundert. Darmstadt 1996.

· Schadewaldt, Wolfgang: Furcht und Mitleid. In: G. E. Lessing (Wege
der Forschung), hrsg. v. G. u. S. Bauer. Darmstadt 1968.

· Schenkel, Martin: Lessings Poetik des Mitleids im bürgerlichen
Trauerspiel *Miss Sara Sampson*: poetisch-poetologische
Reflektionen. Mit   Interpretationen zu Pirandello, Brecht und
Handke, Bonn 1984.

· Scherpe, Klaus R.: Historische Wahrheit auf Lessings Theater,
besonders im Trauerspiel *Emilia Galotti*. In: Lessing in heutiger
Sicht. Beiträge zur Internationalen Lessing-Konferenz Cincinnati,
1976, hrsg. v. Edward P. Harris, Richard E. Schade. Bremen 1977.

· Scheuer, Helmut: "Theater der Verstellung" - Lessings *Emilia Galotti*
und Schillers *Kabale und Liebe*, In: Der Deutschunterricht Jg.

43 (1991) H. 6.

· Schlegel, Friedrich: Über Lessing. In: G. E. Lessing (Wege der Forschung), hrsg. v. G. u. S. Bauer. Darmstadt 1968.

· Schmidt, Erich: Lessing, 2 Bde. Berlin 1909.

· Schmitt-Sasse, Joachim: Das Opfer der Tugend. Zu Lessings *Emilia Galotti* und einer Literaturgeschichte der „Vorstellungskomplexe" im 18. Jahrhundert. Bonn 1983.

· Schröder, Jürgen: Gotthold Ephraim Lessing. Sprache und Drama. München 1972.

—: Gotthold Ephraim Lessing. *Minna von Barnhelm*. In: Die deutsche Komödie, hrsg. v. Walter Hinck. Düsseldorf 1977.

—: Lessing. In: Klassiker der Literaturtheorie. Von Boileau bis Barthes, hrsg. v. Horst Turk. München 1979.

· Schwab, D.: Familie. In: Geschichtliche Grundbegriffe. Historisches Lexikon zur politisch-sozialen Sprache in Deutschland, hrsg. v. O. Brunner, W. Konze, R. Koselleck. Stuttgart 1975.

· Seeba, Hinrich C.: Die Liebe zur Sache. Öfentliches und privates Interesse in Lessings Dramen, Tübingen 1973.

—: Das Bild der Familie bei Lessing. Zur sozialen Integration im bürgerlichen Trauerspiel. In: Lessing in heutiger Sicht. Beiträge zur Internationalen Lessing-Konferenz Cincinnati, 1976, hrsg. v. Edward P Harris, Richard E. Schade. Bremen 1977.

· Stahl, Ernest L.: Lessing. *Emilia Galotti*. In: Das deutsche Drama. Vom Barock bis zur Gegenwart, hrsg. v. Benno von Wiese, Bd. 1. Düsseldorf 1958.

· Stephan, Inge: "So ist die Tugend ein Gespenst". Frauenbild und

Tugendbegriffe bei Lessing und Schiller. In: Lessing Yearbook 17(1985).

· Steinmetz, Horst (Hrsg.): Lessing - ein unpoetischer Dichter. Dokumente aus drei Jahrhunderten zur Wirkungsgeschichte Lessings in Deutschland. Frankfurt a. M. 1969.

——: Die Komödie der Aufklärung. Stuttgart 1971.

——: Nachwort zu Johann Christoph Gottsched: Deutsche Schaubühne, 6. Teil. Stuttgart 1972.

——: *Mnna von Barnhelm* oder die Schwierigkeit, ein Lustspiel zu verstehen. In: Wissen aus Erfahrungen. Werkbegriff und Interpretation. Festschrift für Hermann Meyer zum 65. Geburtstag, hrsg. v. Alexander von Bormann. Tübingen 1976.

——: Das deutsche Drama von Gottsched bis Lessing. Stuttgart 1987.

Szondi, Peter: Die Theorie des bürgerlichen Trauerspiels im 18. Jahrhundert. Frankfurt a. M. 1979.

· Ter-Nedden, Gisbert: Lessings Trauerspiele. Der Ursprung des modernen Dramas aus dem Geist der Kritik, Stuttgart 1986.

· Weber, Peter: Das Menschenbild des bürgerlichen Trauerspiels. Entstehung und Funktion von Lessings *Miss Sara Sampson*. Berlin 1976.

· Wehrli, Beatrice: Kommunikative Wahrheitsfindung. Zur Funktion der Sprache in Lessings Dramen. Tübingen 1983.

· Werner, Hans-Georg: Text und Dichtung. Analyse und Interpretation. Berlin/Weimar 1984.

· Wicke, Günther: Die Struktur des deutschen Lustspiels der Aufklärung. Versuch einer Typologie. Bonn 1965.

· Wiedemann, Conrad: Ein schönes Ungeheuer. Zur Deutung von
 Lessings Einakter *Philotas*. In: Germanisch-Romanische
 Monatsschrift 48 NF. 17(1967).
· Wiese, Benno von: Die deutsche Tragödie von Lessing bis Hebbel.
 Hamburg 1973.
· Wittkowski, Wolfgang: *Minna von Barnhelm* oder die verhinderten
 Hausväter. In: Lessing Yearbook 19 (1987).
· Wosgien, Gerlinde Anna: Literarische Frauenbilder von Lessing bis zum
 Sturm und Drang. Ihre Entwicklung unter dem Einfluß Rousseaus.
 Frankfurt a. M. 1999.
· Wurst, Karin A.: Familiale Liebe ist die "wahre Gewalt". Die
 Repräsentation der Familie in G. E. Lessings dramatischem Werk.
 Amsterdam 1988.
· Wölfel, Kurt: Moralische Anstalt. Zur Dramaturgie von Gottsched bis
 Lessing. In: Deutsche Dramentheorie I, hrsg. v. Reinhold Grimm.
 Wiesbaden 1980.
· Zimmermann, Rolf C.: Die Devise der wahren Gelehrsamkeit. Zur
 satirischen Absicht von Lessings Komödie *Der junge Gelehrte*. In:
 DVjs. 66(1992).